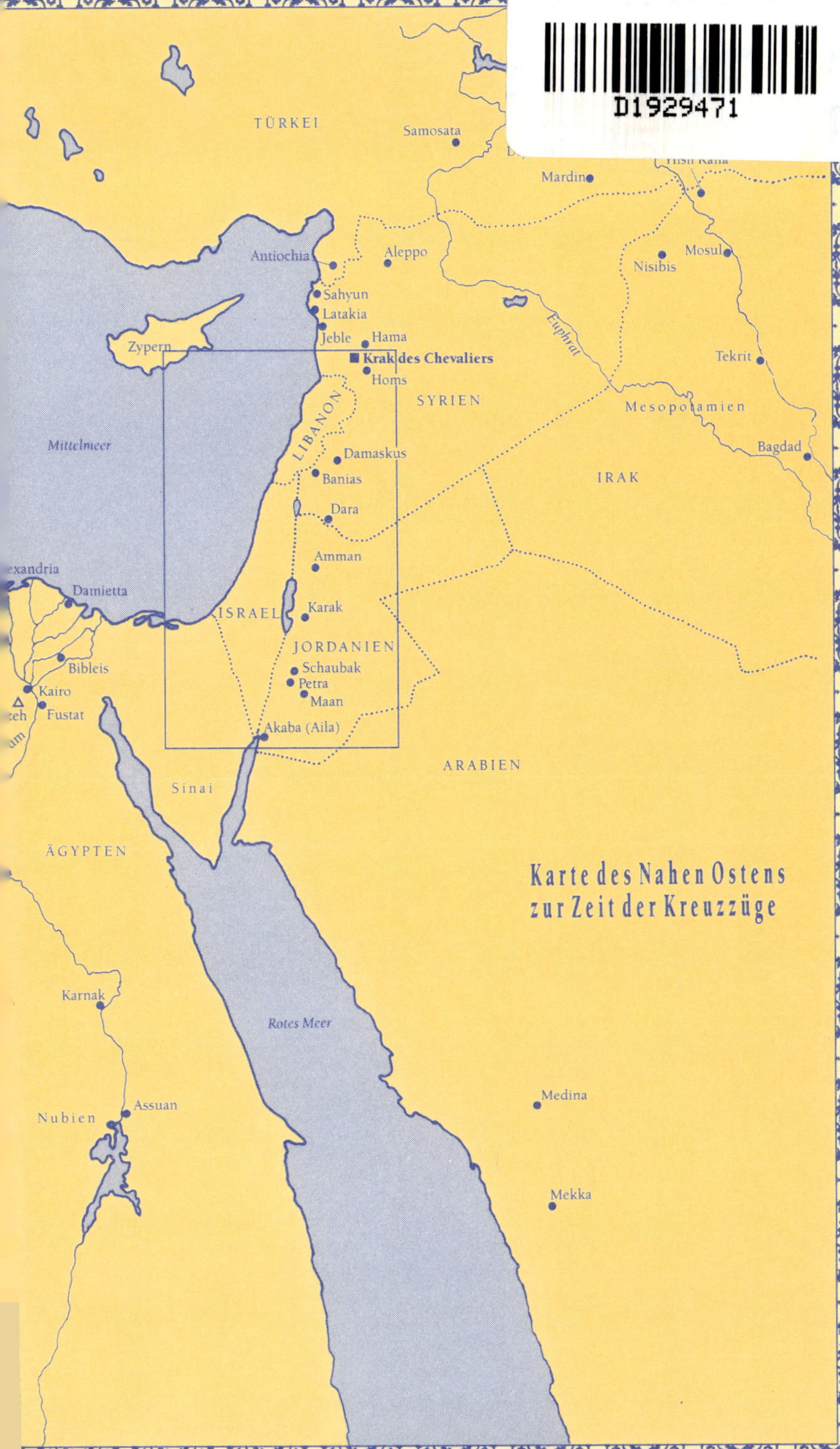
Karte des Nahen Ostens
zur Zeit der Kreuzzüge
TÜRKEI
Samosata
Mardin
Antiochia
Aleppo
Mosul
Nisibis
Sahyun
Latakia
Jeble
Hama
Zypern
Krak des Chevaliers
Homs
Euphrat
Tekrit
SYRIEN
Mesopotamien
LIBANON
Mittelmeer
Damaskus
Banias
Bagdad
IRAK
Dara
Amman
Damietta
Karak
ISRAEL
JORDANIEN
Bibleis
Schaubak
Petra
Maan
Kairo
Fustat
Akaba (Aila)
ARABIEN
Sinai
ÄGYPTEN
Karnak
Rotes Meer
Medina
Assuan
Nubien
Mekka

Geneviève Chauvel

ICH, SALADIN,
DAS SCHWERT DES GERECHTEN

Geneviève Chauvel

ICH, SALADIN, DAS SCHWERT DES GERECHTEN

Roman

Aus dem Französischen von
Regina Maria Hartig

Gustav Lübbe Verlag

Titel der Originalausgabe: Saladin Rassembleur de l'Islam
Aus dem Französischen von Regina Maria Hartig

Schutzumschlaggestaltung: Reinhard Borner, Bergisch Gladbach,
unter Verwendung eines Fotos von Alfredo Dagli Orti, 1991:
»Saladin. Sultan von Ägypten und Syrien«. Anonymes Porträtgemälde
aus dem 18. Jh. Bildarchiv Preußischer Kulturbesitz, Berlin.
Satz: Kremerdruck GmbH, Lindlar
Gesetzt aus der 10 Punkt ITC Berkeley Oldstyle
der Linotype-Hell AG, Eschborn/Ts.
Druck und Einband: Franz Spiegel Buch GmbH, Ulm

Printed in Germany
ISBN 3-7857-0654-5

Für Laurent,
der mir die Ehre erwiesen hat,
mich zu seiner Mutter
zu erwählen.

Wenn die Pferde rar werden, werden
Mäuse gesattelt.

Beduinisches Sprichwort

Er hatte es euch versprochen; er hat sich beeilt,
euch zu den Herrschern zu machen.
Er hat das Schwert eurer Feinde von euch
abgewandt, um den Abtrünnigen ein Zeichen seines
Schutzes zu geben und euch im wahren
Glauben zu bestärken.

Koran, Sure CLVIII, Vers 20

DANKSAGUNG

Mein ganz besonderer Dank gilt:

den jordanischen, irakischen und syrischen Behörden, die meine Nachforschungen in verschiedenen Ländern erleichtert haben;

Herrn Professor Al Haïyari von der Universität Amman, dessen Spezialgebiet die Kreuzzüge und die Geschichte des Mittelalters sind;

Herrn Doktor Mehsin von der Universität Bagdad, ein Kurde, der mehrere Abhandlungen über Saladin verfaßt hat;

Herrn Bachir Zouhdi, der als Historiker vom Kultusministerium zum Direktor des Museums von Damaskus ernannt wurde;

Fräulein Roujwan al Mettouali, die kurdischer Abstammung ist und mir zahlreiche arabische Dokumente übersetzt hat;

allen meinen Freunden im Vorderen Orient, die mich nach den Regeln einer sprichwörtlichen Gastfreundschaft aufgenommen haben. Sie haben bei mir das Verständnis geweckt für ihre Mentalität, ihre Kultur und für die Traditionen des Islam, der uns nur allzu fremd erscheint, der jedoch der Freundschaft häufig eine heilige Bedeutung beimißt;

nicht zuletzt meiner Familie und meinen Freunden aus dem Okzident, die mir mit ihren Ermutigungen und ihrer Zuneigung treu zur Seite standen.

Als ich in einer Nacht des Jahres 532 der Hedschra (1137) das Licht der Welt erblickte, schüttelten die Seher bedenklich die Köpfe und begannen zu klagen. Die Zeichen verhießen nichts Gutes, und der Weg meines Schicksals verlor sich im Nebel der Ungewißheit. Gleichwohl wurde ich im Schutz dicker Mauern geboren, in einer Festung, die von tiefen Gräben umgeben war und deren Türme schroff über dem Tigris aufragten. Mein Vater herrschte dort als Statthalter, und seine Garnison flößte unseren kriegerischen Nachbarn Respekt ein. Alles war vorhanden, um mir die Zukunft schön zu gestalten.

Aber das Schicksal hatte bereits anders entschieden. Noch am selben Morgen war eine schreckliche Nachricht in Bagdad eingetroffen. Auf Befehl des Wesirs, des mächtigen Bihruz, war mein Vater aus seiner Zitadelle verbannt worden. Noch vor dem nächsten Morgengrauen sollte er die Stadt verlassen, hieß es in dem Befehl. Andernfalls würden Köpfe rollen!

Sofort begannen vom Keller bis zur Zinne die Vorbereitungen zum Abzug, der für den Sonnenuntergang geplant war. Im Harem setzten unterdessen bei meiner Mutter die Wehen ein. Bestürzung machte sich in den Gemächern und Höfen breit, alle warfen sich auf die Knie und flehten Allah um Erbarmen an. Da ich auf mich warten ließ, trat man voller Ungeduld von einem Fuß auf den anderen und drohte mir für den Fall, daß ich mich erdreisten sollte, weiblich zu sein, Übles an: mich auszusetzen oder zu töten. Ich bewies den Takt, als Knabe auf die Welt zu kommen, und das gerade noch so rechtzeitig, daß wir die Festung vor dem fatalen Zeitpunkt räumen konnten. Kaum war ich in Windeln gewickelt, drückte man mich einer Dienerin in den Arm, und so fand ich mich mit meiner Mutter in einer Sänfte wieder, die von zwei Dromedaren getragen wurde. Ein heiserer Schrei ertönte als Signal, und unsere Karawane verschwand in der Wüste, nach Norden, Richtung Mosul.

Hatte Allah einen Fluch auf mich geladen, da er mich an einem so unpassenden Tag auf die Erde geschickt hatte? Diese Frage beschäftigte alle, und die Astrologen in unserem Gefolge beobachteten die Stellung der Gestirne, um zu entdecken, was dem Sohn des

Statthalters bestimmt war. Er war schließlich in dem Durcheinander eines erzwungenen Aufbruchs geboren worden, der eine Vergeltungsmaßnahme darstellte und ohne viel Aufhebens vonstatten ging. Man hörte nur das Klappern der Riegel hastig zugeworfener Truhen, das Einrollen der Teppiche und das gellende »Bei Allah!«, mit dem der Marsch in die unendliche Dunkelheit begann, in der sich irgendwo am fernen Horizont die Sichel des Mondes zart abzeichnete.

Zu anderen Zeiten, ja, noch am Vorabend, hätte man mich gefeiert, wie es in angesehenen Familien der Tradition entspricht. Beim Klang der Flöten und Tamburine hätte man festlich geschmaust, gesungen, getanzt … Der »Dizdar«*, mein Vater, hätte Almosen und Geschenke verteilt. Die Dichter hätten miteinander gewetteifert, den Nachkommen des edlen Stammes in lieblichen Versen zu preisen, und die Horoskopdeuter hätten größere Eile bewiesen, den Verlauf eines Lebens aufzuschreiben, das unter den besten Vorzeichen begonnen hatte. Statt dessen hatte so große Furcht geherrscht, daß der kleine Störenfried, der ich war, wie ein Retter aus der Not begrüßt und geehrt wurde. Man nannte mich »Yussuf«**. Und weil es bei uns so Brauch ist, erhielt ich noch einen Beinamen: »Salah ed-Din«, »Kämpfer für die Einheit des Glaubens«.

Kannte mein Vater die magische Kraft jener Worte, als er mir diese beiden Namen verlieh? Er erzählte mir später, daß er sie so dahingeworfen habe, wie sie ihm zufällig in den Sinn gekommen seien, ohne auch nur einen Augenblick lang zu ahnen, daß er durch diese Wahl mein Schicksal bereits in bestimmte Bahnen gelenkt hatte. In meinem tiefsten Inneren wollte ich immer der unbekannte, bescheidene »Yussuf« sein, ein friedfertiger Mensch ohne historische Bedeutung. Aber »Salah ed-Din« gewann die Oberhand über »Yussuf«. Und nach tausendfach empfundenem Zwiespalt war ich schließlich doch gezwungen, mich dem Willen Gottes zu fügen.

* Statthalter.

** Arabisch für »Josef«.

Als er mir das Leben einhauchte, hatte der Allmächtige bereits beschlossen, mich zu seinem Kämpfer für die Einheit zu machen.

Für den Augenblick aber mußten mein Vater und die Seinen gegen die Verwirrung in ihren Herzen ankämpfen. Der grausame Befehl, der sie soeben ereilt hatte, zerstörte ihren aufblühenden Wohlstand. Und niemand anders trug daran die Schuld als mein Onkel Schirkuh, dem es nicht gelungen war, sein heftiges Temperament zu zügeln. Er hatte mit seinem Schwert den Körper eines jungen Justizbeamten durchbohrt, der ihm die Stirn geboten hatte. Dieses Vergehen hatte den Zorn des Wesirs entfacht, und so hatte dieser die Verbannung des ganzen Klans verfügt. Wir waren zum Umherirren und zu einem Leben in Ungewißheit verdammt – und dazu noch gedemütigt von der schmachvollen Empfindung, die mit der Ungnade einhergeht: der Scham. Schließlich hatte man uns verjagt, vertrieben von dem Ort, an dem mein Großvater Schadi ibn Marwan einige Jahre zuvor dank der Protektion desselben Wesirs, der damals gerade über Bagdad herrschte, Zuflucht gefunden hatte. Kennengelernt hatten sie sich in Dovin in Kleinarmenien. Damals war Bihruz nur ein griechischer Sklave gewesen, und mein Vorfahr hatte ihm geholfen, in den Dienst eines Seldschuken-Fürsten aus Persien zu gelangen, wo er Hauslehrer für dessen Söhne wurde.

Bevor ich meinen Bericht fortsetze, muß ich der Genauigkeit halber hinzufügen, daß ich Kurde bin, ein Nachkomme der Rawwadiyes, einem der ältesten kurdischen Stämme von höchstem Adel, die in Westaserbeidschan angesiedelt sind. Über meinen Urgroßvater Marwan hinaus weiß ich nicht viel von meinen Vorfahren. Und Dovin, die Wiege unserer Familie, wurde im 10. Jahrhundert die Hauptstadt des besagten Kleinarmeniens, das auch das »Innere Armenien« genannt wurde. Als mein Vater und mein Onkel zwei Jahrhunderte später in einem der Vororte dieser Stadt geboren wurden, war deren Blütezeit bereits vorbei, und sie hatte an Einfluß verloren. Schon richteten sich alle Blicke auf Tiflis. Und mein Großvater Schadi sorgte sich um die Zukunft seiner Söhne. Im Jahre 524 (1133) brauchte er sich darüber keine Gedanken mehr zu machen. Die Türken fielen in Dovin ein, metzelten den regierenden Fürsten Fadlun III. nieder und richteten ein Blutbad unter seinen Verbündeten an, zu denen auch wir gehörten. Meine Vorfahren suchten ihr Heil in der Flucht. Es blieb ihnen gerade noch Zeit, ihre Pferde zu satteln und in Richtung Süden zu entkommen.

Sie hatten alles zurückgelassen, ihre Ländereien, ihr Vermögen und ihre Dienerschaft. Wie wir in dieser Winternacht unter einem Himmel voller Sterne einherritten, so irrten auch sie auf der Suche nach neuem Glück durch Gebirge und Wüsten, bis sie schließlich den Weg nach Bagdad einschlugen. Der Ruf dieser glanzvollen Stadt war bis in alle umliegenden Landstriche gedrungen, und er überstrahlte bisweilen den Ruhm rivalisierender Städte wie Damaskus, Kairo und sogar Sevilla. In Bagdad residierte der Kalif, das Oberhaupt der Gläubigen, so daß dort ein religiöses Zentrum entstanden war. Gleichwohl war die Stadt noch im Besitz eines Seldschuken-Fürsten, des Sultans Mohammed, Sohn des großen Malik Schah. An seinem prunkvollen Hof war alles zu finden, was der Orient an Raffinement, Geist und Kultur aufzubieten hatte. Darüber hinaus hatte dieser Fürst eine mächtige Armee, und er verstand es, seine Krieger ihrem Verdienst entsprechend zu entlohnen. Worüber aber verfügt ein Kurde in besonderem Maße, wenn nicht über körperliche Kraft, Ausdauer, Mut und den Ehrbegriff eines Ritters? Schadi und seine Söhne besaßen all dies in solchem Übermaß, daß sie damit hätten Handel treiben können. Sie waren für die Spiele des Serails, für übertriebene Höflichkeit und Tuscheleien auf dem »Diwan« nicht geschaffen. In ihrer exotischen Aufmachung schmuck anzusehen, streiften sie – scheinbar ohne Ziel – zu Pferde durch den Souk, eine Hand immer am Säbel, der besser als Worte dazu taugte, jemanden zur Vernunft zu bringen. Doch ihr Weg war nicht willkürlich gewählt. Er führte zum Palast. Mein Großvater hatte die Absicht, Bihruz aufzusuchen. Der ehemalige Sklave war zu einem mächtigen Mann geworden. Zum Dank für seine guten Dienste als Erzieher hatte man ihm die Regierung von Bagdad anvertraut. Sultan Mohammed, der Vater seines ehemaligen Herrn, hatte ihn dazu ernannt, und in dessen Namen übte er die Macht aus.

Im Orient sind die Gesetze der Freundschaft heilig, häufig den Blutsbanden gleichgesetzt. Nach vielen Begrüßungsküssen und Umarmungen hörte der Wesir meinen Großvater wohlwollend an, wobei er mit Kennerblick die beiden angehenden Männer musterte, die seinen Gast eskortierten. Er stellte sehr rasch fest, daß sich der Ältere, mein Vater, durch größere Vorsicht und geringeren Ehrgeiz von dem Jüngeren unterschied, dessen gerötetes Gesicht Heißblütigkeit verriet. Er verlor eine Bemerkung darüber, die nicht frei von Ironie war. Er hatte richtig beobachtet. Sieben Jahre später sollten die Ereignisse ihm recht geben. Doch nun erklärte er, daß er einige Parasangen* entfernt den befestigten Ort Tekrit besitze und dort einen fähigen Mann als Kommandanten benötige. Er ernannte seinen alten Freund zum »Dizdar« und bat ihn, sich so schnell wie möglich in die Zitadelle zu begeben.

Kurze Zeit nach seiner Ankunft in Tekrit verstarb mein Großvater. Noch immer ruht er dort in seinem Mausoleum. Mein Vater Nadschm ed-Din Ayub, der »Stern des Glaubens«, trat seine Nachfolge an. Er war schließlich der älteste Sohn. Außerdem war Bihruz mit diesem letzten Wunsch seines verstorbenen Freundes durchaus einverstanden. Und das um so mehr, als der junge »Dizdar«, weise wie er war, dem Gespräch und einem besonnenen Handeln den Vorzug vor den unerbittlichen Säbelhieben gab, die sein Bruder, der »Löwe des Glaubens«, befürwortete. Dessen aufbrausendes Wesen rechtfertigte nur allzuoft diesen Beinamen, der bald berüchtigt werden sollte.

Die Familie erlebte nun glückliche Tage. Mein Vater heiratete eine Irakerin »aus großem Zelt«, also aus einer bedeutenden aristokratischen Beduinenfamilie. Sie hieß Al Harimi und schenkte ihm zunächst zwei Söhne. Dann brachte sie mich zur Welt, gehetzt von einer Angst, die den Zorn ihres wütenden Gatten nur noch anstachelte. Der Dizdar Ayub haßte ungelegene Zwischenfälle, und meine Geburt empfand er als Störung. Er stampfte voller Ungeduld mit den Füßen und sah meine Ankunft als böses Omen. Wollte er

* Eine Parasange: 10 km.

das Schicksal beschwören, als er mir den Beinamen »Kämpfer für die Einheit des Glaubens« verpaßte? Als ich ihm – mit den üblichen Glückwünschen zum neuen Erben – in meiner triumphierenden Nacktheit präsentiert wurde, schenkte er mir kaum einen Blick, eilte zu seinen Männern zurück und rief:

»Ramdulillah! Gott sei gepriesen!«

Wichtig war ihm nur eines: der Auszug aus Tekrit noch vor dem Morgengrauen. Ramdulillah, gewiß doch, nun war auch das letzte Hindernis überwunden.

Später erzählte man mir im Vertrauen, daß er mir in jenem Augenblick nur wenige Stunden zu leben gab. Ich war nur ein kleines, recht mageres Etwas, von dem er glaubte, daß es viel zu zerbrechlich sei, um Qualen und Entbehrungen einer langen Reise durch die eisige Wüste zu überstehen. Ich kann zwar nicht behaupten, daß ich mich daran erinnere, aber etwas ist mir davon geblieben. Ich entwickelte mich zu einem kahlköpfigen, empfindlichen Säugling. Als Kind flüchtete ich vor roher Gewalt, und beim leisesten Geräusch zuckte ich zusammen. Ich bevorzugte die beruhigende Stille in den Gemächern meiner Mutter. Und instinktiv lehnte ich diesen zu dicken und zu rotgesichtigen Onkel ab, der mich mit allen Mitteln abhärten wollte. Ich glaube, daß ich ihm unbewußt verübelte, daß er uns genötigt hatte, wie Übeltäter die Flucht zu ergreifen.

Unzählige Male hat man mir später diesen langen Marsch ins Ungewisse geschildert! Langsam zog sich die Karawane im Schutz der Hügel auseinander. An die Brust meiner Mutter geschmiegt, fühlte ich unter dem Pelzfutter ihres bestickten Mantels nichts von der frostigen Kälte, die den Reitern ins Gesicht schnitt und den Sand weißlich färbte. Unentwegt galoppierten Späher zwischen Anfang und Ende der Karawane hin und her, um beim kleinsten verdächtigen Zeichen Alarm zu schlagen. Wir waren den Straßenräubern und den Wölfen preisgegeben.

Unser Ziel hieß Mosul. Mein Vater hatte es so beschlossen. Das war der einzige Ort, wo wir in unserem Unglück einen ehrenvollen Empfang erwarten konnten. Imad ed-Din Zengi, der Herrscher dieser Stadt und Begründer der Dynastie der Atabeg des Irak, mußte uns noch einen Dienst vergelten, der es ihm ermöglicht hatte, seine Ehre, vielleicht sogar sein Leben zu retten. Das alles hatte sich lange vor meiner Geburt ereignet, genau im Jahre 526 (1132). Zengi mit dem Beinamen »Säule des Glaubens« herrschte über einen großen Teil von Mesopotamien und Syrien, wo er kurze Zeit vorher die Provinz Aleppo erobert hatte. Zu seinem Unglück hatte er sich auf einen Krieg eingelassen, der seine Lehnsherren, die Seldschuken, in zwei Lager spaltete. Er schlug sich auf die Seite der Partei, die gegen die Armee des Kalifen kämpfte, der den gegnerischen Klan unterstützte. Nicht weit von Tekrit kam es zur Schlacht. Zengi wurde geschlagen. An der Spitze seiner versprengten Truppen flüchtete er sich in unsere Festung, wo mein Vater ihn aufnahm und ihm den Rückzug erleichterte, indem er ihm Nahrungsmittel und Schiffe zur Überquerung des Tigris schenkte. Als er so handelte, dachte der Dizdar Ayub nicht, daß er bald gezwungen sein würde, einen Lohn für diese Geste zu fordern.

Die Tore Mosuls wurden zu unserem Empfang weit geöffnet. Der Herr der Stadt erinnerte sich. Er verlieh meinem Vater und meinem Onkel die höchsten Würden und stellte sie in seinen Heeren an, wo sie sich rasch auszeichneten. Der Atabeg Zengi führte unentwegt Krieg. Seine Staaten waren von zahlreichen Feinden umringt: von den Seldschuken in Persien, von den Ortoqiden in Damaskus, von den Kurden aus Diyarbakir und Irbil und vor allem von den »Franjs«*, jenen Eindringlingen aus dem Westen, die unter dem Vorwand, das Grab ihres Christus, des Propheten Jesus, befreien zu wollen, uns unsere Territorien, unsere Reichtümer und unsere Sklaven raubten. Zengi begann, vom »Heiligen Krieg« zu sprechen, und er schrie in alle Welt hinaus, daß er diese »Christenhunde« bis ans Meer zurückschlagen werde. Aber um seinen »Dschihad« mit dem gewünschten Erfolg zu führen, brauche er Damaskus, das Herz Syriens. Dort werde es ihm möglich sein, all seine Streitkräfte zusammenzuziehen und sie auf breiter, unnachgiebiger Front in einen Großangriff zu führen.

* Name, den die Araber den Kreuzfahrern gaben.

Mein Vater folgte ihm nach Syrien. Meine Mutter und mich sowie meine beiden Brüder ließ er in Mosul zurück. Er wußte nicht, wie lange er fort sein würde, aber er machte sich keinerlei Sorgen um uns. Zengi hatte für die Frauen seiner Krieger einen Schutz organisiert, der sicherstellte, daß sie während der Abwesenheit ihrer Männer nicht unter mangelndem Respekt zu leiden hatten. Und seine Autorität wurde niemals mißachtet.

Wir bewohnten ein Haus im Militärlager, das aus Steinen und Lehm unterhalb der Befestigungsmauern errichtet worden war. Im Garten, der bis an den Tigris reichte, wuchsen ein Orangen- und ein Zitronenbaum. Meine Mutter ließ dort Rosen in zarten Farben pflanzen. Sie pflegte sie liebevoll, während ihre Blicke zum anderen Flußufer schweiften, wo sich ein endloser Eukalyptuswald in der Ferne verlor. In diesem Garten lernte ich laufen und den Namen »Allah« sprechen, der fünfmal täglich melodisch aus den Minaretten quoll und über die Stadt flutete.

So vergingen zwei Jahre, zwei lange Jahre voller Zärtlichkeit, mit dem wohligen Duft parfümierter Seidengewänder, mit den Wiegenliedern einer klaren, frischen Stimme, die mich nie verließ. Ich wuchs in einer Atmosphäre der Sanftmut und Heiterkeit heran, im Rhythmus von Lachen und Gesang, die Abwechslung in unsere Tage brachten. Mein Horizont weitete sich Tag für Tag durch den Gesichtskreis der Frau, die mir das Leben geschenkt hatte und die für mich immer eine Quelle, ein Leuchtturm und das Universum bleiben würde. Mein Vater existierte nicht. Ich hatte den Klang seiner Stimme noch nie gehört, auch seine Schritte noch nicht vernommen. Bis zu dem Tag, an dem sich alles schlagartig änderte. Bewaffnete Reiter erschienen, um uns weit weg zu bringen, bis an das andere Ende Syriens. Der Atabeg Zengi hatte in der Umgebung von Damaskus einige Festungen erobert, die ihm bei der endgültigen Umzingelung der syrischen Hauptstadt als Stützpunkte dienen sollten. Eine davon, Baalbek, hatte er meinem Vater übergeben, der dort das Kommando übernehmen sollte. Sobald er sich in seinem neuen Amt eingerichtet hatte, ließ der Dizdar Ayub uns nachholen.

Als ich ihn endlich zu sehen bekam, flößte mir dieser unbekannte Vater Angst ein. Stets trug er voluminöse Kopfbedeckungen aus Seide, und seine Gewänder mit goldenen Tressen verboten jeden körperlichen Kontakt. Immer, wenn er sich fortbewegte, war er von Wachen umringt, und Trompeten, Zimbeln und Sackpfeifen ertönten. Anders ließ es der Respekt vor seiner Würde einfach nicht zu. Wenn er vorüberging, verneigte man sich und zitterte davor, möglicherweise sein Mißfallen zu erregen.

Erstaunt darüber, daß ich noch lebte, kniff er mich in die Wange. Ich schrie los und versteckte mich vor ihm in den Rockschößen meiner Mutter. Zusammen mit ihr gelangte ich wieder in den Bereich der Zitadelle, der den Frauen vorbehalten blieb und durch einen Hof mit Orangenbäumen von dem Bezirk der Männer getrennt war. Dort sah ich sie auch das erste Mal weinen. Als ich alt genug war, um ihren Kummer zu verstehen, erfuhr ich auch den Grund. Wie es die Gesetze erlaubten, hatte mein Vater sich eine zweite Ehefrau genommen. Darüber hinaus ließ er sich junge Sklavinnen kommen, die ihm in den Nächten Zerstreuung bringen sollten.

Doch meine Mutter trocknete ihre Tränen schnell. Schließlich war sie es, die die drei ältesten Söhne geboren hatte. Deshalb regierte sie als unanfechtbare Gebieterin über einen Schwarm von Konkubinen, Matronen und Dienern, die lautlos den Befehlen gehorchten, die sich wie Töne einer Melodie aneinanderreihten. Sie beherrschte die unnachahmliche Kunst, in friedlicher und harmonischer Atmosphäre mit stets gleicher Stimme zu befehlen. Stundenlang beobachtete ich sie und lauschte ihr, verfolgte aufmerksam auch die geringste Geste, das kleinste Wort und jedes Lächeln, das ein Leuchten auf ihr schönes Gesicht mit seinem milchweißen Teint zauberte und wie Honig in mein Herz tropfte. Sie war von unerschöpflicher Zärtlichkeit, und ich konnte mir kein größeres Glück vorstellen, als ihren warmen Schoß zu spüren, ihre sanften Hände auf meiner Wange, ihre frischen Lippen dicht an meinem Ohr. Sie murmelte mir beruhigende Worte zu, vertrieb meine Ängste und festigte meinen Mut. Allmählich härtete sie mich ab, pflanzte mir all die kleinen

Saatkörner tief in die Seele, die einen Mann und einen guten Gläubigen aus mir machen sollten. Ich war ihr liebstes Spielzeug, aber zwischen den Liebkosungen und den Süßigkeiten lehrte sie mich die Demut vor dem Allmächtigen, der zugleich unsichtbar und allgegenwärtig ist und demjenigen grenzenloses Erbarmen schenkt, der gelernt hat, sich vor ihm zu verneigen und ihm mit offenem Herzen zu dienen.

Ich wuchs in der Stadt Jupiter Heliopolis heran, im Schatten der Tempel und der Akropolis, im Schutz mächtiger Mauern, die einen Gürtel um die Siedlung bildeten. Rund um die Stadt erblickte man nichts als fruchtbare Felder, Obst- und Gemüsegärten. Zwischen Mühlen und Wasserrädern waren die Hänge von Reben bewachsen. Freundliche Häuser lagen inmitten der Gärten, die in tausend Farben leuchteten und Wohlgerüche verströmten, sobald der Tag sich neigte.

Als guter Herrscher ließ mein Vater eine Moschee und ein Kloster für eine Gruppe Sufisten bauen, die ihn mit ihrer Mystik verführt hatten. Er war ein frommer Mann, und es lag ihm am Herzen, die Tradition seiner seldschukischen Herren zu wahren, die mit der Eroberung neuer Territorien zugleich die Weiterentwicklung von Kultur und Religion betrieben. Ich bewunderte seinen stattlichen Wuchs und seine elegante Erscheinung. Aber immer noch schüchterten mich seine beeindruckende Aufmachung, seine feierliche Gestik und sein stolzer Gang ein. War er nicht der bedeutendste Mann in der Provinz? In der festen Überzeugung, daß sein erstarrter Körper sich nach seinem Tod zu den Kaiserstatuen gesellen würde, welche die Wandelgänge und Eingangshallen schmückten, beobachtete ich ihn mit ängstlichem Respekt. Um ihn endlich einmal frei von Zeremoniell und in kurdischen Beinkleidern zu sehen, mußte ich bis zum Nachmittag warten, wenn er ein wenig geruht hatte. Nach dem Gebet, das wir gemeinsam ablegten, nahm er meinen Bruder und mich mit zu den Ställen, um uns mit den Pferden vertraut zu machen, bevor er uns zu Reitern ausbildete, die sich unserer Vorfahren würdig erwiesen.

Als ich sieben Jahre alt war, änderte sich mein Leben von Grund auf. Ich verließ den Frauenbezirk, um meinen Brüdern Schahan-Schah und Turanschah im Reich der Männer Gesellschaft zu leisten. Von nun an waren die Zärtlichkeiten auf die Zeit der Besuche beschränkt, die ich meiner Mutter täglich abstattete. Wie es unsere Gebräuche verlangten, bekam ich ihre tiefschwarzen Haare nicht mehr zu sehen, denn sie bedeckte sie in meiner Gegenwart mit einem Schleier, während die anderen Bewohnerinnen des Frauenhauses sich abwandten, um ihre Gesichter zu verbergen. Deshalb haßte ich fortan dieses kleine Anhängsel meines Körpers, das durch sein Wachstum diese Veränderung ausgelöst hatte. Ich erlebte einen Bruch, der mir das Herz zerriß und mich innerlich aufbrachte. Ich war der unglücklichste Mensch der Welt und wollte sterben. Um mich herum gab es nur noch Gewalt und Grobheit. Man sprach nur von Kampf und Heldentaten. Man trainierte seine Muskeln, um der Stärkste, der Schnellste, der Kühnste zu sein, und stellte als Zeichen der Tapferkeit die Anzahl der Köpfe zur Schau, die man den Feinden abgeschlagen hatte. Es wurde lautstark gespottet, gebrüllt und schallend gelacht. Mein schwächlicher Körper trug mir nur kränkende Bemerkungen ein. Man betastete mich, überschüttete mich mit Spott und Witzeleien, während man mich abschätzend musterte. Was konnte man von einem mageren Gerippe schon erwarten, das beim ersten Streich zusammenbrechen würde? Meine Brüder waren für ihr Alter groß und stark. Sie hatten bereits gelernt, sich zu schlagen, und versprachen, Helden zu werden. Mein Vater spornte sie an und hätschelte sie. Für mich hatte er dagegen nur besorgte Blicke übrig.

Lehrmeister vermittelten mir Gehorsam und Disziplin, und der Sohn eines Sklaven wurde mein Spielgefährte. Er hieß »Diab«, der »Wolf«, und wie dieses Tier hatte er seltsame Augen von verwaschenem Grau in einem dreieckigen Gesicht. Er war genauso alt wie ich, bediente mich und folgte mir auf Schritt und Tritt. Er war mein Prügelknabe und mein Vertrauter. Mit ihm konnte ich vor dem Einschlafen reden. Uns plagten die gleichen Sorgen, die gleichen Lebensängste, die gleiche Unsicherheit, und beide verstanden wir all die merkwürdigen Dinge nicht, die sich in unseren Körpern abspielten. Das Exerzieren der Garnison gehörte zur täglichen Zerstreuung, aber wir lebten in unserem Adlerhorst in Frieden. Der Krieg blieb auf die Ebenen beschränkt. Mein Onkel Schirkuh, der ein Anhänger des Atabegs war, berichtete uns, was es an Neuigkeiten über die Kämpfe gab. Meine Brüder gerieten in Verzückung und klatschten Beifall. Sie brannten darauf, sich ihrem Onkel anzuschließen. Ich hatte mich tief in ein Sofa gedrückt und lauschte still.

Mein ganzes Glück wurde die Koranschule. In der rauhen Welt, die mich umgab, erschien sie mir als eine Insel des Friedens. Bevor wir lesen und schreiben lernten, mußten wir die Verse unseres Korans auswendig wissen. Stundenlang sangen wir die geheiligten Sätze:

»La ilaha illa'llah, Mohamadur Rasulu'llah! Es gibt keinen anderen Gott als Allah. Mohammed ist sein Prophet.«

Man lehrte uns auch die Grammatik, die Feinheiten der Stilistik und Syntax, streifte die Rhetorik und die Poesie. Sehr rasch weckte die Theologie mein Interesse, und mein Vater schickte mich zu seinen Freunden, den Sufi, denn er war nur allzu glücklich darüber, daß er mich irgendwo unterbringen konnte. Da ich nun einmal nicht für den Krieg geschaffen war, gab er mich Allah zurück! Für mich wurde es zu einer Offenbarung. Die neuen Lehrmeister sprachen von Liebe.

»Gott ist Liebe«, sagten sie, »und ohne Liebe ist nichts. Ihr sagt, daß ihr an Gott glaubt, aber wo ist eure Liebe zu Ihm? Betet inbrünstig, und dankt unentwegt für alles, was euch gewährt ist.«

Sie wiesen uns auf die wichtige Bedeutung der Waschungen hin, die uns vor dem Gebet von jedem schlechten Gedanken reinigen. Sie lehrten uns, alles Irdische zu verachten, um unsere Seele auf das einzige vorzubereiten, das alles überdauert: das göttliche Wesen. Wir sollten lernen, auf den eigenen bedeutungslosen Willen zu verzichten für einen weit größeren, den Willen dieses einzigen Gottes, dessen Namen »Allah« wir angesichts des Unendlichen wie einen Zauberspruch wiederholten.

»Wenn ihr wachsam und von euch selbst befreit seid«, sagten die Lehrmeister, »werdet ihr Seine Antwort hören können. Sie wird von jenseits des Jenseits kommen, wie der Laut der göttlichen Wesenheit: ›Hu!‹. Ich bin der, der ist. Allahu akbar! Gott ist groß.«

Das alles aufzunehmen war nicht leicht. Dennoch war ich noch keine neun Jahre alt, als ich über einige Sprüche berühmter Dichter zu meditieren begann. An einen davon erinnere ich mich:

»Reinige dich von allem, was zu deinem Ich gehört, damit du dein strahlendes Wesen erblicken kannst.«

Doch am tiefsten hatte mich das Gedicht des bedeutenden Sufisten Ghazali beeindruckt, das er auf dem Sterbebett geschrieben und unter seinem Kopf versteckt hatte:

»Ich bin ein Vogel, dieser Körper war mein Käfig.

Aber ich bin davongeflogen und habe ihn als ein Zeichen zurückgelassen.«

Mein schwächlicher Körper schien mir ein recht leichter Käfig zu sein, und dem Gipfel unseres Berges war der Himmel so nah, daß ich ihn im Flug bequem hätte erreichen können. Aber welches Zeichen sollte ich auf der Erde zurücklassen? Ich glaube, daß ich ein »cheikh« der Sufisten geworden wäre, wenn wir in Baalbek geblieben wären. Ich hätte die Nachfolge großer Mystiker wie Ghazali oder Abu Yazid al Bistami angetreten. Doch Allah hatte wohl anders entschieden.

Am fünften Rabia II des Jahres 541 (14. September 1146) wurde unser Wohltäter Zengi ermordet. Wenige Tage später stand die Armee von Damaskus vor unseren Mauern, um unsere Zitadelle zu erobern.

In unserem Adlerhorst geriet alles aus den Fugen. Am Horizont, hinter einer Flut von Standarten und in der Sonne blinkenden Lanzen, lauerte der Tod auf uns. Die Bevölkerung ergriff die Flucht, umringte die Zitadelle und flehte deren Gouverneur an, sie vor dem Massaker zu retten. Niemand hatte die Grausamkeiten vergessen, die der schreckliche Zengi angeordnet hatte, als er die Gegend unterwarf. Die letzten Kämpfer der Garnison waren damals gekreuzigt worden, und ihrem Kommandanten hatte man bei lebendigem Leib die Haut abgezogen. Dafür würden die damaszenischen Truppen nun unerbittlich Rache nehmen. Ihre kriegerischen Schreie, die aus dem Tal heraufgellten, fuhren uns durch Mark und Bein. Mein Vater wußte nicht mehr, was er tun sollte.

»Wir haben keinen Herrscher mehr«, sagte er, »und der Islam hat seinen Helden verloren.«

In der Tat, Zengi hatte vor zwei Jahren Edessa jenen niederträchtigen Franken wieder entrissen, die Jerusalem durch Abschlachten von hunderttausend der Unsrigen erobert hatten. Sein Sieg war mit prächtigen Festen gefeiert worden, und die arabische Welt hatte den »Fürsten der Gläubigen«, »die Sonne unter den Verdienstvollen«, »die Größe der Nation« bejubelt. Er hatte ihre Ehre wiederhergestellt. Endlich konnten wir wieder das Haupt heben und unseren Stolz wiederfinden. Ein Funken Hoffnung schimmerte in unseren Herzen: Die »Ungläubigen« waren keineswegs unbesiegbar, und wir konnten darauf hoffen, unser »Al Qouds«* zurückzuerobern.

Doch plötzlich brach alles zusammen. Der »Führer« war entschwunden und seine Gefolgschaft versprengt. Die Emire, die gestern noch Einigkeit und Enthusiasmus bewiesen hatten, zogen nun wieder für sich allein in den Kampf. Sie machten sich den Schwebezustand des Machtwechsels zunutze, indem sie den Erben, deren Position schlecht gesichert war, so manches neue Lehen mühelos abjagten. Ohne auch nur einen Augenblick zu verlieren, tauchten die Heere von Damaskus auf, um, angeführt von ihrem Wesir Moïneddin-Unur, ihren verlorenen Besitz zurückzugewinnen.

»Der Mann ist geschickt«, murmelte mein Vater mit dumpfer Stimme. »Ein Fuchs unter den Politikern. Er hat sich mit Balduin III., dem König von Jerusalem, verbündet, um sein Hinterland zu schützen. ›Küsse die Hand, die du nicht abhacken kannst‹, sagt das Sprichwort. Ohne ein geeintes Syrien kann er den Eindringling

* Arabische Bezeichnung für »Jerusalem«.

nicht besiegen. Und dazu braucht er Aleppo, den Schlüssel zu Nordsyrien. Aber die Straße nach Aleppo führt an Baalbek vorbei, das einen Riegel, eine schützende Schranke bildet.«

»Wir sind unbezwingbar«, bekräftigte Schirkuh. »Zum Gedenken an unseren Wohltäter, wir werden standhalten!«

»Aleppo steht dem Jüngsten seiner Söhne zu«, erwiderte mein Vater. »Wird Nur ed-Din uns unterstützen?«

Von kurdischen Reitern begleitet, brach mein Onkel zu einem Treffen mit dem Klan des verstorbenen Atabegs auf, da er ihn um Unterstützung bitten wollte. Von den Zinnen unserer Befestigungsanlage riefen die Trommeln indessen unsere Männer zu ihren Kampfstellungen. Von allen Seiten hasteten mit Bündeln und Kindern schwerbeladene Frauen auf die Zitadelle zu, wo meine Mutter sie empfing, ihre Furcht besänftigte und ihnen half, die Fassung zurückzugewinnen. Ich zitterte, in einen Winkel geduckt, am ganzen Leib und glaubte, vor Angst zu sterben. In einer plötzlichen Eingebung meines Gewissens flehte ich Allah um Erbarmen an. Mit geschlossenen Augen und der Stirn am Boden, sagte ich alle Suren auf, die mein Gedächtnis gespeichert hatte. Ich weiß nicht, wie lange das dauerte. Ich hörte keine Rufe, keine Hufschläge mehr. Ich spürte meinen Körper nicht mehr, und mein Geist entschwebte in ein Universum aus phosphoreszierendem Licht, das ich endlos erforschte, in der Hoffnung, dort das Antlitz des Allmächtigen zu erblicken. Unermüdlich wiederholte ich Seinen Namen und lauschte gespannt, um den Klang Seiner Stimme zu vernehmen. Ob Er mir wohl Gehör schenkte? Ob meine Gebete etwas bewirkt hatten? Der Leichtgläubigkeit meiner kindlichen Seele gelang es, mich davon zu überzeugen, als Diab, mein Sklave und Gefährte, mich plötzlich rüttelte und mir mitteilte, daß wir gerettet seien und es nicht zum Kampf gekommen sei.

Ich traute meinen Ohren nicht und rannte in den Hof der Festung, wo mein Vater gerade unsere Kapitulation verkündete. Als kluger und keineswegs leichtfertiger Mann wußte er, daß er der Belagerung nicht würde standhalten können. Dazu fehlten uns Nahrungsmittel und Soldaten, und die Boten meines Onkels machten alle Hoffnung auf Verstärkung zunichte. Sie berichteten, daß die Nachfolger Zengis zu sehr damit beschäftigt seien, die Gebiete in Besitz zu nehmen, die sie kürzlich geerbt hatten. So blieb also nur noch eine Lösung, nämlich zu verhandeln.

Mein Vater übergab Baalbek seinen früheren Herren. Aber als Gegenleistung verlangte er die Freiheit für die Bewohner und die Garnison sowie wesentliche Vergünstigungen für sich selbst, und zwar ein Landgut in der Nähe von Damaskus, eine hohe Geldsumme und ein Haus in der Hauptstadt. Moïneddin-Unur war einverstanden. Der Einsatz hatte sich gelohnt. Blut war nicht geflossen, und auch das Kriegsgerät war unversehrt. Wir zogen ehrenvoll ab, und der Wesir gewährte uns außerdem eine Eskorte, die uns bis zu unserer neuen Residenz begleitete.

Bei unserer Ankunft vor der Stadt der Omajaden gerieten wir ins Staunen. Umschlossen von zinnenbewehrten Mauern, wirkte die Stadt, als schwebe sie in einem Licht, das sie selbst hervorbrachte. Mit all ihren Minaretten, zu denen sich inmitten weitläufiger Gärten Steine unvermittelt auftürmten, war sie geheimnisvoll, mächtig und zauberhaft. Anmutig sprang der Gesang der Muezzins von Hügel zu Hügel. Ich glaubte, hinter diesem goldenen Dunstschleier, der von einem rosa Schimmer gekrönt wurde, Allahs Paradies zu erblicken. Und die Faszination, die mich in jenem Moment erfaßte, sollte mich nie wieder loslassen.

Ich liebte Damaskus von der ersten Sekunde an, die Gerüche, die Farben, das Gewimmel schreiender und lachender Menschen, die beeindruckenden Paläste und die wunderbaren Moscheen, wahre Juwelen zum Ruhm des Allerhöchsten. Ich liebte unser Haus, seine Mauersteine in erdfarbenen Schattierungen, seine wundersam fein gearbeiteten Mouscharabiehs*, die kristallene Klarheit des Wassers in den Alabasterbecken, die zahlreichen Höfe, wo sich der Duft der Rosen und des Jasmins mit dem der Orangenbäume mischte.

Mein Vater erhielt Zutritt bei Hofe. Sultan Abak, der Sohn des großen Toghtekin, betraute ihn mit dem Posten eines Generals

* Fenster der Frauenräume mit einem Schnitzwerk, das als Gitter dient.

seiner Armee, und meine älteren Brüder folgten ihm, allzu glücklich darüber, den ganzen Tag lang den Säbel schwingen zu dürfen. Sie besaßen bereits eine volle Stimme und einen sprießenden Bart. Sie waren schon Männer, ich dagegen noch ein Knabe. Mich ließ man allein zurück, und so verspürte ich Eifersucht. Ich beneidete sie um ihre hübschen, prächtigen Gewänder, um ihre kunstvoll drapierten Turbane, um ihre reichgepanzerten Pferde und den Prunk, der sie umgab. Ich sah sie mit meinem Vater lachen und scherzen, während man mir keinerlei Beachtung schenkte. Traurig irrte ich durch die Höfe, verbittert darüber, daß man mich nicht liebte. Ich tröstete mich darüber hinweg, indem ich den Koran lernte. Ich wollte ihn vollständig aus dem Gedächtnis vortragen, um endlich bestaunt zu werden. Meine Mutter bestärkte mich nach Kräften und eilte zurück zu ihren Aufgaben. Im Haus ging es drunter und drüber. Die Aufregung wuchs von Tag zu Tag. Meine Brüder verheirateten sich einer nach dem anderen, und ich fühlte mich fortan noch unbedeutender. Am Abend dachte ich an sie, wie sie ausgestreckt neben ihren Gattinnen lagen, die nur wenig älter als ich waren, und wenn ich einschlief, hielt ich die Hand von Diab, der mir einige Geheimnisse der Liebe und des Lebens enthüllte.

Zu jener Zeit hatte mein Onkel Schirkuh sich wieder mit den Erben Zengis verbündet und führte nun die Heere Nur ed-Dins, des neuen Herrn von Aleppo, der den Kampf gegen die Franken wiederaufgenommen hatte und Damaskus erzittern ließ. Zwietracht herrschte in unserer Familie. Ich hörte von meinem Onkel gehässige, manchmal beleidigende Worte. Im Schutz einer Verkleidung hatte er meinem Vater kürzlich vorgeworfen, Verrat an den Nachkommen seines Wohltäters begangen zu haben, um gemeinsame Sache mit einer Marionette von Sultan zu machen, einem wortbrüchigen Fürsten, der mit den »Polytheisten«, den »Ungläubigen«, den »Feinden des Islam« einen Pakt geschlossen habe.

Große Worte fielen, alle sprachen erregt. Ich jedoch hörte nur zerstreut hin. Ich war gerade zehn Jahre alt. Der Islam schien mir eine abstrakte Angelegenheit, ein unfaßbares, unsichtbares Gebilde zu sein, ein gigantischer Leuchtteppich, der vom allmächtigen Gott herrührte. Was seine Feinde betraf, so wurden sie häufig erwähnt, doch ich hatte sie nie zu Gesicht bekommen, zumindest bisher noch nicht. Ich gestehe, daß sie mich wenig kümmerten, daß die Schule und meine neuen Beschäftigungen meine gesamte Aufmerksamkeit beanspruchten. Die Sufisten waren nicht mehr meine Lehrmeister, dafür entdeckte ich die Arithmetik, die Geschichte und die Geographie, und die »Hamasa« des Abu Tamman war mir geistige Nahrung, die mir das gesamte Ausmaß unserer Kultur und den Ursprung unserer Traditionen offenbarte.

Doch eines Morgens im Rabia I des Jahres 543 (am 24. Juli 1148) wurde überall in der Stadt Alarm geschlagen. Angeführt vom König der »Alemannen«*, dem König der Franken** und anderen Fürsten, marschierten die »Feinde des Islam« Richtung Damaskus. Eine neue Flut von Eindringlingen, die vom Verlust Edessas angespornt wurden, fegte über unsere Territorien hinweg. Die ersten unter ihnen hatten Jerusalem erobert. Diese nun wollten nicht weniger ruhmreich sein und hatten daher den Beschluß gefaßt, Damaskus einzunehmen. Sie wurden von den syrischen Franken unterstützt, bei denen der Allianzvertrag, den sie mit unserem Wesir geschlossen hatten, allmählich in Vergessenheit geriet.

»Gott soll sie verfluchen!« schrie das Volk, vor Wut und Empörung tobend.

In festlicher Uniform zog mein Vater seine Truppen, seine Musikanten und seine Bannerträger hinter den Festungsmauern zusammen. Er plazierte Männer in den Wehrgängen und an den Schießscharten und sorgte dafür, daß die feindlichen Stützpunkte von der Versorgung abgeschnitten wurden, indem die Wasserstellen verstopft und zerstört wurden. Die Franken marschierten auf uns zu: fünfzigtausend Infanteristen und Kavalleristen in ihren Rüstungen, gefolgt von einer Herde Rinder und Kamele mit beeindruckendem Gerät. In der Ebene kam es zu einer großen Schlacht. Die Christen

* Konrad III.

** Ludwig VII.

lagen im Vorteil, rückten noch weiter vor und breiteten sich in den umliegenden Obstgärten aus. Sie waren der Stadt nun so nahe gekommen, daß wir von unseren Verteidigungsanlagen hinab auf ihre Zelte sehen konnten.

In dieser Nacht fand niemand Schlaf. Unsere Krieger blieben in ihren Stellungen, mit Blick auf die Angreifer. Hunderte von Stadtbewohnern lauerten wie angewurzelt auf den Mauern, während man in den Moscheen mit aschebedecktem Haupt den Koran las, weinte und betete. Endlich bekam ich sie zu Gesicht, diese »Feinde des Islam«, mit ihren Schilden, die durch ein Kreuz gekennzeichnet waren, mit ihren Standarten und Monstranzen. In ihrer Erregung rannten sie zeternd hin und her.

»Deus lo volt!« brüllten sie.

»Allahu akbar!« antworteten die Unsrigen.

Aber wer war nur dieser Gott, der sie gegen den Allmächtigen in den Kampf trieb? Erschreckt von dem frevelhaften Schauspiel glaubte ich, das Ende der Welt sei gekommen und Gottes Zorn werde uns alle vernichten. Wie in Baalbek sagte ich meine Suren auf, rief mit all meinen Kräften Allah an … und versank in die Besinnungslosigkeit des Schlafes.

Aufgeweckt wurde ich von großem Geschrei. Die Sonne überflutete mit ihren feurigen Strahlen die Stadt. Von allen Seiten liefen die Menschen zusammen, Freudengeschrei ertönte. Aus den Provinzen war Verstärkung für uns angekommen, Turkmenen, Infanteristen und unberittene Bogenschützen. Sie schlossen sich unseren Heeren an und fielen über den Feind her, wie der Sperber sich auf das Rebhuhn stürzt. Sie umzingelten die Franken, durchbohrten sie mit Pfeilen und bombardierten sie mit einem Steinhagel. Die Gegenwehr der Franken stockte, dann stellten sie den Kampf ein und beratschlagten. Sie hatten erfahren, daß zur Verstärkung arabische Heere unterwegs waren, und bliesen zum Rückzug. Die Muslime nahmen ihre Verfolgung auf und metzelten ihre Nachhut nieder. Um sich ihre Belohnung zu sichern, ließen sie die Köpfe rollen. Viele Köpfe rollten. Und so hoch türmten sich die Leichen, daß der Pestgeruch die Vögel vom Himmel fallen ließ.

Die ganze Stadt stürmte diesen ruhmreichen Kriegern entgegen, um sie mit Beifall und Jubel zu überschütten. Der Wesir, mein Vater und weitere Offiziere wurden im Triumphzug getragen. Und wir dankten dem Allerhöchsten, der uns den Weg der Wahrheit gewiesen hatte. Wie Tausende Bewohner von Damaskus hatte ich an ein Wunder geglaubt. Und so war ich sehr enttäuscht, als ich aus dem Munde meines Vaters vernahm, daß dieses nicht Gott, sondern Moïneddin-Unur zu verdanken sei.

Vor dem Verrat der Franken hatte sich der Wesir an seine arabischen Brüder erinnert und sie zu Hilfe gerufen. Das erklärte die unverhoffte Ankunft der Verstärkung. Außerdem hatten die Söhne Zengis ihre Truppen in Homs versammelt, und der Älteste, der Fürst von Mosul, hatte die Regierung von Damaskus mit folgenden Worten beruhigt:

»Falls ich geschlagen werden sollte, werde ich mit meinen Truppen in die Stadt flüchten, und wir werden uns dort zur Wehr setzen. Sollten wir siegen, wird die Stadt weiterhin euch gehören, und ich werde sie euch nicht streitig machen.«

Gleichzeitig sandte er einen Drohbrief an die Anführer der Christen. Diese hatten bereits erhebliche Verluste zu beklagen. Noch zögerten sie. Aber Moïneddin-Unur ersann eine feine Kriegslist, die sie zum Rückzug bewegte. Er hatte den Franken, die von außerhalb angerückt waren, geschrieben:

»Der König des Orients ist angekommen. Wenn Ihr Eure Zelte abbrecht, so ist es recht! Andernfalls werde ich ihm die Stadt unterstellen, und das werdet Ihr bereuen!«

In einer weiteren Depesche weckte er das Mißtrauen der syrischen Franken gegen ihre Brüder aus dem Norden:

»Wie könnt Ihr nur die Dummheit begehen, diesen Leuten gegen uns beizustehen! Ihr wißt doch sehr wohl, daß sie sich auch Euer Land an der Küste aneignen werden, wenn sie Damaskus einnehmen!«

Die List gipfelte darin, daß dieser Meister der Verhandlungsführung insgeheim der zweiten Gruppe den befestigten Ort Banias anbot, damit sie sich von der ersten trennte. Dadurch erklärt sich, wieso das vorzügliche Heer der Eindringlinge den Kampf verweigerte und zum Rückzug blies.

»Moïneddin ist ein Meisterstück gelungen«, resümierte mein Vater. »Er hat Damaskus gerettet, die feindlichen Truppen auseinandergerissen, indem er sie gegeneinander aufbrachte, und in den Augen all unserer Fürsten, die ihm seinen Pakt mit Jerusalem nicht verziehen hatten, zu einer ehrenvollen Haltung zurückgefunden.«

»Dieser Sieg ändert in der Tat alles«, unterstrich Schirkuh, der die Verwandtschaftsbeziehung nutzte, um Informationen einzuholen. »Er ist in die Reihen der Muslime zurückgekehrt. Die arabischen Streitkräfte sind seinem Aufruf gefolgt und haben sich zusammengeschlossen, um der Macht der Ketzer ein Ende zu setzen.«

»Sie sind ihm gefolgt«, entgegnete mein Vater, »aber er hat sie in der Schlacht nicht aufbieten müssen. Moïneddin ist erhobenen Hauptes, gewissermaßen reingewaschen, in seine Stadt zurückgekehrt. Wir haben die ›Ungläubigen‹ besiegt, wie Zengi.«

Mein Onkel erklärte darauf mit Nachdruck:

»Eines Tages wird Nur ed-Din den ›Dschihad‹ ausrufen, und wir werden sie bis ans Meer zurückdrängen! Inschallah!«

Wir hatten diese Schlacht zwar gewonnen, aber der Sieg hatte auch eine Kehrseite: Es hatte Tote gegeben. In unserer Familie herrschte wie in vielen anderen Häusern Trauer und Schmerz. Schahan-Schah hatte den Märtyrertod gefunden, und seine junge Frau mußte getröstet werden, die ihm bereits zwei Kinder geschenkt hatte und ein weiteres Baby erwartete. Meine Mutter nahm sie unter ihre Fittiche, und mein Vater sprach wochenlang kein einziges Wort mehr. Dann nahm er zu meinem großen Erstaunen eines Tages meine Hand und sagte zu mir:

»Du bist nun mein zweiter Sohn, und ich möchte gerne stolz auf dich sein.«

Mir pochte das Herz in der Brust. Endlich existierte ich für den General Ayub. Würde er Verständnis für mich aufbringen können, oder müßte ich wie Schahan-Schah erst mein Leben lassen, um mir seine Zuneigung zu verdienen?

Einige Monate später starb der Wesir. Die Macht fiel wieder dem Sultan zu, was diesem ziemlich lästig war. Die Staatsgeschäfte behinderten seine Vergnügungen zunehmend. Um sich davon zu befreien, erneuerte er den Allianzvertrag mit Jerusalem und wandte so die Gefahr einer erneuten Belagerung ab. Und um auf mögliche Angriffe unserer arabischen Nachbarn zu reagieren, wandte er sich an meinen Vater und übertrug ihm diese Aufgabe, indem er ihn zum Kommandanten und Oberbefehlshaber seiner Armee ernannte.

Das bedeutete eine große Ehre für unsere Familie, die beträchtlich gewachsen war. Außerdem wurde unser Leben angenehmer. Unsere Erziehung wurde Lehrern anvertraut, die mit besonderer Sorgfalt ausgesucht worden waren. Sie sollten aus uns vollkommene Menschen, vor allem aber gute Muslime machen. Unser Tagesablauf, dessen Rhythmus von den fünf Gebetszeiten bestimmt wurde, war von verschiedenen Aktivitäten gekrönt, die unseren Geist formten und unsere körperlichen Kräfte entwickelten. Der Kadi trat nun hinter den Gelehrten und den Schriftgelehrten zurück. »Al Megiste«* lieferte uns die großen Gesetze der Astronomie und der Geometrie. Wir lernten auch die Literatur kennen, aber ich zog der Prosa die Poesie vor. Unsere Sprache ist so schön. Die Wörter klingen im Ohr, während sich die Buchstaben aus der Feder schlängeln, und die Sätze reihen sich aneinander und bilden dabei sogleich harmonische Reime. Ein Gedicht zu schreiben wurde für uns zu einem Spiel, das unser Vorstellungsvermögen schärfte und unsere Empfindsamkeit steigerte.

Lange Zeit war ich von der Geschichte der Araber fasziniert. Von jedem unserer Helden konnte ich die Abstammungslinie aufsagen, auch die ihrer Pferde. Auf diesem Gebiet hatte ich mich zu einer Art Spezialisten entwickelt. Aber was mein Herz höher schlagen ließ und schon mit dreizehn Jahren zu einer wirklichen Leiden-

* Der »Almagest« von Ptolemäus, der auf Anordnung des Kalifen Al Manun 827 in Bagdad ins Arabische übersetzt wurde; Friedrich II. ließ ihn um 1230 in Neapel aus dem Arabischen ins Lateinische übertragen.

schaft wurde, war das, was wir die »Lehre von der Hadith« nannten. Dabei handelte es sich nicht mehr darum, die Verse des Korans nacheinander zu rezitieren, sondern die Worte des Propheten zu deuten und insbesondere die verschiedenen Auslegungen zu studieren, die unsere frommen Männer und großen Mystiker dazu abgegeben hatten. Die Diskussionen fanden in der Regel kein Ende und hielten mich nächtelang wach. Und nur mit Bedauern begab ich mich nach dem Gebet bei Morgengrauen zum täglichen Exerzieren auf den Manöverplatz. Bei den Fürsten und der Elitetruppe waren militärische Übungen ein Bestandteil der Erziehung. Rings um unsere Staaten lauerte ständig der Krieg, und wir mußten in jedem Augenblick darauf vorbereitet sein, uns zu verteidigen. Und außerdem durfte ich nicht vergessen, daß ich ein Kurde war, der Sohn eines Offiziers.

»Ohne Pferd ist man kein Mann«, pflegten meine Vorfahren zu sagen. Also verbrachte ich viele Stunden damit, mich durch die gewagtesten Übungen zu trainieren. Unablässig spornte ich mein Reittier an, wobei ich mich jedesmal um größere Schnelligkeit und Geschicklichkeit bemühte. Im Kampf spielte sich alles zu Pferde ab. Wir verfolgten die Taktik der Parther. Sowohl beim Angriff als auch beim Rückzug diente das Pferd nicht als Stoßwaffe, sondern als Transportmittel für den Bogenschützen. Der mußte dem Feind entgegengaloppieren, dessen Linien durch einen Treffer aufbrechen und schnell wie der Blitz umkehren. Als guter Kurde hatte ich eine Begabung für all diese besonderen Kunststücke, und ich liebte Pferde. Zu meiner Verzweiflung war ich nicht hochgewachsen, aber mein Körper war schmal und muskulös, was für mich von Vorteil war und mir schöne Sprünge im Galopp ermöglichte. Als ich später die Kunst der Kriegsführung ausüben mußte, legte ich das Hauptgewicht immer auf die Kavallerie, die uns unbestreitbar Überlegenheit über die Franken verlieh. Es gab niemanden, der uns gleichkam, wenn wir uns auf sie stürzten, als ob wir aus dem Sand emporwüchsen, sie mit Pfeilen durchsiebten und wieder verschwanden, bevor sie auch nur einen Pfeil losschicken konnten.

All das verlangte eine perfekte Körperbeherrschung, die wir uns durch die Reitsportarten erhielten. Am beliebtesten war das »Maispiel«*. Meistens spielten wir es innerhalb der Familie. Nach mir waren noch weitere Brüder geboren worden, und wir bildeten eine gefürchtete Mannschaft. Waren es sich die Söhne Ayubs nicht auch schuldig, die Besten zu sein? Mein Vater gesellte sich zu uns, um uns zu korrigieren und anzufeuern. Ich muß sagen, daß er sich um uns kümmerte. Er nahm sich nicht oft Zeit, uns anzuhören, aber er vermittelte uns Unnachgiebigkeit und die Fähigkeit, unseren Rang zu behaupten. Aus Respekt und um sein Mißfallen nicht zu erregen, gehorchte ich. Die Vereinsamung in meiner Kindheit bestimmte noch immer meine Erinnerung, und noch immer hatte ich das komplizenhafte Miteinander nicht erfahren, das mein älterer Bruder kannte, und auch nicht die Zuneigung, die die Jüngeren umgab.

Eines Tages trugen wir gerade eine dieser endlosen Partien aus, als mein Vater davon benachrichtigt wurde, daß Emir Schirkuh ihn »al beit«, also im Haus, erwarte. Ich befand mich in Turanschahs Nähe, und er winkte uns, ihm zu folgen. Seit dem Angriff auf Damaskus hatten wir unseren Onkel nicht wiedergesehen, und wir wußten, daß er all die Jahre damit verbracht hatte, an der Seite seines Herrn, des Herrschers von Aleppo, mit dem Säbel zu rasseln. Mit donnernder Stimme zählte er nun seine zahlreichen Feldzüge gegen die »Ungläubigen« auf. Er hatte ein Auge verloren, dafür dem Fürst von Antiochia aber persönlich den Kopf abgeschnitten, diesen in ein Silberkästchen gelegt und ihn zum Kalifen nach Bagdad gebracht, dem er zeigen wollte, wie ein guter Muslim diese »Christenhunde« zu behandeln habe. Dann senkte er die Stimme und verkündete mit Verschwörermiene:

»Dieses Mal hat Nur ed-Din den Entschluß gefaßt, Damaskus zu übernehmen. Sultan Abak hat mit den Teufeln aus Jerusalem paktiert und wird ihnen in Kürze die Stadt ausliefern. Es kommt nicht in Frage, all diese guten Muslime in den Händen des ›Satans‹ zu lassen.«

Mein Vater setzte ein verkniffenes Gesicht auf und antwortete:

* Entspricht unserem Polo.

»Danke für die Warnung!«

Nun erging der »Löwe des Glaubens« sich in brillanten Erklärungen: Für diese Operation großen Ausmaßes werde der junge Atabeg der Finesse der Diplomatie den Vorzug vor der Brutalität der Waffen geben. Er wolle die Bewohner von Damaskus schützen und sie nicht etwa terrorisieren, wie es Zengi, sein Vater, getan habe. Man müsse also einen gut abgestimmten Propagandafeldzug zustande bringen. Es gelte, Zivilisten und insbesondere die Militärs intern gefügig zu machen, geschickt Empörung über diese »Kollaboration mit den Feinden des Islam« zu schüren und das Ansehen Nur ed-Dins zu steigern. Dieser Herrscher über die Gläubigen sei »Wächter und Sprachrohr der muslimischen Länder, der für den Glauben kämpft und die Gotteslästerer besiegt«.

Dann schwieg er einen Moment lang, blickte seinem Bruder in die Augen und sagte schließlich:

»Ich bin als Botschafter des Hofes von Aleppo gekommen, um dich zu bitten, uns beizustehen. Es genügt, die Frucht von innen auszuhöhlen, dann wird sie von selbst in Allahs Lager fallen.«

Mein Vater schlug ohne zu zögern ein. Seine Treue zu Zengis Klan wog schwerer als die Verpflichtungen, die er einem abtrünnigen Herrn gegenüber hatte. Es war schon besser, Verrat zu üben, als undankbar zu sein. Zumal er für Allahs Sache nur einen Verräter verraten würde. Das tat er so gut und gründlich, daß sich die Tore von Damaskus weit öffneten, als sich Nur ed-Din, umringt von unzähligen Streitkräften, vor unseren Mauern zeigte. Beim Einzug in die Stadt regnete es Rosen auf den Herrscher Aleppos, und zu Tausenden wurden Teppiche zu seinen Füßen entrollt.*

Der neue Herrscher fesselte mich schon vom ersten Augenblick an. Seine schmucklose Kleidung bildete einen Kontrast zu der Aufmachung seiner Emire und zu der jener Höflinge, die wie wir zu Reichtum gekommen waren. Mit seiner großen, asketenhaften

* Nur ed-Din zog am 25. April 1154 in Damaskus ein.

Gestalt, seinen sanften Augen und seinem Bart, der nur das Kinn bedeckte, glich Nur ed-Din eher einem Propheten als einem Sultan. Es bedurfte weder goldbestickter Gewänder noch komplizierter Turbane aus gewirkter Seide, um ihm Autorität zu verleihen. Diese ging vielmehr von seiner gesamten Erscheinung aus: von dem tiefen Blick, mit dem er die Menschen betrachtete, von seiner würdigen Haltung und der ihm eigenen Art, als Antwort auf die Zurufe aus der Menge die Hand zu heben, als wolle er sie segnen. Es hatte geheißen, er sei gerecht und gut, bescheiden und großzügig. Und das traf zu. Er flößte Vertrauen und Zuversicht ein, und zwar sowohl dem Volk, das in ihm einen Beschützer und einen Beistand sah, als auch all jenen, die wie ich in dieser durch Krieg, Korruption und Zügellosigkeit getrübten Zeit nach einem Sinn des Lebens suchten. Wir brauchten einen neuen Impuls, ein Ideal. Ich war sechzehn Jahre alt und entdeckte einen Helden. Er war ungekünstelt und fand für jeden das passende Wort. Als frommer Mensch, der seine heiligen Schriften gut kannte, hatte er sich folgenden Ausspruch Mohammeds zum Leitspruch gewählt: »Der Herrscher ist nur der Schatten Gottes und die irdische Verkörperung Seines Mitleids.«

Umgeben von Kadis, Ulemas, Rechtsberatern und Literaten, verschaffte er sich Aufschluß, fällte Entscheidungen und erteilte Anordnungen. Das Glück seines Volkes lag ihm sehr am Herzen, und als erstes schaffte er einige Steuern ab. Er verstand sich darauf, diejenigen großzügig zu belohnen, die seine Sache unterstützt und diesen außergewöhnlichen Sieg ermöglicht hatten. Aleppo und Damaskus waren von nun an vereint, und das, was Zengi, dessen Ring er als Talisman trug, sich erträumt hatte, war nun Wirklichkeit geworden. Mein Onkel erhielt zwei schöne Lehen im Norden, und sein Kommando wurde auf alle Armeen Syriens ausgeweitet. Mein Vater wurde zum Gouverneur der Stadt ernannt und mit einem riesigen Gut in der Ghuttaebene beschenkt.

Sie waren die beiden einzigen Emire, die das Recht erhielten, sich in Gegenwart des Herrschers hinzusetzen, ohne dafür seine Erlaubnis einzuholen. Ich erhielt auf diese Weise das Privileg, bei

Hofe empfangen zu werden und diesem außergewöhnlichen Menschen zu begegnen, der mein Leben mehr als einmal in andere Bahnen lenken sollte und mir, mehr noch als mein Vater, als Vorbild dienen würde.

Es bereitete mir unsägliches Vergnügen, seinen Worten zu lauschen, so sehr beeindruckte mich seine Weisheit und seine »Lehre von der Hadith«. Bei ihm entdeckte ich die sufistischen »Meister« und jene Lehrsätze, die meine Kindheit geprägt hatten, wieder. Plötzlich erkannte ich, wie sehr sie mir gefehlt hatten. Seit unserem Abzug aus Baalbek hatte ich mich wie ein welkes Blatt im Wind treiben lassen, ohne zu wissen, wohin ich mich wenden sollte. Ich trachtete nicht danach, mich auf den Schlachtfeldern mit Ruhm zu bedecken, denn ich liebte die Stille unserer Paläste und die Kühle unserer Gärten über alles. In einer Gesellschaft von jungen Intellektuellen, die statt der Klinge Reime setzten, lebte ich von der Poesie, der Musik und all jenen Vergnügen, die der Allmächtige uns schenkte und die man genießen soll, solange man noch keine zwanzig ist.

Zu unserer Zerstreuung stellten wir in den Hügeln den Löwen nach, verfolgten Gazellen mit eigens dazu abgerichteten Geparden oder jagten Trappen mit prächtigen, ganz besonderen Falken, die aus Konstantinopel stammten. In den Nächten nahmen wir unter einem betörend sternenklaren Himmel unsere Gespräche wieder auf, die um Sein oder Nichtsein, das Wie und das Warum, das Unendliche und Gott kreisten.

Unzählige Worte, die zu keiner Lösung führten und keine einzige Erklärung für die Mysterien lieferten, wurden vom Sand verweht! Welches Geheimnis barg die Welt, wozu lebte der Mensch? Wollte Gott die Gewalt, die um uns herum herrschte? Warum verhängte Er so viel Leid und Grausamkeit, so viel Unrecht und Elend? Entsprach das Seinem Gesetz oder dem der Menschen? Wo sollte man die Wahrheit finden? Zweifel und Ungewißheit quälten mich bis zu einem Punkt, an dem ich nicht mehr wußte, an wen ich glauben sollte. Doch ich gab das Beten nicht auf, aus Angst, in einem Nichts an Absurdität unterzugehen. Indem ich den Koran rezitierte, bewahrte ich mir die Hoffnung, eines Tages eine Antwort zu bekommen.

Ich erhielt sie im Palast Nur ed-Dins. Der Sultan hatte uns zu einer der Abendgesellschaften geladen, die er ganz besonders liebte. Er saß dann immer mitten unter Literaten, »fuqaha«* und Denkern, sprach über Religion, übte Kritik, stellte Analysen sowie Vergleiche an und leitete noch das Gebet, bevor er uns entließ, indem er sich zurückzog. An jenem Abend hatte es der Zufall gewollt, daß ich neben einem »cheikh« der Sufisten Platz nahm, der zum gegebenen Zeitpunkt seine Meinung äußerte:

»Die Welt ist relativ, und es gibt keine Schöpfung. Es gibt nur die Ankunft des Wesens.«

Ich neigte mich zu ihm und bat ihn, diesen Satz zu erklären.

»Er beinhaltet eines der großen Geheimnisse«, antwortete er mir. »Eines Tages, Inschallah, wirst du in das Wesen eingehen. Du wirst der Tropfen Wasser sein, der zum Ozean wird.«

Seine Augen schauten mich durchdringend an, während er hinzufügte: »Du verursachst nichts, und du hast keine Wahl. Gott ist allmächtig. Glaubst du, du habest den Platz neben mir frei gewählt? Etwas hat bewirkt, daß wir beide heute abend zusammensein können. Was oder wer? Sobald du das wissen wirst, wirst du dich am Anfang deines ›Weges‹ befinden.«

Wer von uns beiden hatte die Nähe des anderen gesucht? Er lächelte mich an und legte seine Hand auf meine. Eine seltsame Kraft bemächtigte sich meiner, und als Zeichen der Zustimmung senkte ich den Kopf. Allah hatte mir einen »Führer« gesandt, der mir den Weg zu Ihm weisen sollte.

»Es gibt nur Gott«, sagte er noch, bevor er im Dunkel der Nacht verschwand. »Wir sind seine Akteure auf einer Bühne, die er errichtet hat, um sich selbst zu sehen.«

Ich suchte ihn bereits am nächsten Tag in seinem Haus auf und trat das Studium der Spiritualität an, brannte ich doch darauf, in diese mysteriöse und privilegierte Welt einzudringen, die, wie ich

* »Priestern«

glaubte, mir »Erkenntnis« bringen würde. Es war mir damals noch nicht bewußt, daß das Disziplin, Härte gegen sich selbst, Demut und Kasteiung bedeutete. Es galt, die Schale zu zertrümmern, um den Kern freizulegen.

»Das wesentliche Prinzip ist die Einheit Gottes«, sagte der Scheich. »Wenn du das weißt, wird dir alles gegeben. Laß Gott Wirklichkeit werden, und Er wird dir Wahrheit schenken.«

Sich darauf vorzubereiten, den Allerhöchsten von Angesicht zu Angesicht zu sehen, ist eine wahre Kunst, die Kunst, jederzeit bereit zu sein, die wirkliche Welt zu sehen, wenn der Tag kommt.

»Du kannst nur erwachen, wenn du den Willen dazu hast«, fuhr der Scheich fort. »Also beginne mit der Arbeit an dir selbst! Entferne all das Überflüssige, das Böse, das Künstliche, damit du nur dich selbst bewahrst, also den, der du bist, das, was du bist! Suche unablässig nach deiner wahren Natur! Aber nicht um deinetwillen. Wenn du dein ›Ich‹ entwickelst, wirst du nur eine Täuschung erleben. Und solange du im Raum deines ›Ichs‹ leben wirst, wirst du keine wirkliche Veränderung erreichen. Du mußt an dir arbeiten, um etwas zu gewinnen, was die Auffassungsgabe deines Geistes übersteigt. Erst dann wirst du behaupten können, etwas Nützliches und Konstruktives zu tun.«

Auf was für eine Arbeit spielte er nur an? Auf welche wirkliche Veränderung? Er wiederholte, man müsse die Schale zertrümmern, das heißt, sein eigenes Bewußtsein brechen, um seine wahre Wesenheit zu entdecken. Ich war mir nicht sicher, ob ich den Sinn all dieser Worte erfaßte, doch ich hatte es eilig, ein Ergebnis zu erzielen, so klein es auch sein mochte. Und deshalb unterwarf ich mich den Übungen.

Die erste und wichtigste diente der Atmung. Einer langsamen und kontrollierten Atmung, die es erlaubte, die Gedanken zu vertreiben, Leere zu erzeugen: nichts mehr wissen und wissen, daß man nichts weiß; sich vergessen, bis man zu Staub wird.

»Denke an den Wind!« riet der Scheich. »Er trägt alles, was leicht genug ist, um von der Erde fortgeweht zu werden, den Duft der Blumen, die Blätter, die von den Bäumen fallen, und die Samen, die dank seiner Hilfe das Land finden, wo sie Wurzeln schlagen werden. Wir gelangen durch einen Windhauch in diese Welt, und ein Windhauch trägt uns aus ihr hinaus.«

Ich pflegte mit ganz geradem Rücken auf einer Bank zu sitzen und meine Aufmerksamkeit auf die Bewegung meines Brustkorbes zu konzentrieren, der sich im Rhythmus des Ein- und Ausatmens langsam hob und senkte. Allmählich wich mein Körperbewußtsein einem Wohlgefühl. Ein Hauch von Frische durchflutete meine Glieder, und plötzlich hatte ich den Eindruck zu schweben.

»Vergiß alles!« sagte mein Lehrmeister. »Laß alles, was du über dich denkst, absterben, so daß das zum Leben erweckt wird, was du wirklich bist! Auf diese Weise wirst du deine Seele erkennen.«

Ich schloß die Augen. Ich spürte die Schwerkraft nicht mehr und stieg in einer Spirale von Erleuchtung immer höher. Ich hatte keinen Körper mehr und schwebte in einer Wolke von Heiterkeit, die sich in mir wie eine Honigquelle ausbreitete. »Gott ist Liebe«, sagten die Sufisten in Baalbek. War das die Liebe? Das Gefühl, das ich in jenem Moment spürte, kannte ich nicht. Geblendet und beunruhigt kam ich wieder zu mir, und mein Lehrer, dem ich mein Erlebnis anvertraute, sprach zu mir:

»Das Leben sollte ein Werk der Liebe sein. Laß dich nicht von deinen Leidenschaften überwältigen, aber wage es, leidenschaftlich zu lieben! Denn solange du nicht vorbehaltlos geliebt hast, wirst du Gott nicht vollständig begreifen.«

Ich sah nun wieder die Zärtlichkeiten vor mir, die ich mit jungen Knaben, Diab und anderen Gefährten, ausgetauscht hatte, als unsere Körper im Frühling des Lebens standen und Knospen trieben. Wir gaben diesen fleischlichen Begierden nach, die in uns aufloderten, angeregt durch eine üppige Natur, deren Seufzer und Wohlgerüche uns trunken machten. Hatte ich vorbehaltlos geliebt? Was bedeuteten diese Worte, und was war das, »die Liebe«? Ich dachte an meine Kindheit zurück, die quälend war, weil mein Vater mich nicht liebte oder vielleicht seinen Gefühlen für mich keinen Ausdruck verleihen konnte. Die einzigen Erinnerungen an die Liebe verdankte ich meiner Mutter, die mich auch weiterhin mit Herzlichkeit empfing, mich aber nicht mehr verstand und mit Vorwürfen überschüttete. Sie hatte die Absicht, mich zu verheiraten, und ich schlug systematisch all die Schönheiten aus, die sie entdeckt hatte und auf endlose Listen setzte, und damit auch die nette Mitgift, mit denen diese ausgestattet waren. Ich wollte weder Gatte noch Vater sein, sondern ein Diener Allahs. Er allein verstand zu lieben, und ich war sehr damit beschäftigt, mein »Ich« zu vergessen und soweit zu gelangen, völlig in der Unendlichkeit der göttlichen Liebe aufzugehen.

Mehr und mehr zog ich mich aus der Welt zurück, vergrub mich in ein Universum von Erleuchtung und Gebet, auf der Suche nach der höchsten Ekstase, welche die Begegnung mit dem Einzigen sein würde.

Das war meine Besessenheit, mein einziges Verlangen, und ich überhörte den Sturm der Gewalt, der um unsere Stadt und die benachbarten Landstriche tobte. Schriften und Gedichte kursierten in den Schulen und Kasernen, während die Priester in den Moscheen flammende Reden hielten und die Gläubigen dazu aufriefen, als Diener Allahs zu den Waffen zu greifen, um dem »Großen Mudschaheddin«* zu folgen. Unter der umfassenden Kontrolle meines Vaters wurde der psychologische Feldzug fortgesetzt. Er hatte bereits die Eroberung der syrischen Hauptstadt möglich gemacht, und an allen Ecken der Stadt schrien die Vorbeter:

»Damaskus, Damaskus, es ist allerhöchste Zeit, daß Jerusalem zurückerobert wird!«

In der Zwischenzeit rief mein Onkel seine Offiziere zusammen, um das Feuer der Rache zu schüren.

»Jetzt ist der Augenblick gekommen, um mit den Eindringlingen endgültig fertig zu werden«, sagte er. »Noch nie waren sie so verwundbar.«

Tatsächlich, die Verstärkungstruppen hatten starke Einbußen erlitten, und die übrigen Männer hatten den Rückzug angetreten, ohne etwas auszurichten. In militärischer Hinsicht war das Ansehen

* »Verfechter des Glaubens«.

der Christenheit stark angeschlagen. Sie bestand nur noch aus »Pulani«*, die man in die Bastionen zurückgeschlagen hatte, die sich noch in ihrem Besitz befanden** und die sie nur deshalb hatten erobern können, weil die arabischen Fürsten damals zerstritten waren. Mit Gottes Hilfe, so hörte man überall, habe sich die Lage nun geändert. Nur ed-Din hatte Syrien geeint, während die Christen sich zankten. Sie machten sich gegenseitig den Einfluß auf die Gebiete streitig, und Gewinnsucht lähmte ihren mystischen Elan der ersten Stunde. Unsere Armee hatte daraus ihren Nutzen gezogen. In weniger als zwei Jahren hatte sie die größten Orte Nordsyriens zurückerobert. Es war wirklich an der Zeit, Jerusalem zurückzugewinnen.

Aber Nur ed-Din blieb entschlußlos, und Schirkuh jammerte, da er für das Zögern seines »Hoheitsgefährten«, wie er ihn gern nannte, kein Verständnis hatte. Als Befehlshaber der Heere und rechte Hand des Sultans glaubte er, die Hälfte der Macht innezuhaben. Von da war es für ihn nur ein Schritt bis zur Ausübung der gesamten Macht, den er zu tun bereit war, als Nur ed-Din bei einem Besuch in Aleppo von der Ruhr niedergestreckt wurde. Fast ein ganzes Jahr lang schwebte er zwischen Leben und Tod, und man hatte schon die Hoffnung auf seine Rettung aufgegeben. Da stürmte Schirkuh in unser Haus. Wie ein Tornado fegte er zu meinem Vater, mit dem ich gerade eine Unterhaltung führte. Er kochte, keuchte, spuckte auf den Boden und hieb mit dem Säbel in die Luft.

»Der Sultan ist bereits dem Tod geweiht«, erklärte er mit Nachdruck. »Die Gelegenheit ist zu günstig! Ich nehme seinen Platz ein. Die Armee hält zu mir.«

Er flößte mir Angst ein, und ich stand wie versteinert. Besaß er das Recht, die festgefügte Ordnung umzustürzen und sich etwas anzumaßen, was anderen zukam?

* Franken aus Syrien.

** Das Fürstentum Antiochia, die Grafschaft Tripolis und das Königreich Jerusalem, das sich über die Gegend von Moab und Nabathea erstreckte und in vier Baronate gliederte: die Grafschaft Jaffa und Askalon, das Fürstentum Tiberias, das Baronat Sidon und das Lehen Montreal auf dem Territorium von Transjordanien.

»Willst du uns alle ins Verderben stürzen?« brüllte mein Vater.

Es war wohl das erste Mal, daß ich erlebte, wie er seine Beherrschung verlor. Der Zorn hatte sein Gesicht bleich gemacht und seine Züge verhärtet. Er ging auf seinen Bruder los, den er um eine Kopflänge überragte, packte ihn beim Kragen und schimpfte:

»Begib dich lieber nach Aleppo! Du wirst gerade noch rechtzeitig ankommen, um Nur ed-Din deine Aufwartung zu machen, wenn er sich von seiner Krankheit erholt.«

Dann lockerte er den Griff, gewann seine Kaltblütigkeit zurück und setzte in ruhigerem Ton hinzu:

»Sollte er sterben, bin ich hier, um dir Syrien zu liefern!«

Ohne die Besonnenheit meines Vaters hätten wir ein weiteres Mal die Ungnade und das Exil erlebt, doch dieses Mal gab es keinen Zengi mehr, der uns hätte aufnehmen können. Schirkuh nahm wieder Vernunft an. Um ihre Versöhnung zu unterstreichen, drehten sich die beiden Brüder nach mir um und überzogen mich mit Ermahnungen und Vorwürfen. Meine Tuniken aus rauher Baumwolle und meine Bettlersandalen seien ihrer unwürdig. Auch ohne diese lächerliche Verkleidung könne ich ein guter Gläubiger sein, ein Frommer, ganz wie sie. Wozu die Überzeugungen so ins Extreme übersteigern? Gott verlange das nicht. Meine neue Ausrichtung mißfalle ihnen ebenso wie meine religiösen Mitbrüder, die ihnen suspekt, ja gefährlich erschienen, weil sie mich dem Einfluß der Familie entrissen und mich zu Meditationen verleiteten, bei denen meine Gesundheit Schaden nähme. Sie bedrängten mich, ich möge diesen Spielchen schnell ein Ende setzen und einen Platz in der syrischen Armee einnehmen, der meiner Würde entspräche. Ich hörte sie an, unerschüttert. Ich sah sie wie die Possenreißer des Hofes gestikulieren, doch ihre Worte prallten an mir ab, ohne mich zu beeindrucken.

Sie interessierten sich nur für mich, weil ich aus der Reihe tanzte, aber sie boten mir nichts, was mich für den Zustand innerer Zufriedenheit entschädigt hätte, den ich verspürte, wenn ich täglich eine Parzelle meines »Ichs« zermürbte. Was waren sie denn schon in den Augen des Allmächtigen, dieser brillante General und der ehrwürdige Gouverneur? Nicht mehr als der kleine Yussuf! Und sie hatten weder das Recht, ein Urteil über mich zu fällen, noch mir Fesseln anzulegen. Allah führte mich zu Seiner Liebe, und ich gehorchte. Ihm allein vertraute ich.

Im Jahr 558 (1163) störte ein unvorhergesehenes Ereignis meinen Seelenfrieden und änderte den klaren Verlauf meines Lebens. Schawar, der Wesir von Ägypten, hielt Einzug in Damaskus. Man hatte ihn abgesetzt und aus seiner Heimat vertrieben, so daß er im Galopp durch die Wüsten geritten war, um bei Nur ed-Din Zuflucht zu suchen.

Der Hof geriet in helle Aufregung. Trat doch der Minister eines schiitischen Kalifen mit der flehentlichen Bitte an unseren sunnitischen Herrscher heran, ihm ein Truppenkorps zur Verfügung zu stellen, damit er nach Kairo zurückkehren könne. Das würde ihm helfen, sein Amt wiederzugewinnen.

Seit zwei Jahrhunderten war Kairo in der Hand einer Dynastie von ketzerischen Kalifen. Ein Schwindler, ein gewisser Abu Mohammed Obeïdallah, der behauptete, durch Fatima von Mohammed abzustammen, hatte sie 296 (908) in der Nähe von Kairuan gegründet. Er verstand es, dem Volk damit zu imponieren, gründete ein Königreich und legte sich die Titel »Kalif« und »Imam« zu. Seine Nachfahren, die sich rühmten, aus der Ehe zwischen Fatima und Ali hervorgegangen zu sein, wurden »Fatimiden« oder »Aliden« genannt. Als Anhänger der Schia erwarteten sie den Mahdi, der – wie sie glaubten – die Reinkarnation Allahs wäre. Die Abbassidenkalifen aus Bagdad, Verfechter der Sunna, beschränkten sich damals darauf, jene Usurpatoren zu verfluchen, die ihre Rechte mit Waffengewalt unterstrichen.

In kurzer Zeit eroberten die Fatimiden Sardinien und Sizilien und setzten sich in Kairo fest. Ägypten war reich, und schon bald gaben sich die Kalifen dem Vergnügen und der Ausschweifung hin, wobei sie allmählich ihre Verantwortlichkeiten vergaßen, die sie in die Hände ihrer Wesire gelegt hatten.

Das endete damit, daß diese sich selbst die Macht zugestanden. Wer Wesir werden wollte, wiegelte die Provinzen auf, kam in die

Hauptstadt, tötete seinen Vorgänger und zwang den Kalifen, ihm die Investitur zu erteilen.

Genau das hatte auch Schawar getan. Vor sieben Monaten war dieser ehemalige Sklave, der Gouverneur von Qous* geworden war, an der Spitze einer Armee nach Kairo marschiert, hatte dem Wesir Razik die Kehle durchgeschnitten und sich dessen Besitztümer und Ämter angeeignet.

»Er hatte mich gedemütigt«, führte er zu seiner Rechtfertigung an. »Ich wollte mich rächen.«

Ein gewisser Dargham, Torwächter und Mitglied der Miliz, der früher von Razik protegiert worden war, wollte seinen ehemaligen Herrn nun seinerseits rächen. Er stürzte den Usurpator Schawar und nahm seinen Platz ein. Innerhalb eines Jahres hatte die ehemalige Heimat der Pharaonen dreimal die Regierung gewechselt.

Inmitten der schweigenden Menge lauschte Nur ed-Din geduldig den Worten des abgesetzten Wesirs, der Tränen über sein Los und das Schicksal Ägyptens vergoß. Man könne nicht zulassen, daß die sagenhaften Reichtümer des Landes in den Händen eines einfachen »Bataillonskommandanten« blieben.

»Gewähre mir aus Erbarmen eine militärische Streitkraft!« flehte er. »Ich werde alle Kosten erstatten und ein Drittel der Einkünfte meines Landes als Tribut zahlen.«

Stärkere Unruhe als gewöhnlich befiel Schirkuh. Seine Träume von Ruhm und Eroberungen nahmen neue Ausmaße an.

»Ägypten ist von unschätzbarem Wert«, erklärte er in Selbstgesprächen, die immer häufiger wurden. »Seine Regierung wankt. Wir müssen es unverzüglich besetzen. Dadurch wird Syrien unbesiegbar sein, und nichts wird uns mehr daran hindern können, die Christenhunde zu vertreiben.«

Mein Vater stimmte dem zu und fügte an, daß auch die Franken Ägypten begehrten. Um näher heranzukommen, hätten sie bereits Askalon eingenommen, und nun warteten sie den günstigsten Moment ab, um es an sich zu reißen. Auch sie wüßten, daß man den

* Das antike Theben und heutige Karnak.

Orient fest in der Gewalt habe, wenn man im Besitz des Nils sei. Sofern sie uns zuvorkommen sollten, wäre es aus mit Syrien. Ich hörte nur zerstreut zu, und das war ein Fehler. Die Leidenschaftlichkeit wuchs. Die Erregung stieg. Schirkuh wälzte verschiedene Pläne und organisierte bereits den Feldzug, für den er beim Sultan Zustimmung finden würde, daran zweifelte er nicht.

Letzterer analysierte die Lage. Er brachte Schawar nur geringe Wertschätzung entgegen. Wenn es dieser ehemalige Sklave auch geschafft hatte, aufgrund seiner Verdienste in die Stellung eines Provinzgouverneurs aufzusteigen, so hatte er dennoch nicht davor zurückgeschreckt, einen respektablen Mann mitsamt der ganzen Familie zu töten, um seinen Ehrgeiz zu befriedigen. Es widerstrebte dem Sultan, ihm Hilfe zu gewähren. Andererseits wußte er, daß er Jerusalem einnehmen würde, wenn er Ägypten besäße. Das war die Schlüsselstellung in jeder Strategie. Die Angelegenheit erschien um so verlockender, als sie ihn nichts kosten, sondern ihm sogar neue Einnahmequellen verschaffen würde. Dennoch sah er auch die Risiken des Plans. Der Wesir könnte möglicherweise seine Versprechungen vergessen, sobald er wieder seine alten Ämter innehätte. Außerdem war die Route, der die Eskorte zu folgen hätte, nicht frei von Gefahren. Die Franken waren in Askalon. Sie beherrschten die Straße nach Kairo, die sie schon längst vereinnahmt hätten, wenn die Regierung des Kalifen nicht den Entschluß gefaßt hätte, ihnen jährlich einen Tribut von sechzigtausend Dinaren zu zahlen, um sie daran zu hindern, so weit zu gehen. Da schlug eine Nachricht wie ein Donnerschlag ein. Morri*, der König von Jerusalem, hatte aus dem Sturz Schawars Nutzen gezogen und war unter dem Vorwand, seinen Anteil zu fordern, nach Bilbeis ins Nildelta hinabgezogen.

Dieses Mal war klar, was gespielt wurde. Nur ed-Din wurde bleich vor Zorn. Und mein Onkel brüllte mit hochrotem Gesicht, daß es nicht in Frage käme, Ägypten den Christen zu überlassen. Zu unserem großen Glück war diesen das Schicksal nicht wohlge-

* Amalrich I.

sonnen. Bilbeis lag an einem Arm des Nils, und der Fluß führte Hochwasser. Die belagerten Bewohner mußten also nur einige Schleusen öffnen, und schon zogen die vom Wasser eingekesselten »Kreuzträger« zurück nach Hause. Die Situation war brenzlig gewesen, doch noch immer drohte unmittelbar Gefahr. Nur ed-Din beeilte sich, dem Geschrei seines Generals nachzugeben, und beauftragte ihn, Schawar wieder auf seinen Wesirthron zurückzubringen. Gleichzeitig sollte er in geheimer Mission die Sachlage im Land der islamischen Ketzer auskundschaften. Mein Onkel ließ mich zu sich rufen und sagte:

»Yussuf, du wirst mich begleiten!«

Die Reise erschien mir durchaus reizvoll, und im Schutz der Moscheen Kairos lebten einige berühmte Denker, die ich dann treffen könnte. Aber die Risiken! Die Franken hockten in ihren Festungen Kerak und Shaubak, die über unserem Weg thronten, und würden es nicht versäumen, auf uns herabzustürzen und einen unerbittlichen Kampf zu entfesseln. Ich fürchtete mich vor dem Krieg und weigerte mich zu gehorchen, zumal dieser Feldzug meine Pläne durchkreuzte. Damaskus zog damals viele Gelehrte und »cheiks« aus verschiedenen Winkeln der Erde an. Sie kamen aus Mosul, Samarkand, Kairo und sogar Cordoba und Sevilla. Und so eilten wir ständig zur großen Moschee der Omajaden, um ihren Reden zu lauschen. Soeben kündigte man die Vorträge des ehrwürdigen Abi Asrun aus Bagdad an, die ich für alles Gold der Welt nicht versäumen wollte. In meiner Bruderschaft wurde auch eine Gruppe Sufisten aus der Türkei erwartet. Sie sollten uns in aller Verschwiegenheit lehren, auf eine andere Weise in Ekstase zu geraten und zu Allah aufzusteigen, nämlich indem man sich auf einem Fuß drehte. Ägypten sollte mit all seinen Ketzern zum Teufel gehen! Ich sah keinerlei Nutzen darin, einen Mörder zum Ort seines Verbrechens zurückzubegleiten.

Mein Onkel war auf diesem Ohr taub. Ich sei sechsundzwanzig Jahre alt, sagte er, und es sei an der Zeit, daß man einen Mann aus mir mache, mit anderen Worten einen Krieger, einen »Mudschaheddin«, und keinen Mystiker, der in seine Betrachtungen versunken sei. Außer mir vor Schmerz und Wut, suchte ich meinen »cheikh« auf, der meine Hand nahm und mit sanfter Stimme zu mir sprach:

»Es kommt eine Zeit, in der die Liebe uns so erfüllt, daß wir, durchtränkt von Gottes Gegenwart, alles begrüßen, was uns gegeben ist, da wir wissen, daß es aus der einzigen Quelle des Ganzen stammt.«

Ohne weiter zu grübeln, stieg ich auf mein Streitroß und folgte meiner Bestimmung auf dem Weg nach Kairo.

Wir verließen Damaskus durch das »Tor des Sudan«. Der 1. Jamada I (April 1164) war angebrochen, und die Morgendämmerung rötete den Himmel jenseits der Hügel. An unserer Spitze lärmten die Musikanten und Bannerträger. Hinter ihnen folgte mein Onkel in einem Prunkgewand, das mit Goldstickereien reich verziert war. Er führte seine kurdische Garde und tausend Reiter mit blank gezogenem Säbel an. Auf seinem Vollblut, das einen kostbaren Pferdeharnisch trug, war er der »Löwe des Glaubens« und fürchtete sich vor nichts.

Nah bei ihm ritt Schawar in seinem Wesirsputz, dem er wieder Berechtigung zu verschaffen gedachte. Inschallah, so Gott wollte, denn noch war die Sache nicht gewonnen! Wir mußten Palästina durchqueren, das mit Zitadellen gespickt war, die von Kreuzen nur so strotzten. Und die sicherste Route, die Schirkuh auch gewählt hatte, führte durch die Wüste. Das bedeutete brütende Hitze und keine Brunnen. Kamele folgten uns. Sie trugen außer unserem Gepäck und unserer Ausrüstung Hunderte von gefüllten Wasserschläuchen. Wie es der Kriegstaktik entsprach, die vom Rat der Emire gebilligt worden war, hatte man beschlossen, daß wir mit verringerter Anzahl aufbrechen sollten. Eine ganze Armee mit all ihrem Kriegsgerät, wie es aus Klugheit und Vorsicht anzuraten gewesen wäre, hätte den Verdacht des Feindes erregt.

In langen Tagesritten näherten wir uns der Hochebene von Moab, wobei wir immer dem Ostufer des Jordans folgten. Südlich des Toten Meeres führte Schirkuh uns nach Westen, um den Fluß zu überqueren und im schnellen Ritt durch den Sinai zu gelangen. Alles verlief ohne Zwischenfall. Zwei Wochen später kam Bilbeis am Ostarm des Nils in Sicht, ohne daß wir auch nur den Schatten eines »Ungläubigen« gesehen hatten. Um die Aufmerksamkeit der Christen abzulenken, hatte Nur ed-Din freilich seine Truppen zu einigen ihrer Orte in Nordsyrien verlagert, was jene wesentlich mehr beunruhigte als unsere bescheidene Kolonne, die hier und da auftauchte, ihr Biwak aufschlug und still wieder in der Wüste verschwand.

Zu Beginn der Reise war ich mißgestimmt und lehnte es ab, mich in diese Truppe von Haudegen einzufügen, die sich jeden Abend an der Vorstellung phantastischer Reichtümer berauschten, die dieser Auftrag einbringen würde. Jeder gab seine früheren Heldentaten zum besten, träumte von nichts anderem als von Raubzügen, Beute und den Frauen, die sie sich nahmen, bevor sie sie mit einem Säbelhieb beseitigten. Bei den Emiren war das nicht anders. Man sprach in gewählteren Worten, jedoch nur von Macht, Ehre, Territorien und jener ausgesuchten Kriegsbeute, die den Harem zieren würde. Das alles langweilte mich. Ich besaß weder Land noch Ambitionen. Ich wartete auf das Dunkel der Nacht, um unter den Sternen dem allmächtigen Herrn allein gegenüberzutreten, den ich mit Gebeten und Beschwörungen anflehte und inständig bat, mich nicht vom »Weg« abkommen zu lassen, der zu Ihm führt.

Ich konnte nicht verstehen, warum Er mich in dieses Abenteuer gestürzt hatte. Ich fühlte mich all diesen Männern vollkommen fremd, die nur für den Profit lebten und ihre Gebete als Pfand für ein gutes Omen herunterleierten. Was hätte ich schon mit ihnen reden können? Es fiel kein Wort, und ich mauerte mich in Gleichgültigkeit ein. Ich stellte eine gekonnte Herablassung zur Schau und öffnete den Mund nur, um meinen Knappen barsch Befehle zu erteilen, wenn ich das Reittier wechseln wollte. Da ich dem Militärleben die kalte Schulter zeigte, erfuhr ich nichts über dessen Riten. Sicherlich, ich konnte mit den Waffen umgehen und vom Pferde aus in jeder Lage bestens treffen, aber ich hatte mich nie diesem Gemeinschaftsleben gebeugt, dessen Grundlagen Disziplin und der Respekt vor der Autorität sind. Auf diesem Weg nach Kairo verkörperte Schirkuh die Autorität. Dieser kleine, dicke Einäugige war ein geborener Befehlshaber. Allein sein Name ließ ganz Syrien erzittern. Seine Stimme rollte wie der Donner, und seine Männer erstarrten, wenn er vorüberging. Unterwegs aber teilte er mit ihnen die Suppe und die Scherze und brachte sie wie Kinder zum Lachen, ohne dabei etwas von seiner Beredsamkeit und seiner Würde zu verlieren. Er hatte Verständnis für sie und konnte alles von ihnen verlangen. Das rief mir einen Satz meines »cheikhs« ins Gedächtnis zurück:

»Wenn du dein Herz sprechen läßt, kannst du das Feuer in den Herzen der anderen entfachen. Und nichts ist fesselnder als die Liebe.«

Ein Schleier zerriß: Aus Schirkuh sprach das Herz! Mit seinen brüsken Gesten, seinem Gespött und seinem Ungestüm schenkte mein Onkel Liebe und wußte so die Liebe seiner Soldaten auf sich zu lenken. Er sprach ihre Sprache, lebte ihr Leben, und alle schworen nur auf ihn, wobei sie seinen Mut rühmten, der mehr als legendär war. Ein Befehl explodierte in meinem Kopf:

»Befreie dich von deinem ›Ich‹! Trenne es mit einem Hieb ab!«

Hatte mich der Allmächtige zu diesem Zweck nach Kairo geschickt? Sollte Er mich aus meinem Kokon der Erleuchtung geholt haben und mich in den Graben zu den Wölfen geworfen haben, einzig um mir zu zeigen, daß Er auch dort zu finden war? Von diesem Tag an hörte ich zu, beobachtete ich und rang diesen ungestümen kleinen Willen nieder, der es sich ständig erlaubte, dem obersten Willen Vorwürfe zu machen. Die Truppe brachte mir bei, zu teilen und Demut zu üben, während Schirkuh mich den Beruf des Befehlshabers lehrte:

»Entweder du befiehlst, oder dir wird befohlen«, sagte er. »Alles liegt vor dir. Und du wirst keinen Erfolg erzielen, wenn du dich in deinen Wolken aus Illusionen und Träumereien versteigst. Man muß sein Herz hart machen und seine Seele bisweilen vergessen, vor allem, wenn man sieht, daß die eigenen Hände rot von Blut sind. Mit einer schlaffen Rute kann man in keine Frau eindringen. Also stähle dich für dieses Kriegerleben!«

Mein Verstand stimmte dem zwar zu, dennoch war ich davon überzeugt, daß alles reine Theorie bleiben würde. Die Unternehmung erhielt gleichwohl einen anderen Reiz, und ich entdeckte, daß das Herz meiner Begleiter für Poesie nicht völlig unempfänglich war.

Als wir uns Bilbeis näherten, änderte sich alles schlagartig. Der Ort war auf Gegenwehr vorbereitet. Der neue Wesir, der Bruder Darghams, erwartete uns dort mit den ägyptischen Truppen. Beunruhigt wandte mein Onkel sich an Schawar:

»Du hast uns versichert, daß Ägypten keine Soldaten habe, und nun stehen wir einer mächtigen Armee gegenüber!«

»Hab keine Angst!« antwortete der abgesetzte Wesir. »Die meisten von ihnen sind nichts weiter als Handwerker. Die Trommel treibt sie zusammen und der Knüppel auseinander.«

Schawar übernahm nun das Kommando und ließ uns zum Zeitpunkt der größten Hitze angreifen. Wie er es vorausgesehen hatte, hatten Darghams Männer ihre Waffen abgelegt, um sich im Schatten niederzulassen. Es kam zu einem allgemeinen »Rette sich, wer kann!« Wir töteten eine große Anzahl und machten viele Gefangene. Nur wenigen gelang es, wieder in den Sattel zu springen und in Richtung Kairo zu fliehen. Aber wir waren ihnen auf den Fersen, verschlangen im Galopp unserer Streitrosse die Entfernungen, wie elektrisiert durch diesen leichten Sieg, aufgrund dessen wir uns der Illusion hingaben, unbezwingbar zu sein. Hatte unsere kleine Truppe von tausend Reitern nicht soeben die Armee von Misr* zermalmt? Im Überschwang unseres Stolzes flogen wir dem Erfolg entgegen, der uns im Herzen der Hauptstadt zweifellos erwartete und uns erlauben würde, im Triumph und ruhmbekränzt Kairo zurückzuerobern. Die Begeisterung sprang auf mich über und ließ mich meine kindliche Panik und die Abscheu meines Jugendalters vergessen. Schirkuh hatte mich mit seinem Enthusiasmus und seiner Kraft angesteckt. Nachdem ich ihn so lange Zeit verabscheut hatte, begann ich, Bewunderung für ihn zu empfinden, und ich

* Ägypten.

machte mir seine Sache zu eigen. Mein Pflichtbewußtsein war mir nicht abhanden gekommen, und ich hatte auch eine gewisse Vorstellung von Ehre.

Wir kamen in den ersten Tagen des Jamada II (Anfang Mai 1164) vor den Mauern Kairos an. Der überraschte Dargham versuchte Widerstand zu leisten, aber alle ließen ihn im Stich. Er hatte den König von Jerusalem um Hilfe angefleht, doch der rührte sich nicht, da er zu sehr damit beschäftigt war, im Norden gegen Nur ed-Din zu kämpfen. Der Kalif zeigte sich, verschanzt in seinem Palast, gegenüber den Hilferufen Darghams taub, und die Bewohner der Stadt spürten, daß der Wind sich drehte, und ließen diesen deshalb allein. Und seine Armee, von der war nicht mehr viel geblieben. Die letzten Schwadronen waren soeben von unseren Leuten aufgerieben worden.

Wir hörten, wie er vergeblich die Trommeln rühren und die Trompeten ertönen ließ, um die »Ma-sha-llah«-Rufe* seiner Ausrufer zu untermalen. Niemand antwortete darauf. Er war ratlos, aber dennoch um seine Ehre besorgt. So versuchte er an der Spitze einiger Getreuer einen Ausfall aus der Stadt, bei dem er getötet wurde. Schawar konnte völlig mühelos die Macht wieder übernehmen. Der Kalif El Adid schenkte ihm einen neuen »Khilat«**, der seinen Wesirstitel bestätigte und ihm umfassende Autorität verlieh.

Währenddessen standen wir noch immer vor den Toren Kairos. Wir hatten unsere Versprechen erfüllt und warteten darauf, daß der Minister seine einhielt. Aber Woche um Woche verstrich, und nichts traf ein. Mein Onkel ereiferte sich und fluchte auf die Hitze, den Staub und die Unbequemlichkeit unserer Zelte. Schawar gab ausweichende Antworten, mied uns und erteilte uns schließlich den Befehl, nach Syrien zurückzukehren. Als gutberechneten Lohn!

Schirkuhs Wutgeschrei dröhnte bis in den letzten Winkel der Stadt und brachte sogar das Innere der Paläste zum Erzittern. Es

* Gott will es.

** Dem Wesir vorbehaltene Ehrenrobe.

verbreitete sich das Gerücht, Nur ed-Din persönlich werde an der Spitze seiner schlagkräftigen Armee anmarschieren, um den abtrünnigen Wesir zu bestrafen. Was mich betrifft, ich hätte mir gewünscht, es wäre wahr. Diese Verräterseele verdiente den Tod, und zum ersten Mal stieß ich Flüche aus. Aber, wenn man es recht bedenkt, was konnte man von einem Ketzer eigentlich erwarten? Um unseren Zorn zu besänftigen, schickte er uns dreißigtausend Dinare. Schirkuh verweigerte die Annahme. Nur ed-Din hätte als Gegenleistung für unseren militärischen Beistand Anspruch auf ein Drittel der Einkünfte Ägyptens, und wir würden ohne den Betrag nicht abziehen, selbst wenn wir gezwungen wären, Kairo zu verwüsten.

Dieses Mal packte den Wesir die Angst. Er sandte einen Boten zum König Morri. Wie Dargham bat er ihn, mit seiner Streitmacht zu kommen und diese »Ghuzzenhunde«*, also uns, zu vertreiben. Wir erfuhren das sogleich, da unser Spionagenetz vortrefflich funktionierte. Ich muß sagen, daß mein Onkel auf diesem Gebiet beim Atabeg Zengi in eine gute Schule gegangen war. Auch der hatte Agenten und Tauben zu seiner Verfügung gehabt und wußte alles. Uns wurde also hinterbracht, daß der Wesir die Christen auf seine Seite zu bringen suchte und deshalb die von Nur ed-Din ausgehende Bedrohung betonte, sofern dieser nicht daran gehindert werde, außer Syrien auch Ägypten zu besetzen und sie von allen Seiten zu umzingeln. Und um sie endgültig zu überzeugen, bot er ihnen sogar an, ihnen die Kosten der Reise bis hin zum Hafer für ihre Pferde zu erstatten.

Die Angelegenheit wurde ernst. Der alte Zorn stieg in den Emiren hoch. Einige wagten es, den Gedanken vorzubringen, das Lager vor der Katastrophe abzubrechen. Schirkuh warf ihnen aus seinem einzigen Auge vernichtende Blicke zu, während er bereits die Kampfposten verteilte. Ich hörte ihm aufmerksam zu.

»Wir riskieren, eingekesselt zu werden«, sagte er.

* Ghuzzen: Name, den die Ägypter den Turkmenen gaben, die im syrischen Heer am stärksten vertreten waren; er wurde dann auf die Gesamtheit der syrischen Streitkräfte ausgedehnt.

Ich vergaß die Gefahr, die ein gemeinsamer Angriff der Franken und der Ägypter bedeutete, und dachte nur noch an den besten Weg, Widerstand zu bieten und den Sieg zu erringen. Die Lektionen, die ich auf dem Manöverplatz im Schatten der Befestigungsanlagen von Damaskus gelernt hatte, kamen mir wieder in den Sinn. So schlug ich vor, daß wir uns eine Auffangstellung sichern sollten.

»Bravo!« antwortete mein Onkel. »Der gesunde Menschenverstand hat gesprochen.«

Ich wurde von ihm sogleich nach Bilbeis geschickt, um dort unsere Rückzugsbasis und ein Versorgungszentrum einzurichten. Dies war mein erster Auftrag, und ich war nicht wenig stolz, als ich mich an die Spitze meines Trupps setzte. Schirkuh hatte mir sein Vertrauen geschenkt, und ich konnte ihn nicht enttäuschen. Dennoch krampften sich meine Eingeweide vor Angst zusammen. Ich war unerfahren, und der kleinste Fehler konnte uns das Leben oder zumindest die Ehre kosten. Im meinem tiefsten Inneren ertönte die Stimme des »cheikhs«: »Wie wunderbar sind die Wege Gottes! In jedem Augenblick gewährt Er jedem einzelnen von uns, was er braucht.«

Nach meiner Ankunft in Bilbeis trug ich die Ernten, das Viehfutter, das Holz und all das zusammen, was uns im Falle einer Belagerung von Nutzen sein würde. Ich verbündete mich auch mit den Einwohnern der Stadt, Arabern aus dem Stamm der Kinana*, die nicht verstanden, warum Muslime mit Christen gegen andere Muslime paktierten. Dann erfuhren wir, daß »Morri« sich derzeit von Nur ed-Din absetzte und nach Fustat in der Nähe von Kairo vorrückte, um sich mit den Streitkräften Schawars zusammenzuschließen. Für den König von Jerusalem drohte im Süden die größte Gefahr. Er konnte eine Besetzung Ägyptens durch die Syrer nicht zulassen, und der Besitz dieses Landes würde ihn für den Verlust einiger Zitadellen im Norden reich entschädigen. Er führte eine mächtige Armee an, die noch durch jene Franken vom anderen

* Einer der Stämme, die dem Kalifen Omar im Jahre 640 in seinen großen islamischen Kampf gefolgt waren.

Ufer des Meeres verstärkt war, die sich unmittelbar zuvor ausgeschifft hatten. Sie wollten ihre Pilgerreise zu ihren heiligen Stätten zu Ende führen und lehnten es nicht ab, sich mit den »Treulosen«, diesmal also mit uns, zu schlagen.

Um sich in Bilbeis zu verschanzen, kamen mein Onkel und seine gesamte Truppe dorthin. Ich erwartete sie schon. Wir waren in unserer Stellung nicht gerade zu beneiden. Die Türme der Festung waren aus Lehm, nicht sehr hoch, und es gab weder Gräben noch Vormauern. Dennoch hielten wir stand. Die Belagerung dauerte drei Monate. Die verbündeten Armeen griffen uns unerbittlich Tag und Nacht an, konnten jedoch keinen Vorteil erlangen. Unsere Kräfte ließen nach. Es mangelte an Nahrungsmitteln, und Verzweiflung machte sich unter uns breit. Dennoch waren wir entschlossen, bis zum letzten Mann erbittert zu kämpfen.

Da schlich sich eines Nachts ein Mann in die Stadt und ließ sich zu Schirkuh führen. Es war ein Gesandter Nur ed-Dins. Als einzige Botschaft überbrachte er einen Sack, der mit Fahnen und Haarbälgen von Kreuzfahrern gefüllt war.

»Allah hat den Muslimen den Sieg gewährt«, verkündete er stolz.

Dann berichtete er, daß der Sultan zu unserer Rettung den »Dschihad« ausgerufen habe. Zahlreiche Emire sowie die große Armee von Mosul hätten sich unter seinen Bannern aufgestellt. Er habe Harenc* angegriffen und Bohemund von Antiochia vernichtend geschlagen, dem sich Raimund von Tripolis und Thoros, der König von Armenien, sowie ein von Manuel, dem Kaiser von Byzanz, entsandter Trupp angeschlossen hätten. Zur Stunde marschiere er in Richtung Banias.

»Wir haben zehntausend Franken getötet«, schloß der Botschafter. »Fürst Bohemund und Graf Raimund sind unsere Gefangenen.«

Eilig zog er die Trophäen hervor und fügte die Empfehlungen seines Herrn an: »Man muß sie auf den Mauern aufpflanzen. Das wird genügen, um den Franken Angst und Schrecken einzujagen und ihnen den Mut zu rauben.«

* Auf halber Wegstrecke zwischen Aleppo und Antiochia.

Die entsprechenden Befehle wurden erteilt. Bereits im Morgengrauen konnten wir die Wirkung erkennen. Die Nachricht des Desasters hatte das Lager der »Ungläubigen« erreicht. Unsere makabre Darbietung löste Panik aus. Sie wimmerten und lamentierten. Und wir sahen, daß »Morri« den Rückzug kaum erwarten konnte und sein Gepäck verschnürte. Wahrscheinlich wollte er vor Nur ed-Din in Banias eintreffen. Würde Schawar allein gegen uns die Stellung halten? Doch der zog es vor, schnellstens zu verhandeln. Und um sich in bestes Licht zu setzen, schrieb er an Schirkuh:

»Wisse, daß Du es mir zu verdanken hast, wenn Du noch am Leben sein solltest. Ich habe aus zweierlei Beweggründen so gehandelt: Erstens will ich das Ansehen der Muslime nicht zerstören und den Christen keinen Vorteil ihnen gegenüber verschaffen. Außerdem fürchte ich, daß die Franken, wenn sie erst Herrscher über Bilbeis sind, sich im Zuge des Erfolgs einreden könnten, sie hätten diesen Platz durch ihre Waffen erobert. Aus diesen Gründen habe ich keinen Tag verstreichen lassen, ohne mehreren ihrer Befehlshaber Geld zu schicken, damit sie den König dazu überreden, die Belagerung aufzuheben.«

Wir durchschauten seinen Betrug, und dennoch stimmte Schirkuh Verhandlungen zu. Wir waren nicht in der Verfassung, die Belagerung länger durchzustehen. Die Besprechungen wurden prompt geführt, und es kam zu einem Vergleich. Man bot meinem Onkel dreißigtausend Dinare und umfassende Sicherheit für ihn und seine Soldaten, sofern er so schnell wie möglich nach Syrien zurückkehren würde. Die Franken sollten ihrerseits zurück nach Palästina ziehen.

Es ist nicht einfach, einen Ort zu verlassen, ohne den Sieg errungen zu haben. Die Genugtuung, das eigene Leben und das der Soldaten gerettet zu haben, kann das Gefühl der Bitterkeit nicht auslöschen, das einem das Herz einschnürt. Die Selbstachtung bleibt angeschlagen, unabhängig davon, welche Ehrbezeugungen die Zeremonie begleiten. Ich erinnerte mich an unseren Rückzug aus Baalbek und an meinen Vater, der in bewundernswerter Würde seine Garnison unter den wachsamen Augen Moïneddin-Unurs angeführt hatte. Mein Onkel war nicht weniger beeindruckend. Zum feierlichen Abzug zwischen den beiden gegnerischen Armeen, die ein doppeltes Spalier gebildet hatten, ließ er alle seine kurdischen und turkmenischen Krieger vor sich herziehen. Es wurde ein perfekter Aufmarsch, dessen Abschluß er bildete. Mit bebendem Schnurrbart und funkelndem Auge hielt der einäugige General, kerzengerade auf seinem Schlachtroß sitzend, eine schreckliche »khetaf« in der Hand. Er sicherte den Rückzug, und die Blicke aller Beteiligten waren auf ihn gerichtet. In Begleitung seines Dolmetschers näherte sich ihm ein Franke, der aus einem der Länder jenseits des Meeres stammte, und sagte:

»Fürchtest du nicht, daß diese Ägypter und diese Kreuzfahrer ihre Versprechen vergessen und über dich und deine Leute herfallen? Niemand von euch würde verschont bleiben.«

»Es sollte Gott gefallen, wenn sie es täten!« brüllte Schirkuh mit seiner donnernden Stimme. »Du würdest schon sehen, wie ich sie empfangen würde! Bei Gott! Für jeden meiner Leute, den sie töten würden, würde mein Säbel und die Axt, die du hier siehst, eine große Anzahl vernichten! Und keiner von uns würde getötet, ohne daß er vorher mehrere von euch niedergemetzelt hätte!«

Der Christ bekreuzigte sich und verschwand. Einige Stunden später ritten wir in Richtung Wüste, während die Armee Jerusalems sich zur Küste wandte. Unterwegs lösten sich die Zungen, denn jeder vergaß das Unbehagen über diesen wenig ruhmreichen Aufbruch. Wir hatten nicht gewonnen, aber auch nicht verloren, und man freute sich über die Rückkehr in die Heimat. Schirkuh allerdings schimpfte weiter vor sich hin:

»Schawar hat uns ganz schön hereingelegt. Er hat sich unser bedient, um seinen Thron zurückzugewinnen, und er hat sich der Franken bedient, um uns zu verjagen, ohne uns zu bezahlen. Das Warten hat sich für ihn gelohnt!«

»Rache muß kalt genossen werden«, sagt das Sprichwort, und der »Löwe des Glaubens« überstürzte es nicht, Rache für seinen verletzten Stolz zu nehmen und den treulosen Wesir zu vernichten.

Unter dem Futter seines Sattels brachte er einen genauen und detaillierten Bericht mit zurück, der die Situation Ägyptens, seine legendären Reichtümer, seine politische Schwäche, seinen schlecht organisierten Militärapparat und seine korrupten Offiziere beschrieb. Von den letzteren hatte er selbst sich eine beträchtliche Anzahl gedungen, und er besaß die Gewißheit, daß er sich mit ihnen verbünden könnte, wann immer er wünschte. Nun war nur noch Nur ed-Din davon zu überzeugen, daß er eine breitangelegte Operation vorbereiten müsse, deren Erfolg außer Frage stand.

»Schawar ist ein niederträchtiger Sklave«, folgerte er, »und seine Armee taugt nichts. Siehst du, Yussuf, Ägypten ist ein menschenleeres Land. Wir werden es einnehmen. Das kann gar nicht anders kommen ..., sofern es Gott gefällt!«

Das Eintreffen eines Kundschafters unterbrach seine Machtträume. In einem Engpaß ganz in der Nähe erwartete uns der Herrscher von Kerak und Shaubak. Er hatte das Versprechen vergessen, das er in Bilbeis an Eides Statt abgelegt hatte, war uns auf dem Weg über Askalon vorausgeeilt und wollte uns nun aus dem Hinterhalt eine Falle stellen. Schirkuh vereitelte die List, indem er eine andere Route einschlug, nämlich durch den El-Ghor*. So kamen wir unversehrt in Damaskus an, wo die Dichter unsere Rückkehr priesen.

Inzwischen schrieben wir den Monat Dulheggia des Jahres 559 (Ende Oktober 1164). Die sinkende Herbstsonne tauchte die Kuppeln und Minarette in glühendes Licht, und die abendliche Brise mit ihren tausend Düften strich mir liebkosend über meine Wangen, die der Sand wundgescheuert hatte. Nach dieser langen Reise war ich nicht mehr derselbe Mensch wie vorher. Aber die vertrauten Gerüche und Geräusche kannte ich noch, und ich fand es schön, nach Hause zurückzukehren.

Ich hatte gelernt, gehorsam zu sein und Autorität auszuüben. Ich hatte gelernt, mich zu schlagen, und ich hatte Blut gesehen.

* Tal des Jordans zwischen dem See Genezareth und dem Toten Meer.

Ich wußte nun, was Schmerz und Armut bedeuteten. Ich wußte nun auch, was Gewalt und Verrat waren. Ich hatte Ketzer und Ungläubige getroffen, und ich stellte mir die Frage, wer Gott sei, wer Allah sei und wo die Wahrheit zu finden sei. Da kam mir eine Sure in den Sinn:

»Für die, die unbeirrt glauben, gibt es auf Erden und in ihrem eigenen Inneren Zeichen. Seht ihr sie denn nicht?«

Mein erster Besuch galt meiner Mutter. Sie erwartete mich in ihrem Rosengarten und lief mir mit ausgebreiteten Armen entgegen. Ihre Stimme verriet Rührung, als sie meinen Namen aussprach und dabei Freudentränen vergoß. Ihre langen Ärmel aus besticktem Samt streiften über den Boden und entfalteten sich wie Flügel, die im leichten Wind auf und ab schwebten. Ich stürzte mich in ihre Arme und legte meine Stirn an ihre Schulter. Einen langen Augenblick verharrten wir so umschlungen. Ich spürte, wie ihre Wärme mich durchflutete, während ihr Herz mit meinem Zwiesprache hielt. An ihre Brust gedrückt, fand ich meinen Ursprung wieder, und das Alter fiel von mir ab.

»Wie sehr du dich verändert hast! Und wie schön du bist!« sagte sie zu mir.

Wir setzten uns in einen Laubengang, und ich erzählte ihr alle Einzelheiten dieses Feldzuges, der mein Gesicht gegerbt und die Muskeln meines Körpers gestählt hatte. Während sie mir zuhörte, schnupperte sie an mir herum, liebkoste meine Wangen, berührte meine Arme und tätschelte mein Knie. Die Löwin entdeckte ihr Junges wieder, das sich lange verirrt hatte, und sie markierte es von neuem.

»Du wirst ein tapferer Krieger werden, mein Sohn«, fuhr sie fort. »Ich habe es immer schon gewußt.«

Ich küßte ihr überschwenglich die Hand und antwortete:

»Bei allem Respekt, den ich dir schulde, Umi*, das wünsche ich

* Kosewort: kleine Mutter, Mama.

mir nicht. Ich bin nur mitgereist, um Schirkuh zu gehorchen und meine Pflicht zu erfüllen. Für die Zukunft habe ich andere Pläne.«

Ihr Blick wanderte zu einem Rosenbusch und nahm eine geheimnisvolle Starre an, während ihr ein Murmeln entschlüpfte:

»Die Träume einer Mutter trügen nicht. Als ich dich erwartete, habe ich geträumt, ich würde überfallen. Das bedeutete, daß ich eines der Schwerter des Allerhöchsten in mir trug. Und du wirst das Schwert des Gerechten sein.«

»Es gibt tausend Arten, Allah zu verteidigen«, erwiderte ich.

Ich sah, wie sich Unruhe in ihrem schönen Gesicht abzeichnete, an dem die Zeit vorüberzugehen schien.

»Willst du etwa zu deinen mystischen Obsessionen zurückkehren?«

»Hab Vertrauen, Umi! Dein Sohn wird dir keine Schande machen.«

Am nächsten Tag nahm Schirkuh mich mit zum Hofe und erstattete einen vollständigen Bericht über unsere Mission. Nur ed-Din ließ mich an seiner Seite Platz nehmen und beglückwünschte mich zu meinem Verhalten in Bilbeis. Er bemerkte, daß ich ein gewisses Talent für die Verwaltung bewiesen habe, und ernannte mich zum »Schinah« von Damaskus. Mit siebenundzwanzig Jahren wurde ich Befehlshaber der Polizei in der größten Stadt Syriens. Ich konnte diese Gunstbezeugung nicht zurückweisen, die mich ganz besonders ehrte. So entging ich Schirkuh und seiner Armee. Ich würde fortan nur noch dem Sultan unterstellt sein, der mir mehr als je zuvor als Vorbild dienen würde, denn er verstand es, das Land zu regieren und dabei ein Diener Allahs zu bleiben.

Ich machte mich so ernsthaft und erfolgreich an die Arbeit, daß gewisse Chronisten dazu schrieben:

*»Hütet Euch, Diebe in Syrien, der berühmte Joseph hat den Frauen die Hände abgehackt, aber dieser hackt sie den Männern ab!«**

* Anekdote aus dem Koran über die Frau des Pharaos, die den überaus schönen Joseph verführen wollte.

Ich war unerbittlich, das stimmt, und umgab mich mit fähigen Kadis, um dem islamischen Recht in seiner ganzen Härte Achtung zu verschaffen. Um mich herum gewahrte ich nur Unterschlagung, Begünstigung, Gaunereien und Bestechung. Ich, der Zwerg, wagte es, gegen die Goliaths des Betrugs anzutreten, die ihre Schilde erhoben und alle Mittel anwandten, um mich zu vernichten: Kritik, Drohungen, Verleumdungen ... Sie ergingen sich in Äußerungen, die nicht kränkender sein konnten, und scheuten nicht einmal davor zurück, Zweifel an meiner Vorstellung von Gerechtigkeit und Ehrenhaftigkeit zu wecken. Die Raben krächzten, die Wölfe heulten, dennoch hielt der Sultan zu mir. Ich trug Gleichgültigkeit zur Schau und setzte meine Jagd auf die Füchse fort, die Deckung suchten.

Abends sah ich meinen »cheikh« und meine Freunde, die Sufisten, wieder. Dann begann ein weit schwierigerer Kampf, jener gegen dieses schreckliche »Ich«, das nicht sterben wollte. Meine Ämter nötigten mich zu einem gewissen Prunk, der mir durchaus nicht mißfiel. Ich verfügte über Knappen und Diener. Und es bereitete mir Freude, die Stoffe meiner Festgewänder sowie die Formen meiner seidenen Kopfbedeckungen zu wählen. Ich hatte ein angenehmes Gesicht, das von einem dunklen Bart unterstrichen wurde, aber im Unterschied zu unserem Herrscher fehlte mir der hohe Wuchs, der seiner Erscheinung solche Stattlichkeit und Eleganz verlieh. Doch um mir die erhabenen Gesten, das liebenswürdige Lächeln und die maßvollen Äußerungen anzueignen, die einen »Herrn« aus ihm machten und Respekt einflößten, bemühte ich mich, sein Auftreten nachzuahmen. Wie sollte ich diese vorherrschende Beschäftigung mit dem Weltlichen, die von der Notwendigkeit diktiert wurde, mich durchzusetzen, mit der Suche nach der »Wahrheit« in Einklang bringen? Um mich herum und in mir herrschte große Erregung. Mein »cheikh« war betrübt, schüttelte den Kopf und sagte wiederholt:

»Alles auf der Erde wird vergehen, das einzige, was bleiben wird, ist das Antlitz deines Herrn, der voller Majestät und Güte ist.«

Stundenlang praktizierten wir den »zikr«, indem wir unermüdlich Gottes Namen und den heiligen Satz wiederholten:

»La illaha illa'llah!«

»Die Anrufung Gottes gehört zu dem Schönsten, was es gibt«, sagte der Scheich. »Aber wenn es mit eurem Kopf geschieht, wird es nichts bewirken. Laßt ihr jedoch euer Herz sprechen, dann allein werden eure Bitten eine Antwort erfahren.«

»Allah, Allah!« wiederholten wir wie eine Litanei und wiegten dabei unsere Oberkörper auf und ab. Der Rhythmus wurde schneller, und Gottes Name stieg empor, breitete sich aus, explodierte im Zimmer, sprengte die Mauern und hüllte uns in ein milchiges und herrliches Licht. Nun schwand jegliches Bewußtsein, und der Körper wurde willenlos. Wir hatten die Schale zertrümmert. Wir hatten einen Zustand von Über-Bewußtsein erreicht, waren vom Ego befreit und vernahmen das Göttliche. Einige begannen zu singen, andere erhoben sich und tanzten. Sie wirbelten herum und breiteten dabei Arme und Hände wie eine sich öffnende Blüte aus, ein magischer Augenblick von unwirklich anmutender Schönheit, in dem der gesamte Körper zu einer Opfergabe wurde und sich in der schwindelerregenden Bewegung auflöste. Endlich stieg der Geist in einer Spirale glühender Begeisterung empor und verlor sich in der Unendlichkeit des Himmels, wo vibrierend der Chor der Engel zum Ruhm des Allerhöchsten erklang.

Mit den Sternen, den Planeten und allen unsichtbaren Königreichen tanzten wir für Allah, der uns in sein Universum von Güte und Liebe führte. Ach, welch vollkommene Ekstase! So herrlich war sie, daß ich mir gewünscht hätte, sie möge Ewigkeit werden, um mir endgültig den stechenden Schmerz zu ersparen, der mich bei meiner Rückkehr zwischen den Mauern aus Stein befiel. Ich brauchte einen langen Augenblick, um die Enge unserer Welt und dieses Gefühl grenzenloser Einsamkeit willig anzunehmen, das ich wie ein Leiden spürte. War das der Preis, den man zahlen mußte, um sich die Liebe des Allerhöchsten zu verdienen?

»Gott hat unser Leiden nie gewollt«, antwortete der »cheikh«, »aber wenn wir zur ›Erkenntnis‹ gelangen, müssen wir alle Selbsttäuschungen wegwischen. Alles muß klar sein. Unsere eigene Überheblichkeit und unser Stolz sind es, die für unsere Qualen verantwortlich sind. Je mehr wir zu vermögen glauben, desto weniger sind wir von Gott abhängig und desto schlimmer ist unsere Pein.«

Es galt, alles, was uns gegeben ist, willig anzunehmen, da es aus der Einzigen Quelle kommt. So kehrte ich also zu meinen Dieben, Mördern und Gaunern aus sämtlichen Schichten zurück und flehte Allah an, diese Buße abzukürzen. Warum ließ Er mich nicht in einem »khanigah«*, wo ich Ihm nach Herzenslust Liebe und Anbetung entgegenbringen könnte?

Indessen organisierte mein Vater mit Hilfe zahlreicher Büttel umfassende Propagandafeldzüge im ganzen Land. Das Wort »Dschihad« erklang fast überall. Man heizte die Stimmung an mit der Absicht, das Volk um den »Großen Mudschaheddin« zu scharen. Schirkuh dagegen hatte nur seine Rache an Schawar im Sinn und bestürmte Nur ed-Din unablässig damit, daß Ägypten leicht zu erobern wäre. Es genüge, schnell alle erforderlichen Streitkräfte zusammenzuziehen, um den Franken den Happen vor der Nase wegzuschnappen. Eine überraschende und geheime Operation, und das Spiel wäre schon gewonnen, zumal der Augenblick günstig sei. Schawar sei gegenwärtig von schwerwiegenden internen Problemen beansprucht: von einem Attentat, das sein Ziel nur knapp verfehlt hatte, und von einem Aufstand verschiedener Stämme. Die unsichere Situation des Landes, die Habgier seines Wesirs und die Schwäche seines Kalifen würden Syrien einen Vorteil in die Hand spielen. Nur ed-Din zögerte, machte Ausflüchte. Ägypten reizte ihn, aber er wollte dort nicht sein Königreich verlieren. Um ihn endgültig zu überzeugen, führte mein Onkel noch an:

»Es wird Zeit, diese Ketzer auf den rechten Weg zurückzuführen und Sunniten aus ihnen zu machen, bevor sie von den ›Ungläubigen‹ vereinnahmt werden.«

Diese Bemerkung war ein Geistesblitz. Sie traf den empfindlichen Nerv des »Großen Mudschaheddin«. Jetzt gab er sein Einverständnis. Aber würde er seine Meinung nicht wieder ändern? Es galt, diesen Beschluß unwiderrufbar zu machen. Also landete Schir-

* Kloster.

kuh einen zweiten Geniestreich. Er eilte nach Bagdad, machte dem Kalifen seine Aufwartung und kam mit einem Brief von Seiner Heiligkeit der Abbassiden zurück, in dem ihm die Erlaubnis erteilt wurde, eine Armee auszuheben, um die Ägypter zu unterwerfen. Er hatte dem Kirchenfürsten erfolgreich mit der Erklärung geschmeichelt, daß ihm der Ruhm zufallen würde, als einziger der islamischen Bewegung vorzustehen, sofern die Fatimiden aus Misr verjagt würden. Sein Name würde dann in allen Moscheen ertönen und seine Lehre in allen Schulen unterrichtet. Der Befehlsgewaltige der Gläubigen konnte nicht umhin, ein so edles Unterfangen gutzuheißen. Er sandte sogar weitere Briefe an sämtliche Emire des Orients mit der dringenden Bitte, sich diesem Unternehmen anzuschließen. Die Eroberung Ägyptens wurde fortan zu einer heiligen Sache, und Nur ed-Din jubelte. Von allen Seiten eilten Boten herbei, und die Flüge der Brieftauben kreuzten sich in immer kürzerem Takt. Schirkuh sammelte seine Truppen, und auch ich wurde nicht vergessen.

»Du wirst mein Adjutant!« befahl er mir. »Du kennst das Land und hast Verstand.«

Ich war niedergeschlagen und brachte kein Wort heraus. Er setzte sogleich hinzu:

»Wir werden die Ketzer des Islam verfolgen, und du mußt deine Pflicht als Mudschaheddin erfüllen wie jeder von uns. Deine Ehre als Gläubiger steht auf dem Spiel.«

Das war ein formeller Befehl, und ich mußte mich den zweitausend Reitern anschließen, die im Monat Rabia I des Jahres 562 (Januar 1167) unter größter Geheimhaltung aus Damaskus auszogen.

»Höre auf Gott und kehre zu Ihm zurück!« hatte mir der »cheikh« empfohlen. »Es gibt nur zwei Dinge, die Gott uns nicht geben kann, die wir Ihm aber anbieten müssen, nämlich die Unterwürfigkeit und die Abhängigkeit.«

An der Seite meines Onkels machte ich mich wieder auf den Weg in die Wüste. In der Absicht, den wehrlosen Feind zu überraschen, galoppierten wir schnell und verkürzten die Rast. Schirkuh war in Gedanken bei seiner Rache und lachte über den schönen Hieb, den er dem Wesir wortlos versetzen würde. Und ich murmelte Selbstgespräche in meinen Bart. Wir führten nun keine Eskorte mehr an. Wir waren auf dem Weg in den Krieg. Und das gefiel mir nicht. Ich erinnerte mich an Bilbeis und fragte mich mit Schrecken, was uns wohl in Kairo erwarten würde. Für alle Mitglieder der Truppe stand fest, daß wir dem Erfolg entgegeneilten. »Allah ist mit uns«, sagten sie, »und die Beute wird beträchtlich sein.«

Südlich des Toten Meeres informierten unsere Kundschafter uns darüber, daß die Franken vor Bilbeis kampierten und die ägyptische Armee sich ihnen angeschlossen hatte, um uns zu erwarten. Das erstaunte uns nicht sonderlich. Der König von Jerusalem hatte seine Spione und überwachte uns. Auch er begehrte Ägypten und wollte es um keinen Preis dem dicken einäugigen General überlassen. Sobald er von unseren Truppenbewegungen wußte, hatte er Schawar gewarnt. Bestürzt hatte dieser den König erneut um Hilfe gebeten, wobei er ihm dafür die gleichen Bedingungen angeboten hatte wie drei Jahre zuvor; und Morri hatte seine Ritter in Askalon eingeschifft, um uns geschwind zu erreichen.

Nun begann die Jagd nach dem Schatz. Völlig unbeeindruckt drang mein Onkel durch das »Tal der Gazellen« weiter nach Süden vor. Es lag mitten in der Wüste, und dort wären wir beinah endgültig verloren gewesen. Ein Sandsturm brach über uns herein, plötzlich und voller Gewalt. Der Wind wütete, warf Männer und Pferde um. Staubwolken wirbelten vom Boden auf und trugen uns mit unvorstellbarer Kraft davon. Unsere Augen wurden blind, unser Atem erstickte, unsere Körper wurden gepeitscht, verrenkt und wie Strohhalme geknickt. Jeder zog sein Reittier zu Boden, um dahinter Schutz zu suchen, und ich weiß nicht, wie viele Stunden wir so ausharrten, eingemummt in unsere wollenen »abayas«*, verloren in einer undurchdringlichen Staubwolke, die uns gefangenhielt und vom Himmel trennte. Ich hatte meinen Turban abgewickelt, um mein Gesicht zu verschleiern; doch der Sand drang in die Falten,

* Dichtgewebter Mantel aus Kamelhaar.

fraß sich in meine Augen, machte meine Lippen rissig, brannte mir in der Kehle und verstopfte die Poren meiner Haut. Nach und nach deckte er mich immer mehr zu und begrub mich. Ich rang nach Luft und flehte Gott um Erbarmen an. Da wurde meine Schulter mit eisernem Griff umklammert:

»Steh auf, Yussuf!« schrie die Stimme meines Onkels. »Wenn du dich hinlegst, bist du des Todes! Marschiere! Wehr dich!«

Ich mußte meinen ganzen Willen zusammennehmen, um wieder auf die Beine zu kommen und mich den Säulen ockerfarbener Erde entgegenzustemmen, jenen Titanen, die man nicht zu fassen bekommt und die sich auf uns stürzten und uns zerrissen.

»Der Sand ist der schlimmste aller Feinde«, setzte mein Onkel noch hinzu. »Lerne, ihn zu besiegen, und du wirst unbesiegbar sein!«

Mein ganzer Körper tat mir weh, aber ich spürte den Schmerz schon nicht mehr. Ich hatte ihn besiegt, niedergerungen. Ich ging starr geradeaus und lauerte darauf, am Horizont einen Schimmer auszumachen, der Hoffnung verhieß. Schließlich legte sich der Wind, und der Himmel klarte auf, aber wir waren noch immer nicht am Ende unserer Qualen. Ein großer Teil unserer Diener war verschwunden, unser Proviant und unser Gepäck ebenso. Die Wüste hatte sie verschluckt. Wir waren zum Umherirren, zu Hunger und Durst verurteilt, ohne Hoffnung auf Hilfe. Vom Schrecken gepackt, fragte ich mich, ob es nicht angenehmer gewesen wäre, unter einer Sanddüne begraben für immer einzuschlafen. Ich verstand nicht, warum Gott uns in dieser Weise mit solcher Beharrlichkeit prüfte. Bereitete es ihm Vergnügen, uns die schlimmsten Leiden aufzuerlegen? Gab es ihn wirklich, diesen Gott, den Vielgeliebten, den Liebenden, die Liebe, nach dem wir in unserer Ekstase suchten? War das Seine Antwort auf meine Gebete und Opfergaben, meine Gesänge und Tänze?

»Warum?« rief ich mit zerschundenen Lippen in den Himmel.

Verweigerte Gott mir nun auch seine Liebe? Ich hatte an sie geglaubt und wollte nicht mehr an sie glauben. Ich wollte Frieden, Ruhe und erblickte nichts als Gewalt, Grausamkeit, Ungerechtigkeit. Das war die Wahrheit unserer Welt. »Gott ist nur eine Illusion«, sagte ich mir. »Zum Teufel mit all den ›cheikhs‹! Es zählt nur das, was man sieht, was man ist, was man hat; sich zu schlagen, um nicht zu sterben, denn der Tod ist nichts als Leere, absolutes Nichts, Vergessen.« Aus dem tiefsten Inneren meines Körpers erwuchs mir eine unerwartete Kraft, geboren aus Wut und Herausforderung, eine Kraft, die mich über alle Leiden erhaben machte. Die glühende Sonne versengte meinen Geist bis zu einer Art Bewußtlosigkeit, und mein ausgetrockneter Körper klammerte sich an die Sandkörner, um dort einen Tropfen Wasser zu finden. Gott beachtete mich nicht, und ich schmollte.

Einige Tage später hatten wir das Ufer des Nils in der Nähe von Atfih erreicht, halb verdurstet, erschöpft, aber gleichwohl mit genug Energie, um das Dorf und seine Umgebung zu plündern. Dort gab es Pferde und Vorräte im Überfluß. Wir waren gerettet! Die Wüste war besiegt, doch uns standen noch andere Kämpfe bevor.

Es dauerte nicht lange, bis unsere Spione uns mitteilten, daß der Feind unseren Standort kenne und uns entgegen nach Süden marschiere. Schirkuh beschlagnahmte alle Schiffe, ließ uns über den Fluß setzen und am anderen Ufer wieder nach Norden in Richtung Kairo reiten. Schawar und die Franken verfehlten uns nur knapp und machten kehrt. Während wir unsere Zelte in Gizeh im majestätischen Schatten der Pyramiden aufschlugen, errichteten sie ihr Lager in Fustat, genau gegenüber von uns. Wir blieben und beobachteten sie. Das dauerte fünfzig Tage, in denen wir die benachbarten Provinzen unterwarfen. Unsere Beute wurde immer umfangreicher, und die Stämme schlossen sich unserer Sache an.

Auf dem anderen Ufer des Flusses lösten unsere Aktivitäten Beunruhigung aus. Schawar fluchte über all die unheilbringenden »djinns«, und Morri drohte, nach Hause zurückzukehren, da er es satt habe, mit dem Schwert in den Sand zu hauen. Es sei denn … Schawar verstand und verdoppelte den Einsatz auf vierhunderttausend Goldtaler (wovon er nur die Hälfte zahlte), aber unter einer Bedingung. Die Franken sollten das Land erst verlassen, wenn sie die Syrer daraus vertrieben hätten. Der König von Jerusalem ver-

Tief berührt, verbeugte ich mich.

»Ehrwürdiger Scheich, du hast in meiner Seele gelesen und kennst meine Qualen. Ich habe Gott geliebt, und Er hat mir die schlimmsten Leiden auferlegt. Ich wollte Ihn in einem seiner Klöster anbeten, und Er hat mich in die Hölle geschickt.«

Der Weise nahm meine Hand und führte sie mit folgenden Worten an seine Stirn:

»Gott braucht den Menschen, aber Er kann diesen nur zu sich führen, wenn der Mensch wirklich erkannt hat, daß er Gott braucht. Glaube aus ganzem Herzen! Laß deine Seele sterben, um in der einzigartigen Seele wiedergeboren zu werden!«

Er verabschiedete sich, tat einige Schritte und wandte sich zu mir zurück, um noch hinzuzufügen:

»Wenn du mit einem Fuß den ›Weg‹ betrittst, versetzt du dich für den Rest deines Lebens in Dienstbereitschaft. Es gibt kein Zurück.«

Von diesem Tag an vergaß ich die hübsche Kurdin und jeglichen Gedanken an die Ehe. Ich begab mich zu dem »cheikh«, nahm meine Übungen wieder auf und leistete öffentlich Abbitte. Ich redete mit ihm über den Gott der Christen und über meine Zweifel. Wer war jener Gott in drei Personen, und wer war Allah? Wo lag die Wahrheit?

Und er antwortete mir darauf:

»Lausche aufmerksam folgender Geschichte: ›Es war einmal ein Rosenstock. Man hatte ihn mit Sorgfalt gepflanzt, und seine Wurzeln reichten tief in den Boden, den man für ihn vorbereitet hatte. Seine Wurzeln waren Abraham. Eine Rose begann zu wachsen, und es wurde notwendig, ihr ein Veredelungsreis aufzupfropfen, denn sie sollte nicht verwildern, sondern dem entsprechen, was der Gärtner von ihr erwartete. Die Stütze, die gute Erde und das Pfropfreis waren verläßlich. Diese Stütze war Moses. Eines Tages bildete sich eine Knospe der vollkommensten roten Rose, die man je gesehen hatte. Diese Knospe war Jesus. Dann entfaltete sich die Knospe, und ihre Blüte war Mohammed.‹«

Er schwieg einen Augenblick, bevor er hinzusetzte:

langte einen förmlichen, vom Kalifen unterzeichneten Vertrag. Er verlangte Unmögliches. El Adid war eine heilige Person. Kein Muslim hatte ihn je zu Gesicht bekommen, geschweige denn ein Fremder. Schawar war einverstanden, und Morri benannte zwei Botschafter, die sich in einer großen Delegation zum Palast begeben sollten.

In unserem Lager machte sich Bestürzung breit. Ein solcher Verrat war undenkbar. Der Wesir mußte verrückt geworden sein! Um ihn wieder zur Vernunft zu bringen, schrieb Schirkuh ihm:

»Ich erwarte von Dir einzig und allein den Triumph des Islam. Also, verbünden wir uns, um die Franken zu bekämpfen! Indem sie in dieses Land eingedrungen sind, haben sie sich von jeder Hilfe weit entfernt. Ergreifen wir die Beute, die das Schicksal uns zuweist, rotten wir den Schanker der Invasion aus, ersticken wir seine Glut! Ich glaube nicht, daß sich dem Islam noch einmal die Gelegenheit zu einem solchen Sieg bieten wird.«

Schawar las den Brief, und seine einzige Antwort bestand darin, unserem Boten die Kehle durchzuschneiden. In unseren empörten Reihen wurden die heftigsten Verwünschungen ausgestoßen, und mein Onkel biß sich vor Verzweiflung in die Fäuste:

»Ah, Gott soll ihn verfluchen!« brüllte er. »Hätte er auf mich gehört, wäre kein einziger von diesen Franken in Syrien geblieben!«

Am anderen Ufer herrschte fiebrige Geschäftigkeit. Ganz in der Nähe errichteten Sklaven des Wesirs auf der Insel Rawdah eine Brücke herüber zu uns und zogen Schiffe zusammen. Die Zeit der Beobachtung war vorbei. Die Feindseligkeiten wurden wiederaufgenommen, und ich besann mich auf die Notwendigkeit, unsere Verbindungen mit dem Hinterland zu sichern. Vor allem brauchten wir Kriegsmaschinen. Es wurde ein Brief an die Einwohner Alexandrias gesandt. In dieser Stadt lebte eine sehr starke sunnitische Gemeinschaft, die den Schiiten und Ungläubigen feindlich gesonnen war, und wir baten sie, sich mit uns gegen Schawar zu verbünden, der Ägypten den Franken öffne und den Staatsschatz für die Taschen der Feinde plündere. Ihr Gouverneur folgte unserem Appell und schickte uns das fehlende Gerät. Aber wir konnten nicht warten. Schawar rückte näher. Er war uns zahlenmäßig überlegen, und Schirkuh zog es vor, den Rückzug anzutreten. Es erging der Befehl, Zelte, Vorräte und Gepäck aufzugeben und in den Sattel zu springen. Im Galopp brachen wir nach Oberägypten auf. Unterwegs plünderten wir alles. Wir machten nur Rast, um unsere Pferde zu versorgen. Die Nacht brach herein, und wir ritten im Schein von Fackeln weiter. Schawar und Morri waren uns auf den Fersen. Ein Kundschafter tauchte aus dem Dunkel auf, um uns Mitteilung zu machen, daß sie nicht weit von uns, in Ochmunain, ihr Lager aufgeschlagen hätten. Schirkuh ließ uns kehrtmachen. Sein Ziel war ein Kanal, der zwölf Meilen vom Feind entfernt lag. Er ließ seine Truppen in Kampfstellung gehen und versammelte seine Emire.

»Wenn wir jetzt angreifen«, sagte er, »werden wir den Vorteil der Überraschung haben und siegen.«

Die Mehrheit sprach sich dagegen aus: Wir seien zu wenige, es stünde fest, daß wir in die Flucht geschlagen würden, und wir hätten keine Rückzugsmöglichkeit. Wir seien am Rand der Wüste; es wäre besser, auf das Ostufer des Nils überzuwechseln und nach Syrien zurückzukehren.

Ich war nahe daran, diese Auffassung zu teilen. Verlegen blickten alle stumm zu Boden. Da erhob sich der Emir Yazgoch. Dieser ehemalige Sklave Nur ed-Dins war ein kleiner Mann, erregbar und kurz angebunden. Er war für seinen Mut bekannt, dessen Zeuge ich im Laufe meines Lebens bei mehreren Gelegenheiten wurde.

»Hört mich an!« sprach er. »Diejenigen, die Tod, Verwundung und Gefangenschaft fürchten, taugen nicht dazu, den Königen zu dienen. Sie sollten Land bestellen oder bei ihren Frauen bleiben! Bei Allah, wenn ihr zum Sultan zurückkehrt ohne den Sieg und ohne eine plausible Entschuldigung, wird er euch euren Kriegsgewinn nehmen und euch dazu zwingen, alles zu erstatten, was ihr von ihm erhalten habt. Er wird zu euch sagen: ›Wie? Ihr nehmt erst das Geld der Muslime an, und dann flieht ihr vor dem Feind und überlaßt ein solches Land wie Ägypten den Ungläubigen!‹«

»Sehr gut!« rief Schirkuh. »Einzig und allein dieser Meinung werde ich Beachtung schenken!«

Sein Auge heftete sich auf mich, und meine Schwäche beschämte mich. Auch ich erhob mich nun und äußerte Zustimmung. Die anderen Emire einigten sich schließlich und zeigten sich zum Kampf bereit. Da griff mein Onkel zu einem Stock und ritzte seinen Schlachtplan in den Sand. Wir befanden uns in einer kleinen, von Hügeln umgebenen Ebene, einer Art Engpaß mit Namen »El Babain«. Die Beschaffenheit des Geländes war für uns von Vorteil und wog die zahlenmäßige Unterlegenheit unserer Truppen auf. Sie bestanden aus Kurden und Turkmenen, jenen berüchtigten »Ghuzzen«, die Schrecken verbreiteten. Alle hatten geschworen, bis zum Tod zu kämpfen. Schirkuh legte die Stellungen fest:

»Die Flügel auf die Hügel! Ich nehme den rechten. Yazgoch auf den linken! Und du, Yussuf, du führst das Kommando über das Zentrum in der Ebene!«

Man kam überein, daß man dort auch das Gepäck einreihen würde, um der Mitte mehr Bedeutung zu verleihen. Und an mich gewandt, setzte Schirkuh hinzu:

»Die Ägypter und die Franken werden den ›kaleb‹* angreifen, weil sie denken, ich sei dort. Biete keinen Widerstand! Weiche vom Gelände zurück! Und wenn sie sich zurückziehen, falle mit Entschlossenheit wieder über sie her!«

Die Christen und die ägyptische Armee rückten im Morgengrauen an. Wie wir es vorausgesehen hatten, stürzten sie sich auf mich. Ich gehorchte den Instruktionen, wich zurück, aber ohne meine Reihen aufzulösen, und lockte sie zwischen die Hügel. Schirkuh stürzte auf ihre Flügel hinunter, die auseinanderrissen, und zerstückelte ihre Nachhut. Meine Verfolger machten kehrt. Da wandte ich mich um und lieferte ihnen eine heftige Attacke. Welch ein Gemetzel! Bis in die Nacht dauerte der erbitterte Kampf. Auf allen Seiten säbelte man alles nieder, ließ alles über die Klinge springen, was sich bewegte. Ich hatte meine Vorbehalte und meine

* Das Herz, also das Zentrum.

Gewaltlosigkeit vergessen. Ich tötete, um nicht getötet zu werden, die Ehre des Islam stand hintan. Ungläubige und Ketzer gaben auf, ergriffen ziellos die Flucht, und König »Morri« konnte gerade noch auf eine Anhöhe entkommen. Ich hatte meine Angst besiegt und brach in Freudengeschrei aus.

Unsere zweitausend Reiter hatten zwei mächtige Armeen in die Flucht geschlagen. Wir beherrschten das Terrain und konnten es nicht fassen. Schirkuh, ganz Realist, zog unsere Reihen wieder dicht zusammen. Dies war nicht der rechte Zeitpunkt für Freudenausbrüche. Wir hatten den Sieg errungen, aber es galt, den dadurch gewonnenen Vorteil auch zu wahren; deshalb hieß es verschwinden, bevor der Feind sich wieder sammeln und über uns herfallen würde. Verwundete, Gefangene und Gepäck wurden hastig eingesammelt. Dann schlugen wir den Weg nach Fayyum ein, um weiter nach Norden Richtung Alexandria zu marschieren, wobei wir im Vorüberreiten Unterägypten unterwarfen.

Die Stadt Alexandria öffnete uns ihre Tore, und ihre Bewohner empfingen uns als Sieger. Die Straßen waren breit und die Bauten solide. Die Häuser besaßen Marmorfußböden und Säulenschmuck. Die Souks quollen vor Reichhaltigkeit über, und in den Häfen drängten sich die Schiffe. Dies war das größte Zentrum für den Handel zwischen Morgen- und Abendland. Die Luft war von tausend Düften erfüllt, und ich berauschte mich an all diesen Gerüchen von Moschus, Pfeffer, Kardamom, Galgantwurzeln, Muskatnuß und Gewürznelken. Händler aller Nationen wandelten die Kais entlang. Ich wußte nicht, wohin ich meinen Blick wenden sollte, und diese unüberschaubare Menschenmenge, die Fülle und die Prächtigkeit der Gebäude betörten mich. Ich erinnerte mich nun wieder daran, gelesen zu haben, daß es an diesem Ort viertausend Paläste, viertausend Bäder, vierzigtausend Juden und vierhundert Plätze gegeben habe, als die Truppen Omars* ihn Byzanz entrissen.

* Kalif Omar, erster Kalif des Islam. Er war derjenige, der Abu Bakr, den Schwiegervater des Propheten, als Nachfolger Mohammeds benannte.

Davon waren noch einige Überreste geblieben, die mir meine Kindheit im Schatten der Tempel von Baalbek in Erinnerung riefen.

Ich trieb mein Pferd bis zum Leuchtturm, den die Ptolemäer errichtet hatten, und ich entdeckte etwas Unbekanntes, das Meer, unermeßlich und furchterregend in diesem Winter, der nun bald enden würde. Unter bleiernem Himmel brandeten riesige Wogen mit Wucht an die Befestigungsmauern, wo ihre Brecher gigantische Schaumberge auftürmten. Der Boden bebte, und der Lärm war betäubend.

Ich fragte mich, woher eine solche Kraft komme; welche Ungetüme so ihren Zorn entfesselten und auf unsere Gestade einhieben; welche Welten wohl hinter diesem Horizont existierten, der sich im Nebel verlor. Ich sog die feuchte Luft des Windes ein und genoß diese Gischt, die von Geheimnissen erfüllt war.

»Lausche dem Lied des Windes!« pflegte der »cheikh« zu sagen. »Lausche, denn er trägt die Botschaften anderer Welten!«

Aber ich wollte keinen Gedanken mehr an all diese Dinge verschwenden und entfernte sie aus meinem Ich, denn schließlich hatte Gott meine Liebe abgewiesen. Ich ritt zur Zitadelle zurück. Mein Onkel hatte sie besetzt und hielt dort unsere Gefangenen eingeschlossen. Unter ihnen war auch Hugo von Cäsarea, der Gesandte der Christen, der mit dem Kalifen »verhandelt« hatte. Der Gipfel des Frevels war, daß er sich rühmte, El Adid genötigt zu haben, den Handschuh abzulegen, um ihm die Hand zu drücken, indem er ihm schroff erklärt habe, daß »unter Fürsten ein Bündnis mit unbekleideter Hand offen besiegelt wird«. Er blickte in seinem Dünkel und in seiner Mißachtung geringschätzig auf uns herab, und so mancher Emir wollte ihm den Kopf abhacken. Doch Schirkuh brummte:

»Wir werden ihn am Leben lassen. Er ist eine kostbare Geisel.«

Ohne Zeit zu verlieren, versammelte der »Löwe des Glaubens« den Adel und ließ sich die Finanzen und das Arsenal übergeben. Er wußte, daß Schawar und die Franken, die sich in Kairo erneut formiert hatten, beratschlagten und nicht von uns ablassen würden. Wir mußten uns auf eine Umzingelung vom Land und vom Wasser her gefaßt machen. Und wie lange würden wir in einem solchen Fall Widerstand leisten können? Die Stadt war von prächtigen Palmenhainen umgeben und produzierte nur Datteln. Der gesamte Rest kam von auswärts. Wir hatten der Belagerung von Bilbeis standgehalten. Wie würde das in Alexandria werden? Würden uns seine vom Luxus verwöhnten Einwohner nicht schon verraten, sobald sie etwas entbehrten? Die Vernunft riet uns, den Ort zu verlassen, solange noch Zeit dazu blieb. Aber damit würden wir alle Chancen verlieren, Ägypten einzunehmen.

Wie wir es vorausgeahnt hatten, bezogen die feindlichen Truppen dreißig Meilen vor unseren Mauern Stellung, während ihre Flotte sich daranmachte, die Häfen zu blockieren. Ein Monat verstrich ohne Vorfälle. Aber die Lebensmittelvorräte schwanden allmählich, und das Volk begann zu murren. Da faßte Schirkuh den Entschluß, seine Streitkräfte zu teilen.

»Yussuf«, sagte er zu mir, »ich überlasse dir die Stadt. Halte bis zu meiner Rückkehr durch!«

Dann wandte er sich an die Würdenträger und zwang sie, mir einen Treueid zu schwören:

»Dies ist euer Gouverneur. Unterstützt ihn entschlossen! Ich werde zurückkehren, und wir werden siegen.«

Er verließ die Stadt in der Nacht mit dem größten Teil seiner Truppen mitten durch das Lager eingeschlummerter Franken hindurch. Er begab sich nach Oberägypten in der Absicht, dort Verstärkung und Nachschub an Proviant zu suchen. Ich blieb allein zurück mit einem Armeekorps, den Kranken, den Verwundeten und den Gebrechlichen. Ich gestehe, daß mich das im ersten Augenblick in Schrecken versetzte. Ich hatte nur eine Handvoll Männer, um gegen die feindliche Übermacht zu kämpfen. Zunächst versuchte Morri meinen Onkel zu verfolgen, und so bekamen wir ein wenig Aufschub. Ich nutzte ihn, um meine Autorität zu festigen. Ich ließ alle Vorräte in die öffentlichen Lagerhäuser bringen und in Rationen verteilen, wobei ich mich selbst den Regeln unterwarf, die ich allen auferlegte. Beeindruckt diente mir die Bevölkerung mit Eifer.

Da die Christen Schirkuh nicht mehr hatten einholen können,

kam ihnen nun der Gedanke, daß die Stadt gegenwärtig ohne Verteidigung sei. Sie griffen uns mit Katapulten und Wurfgeschossen an, sie schoben riesige Maschinen vor unsere Mauern, in denen sich eine furchterregende Artillerie verbarg. Mit unseren Palmen hatten sie einen gigantischen Turm errichtet, der unsere Befestigungsanlagen überragte und ihnen erlaubte, jede unserer Bewegungen zu beobachten. Wir drängten sie zurück und wagten Ausfälle aus der Stadt, um sie zu vernichten. Begeistert folgten die Bewohner mir. Unermüdlich rannte ich hin und her und ließ meine Männer an der Armbrust und meine Bogenschützen sich listig hierhin und dorthin wenden. Und als die Todesmaschinen als Krönung unserer Bemühungen umstürzten, tönten unsere Freudenschreie zum Himmel und weckten neuen Mut und neue Hoffnung.

Nach drei Monaten erlahmte der Eifer. Es gab keine Lebensmittel mehr, die Kräfte waren erschöpft, die Häuser eingestürzt und ein Teil der Stadtmauern unter dem beständigen Ansturm des Feindes zusammengebrochen. Die Bevölkerung war des Krieges überdrüssig. All diese Händler waren keine Soldaten und machten sich nun zum Vorwurf, sich einem Fremden angeschlossen zu haben, der ihr Unglück verursachte. In der Tat erhielten sie von Schawar Botschaften, in denen ihnen die Abschaffung von Steuern versprochen wurde, sofern sie sich ergeben würden. Mehrere von ihnen ergriffen bereits die Flucht.

Ich war beunruhigt. Es mußte gehandelt werden, und zwar schnell. Aber wie? Ich schickte einen Boten zu meinem Onkel, um ihn um Unterstützung und Rat zu bitten. Und um Zeit zu gewinnen, griff ich auf eine List zurück. Die Würdenträger hatten sich gerade auf einem großen Platz versammelt. Ich galoppierte auf sie zu, schwenkte ein Stück Papier und verkündete ihnen mit triumphierender Stimme:

»Schirkuh trifft ein! Er bringt uns Lebensmittel, Rekruten und Geld. Ich bitte euch, haltet weiter durch! Nur ein paar Tage. Wenn ihr aufgebt, werden die ›Polytheisten‹ und die Ketzer euch niedermetzeln.«

Die Franken verdoppelten ihre Attacken. Sie hatten Verstärkung bekommen. Wir machten große Verluste und hatten Hunger. Aber wir hielten noch fünfundsiebzig Tage durch. Indessen hatte Schirkuh auf dem Rückweg die Bevölkerung im Süden gegen ihren eidbrüchigen Wesir aufgewiegelt und belagerte Kairo. Diese Nachricht fuhr wie ein Blitz in die Reihen der Feinde und wirkte sofort. Der Kampf wurde eingestellt, und in gestrecktem Galopp ritten Gesandte zum einäugigen General, um Verhandlungen zu erbitten.

Der schrieb seine Bedingungen nieder: Austausch der Gefangenen, Aufhebung der Belagerung Alexandrias, Rückzug aller ausländischen Streitkräfte, sicheres Geleit bei der Rückkehr seiner Männer nach Syrien. Und um seinen Willen zu unterstreichen, ließ er all das von seinem Gefangenen Hugo von Cäsarea überbringen, dem er auch noch ein geheimes Schreiben an den König der Franken anvertraute. Darin erklärte er diesem, daß er den Interessen Schawars entgegenkomme, indem er die Syrer vertreibe. Es sei besser, den Krieg zu beenden, schrieb Schirkuh, da Schawar den Frieden wolle. Einmal mehr bestimmte der »Löwe des Glaubens« das Geschehen. Sein Griff nach der Hauptstadt war ein Meisterstück. Es versetzte ihn in Hinblick auf die Verhandlungen über vorteilhafte Übergabebedingungen in eine unbestreitbar starke Position. Ich bewunderte seine Klarsicht und seinen Mut, die uns erlaubten, sogar in dem Augenblick, in dem wir dem Untergang geweiht waren, der Falle ehrenvoll zu entrinnen.

Zum dritten Mal in meinem Leben ergab ich mich. In Baalbek und Bilbeis war ich nur ein Mitglied der Schar gewesen, das dem Lauf der Dinge folgte. In Alexandria war ich der Gouverneur, der Verantwortliche, und ich empfand doppelte Demütigung. Die Einwohner stürzten vor die Mauern, um die Franken als Befreier zu empfangen, und beklagten sich gar über diesen Salah ed-Din Yussuf, diesen Kurden, diesen Ausländer, der sie ausgehungert und in den Tod getrieben hatte. Undankbar und wankelmütig sind die Menschen! Ich hatte nicht gesiegt, also war ich der Schuldige, und es galt, mich niederzumachen.

Mit dem Rest der Garnison wurde ich in Morris Lager geführt. Ich verkehrte mit den »Feinden des Islam« aus meiner Kindheit, und ich dachte daran, wie ich jenes erste Mal oben von den Befestigungsanlagen in Damaskus hinab ihre zerstörerische Macht vor Augen gehabt hatte. In einen Seidenmantel mit goldenen Tressen gehüllt, marschierte ich würdevoll inmitten ihrer farbigen Zelte, die von Kreuzen überragt waren, und wenn ich vorüberging, radebrechten sie meinen Namen und brachen in Gelächter aus. »Salehadin« oder »Saladin« sagten sie, und sie setzten noch einige Grobheiten hinzu, die ich nicht gewohnt war. Der König von Jerusalem empfing mich in seinem Quartier und behandelte mich höflich. Ich bat ihn sogleich um vollständige Amnestie für die Bevölkerung Alexandrias und um Schiffe, um damit unsere Verwundeten und Kranken nach Syrien zu transportieren. Er gewährte mir beides.

Wir waren fast gleichaltrig. Ich kannte bereits seine Kühnheit und seine Tapferkeit, und nun beeindruckten mich sein hoher Wuchs und seine üppige Haarpracht. Aber ich fand, daß es ihm an Majestät fehlte. Er hatte schmale Schultern, wodurch seine Gestalt jegliche Harmonie verlor. Außerdem stotterte er. Es war nicht leicht, mit ihm eine Unterhaltung zu führen. Er hatte völlig unbegründete Lachanfälle, die so anhaltend und laut waren, daß sie mich in Verlegenheit brachten. Er sprach mit mir über Gott, das Evangelium und seine Inbrunst, aber in seinem äußerst hinterhältigen Blick las ich sehr wohl, welch fixe Idee ihn antrieb: die Eroberung Ägyptens!

Er behielt mich fast eine Woche bei sich. Er hatte mir ein Zelt und Wachen zugewiesen, die mich vor jeder Beleidigung schützten. Ich werde diese Tage bei den »Ungläubigen« nie vergessen. Ich verstand ihre Sprache nicht, beobachtete aber ihre Rastlosigkeit und ihr Durcheinander. Wenn sie in meiner Nähe vorbeikamen, bekreuzigten sie sich mit ausladenden Gesten. Alle Augenblicke ertönten die Glocken, dann spazierten die Priester einher und schwenkten Monstranzen, während hinter den Seidenparavents schallend gelacht und geschlemmt wurde.

Es überraschte mich, daß mitten unter den Männern Frauen umherliefen. Ihre Gesichter waren nicht hinter einem Schleier verborgen, und sie scherzten zwanglos mit den Männern, wobei sie bisweilen Vertraulichkeiten oder ungeschliffenes Verhalten duldeten, die mich schockierten. Ich bewunderte ihre Eleganz. Einige waren ausgesprochen schön und näherten sich dem »treulosen« Emir ohne Scham, um ihn anzustarren. Ein leichtes Flackern leuchtete in ihren Blicken, und ihre Kehlen hüpften vor Lachen. Man musterte mich wie einen appetitlichen Happen oder einen Gegenstand des Schreckens. Ihre Parfums berauschten mich. Die Frauen provozierten mich, um mich um so stärker herabwürdigen zu können, indem sie mich als »Sohn des Satans« beschimpften. Nun verstand ich, was die Worte unserer Krieger besagten, wenn sie jene Eroberungen des Krieges erwähnten, denen man die Kehle durchschneidet, nachdem man sie besessen hat. Hatten die Christen so wenig Würde, daß sie ihren Gefährtinnen solches Handeln erlaubten? Bei uns waren die Frauen viel ehrbarer. Und wenn wir sie einschlossen, dann nur, um sie zu schützen und sie unser würdiger zu machen.

Mehrere Ritter suchten mich auf, um mich zu begrüßen. Sie waren in Syrien geboren und sprachen ebenso gut arabisch wie ich. Es war mir ein Vergnügen, mich mit ihnen zu unterhalten. Ich war höflich und neugierig. Sie gratulierten mir zu dem Vorgehen, durch das ich die Belagerung überstanden hatte, und zu den Schwierigkeiten, die ich ihnen bereitet hatte. Ich gab das Kompliment zurück, indem ich ihre erstaunlichen Maschinen und ihre außerordentliche Körperkraft lobte. Einer der Ritter, Humfried von Toron, kam oft zu mir. Seine hellen Haare und seine himmelblauen Augen verliehen ihm große Schönheit. Ich war von seinem ranken Wuchs, seinem Auftreten und seinen reichverzierten Gewändern beeindruckt. Wir schlossen Freundschaft miteinander, und ich nannte ihn »Onfari«. Er wollte mich bekehren und mich zum christlichen Ritter schlagen; doch ich erklärte ihm, daß unser arabischer Ritterstand dem der Christen in keiner Weise nachstehe, und wir begnügten uns damit, uns den Eid der Brüderlichkeit zu schwören. Es zeigte sich später, daß dieser Eid einer der wenigen sein sollte, der nicht gebrochen wurde. Einzeln betrachtet, fand ich die »Feinde des Islam« sehr sympathisch. Tag um Tag verfolgte ich genau, was ich zu sehen und zu hören bekam. Ich beobachtete ihre Waffen, die Anordnung ihres Lagers, ihre Disziplin. Ich informierte mich über ihre Sitten, ihre Regierungsform und die Streitkräfte ihres Königreichs.

Dann wurde der Vertrag endlich unterzeichnet. Schirkuh erhielt, was er gefordert hatte. Außerdem bekam er fünfzigtausend Goldstücke, die zu all den Summen hinzukamen, die er bei seinen militärischen Überfällen erhoben hatte. Was die Franken anging, so hatten diese Ägypten zu verlassen, ohne auch nur ein einziges Dorf zu behalten. Eine besondere Übereinkunft gestattete ihnen jedoch, einen Bevollmächtigten und eine Schwadron ihrer Kavallerie vor den Toren Kairos zurückzulassen, eine kleine Vorsichtsmaßnahme, die Nur ed-Din davon abhalten sollte, Truppen zu entsenden, sobald sie ihm den Rücken zugekehrt hätten. Auch die Franken sollten jährlich hunderttausend Goldstücke aus den Einkünften des Landes beziehen.

Beim Klang der Trommeln, Zimbeln und Trompeten zog Schawar einmal mehr als Sieger mit großem Prunk in seine Stadt Alexandria ein, während wir unter sengender Sonne den Weg zurück in die Wüste antraten. Wir befanden uns im Monat Shawwal des Jahres 563 (August 1167), und ich war über die Rückkehr nach Damaskus erleichtert. Wir zogen ohne Sieg ab, doch wir ließen ein freies Ägypten zurück. Unterwegs lobte mein Onkel mich in liebevollem Ton:

»Du hast gute Arbeit geleistet, Yussuf. Du hast die Stellung mit viel Kaltblütigkeit verteidigt. Du hast es gelernt zu kommandieren, und du hast es verstanden, dich gegenüber dem König der Franken und dem Wesir von Misr durchzusetzen. Mabruk!* Als ich in deinem Alter war, habe ich nicht so viel geschafft. Wenn du so weitermachst, wirst du es weit bringen.«

Das alles rührte mich zutiefst, und ich dankte ihm bewegt. Es hatte mich gequält, daß wir gezwungen gewesen waren, uns zu ergeben, und ich wußte nicht mehr so recht, was ich von mir halten sollte. Mit seiner mächtigen, rauhen Stimme gab Schirkuh mir mein Selbstvertrauen zurück. Aber was war meine Bestimmung? Ich

* Bravo, Kompliment!

stellte mir noch immer diese Frage. Wie in meiner Jugendzeit fühlte ich mich bald hierhin, bald dorthin getrieben wie ein Blatt im Wind. Woran würde ich schließlich zerbrechen?

»Wir werden Ägypten einnehmen!« schrie Schirkuh, während er seinen Säbel herumwirbelte.

Dieses Land ließ ihn noch immer nicht los, und er stellte tausend Pläne auf, um mit seiner Streitmacht dorthin zurückzukehren, wobei er versicherte, daß die ägyptische Schundarmee bereits beim ersten Schlag untergehen werde. Was die Bevölkerung angehe, die würde den neuen Herrn ohne Murren anerkennen, da sie Veränderungen gewöhnt sei und überglücklich sein werde, von einem Wesir befreit zu werden, der sie immer mehr unterdrückte und ihnen, ohne zu zögern, auch noch ihre letzten Mittel abnehmen würde. Schließlich müsse dieser lastende Tribut dem König von Jerusalem wie versprochen bezahlt werden. Die kreuztragenden Ritter seien da, um ihn einzufordern. Und die Anwesenheit dieses Frankenkorps, das vor den Toren Kairos zurückgeblieben sei, sei keineswegs geeignet, Vertrauen einzuflößen. Morri sei alles andere als ein Dummkopf. Auch er müsse eine militärische Operation ausbrüten. Man dürfe ihm den Sieg nicht überlassen.

Während wir von Biwak zu Biwak an der hellen Hügelkette entlangzogen, hing mein Onkel seinem Traum nach. Er stellte sich die wunderbare Armee und die beeindruckende Ausrüstung vor, die er bald wieder zusammenbringen würde, um aufs schnellste erneut aufzubrechen. Er verband mich im Geiste mit seinen Unternehmungen, was mich indes überhaupt nicht interessierte. Ich wünschte mir einzig und allein, wieder die Ruhe meines Hauses zu genießen.

Ich zögerte noch, ob ich zu meinem »cheikh« zurückkehren sollte. Und dennoch, wem würde ich von meinen Zweifeln und all dem, was ich bei den Christen gehört hatte, erzählen können, wenn nicht ihm? Wer war dieser Gott, der den Tod am Kreuz hingenommen hatte? Konnte ein Gott sterben? Und was hatte Allah mit alldem zu tun?

Nur ed-Din empfing uns in seinem Palast von Aleppo. Er ehrte uns wegen unseres Mutes. Und als Schirkuh ihm erklärte, daß es notwendig sei, schnell einen neuen Feldzug vorzubereiten, wich er mit folgenden Worten aus:

»Du hast bereits zwei Versuche unternommen, und du hast es nicht geschafft!«

Der Sultan war ein besonnener Mann. Er wollte Syrien nicht verlieren. Und Ägypten stellte keine Bedrohung mehr dar, da die Franken ja in ihre Gebiete zurückgekehrt waren. Um seinen General zu besänftigen, schenkte er ihm die gesamte Provinz von Homs an der Nordgrenze. Die Nachbarschaft Antiochias und die ferne Bedrohung durch Byzanz würden ihn die Schätze der Pharaonen vergessen lassen, dachte er. Und mich behielt er zur Belohnung an seinem Hof; er schenkte mir zwei prächtige Güter, eines in der Nähe von Aleppo, das andere weiter westlich im Distrikt von Kafartab. Ich wurde mit mehr überschüttet, als ich mir jemals hätte wünschen können, und fühlte mich als der glücklichste unter den Sterblichen.

Ich verlebte nun friedliche Tage, in denen ich meine Güter mit Umsicht verwaltete. Ich führte minutiös Buch, überwachte die Ernten und unterhielt mich mit den Bauern. Das flache Land war schön und die Berge voller Wild. Ich liebte die Jagd über alles, sowohl auf Vögel, Gazellen, Tiger, Geparde und besonders auf das wildeste aller Tiere, den Löwen, vor dem alle anderen die Flucht ergriffen. Der Löwe hatte seinen eigenen Kopf und war besonders listig. Ohne eine gewisse Technik war er nur schwer zu fangen. Man mußte seine Wechsel und seine Gewohnheiten kennen. Vor allem mußte man ihn von der Flanke angreifen und die Lanze in die richtige Stelle bohren. Er war ein erlesener Gegner, der mich faszinierte. Später gelang es mir, einige Exemplare zu zähmen, die mich auf meinen Feldzügen begleiteten und den Eingang meines Zeltes bewachten.

Nun verfügte ich über eine Stellung und bequeme Einnahmen, und meine Mutter beschloß, mich zu verheiraten. Ich müsse mir Nachkommenschaft sichern, wiederholte sie seit Damaskus, und es schicke sich nicht, daß ich in meinem Alter noch keine Familie habe. Im Schatten ihrer kostbaren Mouscharabiehs beherrschte sie ein ganzes Netz von Informanten und Dienerinnen. Bald präsentierte sie mir eine Liste mit Kandidatinnen von hoher Geburt, deren Beschreibungen äußerst verlockend klangen. Ich wußte nicht, wen ich unter all den Kurdinnen mit grünen Augen, Syrerinnen mit blauen Augen und Irakerinnen mit pechschwarzen Haaren wählen sollte. Alle waren von großer Schönheit und verstanden sich außer aufs Sticken auch auf den Gesang, den Tanz und die Kunst der Verführung. Ich wollte mich für eine Kurdin entscheiden, als mir ein neuer »cheikh« begegnete. Wie den ersten in Damaskus, traf ich auch diesen bei Nur ed-Din.

Das Hofleben war Teil meiner Verpflichtungen. Ich wohnte den »Majlis«* des Herrschers bei und hörte zu, wie er Recht sprach. Ich entdeckte in seinem Umkreis die regelmäßigen Zusammenkünfte von Kadis, Ulemas, Schriftstellern, Wissenschaftlern und vor allem von Frommen wieder. Die Sufisten waren zahlreich vertreten. Es bestand eine bedeutende Bruderschaft in Aleppo, wo der Sultan ihnen ein sehr schönes Kloster hatte errichten lassen. Ich begegnete dem »cheikh« in einem Rosengarten des Palastes. Er war sehr alt und stützte sich auf einen Stock. Er blieb stehen und betrachtete meine feierlichen Gewänder und meinen Seidenturban, auf den ich so stolz war. Mit einem amüsierten Lächeln sagte er zu mir:

»Wenn du schläfst, wirst du nie erfahren, was man von dir erwartet.«

»Ich bin alles andere als eingeschlafen«, antwortete ich lachend, »ich bin vielmehr auf dem Weg zu ›Sayedna‹**, um seine Befehle in Empfang zu nehmen.«

Er fuhr fort, als habe er mich nicht gehört:

»Du mußt lernen, an Gott zu glauben. Wenn du nicht glaubst, wirst du niemals in der Lage sein, die Wahrheit zu erreichen. Und denke nur nicht, daß du dorthin allein gelangen wirst! Das ist die schlimmste aller Anmaßungen. Man kann über Gott nicht hinausgehen. Du mußt lernen, demütig zu sein.«

* Eine Art Richterstuhl. Versammlung, in deren Verlauf der Sultan jeden erscheinenden Einwohner empfing und jeder seine Klagen vorbrachte.

** Seiner Majestät

»Die Menschheit braucht den Duft der Rose. Eines Tages jedoch wird sie nicht einmal mehr den brauchen.«

Ich nahm meine Gebete mit größerem Eifer wieder auf und begann erneut zu meditieren. Voller Reue kehrte ich zu Gott, dem Vielgeliebten, dem Liebenden, der Liebe zurück, in jeder meiner Ekstasen auf einen Laut oder ein Zeichen hoffend, in dem sich Seine Vergebung offenbaren würde. Doch ich sah nichts und hörte nichts. An mein Ohr drangen nur alarmierende Gerüchte, die aus Ägypten kamen und im ganzen Palast Widerhall fanden.

Dort im Süden lief alles schlecht. Das Elend wuchs von Tag zu Tag, und Schawar wußte nicht mehr, wo er die Summen auftreiben sollte, die im Vertrag festgesetzt waren. König Morris Ritter hatten sich auf Dauer vor den Toren Kairos eingerichtet und verwahrten die Schlüssel. Sie tyrannisierten die Bevölkerung, sie behandelten sie äußerst hart und ungerecht. Ihr Despotismus wuchs und wuchs, und sie sandten ihrem Herrscher Eilbotschaften mit der Aufforderung, mit seiner Streitmacht anzurücken.

»Das Land wird uns gehören, noch bevor Nur ed-Din die Zeit gefunden hat, sich zu rüsten«, wiederholten sie.

Da überstürzten sich die Ereignisse. Kamil, der Sohn Schawars, ließ dem Sultan ein Schreiben überbringen. Darin stand, daß es Zeit sei, daß die Muslime sich untereinander verständigten. Er selbst werde einen Bündnispakt unterschreiben und einen Tribut zahlen, sofern Syrien ihm helfe, die Macht zu übernehmen. Nur ed-Din stimmte zu, rührte sich jedoch nicht, sondern beobachtete die Situation weiter. An den Ufern des Nils lag Unmut in der Luft. So kündigte sich an, daß ein Aufstand der Bevölkerung gegen die christlichen Ritter bevorstand. Zur gleichen Zeit erhielt auch ich einen Brief von Kamil. Wir hatten Freundschaft miteinander geschlossen, als ich in meinem Biwak vor den Mauern seiner Stadt darauf gewartet hatte, daß Schawar seine Versprechen einlöste. Kamil bezeugte mir erneut seine Verbundenheit und schlug mir vor, ich solle seine Schwester heiraten, und er wolle meine zur Frau nehmen.

Damit würden wir den ersten Schritt unserer beiden Länder zu einer Koalition gegen die Franken besiegeln. Ich dankte und beließ es dabei. Mein Lebensweg, den mein »cheikh« erleuchtete, führte mich erneut zu meinen Ländereien in Aleppo.

Im Laufe des Sommers erfuhren wir, daß der Kaiser von Byzanz (Manuel Komnenos) eilig eine Gesandtschaft nach Jerusalem geschickt hatte, die Morri den Vorschlag unterbreitete, sich ihm anzuschließen, um Ägypten einzunehmen, bevor es in andere Hände fiele. Schirkuh verlor die Nerven und stürmte an den Hof.

»Die Lage ist ernst«, erklärte er. »Jerusalem und Byzanz sind mehr als nur eine große Familie, seitdem Morri die Nichte des Basilianers Manuel zur Frau genommen hat. Wir müssen schnellstens reagieren und ihnen den Weg abschneiden.«

Doch der Sultan nahm die Dinge mit Gelassenheit. Er kenne die Gedanken des stotternden Königs, sagte er.

»Er wird nicht angreifen. Er weiß nur zu gut, daß sich die Ägypter gegen ihn erheben und mich zu Hilfe rufen werden. Die syrische Fuchtel ist für sie leichter zu ertragen als die Tyrannei der ›Trinitarier‹. Und Morri wird nicht das Risiko eingehen, meine Truppen im Rücken zu haben.«

Er schüttelte verneinend den Kopf.

»La! Wenn er Kairo will, muß er vorher Damaskus erobern.«

Unterdessen zog es Nur ed-Din nach Mesopotamien. Sein Bruder, der Verwalter des Herrschers von Mosul, war kürzlich gestorben, und so beeilte sich Nur ed-Din, an der Spitze seiner Truppen den Erben einige Provinzen des Verstorbenen, auf die er es schon lange abgesehen hatte, vor der Nase wegzuschnappen. Morri, der uns ständig bespitzelte, machte sich das zunutze. Er erweckte den Anschein, als wolle er nach Homs, dem Territorium meines Onkels, marschieren, fiel aber über Ägypten her.

Am ersten Tag des Monats Saphar im Jahre 564 (4. November 1168) griff die Armee von Jerusalem Bilbeis an, gab es zur Plünderung frei, metzelte alle Einwohner nieder und schlug den Weg nach Kairo ein.

»Fustat brennt!«

Läufer und Brieftauben überbrachten den Bericht von der Katastrophe, und die Nachricht verbreitete sich in alle Richtungen.

»Fustat brennt!«

Von Aleppo bis Damaskus und von Damaskus nach Mosul riß der lange Klageruf nicht ab, der ringsum tausendfaches Lamento auslöste. Der König der Franken hatte die Verträge gebrochen. Die Eindringlinge standen vor Kairos Toren.

»Gott soll sie verfluchen!« erscholl es in den Straßen und Moscheen.

Das Gemetzel von Bilbeis empörte die gesamte arabische Welt, und die Bewohner Kairos hatten, erschreckt von dem Gedanken, das gleiche Schicksal erleiden zu müssen, die Waffen gegen die Kreuzträger erhoben. Schawar war ratlos. Er wußte um die Schwäche seiner Truppen und fand nur ein Hindernis, das er den wilden Horden aus Jerusalem entgegensetzen konnte: Feuer! Zwanzigtausend Krüge Erdöl und zehntausend Fackeln ließen die Altstadt Kairos in Flammen aufgehen, nachdem die Bewohner evakuiert worden waren. Und Fustat brannte vierundfünfzig Tage lang.

Nur ed-Din kehrte überstürzt in seinen Palast von Aleppo zurück und bestellte mich zu sich. Er ging in seinem Amtszimmer auf und ab, was bei ihm ein Zeichen äußerster Erregung war. In einer Hand hielt er einen Brief, in der anderen Haarsträhnen.

»El Adid ruft mich zu Hilfe«, sagte er mir. »Schawar ist nichts weiter als ein räudiger Hund, der Ägypten den Polytheisten verkauft. Mein Herz gerät in Aufruhr, wenn ich diese Zeilen lese. Hör nur, was der Kalif schreibt: ›Das sind Haare meiner Frauen. Sie senden sie Dir aus meinem Palast und flehen Dich an, zu kommen und sie von der Schändung durch die Franken zu befreien.‹«

Während der Sultan die braunen und blonden Locken durch seine Fingerspitzen gleiten ließ, baute er sich vor mir auf und befahl mit dumpfer Stimme:

»Suche deinen Onkel Schirkuh auf! Dränge ihn, schnellstens hierherzukommen! Diese Angelegenheit duldet keinen Aufschub.«

Ich verließ Aleppo sofort. Eine Meile vor der Stadt traf ich meinen Onkel, der gerade zu Nur ed-Din unterwegs war.

»Ich weiß alles«, sagte er mir. »Ich habe bereits sechstausend Reiter im Lager von Ras el Ma zusammengezogen.«

Wir begaben uns zurück zum Sultan. Unsere Schnelligkeit überraschte ihn. Er nahm sie als gutes Omen und erklärte ohne Umschweife:

»Schirkuh, du mußt nach Ägypten aufbrechen! Bereite deine Männer unverzüglich darauf vor!«

»Das will ich wohl«, antwortete mein Onkel. »Aber ich kann die Kosten für diesen dritten Feldzug nicht allein übernehmen.«

Nach unseren Gepflogenheiten mußte jeder Emir die Aufwendungen für den Unterhalt und die Ausrüstung seiner eigenen Truppen aus den Einkünften bestreiten, welche die Ländereien abwarfen, die er vom Sultan erhalten hatte. Der zweite Feldzug war noch nicht bezahlt, und dieser neue nahm ungewöhnliche Ausmaße an. Nur ed-Din erhob keinerlei Einwand und bot seinem General zweihunderttausend Dinare, Lasttiere sowie die Erlaubnis an, sich nach Belieben in seinen Militärmagazinen mit Kleidung, Kriegsmaschinen und allen nötigen Waffen zu versorgen. Es drängte ihn zur Tat, und er wollte den Sieg.

Er wurde deutlicher: »Wenn du den Aufbruch verzögerst, muß ich mich persönlich dorthin begeben. Wir dürfen Ägypten nicht den Franken überlassen. Wir würden uns dann in Syrien nicht mehr halten können.«

Mein Onkel verneigte sich zustimmend und wandte sich an mich:

»Yussuf, schnür dein Bündel!«

Mir ging ein Stich durchs Herz, als sei ich von einem Dolch getroffen, und ich schrie laut auf:

»Bei Allah! Selbst wenn man mir das ganze Königreich Ägypten zum Geschenk machen würde, ginge ich nicht! Ich habe in der Wüste und in Alexandria so sehr unter Qualen und Erschöpfung gelitten, daß ich das niemals vergessen werde.«

Schirkuh raste und bestand so sehr darauf, daß der Sultan mich ansah und in grimmigem Ton sprach:

»Ich verlange, daß du dich mit deinem Onkel auf den Weg machst!«

Ich beschrieb ihm in allen Einzelheiten, in welcher Verlegenheit ich mich befand. Ich verfügte weder über ausreichend Streitrosse noch über genügend Mittel, um die Reise zu machen. Er hörte nicht darauf, sondern ließ mir Geld aushändigen, und ich mußte gehorchen. In tiefster Seele verzweifelt, suchte ich meinen »cheikh« auf und bestürmte ihn in meinem Zorn:

»Ich will nicht mehr glauben! Dein Gott, der Vielgeliebte, der Liebende und die Liebe, bringt mir keinerlei Wertschätzung entgegen. Ich bin zu Ihm zurückgekehrt, habe öffentlich Abbitte geleistet, ich habe Ihn angebetet und verehrt, meinen Schlaf und meine Gesundheit geopfert. Was tut Er, um mir diese Beweise der Frömmigkeit zu danken? Er stößt mich wie den schlimmsten Ketzer in das Feuer der Hölle zurück!«

Der alte Mann hörte mir zu, wartete das Ende meiner Rede reglos ab, um mir dann mit seiner schwachen Stimme ruhig zu erklären:

»Wenn du im Garten umhergehst und dich an einem Dorn stichst, vergiß nicht, dich zu bedanken! Der Dorn kann dir weh tun. Aber er ist dir genauso geschenkt wie die Rosenbeete.«

Verärgert erwiderte ich: »Ich habe alle deine Ratschläge befolgt, ehrwürdiger Scheich. Ich habe mich der Regel untergeordnet. Ich habe Gottes Gesetz zu dem meinen gemacht. Ich habe Ihn mit Ehrehrbietung und Liebe angefleht …«

Er schnitt mir in gereiztem Ton das Wort ab:

»So lange wie du dein ›Ich‹ leben läßt, wirst du Gefahr laufen, übergangen zu werden. Wie oft habe ich dir schon wiederholt, daß man seine eigenen Ansichten vergessen muß, um durch ein Nadelöhr zu passen?«

»Ja, sterben vor dem Sterben … Diesmal werde ich endgültig sterben. Und glaubst du denn, ehrwürdiger Scheich, daß ich Lust dazu verspüre?«

Er nahm meine Hände in seine, küßte sie, führte sie an seine Stirn und murmelte:

»Fi aman illah! Gott behüte dich!«

Dann starrte er mir in die Augen, und sein Blick bohrte sich bis in mein Innerstes, als er sagte:

»Du mußt abreisen, Yussuf! Einen Befehl Allahs diskutiert man nicht!«

Ich verließ ihn murrend:

»Existiert Er wirklich? Ich habe nur einen Befehl Nur ed-Dins vernommen.«

Tag um Tag trafen mehr Depeschen ein, und die Vorbereitungen wurden verstärkt vorangetrieben. In Kairo wuchs die Bedrohung. Die Streitkräfte Jerusalems griffen die Ostmauern an, die zum Muqattam ausgerichtet waren. Der Kalif hatte unserem Sultan einen zweiten Brief geschickt; er bat ihn, schnellstens ein von Schirkuh kommandiertes Truppenkorps zu entsenden, dessen Reise- und Unterhaltskosten er bezahlen werde. Als Gegenleistung bot er ein Drittel Ägyptens sowie ein Drittel der Einkünfte des Landes. Inzwischen erklärte Schawar dem »trinitarischen« Herrscher, daß er die Ankunft des von der Bevölkerung herbeigerufenen Nur ed-Dins fürchte; er persönlich zöge die Anwesenheit der Christen vor und schlüge einen neuen Vertrag vor, um gegen den gemeinsamen Feind zu kämpfen, mit Hilfe von ... einer Million Goldstücke! Er bat ihn auch, er möge die Zange lösen, in die er die Hauptstädte genommen habe, damit sich der Groll der Menge lege und ihm erlaube, die versprochenen Summen zu erheben.

Am letzten Tag des Monats Saphar im Jahre 564 (2. Dezember 1168) zogen wir, umgeben von Fanfaren und Kriegsbannern, mit großem Gefolge aus Aleppo hinaus. Nur ed-Din begleitete uns. Zweitausend Reiter folgten uns. Es war ein schönes Schauspiel, doch verglichen mit unserem Auszug aus Ras el Ma war es rein gar nichts. Dort erwarteten uns die sechstausend Turkmenen Schirkuhs und die fünfhundert Kurden seiner Leibwache. Außerdem befanden sich da die eindrucksvolle Gruppe der Hathbani*, die der Yaruki**

* Der Stamm der Rawwadiyes, zu dem Saladin gehörte, war der Kern des großen Kurdenstammes der Hathbani.

** Seldschukischer Stamm, treuer Verbündeter Nur ed-Dins.

Ein konspirativer Wind wehte über der Stadt. Ich spürte, daß ein Unwetter aufzog, und hatte die syrischen Streitkräfte auf verschiedene Stellen der Stadt und in die umliegenden Dörfer verteilt, um jeden Versuch der Rebellion sofort zu unterbinden. Tag und Nacht lagen meine Spione auf der Lauer. So erfuhr ich unverzüglich, daß der Wind aus dem Kalifenpalast blies und ein Schwarzer mit dem Titel »Mutamen al Khilafa«* ihn entfacht hatte. Er herrschte über den Serail. Als Gouverneur von Kairo befehligte er die Garnison. El Adid begünstigte ihn, seine Truppen und die Einwohner waren ihm gewogen, und er beabsichtigte, seine Befugnisse auszuweiten, indem er meinen Platz einnahm. Damit folgte er dem Beispiel seiner Vorgänger, einer langen Reihe von ehemaligen Sklaven, die zu Wesiren geworden waren. Die Unruhe im Serail wuchs mehr und mehr, aber ich hatte keine Ahnung, was sich zusammenbraute, bis zu dem Tag, als einer meiner turkmenischen Wachleute in meinen »Diwan« platzte.

Er stieß einen zerlumpten Mann vor sich her, hielt mir ein Paar neue Sandalen hin und rief:

»Wenn er sie besäße, um sie zu benutzen, hätte er sie an den Füßen!«

Ich ließ sie auftrennen und entdeckte eine Nachricht, die die Palastbewohner an die Franken richteten:

»Wenn Ihr anrückt, wird Salah ed-Din nicht versäumen, mit all seinen Streitkräften gegen Euch zu marschieren. Indessen werden wir Kairo aufwiegeln und ihn von hinten angreifen.«

Trotz meines Zorns atmete ich erleichtert auf. Endlich wußte ich, worauf die Verschwörung zielte! Schawar hatte Schule gemacht. Nun blieb nur noch, den Urheber zu entdecken. Ich schickte Wachleute zu allen Kopisten der Stadt. Sie brachten mir sehr schnell den Schreiber der Nachricht, einen Juden, der vor Angst zitterte. Er rezitierte erst unsere Glaubensformel »La illaha illa 'llah, Mohamadur Rasulullu'« und gestand dann:

»Mutamen al Khilafa!«

* »Vertrauter des Kalifen«.

und die furchterregenden Männer des mächtigen Emirs Saif ed-Din al Hakari, den alle den »König der Kurden« nannten. Für uns war er »Al Mashtub«, »der Narbige«, denn er trug das Zeichen seines Wagemuts im Gesicht. Dazu war eine große Anzahl Emire aus allen Ecken Syriens und Mesopotamiens gekommen, deren Banner für einen heiligen Dschihad gegen die ungläubigen Eindringlinge zu denen unseres Sultans stießen.

Als Nur ed-Din vor diese Menge trat, die sich, so weit das Auge reichte, in der Ebene ausbreitete, erhob sich ein Getöse, so mächtig, daß die Luft in Schwingungen geriet, ähnlich einem lang anhaltenden Tosen, das aus den Tiefen des Erdinneren empordröhnt.

»Yah Yah Nur ed-Din! Yah Yah Schirkuh!« brüllten sie in endloser Litanei. »Dschihad! Dschihad!«

Voller Würde saß der »Große Mudschaheddin« auf seinem Vollblut mit hellem Fell und ließ an jeden dieser Krieger eine Prämie von zwanzig Goldstücken verteilen. Dann gab er das Signal zum Aufbruch. Er selbst blieb zu seinem großen Bedauern in Syrien, um die Truppen von Antiochia zu überwachen. Der »Löwe des Glaubens« rückte stolz und jubilierend beim Klang der Trommeln, Trompeten und Sackpfeifen ab.

»Dieses Mal gehört Ägypten uns!« wiederholte er ohne Ende.

Er warf sich in die Brust und schwenkte seinen Säbel in Richtung Horizont, wo ihn der Ruhm erwartete. Endlich hatte er diese Armee, von der er seit drei Jahren träumte, eine eindrucksvolle Armee, in tausend Farben geschmückt, gespickt mit Lanzen und Klingen, die in der Sonne blinkten! Sie fraß sich in die Wüste hinein wie ein gigantischer Strom züngelnder Flammen, und ich ließ mich von seinen ungestümen Fluten mitreißen. Im Takt der Kriegstrommeln ging ich dem Tod entgegen. Ich war weit davon entfernt, ihn zu fürchten, ich sehnte ihn sogar herbei. Diese Welt hielt für mich nur Enttäuschungen und Kummer bereit, und ich hatte beschlossen, alle Risiken einzugehen und mich den schlimmsten Gefahren auszusetzen, wenn der Feind auftauchen würde. Und daran gab es keinen Zweifel.

Gerade als wir das Lager verlassen wollten, erhielt Nur ed-Din eine Depesche von Schawar. Dieser berichtete, daß er in der Absicht, Zeit zu gewinnen, dem König von Jerusalem eine Anzahlung von hunderttausend Dinaren geleistet habe. Der habe sich daraufhin befriedigt auf den Rückzug nach Bilbeis begeben. In Fortsetzung seines doppelten Spiels teilte der Wesir uns mit, daß er den Aufschub nutze, um die Festungsanlagen seiner Hauptstadt wieder instand zu setzen, Vorräte anzuhäufen und eine Bürgerwehr aufzustellen. Er würde unsere Ankunft und den schrecklichen Sturm auf die Franken vorbereiten, der dann erfolgen würde.

Zu meiner großen Enttäuschung ereignete sich nichts. Morri versuchte zwar, uns abzufangen, doch als er unsere Übermacht sah, verzichtete er darauf und kehrte »mit Stiefeln von Honein an den Füßen«* in seine Heimat zurück. Ägypten gehörte uns, und unser Blut war nicht geflossen.

»Al Kahira! Al Kahira!« brüllte Schirkuh strahlend.

Kairo näherte sich uns, erzitterte hinter einem von Lichtern ausgefransten Schleier aus dunklem Rauch, wie eine Witwe, die mit ihren Juwelen geschmückt ist, um uns zu verführen. Wir betraten die Stadt am siebten Tag des Rabia II 564 (4. Januar 1169). Die Sonne leuchtete an einem tiefblauen Winterhimmel, und wir erlebten einen wahren Triumph. Die Menge feierte uns wie Befreier. Mein Onkel thronte in einem Prunkgewand, das reich mit Goldstikkereien verziert war, auf seinem Pferd; ein Baldachin, der von vier dunkelhäutigen, Turban tragenden Athleten mit nacktem Oberkörper gehalten wurde, spendete ihm Schatten. Pagen trugen seine Waffen, seine Banner und seine riesige, angsteinflößende »khetaf«. Er zog als Sieger ein. Ganz Ägypten lag ihm zu Füßen. Sein Auge funkelte vor Stolz und Zufriedenheit.

»Schawar existiert nicht mehr«, murmelte er. »Darum kümmere ich mich.«

Mein Pferd tänzelte hinter seinem, zwischen dem Emir Dschurdik, einem Mameluken Nur ed-Dins, und »Al Mashtub«, dem König

* Sprichwörtliche Redewendung mit der Bedeutung: »Mehr verlieren, als man gewonnen hat«.

der Kurden, denen ich mich während der Reise angeschlossen hatte. Ich bewunderte die Bauwerke, Bäder und Karawansereien, die in so großer Zahl vor unseren Augen vorbeizogen, daß man sie unmöglich zählen konnte. Die meisten Häuser hatten fünf oder sechs Stockwerke. Ihre Fassaden waren mit Porphyr, Achat, Lapislazuli und anderem harten Gestein verkleidet, und die Fenster bestanden aus Bergkristall. Das alles war sehr schön, und ich dachte bei mir, daß wir töricht gewesen wären, solche Schätze so wilden Tieren wie den Franken zu überlassen.

Der Palast des Kalifen hielt noch weitere Überraschungen für uns bereit. El Adid erwartete uns dort, die Pforten öffneten sich unserer Eskorte und gaben unseren geblendeten Blicken die Reichtümer und die Pracht des Palastes preis. Wir durchquerten wunderbare Höfe, die Becken aus Smaragd* und Alabaster zierten, in denen ständig Wasser plätscherte; wir schritten durch unzählige Galerien mit Deckentäfelungen aus Gold, die auf Marmorsäulen ruhten, und durch Gärten, die würdige Paradiese für Allah abgegeben hätten, wo sich die seltensten Düfte entfalteten, während Tausende von Vögeln in erstaunlichen Farben in ihren aus Gold geschmiedeten Käfigen zwitscherten.

Nachdem wir einen Salon nach dem anderen hinter uns gelassen hatten, gelangten wir endlich in die Gemächer des Kalifen. Er verfügte über zahlreiche, prächtig gekleidete Wachen. Er selbst trug ein herrliches Gewand und saß hinter einem Vorhang aus Goldfäden auf einem Thron aus Gold, der mit Perlen und wertvollen Steinen übersät war. Ich wußte nicht mehr, wohin ich meine Blicke wenden sollte, so beeindruckend war das alles.

Schirkuh warf sich dreimal zu Boden, wie der Brauch es verlangte. Er erhielt Geschenke und einen Ehrenmantel. Er bekam auch für sich und seine Armee eine bedeutende Summe und Verpflegung im Überfluß. El Adid hielt sich an seine Versprechungen. Das tat Schawar nicht, der die Auszahlung des Tributs und der Militär-

* Die Glasbläser Kairos fabrizierten eine grüne Paste, deren Konsistenz und Farbe denen des Smaragds ähnelten. Man nannte sie den »Smaragd Ägyptens«.

einnahmen von Tag zu Tag hinausschob. Und was das berühmte Drittel des Territoriums anging, das er Nur ed-Din zugesagt hatte, da heuchelte der Wesir Vergeßlichkeit, und der »Löwe des Glaubens« bekam einen seiner legendären Wutanfälle.

»Hält er mich für einen Idioten?« schimpfte er. »Dieses Mal wird er mich nicht hereinlegen!«

Von diesem Tag an setzte Schirkuh alles daran, sich des Verräters zu entledigen, der nicht regierte, sondern sich durch List im Amt hielt. Er begann damit, sich Verbündete zu schaffen. Das war nicht schwer. In Massen kam die Bevölkerung in unser Lager vor den Festungsanlagen gerannt und bot ihm ihre Hilfe an. Er empfing sie wohlwollend und teilte Geschenke aus. Mit dem Geld des Kalifen warb er die wichtigsten Offiziere und die Miliz ab. Schawar wurde wütend, zahlte jedoch immer noch nicht. Er glaubte, er könne auf diese Weise der Bestechungskampagne Einhalt gebieten, spielte aber weiterhin den liebenswürdigen und bemühten Menschen. Um Schirkuhs Mißtrauen zu zerstreuen, sandte er ihm täglich Geschenke und stattete ihm in Begleitung seiner Eskorte Besuche ab, bei denen er nicht mit Versprechungen und schönen Worten geizte.

Unterdessen stürzte ich mich in der Gesellschaft junger Emire ins Vergnügen. Das Leben drängte sich mir förmlich auf, da der Tod sich ja nicht herabgelassen hatte, mir zu begegnen. Er legte ebenso wenig Wert auf mich wie Allah. Also betäubte ich mich, indem ich bis zum Exzeß all das genoß, was uns mit solcher Leichtigkeit zufiel. Wir waren die Helden, die Retter. Die Händler drängten sich um unsere Zelte und breiteten all das zu unseren Füßen aus, was wir uns nur wünschen konnten: schimmernde Seidenwaren, schmeichelnden Samt, schwere, erregende Parfums, betörenden Schmuck, glänzende Klingen ... Sobald es dämmerte, bogen sich unsere Tische im Schein der Fackeln unter würzigen Speisen, die unsere Sinne anregten. Der Wein berauschte uns, und Gaukler vergnügten uns mit ihren Jongleuren, Erzählern, Musikanten und den Tänzerinnen vom Nil, die uns verhexten, wie ihre Vorfahren es bereits zur Zeit der Pharaonen taten. Mit einem verstohlenen Blick oder einem bebenden Nasenflügel fachten sie unsere Begierden an. Beim Klang der Flöte wogten ihre Körper wie Blumen im Wind, bevor sie im Takt der Trommelschläge frenetisch vibrierten, bis wir in dieser Welt der Wollust, die unter dem Himmel von Damaskus unbekannt war, in äußerste Ekstase gerieten.

Ich entdeckte die Frauen und ihre Feinheiten: die nubischen Sklavinnen, die von erlesener Schönheit waren, und diese heißblütigen ägyptischen Damen, die sich Freiheiten herausnahmen, um mich in einen verschwiegenen Winkel der Stadt zu locken. Eine kleine Kritzelei, die ein stummer Diener überbrachte, lehrte mich, daß die Mouscharabiehs keineswegs blind waren. Man hatte mich in meiner schönen Aufmachung durch die Straßen reiten sehen. Man hatte meinen feurigen Blick, meine schlanken Finger und meinen vorwitzigen Bart bemerkt. Seitdem starb man vor Verlangen und beschwor mich, dem Boten zu folgen. Dschurdik und Al Mashtub erhielten ebenfalls verlockende Zuschriften, und wir dienten uns gegenseitig als Leibwache, wenn wir unsere Semiramis beehrten, die freigebiger als Huris waren. Manchmal erinnerte ich mich wieder an den Satz des »cheikhs«:

»Solange du nicht vorbehaltlos geliebt hast, wirst du nicht zu der einzigen Liebe gelangen.«

Er pflegte auch zu sagen: »Man muß aus Liebe sterben, um in der Liebe wiedergeboren zu werden.«

Damals hatte ich den Sinn dieser Worte nicht begriffen. In diesen Dingen war meine Erfahrung recht spärlich. Jetzt kostete ich jede Empfindung und die Wollust bis zur Neige aus, ohne daß mich das Göttliche weiter kümmerte. Ich liebte mit jeder Faser meines Körpers und ließ mich bis zur Besinnungslosigkeit lieben. In meinen Adern kochte es, und ich lebte aus voller Fleischeslust. Ich entbrannte immer wieder neu und wechselte von einer leidenschaftlichen Eroberung zur nächsten. Niemals befriedigt, erlag ich jedem Rausch und schenkte weder diesem leicht bitteren Geschmack Beachtung, von dem ich morgens aufwachte, noch der Stimme des »cheikhs«, die mir noch im Ohr klang:

»Die fleischliche Liebe ist nur eine Illusion. Die wahrhaftige Liebe ist die des Allmächtigen.«

Eines Abends störte der Sohn Schawars eines dieser Liebesmahle. Er leistete uns häufig Gesellschaft. Aber an jenem Abend drang er in mein Zelt, stürzte sich mit verstörtem Gesicht auf mich, zerrte mich in einen entlegenen Winkel und flüsterte:

»Das Bankett meines Vaters ist eine Falle. Geht nicht dorthin, man wird euch alle einsperren!«

Da er weiterhin auf seinen Charme setzte, hatte der Wesir tatsächlich ein Fest zu Ehren der syrischen Streitkräfte organisiert, und wir freuten uns über diese Einladung, die Anlaß zu vielen Kommentaren gewesen war. Und nun erfuhr ich, daß der Verräter in Wirklichkeit ein Komplott schmiedete, um uns zu verderben. Er beabsichtigte, einen Teil unserer Truppen zu verführen, den anderen zu verjagen, und sich dann gleichzeitig gegen Nur ed-Din und die Christen zur Wehr zu setzen.

»Um ihn davon abzubringen«, fuhr Kamil fort, »habe ich ihm sogar gedroht, alles Schirkuh zu enthüllen. ›Wenn du das tust‹, hat er mir geantwortet, ›sind wir verloren.‹ Und ich habe ihm entgegnet, da ich ohnehin sterben müsse, wolle ich lieber als Muslim sterben und das Land den Muslimen überlassen.«

»Dieser Hund!« rief ich und spuckte auf den Boden.

Da sie meine Erregung bemerkten, kamen Dschurdik und Al Mashtub herbei. Ich erzählte ihnen alles.

»Er soll verrecken!« schrien sie.

Ich eilte zu meinem Onkel, der unverzüglich seine Emire versammelte und ihnen erklärte:

»Ihr wißt, wie sehr ich mir wünsche, dieses Land zu beherrschen. Ich bin sicher, daß die Franken sogleich zurückkehren werden, falls wir uns zurückziehen. Aber Ägypten ist die schönste der Provinzen des Islam, und damit sie in unseren Händen bleibt, müssen wir uns vor allem Schawars entledigen, der sein Spiel mit uns treibt, das Geld des Landes verpraßt und es dazu benutzt, die Franken gegen uns aufzurüsten.«

»Schawar muß getötet werden«, lautete die einstimmige Antwort.

Ich war der glühendste Anhänger dieser Lösung. Aber Schirkuh widersetzte sich ihr mit der Erklärung, er wolle eine uneingeschränkte militärische Macht einsetzen und den Wesir für die zivilen Angelegenheiten behalten. Das alles war in meinen Augen verworren, und ich entgegnete:

»Solange dieser Mann noch am Leben ist, sind wir vor nichts sicher.«

Schirkuh gab nicht nach.

»Lassen wir das Schicksal entscheiden«, schlug er vor.

Am folgenden Tag traf ich ihn bei guter Laune.

»Ich habe einen Traum gehabt«, erzählte er mir. »Schawar trat in mein Zelt und bot mir seinen Säbel und seinen Turban dar. Das bedeutet, daß ich seinen Platz einnehmen werde, ohne zum Schwert zu greifen.«

Er war fest davon überzeugt und rieb sich zufrieden die Hände. Und um der göttlichen Unterstützung nachzuhelfen, beeilte er sich, am Grab des Imams Schafai, eines Heiligen, den er besonders verehrte, einige Gebete zu sprechen. Ich blieb im Lager und sammelte in meinem Quartier einige Emire um mich, um mit ihnen das Tagesgeschehen zu diskutieren. Für uns war das Problem Schawar nicht gelöst. Schirkuh hatte entschieden, daß wir zum Fest gehen müßten, um keinen Verdacht zu erregen, und Schawar in seiner eigenen Falle fangen sollten. Wir waren anderer Ansicht und arbeiteten eine Taktik aus, die es uns erlauben würde, die Ägypter unschädlich zu machen, bevor sie gegen uns losschlagen würden.

Da erklang eine Musik, die uns wohlvertraut war. Die Zimbeln und Hörner des Wesirs kündigten uns seinen Besuch an. Für uns Verschworene war das der Auftakt zum Kampf. Die Gelegenheit war zu günstig, und wir wollten sie nicht versäumen. Dichter Nebel erfüllte die Luft, und jeder legte sich auf die Lauer. Ich sprang in den Sattel. Dschurdik tat es mir nach und setzte sich an meine Seite, um Schawar entgegenzureiten.

»Ich werde ihn so bald als möglich vernichten«, sagte ich zu ihm.

Die Eskorte war so groß, daß wir unsicher wurden und meine Entschlossenheit ins Schwanken geriet. Ich grüßte den Wesir und teilte ihm mit spöttischer Miene mit, daß mein Onkel nicht da sei.

»Dann wollen wir ihn suchen«, sagte er jovial.

Dschurdik ritt an seiner rechten Seite, während ich den Platz zu seiner Linken einnahm und mein Pferd so nah an ihn herantrieb, daß unsere Beine sich berührten. Wir taten ein paar Schritte, und ich ließ ihn nicht aus den Augen. Plötzlich packte ich ihn beim Kragen und warf ihn aus dem Sattel, wobei ich ihn mit Beleidigungen überhäufte. Die Eskorte fand nicht die Zeit zu reagieren, die syrische Truppe stürzte sich auf sie und lähmte sie. Ich schleppte den gefesselten Wesir zu einem kleinen Zelt und zog mein Schwert in der Absicht, ihn unverzüglich zu töten. Er fiel in sich zusammen, zitterte und schwitzte vor Angst. Die Emire hatten einen Kreis gebildet und blieben stumm. Ich fühlte kein Mitleid, keinerlei Regung. Kalte Wut packte mich. Ich hatte ihn vor meiner Klinge, die seine Brust berührte. Er war in meiner Gewalt, noch zuckte er, doch ich brauchte nur kurz zuzustoßen, um ihn zu durchbohren und den Wesir Ägyptens endgültig auszuschalten. Dieser Gedanke hielt mich zurück. Hatte ich, der unbedeutende Yussuf, das Recht, eine solche Tat zu begehen? Ich hatte mich vom Zorn mitreißen lassen, ohne die Folgen meiner Handlung zu bedenken. Ich steckte mein Schwert zurück in die Scheide und ließ Schirkuh holen. Er allein konnte diese Entscheidung fällen.

Der kehrte schleunigst zurück. Im selben Augenblick traf ein Eunuch des Kalifen ein, der ihm einen Brief mit dem Todesurteil übergab. Außerdem brachte er das Prunkgewand und die Ernennungsurkunden, die in weißem Seidenstoff eingehüllt waren und meinem Onkel die Würde eines Wesirs verliehen. Diesmal stand meiner Absicht nichts mehr im Wege. Schawar war von seinem eigenen Herrn verurteilt worden, und ich sorgte persönlich dafür, daß der Urteilsspruch auch vollzogen wurde. Mit einem Säbelhieb trennte ich dem Verräter die Kehle durch, ohne daß es mir Gewissensbisse bereitete. Ich ließ ihn gewissermaßen für diese drei Feldzüge bezahlen, die mein Leben umgewälzt und mich zu einem Haudegen, Spieler und Plünderer gemacht hatten. Sein Kopf wurde auf eine Lanze gespießt und zum Palast El Adids gebracht. Als Gegenleistung erhielten wir auf einem silbernen Tablett die Häupter seiner Söhne und Neffen. Ich erkannte das von Kamil und war darüber sehr betrübt. Nachträglich fragte ich mich, wie der Kalif hatte wissen können, daß wir Schawar in unserer Gewalt hatten. Es war allerdings eine Tatsache, daß auch er ihn loswerden wollte und daß sich in diesem Land, wo jeder jeden bespitzelte, Neuigkeiten in Windeseile verbreiteten.

Schirkuh legte das Gewand an, rief seine Garde zusammen und machte sich, geschmückt mit den Insignien seiner Würde, zum Palast auf, wo er feierlich in sein Amt eingesetzt werden sollte. In den Straßen rannte viel Volk zusammen. Es hatte den blutigen Kopf Schawars gesehen. Jetzt, da er es nicht mehr knechten konnte, beklagte es ihn und jammerte. Und als unser Zug auftauchte, wurde feindseliges Gemurre laut: Die Macht sei in den Händen eines Fremden, eines Ketzers. Immer mehr Einwohner drängten sich um uns und verstellten uns den Weg. Sie waren in bedrohlichem Aufruhr. Die Lautstärke wuchs, hier und da ertönten versteckte Rufe. Ein Sturm braute sich über uns zusammen. Aufrecht auf seinem Kampfroß sitzend und ohne auch nur einen Zoll kleiner zu werden, beobachtete Schirkuh unerschrocken das Geschehen. Plötzlich hatte er einen Geistesblitz. Er brüllte mit seiner Donnerstimme:

»Das Oberhaupt der Gläubigen befiehlt euch, das Haus Schawars zu plündern.«

Der Weg war augenblicklich frei, und wir trafen ohne weitere Schwierigkeiten beim Kalifen ein. Er empfing meinen Onkel und verlieh ihm den Beinamen »Malek el Mansur«, »siegreicher König«. Sogleich wurden in der ganzen Stadt Lobgesänge auf den tapferen General laut, auf den »furchterregenden Löwen«, der in diesem Land wie die »Sonne« aufgegangen war, während man den schrecklichen Schawar öffentlich schmähte, ihn als »wildes Tier«, »tollwütigen, bissigen Hund«, »Teufel« oder sogar »Satan« titulierte. Und als wir seine Residenz betraten, um uns dort einzurichten, war sie vollkommen leer. Nichts war darin geblieben, nicht einmal ein Sitzkissen.

»Sie haben mir gut gehorcht«, bemerkte mein Onkel lachend.

Es bedeutete ihm nicht viel, daß er die Einrichtung eines Hauses verloren hatte. Er hatte an diesem 17. Tag des Rabia II des Jahres 564 (18. Januar 1169) das Reich der Pharaonen gewonnen, und sein Glück war unvergleichlich. Tausend Mal ließ er sich in den folgenden Tagen in Anwesenheit seiner Emire die schmeichelhaften Texte der Ernennungsurkunden und die endlose Liste aller Ehrentitel, die man ihm zuerkannt hatte, wieder und wieder vorlesen.

Ein Gesandter brach nach Damaskus auf. Dieses Mal sei der Feldzug erfolgreich gewesen. Ägypten sei erobert, und Nur ed-Din werde in Kürze sein Herrscher sein. Zur Stunde müsse man besonnen sein und den Anschein einer ägyptischen Unabhängigkeit wahren, also weder das Amt des Kalifen noch die freie Ausübung des schiitischen Kultes antasten.

»Ich bin der Wesir«, pflegte Schirkuh zu sagen, »aber ein fatimidischer Wesir im Dienst des Kalifen von Kairo.«

Ich führte seinen Gedankengang weiter und setzte hinzu:

»Bevor wir die Regierung auswechseln, müssen wir uns ihre Elite zum Verbündeten machen.«

Das war wohl die einzige Taktik, die es ermöglichen würde, jeden Widerstand zu brechen und neue Institutionen reibungslos und auf Dauer einzurichten. Mein Onkel übernahm die Herrschaft im Reich und betraute mich mit der gesamten Leitung der öffentlichen Angelegenheiten.

»Du verfügst über ein sicheres Urteil und Erfahrung«, sagte er zu mir, »und du wirst dich geschickter gegen die geheimen Machenschaften der Verwaltung wehren als ich.«

Ich muß gestehen, daß die Verwaltung in diesem Land tatsächlich in einem chaotischen Zustand war, und ich hatte viel zu tun, um mich darin zurechtzufinden. Ich machte mich mit Feuereifer an die Arbeit. Mit System und mit peinlicher Genauigkeit legte ich Register von den Vorgängen an und prüfte die Rechnungen, vom Zoll bis zur Polizei, vom Transportwesen bis zur Justiz. Auch vergaß ich die Probleme nicht, welche die Lebensmittelversorgung, das Gesundheitswesen und das Respektieren verschiedener Religionen aufwarfen. Scharen von Menschen mit unzähligen Gesuchen bevölkerten jeden Morgen meinen »Diwan«. Ich hörte ihnen geduldig zu und trieb ein Heer fauler, jammernder Sekretäre an, ganz wie mein Vater in Damaskus. Seltsamerweise kam mir sein Bild oft in den Sinn. Mir traten seine feierlichen Gewänder, sein freundliches Lächeln, seine bedächtigen Gesten und seine knappen Antworten wieder vor Augen. Er hatte die Gabe, das rechte Wort zu finden, das den Sonderfall regelte, und ich fragte mich, was er wohl an meiner Stelle tun würde. Würde ich genauso erfolgreich sein wie er?

Ich erhielt ein eigenes Haus mit Bediensteten, Pferdeknechten und Pagen. Nach und nach bestimmte der Luxus immer stärker mein Leben, und ich gewöhnte mich daran. Aus den Souks von Kairo und Alexandria fanden die Reichtümer ganz selbstverständlich den Weg bis vor meine Tür und eroberten unauffällig mein Haus. In dieser gepolsterten, parfümierten Umgebung wurde ich schließlich launisch und eigenwillig, oft unberechenbar, und ich fühlte mich wohl in diesem Ägypten, das alle Verrücktheiten zuließ.

Aber eines Abends im Jamada II des Jahres 564 (23. März 1169) wollte mein Onkel nach einem seiner reichhaltigen Abendessen, die er so liebte, ein heißes Bad nehmen und starb an einem Erstikkungsanfall. Seine Regentschaft hatte nur zweieinhalb Monate gedauert. Mit stumpfem Blick verharrte ich kraftlos vor seinem leblosen Körper und wußte nicht, was ich denken sollte. Da kam mir ein Vers des Korans in den Sinn:

»Während sie die Früchte unserer Wohltaten genießen, haben wir sie in dem Moment zu uns gerufen, in dem sie am wenigsten darauf gefaßt waren.«

Schirkuh wurde sehr bald begraben, wie es unserer Tradition entspricht. Und die Trauer dauerte drei Tage an. Mit ihm waren die donnernden Worte, das schallende Gelächter verschwunden. Es gab keinen Löwen mehr, der brummte, brüllte, fauchte oder schnurrte. Ich hatte einen Onkel verloren, aber auch einen Gefährten, einen Lehrmeister, einen Vertrauten. Nun hatte ich keine Stütze mehr, und die Welt schwankte in einer großen Leere. Fassungslos und benommen irrte ich von Zimmer zu Zimmer, eisig berührt von diesem Tod, der seine Spuren im Gemäuer dieser Residenz hinterlassen hatte. Die letzten Ausdünstungen seines schalen Atems gingen mir unter die Haut und ließen meine Augenränder brennen.

»Schnür dein Bündel, Yussuf, wir brechen auf!«

Ich hörte ihn noch seine Anweisungen bellen, in Gegenwart von Nur ed-Din. Wie sehr hatte ich ihn damals verabscheut, und wie sehr bedauerte ich es jetzt, daß er nicht mehr da war, um sie zu wiederholen! »Ja, schnür dein Bündel, Yussuf!« sagte ich mir nun selbst. »Für dich hat das Abenteuer ein Ende gefunden. Der schöne Traum von Ägypten ist ausgeträumt, und mit ihm endet auch das Vergnügen. Du wirst nach Hause zurückkehren und dort ein wenig Ordnung schaffen.«

Da ertönte eine Fanfare, und ich sah, daß der Eunuch des Kalifen sich mit einer großen Eskorte näherte. Ich erkannte ihn wieder. Wie für Schirkuh trug er mit großem Zeremoniell die Ernennungsurkunden in ihrem weißen Seidentuch mit sich. Hinter ihm in der Kohorte führten Diener das Gewand, die scharlachrot gefütterte Tunika, den weißen golddurchwirkten Turban und das mit Edelsteinen inkrustierte Schwert mit sich. Schließlich folgte noch eine fuchsrote Stute, deren Sattel und Zaumzeug Gold und Einlegearbeiten aus Perlen und Edelsteinen zierten.

Man wird einen der Emire in das Amt einführen, dachte ich bei mir. Und ich fragte mich, wen von ihnen man wohl gewählt hatte. Seit drei Tagen mühten sie sich in endlosen geheimen Zusammenkünften, denjenigen zu bestimmen, der die Nachfolge des einäugigen Generals an der Spitze der Heere Syriens so lange antreten sollte, bis die Entscheidungen Nur ed-Dins gefallen wären. Mein Erstaunen war groß, als man mich holen kam. Der Kalif hatte mich zum Nachfolger ernannt.

Ich schlug die Sache rundweg ab. Ich war nichts weiter als ein junger, recht schwacher Offizier, dem es außerdem an Erfahrung fehlte gegenüber all diesen alten Wüstenfüchsen, deren tägliches Brot Intrigen waren, begleitet von Kniefällen und Goldstücken. Und außerdem glaubte ich nicht, das Format zu besitzen, Ägypten zu lenken, ein Reich, das an seinen wirren Verhältnissen und seiner

Verweichlichung unterzugehen drohte. Vor allem wußte ich zu gut, welches Los den Wesiren dieses Landes beschieden war. Schawar hatte Razik ermordet. Dargham hatte Schawar verjagt, der wiederum Dargham getötet hatte … Und ich selbst hatte Schawar enthauptet. Es wäre besser, nach Aleppo zurückzukehren und die mir verbleibenden Tage in der Frische meiner schattigen, duftenden Gärten zu verbringen.

»Du kannst dich dem Willen des Kalifen nicht widersetzen«, sagte der Eunuch entsetzt. »Das ist Majestätsbeleidigung!«

Ich bat um einige Stunden Bedenkzeit, einige Stunden Aufschub, um das zu verarbeiten, was mir geschah, und diese Furcht zu besänftigen, die mir die Eingeweide zusammenzog und mir die Luft abschnürte. Doch vergebliche Mühe! Ich mußte gehorchen. Langsam streifte ich jedes der festlichen Gewänder über. Sie waren aus leichter Seide, dennoch lasteten sie so schwer auf meinen Schultern, daß ich mich nicht mehr rühren konnte. Und als mir der Turban aufgesetzt wurde, befiel mich das Gefühl, im Boden zu versinken. In diesem Augenblick begriff ich den schwerfälligen Gang meines Vaters, den ich zu Unrecht für einen Ausdruck des Stolzes oder der Behäbigkeit gehalten hatte. Er regierte Damaskus … Und mir hatte man soeben Ägypten übertragen! Zusätzlich zu dem Schmerz, den der Verlust Schirkuhs mir bereitete, drückte mich die Last dieses Amtes nieder, als habe man mich verurteilt. Ich machte mich wie ein Gefangener in Fesseln auf den Weg zu El Adid. Ein »faqih« verneigte sich, als ich vorüberkam, und ich hörte ihn folgende Worte Mohammeds rezitieren:

»Es ist seltsam: Gewisse Menschen kann man nur ins Paradies führen, wenn man sie in Ketten dorthin schleift.«

Am 26. Tag des Jamada II (26. März 1169) war ich weit davon entfernt, ins Paradies zu gehen. Als ich zu der Residenz des Wesirs zurückkehrte, die von nun an die meine war, trug ich den Titel »Malek el Nasser«, »König und Verteidiger«, doch ich war allein im großen Prunksaal. Keiner der syrischen Emire machte mir seine Aufwartung und bezeugte seine Hochachtung, wie es unsere Bräuche fordern. Sie blieben beleidigt und wütend in ihren Winkeln und erklärten, daß sie niemals Befehle von einem Mann entgegennehmen würden, dem sie welche zu erteilen pflegten. Die einen wollten nach Syrien zurückgehen, die anderen wollten mich absetzen. Keiner hielt mehr zu mir. In ihren Augen war ich ein Nichts und meine Wesirsrobe nichts weiter als eine Verkleidung, eine Parodie auf die Autorität. Ihr Ehrgeiz und ihr Neid erstickten die freundschaftlichen Gefühle des Vortags. Gegen meinen erklärten Willen aß ich von dem Kuchen, den sie begehrten, und sie geiferten vor Zorn und bleckten die Zähne. Ich wußte nicht mehr aus noch ein und fragte mich, wie ich in dem unwegsamen Morast im Land der Pharaonen überleben würde.

»Warum hat er mich gewählt, ausgerechnet mich?« fragte ich mich immer wieder.

Aufgebracht lief ich im Zimmer auf und ab, hastete unter der sorgfältig verzierten Deckentäfelung und den mächtigen Leuchtern aus fein geschliffenem Kristall über den Marmorfußboden mit seinen Intarsien. Die Brokat- und Samtstoffe sowie die in ihrer Leichtigkeit an einen zarten Windhauch erinnernden Seidenteppiche bedeuteten mir wenig. Ich fühlte mich wie ein Verbannter, ein Ausgesetzter, und verstand nicht, warum El Adid mich in diesen goldenen Käfig gesperrt hatte. Plötzlich hielt ich inne. Regungslos lauschte ich der Stille, die die Mauern zurückwarfen, und ergründete den Abgrund der Leere, die mich umgab, ein wenig genauer. Beifall und Lob hatte ich nur zu erwarten von schwankenden Säulen, die sich vervielfältigten, von Lüstern, die wie Tausende von Sonnen funkelten, und von all diesen Vasen aus Gold, Silber oder Opal, die im Licht schillerten. Sie bildeten meine berauschte Volksmenge, und ich war nichts. Verzweifelt nahm ich meinen Turban ab und ließ mich auf die Stufen meines Thrones fallen. Eine Stimme schreckte mich hoch:

»Auch wenn die Sonne am höchsten steht,
auch wenn die Nacht dunkel ist,
der Herr hat dich nicht verlassen.
Sein Haß ist nicht auf dich gerichtet!«*

* Koran, Sure XCIII, Verse 1, 2, 3.

Die Gestalt des Priesters, dem ich auf dem Weg zum Kalifen begegnet war, löste sich von einer nahen Säule. Sie kam auf mich zu. Da erkannte ich die schlanke, in steinfarbene Baumwolle gehüllte Erscheinung und das Gesicht wieder, das mit seinem angegrauten Bart einem Asketen zu gehören schien. Es war Issa al Hakari, der Bruder des Kurdenkönigs. Sein Blick verriet Herzlichkeit, und er wandte sich in gutmütigem Ton an mich:

»Es wird dir nun klar, daß du, verglichen mit Gott, dem Ursprung, nichts bist. Dies hier ist nicht die wirkliche Welt. Alles, was dich umgibt, erhält nur durch das einen Wert, was du nach dem Willen des Allerhöchsten daraus machen wirst.«

»Niemand will mich haben«, erwiderte ich, »nicht einmal Allah!«

»Glaube! Vergiß dein Ich! Vergiß dein bisheriges Leben und kehre zu Gott zurück! Du hast niemand anderen außer Ihm. Und wenn Er dich so schwer geprüft hat, so geschah das, damit du Ihn endlich in all Seiner Macht anerkennst. ›Das zukünftige Leben ist besser für dich als das gegenwärtige Leben.‹«*

Issa war auch Doktor der Rechte. Seine Redegabe war berühmt, und er fand die richtigen Worte, mir neuen Mut zu machen. Seiner Ansicht nach war die Entscheidung des Kalifen leicht durchschaubar:

»Du bist der ideale Mann für El Adid. Du verfügst weder über Truppen noch über eine Anhängerschaft, und er glaubt, er könne dich nach Belieben lenken, ohne daß du es wagen wirst, dich ihm zu widersetzen. Indem er dich gewählt hat, schmeichelt er der Eitelkeit Nur ed-Dins und sichert sich weiterhin seine Gunst. Aber solltest du deine Rolle nicht ausfüllen, was er hofft, wird er völlig freie Hand haben, einen Mann aus seiner Umgebung zu berufen.«

»Welches Geheuchel steht mir da bevor!« seufzte ich. »Ich habe nicht übel Lust, mich davonzustehlen!«

»Mach nur nicht diesen Fehler, Yussuf! El Adid versteht sich

* Koran, Sure XCIII, Vers 4.

nicht aufs Regieren, und Ägypten wird an die Franken fallen. Im Augenblick glaubt er, es werde möglich sein, einen Teil der syrischen Streitkräfte für sich zu gewinnen, die restlichen zu vertreiben und sein Reich im Kampf gegen Jerusalem und gegen Damaskus wieder in Besitz zu nehmen.«

Ein Wesir, den ich enthauptet hatte, hatte schon vorher diesen Plan gehegt. War El Adid demnach sein Komplize? Der junge Hohepriester war sehr wohl darüber im Bilde, was in seinem Land herrschte: Verweichlichung, Schwäche und Betrug. Da er Schawar los war und Schirkuh verloren hatte, glaubte er, einen noch Schwächeren als diesen gefunden zu haben. Mit einem breiten Lächeln voller List klopfte Issa mir auf die Schulter und meinte:

»Armer Kalif. Er weiß eben nicht, wer Yussuf ibn Ayub ist!«

»Ein Nichts! Mit weniger als nichts!« rief ich in enttäuschtem Ton.

»Ach was! Glaube an Allah, aber binde zuerst dein Kamel an! Du wirst sehen, ich habe bereits einen Plan!«

Er suchte die wichtigsten Emire auf und lieferte jedem einzelnen ein speziell auf ihn zugeschnittenes Plädoyer, wobei er, ihrer Stellung entsprechend, ihren Interessen entgegenkam und, wenn es nötig war, sogar seinen Geldbeutel zog. Schnell hatte er seinen Bruder »Al Mashtub«, meinen Onkel mütterlicherseits Schihab ed-Din Al Harami und eine Menge anderer zu unseren Verbündeten gemacht. Einige ließen allerdings nicht mit sich verhandeln, wie der Führer der Yaruki, ein autoritärer und eigensinniger Türke, der sich mit einer Handbewegung in seinen Mantel hüllte und schrie:

»Nein! Niemals werde ich den Befehlen von Yussuf Folge leisten!«

Er brach mit all seinen Männern nach Syrien auf, gefolgt von den aufsässigen Emiren, die er mitgerissen hatte, und ich erlebte die unangenehme Überraschung, meinen Freund Dschurdik unter ihnen zu sehen.

Alles, woran ich geglaubt hatte, löste sich in Rauch auf. In dieser Welt verhielt es sich mit den Menschen nicht anders als mit den Dingen. Alles war relativ, wandte sich als Spielball der jeweiligen

Illusionen bald hierhin, bald dorthin, angetrieben von Überheblichkeit und Eitelkeit. Endlich verstand ich, welche Lehre aus den drei Feldzügen und all dem erlittenen Leid zu ziehen war. Der vielgeliebte Gott hatte mich auf die Probe gestellt, um die Tiefe dieser Liebe zu ergründen, die ich lauthals verkündete und derer ich mich bediente, um meine Angst, meinen Egoismus und dieses monströse »Ich« zu verstecken, das es gewagt hatte, sich gegen den Einzigen aufzulehnen. Ich hatte versagt. Ich hatte gezweifelt. Ich hatte mich sogar abweisend gezeigt. Und was hatte ich gewonnen? Nun wurde ich meinerseits abgewiesen und verlassen.

Bereit zu allen Kasteiungen, schloß ich mich in meine Gemächer ein und begann zu beten. Einen großen Teil der Nacht verbrachte ich mit dem Rezitieren der heiligen Sprüche. Zerknirscht und demütig gab ich mich völlig hin, und da erinnerte ich mich an die Worte des »cheikhs«:

»Unterwürfigkeit und Abhängigkeit. Man muß sich jederzeit Gott hingeben, nicht erst in nebulöser Zukunft.«

Und ich gab mich hin, als ein reuiger Sklave, der kaum Vergebung zu erhoffen wagte.

»Allah! Allah!« wiederholte ich unermüdlich, während ich meinen Oberkörper hin- und herwiegte.

Plötzlich fühlte ich, daß mich eine Lichtkugel einhüllte, in mich drang und mein Inneres wie eine Welle mit Wärme und Liebe überflutete. Ich war im Licht, und ich war das Licht. Ich war in der Liebe, und ich war die Liebe. Da spürte ich ein undefinierbares, unvorstellbares Glück, wie nichts auf Erden es mir je zuvor bereitet hatte. Und am Ende eines langen Weges erblickte ich Kuppeln und Türme vor mir, die von Befestigungsanlagen umschlossen waren. Über einer Dunstwolke schillerte eine ganze Stadt mit einer goldenen Aureole, wie diese flimmernden Oasen, die über den von der Sonne versengten Hügeln, zwischen Himmel und Sand, am Horizont der Wüste tanzen. Ich erkannte es mehr, als daß ich den Namen hörte:

»Jerusalem!«

Es wurde Licht in meiner ganzen Seele. Allah hatte mich nicht verlassen! Er sagte mir endlich, was Er von mir erwartete. Ägypten war nicht das Ende des Weges, sondern erst der Anfang. Ich hatte Kairo bekommen, um die Tore Jerusalems zu öffnen! Eine ungeahnte Stärke erfaßte mein Wesen, die Stärke meines Gottes. Er zeigte mir meine Bestimmung. Salah ed-Din lautete mein Name, und ein »Kämpfer für die Einheit des Glaubens« würde ich werden, denn ich würde unsere Heilige Stadt zurückgewinnen und die »Gläubigen« wieder in unseren geweihten Moscheen versammeln.

Das Morgengrauen vertrieb bereits das Dunkel der Nacht. Hastig schlüpfte ich in kurdische Hosen und Stiefel. Ich warf mir einen wollenen Mantel über die Schultern, sprang auf meine neue fuchsrote Stute und galoppierte zu den Höhen des Muqattam, um mir eine bessere Aussicht auf diese riesige Stadt zu verschaffen, über die ich herrschen würde. Langsam wanderten die Dunstschleier über die Kuppeln, rissen im Umkreis der Minarette auf, die zu meinen Füßen hoch aufragten, und das Perlmutt des Himmels nahm allmählich die Tönung von Malven an. Ich sah den Nil, der sich breit und ruhig wie ein langes Silberband durch grüne Felder wand. In der Ferne zeichneten sich die Berge Libyens als dunkle Silhouette ab, davor die Mausoleen der Pharaonen, unserer Beschützer für alle Ewigkeit.

Ich wandte mich nach Osten. Die Sonne ging mit einem Purpurkranz über der Erde auf, ein mächtiger, karmesinfarbener Feuerball, der langsam zum Himmelsgewölbe emporstieg und die Vororte in ein zartes rotgoldenes Licht tauchte. All das mutete fast unwirklich an. Dennoch war das mein Reich, und seine Grenzen lagen viel weiter entfernt, als das Auge reichte. Da erklangen mit warmer, tiefer, kräftiger und melodiöser Stimme Lobgesänge auf den Allerhöchsten, den Schöpfer und allmächtigen Herrn all dieser Schönheit. Das Herz in meiner Brust pochte.

»Allah Hou Akbar!« wiederholte ich mit den Muezzins, deren Rufe von einem Minarett zum nächsten übersprangen.

Ich stieg vom Pferd und fiel auf die Knie. Allein auf diesem Hügel im Angesicht des Einzigen, der über den Wolken herrschte, legte ich den Schwur ab, Ihm mit Eifer und Hingabe zu dienen und Wein, Vergnügungen und andere Gelegenheiten zur Sünde für immer aus meinem Leben zu verbannen. Er hatte mir die Macht verliehen, und ich wollte mich ihrer würdig erweisen, mein Ungestüm und meine Unbekümmertheit vergessen und für alle beispielhaft die Tugenden verkörpern, die es zu praktizieren galt.

Nachdem ich meine Wesirskleidung wieder angelegt und wie der Prophet Mohammed das Schwert umgehängt hatte, empfing ich kurze Zeit später die Würdenträger des Landes, die Emire Ägyptens und Syriens. Von draußen drangen die Rufe und der Jubel der Menge an mein Ohr. Die Ernennungsurkunden wurden verlesen, und jeder erhielt ein Geschenk. Dann erließ ich ein Dekret mit meinen ersten Anordnungen als Oberhaupt. Ich war zweiunddreißig Jahre alt. Ich war nicht mehr der kleine Yussuf, sondern Salah ed-Din, der Wesir Ägyptens.

Zuallererst informierte ich Nur ed-Din über die jüngsten Ereignisse und schwor ihm die Treue. Wie zu Schirkuhs Zeiten blieb Ägypten unter seiner Vormundschaft, und ich war sein Statthalter, obwohl ich dem Fatimidenkalifen diente. Ich bat ihn auch darum, meiner Familie zu erlauben, möglichst schnell zu mir zu ziehen. Ohne die Unterstützung des Stammes gibt es keine Macht. Ich wollte den Klan der Ayubiten um mich haben, um ihn zum Zentrum meiner Autorität zu machen. Ich hatte Brüder, Neffen und Vettern, die unsere Truppen führen könnten. Ich hatte vor allem einen Vater, dessen gescheite Ratschläge ich mit Ungeduld erwartete. Er hatte aufgrund seiner diplomatischen Fähigkeiten Damaskus gewonnen. Er kannte den Sultan gut und wußte, wie man mit ihm umgehen mußte.

Der Letztgenannte beunruhigte mich nämlich. Er hatte mir die üblichen Glückwünsche zu meiner Ernennung geschickt und den syrischen Truppen den Befehl erteilt, mir zu gehorchen. Aber an winzigen Kleinigkeiten konnte ich spüren, daß ich ihn erzürnte. So waren die Briefe, die er mir sandte, an den »Emir Isfaselar* Salah ed-Din und an alle Emire, die in Ägypten sind« gerichtet,

* Oberbefehlshaber.

und unterschrieben waren sie nur mit seiner Paraphe, so als befürchte er, seine Würde zu gefährden, wenn er seinen Namen daruntersetzte. Es stimmt, ich hatte mich an die Arbeit gemacht und handelte, ohne seine Anweisungen abzuwarten. Ich war seiner Meinung nach nicht unterwürfig genug, und er versäumte keine Gelegenheit, mich darauf hinzuweisen. Wie sollte ich ihm nur begreiflich machen, daß das, was er für Eigenwilligkeit hielt und in die Nähe von Auflehnung rückte, nichts weiter als eine gesunde Eile war, Ordnung zu schaffen?

Dieses Land zu regieren war keine einfache Aufgabe. Die Macht hatte im Laufe der Jahre so häufig in anderen Händen gelegen, daß sie sich nicht mehr ausüben ließ. Die Bewohner hatten die Gewohnheit angenommen, die Gesetze nach eigenem Belieben auszulegen, da sie einer aufgeblähten, korrumpierten Verwaltung unterstanden. Auf allen Ebenen herrschte eine geregelte Unordnung, von der die Gruppen profitierten, die wahre Kleinstaaten im Staat bildeten. Es war Zeit, den »Augiasstall auszumisten«. Es wurde eine Verfügung erlassen, der zufolge alle Verwaltungen gesäubert werden mußten. Ich hoffte, auf diese Weise die Intrigen der Bürokratie einzudämmen. Gleichzeitig brachte ich das Volk auf meine Seite, indem ich das gesamte Geld verteilen ließ, das Schirkuh angehäuft hatte. Ich bat El Adid um weitere Mittel, um noch mehr Geldgeschenke zu machen, und ich behandelte jeden mit Wohlwollen.

In den Fluren des Fatimidenpalastes knirschten fortan die Zähne, und das Ränkespiel begann. Doch das kümmerte mich kaum. Der Kalif war zwanzig Jahre alt und von hoher Statur, was mich dennoch nicht beeindrucken konnte. Auf seinen Schultern lastete die Verantwortung für die gesamte Menschheit, und sein Blick war leblos geworden. Immer war er ein Spielball gewesen, und das würde er auch bleiben. Ich dagegen, ich war am Ruder und hatte nicht die Absicht, es loszulassen. Tag um Tag festigte ich meine Macht, indem ich abwechselnd die beiden unverzichtbaren Instrumente jeder Politik einsetzte, den Knüppel und das Geld.

Da es Wohltaten regnete, wuchs meine Popularität. Ich war ein Fremder, freilich, aber ich verteidigte die wahre Religion. Ich befolgte das Gesetz des Korans und wachte darüber, daß es streng durchgesetzt wurde. Und schließlich, war ich nicht an der Seite des tapferen Schirkuh aus Damaskus gekommen, um die Ungläubigen zu vertreiben und die Ägypter aus der Sklaverei zu befreien? Es hatten sich aber zwei Kräfte formiert, die gegenwärtig weit gefährlicher waren als die Ungläubigen: eine große Gruppe armenischer Christen und mehr als hunderttausend Schwarze, die Allah nicht anerkannten und nur dem Kalifen gehorchten. Es galt, sie nicht frontal anzugehen, sondern sie mit zarter Hand anzufassen, so wie man eine Klinge veredelt.

Auch die fatimidische Armee erregte mein Mißtrauen. Dieser zusammengewürfelte Haufen, dessen Mitglieder größtenteils aus dem Maghreb und dem Sudan kamen, stiftete durch seine andauernden Streitigkeiten Unruhe. Ich begann mit der Dezentralisierung dieser Armee, indem ich die Infanterie an einen Ort außerhalb Kairos verlegte. Ich behielt es mir vor, sie vollständig neu zu organisieren, sobald meine Brüder eingetroffen wären, um mich bei meiner Kontrolle zu unterstützen. Diesbezüglich schrieb ich Nur ed-Din mehrere Briefe, in denen ich ihn antrieb, mir Unterstützung zu senden. Die Franken bereiteten bereits eine neue Invasion vor. Niemandem war Morris Reaktion auf den Tod Schirkuhs entgangen. Er hatte Gott in aller Öffentlichkeit gedankt und ausgerufen:

»Jetzt gehört Ägypten mir!«

Er hätte die Wahrheit gesagt, wenn er sofort angegriffen hätte. Aber Allah zog es vor, mir die Zeit zu gewähren, mich zu rüsten. Und das war nötig. Erneut gab es Intrigen. Eingefädelt wurden sie von einer Gruppe Unzufriedener, die alle Verschwörer aufnahm, die ich daran gehindert hatte, früher zu handeln: die Unfähigen, die ich in ihren verschiedenen Funktionen kaltgestellt hatte; die unehrlichen und treulosen Lehnsherren, die ich zur Strafe enteignet hatte; dazu kamen alle Schiiten, Ismaeliten und Armenier, da sie die Sunna verabscheuten, die ich mit Strenge verbreitete. Sie bildeten einen großen Teil der Elite des Landes, die vom Luxus und Müßiggang verweichlicht war. Meine Autorität war ihnen hinderlich, und sie wollten mich beseitigen.

Der Schreiberling wurde freigesetzt. Ich gewährte ihm aufgrund seiner Bekehrung Straffreiheit und entschied, in dieser Sache völliges Schweigen zu wahren. Aber in einer Stadt, die von Spionen gespickt ist, hält das Schweigen nicht lange. Der oberste Eunuch erfuhr schnell, was ich wußte, und vergrub sich im Haus seines obersten Gebieters, aus Angst, in zwei Teile gehauen zu werden. Ich stellte mich unwissend und ergriff keinerlei Maßnahme. Wir hatten den Monat Dulkaada (August). Es war heiß. Eines Abends besaß Mutamen die Kühnheit, zu einem seiner Landgüter im Norden Kairos aufzubrechen, wo er in der Kühle einen Festschmaus halten wollte. Meine Spitzel folgten ihm und hieben ihm auf meinen Befehl den Kopf ab.

Am anderen Morgen gab es Aufruhr. Fünfzigtausend Schwarze der fatimidischen Infanterie stürmten den Großen Platz zwischen dem Kalifenpalast und meiner Residenz, um ihren »Mutamen« zu rächen. »Da sie alles Weiße für Fett, alles Schwarze für Kohle hielten«*, wollten sie mir die Kehle durchschneiden, mein Eigentum zerstören und plündern. Ich ließ sie von meinen Turkmenen und den fünfhundert Kurden meiner Leibgarde angreifen. Es war nicht das erste Mal, daß sie gegen diese Schwarzen fochten, die ohne Unterlaß Zusammenstöße in den Souks provozierten. Mein Bruder Turanschah, der soeben mit ausgeruhten Truppen aus Syrien eingetroffen war, hielt sich bereit. Der Kampf dauerte zwei Tage. Die Leichen übersäten den Erdboden, und Raben verdunkelten den Himmel. El Adid verfolgte den wechselnden Verlauf der Auseinandersetzung von den Fenstern seines Palastes aus. Immer mehr seiner Streitkräfte schlossen sich den Aufständischen an, und seine armenischen Bogenschützen ließen Steine und Pfeile auf meine Soldaten herabregnen. Es ging das Gerücht, daß sie einen Befehl des Kalifen ausführten.

»Greift zum Erdöl!« brüllte mein Bruder. »Übergießt den Palast!«

Sogleich öffneten sich die Flügel des Portals, und man sah, daß

* Sprichwörtliche Redewendung, die besagt: »dem Anschein trauen«.

der Beauftragte für die Angelegenheiten der Fatimiden schnell wie der Teufel herausrannte und dabei schrie:

»Der Fürst der Gläubigen grüßt Turanschah und rät ihm: ›Fallt über diese Sklavenhunde her, und verjagt sie aus unserem Land!‹«

Die Schwarzen, die der Überzeugung waren, sich für den Kalifen zu schlagen, machten kehrt, stoben auseinander und ergriffen die Flucht über den Säbelmarkt in Richtung Bab Zuweilah. Sie wurden von meinen Leuten verfolgt, verhaftet, enthauptet. Ihre Quartiere in Mansura wurden verwüstet und in Brand gesetzt. »Inmitten sich auftürmender Leichenberge wurden Frauen und Kinder geröstet wie Geflügel«, berichteten die Chronisten.

Die Kasernen der Armenier brannten ebenfalls. Am 28. Dulkaada 564 (23. August 1169) war alles vorbei. Die Überlebenden versuchten, nach Oberägypten zu flüchten. Aber Turanschah heftete sich an ihre Fersen und ließ ihnen nur wenig Chancen.

Ich dagegen drang gewaltsam beim Kalifen ein, verjagte die schwarzen Eunuchen und ersetzte sie durch weiße, die einem Mann meines Vertrauens, Emir Karakusch, unterstanden. Ich wechselte auch die gewöhnliche Wache aus und stellte dadurch sicher, daß El Adid nicht mehr versucht sein würde, Befehle zu erteilen, die gegen mich gerichtet waren. Ich gewährte ihm nur noch das Vergnügen, die Freuden seines Harems zu genießen.

Nach dem Geld hatte ich also den Knüppel gezogen. Ich gestehe, daß ich hart zugeschlagen hatte. Aber in der Folgezeit habe ich nie wieder einen Aufstand in Kairo erlebt. Ich konnte mir deshalb auch die Zeit nehmen, mich zu verheiraten. Turanschah hatte in seinem Gefolge aus Damaskus eine Braut mit sich geführt, die meine Mutter mir erwählt hatte. Sie hieß »Schamsa«, die »Sonne«. Sie war Syrerin, und wenn sie ihre langen bernsteinfarbenen Haare löste, glitten sie zum Boden wie ein Honigstrom. Ihre großen grünen Augen verzauberten meine Nächte und dirigierten meinen gesamten Harem. In diesem schwülen, feuchten Spätsommer herrschte die von Allah gesegnete Ordnung auch in meinem Haus. Und während ich dem kristallenen Plätschern des Wassers in den Porphyrbrunnen lauschte, erfreute ich mich an einer neuen Lust.

Dies Glück war von kurzer Dauer. Bereits nach zwei Monaten zogen die Franken nach Damietta herunter.

Das Warnsignal kam von der Marine. Einer unserer Flottenverbände war während einer Patrouillenfahrt entlang der syrischen Küste auf eine Flotte der »Roms«* gestoßen. Vor Zypern segelten tausend Galeeren und Kriegsschiffe, die bewaffnete Männer, Pferde und Kriegsmaschinen an Bord hatten, Richtung Süden. Kaiser Manuel schickte dem König der Franken seine Armada.

Seit dem Tod meines Onkels verfolgte mich die Vision dieses Schachzugs. Er selbst hatte ihn vorausgesehen, als Morri die Nichte des Basilianers zu seiner Frau gemacht hatte.

»Konstantinopel und Jerusalem werden sich verbünden, um Ägypten zu erobern«, pflegte er unermüdlich zu wiederholen.

Nur ed-Din jedoch hatte ihm damals nicht geglaubt, und der Erfolg unseres dritten Feldzugs hatte diese drohende Gefahr völlig aus seinem Kopf vertrieben. Ich dagegen hatte sie nicht vergessen, und meine Spione überwachten Morri, dessen Appelle in alle Winkel des Abendlandes ergingen und Männer sowie Geld forderten.

»Jerusalem ist in Gefahr!« klagte er.

Da mit Schawar eine bedeutende Einnahmequelle versiegt war, stand es seitdem kritisch um seine Staatskasse. Nur ed-Din bedrohte ihn im Norden mit den Truppen von Aleppo, im Osten mit denen von Damaskus, und nun beunruhigte ich ihn im Süden. Von Alexandria bis Damietta kontrollierte ich den Seeverkehr an den Küsten Palästinas. Um sein Königreich zu retten, blieb dem Trinitätskönig keine andere Wahl, als mich anzugreifen, noch bevor ich meine Macht gefestigt und ein Heer Ägyptens sich den Streitkräften des Sultans von Syrien angeschlossen hatte.

Da ich das geahnt hatte, hatte ich seit meiner Ernennung all meine Bemühungen darauf verwandt, mir in Kairo einen gesunden Rückhalt zu schaffen. Der Islam stand auf dem Spiel, und ich konnte

* Byzantiner.

den Sieg nicht den Ungläubigen überlassen. Deshalb hatte ich auch den Aufstand der Schwarzen so schnell und brutal niedergeschlagen. Damals hatten meine Spitzel mir zugetragen, daß Morri aus Enttäuschung über das geringe Entgegenkommen des Abendlandes eine Gesandtschaft zum Kaiser von Byzanz übers Meer geschickt hatte. Den Erfolg dieses Besuches erlebten wir direkt vor unseren Augen. Die Byzantiner waren vor unsere Häfen geeilt, und es konnte nicht mehr lange dauern, bis der König von Jerusalem aus der Wüste auftauchen würde.

Ein Kurier brach nach Damaskus auf. Ich brauchte schnellstens Truppen, und zwar in großer Zahl, um die berüchtigten, bis in den Tod ergebenen »Ghuzzen«, die Garde Schirkuhs, und die fünfhundert Kurden meiner »Salayah«* zu verstärken. Seit den Vorfällen von Kairo konnte ich mich nicht mehr auf die ägyptischen Streitkräfte verlassen. In der Zwischenzeit rüsteten sich Alexandria und Damietta für den Krieg. Man legte Ketten aus, um die Ankerplätze abzuriegeln, und häufte Vorräte an. Bilbeis bereitete sich auf eine Belagerung vor und verstärkte seine Festungsanlagen. Ich schickte Männer, Waffen und Lebensmittel in großen Mengen dorthin. Das war der Ort, wo ich Morri erwartete. Aber ein Kundschafter meldete:

»Er marschiert Richtung Damietta!«

Das Blut stockte mir in den Adern. Dieser stotternde Teufel mit seinen feuerroten Haaren wußte nur zu gut, was er wollte! Mit diesem in der Mündung des Nils gelegenen Hafen schützte er seine Küste, verschaffte seinen Schiffen Zuflucht und setzte bereits einen Fuß auf die Straße nach Kairo. Ohne einen Augenblick zu zögern, schrieb ich an Nur ed-Din:

»Die Franken greifen Damietta an. Wenn ich mich persönlich dorthin begebe, werden die Einwohner von Kairo die Gelegenheit dazu nutzen, sich all das anzueignen, was ich zurückgelassen habe. Sie werden sich gegen mich auflehnen und mir in den Rücken fallen, während ich die Franken vor mir habe.«

* Al Salayah: die Leibwache Saladins.

Der Aufstand der Schwarzen hatte mich gelehrt, immer auf der Hut zu sein. Solange ich Kairo noch nicht gesäubert und die Strukturen der fatimidischen Armee noch nicht grundlegend erneuert hatte, war ich daran gebunden, auf meinem Posten im Herzen der Hauptstadt zu sein. Dennoch brannte ich darauf, Damietta zu Hilfe zu eilen und die Gegenwehr anzuführen, wie ich es in Alexandria ein Jahr zuvor getan hatte. Besser noch als der Gouverneur, der ich damals war, hätte der Wesir Ägyptens zur Tapferkeit begeistern können. Ich mußte einen Stellvertreter finden. So entsandte ich meinen Onkel mütterlicherseits, Schihad ed-Din Al Harimi, und als seinen Begleiter meinen Neffen Taki ed-Din. Dieser erst nach dem Tod des Vaters geborene Sohn meines älteren Bruders Schahan-Schah war ein schöner junger Mann, unerschrocken und voller Elan. Er kämpfte wie ein Löwe, und ich schätzte seinen Scharfblick. Im Laufe der Jahre entwickelte er sich zu einem wertvollen Verbündeten, und seine Unerbittlichkeit trug ihm rasch einen furchterregenden Ruf ein. Die beiden machten sich mit vielen Kriegern, Nahrungsmitteln und Waffen auf den Weg. Um die Einwohner zu beruhigen, versprach ich ihnen, andere Verstärkung zu ihrer Unterstützung zu beschaffen; außerdem teilte ich alle möglichen Geschenke aus.

Zu meiner großen Überraschung verzögerte sich der Ausbruch des Kampfes. Morri hatte sein Lager im Norden errichtet, auf einer Ebene, die zwischen der Stadt und dem Meer lag. Die byzantinische Flotte traf langsam ein. Gegenwind hatte sie aufgehalten. Statt mit der Belagerung zu beginnen, stritten sich diese Christen untereinander. Andronicus, der Befehlshaber der Byzantiner, wollte sogleich angreifen.

»Meine Männer sind gut gerüstet«, sagte er. »Wir haben Leitern.«

Morri und seine Ritter prusteten angesichts solcher Naivität laut los.

»Um Krieg zu führen«, entgegneten sie, »braucht man Solides, Maschinen, Türme. Wir bauen sie, und wir werden nichts unternehmen, bevor sie nicht fertiggestellt sind.«

In Wirklichkeit hegte der König von Jerusalem den Verdacht,

der Repräsentant von Byzanz wolle Ägypten für sich einnehmen. Einer belauerte den anderen argwöhnisch und eifersüchtig. Als alles vorbereitet war, gingen sie zum Sturmangriff auf unsere Mauern über und rollten eine große Zahl von beeindruckenden Kriegsmaschinen heran, darunter auch einen riesigen Turm mit sieben Stockwerken.

Die Kämpfe rissen nicht ab, stürmische, erbitterte Kämpfe. Wir waren vom Norden abgeschnitten, aber anders als in Alexandria hielten wir den Süden, den Zugang zu den Lebensmitteln. Aus Syrien stießen neue Truppen mit Tausenden von assyrischen Pferden zu mir. Ich brachte ein Bataillon nach dem anderen auf den Weg zur Nilmündung, während auf der gesamten Länge des Flusses Feluken in einer ununterbrochenen Kette Vorräte transportierten.

Ich verfolgte und dirigierte das alles von meinem »Diwan« aus. Der Kalif war in mein Lager übergewechselt und hatte mir eine Million Dinare zur Verfügung gestellt, um die Kosten für diesen Krieg zu bestreiten.

Ein Heer von Eilboten unterrichtete mich jederzeit. Tag und Nacht war ich in Gedanken dort, schlief nicht, sondern erteilte Befehle und betete zu Allah, Er möge uns den Sieg gewähren, wenn es Seinem Willen entspräche. Nur ed-Din betete ebenfalls in seinem Palast in Damaskus. Angesichts dieser Verschwörung der christlichen Streitkräfte zitterte er um den Islam. Er machte sich Richtung Jerusalem auf, um hier und da Zerstörung anzurichten, und sandte mir zur Verstärkung neue Truppen mit außergewöhnlich mutigen Emiren an der Spitze.

In den Reihen des Feindes verbreitete sich Furcht und Schrekken. Es herrschte bereits seit einigen Tagen großer Hunger. Die Byzantiner hatten keine Nahrungsmittel mehr und aßen Wurzeln. Die Franken, die noch über einige Vorräte verfügten, wollten nicht ohne Essen dastehen und weigerten sich zu teilen. Bei beiden Truppen brachen verheerende Krankheiten aus. Doch das Unglück erreichte seinen Höhepunkt, als Wolkenbrüche den Nil anschwellen ließen und ihr Lager in einen gefährlichen Morast verwandelten. Der Sturm wehte ihre Zelte davon und stürzte ihre Maschinen um, während unsere Katapulte sie von den Mauern Damiettas herab mit Steinen bombardierten.

Nach fünfzig Tagen bat Morri erschöpft um Frieden. Der Kampf wurde eingestellt. Die Franken verbrannten ihre Ausrüstung und ihre Kriegsmaschinerie. Sie zogen in ihre Gebiete zurück, wo Nur ed-Din mehrere Lehen geplündert hatte. Die Byzantiner lichteten die Anker, doch ein Sturm entfesselte sich, ihre Flotte versank, und ihre angeschwemmten Leichen bedeckten unsere Ufer. Und jeder in unserem Lager zitierte das Sprichwort:

»Das Lamm hat sich auf die Suche nach Hörnern begeben und ist ohne Ohren zurückgekehrt!«

In meinem »Diwan« brach ein Freudenrausch aus. Umgeben von meinen Mitstreitern, ließ ich mich zum Gebet nieder, um dem Allerhöchsten zu danken, und der Priester Issa al Hakari, mein Glücksbringer, rezitierte folgenden Vers des Korans:

»Allah stieß die Ungläubigen zurück, die in ihrem Zorn so hochmütig waren, daß sie keinen Vorteil errangen.«

Ich konnte mich glücklich schätzen. Gott hatte uns erhört, und Ägypten war gerettet. Der König der Franken hatte die nachteilige Erfahrung gemacht, daß er von nun an seinem ehemaligen Gefangenen Hochachtung schuldete. Saladin, so nannte er mich nämlich, verstand sich auf das Kriegshandwerk. Ich hatte die Feinde, die von außerhalb kamen, vertrieben. Es blieben noch all die im Inneren, die Heuchler, all diese angesehenen Ägypter, die die Gruppe Unzufriedener bildeten und nicht aufhörten, im verborgenen Ränke zu schmieden. Sie schlichen sich wie Nattern bei mir ein und schlängelten um mich herum. Während der Belagerung von Damietta hatte ich sie überwachen lassen. Eine große Anzahl von ihnen hatte ein zweifelhaftes Verhalten gezeigt, und ich verdächtigte sie des Verrats. Ich ließ sie hinrichten und verteilte ihre Lehnsgüter und Residenzen an meine Offiziere. Nach und nach knüpfte ich ein Netz aus verläßlichen, treuen und fähigen Leuten, doch ich machte nachts dennoch nur ein Auge zu. Ich wollte »herrschen, um nicht beherrscht zu werden«, wie Schirkuh zu sagen pflegte. Allmählich stählte sich mein Herz.

Im Monat Radschab 565 (April 1170) traf mein Vater endlich aus Damaskus ein. Ich erwartete ihn bereits mit Ungeduld. Ich brauchte seine Hilfe. Vor allem hoffte ich in seinem Gesicht etwas von der väterlichen Liebe zu finden, mit der er so gegeizt hatte. Ob er wohl mit den Anstrengungen seines Sohnes zufrieden war? An der Spitze meiner »Salayah« war ich ihm in die Wüste entgegengeritten, um ihn mit allen Ehren zu empfangen. Hinter seiner Wache und den zahlreichen Tragesänften seines Harems drängten sich zahlreiche Freunde, Fromme, Schriftkundige, Kadis und Gelehrte; außerdem eine Menge Händler, die von dem plötzlichen Ruhm angezogen wurden, den mir der Sieg bei Damietta eingetragen hatte.

Als ich am Horizont dies wogende Meer erblickte, dessen Wellen aneinanderbrandeten, gab ich meiner Stute die Sporen und hielt geradewegs auf den Wald aus Bannern zu, die über den hellen Staubwolken aufragten. Die Trommler stampften den Sand auf. Die schrillen Töne von Zimbeln, Trompeten und Sackpfeifen ließen die Luft vibrieren. Ich vergaß meine Kurden, die meinen Galopp wie ein Schwarm Ringeltauben begleiteten. Ich war nun nicht mehr der Wesir, sondern Yussuf, der seinen Vater, Emir Nadschm ed-Din Ayub, den »Stern des Glaubens«, wiedertraf. Sobald ich auf seiner Höhe war, übermannte mich ein so heftiges Gefühl, daß ich mich zu Boden warf und mit tränennassen Augen seine Hand küßte. Seit drei Jahren hatte ich ihn nicht mehr gesehen, und inzwischen hatte sich so vieles ereignet. Ich war der Wesir Ägyptens, dem sich jeder beugte. Er hingegen blieb für mich mein Vater, und wie in meiner Kindheit spürte ich nun wieder vor Angst dieses kleine Zwicken in der Magengrube. Er beherrschte mich noch immer mit all seiner väterlichen Autorität, zu der noch die des Gouverneurs von Damaskus und persönlichen Freundes des Sultans hinzukam. Eingeschüchtert und irgendwie beschämt über meinen Titel und mein Amt, bot ich ihm diese an. Aber er antwortete mir:

»Mein lieber Sohn, Gott hätte dich nicht ausgesucht, diese Stellung zu bekleiden, wenn Er dich nicht für fähig gehalten hätte, sie auch auszufüllen. Wenn das Glück eingetreten ist, darf man nicht daran rütteln.«

Bei diesen Worten fiel die Spannung von mir ab, und ich begrüßte ihn mit den üblichen Komplimenten. Wir schlugen den Weg nach Kairo ein, und ich legte ihm in großen Zügen die gegenwärtige Lage in Ägypten dar. Ich bat ihn auch um Nachricht aus der syrischen Hauptstadt. Ich erwartete einige geistreiche Bemerkungen, die neuesten Scherze, die in unseren Palästen Mode waren, um beim Zuhören diese Mischung aus Gewürzen und Rosen zu riechen, die den spezifischen Duft von Damaskus schuf. Ich war glücklich und in heiterer Stimmung. Ich war nicht als Würdenträger unterwegs, sondern traf meine Familie wieder. Wir ritten nebeneinander, da sagte mein Vater plötzlich in vorwurfsvollem Ton:

»Nur ed-Din ist nicht zufrieden. Du hast die ›khotba‹* noch nicht geändert. Worauf wartest du noch? Das hätte als erstes geschehen müssen, um sein Wohlwollen zu erlangen.«

Mein Herz krampfte sich zusammen, und jeglicher Überschwang an Zuneigung verflüchtigte sich. Wie lange wollte mich der Dizdar Ayub eigentlich noch als Kind betrachten, das man nach Belieben tadeln konnte? Vergaß er, daß sich alle in diesem Land beim Klang meiner Stimme demütig bückten? Bislang hatte ich den Schein gewahrt und das Gebet im Namen meiner beiden Herren, des Sultans von Syrien und des fatimidischen Kalifen, sprechen lassen. Aus Achtung vor meinem Vater unterdrückte ich meinen Zorn und antwortete erst, nachdem ich einen langen Moment geschwiegen hatte:

»Ich habe nicht vergessen, was Schirkuh unserem Sultan versprochen hat, aber das ist eine heikle Angelegenheit.«

»Für Nur ed-Din«, begann er wieder, »wird die Eroberung Ägyptens erst dann endgültig gelungen sein, wenn die ›khotba‹ im Namen des Kalifen von Bagdad gesprochen wird.«

»Ich kann nichts überstürzen. Ich würde eine Revolution auslösen, welche die Errungenschaften unserer drei Feldzüge zerstören und uns endgültig vertreiben würde.«

»Aber der Sultan ...«

* Freitagsgebet in den Moscheen.

»Ich weiß. Es wird geschehen. Aber auf meine Weise, mit Takt und Diplomatie.«

Ich hatte ihn in schroffem Ton unterbrochen, denn ich war verärgert darüber, daß ich mich so aufführen mußte, um nicht mehr wie ein Knecht behandelt zu werden. Und so legten wir den letzten Teil der Strecke schweigend zurück. Umringt von einer prächtigen Eskorte erwartete El Adid uns vor »Bab en Nasr«, dem »Tor der Siege«. Er empfing uns gebührend und begleitete uns feierlich zum »Perlenpavillon«, der hinter der Einfriedung seines Palastbezirks lag und künftig die Residenz meines Vaters sein würde.

Dann konnte ich meine Mutter begrüßen. Sie zumindest verstand es, ihre unveränderte Liebe zu zeigen: ein feuchter Blick, eine unsichere Stimme, eine zitternde Umarmung, die nach Zitronen und Rosen duftete wie der Garten von Mosul. Auch meine Schwestern waren in Begleitung ihrer Ehemänner gekommen. Der Familienkreis fand wieder zusammen. Von meinen Brüdern Turanschah und Toghtekin und von meinem Neffen Taki ed-Din fehlten jeweils nur die jüngsten Söhne El Adil und Buri sowie mein Neffe Faruk-Schah, der älteste Sohn von Schahan-Schah. Sie waren noch unterwegs und würden bald bei uns eintreffen. Alle gelobten mir Treue, wie sie es auch vor Nur ed-Din geschworen hatten, bevor sie die Reise nach Ägypten antraten. Ich dankte ihnen gerührt und ließ mir die Freude nicht nehmen, ihnen die kurz bevorstehende Geburt eines Erben anzukündigen.

Bevor der Klan der Ayubiten sich zur Dynastie entwickeln würde, sollte er mir nach seiner Festigung ermöglichen, meine Macht auf solidere Fundamente zu stellen. Ich übergab meinem Vater die Provinzen von Alexandria und Damietta sowie die Sorge um die Finanzen des Königreiches. Ich schickte Turanschah nach Oberägypten, um den Hafen Aidib am Roten Meer sowie Assuan und Qous zu kontrollieren. Den schwarzen Eunuchen, den Überlebenden der letzten Aufstände, bereitete es Vergnügen, Unruheherde zu schaffen. Es war wichtig, dafür zu sorgen, daß dies nicht um sich greifen und Kairo erfassen würde. Meine anderen Brüder und Neffen behielt ich bei mir, damit sie meine Truppen beaufsichtigten.

Allmählich begann mein »Diwan« dem Nur ed-Dins in Damaskus zu gleichen. Kadis, Ulemas, Schriftkundige, »fuqaha« und sufistische »cheikhs« drängten sich in meiner Nähe, um mich zur Beachtung unserer heiligen Gesetze zu bewegen. Die meisten von ihnen waren einfache Höflinge, aber ich traf unter ihnen auch intelligente und treue Mitstreiter, auf die ich mich stützen konnte, um im gesamtem Land die Fäden in der Hand zu halten. Am tüchtigsten war der Kadi Al Fadil. Dieser kleine, schmächtige Mann war drei Jahre älter als ich und kam aus Askalon, wo sein Vater ein Kadi der Schafiiten war. Nach einer Tätigkeit in der Verwaltung des Kalifen hatte er sich erst Schirkuh, dann mir angeschlossen, da er nur allzu glücklich darüber war, den Glauben der Sunniten auf fatimidischem Gebiet verbreiten zu können. Er hatte Herz und Verstand. Vor allem als Schriftsteller besaß er ein unvergleichliches Talent, und sein Geist war so beweglich, daß er zur gleichen Zeit schreiben und zwei Briefe diktieren konnte. Ihn dabei zu beobachten war ein Erlebnis, das nicht zu übertreffen war. Er unterstrich seine Worte nämlich mit Gesten, Grimassen und unterschiedlichster Betonung, um die Tragweite dessen, was er zum Ausdruck bringen wollte, begreiflich zu machen. Er erstaunte und faszinierte mich. Lange Jahre gehörte er zu meinem treusten Kreis, und er konnte es sich erlauben, später nicht ohne Humor zu bemerken:

»Andere Männer schicken ihre Botschaften zum Sultan, aber für die Briefe, die ich absende, ist der Sultan mein Botschafter!«

Ich muß gestehen, daß ich es ihm zu verdanken habe, daß ich im Laufe meines Lebens viel geschrieben habe. In diesem Ägypten, wo so viele verschiedene Völker und Religionen aufeinandertrafen, glättete der geniale Al Fadil die Rassenkonflikte und verwischte die strenge Trennung der Kulte. Unsere Türken und Kurden wurden vorsichtig integriert, während wir unsere Netze auswarfen, um die ketzerischen Bewohner wieder zu unserem sunnitischen Glauben zurückzuführen. Eine ganze Armee von Priestern wurde in Stadt und Land eingeschleust, und ich gab ihnen die Mittel, den rechten Glauben zu predigen, indem ich sie mit dem Bau von Schulen, Medressen und Moscheen beauftragte. Wir hatten Ägypten vor den

»Ungläubigen« gerettet, aber unser »Dschihad« war noch nicht zu Ende. Ich herrschte im Namen Allahs, und die Grundlagen des Islam sollten auch Basis meiner Politik sein.

Im Monat Shawwal jenes Jahres 565 (Juni 1170) wurde ich der glücklichste Mensch auf Erden. Schamsa schenkte mir einen Sohn, den ersten von zahlreichen Nachkommen. Er erhielt den Namen El Afdal Ali. Die Neuigkeit wurde mit großem Trommelwirbel verbreitet. Feste wurden gefeiert, und ich verteilte Almosen und tausend milde Gaben, wie es unserem Brauch entsprach.

Einige Tage später brach in ganz Syrien und einem Teil von Mesopotamien das Chaos aus. Die Erde bebte, riß wie ein riesiger, klaffender Rachen auf und verschlang ganze Städte mit ihren Mauern, Zitadellen und Bewohnern. Schaizar verschwand, Baalbek stürzte in apokalyptischem Getöse in sich zusammen, Antiochia, Tripolis, Hama und Aleppo wurden zerstört. Der gesamte Orient war zusammengebrochen und vor Entsetzen wie gelähmt. Christen und Muslims verschwendeten keinen Gedanken mehr daran, sich zu befehden, nachdem der Zorn des Allmächtigen sie derart in Schrecken versetzt hatte. Auf beiden Seiten hatte man viel gelitten, und man nahm sich Zeit für den Wiederaufbau. Aber die neuen Bastionen und Befestigungsanlagen ließen den alten Haß wieder aufleben. Und schon im Herbst dachte man nur noch ans Säbelrasseln.

Für mich war das eine Notwendigkeit. Der Frieden machte die Ägypter zu Verschwörern und Aufwieglern, und auch die Kritik an meiner Person nahm zu. Statt die schöne Ordnung, die endlich in ihrem Land regierte, zu genießen, fanden sie tausend Gründe zu lamentieren; so murrten sie über meine Orthodoxie und die Vorteile, welche ich den Sunniten auf Kosten der Schiiten einräumte.

»Sobald die Kriegstrommel gerührt wird, verstummen alle und folgen dir«, sagte Al Fadil, um mich zu beruhigen.

Ich konnte nur feststellen, was eine Wahrheit war:

»Wenn der Islam auf dem Spiel steht, vereinen sich alle unter meinem Banner, ohne meine Befehle in Frage zu stellen.«

Um Ägypten zu halten, durfte ich die Franken nicht zur Ruhe

kommen lassen. Nicht weit von meiner Nordgrenze besaßen sie Festungen, die bedrohlich für uns waren und unsere Verbindung mit Syrien behinderten. Zu oft wurden unsere Karawanen überfallen, und ich beschloß einzugreifen, um diesen größere Sicherheit auf ihren Routen zu garantieren. Bei Winteranfang traf ich mit einer achttausend Mann starken Armee vor den Mauern von Daron ein, einem christlichen Vorposten, eine Parasange von Gaza entfernt. Das Dorf der Lehnsbauern gab auf, aber die Festung, die in der Hand von Tempelrittern war, leistete Widerstand. Wir wollten gerade einen der Türme niederreißen, als mir ein Späher ankündigte:

»Morri nähert sich mit zweihundert Reitern und einer Fußtruppe von zweitausend Mann.«

Ich versammelte die Emire, um ihnen mitzuteilen:

»Wir sind ihnen zahlenmäßig überlegen, aber falls sie Verstärkung erhalten sollten, werden wir zwischen zwei Fronten geraten. Es ist besser, wir ziehen uns zurück.«

Sie willigten ein. Sie verspürten auch nicht mehr Lust als ich, sich den Trinitätsrittern zu stellen, die Rache für Damietta nehmen wollten. Ich wartete, bis es Nacht wurde, um mich davonzustehlen und nach Gaza zu stürmen, das ich bereits im Morgengrauen angriff. Die Befestigungsanlagen waren stark, aber zu unserem Glück hatte man vergessen, eine Hintertür zu verteidigen. Wir überfluteten die Stadt wie eine Springflut. Alles wurde geplündert, verwüstet, niedergesäbelt. Die Beute war riesig: Pferde, Vieh, Vorräte. Wir hatten viele Tote und Gefangene gemacht. Letztere gab ich frei und ließ sie mitten auf dem Platz unter den Augen ihres Hauptmanns zurück, der sie während des Massakers feige im Stich gelassen hatte, indem er sich geweigert hatte, ihnen die Tore zur Zitadelle zu öffnen. Ich empfand tiefe Verachtung für diesen Mann. Er hieß Miles von Plancy. Er war nicht nur jetzt beteiligt, sondern hatte im letzten Jahr auch zu den christlichen Rittern vor den Toren Kairos gehört. Sie hatten den König von Jerusalem dazu gedrängt, nach Ägypten zurückzukehren und Bilbeis zu verheeren, was Vertragsbruch bedeutete. Ich wandte mich ab und spuckte meine Empörung in den Sand. Mit einem solch üblen Gegner wollte ich meine Zeit nicht vertrödeln. Ich teilte meinen Männern die Beute aus und kehrte in mein Land zurück, wo andere Dinge auf mich warteten.

So war in der Tat alles bereit zu meinem geplanten Vorstoß an das Ufer des Indischen Meeres*, nach Aila. Das war eine wichtige Station für die ägyptischen Pilger, die sich auf der Durchreise nach Mekka und Medina befanden. Auch für die Karawanen, welche die Route nach Süden nahmen, die von Syrien über den Sinai nach Ägypten führte, war Aila ein Etappenziel. Nun hatten sich die Christen dieses Ortes bemächtigt und auf einer sieben Meilen vor der Küste liegenden Insel eine Festung errichtet, von der aus sie unsere Bewegungen ständig beobachteten. Sie trieben von den Pilgern und Handelskarawanen, die Erzeugnisse aus dem tiefen Orient, aus Indien und Persien transportierten, Zölle ein. Sie träumten davon, ihren Einflußbereich auf das gesamte Rote Meer auszudehnen, um den Handel zu ihrem Profit zu zentralisieren und nach ihrem Belieben unsere Verbindung nach Arabien zu unterbrechen. Am schlimmsten war, daß sie die Ufer unseres heiligen Landes bedrohten und dort Gefangene machten.

Ich hatte beschlossen, sie zu Wasser und zu Lande anzugreifen. Auf dem Rücken unserer Kamele waren zerlegte Schiffe an die Küste unterwegs, wo sie wieder zusammengebaut werden sollten. Ich mußte zur Leitung des Manövers noch den Weg durch die Wüste antreten. Die Belagerung dauerte nur kurz. Die Garnison war klein, und bald hatte ich ihre Kirchen in Moscheen verwandelt.

Bejubelt kehrte ich wieder nach Kairo zurück. Durch diese drei Vorstöße hatte ich der Bevölkerung bewiesen, daß sie ohne Furcht schlafen konnte. Ihr Wesir stand bereit, sie vor jeder Aggression Fremder zu schützen. Ich hatte das Gespenst der Invasion vertrieben und machte mich nun wieder an meine inneren Reformen, indem ich in allen Schlüsselpositionen der Verwaltung, der Justiz und des Unterrichtswesens immer mehr Schiiten durch Sunniten ersetzte. Nach und nach verdrängte ich das Ketzertum, in der Hoff-

* So nannten arabische Geographen das Rote Meer. Sie bezeichneten es auch als »Abessinisches Meer«.

nung, daß es eines Tages einfach durch die Macht der Gewohnheit klaglos in Vergessenheit geriete.

Doch da starb der Kalif von Bagdad, Al Mustanschid. Sein Sohn, Al Mustadi, wurde sein Nachfolger. Er zeigte sich Nur ed-Din gegenüber verwundert darüber, daß er auf Kairos Moscheen noch nicht die schwarze Flagge der Abbassiden flattern sah, wie dies seinem Vater versprochen worden war. Am ersten Tag des Monats Muharram 567 (September 1171) befahl mir eine Depesche des Sultans zu handeln:

»Ersetze die ›khotba‹ des Fatimidenkalifen durch die der Abbassiden!«

Ich war niedergeschmettert. Schlimmste Gewalttätigkeiten würden auf mich zukommen. Aber der Ton des Schreibens war gebieterisch, und ich konnte mich dem Befehl nicht widersetzen.

Im Rat der Emire ging es hoch her.

»Man muß dem Kalifen von Bagdad gehorchen«, meinten die einen.

»Er hat uns für diese heilige Sache das Paradies versprochen«, unterstrich mein Vater.

»Ich sehe bereits das Blut fließen«, entgegnete der »faqih« Issa, mein Beschützer.

»Aber jeder, der sich den Anordnungen des Oberhaupts der Gläubigen widersetzt, ist der Hölle mit all ihren Qualen geweiht«, bemerkte ein anderer »faqih«.

»Das ist das Ende!« rief Al Fadil verzweifelt.

Er erhob sich, um das Drama zu veranschaulichen, bei dem wir alle untergehen würden. Vernichtende Blicke warf er uns zu, er gestikulierte und rang die Hände, um den tragischen Ton seiner Worte zu untermalen:

»Erinnert euch an die Revolte der Schwarzen! Zwei Tage lang rollten ihre Köpfe durch die Gassen, und ihre Leiber rösteten in den Flammen. Nun, das ist rein gar nichts, gemessen an dem, was wir nun entfesseln werden. Die Schiiten sind Fanatiker. Nichts kann sie aufhalten. Gleich nach ihnen werden die Ismaeliten, die noch fanatischer sind, mit ihren vergifteten Dolchen auftauchen, dann die gesamte Partei der Fatimiden mit ihren armenischen Verbündeten. Der Aufstand wird sich ausweiten. Ich sehe bereits in jedem Winkel des Landes Feuer, Blut, Massaker ohne Ende, eine gigantische Explosion … Und wir werden alles verloren haben!«

Dann sank er in der Todesstille zurück auf sein Kissen.

»Dennoch müssen wir gehorchen«, sagte ich betreten, die Depesche Nur ed-Dins noch immer in Händen haltend. »Hier ist der Befehl.«

Alles wäre so einfach gewesen, wenn nach dem Verschwinden Mohammeds alle Muslime denselben Nachfolger anerkannt hätten. Die einen folgten seinem Schwiegervater Abu Bakr, die anderen seinem Schwiegersohn Ali, und innerhalb dieser beiden Gruppierungen bildeten sich noch weitere Schulen. An alldem war Aristoteles schuld. Unter dem Einfluß seiner Philosophie begann man alles, was man glauben sollte, zu analysieren und zu zerpflücken. Der Koran wurde auf unterschiedliche Weise gedeutet. Jeder unserer Doktoren der Theologie legte sich ein System zurecht und schuf sich Anhänger. So entstanden die verschiedenen Sekten.

Und ich, obwohl Sunnit, zählte wie alle Familienmitglieder zu der Anhängerschaft von Doktor Schafii, einem unserer großen Heiligen. Er stammte von Abdul Mothled ab, der ein Vorfahre des Propheten war, und war der erste, der Schriften über die zivile und kirchliche Rechtslehre verfaßte. Er bekämpfte das Ketzertum der Schiiten, und seitdem ich an die Macht gelangt war, praktizierte ich strengstens seine Lehre, die zu den orthodoxesten zählte. Ich verbreitete sie mit Geschick, ohne mich um den fatimidischen Souverän zu kümmern, der seine Macht verloren hatte. In meinen Schulen, Medressen und Moscheen verstanden sich die Kadis, »fuqaha« und »cheikhs« der Sufisten darauf, das Gesetz und das Dogma zu lehren. Sie gewöhnten die Ägypter daran, ohne Schärfe die umstrittenen Punkte zu diskutieren, und unmerklich legten sie ihnen die Auffassungen nahe, zu deren Anhängern wir sie machen wollten.

Wenngleich ich dem Sultan Achtung entgegenbrachte, so verübelte ich es ihm doch, daß er mir diese unerbittliche Maßnahme aufzwingen wollte, die alles zerstören würde, was ich geduldig seit zwei Jahren aufgebaut hatte.

Ein Wort von mir würde genügen, um die Revolution zu entfesseln, eine Revolution, die ich nicht unter Kontrolle bringen könnte, das spürte ich. Die Politik kann zwar das Geld und den Stock ausspielen, die Religion dagegen bedient sich nur des Blutes. Ist es nicht die größte Ehre, für die Verteidigung seines Glaubens als Märtyrer zu sterben?

Von quälender Angst befallen, verbrachte ich Stunden damit, Allah um Erleuchtung zu bitten. Da traf ich in meinem »Diwan« einen Mann, der bereits ein gewisses Alter hatte. Er war Perser und ein »faqih«. Er kam aus Mosul, und jedermann nannte ihn »el Emir el alem«, den »weisen Emir«. Er hatte von dem Problem gehört und sagte mir:

»Beunruhige dich nicht, Sidi, ich kümmere mich darum!«

Und angesichts meiner verblüfften Miene setzte er hinzu:

»Morgen ist Freitag. Während meines Gottesdienstes werde ich die abbassidische ›khotba‹ sprechen.«

Keiner meiner Priester wollte ins kalte Wasser springen. Und nun sandte Gott mir diesen Fremden, der sich nicht scheute, das Pulver zu entzünden. Sollte dieser persische »faqih« die Fähigkeiten eines Magiers besitzen?

»Möge kommen, was will«, antwortete ich. »Ich gehorche Nur ed-Din!«

Ich nahm also den Vorschlag an, verteilte meine furchterregenden »Ghuzzen« auf die verschiedenen Viertel der Stadt und gab Order, schon das geringste Anzeichen einer Meuterei zu unterdrükken. An diesem ersten Freitag im Muharram 567 (5. September 1171), dem geheiligten Monat, der das neue Jahr einleitet, betrat der Emir »el alem« eine der Moscheen von Fustat. Er kam dem üblichen »khatib«* zuvor und betrat die Kanzel, wo er das Gebet

* Vorbeter.

für »al Mostadi li amr Illah«, das Oberhaupt der Gläubigen, sprach. Die Syrier, die in der Menge verteilt waren, antworteten im Chor, und die Ägypter taten es ihnen nach. Es gab keinerlei Kommentar, keinerlei feindselige Reaktion, »nicht mal eine Reiberei zwischen zwei Ziegen«, wie unser Sprichwort sagt.

»Ramdulillah!« schrie ich.

Und so lautete auch das erste Wort meiner Botschaft an Nur ed-Din. Ramdulillah, in der Tat, der Auftrag war erfüllt und unsere Furcht verflogen. An die Vorbeter in Kairo und im gesamten Land ergingen förmliche Anweisungen. Bereits am folgenden Freitag betete man in allen ägyptischen Moscheen für den Abbassidenkalifen, während der Fatimidenkalif, der in seinem Palast im Sterben lag, vergessen wurde.

»Wie wirst du ihm diese Neuigkeit mitteilen?« fragte man mich. »Er ist so schwer krank!«

»Wenn er genesen sollte«, antwortete ich, »wird er sie ziemlich bald erfahren. Und wenn er sterben muß, dürfen wir ihm seine letzten Tage nicht schwermachen.«

Sein Zustand verschlechterte sich, und er ließ mich an sein Krankenlager rufen. Ich weigerte mich, dorthin zu gehen, da ich eine Falle fürchtete. Eine Woche später hauchte El Adid sein Leben aus, ohne daß er etwas erfahren hatte. Mit ihm verschwand eine Dynastie von Ketzern, die mehr als zwei Jahrhunderte lang an den Küsten des Mittelmeeres ihre Macht ausgeübt hatte. Dieser vierzehnte und letzte der fatimidischen Kalifen war nicht einmal einundzwanzig Jahre alt geworden. Er hinterließ elf Söhne, vier Gattinnen, vier Schwestern, ein Gefolge von einhundertzweiundfünfzig Personen und unermeßliche Reichtümer, die in jenem riesigen Palast angehäuft waren, den ich auf der Stelle in Besitz nehmen wollte.

Beha ed-Din Karakusch, den ich nach der Revolte der Schwarzen als »Großmeister des Palastes« dort eingesetzt hatte, erwartete mich bereits.

»Es tat weh, ihn so zu sehen«, sagte er zu mir. »Du hättest kommen sollen, als er dich darum bat.«

»Es war kein Hinterhalt?« fragte ich ihn verlegen.

»Ich kann seine Aufrichtigkeit beschwören.«

Es war nicht richtig von mir gewesen, die Bitte des Sterbenden unbeantwortet zu lassen, und das brachte mich ganz aus der Fassung. Gewissensbisse machten mir das Herz schwer. Ich war nicht gerade stolz auf mich. Ohne zu zögern, hatte der Kalif mir geholfen, die Ungläubigen aus Damietta zu vertreiben. Ich aber war nicht einmal dazu fähig gewesen, ihm das in jenem Augenblick völliger Hilflosigkeit, als das Leben aus ihm wich, mit ein wenig Wärme zu vergelten. Hätte ich ohne sein Gold den Sieg errungen? Er hatte sich während der letzten Monate als ein liebenswerter und großmütiger Mensch gezeigt, und ich wollte ihn lieber als solchen in meiner Erinnerung behalten, trotz seiner Schwächen und seines Wankelmuts, die ich einer ererbten Willenlosigkeit zuschrieb. Ich stellte seine Familie, getrennt nach Männern und Frauen, unter meinen Schutz. Einen Teil seiner Sklaven ließ ich frei, die übrigen verkaufte oder verschenkte ich.

Nach den feierlichen Beileidsbekundungen, die ich im großen Ehrensaal entgegennahm, machte ich eine Bestandsaufnahme im Palast. Jedermann sprach von dem kolossalen Schatz der Fatimiden, aber niemand wußte, wo er sein konnte. Man kannte nur den außergewöhnlichen Luxus, der El Adid umgab, wenn er sich zweimal im Jahr zur Al-Azhar-Moschee begab: ein endloser, prächtig anzusehender Zug, bei dem Gold und Edelsteine in der Sonne funkelten. Ich dagegen glaubte bislang, alles gesehen zu haben, hatte ich sie doch unzählige Male durchschritten: die Säulenhallen aus Marmor in den Gärten, die tausend Düfte verströmten; die Prunksäle mit ihren skulptierten Decken; die Wandelhalle mit ihrem Smaragdgrün und das unermeßlich große, vergoldete Empfangszimmer, das sich hinter schweren Goldpforten verbarg. Ich muß gestehen, daß ich verblüfft war, als sich vor mir ausbreitete, was die viertausend Gemächer dieses gigantischen Palastes enthielten.

In Hunderten mußten wir alles zählen: Seidenbehänge, samtweiche Teppiche, Stoffe aus Indien und China, Sofas, deren Brokatbezug schwere Goldstickereien zierten, mit Ebenholz, Elfenbein oder wertvollen Edelsteinen inkrustierte Möbel aus Sandelholz, Tische aus Onyx und Achat, Spiegel, deren Rahmen aus Gold und Silber Smaragde zierten, und Porzellanflakons voller Moschus und Kampfer. Schließlich kam noch zahlloses bronzenes Tafelgeschirr mit Einlegearbeiten aus Gold und Silber dazu, sowie eine erstaunliche Bibliothek, die zweihunderttausend Bände und Manuskripte von großer Seltenheit umfaßte.

Meine Augen leuchteten, als man Tonkrüge herbeibrachte, die mit Edelsteinen und Perlen gefüllt waren. Jahrhunderte mußte es gedauert haben, eine solche Menge davon anzuhäufen. Wie geblendet verharrte ich vor einer Perle von der Größe eines Taubeneis und vor einem Smaragdstab in Handbreite sowie angesichts eines wunderbaren Rubins von zweitausendvierhundert Karat, des berühmten »Djebel el Yakut«, von dem alle Harems des Orients träumten. Ich stellte mir Schamsas Glück vor, wenn ich diese Geschenke von unschätzbarem Wert, mit denen sie bald ihren Hals, ihre Haare und ihre Finger schmücken würde, auf ihrem Lager ausbreiten würde.

Um mich herum herrschte Schweigen. All meinen Emiren, die bleich vor Erregung waren, versagte die Stimme. Aus weit aufgerissenen Augen starrten sie auf diese Kaskaden von Juwelen, als ließen sich diese allein durch die Macht der Blicke erhaschen. Ich bekam einen lauten Lachanfall. Das alles gehörte nun mir, und ich wollte es nicht.

»Nun sagt mir, wo ist das Geld?« rief ich.

Die Antwort traf mich wie ein Beilhieb.

»Die Kassen sind leer!«

Die Politik Schawars hatte auf dem »unerschöpflichen Reichtum« der Fatimiden gefußt. Und die Million Dinare für Damietta war das Totengeläut dieses Vermögens gewesen. Ich wollte diesen Tatsachen dennoch nicht ins Auge sehen und hatte ein offenes Ohr für die verschiedenen Geschichten über ein Geheimversteck, die sich vom Palast aus in der Stadt verbreiteten. Ohne Geld stand ich nackt da. Und ein Herrscher mit leeren Händen hat keine Autorität mehr.

Ich gab den Befehl, alle Winkel zu durchsuchen. Sollte es einen Schatz geben, mußte ich ihn finden, nicht, um ihn begierig in meine Truhen zu scheffeln, sondern um ihn zu verteilen. Je mehr ich zahlte, desto mehr Männer hielten zu mir und desto mächtiger war ich. Ich verlor den Auftrag, den der Allmächtige mir anvertraut hatte, nicht aus den Augen, und ich wußte, daß ich Zeit brauchen würde, um ihn zu Ende zu bringen; viel Zeit und eine gute Organisation. Vor allem müßte ich mir meiner Stärke sicher sein. Das war das erste, aber ich war noch weit davon entfernt. Ich war der Herrscher Ägyptens, gewiß, aber der Statthalter von Nur ed-Din, und der konnte mit mir machen, was er wollte.

Ich nahm Schmuckstücke für meinen Harem an mich und wählte einige Raritäten aus, an denen ich Gefallen fand. Ich schaffte die schönsten Möbel, die größten Kostbarkeiten sowie einen Elefanten aus der Menagerie für unseren Sultan beiseite. Ich wollte sie ihm etwas später senden, sobald es mir möglich wäre, als Tribut des Vasallen an seinen Lehnsherrn eine Summe Geldes hinzuzufügen. Die Bibliothek schenkte ich dem Kadi Al Fadil, meinem Fachmann für Rechtsfragen. Er, der sich zuweilen auch als Poet und Literat betätigte, war der gelehrteste von allen, und er wußte die geistigen Reichtümer zu schätzen, »die einzigen, die ich mitnehmen kann in Allahs Reich«, wie er zu sagen pflegte. Alles, was übrigblieb, wurde unter meinen Brüdern, meinen Emiren und Offizieren aufgeteilt. Ich überließ ihnen den Palast, seine entzückenden Pavillons, seine Gärten, seine Pferdebahn und seine Menagerie. Ich blieb lieber in meiner Wesirsresidenz, schließlich war ich nicht der Sultan von Ägypten – zumindest noch nicht.

Als ich an jenem Abend allein war, sammelte ich mich in meinen Gemächern, indem ich lange meditierte. Der Gedanke an Nur ed-Din beunruhigte mich. Er war mir als einziger Herr geblieben, da der Kalif nicht mehr lebte, und ich fragte mich, welches Verhalten er mir gegenüber an den Tag legen würde. Fortan müßte ich mich seiner Allmacht beugen, sofern er nicht den Beschluß fassen sollte, mich durch einen weniger aufsässigen »Statthalter« zu ersetzen. Einmal mehr hatte ich das Gefühl, vor Unsicherheit zu schwanken, und ich wandte mich an Allah. Ich hatte nie aufgehört, zu Ihm zu beten, seit ich die Macht übernommen hatte, sondern jeden Moment meines Lebens mit Ihm geteilt, und Er hatte mir geantwortet. Mit Ihm hatte ich den inneren Aufruhr besänftigt, den Aufstand niedergeschlagen und die Invasion abgeschmettert. Ich hatte Angst verspürt und mich wie der Teufel aufgeführt, und dennoch, wenn ich diese Augenblicke des Kampfes rückblickend betrachtete, fand ich, daß es gar nicht so schwer gewesen war, den Sieg zu erringen. Ich hatte mich einfach auf Gott verlassen, hatte Ihm mein ganzes Vertrauen geschenkt, und Er hatte mich nicht fallengelassen.

Immer wieder drängten sich meinem Bewußtsein Bilder auf: Tausende von Kriegern galoppierten über die Ebene, ein Wald von Säbeln, aufgerichtet zum Himmel, und in der Ferne Jerusalem in schillerndem Dunst, verriegelt von einem goldenen Strahl. Um den Islam zu verteidigen und Al Qouds zurückzuerobern, brauchte ich starke, unzählige Streitkräfte, die die Erde wie eine riesige Flut bedecken würden. Den Grundstock dazu würde mir Ägypten liefern.

Ich beschloß, eine Truppenparade abzuhalten. Seit der Geschichte mit den Schwarzen hatte ich die fatimidische Armee neu strukturiert. In den Ruhmeszeiten der ketzerischen Kalifen war sie die bedeutendste unter den arabischen Streitkräften gewesen und hatte bis zu hundertfünfzehntausend Kavalleristen und hunderttausend Infanteristen aufbieten können. Die Rekruten kamen von fast überall her, Fremde, die sich gar nicht erst bei Raufereien aufhielten. Sudanesen bildeten den grundlegenden Bestand. Hinzu trat ein Korps armenischer Bogenschützen, furchtlose Kämpfer, die allerdings dem Christentum treu geblieben waren. Dazu gesellten sich Bewohner des Maghreb, Berber, Beduinen aus dem Hedjas und Söldner. Ich hatte sie gesehen, als sie sich in Babain vor Alexandria schlugen, und dann, als sie in Kairo gegen mich kämpften. Ich wußte, daß sie undiszipliniert und unzureichend trainiert waren. So hatte ich damit begonnen, einige aus der Armee zu entfernen: die Sudanesen wegen ihres allzu barbarischen Wesens, die Berber, da sie zu reizbar und zu provokant waren, und die Armenier, die aufgrund ihres Christentums eine Gefahr bedeuteten. Ich hatte sie durch Turkmenen und Kurden ersetzt, die gute Muslime und gute Krieger waren und sich niemals beklagten. Als reguläre Soldaten hatte ich eine große Anzahl ägyptischer Araber eingestellt, denn ich strebte eine gut ausgebildete und ausgerüstete Berufsarmee an, die zu jedem Zeitpunkt verfügbar sein mußte und von wirklichen Vorgesetzten geführt werden sollte, kriegserprobten Offizieren, die mein Vertrauen besaßen und mir ergeben folgten. Im Klan der Ayubiten und bei unseren verbündeten Stämmen hatte ich »Feldherren« für diese Eliteeinheiten gefunden.

Nur wenige Tage nach dem Tod des Kalifen ließ ich sie vor »Bab en Nasr«, dem »Tor des Sieges«, in Gruppen von hundert bis zweihundert Reitern aufmarschieren, denen ich den Namen »Telab« gab. Jede dieser Formationen hatte ihren Späher, ihre Standarte, ihre Kriegsbanner und einen eigenen Emir, der sie kommandierte. Es gab einhundertsiebenundvierzig davon. Sechzehntausend prächtige Reiter, die von meinen Onkeln, Brüdern, Neffen und Vettern angeführt wurden, tauchten, eingehüllt in goldene Staubwolken, aus der Wüste auf und galoppierten über die Ebene an einer staunenden Versammlung vorbei, um hinter den Dünen in der Glut des Sonnenuntergangs zu verschwinden. Soeben war unter dem Beifall der Menge die ayubitische Armee geboren worden ... Meine Armee, die ich unter meiner wehenden Standarte mit gezogenem Säbel zu Allahs höchstem Ruhm führen würde!

Diese Darbietung erregte Erstaunen. Kein Potentat des Orients hatte jemals zuvor seinen Militärapparat zur Schau gestellt. Und ich hatte es gewagt, in der Absicht, meinen arabischen Nachbarn ebenso wie unseren Feinden Respekt einzuflößen. Ich hatte sogar der Anwesenheit fränkischer und byzantinischer Repräsentanten zugestimmt. So konnten sie mit eigenen Augen sehen, daß Ägypten nie wieder ihre »Milchkuh« sein würde, wie es zu Schawars Zeiten gerade in dem Moment der Fall gewesen war, als Kaiser Manuel unter den vergoldeten Kuppeln seines Palastes in Konstantinopel König Morri mit ungewöhnlichem Prunk empfing. Alle beide tranken damals viel und teilten bereits mein Reich unter sich auf.

Nur ed-Din reagierte unverzüglich. Ich erhielt den Befehl, vor Shaubak zu ihm zu stoßen. Er behauptete, er wolle die Festgelage der »Ungläubigen« ausnutzen, um die Burgen anzugreifen, welche die Verbindung zwischen unseren beiden Ländern behinderten. In Wirklichkeit verärgerte ihn mein Treiben mehr und mehr, und er ergriff diese günstige Gelegenheit beim Schopf, um mich zur Unterordnung zu mahnen und jene Streitkräfte auf die Probe zu stellen, die ich so feierlich zur Schau stellte. Ich verließ Kairo am 20. des Monats Muharram (21. September 1171). Einige Tage später verließen die syrischen Truppen Damaskus durch das Südportal. Mit unseren beiden vereinten Armeen könnten wir es schaffen, die Franken zu besiegen.

Ich war als erster zur Stelle. Die Festung, die auf dem Gipfel eines mit Oliven- und Aprikosenbäumen bepflanzten Hügels errichtet worden war, erhob sich wie eine Wachstation oberhalb der Karawanenroute. Ich belagerte sie und verwüstete die Landstriche und Dörfer der Umgebung. Die Garnison bat um einen Waffenstillstand, um über ihre Auslieferung zu verhandeln. Ich gewährte ihn, ohne mich täuschen zu lassen. Die Garnison gewann Zeit, in der ihr Verstärkung zu Hilfe kommen konnte. Da teilte mir ein Kundschafter mit, daß Nur ed-Din sich nähere. Ich hätte mich darüber freuen sollen, doch plötzlich verspürte ich ein ungutes Gefühl. Der Gedanke, dem Sultan gegenüberzutreten, beunruhigte mich. Seit dem Tod von El Adid war er mein einziger Gebieter in jenem Ägypten, das zum wahren Glauben zurückgeführt zu haben er sich rühmte. Und es ging das Gerücht um, daß er sich ständig über mich beklage. Meine Emire warnten mich:

»Nur ed-Din könnte dir verbieten, nach Ägypten zurückzukehren.«

»Er hat uns hierher gerufen, um die Franken anzugreifen«, entgegnete ich.

»Solange es Franken geben wird, wirst du dich in Kairo halten können. Wenn wir sie auf diesem Feldzug zermalmen, wird der Sultan an den Ufern des Nils keinen starken Mann mehr benötigen. Und was soll dann aus dir werden?«

Diese Argumente eigneten sich nicht gerade dazu, mich zu beruhigen. Verstört hob ich die Belagerung auf. Ein Bote überbrachte dem Atabeg meine Entschuldigung. Ich gab vor, eine neue Verschwörung der Fatimiden erfordere dringend meine Rückkehr in die Hauptstadt meines Landes. Am 15. des Rabia I (16. November 1171) befand ich mich wieder in meinen Mauern, und alle Welt zitterte. Der Zorn Nur ed-Dins schwelte bis zum Himmel, und man bangte vor der Bestrafung. Hatte er nicht gebrüllt, er werde bis nach Kairo gehen, um mir den Kopf abzuschlagen, diesen in einen Sack stecken und nach Damaskus mitnehmen? Sogleich berief ich eine Versammlung der Emire und aller Familienmitglieder ein, um ihren Rat einzuholen. Totenstille verbreitete sich in meinem »Diwan«. Ich wußte nicht, was ich davon halten sollte, und blickte ängstlich zu meinem Vater. Für wen würde er Partei ergreifen? Ich erinnerte mich an seine Reaktion, als Schirkuh die Herrschaft in Damaskus hatte an sich reißen wollen, und ich fürchtete seinen Zorn. Doch ich wartete seine Meinung ab. Er allein konnte mir mit seiner Urteilsfähigkeit Klarheit verschaffen. Mein Neffe Taki ed-Din erhob sich sehr erregt und sagte:

»Sollte er zu uns kommen, werden wir ihn bekämpfen und ihn daran hindern, das Land zu betreten.«

Einige drückten Zustimmung aus und stellten sich auf meine Seite. Da schaltete sich mein Vater, der Dizdar Ayub, ein. Er tadelte Taki heftig, bevor er sich an mich wandte.

»Ich bin dein Vater, und da siehst du Schihab ed-Din, deinen Onkel mütterlicherseits. Glaubst du, daß es auf dieser Versammlung auch nur einen gibt, der dich liebt wie wir und der es ebensogut mit dir meint?«

»Ich denke nicht«, antwortete ich verlegen.

»Nun«, fuhr er fort, »bei Allah, sollte Nur ed-Din kommen, würden wir nicht umhinkönnen, vom Roß zu steigen und uns ihm zu Füßen zu werfen. Und sollte er mir befehlen, dir mit meinem Säbel den Kopf abzuschlagen, ich würde es tun. Nun kannst du dir ein Urteil über die Gefühle der anderen bilden. Dieses Land gehört Nur ed-Din. Du bist hier nur sein Statthalter. Wenn er dich absetzen will, so braucht er dir nur den Befehl zu erteilen, dich an seinen Hof zu begeben.«

Er machte ein Zeichen, und die Anwesenden zogen sich zurück. Sobald wir allein waren, setzte er hinzu:

»Du bist ein Dummkopf, der die Welt schlecht kennt. Du hast all diese syrischen Befehlshaber zusammengerufen und ihnen deine Gedanken enthüllt. Weißt du denn nicht, daß sie nicht nur Rivalen sind, die neidisch deinen Ruhm beäugen, sondern gleichermaßen Spitzel im Dienst Nur ed-Dins? Wenn er erfahren wird, daß du ihn am Betreten dieses Landes hindern willst, wird er alles andere hintanstellen und herkommen, um dich zu vernichten. Und wenn er kommt, wird niemand in dieser Armee zu dir halten. Man wird dich ihm ausliefern. Jetzt, da die Sitzung beendet ist, werden unsere Emire ihn über die Rede informieren, die ich gehalten habe. Also ergreife vorbeugende Maßnahmen und schreibe ihm folgendes: ›Wozu willst Du kommen, mich zu holen? Schicke einen Kurier, der mir ein Seil um den Hals legen soll, und ich werde mich ohne Widerstand abführen lassen!‹ Wenn er diese Worte liest, wird er den Plan aufgeben, gegen dich vorzugehen, und sich um Dinge kümmern, die ihm wichtiger erscheinen. Man muß alles nehmen, wie es kommt. Jeden Augenblick beschert Allah uns etwas Neues.«

Er legte seine Hand auf meine Schulter und murmelte:

»Beruhige dich! Sollte er es wagen, nach Ägypten zu kommen, werde ich der erste sein, der ihm einen Dolch ins Herz stößt.«

Mit meinen fünfunddreißig Jahren hatte ich mir gerade Schelte eingehandelt wie ein Schuljunge. Aber ich hatte einen Vater gewonnen. Nach so vielen Jahren der Gleichgültigkeit bewies er endlich Interesse an mir und ergriff für mich Partei. Seine liebevolle Geste hatte mein Herz höher schlagen lassen. Von diesem Tag an war er mein bester Verbündeter, dessen Erfahrung für mich eine Bereicherung darstellte. Gewiß, wenn ich meine Kaltblütigkeit verlöre, würde ich Ägypten bestimmt nicht halten können. Dennoch war meine Angst vor Nur ed-Din durchaus nicht unbegründet. Seine militärischen Siege waren mittlerweile unzählbar. Auf allen Schlachtfeldern triumphierte seine Armee. Im zurückliegenden

Jahr war er anläßlich des Todes seines Bruders Cotb ed-Din nach Mesopotamien gezogen und hatte dort die Nachfolge zu seinem Vorteil geregelt, indem er zwei seiner Töchter mit den zwei Erben verheiratet hatte, seinen Neffen, welche die neuen Herrscher von Mosul und Sindschar geworden waren. Diese Verbindung und die Protektion des Kalifen von Bagdad würden es ihm erlauben, über die Hauptstreitkräfte Mesopotamiens zu verfügen, wann immer er wünschte. Und wenn es ihm in den Sinn käme, sie mit seiner gefürchteten syrischen Armee zu vereinen, um gegen mich zu marschieren, wäre ich verloren.

Letztendlich bedauerte ich nun den Tod von El Adid, da dieser mir in gewisser Weise als Schutzschild gedient hatte, und ich sagte mir, daß es wohl besser sei, die Franken an meiner Grenze als Puffer zwischen Damaskus und mir hinzunehmen. Dennoch folgte ich dem Rat meines Vaters, schrieb meinen unterwürfigen Brief, und der Herrscher Syriens, der auch über mich regierte, ließ sich beschwichtigen.

Ich nutzte diese Atempause, um ein wenig Ordnung in die inneren Angelegenheiten meines Landes zu bringen. Die wirtschaftlichen Probleme bedrängten uns. Ich hatte gehofft, den berühmten Schatz der Fatimiden aufzuspüren. Doch ihr Palast hatte nichts von seinen Geheimnissen preisgegeben, obwohl dort bis hin zu den Brunnen, in die man die Hingerichteten zu werfen pflegte, das Unterste zuoberst gekehrt worden war.

Von allen Ländern des Orients war Ägypten sicherlich eines der reichsten. Und alle benachbarten Fürsten beneideten mich um ein Vermögen, das nur in ihrer Vorstellung existierte. Das alte Königreich der Pharaonen besaß zwar Einnahmequellen im Überfluß, doch unsere Kassen waren leer, und ich war unablässig auf der Suche nach etwas, was den Hunger der beiden gierigen Ungetüme, als die sich Armee und Verwaltung erwiesen, stillen könnte.

Für die Armee hatte ich eine Lösung gefunden. Die Truppe gab sich mit der Beute unserer Feldzüge zufrieden. An die Emire und

Offiziere vergab ich außer Lehen einträgliche Ämter und gewährte ihnen Privilegien. Mit meiner Großzügigkeit erkaufte ich mir ihre Treue. Die Verwaltung dagegen verschlang fast unsere gesamten Einkünfte. Die Wirtschaft Ägyptens war dem Staat unterstellt, der in jeden Ablauf durch strenge Kontrollen eingriff. Diese wurden von Kanzleibeamten durchgeführt, die sich mit einem Gefolge bewegten, in dem jeder eine besondere Funktion innehatte. So konnte man den Aufseher nicht ohne den Verwaltungsbeamten, den Vermesser, den Berichterstatter, den Führer, den Schlüsselträger, den Lagerverwalter und verschiedene andere Verantwortliche sehen, die häufig nur ein Stück Papier zu tragen hatten. Überall begegnete man ihnen: auf den Docks, wenn Schiffe entladen wurden, in den Souks zur Kontrolle der Preise, ja, sogar in den Feldern, wo sie Deiche und Kanäle inspizierten und nach jedem Hochwasser die Anbauflächen neu vermaßen.

Generationen fatimidischer Wesire hatten es zugelassen, daß diese Krake »Bürokratie« mit ihren tausend Fangarmen heranwuchs ohne Rücksicht auf die Bevölkerung, die sie mit »Steuern«, den »moukous«, erdrückten. Je mehr Beamte es gab, desto mehr »moukous« gab es auch, und um diese neuen »moukous« einzutreiben, wurden neue Beamte eingestellt: eine Kette ohne Ende, die einige Unruhen stiftete und jährlich nur hunderttausend Dinare einbrachte, welche von dem riesigen Apparat sogleich wieder verschlungen wurden.

Darüber hinaus standen noch weitere Ausgaben bevor. Die Kriegsschäden mußten beseitigt werden: Damietta hatte gelitten, und auch Fustats Brandwunden waren noch nicht verheilt. Zudem herrschte weiterhin eine starke Bedrohung von außen. Sie zwang uns dazu, unsere Verteidigungsanlagen zu verstärken und Waffen- und Munitionslager anzulegen. Ich hatte den Plan gefaßt, die Mauern des alten Kairo zu verlängern, um auf diese Weise auch die Neustadt einzufrieden. Die Mauern sollten an den Höhen des Muqattam entlangführen, auf denen ich eine starke Zitadelle bauen wollte, die jeden Ansturm überstehen und der Bevölkerung als Zuflucht dienen könnte.

In Anlehnung an das Vorbild großer Seldschukenfürsten wollte auch ich bauen und an den Ufern des Nils meine Spuren hinterlassen, nicht weit von denen der Pharaonen. Ich hatte umfassende Sanierungs- und Verschönerungspläne. Über den Trümmern der ehemaligen Quartiere der Schwarzen in Mansura wollte ich bis hinunter zum Fluß prächtige Gärten anlegen lassen, die sich zwischen Bab Zuweila, dem Mausoleum von Nefissa und der Moschee Ibn Tulun bis zum Abessinischen See erstrecken sollten. Im Licht der Morgenröte würden sie sich wie ein riesiger Seidenteppich in zarten Farben vor den Mauern der Zitadelle ausbreiten, die meine Residenz werden sollte, während die untergehende Sonne sie in Purpur tauchen würde.

»Inschallah«, sagte ich mir, wenn ich dem leisen Plätschern des Wassers in einem Alabasterbecken lauschte. Eine Jasminduft verströmende Brise fegte den Winter hinweg. In der Ferne vernahm ich das Treiben in den Souks, das von dumpfen Geräuschen unterbrochen wurde. Geklopfe, Gehämmere, Geplapper, Geschrei, auch das lauteste Getöse klang mir leise in den Ohren und drang wie das Pochen eines gewaltigen Herzens zu mir, jenes von »Al Kahira«, »der Siegreichen«.

»Wo kann ich nur Mittel auftreiben?« fragte ich mich immer wieder und raufte mir den Bart.

Die lähmenden Geldsorgen gingen mir nicht mehr aus dem Sinn.

»Führen wir neue ›moukous‹ ein!« schlug Al Fadil vor.

»Damit die Bevölkerung Nur ed-Din herbeiruft?« rief ich. »Die Ägypter sind hinterhältig. Nach dem, was kürzlich passiert ist, werden sie nicht zögern, unsere Probleme auszunützen.«

Um mich herum rauchten die Köpfe der Kadis, und ihre Federn kratzten über die Papierblätter, wo sich unerbittlich Zahlenkolonnen aneinanderreihten.

»Die Herrschaft der Fatimiden ist zu Ende!« sagte ich mit fester Stimme. »Mein Regime werde ich durch eine populäre Maßnahme begründen, und ich werde Nur ed-Din übertreffen. Als er Damaskus übernommen hat, hat er einige ›moukous‹ aufgehoben. Nun, ich werde sie alle abschaffen!«

»Das ist Wahnsinn!« brüllten die Kadis.

»Du willst uns vollständig ruinieren!« stöhnte Al Fadil.

Mein Vater dagegen blieb stumm und wartete meine weiteren Erklärungen ab: Ursprünglich hätten diese Steuern Personen und Besitz berührt, wären aber dann auf alle möglichen Produkte und Handelsgeschäfte ausgedehnt worden. In unseren religiösen Vorschriften, deren strikte Anwendung ich wolle, gebe es keinerlei Hinweis auf sie. Und ich wurde deutlicher:

»Diese Steuern sind illegal! Unser Koran sieht nur eine einzige Abgabe vor, die jeder Seele! Wir werden diese von Allah befohlenen Zahlungen rechtskräftig machen.«

Neben dem freiwilligen Almosen, der »sadaqa«, die jeder von uns je nach Einkommenslage aus freien Stücken leistet, ist die »zakat« eine Pflichtabgabe, die jeder Gläubige jährlich zu einem gewissen Prozentsatz von seinem Vermögen und seinen Einkünften zahlen muß, um den Mittellosen zu helfen. So kreischten jetzt die Ulemas:

»Diese Mittel decken kaum die Ausgaben für die Wohlfahrt!«

»Wir müssen sie nur streng verwalten!« entgegnete ich. »Wir reservieren nach den vorgeschriebenen Regeln einen Teil für soziale und mildtätige Zwecke, und dann müßten noch ausreichende Mittel übrigbleiben, um die Kosten zu bestreiten, die durch Verwaltung, diplomatische Missionen und Krieg entstehen.«

Mein Vater, dem ich die Finanzen anvertraut hatte, stimmte dem zu, aber Al Fadil murrte:

»Du bist zu großzügig. Du wirst noch als Bettler enden!«

Ich beruhigte alle, indem ich sie daran erinnerte, daß Ägypten Güter im Überfluß habe, und erklärte ihnen, daß künftig ein Teil der durch die Armee erzielten Beute an den Staatsschatz abzutreten sei. Ich machte sie auch darauf aufmerksam, daß mir mein System gerechter erscheine, da es keineswegs die Reichen bevorzuge und die Armen nicht mehr länger in Bedrängnis bringen werde. Ich ahnte sehr wohl, daß bei der Durchführung dieser Maßnahmen mancher Mißbrauch getrieben werden könnte, und so beschloß ich, mich zum obersten Richter zu machen, den jeder als letzte

Instanz würde anrufen können. Während man auf die ersten Einkünfte warten mußte, wurden die Gold- und Silberverzierungen der Moscheen entfernt, um sie in Geldstücke umzuschmelzen, und ich vergaß nicht, dabei den Kopf des Kalifen von Bagdad auf die eine Seite, den Nur ed-Dins auf die andere prägen zu lassen.

Alle beide wurden in einer Vielzahl von Staaten verehrt, die mit grandiosen Festen feierten, daß sich Ägypten dem sunnitischen Glauben angeschlossen hatte. Und Nur ed-Din hatte vom Kalifen Al Mustadi den offiziellen Titel eines Sultans sowie zwei mit Edelsteinen verzierte Schwerter erhalten. Eines symbolisierte seine Macht über Syrien, das andere die über Ägypten. Auch ich hatte meinen Lohn bekommen: ein Ehrengewand und ein Stück schwarzen Stoffes, um die Tribüne in der großen Al-Hakim-Moschee zu verkleiden, außerdem einen Satz schwarzer Fahnen, damit auf all unseren Minaretten die Farbe der abassidischen Legionen wehen könnte. Aus Bagdad erschien eine offizielle Delegation, um mir all diese Gaben des Kalifen zu überbringen. Ich konnte nicht umhin, angesichts des geringen Aufhebens, das man von mir machte, ein Gesicht zu ziehen. Ich hatte die größten Gefahren auf mich genommen, und ich erhielt am wenigsten! Ich blieb der »Knecht«. Dennoch dankte ich dem »cheikh«, der für das Oberhaupt der Gläubigen sprach. Er verneigte sich und sagte:

»Alles kommt Gott zu. Er allein versteht die Botschaft, und Er allein entsendet sie.«

In meiner Verwirrung stammelte ich einige höfliche Worte, und er fuhr fort:

»Das vollständige Einswerden mit Gott ist nur wenigen gewährt. Ich bete dafür, daß du eines Tages wirklich verstehst und den anderen endlich vermitteln kannst, was du weißt.«

Er hieß Scharaf ed-Din. Sein Vater war der verehrte Abi Asrun, dessen Vorträge in der Moschee der Omajaden ich nicht hatte anhören können. Damals hätte ich sein Schüler werden können. Gott hatte es nicht zugelassen und sandte mir nun seinen Sohn, um mich zu Seiner Wahrheit zurückzuführen. War ich nicht im Begriff, in einer Welt des Scheins und der Täuschungen unterzugehen?

Meine Autorität festigen, meine Popularität steigern, das Wohlergehen meiner Untertanen sichern, schließlich Truppen ausheben, um den Islam und den heiligen Namen Allahs zu verteidigen … All das gehörte, so schien es mir, zu der Macht, die man mir aufgezwungen hatte. Und darüber vergaß ich meine Seele, dieses Ringen um das »Wissen«, diesen Kampf gegen das »Ich«, was so viele Jahre lang das Wichtigste in meinem Leben gewesen war. Aber wie könnte ich die Pflichten meines Amtes mit den strengen Regeln der Spiritualität vereinbaren?

»Der ›Weg‹ schreibt nicht zwingend eine Form vor«, antwortete mir Scharaf ed-Din, »wenngleich man manchmal bestimmte Riten einhalten muß.«

Ich war glücklich, daß ich diese Gespräche wiederaufnehmen konnte, die um den verborgenen Sinn der Dinge kreisten, um jene Wahrheiten, die der Wind uns zuträgt, um die Ursachen dieses Lebens, das allmorgendlich durch einen Sonnenstrahl erwacht.

»Der Körper ist der Gedanke«, pflegte Scharaf ed-Din zu sagen. »Die Seele ist der Geist. Der Gedanke ist nicht der Geist. Meditiere bisweilen über diese Sätze!«

Ich prägte mir all das für einsame Stunden ein und versetzte Kairo in Feststimmung. Teppiche und Girlanden waren zu sehen, als ich mit den Insignien meiner Herrschaft, denen ich noch das Gewand des Kalifen hinzugefügt hatte, mit großem Gefolge durch die Straßen zog. Umgeben von den fünfhundert Kurden meiner Leibwache, ritt ich unter einem Baldachin aus goldfarbener Seide, der von vier riesigen Eunuchen getragen wurde. Das Ende meines Zuges wurde von der großen Kohorte der Emire und Würdenträger mit ihren reichverzierten Turbanen gebildet. Beim Klang der Trommeln, Trompeten, Zimbeln und Sackpfeifen durchquerten wir die Stadt von Moschee zu Moschee bis Bab Zuweilah und verteilten dabei die Embleme des Oberhaupts von Bagdad. Dichtgedrängt jubelte uns die Menschenmenge zu, wedelte mit langen Palmzweigen und überschüttete uns mit Tausenden von Rosen- und Jasminblüten, wenn wir vorüberzogen. Ob man sich freute, daß Ägypten in den Rang des ältesten Erben des Islam erhoben worden war?

Auch die Liebe des Volkes geht durch den Magen. An diesem Tag ehrte es seinen Wesir, der es von den verfluchten »moukous« und dem Hunger befreit hatte.

Ich hegte noch weitere Reformpläne, aber ich bemerkte, daß sich immer mehr untätige Emire in meinen »Diwan« drängten, deren Gereiztheit von Tag zu Tag wuchs. Und ihre Langeweile forderte Geld. Für sie hatte ich genauso wenig welches wie für die anderen. Ich schickte sie, angeführt von Turanschah, in die »Berberei«*. Der Gewinn, der dort lockte, verlieh ihnen neue Kräfte und beruhigte ihre Gemüter, während sie meine Grenze auf afrikanischem Territorium nach Westen verschoben. Barka, Tripolis und Gabès fielen in unsere Hände. Ich verteilte große Gebiete der Wüste und sandte alsbald all diese Krieger nach Süden, wo nubische Truppen mit der Unterstützung von Armeniern, die den Aufstand in Kairo überlebt hatten, die Trommel rührten, um Assuan zu belagern.

In dieser Zeit verhielt sich Nur ed-Din in Damaskus bedrohlich still. Ich riet meinem Bruder, die Befreiung von den Zaiditen zur Eroberung Nubiens zu nutzen, das uns im Bedarfsfall als Rückzugsmöglichkeit dienen könnte. Die Belagerung Assuans wurde mühelos durchbrochen. Wir zermalmten den Feind wie einst Salomon die Ameisen. Wie ein Sturm fegte Turanschah über Nubien hinweg, griff dessen einzige Festung Ibrim an und eroberte sie mit einem Pfeilhagel.

»Sie hatten keine Schilde«, sagte er lachend.

Er sah sich im ganzen Land um, entdeckte nichts als Hütten und Maisfelder und raffte schnell zusammen, was zu erbeuten war. Einen Monat später war er mit einer großen Zahl an Gefangenen und Reittieren bereits zurück.

»Diese Wüste eignet sich nicht als Zuflucht für unsere Familie«, meinte er. »Aber nun besitzen wir die hübschesten Sklavinnen und die schönsten Pferde der Welt! Ein unerschöpflicher Vorrat!«

Das mißfiel mir durchaus nicht. Mit ihren schmalen Lippen,

* Küste Nordafrikas: Libyen, Tunesien.

ihrem kleinen Mund, ihren weißen Zähnen und ihren glatten Haaren machten die Nubierinnen mich ganz verrückt. Mein Harem würde sich angenehm vergrößern. Ich vergaß auch unseren Sultan nicht, wählte einige seltene Schönheiten aus und fügte sie all den Geschenken hinzu, die ich für ihn im Palast der Fatimiden bereithielt. Endlich konnte ich auch eine Summe von sechzigtausend Dinaren dazugeben. Die rigorose Verwaltung unserer Finanzen, die durch meinen Vater sichergestellt war, trug endlich Früchte. Und der Vasall beugte sich mit Blick auf den souveränen Herrscher den Regeln. Vor allem hoffte ich, durch diese Geste sein Wohlwollen zu gewinnen.

Es wurde eine beeindruckende Karawane: dreitausend schwerbeladene Kamele, die unumgänglich die Aufmerksamkeit der Franken auf sich ziehen würden. Ich nahm also ein Truppenkorps und begleitete sie. Als wir uns Schaubak näherten, nahm der endlose Zug der tausendfarbig geschmückten Vierbeiner den Weg nach Norden und verschwand wie ein Regenbogen hinter den Hügeln. So kehrte ich in das feindliche Gebiet zurück, wo ich Dörfer und Landstriche verwüstete. Die Festungen tastete ich nicht an, aber ich verjagte alle Nomaden, die dort ihre Zelte aufgeschlagen hatten und unseren Gegnern als Orientierung dienten, weil sie diese mit Proviant versorgten.

In den ersten Tagen des Monats Dulheggia (Juli) stürmte ich durch die Umgebung von Kerak, wo ich hier und da plünderte, als ein Reiter im gestreckten Galopp auf mich zuschoß:

»Nur ed-Din rückt an!« keuchte er atemlos. »Seine Heere bedekken die Wüste.«

Er hatte meine Geschenke erhalten und kam, um mich beim Angriff auf die unbesiegbare Festung zu unterstützen. Mit dieser Nachricht hatte ich nicht im entferntesten gerechnet. Es war mir bekannt, daß der Sultan bedeutende Streitkräfte zusammenzog, doch ich glaubte, es geschähe in der Absicht, seine Nordgrenze zu schützen, die durch den Streit benachbarter Herrscher bedroht war. Das Blut gefror mir in den Adern, und mein Instinkt schlug Alarm. Nur ed-Din wußte, daß ich nur wenig Männer bei mir hatte, und

Kilidsch Arslan, den letzten gefährlichen Rivalen. Endlich hatte ich freie Bahn! Und wo es nur möglich war, ersparte ich mir militärische Operationen, da ich ein wenig Ordnung im Lande »Cham«* schaffen wollte.

Da tauchte plötzlich wie in einem bösen Traum die sizilianische Flotte aus den Wellen des offenen Meeres vor Alexandria auf. Wir hatten so viel davon geredet, daß wir nun nicht mehr damit rechneten. Die Flotte hatte den Sultan des Maghreb in Unruhe versetzt, Konstantinopel von griechischen Gewässern aus bedroht und war dann verschwunden. Aber am 26. Dulheggia (28. Juli 1174) trauten die Küstenwachen ihren Augen nicht, und die ganze Stadt geriet in Aufregung. In der Mittagssonne bedeckten wohl an die zweihundertachtzig Schiffe das Meer und hielten auf unser Ufer zu: sechsunddreißig »tharidas« voller Pferde, zweihundert Galeeren mit bewaffneten Männern, vierzig Boote und vier »botsas«**, die Kriegsmaterial, kolossale Vorräte und unzählige Knechte geladen hatten. Kaum waren die dreißigtausend Kavalleristen und Infanteristen an Land, gingen sie zur Belagerung über und drängten die Muslims bis an die Stadtmauern zurück.

Sobald ich diese Neuigkeit erfahren hatte, entsandte ich Truppen nach Alexandria und Damietta. Da ich befürchtete, es werde eine zweite Attacke zu Lande geben, beobachtete ich das Geschehen mit Bedacht von Fakus aus. Einer meiner Mameluken durchquerte indes mit drei Handpferden im Galopp die Wüste, um laut und vernehmlich meine Ankunft anzukündigen. Doch dazu blieb mir keine Zeit. Die Sizilianer hatten dort unten das ganze Ufer entlang ihre Wurfmaschinen, Sturmböcke und Steinschleudern aufgebaut und schleuderten riesige schwarze Gesteinsblöcke, die sie aus ihrer Heimat herangeschafft hatten, gegen unsere Mauern. Die Garnison und die Bevölkerung ließen sich nicht entmutigen. Sie ersannen tausend Kriegslisten und schafften es schließlich, einige mörderische Ausfälle zu machen; sie steckten auch die mächtigen Todestürme in

* »Cham« bedeutet »Sonne«. Dieser Name bezeichnete Syrien, das sich damals auf den heutigen Libanon, Jordanien und Palästina erstreckte.

** Großer Zweimaster dalmatinischer Herkunft.

wollte mich gefangensetzen. Davon war ich überzeugt. Unverzüglich machte ich kehrt und sandte ihm einen Boten, um ihm zu erklären, daß es meinem Vater, dem ich die Macht anvertraut hatte, sehr schlecht ginge. Hatte er mich erneut auf die Probe stellen wollen? Ich weiß es nicht. Ein Wutausbruch blieb aus. Er gab sich mit der Bemerkung zufrieden:

»Ägypten zu bewahren ist in unseren Augen wichtiger als alles andere.«

Er führte seine Truppen nach Norden, während ich nach Kairo zurückkehrte, wo ich vom Tod meines Vaters erfahren mußte. Während des Sommers hatte er sich etwas körperliche Bewegung verschafft, indem er wie gewohnt Polo spielte. Er war vom Pferd gestürzt und kurze Zeit darauf gestorben. Niedergeschmettert von dem Kummer und von einem schrecklichen Schuldgefühl, brach ich zusammen. Hatte ich nicht sein Schicksal heraufbeschworen, indem ich ihm eine Krankheit angedichtet hatte, die es mir ermöglichte, dem Sultan zu entkommen? Um meinen Schmerz noch quälender zu machen, kam mir ein Sprichwort wieder in den Sinn: »Viele Worte sagen zu dem, der sie im Munde führt: ›Unterlaß mich!‹«*

»Nein«, sagte meine Mutter, die schön wie eine Priesterin der Antike war. »Es ist nicht deine Schuld. Er hatte zu Ende geführt, was er zu tun hatte. Gott hat ihn zu sich gerufen, um ihm andere Aufgaben zu übertragen.«

Unendlich zärtlich griff sie nach meiner Hand und setzte hinzu:

»Sei glücklich! Seine letzten Worte galten dir: ›Allah möge Yussuf beschützen!‹«

Der Verlust meines Vaters war wirklich eine Katastrophe. Wer sollte es ebenso gut wie er verstehen, die tausend Verwaltungsprobleme zu bewältigen, vor allem aber meine ungestümen Brüder zu bremsen, die sich unablässig dazu bereit zeigten, alles in einen Scherbenhaufen zu verwandeln, was wir mit Geschick aufgebaut hatten? Dieses Mal ließ der Himmel mich im Stich. Die Klagen

* Das bedeutet: »Beschwöre die Gefahr nicht durch deine Unbedachtsamkeit!«

häuften sich. Eine Mäuseplage befiel die Zuckerrohrpflanzungen, dann prasselten riesige Hagelkörner nieder, und alle Ernten wurden verwüstet. Aufwiegler ergriffen die Gelegenheit, um Unfrieden in der Stadt zu säen. Nach und nach schwand das Vertrauen. Die Wirtschaft hatte zu kämpfen; Gold und Silber flossen außer Landes, und die ausländischen Händler verlangten eine Änderung der Handelsverträge. Um das Maß vollzumachen, traf schließlich noch eine Abordnung aus Damaskus ein. Der Sultan beanstandete einige Rechnungen und schickte seine Leute, um meine Verwaltung Ägyptens zu überprüfen. Kamen sie nicht sogar, um mich zu verjagen?

Al Fadil und Issa waren völlig aufgelöst und wußten keinen Rat mehr, und ich drückte mich entmutigt in die Kissen meines Sofas:

»Das ist zuviel, ich danke ab!«

Nur ed-Dins Feindseligkeit und Mißtrauen wuchsen von Tag zu Tag, und ich fühlte mich nicht stark genug, dem entgegenzutreten. Mit Ruhm bedeckt, war er aus dem Norden zurückgekehrt, wo er sein Territorium um einige Provinzen vergrößert hatte. Diese hatte er Kilidsch Arslan, dem Sultan von Konya, abgenommen, nachdem es mit ihm schließlich zu Verhandlungen gekommen war. Er hatte einen Friedensvertrag mit dem König von Armenien, dem Herrn von Malatya und einigen anderen Emiren von den Ufern des Euphrats geschlossen, die ihn als ihren Lehnsherrn anerkannt und ihren Tribut in klingender Münze gezahlt hatten. Durch diese Erfolge erstarkt, wandte er sich mit kalter Rache im Herzen gegen mich. Mein Thron wankte. Ein eisiger Wind verdunkelte den Himmel, und ich wußte nicht, wohin ich mich wenden sollte. Ich erinnerte mich an die Lektion, die mir mein Vater im Vorjahr erteilt hatte, und schloß mich allein in meinem »Diwan« ein. Eine lange Meditation brachte mir die Erleuchtung: Ich sollte einen Mann, der nur Geld forderte, nicht fürchten. So wurde den Gesandten des Sultans ein ehrenvoller Empfang bereitet, und ich zeigte ihnen mit folgender Erklärung die Akten:

»Ägypten ist ein teures Land. Wir haben viele Beamte, und die Staatsmänner, die mir zur Seite stehen, sind Komfort und Luxus gewöhnt.«

Ich muß gestehen, daß die unersättlichsten unter den letzteren meine Brüder und Neffen waren. Da ich sie brauchte, konnte ich mich ihnen schwerlich widersetzen. Wenn ich eines Tages die Völker des Islam zum großen Kampf vereinen wollte, mußte ich dann nicht mit meiner Familie den Anfang machen, selbst wenn ihr Hunger nach Reichtum mir Schwierigkeiten bereitete? Ich liebte es, sie glücklich zu sehen, und beschenkte sie um so unbefangener, als ich zu meinem persönlichen Gewinn nichts zurückbehielt. Ich hatte seit langem gelernt, Verzicht zu üben, und ich fühlte mich dem Allmächtigen durch eine Art Pakt verbunden. Meine Position und der damit verbundene Prunk waren nur Werkzeuge. Es war nicht meine Berufung, Güter dieser Erde zu besitzen. Ich verteilte sie, um leichter Mitstreiter zu gewinnen. Dieses subtile Spiel mit Zuckerbrot und Peitsche, mit Geld und Stock war ein Bestandteil der Macht zum Ruhme Allahs!

Während die Delegation sorgfältig die sachkundigen Berechnungen, die mein Vater hinterlassen hatte, zerpflückte, erfuhr ich durch einen Zufall, daß der Herrscher des Jemen blasphemische Äußerungen über den sunnitischen Glauben verbreitete. Er erklärte sich zu einem Nachkommen Alis und gründete eine neue ketzerische Sekte. Dieses Ereignis hätte unbemerkt bleiben können, doch ich faßte den Beschluß, es mir zunutze zu machen. Wenn schon nicht Nubien, so könnte dieses »Arabia felix« uns als Rückzugsmöglichkeit dienen.

Und wenn alle Dichter die Wahrheit sagten, hätten wir endlich unsere Zuflucht gefunden. Aber wir mußten es vermeiden, den Verdacht des Sultans zu erregen. Ich spielte die Komödie eines eifrigen Vasallen und bat ihn in einem Brief um die Erlaubnis, Truppen in diesen Teil Arabiens zu entsenden, welche die Häretiker vertreiben und den wahren Glauben aufrechterhalten sollten. Eine schnelle Taube brachte mir Nur ed-Dins Zustimmung, und diese Eile bei der Antwort ließ mich spüren, wie glücklich man darüber war, Kairo an Truppen zu erleichtern. Turanschah brach unverzüglich auf, und ich rieb mir voller Zufriedenheit die Hände. Im Namen des »Großen Mudschaheddin«, des Sultans von Ägypten und Syrien, würde er den Islam in der tiefsten Wüste verteidigen. In Wirklichkeit aber war er im Begriff, ein Königreich für die Familie der Ayubiten zu erobern. Den Widerstand der Jemeniten zu brechen war ein Kinderspiel. Zebid*, Aden und Sanaa fielen. Turanschah richtete seine Residenz als Gouverneur in Taiz ein und schrieb mir schon bald:

»Dieses Land verdient seinen Namen ›Glückliches Arabien‹ sehr wohl, und sein Wohlstand steht außer Zweifel. Die große Handelsstraße in Richtung Osten führt mitten hindurch. Im Hafen von Aden ankern Feluken von Händlern aus Persien, Indien, China und von allen Küsten Afrikas. Ich bleibe hier, um unsere Interessen zu wahren.«

Das beruhigte mich, denn die Lage verschlechterte sich zusehends. Wenn auch die Delegation in Kairo mit ihrer Untersuchung zufrieden war und den Rückweg nach Damaskus mit zweihunderttausend Dinaren für den Sultan antrat, so handelte dieser mit den Franken eine Waffenruhe aus und ließ aus allen Ecken Mesopotamiens Verstärkung anrücken. Ein schreckliches Unwetter bahnte sich an. Der Himmel über Syrien verdunkelte sich von Tag zu Tag mehr, und über der Küste des »Sahel«** zogen Wolken auf. Auch von dort erreichten mich alarmierende Meldungen. Meine Spitzel hatten große Vorbereitungen beobachtet. Man erwartete eine bedeutende Flotte aus Sizilien. Was heckten die »Polytheisten« nur aus? An wen würden sie ihre Schläge austeilen? Einmal mehr an mich? Ich war fast soweit, mir vorzustellen, daß Nur ed-Din sich mit diesen Teufeln verbündet haben könnte, um mich zu zermalmen.

Entschlossen zum Widerstand, verstärkte ich die Festungsanlagen, bildete neue Milizen, häufte Waffen und Vorräte an. Und das, was ich am wenigsten erwartete, traf ein. Ein junger Kadi suchte mich in meinem »Diwan« auf. Was er mir zu enthüllen hatte, ließ ihn am ganzen Körper erzittern:

* Damalige Hauptstadt des Jemen.
** Palästina.

»Der Dichter Omara arbeitet gegen dich.«

»Er hat die Schönheit seiner Heimat Jemen besungen«, erwiderte ich, »und ich habe meinen Bruder dorthin entsandt. Worin besteht die Gefahr?«

»Er hat Anhänger der Fatimiden um sich geschart, welche die Dynastie wiederbeleben wollen, indem sie den Sohn des verstorbenen Kalifen auf den Thron heben.«

»Ach«, sagte ich lachend, »das ist hoffnungslos!«

»Höre nur weiter, Sidi! Sie haben sich für ihre Sache mit einer ganzen Gruppe Schiiten, darunter Kadis und der ›Dei der Deis‹*, sowie mit ägyptischen Soldaten und Emiren aus deiner Armee verbündet. Sie haben Kontakt mit den Franken aufgenommen und planen einen Feldzug, um dich zu beseitigen.«

Dieses Mal lachte ich nicht mehr. Die Affäre »Mutamen al Khilafa« wiederholte sich. Während der Feind zu Wasser und zu Land angriffe, würden die Verschwörer meine Verbindungen zum Hinterland blockieren, mich ermorden und in Kairo die Macht an sich reißen. Omara prahlte sogar bereits damit, Turanschah in den Jemen geschickt zu haben, damit dieser nach dem Tod des Führers nicht einmütig als neuer Herrscher anerkannt werden konnte. Wie in der Angelegenheit »Mutamen« verhielt ich mich ruhig und riet meinem Gesprächspartner, für mich weiter zu spionieren.

Einige Tage später traf ein Gesandter des Frankenkönigs in Kairo ein und suchte mich auf. Seine Geschenke und Freundschaftsbekundungen wurden von tausend Lächeln und Bücklingen begleitet. Ich bedankte mich herzlich und befahl meinen Spitzeln, ihn nicht aus den Augen zu lassen. So entdeckte ich bald, daß er geheime Kontakte zu den Verschwörern hatte. Im selben Augenblick bestätigten mir meine Spione, die auf christlichem Boden weilten, die Angriffspläne.

»Morri wartet nur noch die Sizilianer ab, bevor er aufbricht«, berichteten sie.

Das genügte mir, um meine Krallen zu zeigen. Alle fatimidischen

* Das Oberhaupt der schiitischen Missionare.

Verschwörer wurden verhaftet, Omara als erster, sowie alle männlichen Verwandten des verstorbenen Kalifen. Am zweiten Tag des Ramadan wurden sie in aller Öffentlichkeit gekreuzigt. Die Emire rührte ich nicht an. Sie fürchteten um ihre Köpfe, aber ich brauchte sie, um den Zusammenhalt meiner Truppen nicht zu gefährden. Ich zog es vor, sie in irgendwelche, der Gesundheit abträgliche Winkel Oberägyptens ins Exil zu schicken, wo sie aus Freude darüber, noch am Leben zu sein, hundertprozentige Ergebenheit beweisen würden, um mein Wohlwollen zurückzugewinnen und ihren verlorengegangenen Luxus wiederzuerlangen. Ihre Dankbarkeit würde mir für lange Zeit ihre Unterstützung garantieren. Was die Soldaten anbelangte, entschied ich mich dafür, nicht zu wissen, was sie geplant hatten.

Ich für meinen Teil hatte Gerechtigkeit walten lassen und war nicht unzufrieden. Ich hatte alle fatimidischen Nachkommen endgültig vernichtet, die Franken in ihren eigenen Grenzen zu Stein erstarren lassen und mit meiner Nachsicht die Armee gefestigt. Nun war ich bereit, den Stürmen zu trotzen, die sich über Syrien entfesseln würden. Manchmal fragte ich mich allerdings, ob Gott wohl gelegentlich vergiftete Geschenke macht.

Am zweiten Shawwal 569 (15. Mai 1174) starb Nur ed-Din plötzlich an einem Herzversagen. Wie mein Vater es so treffend auszudrücken pflegte, »schickt Allah uns in jedem Augenblick etwas Neues«.

Damaskus hütete sich sehr, mir diese Neuigkeit zu verkünden. Einer meiner Spitzel im Feindesland ließ sie mir zukommen, als verschlüsselte Mitteilung auf einem Röllchen, das unter einem Taubenflügel verborgen war. An die tausend Mal las ich das kleine Stück dünnen Papiers wieder und wieder, ohne daß ich es glauben konnte. Nur ed-Din, der »Große Mudschaheddin«, lebte nicht mehr, und der Boden schwankte unter meinen Füßen.

Trotz der Spannungen der letzten Monate zollte ich ihm noch immer meine ungeteilte Bewunderung und meinen Respekt, wie in den Zeiten, als er mich zu sich an seinen Hof von Aleppo geholt hatte. Nach meinem Onkel Schirkuh und meinem Vater war nun die dritte Person, die meine Jugend entscheidend bestimmt hatte, von mir gegangen. Ich konnte den unermüdlichen Krieger nicht vergessen, den geschickten Strategen, den bescheidenen und gerechten Menschen, den erleuchteten Mystiker, der mir ein wegweisendes Licht auf dem Pfad meines Lebens war, als ich lernen mußte, ein Mann zu werden. Er war der Wohltäter unserer Familie gewesen, und ich war sein Gouverneur in Kairo und diente ihm treu.

Aber im Alter war der Sultan autoritär und unerbittlich geworden. Sein eingefleischter Haß auf die »Polytheisten« hatte ein solches Ausmaß angenommen, daß er die Vereinbarungen der Kapitulation, die Kalif Omar den syrischen Christen zugebilligt hatte, wörtlich nehmen ließ. Er verbot ihnen, auf Pferden zu reiten, in den Kirchen laut zu beten und Glocken zu besitzen, und er zwang sie sogar dazu, sich durch eine andere Kleidung und einen besonderen Gürtel, der als Zeichen der Ehrlosigkeit angesehen wurde, von den Muslimen zu unterscheiden. Sobald es in meiner Macht stand, schaffte ich dieses Beispiel eines unmenschlichen Gesetzes ab, das im Widerspruch zu der Toleranz stand, die unser Prophet uns lehrt, und das Gute befleckte, was Nur ed-Din im Verlauf seiner Regentschaft verwirklicht hatte. Seine Gerichtsverhandlungen waren unvergeßlich, seine Schulen, Kollegien, Moscheen und Hospitäler nicht mehr zu zählen. Doch sein galoppierender Aberglaube hatte seinen religiösen Fanatismus verschärft, und seine Strenge lastete schwer auf all seinen Untertanen. Man kann nun verstehen, daß mein Ungestüm ihn reizte. Für ihn war ich ein Mameluk, ein Knecht, ein junger kurdischer Statthalter geblieben, der sich in seiner Ungeduld erdreistete, die Zügel der Macht allein zu halten. Gewiß, nun würde er nicht mehr nach Ägypten kommen, um es mir zu nehmen. Aber was sollte aus Syrien werden? Wie würde es dem Islam ergehen?

Nur ed-Din hinterließ nur einen einzigen Erben, einen Knaben von elf Jahren namens Malik Salih Ismail. Die Macht würde in die Hände des Stärksten übergehen. Und diejenigen, die sie begehrten, waren zahlreich: Nur ed-Dins Neffen aus Mesopotamien, die ihrem Vetter gegenüber keinerlei Skrupel hatten; die Fürsten der benachbarten Staaten, die ständig dazu bereit waren, die Bündnisverträge zu brechen, um sich ohne großen Aufwand zu vergrößern, ganz zu schweigen von den Emiren in Damaskus und Aleppo, die davon träumten, den Atabeg zu ersetzen, und ihre Chance nützen würden. Aber weit gefährlicher als all jene war König Morri. Durchtrieben und machthungrig wie er war, würde er keinen Augenblick zögern, sich auf Damaskus zu stürzen. Und sollte es ihm gelingen, Syrien an sich zu bringen, dann wäre es um den Islam geschehen, da er danach nicht zögern würde, in Ägypten einzufallen.

Es stand viel auf dem Spiel, und meine Aufgabe war alles andere als einfach. Im Kreis meiner Ratgeber suchte ich nach einer Lösung.

»Wenn du dich rührst«, meinte Al Fadil, »wird man dich beschuldigen, ein ›Fremder‹, ein ›Usurpator‹, ein ›Undankbarer‹ zu sein.«

»Und dennoch, jetzt ist der rechte Zeitpunkt gekommen, sich nach Damaskus zu begeben, um alle irregeleiteten Seelen gegen den einzigen fürchterlichen Feind zusammenzutrommeln«, entgegnete ich.

Mein Kadi schüttelte den Kopf:

»Alle im Lande werden ihre Schilde erheben, und alle Lanzen werden auf dich zielen.«

Ich zollte seinem Scharfblick Anerkennung und setzte hinzu:

»Allein die Tatsache, daß man sich nicht einmal die Mühe gemacht hat, mir offiziell den Tod des Sultans mitzuteilen, beweist, daß man mir mißtraut.«

Da stand Issa auf, kam näher und erklärte ruhig:

»Wir werden diplomatisches Geschick und List einsetzen müssen. Und wir werden uns erst dann an den Ort des Geschehens begeben, wenn die Frucht reif ist.«

Nachdem wir alle gemeinsam gebetet hatten, um uns bei dem Allerhöchsten besser Gehör zu verschaffen, gingen wir an die Arbeit. Ich schrieb als erstes einem meiner wenigen Freunde, die ich im Umkreis des verstorbenen Regenten hatte:

»Eine Neuigkeit, die den Herrscher Nur ed-Din betrifft, ist vom verfluchten Feind zu uns gedrungen. Sollte sie sich als richtig erweisen, wovor Gott uns bewahren möge, dann wird man vor allem verhindern müssen, daß Zwietracht in den Herzen Einzug hält und Unvernunft in den Köpfen regiert, denn das würde einzig und allein dem Feind nutzen.«

Schon bald erreichte mich eine offizielle Bestätigung der Tragödie. So richtete ich eine Botschaft an den jungen König, um ihm mein Beileid auszusprechen und ihn zu seinem Regierungsantritt zu beglückwünschen. Ich schwor ihm Treue und fügte zum Beweis einige Goldmünzen hinzu, die sein Porträt trugen, während ich in allen Moscheen Kairos die »khotba« in seinem Namen sprechen ließ. Geduldig widmete ich mich weiterhin den Geschäften in meinem Land, und meine Spitzel in der syrischen Hauptstadt informierten mich von Stunde zu Stunde darüber, was dort passierte. Unsere Taubenpost funktionierte wunderbar. Nur ed-Din hatte noch vor seinem Tod deren Stationen um ein Vielfaches vermehrt, und allein in der Stadt Kairo besaßen wir zweitausend davon.

Auf diese Weise erfuhr ich, daß sich alle Emire von Damaskus um den Sohn ihres alten Herrn versammelt hatten, um ihm einen Hofmeister auszuwählen, Schams ed-Din ibn el-Muqaddam. Dieser beschränkte und schwache Politiker hatte als Führer der Armee unter anderem die Funktion eines Kommandanten und sollte das Königreich verwalten. Keiner dachte an mich bis zu dem Tag, an dem der Kadi aus Damaskus, den ich nur allzugut kannte, da ich mit ihm aneinandergeraten war, als ich »Shinah« war, sich an meine Existenz erinnerte, als er sagte:

»Wir dürfen Salah ed-Din nicht von unseren Beratungen ausschließen. Er könnte den Gehorsam vergessen, den er uns schuldet, und unser Verhalten als Argument gegen uns verwenden. Er ist der Stärkste von uns allen, denn er ist derzeit der Herrscher von Ägypten.«

Er warnte sie zu Recht. Unter all diesen Anwärtern, die sich gegenseitig wie Aasgeier beäugten, war nicht ein einziger, dessen

Regierungserfahrung an meine heranreichte, und vor allem keiner, der über meine Mittel verfügte: eine gefestigte, gutausgerüstete Armee, die meinen Vorstellungen von Disziplin entsprach. Im übrigen hatte ich mich in dem großen Militärlager Birkat-al-Jubb, nicht weit von Kairo, niedergelassen. Ich lebte mitten unter meinen Soldaten, für alle möglichen Ereignisse gerüstet. Ich wartete auf den günstigsten Zeitpunkt für den Einmarsch nach Syrien, hielt mich aber gleichzeitig zur Verteidigung meiner Küsten bereit. Die sizilianische Flotte war auf dem Meer unterwegs. Sie wußte nichts vom Ende der fatimidischen Verschwörung und nahm weiter Kurs auf Palästina. Wie würde Morri sich verhalten? – Ich stellte ihn mir vor, diesen großen Teufel mit seinem feurigen Haarschopf, unter dem er tausend Ränke schmiedete. Ohne sich um die Verstärkung zu kümmern, die zu ihm unterwegs war, schlug er die Route nach Damaskus ein und griff Banias an, das Nur ed-Din ihm zehn Jahre zuvor abgenommen hatte. Der erste unter den Wölfen begann seine Jagd.

Bis ins Mark getroffen, trommelte ich meine Truppen zusammen und brach in die Wüste auf. Unterdessen eilte El-Muqaddam den Franken entgegen und schlug ihnen einen Waffenstillstand vor. Seine Armee war unfähig, den Eindringling zurückzuschlagen. Um seine Waffen nicht ziehen zu müssen, setzte er sein Geld ein, und Morri zog sich zurück, nur allzufroh über diese Gelegenheit, seine Kassen aufzufüllen und einige Gefangene auszulösen. Lieber Frieden mit den Ungläubigen als den Krieg! Ich hatte Fakus erreicht, das vier Tagesmärsche von Ägypten entfernt lag, als diese Nachricht zu mir gelangte. Außer mir vor Wut, rief ich Al Fadil zu mir:

»Schreib«, befahl ich ihm, »an El-Muqaddam und alle hirnlosen syrischen Emire!

›Ich habe soeben von dem Vertragsabschluß mit den Franken erfahren. Er bindet nur die Herrscher von Aleppo und Damaskus, da die anderen Fürsten nicht zugegen waren. Dennoch, die Christen sind unser gemeinsamer Feind. Man hat zu diesem verbrecherischen Akt das Vermögen eingesetzt, das der Durchsetzung des göttlichen Gesetzes und dem

Wohl unserer Unternehmung dienen sollte. Das ist ein Verbrechen gegen Allah, gegen seinen Propheten und gegen alle rechtschaffenen Menschen.

*Für den Augenblick harren wir hier noch entschlußlos aus, da wir nicht wissen, ob wir vorrücken oder zurückweichen sollen. Wenn wir weitermarschieren, setzen wir uns Verdächtigungen aus, die wir nicht erregen wollen. Verhalten wir uns untätig, so werden die Christen des Landes, die von dem Vertrag nicht berührt sind**, dazu ermutigt, weitere muslimische Gebiete zu erobern. Unsere Armee aufzulösen, würde es erschweren, sie später an einem Ort zu konzentrieren. Es schien uns deshalb ratsam, Seine Exzellenz und die Emire vor den ernsthaften Gefahren zu warnen, die jene Intrigen in der gegenwärtigen Lage darstellen. Denn der Feind steuert sein Ziel an, ohne auch nur eine Unachtsamkeit zu begehen. Seine Hartnäckigkeit schwindet nicht. Er ist ein Löwe, der seine Beute nicht entkommen läßt und dessen Jagdeifer niemals erlahmt.*

Wenn die muslimische Nation doch endlich in Zorn geriete! Dann hielte sie bis zum Ende durch, vor allem, wenn wir in Allahs Namen Krieg führten. Folglich lehnen wir es ab, unsere Armee auseinanderzureißen, denn der Feind fiele sonst in unser Gebiet ein, dank des Geldes, das Ihr ihm gezahlt habt. Wenn er jedoch erfahren wird, daß unsere Banner gehißt bleiben, wird er es nicht wagen, etwas zu unternehmen.‹«

Ich wandte mich an Issa al Hakari:

»Wie denkst du darüber?«

»Ich höre tief unten aus Nur ed-Dins Grab Schreie des Entsetzens. El-Muqaddam macht es nicht besser als Sultan Abak. Er verrät den Islam.«

»Es wird Zeit, daß wir mit unserer Untergrundarbeit beginnen. Wir werden Scharaf ed-Din und seine Anhängerschaft benachrichtigen.«

Bei seinem Aufenthalt in Kairo hatte der Sohn des verehrten

* Die Fürstentümer Antiochia und Tripolis. Der Vertrag betraf nur Jerusalem.

Abi Asrun mich dazu bewogen, einige Übungen wiederaufzunehmen, die ich bereits früher in Damaskus und besonders in Aleppo praktiziert hatte, um zum Licht des Allerhöchsten aufzusteigen.

»Verliere nie das Vertrauen!« pflegte er zu sagen. »Lausche der Stimme Gottes! Die Seele ist der Geist. Nachdem er unseren Körper ersonnen hatte, hauchte der Einzige jedem einzelnen von uns seinen Geist ein. Gehe in dich und lausche deiner Seele!«

Ich hatte ihm meine Vision und den Sinn, den ich daraus hergeleitet hatte, anvertraut, aber auch meine Ängste hinsichtlich der Verwirklichung dieser Mission, die in meinen Augen meine Kräfte zu übersteigen schien. Unsere Unterhaltung kreiste oft um Jerusalem und den Plan eines »Heiligen Krieges«, aber auch um Nur ed-Din mit seiner gutgeführten Propaganda. Gab er nicht ein nachahmenswertes Beispiel ab? Und wir waren übereingekommen, daß wir den Namen Allahs deutlich auf unsere Fahnen schreiben müßten, um alle muslimischen Völker zu vereinen. Der Sultan war verschwunden, doch ich sah, daß er mir seine Fackel reichte.

»Worauf wartest du noch, Yussuf?« wisperte eine schwache Stimme tief in meinem Inneren.

Ich schrieb meinem Verbündeten auf dem »Weg« in eigentümlichen Wendungen. Er allein würde den Sinn dieser Botschaft verstehen:

»Cheikh Scharaf ed-Din besitzt mehr als jeder andere die Fähigkeit, seinen Worten freien Lauf zu lassen, die dazu aufrufen, das Schwert zu ziehen oder es wieder in die Scheide zu stecken. Möge er für die Sache Allahs eine Begeisterung entfesseln, die den Zauber der Feinde und der Rebellen erstickt! Schon schickt sich die Morgenröte an, ihren morgendlichen Schleier zu zerreißen, aber noch funkeln die Plejaden wie Juwelen in den Falten eines reichverzierten Wehrgehänges. Diese Nacht wird dem Licht des Tages weichen. Möge Allah die Wünsche des ›cheikhs‹ erhören und seine edlen Hoffnungen verwirklichen!«

Mit diesen Zeilen bewegte ich ihn dazu, zur Tat zu schreiten. Wie mein Vater es auf Schirkuhs Verlangen getan hatte, würde er »die

Frucht von innen aushöhlen« und die Menschen geistig auf die edle Sache vorbereiten. Ich hatte mir gut überlegt, welche Entscheidung ich zu treffen hatte. Ich war in einer heiklen Lage und wartete mit Ungeduld darauf, tätig werden zu können. Dazu boten sich mehrere Möglichkeiten: Sollte ich die Franken allein angreifen? Das war mit dieser Flotte zu gewagt, die, den Winden preisgegeben, umhersegelte. Sollte ich den Heiligen Krieg von Ägypten aus proklamieren? Syrien war ein besseres Sprungbrett, um einen allgemeinen Appell zu verkünden, doch ich konnte dort nicht gewaltsam eindringen. Ich hörte bereits das gehässige Geschrei und die Beschimpfungen der Bevölkerung. Das Bild der bedrohlichen Menge vor den Mauern von Baalbek haftete mir noch immer im Gedächtnis. Ebenso wenig hatte ich vergessen, wie Nur ed-Din Damaskus erobert hatte: mit Sanftmut, umjubelt von allen Einwohnern, die ihren »Retter«, ihren »Erlöser« begrüßten. Seit damals hatten sich die Syrer nicht geändert, und ich mußte es meinem verstorbenen Herrn nur nachtun.

Es war also das beste, in meinem Land abzuwarten, bis der junge Malik Salih mich zu Hilfe rufen würde. Und das konnte nicht mehr lange dauern. Der Herrscher von Mosul, sein Vetter Saif ed-Din, hatte von dem Tod des Sultans von Syrien erfahren, als er auf dessen Veranlassung gerade auf dem Weg nach Damaskus war. Ohne zu zögern, überfiel er die Gezira und nahm sich so zurück, was Nur ed-Din ihm kurze Zeit zuvor entrissen hatte. Die Jagd ging weiter. An den Ufern des Euphrats betrat ein zweiter Wolf die Szene. Würde er nach Syrien vorrücken? Das böte mir eine wunderbare Gelegenheit zur Intervention! Nicht als Eroberer, sondern als Verteidiger mit der Absicht, dem neuen Herrn zu helfen, seine Gebiete zu behalten. Unterdessen rissen die Intrigen nicht ab, mit denen seine Emire sich gegenseitig zerfleischten. Ich schickte ihnen voller Empörung diesen Brief:

»Ihr wißt, daß Nur ed-Din mir die Regierungsgeschäfte in Ägypten anvertraut hat. Er hätte einen aus Eurer Mitte dazu erwählt, wenn jemand dessen würdiger als ich gewesen wäre. Und hätte der Tod ihn

nicht so früh dahingerafft, hätte er mir die Vormundschaft über seinen Sohn und die Verwaltung seines Reiches übertragen. Nun sehe ich aber, daß Ihr Euch aufführt, als wäret Ihr die einzigen Diener meines Herrn und seines Erben, und daß Ihr versucht, mich auszuschließen. Aber ich werde dem jungen Sultan bald meine Ehre erweisen und Euch wie rebellierende Untertanen behandeln, die im Staat Unruhe säen, statt ihn zu verteidigen. Jeder einzelne von Euch wird wegen seines Fehlverhaltens bestraft werden.«

Der aggressive Ton dieser Botschaft stachelte die unerträglichen Emire auf. Sie bäumten sich in ihrem Ungehorsam auf, und nach und nach erklärten die ehemaligen Vasallen ihre Unabhängigkeit. Die letzten Wölfe nahmen Witterung auf.

Durch den christlichen Angriff, der immer noch drohend über uns schwebte, zur Untätigkeit verdammt, fluchte ich in meinem Lager in Fakus vor mich hin, während das große Syrien allmählich auseinanderbröckelte. Unter der sengenden Sonne des Monats Dulheggia ging das Jahr 569 zu Ende, da wurde uns plötzlich der Tod des Frankenkönigs mitgeteilt. Eine Depesche aus Daron war eingetroffen, die uns darüber informierte, daß er, an der Ruhr erkrankt, aus Banias zurückgekommen sei und am 5. des laufenden Monats verschieden sei. Meine Freude kannte keine Grenzen, und ich rief:

»Allah möge ihn verfluchen! Möge er ihn zu Qualen verdammen, die seinem Namen entsprechen*! Möge er ihn in das lodernde Feuer werfen, das den elenden Sündern vorbehalten ist!«

Diese Wendung des Schicksals löste meine Probleme in jenem Teil des Landes. Der neue König von Jerusalem, Badauin**, war ebenfalls noch ziemlich jung: ein Knabe von dreizehn Jahren, der an einer verfluchten, unheilbaren Krankheit litt, der Lepra. Genau wie die Emire von Syrien machten die Feudalherren an seinem Hof sich bereits gegenseitig die Macht streitig und vergaßen darüber den Krieg. Und an der Grenze zu Kleinasien lähmte eine Thrombose

* Das arabische Wort »morr« bedeutet »bitter«.
** Balduin IV.

Brand, die sich an die Festungsmauern klammerten. Die demoralisierten Christen wichen zurück. Ein Angriff auf ihr Lager im Schutz der Dunkelheit besiegte ihre Ausdauer endgültig. Diejenigen, die dem Massaker entkamen, stürzten sich ins Meer, um zu erreichen, was von ihrer Flotte noch übrig war. Dann lichtete diese aufgelöste Armada, die so gerade noch in See stechen konnte, die Anker. Am ersten Tag des Muharram war alles vorbei. Die Belagerung hatte nicht einmal eine Woche gedauert, und wir hatten riesige Mengen aller möglichen Güter erbeutet: wertvolle Möbel, Waffen und Maschinen, wie wir sie nie zuvor besessen hatten.

Das Jahr 570 nahm einen guten Anfang, da Allah uns mit Geschenken beglückte. Meine Zufriedenheit war allerdings von kurzer Dauer. Eine Depesche aus Kairo ließ mich vor Wut erbleichen. Hinter meinem Rücken war in Oberägypten ein Aufstand losgebrochen. In gestrecktem Galopp kehrte ich dorthin zurück, um die Erklärungen meines Bruders El Adil anzuhören, der in meiner Abwesenheit die Zügel in der Hand hatte:

»Der Gouverneur von Assuan führt die Revolte an. Er hat Sudanesen rekrutiert und sich mit Anhängern der Fatimiden verbündet, die im Süden Zuflucht gesucht hatten. Es geht das Gerücht, daß auch Deserteure unserer Truppen beteiligt seien. Er verwüstet alles, was auf seinem Weg liegt. Er hat Thebais, Qous und Luxor erobert. Seine Armee vergrößert sich von Stadt zu Stadt, und er marschiert nach Norden auf Kairo zu.«

Meine Wut entfesselte sich wie ein Sturm.

»Vor zwei Jahren hat ausgerechnet er mich zu Hilfe gerufen, um die Nubier zu vernichten, und nun wagt er es, gegen mich anzutreten?«

Die Lage war ernst. Wir hatten es nun nicht mehr mit einem ungeordneten Haufen zeternder Meuterer zu tun, den man leicht auseinandertreiben konnte, sondern mit einem geschickten General, einem Kommandanten kriegserfahrener Truppen.

»Haltet diese Flut auf!« brüllte ich. »Sie wird ganz Ägypten verseuchen!«

Wenn die Sache mit Syrien nicht gewesen wäre, hätte ich mich selbst aufgemacht, diesem rebellischen Knecht den Kopf abzuschlagen. Nun vertraute ich diese Aufgabe meinem Bruder an. Ich gab ihm einige Emire mit, die ein großes Interesse daran haben mußten, sich für mich zu schlagen, wenn sie sich ihre Privilegien erhalten wollten. Die Aufständischen wurden unschädlich gemacht, gedemütigt und gefangengesetzt. Der Gouverneur und dreitausend Offiziere wurden öffentlich gekreuzigt. Wie Omara und seiner Bande hatte ich ihnen die Marter auferlegt, die Ketzern vorbehalten ist. Ich hatte in der Zwischenzeit entdeckt, daß auch sie die Franken herbeigerufen hatten. Und sie hatten Sinan, das mächtige Oberhaupt der syrischen »Assikkin«* gebeten, mir durch einen seiner Anhänger die Kehle durchschneiden zu lassen. In Anbetracht all dessen schien es mir, daß meine Strafe für diese »Verräterhunde« noch recht milde ausgefallen war.

Endlich durfte ich aufatmen. Die Ordnung war wiederhergestellt, und ich konnte mich ganz den Angelegenheiten Syriens widmen. In Damaskus herrschte ein völliges Durcheinander. König Salih war nicht mehr dort. Er hatte sich infolge einer Reihe von Intrigen wieder nach Aleppo begeben. In dieser Stadt regierte Ali ibn el-Dayeh, der ehemalige Wesir Nur ed-Dins, mit Unterstützung seiner drei Brüder. Als er den Fürsten von Mosul bis zum Euphrat vorrücken sah, packte ihn die Angst, dieser könne Aleppo an sich reißen. Er schickte deshalb seinen Eunuchen Gümüschtekin an der Spitze eines Truppenkorps mit dem Auftrag in die Hauptstadt, ihm den Sohn seines früheren Herrn herzuholen, der, wie El-Dayeh sich ausdrückte, bei ihm den Beruf des Königs erlernen sollte.

In der Umgebung von El-Muqaddam wurde diskutiert und gestritten. Seit Nur ed-Dins Tod flammte die alte Rivalität zwischen den beiden Städten wieder auf, und das stärker als je zuvor. Schließlich wurde entschieden, daß es für das Reich besser sei, wenn sich der König nach Aleppo begeben würde. Gümüschtekin machte sich also mit Malik Salih auf den Weg. Kaum am Ziel, setzte er den ehemaligen Wesir und dessen drei Brüder fest und warf sie ins

* Die Assassinen oder Ismaeliten. Eigentliche Wortbedeutung: die »Dolchträger«.

Gefängnis, stärkte der König an seiner Seite doch seine Position. Entsprechend den klassischen Gepflogenheiten ehrgeiziger Eunuchen tötete er einige Personen und ergriff die Macht mit der Ankündigung, daß er sich künftig um die Erziehung des jungen Königs kümmern werde.

In Damaskus berieten sich die bestürzten Emire und waren sich dieses eine Mal einig. Sie sagten sich:

»Wenn Gümüschtekin seine Macht in Aleppo erst gefestigt hat, wird er Malik Salih dazu benutzen, gegen uns zu marschieren, und uns dasselbe Los aufzwingen wie den Brüdern El-Dayeh.«

Sie riefen den Herrn von Mosul um Hilfe an, und um ihn besser zu ködern, boten sie ihm bedingungslos Damaskus an. Saif ed-Din war jedoch mißtrauisch und rührte sich nicht. Er glaubte an einen Hinterhalt: Man würde ihn in die Hauptstadt locken und sich gleichzeitig aus Aleppo Truppen kommen lassen, die ihm in den Rücken fallen und ihn vernichten würden. Er fand es viel geschickter, zu Gümüschtekin und seinem jungen Vetter überzuschwenken, und er schloß mit ihnen einen Friedensvertrag, der ihm erlaubte, das zu behalten, was er sich zurückerobert hatte.

El-Muqaddam und seine Anhängerschaft bebten vor Angst. Von nun an würde nichts die Koalition zwischen Aleppo und Mosul mehr daran hindern können, gegen sie zu marschieren. In ihrer großen Bedrängnis wandten sie sich an mich:

»Du bist unsere letzte Hoffnung!«

Ich brauchte keinen weiteren Anlaß, um in den Sattel zu springen.

Schamsa weinte. Unsere beiden Söhne hatten sich an sie geschmiegt und betrachteten mich verständnislos. Der Harem wimmerte, und meine Lieblingsfrauen zerkratzten sich die Wangen und streckten mir meine anderen Söhne wie Talismane entgegen, um ihrem Kummer Ausdruck zu geben. Ihr Herr brach zu einem schweren Kampf auf, und ihre Welt geriet vor Ungewißheit ins Schwanken. Sie witterten Fallen und Verrat. Sie fürchteten meinen

Tod, ängstigten sich aber auch davor, von mir verlassen zu werden. Denn wenn ich triumphieren sollte, würde ich dann wohl zurückkehren? Mir würden andere Paläste geschenkt werden und viele andere Frauen, die sich darauf verstünden, mich dazubehalten. Sie stellten mir tausend Fragen, auf die ich keine Antwort wußte, und nur mit Mühe konnte ich diesem Katzenjammer entfliehen. Meine Mutter, diese Insel der Ruhe und Weisheit, war auch jetzt nicht zu erschüttern:

»Sei ein guter Muslim, und alles wird gutgehen!« sagte sie zu mir. »Allah beschützt dich. Du bist Sein Schwert.«

Allah reichte mir die Hand, und der Hilferuf der Emire bot mir einen guten Anlaß einzugreifen, ohne daß man mir ehrgeizige Pläne vorwerfen konnte. Dennoch traf ich einige Vorsichtsmaßnahmen, um mein Ansehen nicht zu verlieren. Die syrische Bevölkerung war von Leuten mit bösen Absichten aufgewiegelt worden und schielte nun mißtrauisch auf meine Ankunft, bereit, den »Usurpator« zurückzuweisen. Aber ich wollte als »Retter« eintreffen, wie Nur ed-Din. Wenn ich erst einmal zur Stelle wäre, würde ich den Befehlen des Allmächtigen gehorchen und zum »Kämpfer für die Einheit« werden, und von Damaskus aus würde die Flut meiner Truppen mit der Unterstützung Ägyptens, das die notwendige Verstärkung liefern würde, ganz Jerusalem überschwemmen.

Statt einer großen Truppe, die Schrecken verbreitet hätte, nahm ich nur siebenhundert Kavalleristen mit auf den Weg. Und um mich besser verständlich zu machen, zog ich einige Maultiere hinter mir her, die mit Goldstücken beladen waren. Am Beginn des Rabia I (12. Oktober 1174) übertrug ich meinem Bruder El Adil das Kommando über Ägypten. Zu seiner Unterstützung ließ ich meinen Neffen Faruk-Schah zurück, der die Provinzen von Damietta und Alexandria verwalten sollte. Ich wählte die Route durch die Wüste. Die bestürzten Emire in Damaskus schmorten indessen in ihrer Angst. Sollten sie nur warten! Ich bestimmte die Spielregeln, und ich ließ mir Zeit. Ich machte einen Umweg über Aila, um auf der Durchreise unsere Festungen zu kontrollieren, die unsere Pilgerstraßen sicherten. Zehn Tage später erreichte ich eine Oase, die einige

Parasangen von der syrischen Hauptstadt entfernt war. Dort schlug ich meine Zelte auf. Cheikh Scharaf ed-Din ließ nicht lange auf sich warten. Er kam, um mir vom Gang der Ereignisse zu berichten.

»Unser Netz ist geknüpft«, bekräftigte er, »und wir beeinflussen die öffentliche Meinung mit gutinszenierter Propaganda.«

»Achtung!« sagte ich. »Ich bin nichts weiter als der Diener Allahs und Malik Salihs. Das ist es, was ihr verlauten lassen müßt!«

»Das Volk ist ausgehungert und von korrupten Herren unterdrückt. Ihm bleiben nur noch die Träume. Deshalb winken wir mit deinem Bild und beruhigen die Menschen mit unseren Reden. Schon keimt wieder Hoffnung in ihren Herzen. Du wirst schon bald ihre Rufe hören. Alle werden nach diesem ›Hüter der heiligen Gesetze‹ verlangen, dessen Lobreden wir singen.«

»Inschallah!« erwiderte ich mit einer Verbeugung.

»Bismillah al rahman al rahim«,* fuhr Scharaf ed-Din fort. »Die Morgenröte schickt sich an, ihren morgendlichen Schleier zu zerreißen. Diese Nacht wird dem Licht des Tages weichen.«

Ich brauchte also nur noch auf den richtigen Zeitpunkt zu warten, um mich vor den Stadtmauern zu präsentieren. Punkt für Punkt wiederholte ich, was Zengis Sohn 552 getan hatte, und mein Gefährte auf dem »Weg der Haqiqa«** würde es erreichen, daß mir die Stadttore geöffnet würden, wie mein Vater bewirkt hatte, daß sie vor Nur ed-Din aufsprangen.

Tag um Tag sah ich alle möglichen Leute unter meiner Fahne zusammenströmen: meinen Vetter Nasir ed-Din, Schirkuhs Sohn, den Sohn Moïneddin-Unurs, den Pächter meines Vaters, Emire, Soldaten, Türken, Kurden, Beduinen … Anfangs betrachtete man meine geringe Zahl von Kavalleristen mit Skepsis und zögerte, sich auf meine Seite zu schlagen.

»Wenn die Garnison euch vor den Mauern festsetzt«, meinte man, »werden die Landbewohner nur eine Stunde brauchen, um euch zu vernichten.«

* Im Namen des gütigen und barmherzigen Gottes.
** »Der Weg zur Wahrheit«, der »Weg« der Sufisten.

»Aber solltet Ihr Geld haben, wird sich alles finden«, bemerkte ein Emir.

Al Fadil verkündete vergnügt:

»Wir haben eine ganze Menge davon, fünfzigtausend Dinare!«

Der Emir wurde bleich:

»Ihr seid verloren! Und uns habt ihr ruiniert!« sagte er.

Da griff ich ein, indem ich an die ersten Schlachten unseres Propheten erinnerte:

»Mohammed hatte weniger Krieger, als er die Koraischiten in Mekka angriff. Gott ist mit uns. Und wir vollstrecken seine Befehle.«

Niemand wußte wirklich, was wir besaßen. Das Geld zerrann mir zwischen den Fingern wie das Wasser eines Sturzbachs. Doch man glaubte an mein Glück, und die Aussicht auf Belohnung wirkte zu meinen Gunsten. Nach und nach vergrößerte sich meine Truppe so sehr, daß ich mich nicht mehr davor fürchtete, unterwegs auf die syrische Armee zu stoßen. Am Ende des Rabia (27. Oktober 1174) näherte ich mich endlich jener Stadt der zweihundertfünfzig Moscheen, die mich, eingehüllt in ihre gold- und rosafarbenen Schleier, zitternd erwartete und die ich in Besitz nehmen würde, um meinen »Dschihad« zu gewinnen.

Es war, als hielte das Licht in der Finsternis Einzug, als wir Damaskus betraten.

Das Volk drängte sich um uns, und wenn wir nicht zu ihm gekommen wären, so wäre es zu uns gekommen. Nur die Zitadelle leistete Widerstand. Dort hatte sich der Gouverneur mit seiner Garnison verschanzt. Ich ließ ihn von einem Meer aus Stahl umstellen und näherte mich mit den Rufen:

»Öffne uns und ergib dich! Wir werden Malik Salih gemeinsam dienen.«

Er gab seinen Widerstand auf und nahm das Verhandlungsergebnis an. Es erfolgte keine Plünderung, und auch die Frauen, die hinter den dicken Mauern versammelt waren, wurden verschont. Ich war kein Eindringling. Niemand zog das Schwert, und es gab kein Blutvergießen. Ich zog mit einem großen Gefolge zur Moschee der Omajaden. Die Festungsanlagen, das Arsenal und der Staatsschatz befanden sich in meiner Gewalt, eine begeisterte Menge folgte mir, und es war mein erstes Anliegen, dem Allerhöchsten dafür zu danken, daß er mir geholfen hatte, diese erste Hürde auf dem Weg nach Jerusalem zu überwinden.

Ich hatte den Punkt erreicht, von dem meine Mission ihren Ausgang nehmen sollte. Nun galt es noch, die Emire dazu zu bewegen, in meine Richtung zu marschieren. Sie waren habgierig und beschränkt; ihre steifen Bücklinge pflegten sie durch gehässige Bemerkungen aufzulockern, die in Gemurmel untergingen. Ich machte keine Umschweife und zwang sie zum Gehorsam. Was hatten sie aus dieser wunderbaren Stadt, dem Sonnenstrahl des Orients, gemacht? Gar nichts! Die Bevölkerung wurde schlecht behandelt, die Löhne wurden nicht bezahlt, der Sold der Armee war abgeschafft. Alles war ungesetzlich und korrumpiert. Überall herrschte Anarchie. Ich war entsetzt. Die vorbildliche Verwaltung meines Vaters war in Vergessenheit geraten, so daß Nur ed-Din sich im Grabe umdrehen mußte. Es war an der Zeit, mit soviel Unordnung aufzuräumen.

Ich begann damit, die gesamten, in der Zitadelle angehäuften Reichtümer an die Soldaten und Bewohner zu verteilen. Solche Freigebigkeit überraschte sie, und sie nannten mich ihren »Vater«, ihren »Befreier«. Wie in Ägypten hob ich die »moukous« auf, änderte aber nichts an der Regierungsform. Ich handelte als Statthalter Malik Salihs und versäumte nicht, diesem ein Schreiben zu senden, um ihm erneut meine Ergebenheit zu beteuern. Die »khotba« wurde in seinem Namen gesprochen, die Geldstücke mit seinem Porträt geprägt, und ich versicherte ohne Unterlaß, daß ich ihm gegen die Übergriffe des Herrschers von Mosul und der Franken zu Diensten sein würde.

Der junge Herr verhielt sich in der Zitadelle von Aleppo, umgeben von seinen Beratern, ganz still und schien mich nicht zur Kenntnis zu nehmen. War er der Gefangene seiner Minister, oder hatte er Angst vor mir? In der unerschütterlichen Gewißheit, es sei mein gutes Recht, setzte ich die Regierungsgeschäfte fort, ohne ihn um seine Meinung zu fragen, wobei ich bekräftigte, daß mein

Wille der seine sei. Das konnte nicht lange gutgehen. So schickte er mir schließlich eine Gesandtschaft. Emir Cotb ed-Din Inal führte sie an. Er gehörte zu denen, die Schirkuh nach Kairo gefolgt waren und sich nach seinem Tod von mir abgewandt hatten. Seit jener Zeit hatte sich seine Gesinnung nicht verändert. Ich konnte das gleich feststellen, als er in meinem »Diwan« erschien. Er fegte wie ein Sturmwind zur Tür herein, marschierte auf mich zu und zog dabei das Schwert, was seine Begleiter ihm sogleich nachtaten. Rund um mich herum zielten Klingen auf meine Brust, als er brüllte:

»Diese Schwerter haben dir das Königreich Ägypten gegeben. Wirst du dich wohl zurückziehen?«

Ich bewahrte meine Ruhe, hielt meine Leibwachen zurück und antwortete:

»Es wäre besser, Ihr würdet an meine guten Absichten glauben und eure Truppen mit meinen vereinen. Ich bin gekommen, den Islam zu verteidigen und den Thron Malik Salihs zu festigen.«

»Du gehst zu weit, Yussuf«, begann Inal wieder. »Du bist nur ein Diener Nur ed-Dins, und jetzt willst du die Macht für dich allein. Mach dir keine Illusionen! Wir haben dich aus dem Nichts geholt, und wir werden es schaffen, dich wieder dorthin zurückzustoßen! Geh dahin zurück, wo du herkommst!«

Mit flatternden Ärmeln steckte er sein Schwert zurück und warf mir einen letzten, vernichtenden Blick zu. Aleppo hatte mir somit seine Position verdeutlicht. Man sah in mir nur einen Aggressor, einen Verräter an der Familie Nur ed-Dins, meines Wohltäters. Auch ihre Verbündeten in Mosul hatten keine bessere Bezeichnung für mich. Dort sprach man nur vom »tollwütigen Hund, der seinen Herrn anbellt«. Ich war für alle der Feind, den es niederzumachen galt. Sie würden mich schon noch bezwingen!

Mit Allahs Hilfe würden sie mir eines Tages schließlich doch gehorchen. Denn zur Eroberung von Jerusalem brauchte ich ebenso ein geeintes Syrien wie eine Allianz mit den benachbarten arabischen Mächten. Fortan quälte mich in den Nächten ein Traum, immer derselbe, der hartnäckig wiederkehrte und zur Obsession wurde: ein endloses Meer von Lanzen in einer Wolke goldenen

Staubs, der in Bündeln zur Sonne aufstieg. Koste es, was es wolle, ich mußte all meine muslimischen Brüder vereinen, wenn nötig, mit Gewalt. Und um meine Stellung zu behaupten, sah ich nur eine Lösung, den Angriff! Der Gedanke mißfiel mir keineswegs. Ich hatte glänzende Eroberungen nötig, um mein Ansehen zu wahren. Noch schwankte meine Popularität, und die Verleumdungen aus Aleppo würden mir möglicherweise zum Verhängnis werden, wenn ich ihnen nichts entgegensetzte. Aber man braucht ein gutregiertes Land, wenn man sich in den Krieg stürzen will, wie mein Vater zu sagen pflegte. So nahm ich mir einige Tage Zeit, um die fehlerhafte Verwaltung neu zu organisieren und die Gesetze unseres Korans wieder in Kraft zu setzen, während meine Spitzel bei den »Kreuzträgern« mich über deren Aktivitäten informierten. Von jener Seite hatte ich nichts zu befürchten. Sie hatten den Thron ihres kranken Königs fest im Blick und dachten nicht mehr daran, sich über ihre Grenzen auszudehnen. Ich hatte Zeit, mir mein »Halib«* einzuverleiben.

Ich übertrug meinem Bruder Toghtekin das gesamte Kommando und beauftragte ihn, darüber zu wachen, daß alles seinen geregelten Gang ging. An der Spitze eines kleinen Heeres brach ich zum Melken der Kuh auf, wobei ich die Taktik der Isolierung verfolgte. Nach und nach unterwarf ich jene Fürstentümer der Vasallen, die nördlich der Hauptstadt lagen. Ich begann mit Homs, das früher Schirkuhs Lehen gewesen war. Nach dem Tod meines Onkels hatte Nur ed-Din es zurückgenommen, um es einem seiner Mameluken zu schenken, der nun ein Vasall Malik Salihs war. Als die Einwohner sahen, daß der Tod seine Hand nach ihnen ausstreckte, ergaben sie sich unverzüglich. Die Zitadelle bot Widerstand, aber ich hielt mich nicht damit auf. Ich ließ ein Truppenkorps zurück und zog weiter nach Hama. Aus allen Richtungen hatte ich Zulauf von Männern, die an meiner Seite kämpfen wollten. Meine Standarte, die in der Farbe der Sonne leuchtete, zog sie wie die Fliegen an. Ich gab mich keinen Illusionen hin. Der Anreiz durch die Beute

* Arabische Bezeichnung für die Stadt Aleppo; wörtlich bedeutet »halib« »Milch«.

motivierte sie weit mehr als die Ehre, mir zu folgen. Es war im ganzen Land bekannt, daß ich den Erlös meiner Feldzüge an meine Soldaten weitergab und daß ich ein unermüdlicher Krieger war.

Ich schlug mein Lager einige Meilen vor der Stadt am Ufer des Orontes auf. Da traf eine Delegation ein, die mich sprechen wollte. An ihrer Spitze erkannte ich Dschurdik, meinen ehemaligen Gefährten des Ägyptenfeldzugs, der mich im Stich gelassen hatte, nachdem er bei der Ermordung von Schawar mein Komplize gewesen war. Nach den üblichen Begrüßungsworten empfing ich ihn in meinem Zelt.

»Wie weit willst du denn gehen, Yussuf?« fragte er mich. »Deine Gefräßigkeit überschreitet alle Grenzen.«

»Der Wille Allahs kennt keine Grenzen«, antwortete ich.

»Und was wird aus deiner Loyalität? Du verdankst dein Glück Nur ed-Din. Bewahre ihm wenigstens ein ehrenvolles Andenken, und respektiere die Gebiete seines Sohnes! Beraube nicht einen nach dem anderen von uns!«

»Wie kannst du mir so niederträchtige Motive unterstellen? Du kennst meine Gesinnung und meine Selbstlosigkeit besser als jeder andere. Du weißt besser als jeder andere, daß ich die Stellung, die ich innehabe, keineswegs angestrebt habe. Und wenn ich Schawar getötet habe, so nicht in der Absicht, seinen Platz einzunehmen, sondern um Treulosigkeit und Heuchelei auszurotten. Er war ein Ketzer, und er ist wie ein Hund verendet!«

Meine Diener brachten Tabletts voller Früchte, Rosenkonfitüre und Minztee. Schweigend lauschten wir dem Geräusch, mit dem sich die heiße Flüssigkeit in die Trinkschalen aus farbigem Glas ergoß.

»Wann wird dein Machthunger endlich gestillt sein?« begann Dschurdik wieder.

Starr vor Feindseligkeit wirkte er nun nur noch wie ein gehetzter Wolf. Vor Verwirrung schlug er die Augen nieder, und in seiner geistigen Beschränktheit klammerte er sich an seine Pflicht, die stärker war als die Freundschaft, die uns verbunden hatte. Ich ließ mein Herz sprechen und konnte die richtigen Worte finden, um ihn zu überzeugen:

»Vor allem sind wir Allahs Diener«, sagte ich zu ihm. »Und wenn wir uns vornehmen, seine Familie zu einen, um die Ungläubigen zu vertreiben, so bedeutet das keinen Verrat an unserem ehemaligen Herrn. Erinnere dich nur! Nur ed-Din hegte genau wie sein Vater, der große Zengi, nur den einen Wunsch: die »ketzerischen Trinitarier« zurückzudrängen und unsere Heilige Stadt zurückzuerobern. Aus diesem Grund haben wir Ägypten erobert. Ich bin weder ehrgeizig noch raffgierig. Ich will nur die Einheit unserer Völker zum Ruhme des Islam. Bismillah al rahman al rahim.«

Er kniete neben mir nieder und fiel in unsere Gebete ein, die uns den Schlaf ersetzten. Der Reihe nach sprachen die »fuqaha« und die »Sufimeister« die heiligen Texte.

»Gottes Zorn muß euch erzittern lassen«, rezitierte Scharaf ed-Din. »Denn zu Ihm werdet Ihr zurückkehren ... Er kennt alles, was im Himmel und auf Erden existiert, weil nichts seiner Allmacht Grenzen setzt.« *

»Kämpft für den Glauben!« sagte Issa al Hakari darauf. »Dann werdet Ihr für euch selbst arbeiten. Ermutigt die Gläubigen! Der Arm des Allerhöchsten kann den kriegerischen Eifer der Untreuen erlahmen lassen. Er ist stärker als sie, und seine Strafen sind schrecklicher.«**

Da Dschurdik nun von meinen edlen Absichten und meiner Mission überzeugt war, lieferte er mir am Morgen Hama aus und galoppierte zu Malik Salih, um den Versuch zu unternehmen, einen Frieden auszuhandeln.

Am folgenden Tag erfuhr ich, daß man ihn festgenommen und ins Gefängnis geworfen hatte. Unverzüglich hob ich das Lager auf. Am dritten des Jamada II (8. Dezember 1174) trafen wir vor den Mauern von Aleppo ein. Die Stahltore wurden vor unseren Augen geschlossen.

Die Berge waren bereits schneebedeckt. Der Fluß war zugefroren. Ein eisiger Wind ließ unseren Atem gefrieren. Die Feuer wärm-

* Koran, Sure III, Vers 27.
** Koran, Sure IV, Vers 86.

ten uns kaum, doch abgehärtet, wie wir waren, hatten wir nur den Sieg im Sinn. Vor mir lag der Schlüssel zu Nordsyrien: eine unzugängliche Stadt, jederzeit in Wehrbereitschaft durch ihre Zitadelle, die sich an einen Hügel kauerte und dem Ort als Wahrzeichen diente. Antiochia war nicht weit. Die Franken hatten an ihren Grenzen viele Festungen erbaut. Sie fielen oft in dieses Gebiet ein, und die Bevölkerung hatte gelernt, sich zu wehren.

Ich ließ unsere Zelte aufschlagen und kündigte an, daß ich kommen werde, Malik Salih von seinen schlechten Ratgebern zu befreien. Mit dem Lärm meiner Soldaten, die bereits ihre Säbel wetzten, brach schlagartig Panik aus. Die Frauen rannten aus den Harems und verstopften die Straßen. Ihre schrillen Schreie, mit denen sie die bevorstehende Vernichtung und schlimmste Greueltaten beklagten, gellten in unseren Ohren. Man flehte uns um Erbarmen an und sprach davon, sich zu ergeben. Während wir unsere Belagerungsmaschinen in Stellung brachten, beratschlagten die Minister weiter. Ich ließ ihnen acht Tage Zeit, die ich nutzte, um meine Truppe zu inspizieren, die Ausrüstung zu überprüfen und die Belagerungstaktik auszufeilen, acht Tage, in denen ich den stumpfen Teil meiner Klinge bearbeitete, statt die Schneide zu benutzen. Wie die Ratten verließen die Deserteure die Stadt und flüchteten sich in unsere Reihen.

»Die Emire diskutieren und erteilen keine Befehle«, berichteten sie. »Wie sollte es möglich sein, daß sie sich gegen jemanden zur Wehr setzen, der Damaskus eingenommen hat, ohne sein Schwert zu ziehen? Unser Vertrauen ist erschöpft.«

Ich glaubte, daß die Stadt sich dieser Bewegung anschließen und sich schon bald ergeben würde. Plötzlich sprangen die Stahltore weit auf. Wie ein Sturzbach, der seine Deiche durchbricht, stürzten sich die Einwohner, umringt von den Offizieren der Garnison, mit Gebrüll auf uns, zerstörten unsere Maschinen und verwüsteten unser Lager. Mir blieb gerade noch Zeit, mich auf eine Anhöhe zurückzuziehen, und nur mit Mühen konnte ich meine Truppen wieder einsammeln, die Reißaus nahmen, während Malik Salih triumphierte. Denn er war es, ein Junge von zwölf Jahren, der diesen Angriff der Bevölkerung entfesselt hatte. Er hatte seinen Gouverneur Gümüschtekin bei seinen komplizierten Analysen zurückgelassen, sich sein Pferd gegriffen und die Zitadelle verlassen, um sich an seine Untertanen zu wenden, die bereits ihre Bündel schnürten. Er erklärte ihnen:

»Ihr mutigen Bürger, die mein Vater so innig liebte, habt Mitleid mit seinem unglücklichen Sohn, einem Waisenkind, eurem König, der euch um Hilfe anfleht! Ein Verräter, den Nur ed-Din aus dem Staub aufgelesen hat, um ihn zu höchsten Ehren emporzuheben, hat meine Staaten und meinen Thron usurpiert. Heute will er mir die einzige Zuflucht nehmen, die mir noch geblieben ist. Dieser Ruhmessüchtige verfolgt mich, um mir einen grausamen Tod zu bereiten. Ihr seid meine einzige Hoffnung! Verteidigt mich! Liefert euren Herrscher nicht selbst in die Hände eines Barbaren!«

Nach diesen Worten war er in Schluchzen ausgebrochen, und das empörte Volk hatte Rache geschworen. Ich hatte meinen Gegner falsch eingeschätzt, und das mußte ich nun teuer bezahlen.

Bis zum äußersten aufgestachelt, organisierte ich meinen Gegenschlag und ging erneut zum Angriff über. Aleppo leistete Widerstand, doch wir ließen nicht von seinen Mauern ab, und Gümüschtekin wußte nur noch ein Mittel, das uns vertreiben konnte, nämlich mich auszuschalten. Während ich im Kreis meiner Offiziere meine Mittagsmahlzeit einnahm, wurden wir von Männern überfallen, die mit Messern bewaffnet waren. Es waren dreizehn, und sie kämpften wie die Löwen. Daß ich mit dem Leben davonkam, hatte ich nur meinen Mameluken zu verdanken, die sich zum Schutz über mich warfen. Mehrere von ihnen wurden verletzt und einer getötet. Aber alle Angreifer wurden überwältigt und enthauptet. Raschid ed-Din Sinan, der Anführer der Ismaeliten Syriens, hatte sie auf Bitten des Gouverneurs von Aleppo geschickt, der es bei diesem gescheiterten Versuch nicht bewenden ließ.

Ich hatte den Schock über diese Gewalttaten noch nicht überwunden, als ein Kurier mir ankündigte:

»Die Franken stehen in Homs. Sie greifen unsere Truppen vor den Toren der Zitadelle an.«

»Hebt das Lager auf!« brüllte ich sogleich.

Sollte der Feind jenen Ort erobern, würde er mir meinen Rückzug nach Damaskus abschneiden, ganz zu schweigen davon, daß er mich als nächstes von hinten angreifen würde. Einige Tage später traf ich in Hama ein und stellte mich nah bei einem strategisch günstigen Punkt, einer Steinbrücke über den Orontes, auf. Ich entsandte einen Spähtrupp, und die Aufklärer machten mir Mitteilung, daß die Streitkräfte der Christen dem Kommando des Grafen Raimund, einem Nachkommen von Sandjyl*, unterstanden. Dieser Fürst, der wegen seines Wagemuts und seiner Listigkeit bekannt war, war Nur ed-Din in die Hände gefallen, als ich mit Schirkuh in Bilbeis eingekesselt war. Seit zwei Jahren war er wieder auf freiem Fuße, nachdem er ein hohes Lösegeld gezahlt hatte. Nun regierte er als Lehnsherr in Tripolis. Sein Territorium grenzte an Aleppo, und ich vermutete, daß Gümüschtekin ihn gebeten hatte, Homs anzugreifen, in der Absicht, mir in den Rücken zu fallen und mich zu vernichten. Auch die Franken sahen in mir den Mann, der ausgeschaltet werden mußte.

Ich stellte meine Armee in Schlachtordnung auf und rückte gegen ihre Linien vor. Sie wichen zurück und verschwanden hinter den Hügeln. Ich wartete, da ich mit einem Hinterhalt rechnete. Aber die Tage vergingen, und die Kämme blieben leer. Am 21. Shaaban (16. März 1175) betrat ich Homs und nahm diese unbezwingbare Festung ein, über der sich die Wolken türmten, als trüge sie einen Turban. Meine Standarte flatterte im Wind. Endlich war uns das Glück hold, und dieser Erfolg hob die Moral meiner Truppen. Die Begeisterung ließ ihren Eifer um das Zehnfache wachsen. Ich führte sie unverzüglich nach Baalbek, das sich schon ergab, noch bevor wir die riesigen Festungsanlagen erreicht hatten, da unser Geschrei es in Angst und Schrecken versetzt hatte. Dieser zweite Sieg vollendete mein Einkesselungsmanöver. Aleppo war nun isoliert, und künftig würde mir nichts mehr die Möglichkeit zum Rückzug nach Damaskus nehmen. Nun war der Weg zu einem

* Sankt Gilles.

neuen Angriff frei. Ich kehrte nach Homs zurück und zählte meine Leute. Da erreichten mich verschiedene Meldungen. Weitere Schwierigkeiten standen bevor.

»Unzählige Heere sammeln sich«, berichteten die Kundschafter. »Die Armee von Mosul ist zu Aleppos Streitmacht hinzugestoßen.«

Die Erben Zengis verbündeten sich in der Absicht, mich von den Territorien ihres Großvaters zu verjagen. Seit langem befürchtete ich diese Reaktion, und ich verfluchte mich, weil ich meine Belagerung nicht zum Erfolg geführt hatte. Dennoch hatte ich zu meinen Gunsten einige Vorsichtsmaßnahmen getroffen. Nur ed-Din hatte einen Fehler begangen, als er sich nach Mosul begeben hatte, um die Nachfolge seines Bruders Cotb ed-Din zu regeln. Durch eine Reihe von Palastintrigen war der älteste Erbe, Imad ed-Din, zum Vorteil des Jüngsten, Saif ed-Din Ghazi, der nun in Mosul herrschte, in das Fürstentum Sindschar im Norden der Gezira abgeschoben worden. Ich hatte die Gelegenheit ergriffen, die dieser Zwist bot, und Imad ed-Din durch das Versprechen, ihn wieder in seine Rechte einzusetzen, auf meine Seite gezogen. Er hatte sich, ohne zu zögern, mit mir verbündet. Saif ed-Din hatte sich damals damit begnügt, darüber zu murren. Aber als sein junger Vetter ihn um Unterstützung bat, hatte er seinen älteren Bruder aufgefordert, sich ihm anzuschließen. Imad ed-Din hatte sich geweigert. Wutentbrannt war der Herrscher von Mosul nach Sindschar aufgebrochen, um seinen großen Bruder eines Besseren zu belehren, während der überwiegende Teil seiner Truppen unter der Führung seines jungen Bruders Mas'ud aufbrach, um nördlich von Aleppo das Heer von Malik Salih zu unterstützen.

Ich zählte in meinem Lager in Homs die Hiebe. Statt über mich herzufallen, würden die beiden Fürsten Mesopotamiens sich gegenseitig zerreißen. Meine List war erfolgreich. Unterdessen überschritten Kontingente von Turkmenen, die mit Säbeln bewaffnet waren, meine Linien. Meine Neffen Faruk-Schah und Taki ed-Din hatten sie aus Ägypten zu mir geführt. Siebentausend Männer ließen nun unter meinen Bannern ihre Lanzen klirren, und ich fürchtete den Zusammenstoß mit den verbündeten Streitkräften nicht.

»Wir sind in der Überzahl«, sagte Al Fadil. »Der Sieg ist uns gewiß.«

Das bestätigten auch die befragten Seher. Als ich auf der Suche nach einem passenden Text im Koran blätterte, stolperte ich über eine Sure, die mich erbleichen ließ:

»Es ist keinem Muslim erlaubt, einen anderen Muslim zu töten … Derjenige, der einen Getreuen willentlich tötet, wird zur Strafe in der Hölle enden. Dort wird er ewig bleiben. Gott wird ihn in seinem Zorn verfluchen und zu schrecklicher Qual verdammen … Oh, Ihr Gläubigen, wenn Ihr den Heiligen Krieg entfesselt, überlegt Euer Vorgehen reiflich!«*

Von Skrupeln geplagt, rief ich einen meiner Pagen und beauftragte ihn mit einer Nachricht an Saif ed-Din:

»Wozu Krieg untereinander führen? Wir gehören derselben Gemeinschaft an und bekennen uns zur selben Religion. Ich bin bereit, Homs, Hama und Baalbek abzutreten, wenn Ihr mir Damaskus überlaßt, das ich dann im Namen Malik Salihs regieren werde.«

Die Antwort fiel knapp aus:

»Gib alles zurück, was Du Dir in Syrien angeeignet hast, und kehre nach Ägypten zurück!«

Man bestritt meine Ehrenhaftigkeit und beleidigte mich. Ich war zutiefst gekränkt und rannte mit meiner Wut im Bauch im Kreis umher. Da griff Al Fadil, der noch immer die Ruhe bewahrte, zu seiner Feder und öffnete sein Tintenfaß mit den Worten:

»Schreib dem Kalifen! Sag ihm, was du für den Islam getan hast, und rechtfertige dein Vorgehen!«

Es war tatsächlich an der Zeit, das Oberhaupt der Gläubigen über all diese Intrigen und den Verrat zu informieren, die den Zusammenhalt unserer Religionsgemeinschaft gefährdeten. Ich sammelte mich einige Minuten, bevor ich einen langen Bericht diktierte, den ich mit folgenden Zeilen schloß:

* Koran, Sure IV, Verse 94, 95 und 96.

»Unser Streben richtet sich auf alles, was dazu geeignet ist, die Dynastie zu festigen, die gute Sache zu stärken, Einheit und Eintracht aufrechtzuerhalten, das Werk der Eroberung zu vollenden und alles, was dem Schutz der Verträge unterliegt, mit dem Namen der Abbassiden zu beschirmen. Dazu bedürfen wir einer Generalinvestitur über Ägypten, Jemen, Afrika und Syrien, über alles, was das Reich Nur ed-Dins bildet, und auch über die Länder, die Allah der Abbassidendynastie mit Hilfe unseres Schwertes und unserer Heere noch schenken wird. Mit seiner gegenwärtigen Regierung kann Syrien nicht zu geordneten Verhältnissen zurückfinden. Es verfügt über keinen Kriegsherrn, der dazu fähig wäre, die Eroberung Jerusalems zu beginnen und zu einem guten Ende zu führen. Die Franken wissen, daß sie in uns einen Gegner haben, der so meisterlich kämpft, daß er das Schwert erst sinken lassen wird, wenn sie sich ihrer Waffen entledigen. Sollte unser Plan das hohe Einverständnis finden, so werden wir sie mit unserem Schwert das Fürchten lehren und die Moschee befreien, in die Allah seinen Diener bei Nacht brachte.«*

Wie Schirkuh es vor dem Ägyptenfeldzug getan hatte, bat auch ich um die geheiligte Legitimation. Der Bote ritt schleunigst nach Bagdad, und ich fühlte mich nun frei, den Kampf zu beginnen. Meine Truppen rückten in Richtung der Koalitionsarmee vor. Nah bei den Schluchten des Orontes, inmitten von Hügeln, die wir »die Hörner von Hama« nannten, kam es zur Begegnung. Zwanzigtausend Männer bekriegten sich in der Frühlingssonne, und der Feind wurde in Stücke gehauen, zerschlagen wie Glas. Ströme von Blut färbten die Erde rötlich. Das Aufeinanderprallen der Rüstungen und das durchdringende Klirren der Klingen konnten die Schmerzensschreie nicht übertönen. Wir zerfleischten die Gegner. Plötzlich fürchtete ich den Zorn Gottes. Die Verse des Korans klangen mir noch im Ohr, und ich warf mich in das Gewühl, um dem Massaker Einhalt zu gebieten.

Die Soldaten Mosuls flüchteten in Richtung ihrer Grenzen, und ich verfolgte Malik Salih bis vor die Mauern von Aleppo. Da ich

* Die Al-Aqsa-Moschee in Jerusalem.

dieses Mal das Recht hatte, ihn nach allen Regeln zu belagern, zögerte er nicht, mich um Frieden zu bitten. Er brach sein Bündnis mit den Franken, die sich in seiner Nachbarschaft bereithielten, und gewährte mir alles, was ich erobert hatte, sowie drei andere Orte im Umkreis der Stadt. Mitten im Frühling war alles geregelt. Ich erhielt einen großen Teil Nordsyriens, und mein befreiter Freund Dschurdik bewies mir seine wiederentdeckte Treue. Aleppo war noch nicht in meinem Besitz, doch ich hatte einen Vertrag mit der Stadt geschlossen, der uns zu gegenseitiger Unterstützung verpflichtete, und so war ich zufrieden. Malik Saleh besaß nur noch seine Stadt und zwei oder drei Festungen. Er konnte nichts unternehmen, ohne sich mit mir zu beraten.

Ich kehrte zu der Route zurück, die nach Damaskus führte, und hielt unterwegs bei den »Hörnern von Hama« an. Das vergossene Blut ging mir nicht mehr aus dem Sinn. Ich wollte das Ausmaß meines Vergehens sehen. Glücklicherweise hatte es mehr Flüchtende als Tote gegeben. Ich befreite alle Gefangenen, die mich sofort darum baten, in meinen Dienst aufgenommen zu werden. Die Verletzten und Kranken ließ ich von meinen Ärzten versorgen, bevor ich sie mit Kleidung und Geld ausstattete und zu ihren Familien zurückschickte. Durch diesen Großmut hoffte ich die Grausamkeiten vergessen zu machen und vor allem, mir Allahs Vergebung zu erwirken.

In der Ferne ertönte eine Fanfare. Eine prunkvolle Prozession zeichnete sich am Horizont ab. Aus Bagdad übermittelte man mir die Belohnung, die ich mir wünschte: die Ehrengewänder, Schwerter und die Investitur durch den Kalifen. Ich war Sultan von Ägypten und Syrien.

Meine Rückkehr wurde zu einem langen Triumphzug. Aus den entlegensten Landstrichen rannten die Bauern herbei, um mir zuzujubeln. Zahlreiche Delegationen kamen mir entgegen, um mich zu beglückwünschen.

Ich war in meine Ehrengewänder gehüllt, hatte mich mit den

beiden Schwertern gegürtet und war von Musik erfüllt, als ich in Damaskus einzog, wo es Rosen für mich regnete. Meine kurdischen Reiter tänzelten um mich herum und schwangen die Säbel, die uns den Sieg eingebracht hatten. Eine dichtgedrängte Menge füllte Straßen, Balkone und Terrassen.

»Yah Yah Salah ed-Din! Yah Yah Malik en-Nasir!*« Die Ovationen tönten zum Himmel, und die Hurrarufe überlagerten den Klang von Trommeln, Zimbeln, Trompeten und Sackpfeifen. Der »oberste Diwan«** hatte mir seine Weihen erteilt. Ich war der »Vater«, der »Befreier«, und hinter mir schlängelte sich der nicht abreißende Strom meiner tapferen Krieger, die schwer an der Beute trugen und es sehr wohl verdienten, an meinem Ruhm teilzuhaben. Ich hielt an der Moschee der Omajaden an, wo die »khotba« in meinem Namen gesprochen wurde, so wie künftig in allen Städten Ägyptens, des Jemen und jenes Teils von Syrien, der sich ergeben hatte. Der Kalif wurde geehrt und Malik Salih vergessen.

Zahlreiche Feste kündeten von meinem Regierungsantritt, und die Dichter wetteiferten darin, all meine Titel zu besingen, deren Psalmodie den ganzen Tag lang nicht abriß: »Fürst der Gläubigen, Krone der Emire, Befehlshaber der Armeen, der Siegreiche, Zierde des Reiches, Schwert des Islam, Ruhm der Dynastie, Stütze des Imams …« Ich ließ Münzen mit meinem Bildnis prägen: »Malik en-Nasir Yussuf ibn Ayub, ala ghaya.«***

Meine Offiziere wurden belohnt, wobei ich mich großzügig zeigte. Auf diese Weise sicherte ich mir ihre Treue. Jeder erhielt ein Landgut in den Provinzen, die wir neu erobert hatten. Hama wies ich meinem Onkel Schihad ed-Din zu, Baalbek El-Muqaddam, der es geschafft hatte, ein ehrenwertes Verhalten zu zeigen, und Homs meinem Vetter Nasir ed-Din, der sich freute, das Lehen seines Vaters wiederzusehen. Die strategisch bedeutenden Orte wurden zu Militärstützpunkten gemacht. Die Lobreden rissen nicht ab und schmeichelten meinem Ohr. Ich vergaß auch die Bevölkerung nicht.

* »Der König als Verteidiger«.
** Der Hof des Kalifen von Bagdad.
*** »Siegreicher König Yussuf ibn Ayub, der die höchsten Würden innehat.«

Sie kam ebenfalls in den Genuß meiner Großzügigkeit. Ich brauchte ihre Unterstützung, um meine Stellung zu halten, und so sorgte ich für ihre Zufriedenheit und ihr Wohlergehen. Wie zu den Zeiten, als ich noch »Shinah« war, legte ich manchmal die Kleidung eines Bauern an und verließ unvermutet das Haus, um durch die Souks zu streifen, wo ich Murren und Lachen in mich aufsog. Ich wußte besser als meine Mitarbeiter über die Lebensmittelpreise, die Mißstände im Handel und die schleppende Rechtsprechung einiger Kadis Bescheid. Ich strengte Gegenmaßnahmen an. Eine Regierung, die auf den Schlachtfeldern Allahs Sache verfechten wollte, sollte ihr in ihrer Verwaltung und bei der Behandlung ihrer Untertanen mit dem gleichen Eifer dienen. Überall setzte ich das Gesetz des Korans durch.

Ein so großes Reich zu regieren verlangte eine gewisse Strenge. Ich hatte kundige Ratgeber um mich geschart. Die Männer, die an Ort und Stelle in den Provinzen blieben, hatten mir den Treueid geschworen, und ein Heer von Spitzeln informierte mich täglich. Man respektierte meine Befehle, schätzte meine Wohltaten und fürchtete meine Strafen. Meine Vorliebe für Gerechtigkeit und Disziplin machte mich unerbittlich.

Nach einem eisigen Winter wurde das Land von einer schrecklichen Trockenheit heimgesucht, und man befürchtete eine Hungersnot. Ich schickte Faruk-Schah und seine ägyptischen Verstärkungstruppen zurück in ihre Heimat. Eine ansehnliche Zahl von Offizieren folgten ihm, da sie sich Sorgen um die Ernten auf ihren Lehnsgütern machten und sie deshalb überwachen wollten. Zu meiner Verärgerung reiste auch Al Fadil ab. Seit unserer Begegnung vor acht Jahren hatte er immer in meiner Nähe geweilt, wo er zu jeder Zeit die zahllosen Briefe niederschrieb, die ich den Mitgliedern meiner Familie, meinen Vertretern und dem Kalifen sandte. Er hatte in Kairo zu tun, und ich schickte ihn mit verschiedenen Aufträgen zu meinem Bruder El Adil. Außerdem vertraute ich ihm einige Nachrichten und Geschenke für meine Söhne, meine Gattin und die Frauen meines Harems an. Ich stellte mir ihre Sehnsucht vor, und das Alleinsein machte mich traurig. Während ich im Palmenhain spazierenritt, sah ich nun häufig die Hügel des Nils vor mir, die langen honigfarbenen Haare Schamsas und meine dunkelhäutigen Nubierinnen, die sich wie Lianen aus Seide um mich geschlungen hatten. Ein neuer Harem weckte meine Begierden und meine Sinnlichkeit wieder und ließ mich diese Sehnsüchte vergessen. Durch den Krieg war ich in Friedenszeiten sprunghaft geworden.

Doch augenblicklich herrschte Frieden. Einer meiner Emire hatte sich nach Mosul aufgemacht, um mit Saif ed-Din über den Pakt zu sprechen, der uns an seinen Vetter band, und um die Entscheidung entgegenzunehmen, die er im Hinblick auf uns getroffen hatte. Die Franken widmeten sich ihren eigenen Angelegenheiten und störten mich nicht. Mit Beunruhigung hatten sie meine kriegerischen Aktivitäten von Jerusalem aus verfolgt und sich gefragt, ob der Vertrag noch Geltung besaß, den sie vor meiner Ankunft in Damaskus mit El-Muqaddam geschlossen hatten. Sie hatten mir unverzüglich eine Delegation geschickt, um in Erfahrung zu bringen, welche Absichten ich verfolgte. Interne Auseinandersetzungen spalteten ihr Lager, und sie hatten den Wunsch, den Waffenstillstand aufrechtzuerhalten. Das hatte ich ihnen gewährt und sogar ihre Gefangenen, die wir in Homs gemacht hatten, freigegeben, allerdings unter einer Bedingung: keine Hilfe für Salih! Die Antwort des Herrn von Mosul hatte mich noch nicht erreicht, und ich traf Vorkehrungen für die Zukunft. Die Franken hatten sich beruhigt zurückgezogen. Die Gefahr war in weite Ferne gerückt, für sie ebenso wie für mich. Dennoch traute ich diesen treulosen Rittern nicht, die sich nur an die Abmachungen hielten, wenn das ihrem Vorteil diente und ihren Launen entsprach. Ich riet meinem Neffen Faruk-Schah, Damietta zu verlassen und sein Biwak in den östlichen Provinzen Ägyptens aufzuschlagen. Im Winter drohte die Gefahr eher aus der Wüste als vom Meer.

All meine Schachfiguren waren in Stellung gebracht, und so gönnte ich mir einige Freuden. Der Herbst ließ Gehölz und Blattwerk in flammenden Farben leuchten. In der Kühle des Abends atmete die sonnenverbrannte Erde wohlig auf. Das Unterholz raschelte und erbebte. Ein Flügelschlag, ein erstickter Schrei, ein

Brüllen, und schon lag ich auf der Lauer, um Trappen und Rehböcke zu jagen oder einen Löwen zu verfolgen. Wüstenhunde, Geparden und Falken belebten die Landschaft rund um mein Zelt, und ich verbrachte Stunden damit, meine Pferde auszuwählen, reinrassige Araber, die ich wegen ihres schimmernden Fells, ihrer schlanken Gestalt, ihrer Eleganz und ihres Temperaments gar nicht genug bewundern konnte. Diese Tiere waren meine Leidenschaft, und in meinen Ställen standen so viele davon, daß ich es aufgegeben hatte, sie zu zählen. Wenn der Tag sich neigte, versammelte ich meinen Hofstaat. Als Abendmahlzeit verspeisten wir Wild, das in der Glut gegart worden war, Gemüse mit Reisfüllung, Sorbets mit Eischaum und Früchte, bevor wir uns wetteifernd der Poesie hingaben. Sänger und Musiker boten uns Zerstreuung, und ich fand Gefallen daran, den umschmeichelten und geachteten Herrn zu spielen.

Im Laufe dieser Abende erwähnten wir manchmal die Frauen, die uns nicht aus dem Sinn gingen, wenn wir träumend durch Gebirge, verdorrte Täler oder glühende Wüsten ritten. Sie wurden mit unseren Fata Morganen in den Staubwolken lebendig, und Verse voller Zärtlichkeit betörten uns mit imaginären Liebschaften, die in unseren Herzen die Glut schürten. Zufällig erzählte man mir während eines solch belanglosen Geflüsters von Asimat Khatun*, Tochter des ehemaligen Wesirs Moïneddin-Unur und Witwe Nur ed-Dins.

»Sie ist die beste Unterstützung, die du in der Stadt hast«, meinte einer.

Sein Bruder Saad ed-Din, der schon vor meinem Einmarsch in Damaskus zu mir gestoßen war, bestätigte das. Als intelligente Frau, der die Intrigen der Politik nicht unbekannt seien, verfüge sie über ein Netz von Zuarbeitern. Sie steuere die Klans, indem sie mögliche Gewinne ins Spiel bringe.

»Sie verteidigt dich gegen ihren Sohn«, berichtete ein anderer. »Sie verbreitet, daß er es vorziehe, sich zum Spielball einer ehrgeizigen und korrupten Bande von Emiren zu machen.«

* Sultanin Asimat.

»Sie hielt sich in Banias auf, als Morri dorthin vorrückte«, erzählte Saad, »und sie war es, die die Verhandlungen geführt hat.«

Da sie wie wir alle um die Habgier des Frankenkönigs wußte, hatte sie einen hohen Preis für die Übergabe bestimmt, und die Verlockung dieses Gewinns siegte über die Kampfbesessenheit. Sie hatte es verstanden, Geld einzusetzen, um keine Stockhiebe zu ernten. Eine solche Entschlossenheit auf seiten eines Wesens, das man gemeinhin als »schwach« bezeichnet, faszinierte mich.

Sie war genauso alt wie ich. Man versicherte mir, daß sie schön sei; sie habe nachtschwarze Haare, einen milchigen Teint und Augen, die alle Teufel in ihren Bann ziehen könnten. Mir kam der Gedanke, sie zu heiraten. Es war durchaus üblich, die Witwe seines Vorgängers zur Frau zu nehmen. Diese Verbindung hätte außerdem den Vorteil, mir einen guten Teil Syriens einzubringen. Die Hochzeit wurde beschlossen, was ich nicht bedauern sollte. Meine Sultanin wußte zu verführen und verstand sich besser als jede andere auf die Kunst der Konversation. Sie war mir ebenbürtig, und ihr Lachen verscheuchte die Sorgen.

Gegen Ende des Winters ließ sich der Gesandte des Herrschers von Mosul ankündigen. Er hatte den Weg über Aleppo genommen, und ich witterte eine Verstellung. Überschäumend vor Lob und Liebenswürdigkeiten bekräftigte er mir, daß es zwischen unseren beiden Ländern bestens stünde und sein Herr eine Allianz wünsche. Zum Beweis zog er den Vertrag unterschriftsbereit aus dem Ärmel. Doch er beging einen Irrtum. Was ich zu lesen bekam, war ein gegen mich gerichtetes Bündnisabkommen zwischen Aleppo und Mosul, das Malik Salih und sein Gouverneur Gümüschtekin unterzeichnet hatten. Ich gab ihm den Text mit folgenden Worten zurück:

»Du solltest mir besser den anderen aushändigen!«

Er geriet ins Stottern und verschwand in seiner Verwirrung hinter den Wandbehängen. Nun wußte ich wenigstens, woran ich war. Ich alarmierte meine Spione in Mosul und entsandte schnellstens einige Tauben nach Ägypten, in den Jemen und in alle Winkel »meines« Syriens. Saif ed-Din mobilisierte seine Armee? Also trommelte ich alles zusammen. Unterdessen herrschte an den Ufern des

Tigris Aufregung. Der Hausherr raste. Die Investitur, die der Kalif mir gewährt hatte, hatte ihn wie eine Ohrfeige in sein erlauchtes Gesicht getroffen, und angesichts des Vertrags mit dem jungen Salih fühlte er sich wie bei lebendigem Leib gehäutet. Sein Zorn kannte keine Grenzen mehr:

»Der Enkel Zengis als Vasall eines Günstlings von Nur ed-Din! Niemals!« brüllte er. »Seit wann lassen wir es zu, daß ein Kurde uns eine Oberhoheit streitig macht, die uns zukommt? Wir sind Türken, Seldschuken, und diese Länder sind seit eineinhalb Jahrhunderten in unserem Besitz!«

Er wiegelte die gesamte Umgebung auf: seinen Bruder aus Sindschar natürlich, seine Vasallen aus Diyarbakir und der Gezira, die Ortoqidenfürsten von Hisn Kaifa und Mardin. Insgesamt standen eine große Armee und sechstausend Berittene bereit, um den verdammten Verräter zu Staub zu zermalmen, diesen wilden Kurden, der sich erdreistete, sich zum »Sultan« ausrufen zu lassen, obwohl er ein Mameluk und Sohn eines Mameluken war. Seine Wut und sein Groll entluden sich in einem Schwall übelster Beleidigungen. Meine Ehre war zum Gespött geworden, und diese verzogenen Kinder, denen der Thron ohne Anstrengung zugefallen war, sollten meine Peitsche zu spüren bekommen, ganz wie sie es verdienten.

Bereits zu Frühlingsanfang überschritten die Streitkräfte von Mosul den Euphrat und marschierten nach Aleppo. Malik Salih verließ die Stadt, um seinen Vetter zu empfangen. Vor seinen Mauern biwakierten an die zwanzigtausend Männer.

Ich hatte meinerseits die syrische Armee versammelt. Faruk-Schah war mit Al Fadil und dem Heer Ägyptens zu mir gestoßen. Turanschah hatte sich mit der Armee des Jemen auf den Weg gemacht. Ohne sein Eintreffen abzuwarten, verließ ich Damaskus und überschritt den Orontes. An jenem Tag war es so dunkel wie bei Nacht. Eine Sonnenfinsternis stürzte uns in tiefstes Dunkel, und die Sterne funkelten bereits am Mittag. War das ein gutes Omen? Ich kümmerte mich nicht darum und galoppierte nach Hama, wo ich den »Id ul Fitr« feiern konnte, der das Ende unseres Ramadan anzeigte.

Einige Tage später mußte ich dankbar erkennen, daß Allah mir ein weiteres Mal zur Seite stand. Meine Männer waren ausgeschwärmt, um die Pferde zu tränken, und ich hatte nur eine kleine Eskorte bei mir, als ich einen Ort erreichte, den wir »Brunnen der Turkmenen « nannten. Plötzlich tauchten auf einem Kamm unvermittelt die Späher Saif ed-Dins auf und verschwanden dann schnell wie der Blitz. Hätte der Herrscher von Mosul angegriffen, hätte er mich niedergemetzelt. Doch er wartete bis zum nächsten Tag. Da war ich gerüstet, stampfte ungeduldig zu Pferde über den sogenannten »Hügel des Sultans«, der meine Reservetruppen verbarg. Auch ich hatte annähernd zwanzigtausend Männer in Schlachtordnung aufgestellt. Am 10. Shawwal 571 (23. April 1176) trafen die beiden Armeen aufeinander. Beim ersten Zusammenprall wurde mein linker Flügel durchbrochen. Ich führte im Zentrum meine Garde zum Angriff. Unser Gebrüll und unsere herumwirbelnden Säbel erzeugten Verwirrung und Panik. Die Soldaten Mosuls, die unter einem schlechten Kommando standen, sahen ihre eigenen Standarten nicht mehr und ergriffen die Flucht, wobei sie alles auf dem Terrain zurückließen. Ihr Herrscher konnte mit knapper Not entkommen. Die Kämpfer aus Aleppo kehrten barfuß und ihrer Kleider und Waffen beraubt nach Hause zurück. Die beiden Verbündeten machten sich gegenseitig zum Vorwurf, den Vertrag gebrochen zu haben.

Ich ließ sie in ihrem Elend zurück, denn ich war zu sehr damit beschäftigt, die Reichtümer in Augenschein zu nehmen, die sie in ihrem Lager angehäuft hatten, wo das Küchenfeuer noch unter randvollen Fleischtöpfen brannte. Die Beute war beträchtlich: Waffen, Möbel, Gepäckstücke, wunderbare Zelte. In Saif ed-Dins Palast aus Seide warteten eine Kiste voller Goldstücke und noch viele weitere Überraschungen auf mich: Wein, Gitarren, Lauten, Sänger und Tänzerinnen sowie eine riesige Voliere mit bunten Vögeln, die uns unverhofft ein Konzert gaben. Das war schon kein Militärlager mehr, sondern eine Taverne, und ich rief:

»Beten wir zu Allah, daß er uns vor solchem Unheil bewahrt!«

Ich schickte den Vogelkäfig zurück nach Mosul, nicht ohne seinem Besitzer den Rat zu erteilen, zu seinen unterhaltsamen Spielen zurückzukehren, die ihn nicht in Gefahr bringen würden. Wie schon im Vorjahr in Hama wurden das Geld und die Vorräte unter den Soldaten aufgeteilt, die Pferde und Zelte unter den Offizieren. Al Fadil rannte wie ein aufgescheuchtes Huhn überall umher, eifrig darauf bedacht, vorweg den Teil einzubehalten, der die Staatskassen füllen sollte. Der Seidenpalast fiel Faruk-Schah zu, der mich kräftig unterstützt hatte. Alle Gefangenen wurden auf freien Fuß gesetzt, ebenso die Emire von Mesopotamien und jene von Mosul, denen ich ihr Eigentum zurückgab.

Sie kehrten heim zu ihren Stämmen, wo sie Lobgesänge auf mich anstimmten, so daß sich mein Ansehen bis in die entlegensten Winkel der Wüste ausweitete.

Nun mußte ich nur noch endgültig mit Aleppo abrechnen. Ich begann damit, daß ich der Stadt die letzten Verbindungen abschnitt, indem ich einige Festungen eroberte, die sie noch innehatte. Buza'a ergab sich bereits bei den ersten Attacken. Dann galoppierte ich Richtung Menbidsch, das vom Emir Cotb ed-Din Inal verteidigt wurde, der mich einst mit dem Schwert bedroht hatte. Er begriff sehr schnell, daß er sich nicht mehr die Zeit damit vertreiben konnte, Yussuf zu terrorisieren. Voller Beschämung war er gezwungen, sich zu ergeben, und so schnaubte er vor Wut. Großmütig bot ich ihm an, sich mit mir zu verbünden, aber er sträubte und weigerte sich, da er es vorzog, sich in Mesopotamien Saif ed-Din anzuschließen. Ich schickte ihn dorthin zurück und vereinnahmte seine Schätze: dreihunderttausend Silbermünzen und eine Sammlung von äußerst schönen Kostbarkeiten. Einige Tage darauf brachten wir unsere Belagerungsmaschinerie vor den Mauern von Azaz in Stellung, einer stark befestigten Zitadelle, die die Straße nach Antiochia beherrschte und den Kontakt zwischen Aleppo und den Franken erleichterte.

Ich wollte sie um jeden Preis erobern und hätte das beinahe mit dem Leben bezahlt.

Ich hatte die örtlichen Gegebenheiten ausgekundschaftet und mich in das Zelt von Emir Yazgoch begeben, um den Angriffsplan zu entwerfen. Dieser Veteran der Ägyptenfeldzüge befehligte die kurdische Garde Schirkuhs, die ich mit meiner zusammengelegt hatte. Er war der geborene Stratege, und ich verließ mich auf sein Urteil. Da drang plötzlich ein Mann ein, der mit einem Dolch bewaffnet war. Er stürzte sich auf mich und versetzte mir einen Hieb auf den Kopf. Hätte ich nicht eine Kappe aus Eisenmaschen unter meinem »kalankuah«* getragen, hätte er mir den Schädel gespalten. Ich packte ihn bei den Handgelenken. Er schlug wie wild geworden um sich und versuchte, mir mit seiner vergifteten Klinge den Hals aufzuschlitzen, ritzte aber nur die doppelte Schicht Metall am Kragen meines Brustpanzers an. All das hatte nur einen Augenblick gedauert. Yazgoch entriß ihm die Waffe und durchbohrte ihn mit seinem Schwert. Da sprang ein zweiter Mann herein. Ich spießte ihn auf. Noch ein dritter tauchte auf, den das gleiche Schicksal ereilte. Die »Assassinen« waren wieder da! Voller Entsetzen betrachtete ich die drei Leichen genauer. Sie trugen die gelbe Tunika meiner Mameluken. Ich sprang in den Sattel und flüchtete zurück in mein Zelt.

Am ganzen Körper zitternd, wischte ich mir das Blut von den Wangen und den Händen. Nie zuvor, auf keinem Schlachtfeld, hatte ich eine ähnliche Angst gefühlt. Das Bild dieser Männer, in deren Augen der Wahnsinn aufblinkte, verfolgte mich. Es gelang mir nicht, ihre dämonische Gewalt und diesen Schwall unverständlicher Worte, die sie hervorgestoßen hatten, zu vergessen. Al Fadil stürzte herbei, gefolgt vom »faqih« Issa.

»Es ist nichts passiert, nur ein Kratzer und drei Tropfen Blut«, sagte ich.

»Ein Streich von Gümüschtekin«, murmelte der Kadi.

Ich spuckte vor Empörung auf den Boden. Blinde, heftige Wut stieg in mir auf.

»Dieser Armenier ist ein Hund!« schrie ich. »Und Sinan taugt auch nicht mehr als er. Sie werden alle beide ihre Strafe bekommen!«

Eine Untersuchung enthüllte, daß die drei »Ismaeliten« bei den

* Konische Kopfbedeckung, um die der Turban drapiert wird.

Mamelucken Dienst taten, die meiner Leibwache, der »Salayah«, zugeordnet waren. Ich unternahm eine regelrechte Inspektion meiner Truppen, bei der verdächtige Elemente entfernt wurden. Von diesem Tag an erließ ich drakonische Sicherheitsvorschriften und schlief innerhalb meines Zeltes in einem eigens dafür entworfenen Holztürmchen. Niemand konnte sich mir nähern, sofern er nicht zu meinen Vertrauten zählte.

Die Belagerung wurde härter als zuvor fortgesetzt, und nach achtunddreißig Tagen fiel die Festung. Ich ließ einen meiner treuen Emire dort zurück und stürzte weiter nach Aleppo. Die Garnison ergab sich nach einem Monat, da sie den Hunger fürchtete. Endlich hatte ich ihn, meinen Sieg! Ich betrat die Stadt, und um meine innere Ruhe wiederzufinden, suchte ich das Grab des Kalifen Omar auf, der sein Schwert in den Dienst des Islam gestellt hatte. Er war mir ein Vorbild wie unser Prophet, und ich erflehte seine Hilfe für den Erfolg meiner Mission.

Es kam zu einem Abkommen. Malik Salih sowie die Fürsten von Hisn Kaifa und Mardin, die ihn weiterhin unterstützt hatten, erkannten darin meine uneingeschränkte Oberherrschaft über die Territorien an, die ich erobert hatte. Der Sohn Nur ed-Dins behielt sein Lehen Aleppo, und jeder einzelne von uns schwor, den anderen jeweils als Bündnispartner gegen den ersten, der den Frieden bedrohen würde, beizustehen. Ich stand neben einer Schießscharte und betrachtete die in Gewürztönen leuchtende Stadt unter dem weißen Himmel des Dulkaada (Juli). Leichte Dunstschleier schwebten über das Land, das in der Hitze des Sommers wie versteinert dalag. Der alte »cheikh« war nicht mehr im Rosengarten, doch ich hörte Schirkuhs Stimme, die mir sagte:

»Schnür dein Bündel, Yussuf, wir brechen auf!«

Diese Worte, die den Verlauf meines Lebens einschneidend verändert hatten, hallten noch vom Gemäuer wider. Ich war ausgezogen wie jemand, der in den Tod geht. Inzwischen waren zehn Jahre verstrichen, der Tod hatte mich gestreift, ich war zurückgekehrt, und nun war ich der Herr. Das Rascheln von Seide schreckte mich auf. Ein kleines Mädchen trat auf mich zu, die Schwester Malik

Salihs. Diese Erscheinung voller Frische und Anmut fegte augenblicklich alles hinweg, was ich in den letzten Monaten durchgemacht hatte. Sehnsucht nach meinen Kindern, die in Kairo zurückgeblieben waren, befiel mich: fünf Jungen, die nur unwesentlich jünger waren. Bewegten Herzens umarmte ich sie und fragte:

»Was willst du?«

»Das Schloß von Azaz«, antwortete sie kühn.

»Ahlan Wahsalan«*, erwiderte ich mit einer Verbeugung.

Ich vergaß die achtunddreißig Tage Kampf, die es mich gekostet hatte, und schenkte es ihr. Sie reiste unverzüglich dorthin, und ich eskortierte sie an der Spitze meiner Garden bis vor die Stadttore. Auch wir hatten unseren Kodex der Ritterlichkeit.

Die »Ritter des Kreuzes« hielten sich derzeit nicht mehr an den Vertrag, den sie von uns erbettelt hatten. Mehrfach hatte ich Depeschen erhalten. Balduin hatte es ausgenutzt, daß ich im Norden beschäftigt war. Zunächst hatte er die Umgebung von Banias bis sechs Meilen vor Damaskus geplündert, dann das Bekaatal südlich von Sidon, wo Graf Raimund zu ihm gestoßen war. Schamlos hatten sie die Dörfer verwüstet, die Bauerngehöfte niedergebrannt, die Ernten geraubt und die Bevölkerung gequält. Ob sie glaubten, mich durch solche Überfälle, die ihren Worten Schande machten, einschüchtern zu können? Ich rührte mich nicht, sondern überließ es den Garnisonen von Baalbek und Damaskus, ihrer Aufgabe nachzukommen. Ich hatte noch eine letzte Rechnung zu begleichen, bevor ich in meine Hauptstadt zurückkehrte. Raschid ed-Din Sinan schuldete mir noch eine Erklärung.

Er hatte seinen Schlupfwinkel auf den felsigen Höhen des Djebel el-Summaq im Nordwesten des Landes erbaut, wo er den syrischen Zweig einer Sekte schiitischer Ausrichtung anführte. Wir nannten deren Anhänger »Ismaeliten« oder »Batinijja«. Noch verbreiteter war die Bezeichnung »Assikkin«, die sie ihrem vergifteten »sikkin«, ihrem Dolch, verdankten, bei dem schon der geringste Kratzer tödlich wirkte. Dieser Geheimbund war in Persien entstanden, wo

* »Sie sind herzlich willkommen.«

sein Gründer Hasan as-Sabbah, in der Festung Alamut verschanzt, ein Heer von jungen Fanatikern aufgestellt hatte, seine »fidayin«*, die ihn als eine Verkörperung der göttlichen Vernunft verehrten. Blindlings gehorchten sie seinen Befehlen und schwärmten aus, all jene zu erdolchen, die sein Gesetz nicht anerkannten. Zahlreiche Regenten, Fürsten, Generäle, Gouverneure und sogar Theologen, die die ismaelitischen Lehrsätze verurteilt hatten oder versucht hatten, die Anhänger dieser Sekte auszuschalten, wurden aus dem Weg geräumt, wie es mit mir auch schon zweimal beinahe passiert wäre.

In seiner Feste Masyaf festigte Raschid ed-Din Sinan, der »Alte vom Berge«, die Doktrin aus Alamut. Er behielt die geheimen Riten der Sekte bei, deren Mitglieder sich als die Hüter heiliger Mysterien ausgaben, zu denen man erst nach langer Vorbereitung und einer Reihe sich steigernder Initiationshandlungen Zugang bekommen könne. Sie mußten sich unauffällig »wie Fische im Wasser« in jede beliebige Umgebung einschleichen können und erfolgreich ihre Missetat begehen, bevor sie entdeckt wurden. Ich zweifelte nicht mehr an ihrem Geschick. Das hatten sie mir mehrmals bewiesen.

Der »Alte« stand in dem Ruf, sich auf alle Sprachen, alle Wissenschaften und alle Religionen zu verstehen. Außerdem sagte man ihm nach, daß »der Tod der Könige in seinen Händen liegt«. Man schrieb ihm übernatürliche Kräfte zu, die angeblich sogar so weit führten, daß er den Leuten die Seele raubte. Ich hielt ihn für sehr versiert auf dem Gebiet der Esoterik und glaubte, daß seine Indoktrinationen Macht auf seine Schüler ausübten. Durch die Magie seiner Worte brachte er sie dazu, das Paradies mit seinen Jünglingen und Huris vor sich zu sehen, bevor er ihnen versicherte, daß sie diese himmlischen Freuden erlangen würden, sofern sie all seine Befehle ausführen würden.

Er sagte ihnen, daß er nach Allah der »Herr über Himmel und Erde« sei!

In diesem Winkel Syriens stützte er sich auf eine große Gemein-

* Getreuen.

schaft von Ismaeliten, die über das ganze Gebirge verteilt war, sowie auf eine einflußreiche Bewegung von Schiiten, die immer schon im Herzen von Aleppo bestanden hatte. Nur ed-Din hatte sie zerschlagen. Doch sein Sohn war weniger streng und ließ es zu, daß sie erneut aufblühte. Sinan pflegte auch Kontakte zu den Christen. Für sie galt er als der »Große Meister der Assassinen«, und er verkaufte seine Dienste an den Meistbietenden. Seine Freunde waren meine Feinde, und es war mir verständlich, daß er mich hatte ausschalten wollen. Ich hatte die Fatimiden in Ägypten ausgerottet und allen Ketzern den Krieg erklärt, indem ich laut verkündete:

»Sie zu töten ist legitimer als das Wasser des Regens ... Es ist die Pflicht der Sultane und der Könige ...«

Das Ersuchen Gümüschtekins hatte lediglich ein Ereignis beschleunigt, das früher oder später ohnehin eingetreten wäre oder eintreten würde, wenn ich nicht eingriffe.

Ich machte mich zum Sturm auf den Adlerhorst auf, fest entschlossen, ihn einzuebnen. Meine Truppen marschierten auf und brachten ihre Belagerungsmaschinen in Stellung. Eine heftige Attacke begann. Die Männer rückten vor, wobei sie die Katapulte an den Hängen entlangrollten. Plötzlich erstarrte alles. Ich verstand nichts mehr und sah, daß selbst die kriegserfahrensten Mameluken, Kurden und Turkmenen im Laufschritt zum Lager zurückströmten.

»Ich weiß nicht, was vorgeht«, sagte Yazgoch, der kreidebleich war. »Der ›Alte‹ ist auf einem Berggipfel aufgetaucht. Wir wollten ihn umzingeln, konnten uns aber plötzlich nicht mehr rühren.«

Ein anderer Emir bestätigte diese Worte sehr erregt:

»Er war allein, er schaute uns an, und wir waren gelähmt.«

»Er hat gesagt, er wolle sich mit dir treffen«, fuhr Yazgoch fort. »Erst in dem Augenblick haben wir unseren Verstand wiedergewonnen und sind zurückgerannt.«

Der Tag neigte sich, und wir mußten die Nacht im Lager verbringen. Vom allgemeinen Schrecken angesteckt, traf ich strengere Vorsichtsmaßnahmen als je zuvor. Die Wachen, die bei mir Dienst tun sollten, wurden stündlich überprüft. Rings um mein Zelt wurde Kalk ausgestreut, um jede Trittspur entdecken zu können, und

»chaouch«* mußten bis Tagesanbruch Fackeln halten. Einen großen Teil der Nacht verbrachte ich im Gebet, bevor ich einschlief. Plötzlich schreckte mich ein irgendwie seltsamer Schauder aus dem Schlaf, und ich konnte gerade noch eine konturenlose Erscheinung aus meinem Holzturm schleichen sehen. Um mich herum war nichts mehr an seinem gewohnten Platz. Am Kopfende meiner Liege lag ein kleines Brot, wie es die Batinijja zu backen pflegten, daneben ein Blatt Papier, das von einem vergifteten Dolch durchbohrt war. Ich richtete mich auf, um die Botschaft zu lesen:

»Was Du besitzt, wird Dir trotz allem entgleiten, aber uns bleibt der Sieg.

Du bist in unserer Gewalt und unterstehst ihr so lange, bis Du Deine Schulden bezahlst.«

In meinem Schock stieß ich einen fürchterlichen Schrei aus. Mein Körper war in Schweiß gebadet. Die Wachen stürzten herbei, und ich zeigte ihnen, daß der »Zauberer des Teufels« bis zu meinem Kopfkissen vorgedrungen war. Ihr Erstaunen war groß. Niemand hatte etwas gehört, und die Trittspuren im Kalk führten nicht ins Zelt.

»Ich habe ihn dennoch mit eigenen Augen ›gesehen‹«, rief ich. »Das ist etwas anderes als ›hören‹. Sucht diesen Mann auf, verlangt einen Geleitbrief für unseren Abzug von hier und bittet ihn, mich für meine früheren Irrtümer nicht zu bestrafen!«

In meiner Bruderschaft der Sufisten hatten einige Mystiker es in der Gewalt, aus ihrer körperlichen Hülle hinauszugelangen und mit ihrem Geist auf Reisen zu gehen. Da ich davon träumte, es ihnen gleichzutun, hatte ich mich verschiedenen Meditations- und Atemübungen hingegeben, um meinen Körper zu verlassen und mich in die Wolken zu flüchten. Ich hatte es nie geschafft, die Barriere zu überwinden, die das Denken darstellt, dieses »Ich«, das zu gegenwärtig war und mich wie ein Stück Blei zurückhielt. Sinan

* Wachen, Diener.

war ein Mystiker, der über eine mysteriöse Kraft verfügte, und ich war davon überzeugt, daß ich ›gesehen‹ hatte, daß seine Wesenheit wie eine riesige Schnecke einherkroch. Allein der Gedanke daran fuhr mir schrecklich in die Knochen. Ich hob die Belagerung auf und galoppierte nach Hama, wo mein Onkel Schihab ed-Din mir die Antwort des »Alten« überreichte:

»Wenn Du unseren Brief liest, belauere uns nicht weiter und übe Zurückhaltung in Deinem Tun! Lies den Anfang der Sure über die Bienen: ›Der Befehl Allahs wird erfolgen‹, und den Schluß derjenigen über Sad: ›Gewiß, nach einiger Zeit werdet Ihr die Ankündigung hören‹!«

Durch die Vermittlung meines Onkels wurde eine Art Gewaltverzicht beschlossen, und in der Folgezeit wurde weder ich noch ein Mitglied meiner Familie weiterhin beunruhigt. Dennoch entschied ich mich dazu, blaue Kleidung anzulegen. Von diesem Tag an wurden alle meine Gewänder aus Seidenstoffen von lebhaftem Blau gefertigt, da dies ein schlimmes Los abwendet. Ich erinnerte mich auch daran, daß Mohammed, als er unter der Magie eines jüdischen Zauberers und der von Lobaids Töchtern zu leiden hatte, es nur durch Gebete schaffte, sich davon frei zu machen. Diese hatte der Allmächtige ihm diktiert. Und ich rezitierte täglich jene Verse:

»Ich setze mein Vertrauen in den Gott des Morgens,
damit er mich von dem Übel befreit, das die Menschheit plagt,
von den Einflüssen des in der Finsternis versunkenen Mondes,
von den Missetaten der Zauberinnen, die auf die Knoten blasen,
und von den dunklen Plänen, die der Neider schmiedet.«

Während unseres Rückwegs nach Damaskus stand ich ununterbrochen unter einem starken Druck. Das Land litt unter Trockenheit, und die Hauptstadt döste in lähmender Hitze vor sich hin, doch das helle Lachen meiner Sultanin hatte es bald vermocht, meine Lebensgeister wiederzuerwecken.

Wie schon im Vorjahr war der Sommer glühend heiß und brachte Syrien zum zweiten Mal eine Hungersnot, und an meinem »Diwan« häuften sich die Klagen. Turanschah erwartete mich dort. Er hatte meine Anweisungen befolgt und den Jemen verlassen, um meinen Posten einzunehmen, während ich die Probleme im Norden löste.

»Ich will nicht nach Taiz zurückkehren«, sagte er zu mir. »Mein Sohn ist da gestorben, und ich bin krank.«

Als ich sein eingefallenes Gesicht sah, in das sich tiefe Furchen gruben, verstand ich, wieso Balduin so nah vor unseren Mauern erfolgreich war. Er berichtete mir ausführlich von dem Geschehen. Ich hörte seine verworrenen Erklärungen nur mit halbem Ohr an. Er war mein älterer Bruder, so daß ich keine Strenge zeigen konnte. In Wirklichkeit beunruhigte mich dieser Vorstoß der Franken nicht sonderlich. Wenn er auch einmal mehr bewies, daß Verträge mit diesen Leuten keinerlei Garantien bedeuteten, so stellte er doch keinen Eroberungsversuch dar.

»Beruhige dich!« antwortete ich. »Sie haben nur unsere Ernten gestohlen und unsere Städte geplündert. Sie sind genau wie wir von der Trockenheit betroffen. Sie haben uns das wenige geraubt, was wir besaßen, und ich werde wohl etwas zur Entschädigung austeilen müssen. Doch das ist unerheblich! Das wichtigste, mein Bruder, ist, dich zu pflegen.«

Ich vertraute ihn meinen Doktoren an und regelte nach und nach die dringenden Probleme der Verwaltung. Ich bot einige Posten Leuten meines Vertrauens an, diktierte eine Menge Briefe, stellte neue Sekretäre ein und schickte meine Truppen in ihre Kasernen zurück. Ich sah keinen Krieg am Horizont aufziehen. Aleppo war isoliert. Saif ed-Din war in seinem Palast in Mosul zur Neutralität gezwungen. Die unterzeichneten Abkommen nahmen ihm jede Möglichkeit zu einem Bündnis, und er besaß nicht die Größe, mir allein den Krieg zu erklären. Was die Franken anging, so machte die Notlage mehr Eindruck auf sie als irgendeine Übereinkunft. Ich war im Vorteil: Mir gehörte das Land der Pharaonen, das mein Land der Sonne ernähren würde. Ein verführerischer Duft von

»foul«* stieg mir in die Nase. Plötzlich verspürte ich eine irrsinnige Lust, zu den Höhen des Muqattam zu galoppieren, um das Schimmern der Morgendämmerung über dem Nil zu bewundern und eine Zeitlang das komplizierte syrische Ränkespiel zu vergessen.

Turanschah übernahm die Zügel der Macht erneut. In den ersten Herbsttagen verschwand ich in der Wüste, mit einer Flut von Händlern, die den Reichtum suchten, im Schlepptau. Sie profitierten von meiner Eskorte, die es ihnen ersparte, die übertrieben hohen Wegezölle zu zahlen, die die Franken forderten. Nur meine Sultanin war nicht in meinem Gefolge, da sie hoffte, mir bald einen lebenden Beweis ihrer Liebe zu schenken. Ich wußte noch nicht, wie sehr sie mir fehlen würde.

El Adil kam mir entgegen. Seine ranke, elegante und rassige Erscheinung erinnerte seltsamerweise an die meines Vaters. Er war ein schöner Mann von zweiunddreißig Jahren mit braunen, sehr sanften Augen. Alles an ihm strahlte Ausgeglichenheit und Harmonie aus. Er redete mit einer warmen, wohlgesetzten Stimme, und sein sprachlicher Ausdruck war vollkommen. Nach den üblichen Zeremonien, den Umarmungen und Begrüßungsküssen konnte ich ihn schließlich beglückwünschen.

»Mabruk!« sagte ich zu ihm. »Du hast während meiner Abwesenheit gute Arbeit geleistet. Du verstehst dich aufs Regieren!«

In Ägypten herrschte in der Tat Ordnung. Die Grenzen waren gut bewacht, die Straßen standen unter Schutz, und die Justiz wurde respektiert. Auf dem Land arbeitete eine liebenswerte, heitere Bevölkerung, und das gewohnte rege Treiben ließ Kairos Souks vibrieren. Es wurde hart gefeilscht, gestritten und diskutiert, doch dabei drehte es sich um den Handel, nicht um Verschwörung.

Nachdem alles erledigt war, besuchte ich meine Mutter, die bereits alles von mir wußte und mich mit dieser wunderbaren Zärtlichkeit überschüttete, die auf keine Altersstufe beschränkt war. Sie maß den Lobreden und dem verbreiteten Klatsch wenig Bedeutung bei.

* Spezialität aus weißen Bohnen.

»Du bist mein geliebter Sohn«, sagte sie zu mir, während sie meine Hände an ihren Wangen rieb. »Ich bin stolz auf dich!«

Mein Harem geriet in Festtagsstimmung. Schamsa strahlte, und meine Söhne umringten mich: die ungestümen, schwatzenden älteren, bei denen ich mit der Erziehung zu Fürsten begann, und die schüchternen, verängstigten jüngeren, deren Vertrauen ich noch gewinnen mußte.

Wie sehr verfluchte ich nun diese fürchterlichen Kriege, die mich in die Ferne trieben und mir diese glücklichen Momente raubten, die mich mit Staunen erfüllten! Ich befand mich auf dem Gipfel des Ruhms, und die einfachen Freuden waren für mich gezählt. Allah hatte mir noch andere Kinder anvertraut, die ich zusammenführen mußte, um den Islam zu verteidigen.

Der Winter nahte, eine Jahreszeit, in der auf den Schlachtfeldern gewöhnlich Ruhe herrschte. In Jerusalem sicherte der leprakranke König seine Nachfolge, indem er Prinzessin Sybille, seine ältere Schwester, mit einem reichen, schönen Fürsten * verheiratete. Dieser stammte aus einer Familie, die zum Hochadel des Abendlandes zählte, und war eigens zu diesem Ereignis von dort angereist. Ich kümmerte mich unterdessen um Kairo. Die Arbeiten an den Befestigungsanlagen kamen voran. Meinen Anweisungen entsprechend, hatte der Eunuch Karakusch Fustats Mauern verstärkt und führte sie unter Einschluß der Neustadt weiter, während meine Zitadelle auf den Anhöhen des Muqattam Formen annahm. Der Saal des »Majlis« war fast fertig; seine Kuppel, die sich zum Himmel öffnete, ruhte auf zwölf Säulen aus gekörntem Marmor, die eine beeindrukkende Höhe erreichten.

»Das ist wunderbar!« rief ich aus. »Nun müssen nur noch über den Bogen meine Siege genannt werden, fortlaufend als schöne Kalligraphie in arabischen Schriftzeichen! Diese kufischen Buchstaben, die man überall sieht, will ich nicht.«

»Nam, Sidi!«** antwortete Karakusch mit einer Verbeugung.

* Wilhelm »Langschwert«, Sohn von Wilhelm III., dem Marquis von Montferrat, Verwandter des französischen Königs und des deutschen Kaisers.

** »Ja, Herr!«

Ich bewunderte das erlesene, harte Gestein der Mosaiken, die Qualität der Materialien, die klare Linienführung, das Ausmaß der Dimensionen. Doch nichts reichte an das Werk des Schöpfers heran, das sich hinter den Fensteröffnungen vor meinen Augen ausbreitete. Ich konnte mich daran nicht satt sehen. So ging ich jeden Tag dorthin, um das Gebet zu sprechen, das bei Tagesanbruch verrichtet wurde. Tag um Tag berauschte ich mich an dieser Vielfalt der Farben und Lichter, die zwischen Himmel und Erde bis in endlose Ferne ineinanderspielten und sich in den friedlichen Wassern des Nils spiegelten. Der Gesang der Muezzin klang wie eine Liebkosung, und das Land erwachte in einer Kakophonie vertrauter Geräusche.

Ich liebte dieses geschwätzige, lachende Ägypten, das sich an allem vergnügte. Es war heuchlerisch, faul, arglistig, aber auch einfallsreich und schöpferisch; und um die Autorität seines Herrschers auf die Probe zu stellen, war es so zügellos, daß es an Vermessenheit grenzte. Hier konnte ich mich vom nüchternen Syrien erholen, das beim geringsten Wort revoltierte. Der Besitz dieser beiden Länder verlieh mir eine Macht, wie sie Nur ed-Din niemals besessen hatte. Dennoch, in Damaskus wie in Kairo war mein Ansehen immer noch nicht gefestigt. Man beäugte meine Taten und Gesten mit Mißtrauen, und man zerpflückte meine Erklärungen recht häufig in der Absicht, sie in Satiren zu verwandeln.

»Kann man eigentlich von seinem Volk geliebt werden?« fragte ich eines Tages meinen »faqih« Issa al Hakari.

»Die Liebe zu Gott beginnt mit der Furcht vor seiner Strafe. Versuche zunächst, dir Respekt zu verschaffen!«

»Was wollen sie denn noch mehr? Ich habe unsere Heere zum Sieg geführt. Ich habe in Syrien den Frieden, in Ägypten den Wohlstand wiederhergestellt. Meine Wohltaten kommen allen zugute.«

»Du hast als Verteidiger des Islam Bedeutung erlangt, aber was hast du unternommen, um die Ungläubigen zu vertreiben?«

»Du sprichst genau wie der Kalif. Seine Briefe prasseln auf mich ein wie die Regenfälle des Winters. Unermüdlich schreibt er mir immer dasselbe: Ich müsse die vom Feind besetzten Gebiete befreien, statt mich mit Beutezügen zufriedenzugeben. Die Ungläubigen sind geschickte, gutorganisierte Krieger. Man kann sie nicht vertreiben, indem man einige tausend Mann gegen sie anrücken läßt. Man braucht einen minutiösen Plan. Erinnere dich nur an das, Issa, was du mir genau hier vor acht Jahren gesagt hast: ›Glaube an Allah, aber binde zuerst dein Kamel an!‹ Nun, ich habe deinen Rat befolgt!«

Al Fadil nachahmend, hatte ich mich erhoben und wanderte nun im Zimmer auf und ab, da es mir dann leichter fiel, meine Gedanken zu formulieren und meine Sorgen abzustreifen. Nach einem Moment des Schweigens fuhr ich fort:

»Versteh doch, Issa, der ›Dschihad‹ wird mit Unterstützung der benachbarten Fürsten, die unsere Verbündeten sein werden, von einem geeinten Syrien seinen Ausgang nehmen! Ägypten wird uns die Männer, das Geld und die Munition liefern. Und ich werde mir die Zeit nehmen, die ich brauche, um das zu erreichen. Nur um diesen Preis wird uns der Sieg sicher sein.«

»Nun, vergiß nur Allah nicht!« erwiderte er kopfschüttelnd. »Du bist Sein Diener. Achte auf Seinen Willen und tu deine Schuldigkeit! ›Derjenige, der den höchsten Ruhm errungen hat, der auf dem erhabenen Thron sitzt, sendet seinen Auserwählten seinen Geist, damit sie die Auferstehung predigen.‹*«

Von neuem Eifer gepackt, ließ ich Hochschulen bauen, in denen Geschichte, Dichtkunst, Arithmetik und Medizin gelehrt werden sollten; außerdem weitere Medressen für unsere Theologen, Hospitäler, eine Moschee zu Ehren unseres verehrten Imams Schafai. Ich gründete sogar einen »khanigah« für unsere Frommen, die sich der Kontemplation verschrieben hatten. Ohne es zu beabsichtigen, schuf ich eine Mode, die um sich griff. Die Emire taten es mir nach und versuchten sich gegenseitig an Einfallsreichtum und Geschmack zu übertreffen, so daß im ganzen Land immer mehr »khanigahs« entstanden.

Treu diente ich dem höchsten Herrn, und meine Aufgabe erforderte ausgefeilte Werkzeuge. In der Erleuchtung meiner Meditatio-

* Koran, Sure XL, Vers 15.

nen tauchte Jerusalem nun wieder häufig auf, und mein Geist entwarf die Angriffspläne. Das Manöver würde einfach aussehen: ein Angriff auf die Franken über Land mit den in Sichelform aufgestellten Streitkräften aller arabischen Länder, während die Marine sie sich von hinten vornehmen und ihre Häfen zerstören sollte. Ich stellte mir den Feind schon zu einem dünnen Blatt zerquetscht vor. Das alles verlangte ernsthafte Vorbereitungen, und so widmete ich mich zuerst der Flotte.

Am Ende des Monats Rabia jenes Jahres 572 (Februar 1177) brach ich zur Inspektion von Damietta und Alexandria auf. Meine beiden Ältesten reisten mit mir. El Afdal Ali war sieben, El Aziz Uthman ein Jahr jünger. Sie wollten das Meer und die Schiffe sehen und wurden nun in die Welt der Männer aufgenommen. Dieser Besuch schnürte mir die Kehle zu. Die ägyptische Flotte war in einem jämmerlichen Zustand. Mit den fatimidischen Kalifen hatte sie auch die Übung im Kampf verloren und sich nur noch dem Sklavenhandel verschrieben. Das Kommando der Schiffe war einer Horde Unbekannter übertragen worden, und kein Ägypter, der etwas auf sich hielt, wollte Matrose werden.

Ich zeterte los und gab strikte Anweisungen. Die vorhandenen Schiffe sollten repariert und neue Verbände gebaut werden. Ich forderte zwanzig »tharidas« für den Transport der Pferde an, sechzig »shinis«* für einhundertvierzig Ruderer mit Türmchen und wehrhaften Aufbauten sowie Wurfgeschützen, die Ölfackeln schleudern sollten; außerdem zwei »botsas«, also riesige Schiffe mit zwei Masten und vierzig Segeln, die siebenhundert Kämpfer mit ihrem Kriegsgerät aufnehmen konnten, zwanzig »herakehs«** in der Form von Löwen, Adlern, Schlangen und Pferden, die mit Feuerschleudern ausgerüstet waren, und eine Anzahl kleiner, schneller Boote zur Versorgung der Verbände in den Kampfzonen.

Die Wälder Ägyptens, die eigens zu diesem Zweck beschlagnahmt worden waren, lieferten das nötige Holz. Von den Bergen

* Galeeren.
** Fregatten.

des Libanon ließ ich Pinien und Zedern herbeischaffen. Und alles, was uns fehlte – Eisen, Masten und andere Fertigteile –, ließ ich bei den Genuesen und den Venezianern kaufen. Verführt von unserem Gold vergaßen sie die Verbote ihres »Baba«* aus Rom, der für jeden Handel mit den Muslimen die Strafe der Hölle androhte.

Die Werften befanden sich in der Nähe von Kairo. Dort wurden die Schiffe in Einzelteilen gefertigt und auf dem Nil zu den Stützpunkten transportiert, wo sie zusammengesetzt wurden. Ich schuf ein Marineministerium, den »Diwan el Astul«, da es bisher noch nicht existiert hatte, und ernannte einen »Flottenadmiral«. Den Sold der Marinesoldaten erhöhte ich, so daß deren Rekrutierung keine Schwierigkeiten bereitete. Außerdem heuerte ich maghrebinische Seeräuber an, die Schrecken des Mittelmeeres, denn sie kannten es ausgezeichnet.

Dann überprüfte ich die gesamte Ausrüstung und beschleunigte ihre Aufstockung: mit durchschlagenden Stockeisen, um den Feind zu versenken, mit Enterhaken, Äxten, Handgranaten aus Stahl und vor allem mit Truhen, in denen die Männer während des Enterns Zuflucht suchten und aus denen heraus sie dem Feind Steine, Öl und Kessel mit Schlangen, Skorpionen und Seife entgegenschleuderten. Rundum entfaltete man große Aktivität. Die Häfen von Damietta und Alexandria füllten sich mit funkelnagelneuen Schiffen, und kaum war die schöne Jahreszeit gekommen, da zogen ihre eindrucksvollen Manöver bereits die Massen an. Meine Armada bereitete sich auf den Kampf vor.

Indessen herrschte auch in Jerusalem Geschäftigkeit. Prinzessin Sybille war schwanger, aber verwitwet. Ihr schöner Prinz war tot. Der König suchte einen zweiten Ehemann für sie, aber die Anwärter zögerten. Ehrgeizig und intrigant, wünschten sich all diese »Barone« des Hofes weit mehr als eine kurze Regentschaft. Sollte das Ungeborene ein Junge sein, so wäre die Angelegenheit für sie nicht von Interesse. Im Umkreis des jungen Balduin, der seinen sechzehnten Geburtstag feierte, den Tod aber schon deutlich vor Augen hatte,

* Papst.

verschärften sich die Diskussionen, ohne daß das Problem gelöst wurde. Ich hegte die Hoffnung, daß das bis ans Ende des Waffenstillstandes so weitergehen würde. Dann könnten wir mit vereinten Kräften losschlagen und die»Polytheisten« endgültig bezwingen.

Eine Taube, die mich von den Küsten Palästinas erreichte, zerstörte all meine Träume. Ihre Nachricht war alarmierend:

»Eine prächtige Flotte ankert an der Reede von Akko. Ein hoher Herr aus dem Norden ist inmitten von Kolossen, die bis an die Zähne bewaffnet waren, von Bord gegangen. Eine Armada der Byzantiner ist auf dem Meer unterwegs und segelt gen Süden.«

»Wozu diese Konzentration von Schiffen?« rief El Adil.

»Eine Schiffsparade zur königlichen Hochzeitsfeier«, vermutete Al Fadil.

»Das bedeutet Krieg!« sagte ich.

Sogleich verdoppelte ich mein Netz aus Informanten auf Feindesgebiet. Nach Damietta, Alexandria und zu allen Grenzposten wurden Boten entsandt. Ich schrieb Turanschah:

»Wir sind glücklich, Dir die Nachricht übermitteln zu können, und werden uns nicht über die notwendigen Maßnahmen auslassen: allgemeine Mobilmachung! Ob man uns glaubt oder nicht, das einzige Ziel in diesem Leben, das uns gnädig gewährt wurde, ist der Kampf gegen die Ungläubigen.«

Ich kehrte zu meinen Truppen im Lager von Birkat-al-Jubb zurück. Ringsum verfügte ich über wachsame Augen und Ohren, und ich musterte meine Männer, überprüfte ihren Trainingsstand, ihre Ausdauer, ihre Uniformen ebenso wie ihre Ausrüstung, das Kriegsgerät und die Vorräte.

Ich hatte ein Eliteregiment aus achttausend »Taoushiin« aufgestellt, den sogenannten »Pfauen«, denen sie an Stolz und Farbenpracht gleichkamen. Alle waren Kurden oder Türken, die berüchtigten »Ghuzzen«. Sie waren unerbittlich, wild und die besten Reiter der Welt. Über ihrem schillernden, bestickten islamischen Gewand, das über ein weites Tatarenkleid fiel, trugen sie dichte Tuniken aus

Filz und Leder, die mit Panzerhemden verstärkt waren. Jeder hatte ein Schwert an der linken Hüfte – eines dieser Schwerter aus gehärtetem Stahl, wie sie in Indien hergestellt wurden –, einen mit Nägeln gespickten Holzknüppel unterhalb des Knies, ein zweischneidiges Schwert an der rechten Hüfte und einen »soulek«* umgehängt, die gen Himmel gerichtete Lanze und den halbkreisförmigen Schild nicht zu vergessen. Die Haare wurden von Turbanen aus bunter Seide gebändigt, die über mit Eisenmaschen verstärkten Kappen drapiert waren. Ihre Kinnbärte waren gut gestutzt; ihre Schnurrbärte zitterten immer, wenn die Kampfrosse stampften, und ihre Augen leuchteten auf, wenn sie mit ihren rauhen Stimmen die Schlachtrufe wiederholten.

Einer »telab«** zugeordnet, wurden sie von den Emiren der größten Stämme befehligt. Ich hatte sie durch die tausend Mamelucken meiner Leibwache verstärkt, die gelbe Tuniken im Farbton meiner Standarte trugen. Mitten auf diese Standarte hatte ich einen Adler mit ausgebreiteten Schwingen sticken lassen: den Siegesadler. Hinter diesen Reitern folgten die achtzehntausend »Caragholams«***, die eigentliche Truppe aus Fußvolk und Bogenschützen mit ihren Dienern. Die meisten waren Araber aus Ägypten, die den »Jethamiun« und »Thalebah« angehörten, jenen Stämmen, die das Land der Pharaonen bei der großen islamischen Eroberung besetzt hatten. Auch sie unterstanden dem Kommando von Emiren, die dank der Einnahmen von Lehnsgütern, die ich im Laufe unserer Eroberungen verteilte, für ihren Unterhalt aufkamen.

Ein Rundgang durch die Arsenale beruhigte mich bezüglich Qualität und Quantität unserer Ausrüstung: Ob zum Angriff oder zur Verteidigung, es fehlte nichts. Bogen, Steinschleudern, Wurfmaschinen und Mauerbrecher türmten sich dort auf. Wir hatten sogar einen furchterregenden Bogen entwickelt, den »Keouss al Hasse-

* Ledersack, in den jeder Krieger seine Ration für den Kampf steckte: Brot, Käse, Zwiebeln, Dörrfleisch, Getreide, Bohnen und Datteln.

** Schwadron.

*** Ursprünglich setzte sich die Infanterie aus schwarzen Sklaven zusammen, den »Caragholams«.

ban«, der fünf kurze Lanzen direkt nacheinander absenden konnte, sowie ein anderes Modell, das Pfeile in mehrere Richtungen zugleich spuckte. Ich hatte einige von ihnen auf den Festungsmauern unserer Hafenstädte anbringen lassen. In einer verschlüsselten Botschaft teilte ich Turanschah mit:

»Wir sind gerüstet, dem Feind zu Wasser und zu Land entgegenzutreten, und falls er nicht angreifen sollte, werden wir ausrücken, um ihn zu suchen.«

Ermuntert durch das Eintreffen der Verstärkung, polierten die Barone in Jerusalem inzwischen ihre Waffen. Balduin bot demjenigen, den er mit »mein Vetter«* anredete, die Regentschaft in seinem Königreich an, falls dieser kräftige Graf aus dem Norden einen Feldzug gegen Ägypten anführen würde. Er zeigte ihm die Depeschen von Kaiser Manuel, dessen riesige Armada auf hoher See vor ihrem »St. Johann von Akre« ankerte. Obwohl seine Krankheit ihn beinahe völlig verzehrte, verlor Morris Sohn unser Niltal nicht aus dem Blick und nahm den Plan seines Vaters wieder auf, der eine gemeinsame Aktion der Franken und Byzantiner wollte, um dort die Gesetze des Kreuzes einzuführen. Ich stand bereit, ihn daran zu hindern. Von Nubien bis in die entlegensten Winkel Syriens warteten alle meine Truppen nur auf das Signal, um sich in Bewegung zu setzen, sobald er sich rührte.

Zur allgemeinen Verblüffung verweigerte sich der Herrscher von Flandern dem Feldzug. Er gestand, daß er in der Absicht gekommen sei, an den heiligen Stätten Besinnung zu finden; auch hoffe er, die beiden Töchter des jungen Königs mit den Söhnen eines seiner Verwandten** verheiraten zu können. Krieg gegen Saladin zu führen, bedeute ihm nichts. Unentwegt erinnerte er an die berüchtigten Hochwasser des Nils, welche die Versuche des verstorbenen Königs

* Er war der Sohn des Thierry von Elsaß, der zwei Feldzüge ins Heilige Land unternommen hatte und von dort die Reliquie des Heiligen Guido in seine Heimat gebracht hatte. Er war durch seine Mutter, Gräfin Sybille, der Tochter von Fulk von Anjou, mit Balduin verwandt. Diese war im Heiligen Land in einem Kloster geblieben.

** Der Graf von Bethune.

Morri zunichte gemacht hatten; und um das Kapitel abzuschließen, setzte er hinzu:

»Meine Truppen können keine Nahrung entbehren!«

Empört kehrte das byzantinische Geschwader nach Konstantinopel zurück. Die Kreuzritter, denen es nicht an Argumenten mangelte, erklärten darauf dem Grafen, daß sein Besuch im Heiligen Land durch eine Glanztat gekrönt werden müsse, die sich für immer in die Gedächtnisse einprägen würde. So ließ der Flame sich, eingerahmt von Graf Raimund von Tripolis und Fürst Bohemund von Antiochia, in den Norden Syriens fortreißen, die Armee Jerusalems nach sich ziehend. Ich konnte sie nicht tadeln, denn das bedeutete keinen Bruch des Waffenstillstandes. Für den Fall, daß Verstärkungstruppen aus dem Abendland ankommen sollten, war in unseren Verträgen mit den Franken vorgesehen, daß sie sich diesen anschließen und gegen uns Krieg führen durften. Sie belagerten Hama, wo Al Mashtub, der König der Kurden, sie statt meines Onkels, der im Sterben lag, zurückschlug. Darauf wandten sie sich zurück nach Harenc, das zu Aleppo gehörte, und die Streitkräfte von Malik Salih eilten der Garnison zu Hilfe, um sie in Schach zu halten.

Sobald die ersten Scharmützel begannen, verließ ich beim Klang der Fanfaren Birkat-al-Jubb an der Spitze meiner Elitekorps, die nur so darauf brannten, die Säbel zu schwingen. Am 29. des Jamada I (17. November 1177) erreichten wir feindliches Gebiet. Niemand stellte sich uns in den Weg, und wir konnten in aller Ruhe Dörfer verwüsten, Köpfe abhacken und Beute anhäufen. Die Küste Palästinas war von ihren Truppen leergefegt. Nur die Garnisonen, die die Festungen hielten, waren übriggeblieben. Ich konnte mir keine günstigere Gelegenheit wünschen, um Askalon in meine Gewalt zu bringen, das den Streitkräften, die unter dem Kreuz antraten, als Bollwerk diente und meine Grenzen bedrohte.

Zu meiner Überraschung stieß ich dort auf Balduin. Als er erfahren hatte, daß ich gegen sein Königreich marschierte, hatte er hastig tausend Fußsoldaten und die dreihundertfünfundsiebzig Reiter, die ihm noch geblieben waren, zusammengezogen. Mit verhängten Zügeln war er in diese Stadt geprescht, um mir zuvorzukommen. Sein Mut war stärker als seine Krankheit, und bisweilen fragte ich mich, woraus er ihn schöpfte. Sollte sein toter Gott so mächtig sein? Die Belagerung würde allerdings nicht lange dauern können. Es mangelte den Christen an Lebensmitteln, und wir waren ihnen zahlenmäßig überlegen. Ich zog es vor, mich nicht dabei aufzuhalten, und rückte weiter vor, nachdem ich zwei Schwadrone vor den Festungsmauern zurückgelassen hatte. Die Übergabe würde allenfalls ein paar Tage auf sich warten lassen. Der König von Jerusalem würde schon bald mein Gefangener sein. Dann würden seine Gebiete mir gehören, meine Männer würden um die Wette ausschwärmen, um zu brandschatzen, zu rauben und zu plündern.

Wir zahlten dem eidbrüchigen König in gleicher Münze heim, was er uns im Vorjahr in der Bekaa-Ebene angetan hatte. Wir säten Angst und Schrecken, und alle ergaben sich, inständig um Gnade flehend. Diese im Galopp gemachten Eroberungen versetzten uns in einen Rausch. Wehrlos erstreckte Palästina sich offen vor uns. Und wir nahmen uns, wonach uns gerade der Sinn stand. Alles war so einfach. Zu einfach, hätte ich gedacht, hätte ich nicht den leprakranken König und seine Handvoll Ritter, eingeschlossen in der Zitadelle von Askalon, hinter mir gelassen. Eine Kompanie brach auf, um die Luft von Arsuf zu schnuppern. Eine andere zerstörte Lydda. Mit einer verkleinerten Armee marschierte ich gen Ramleh. Ein Fluß hielt unseren Zug auf. Die Furt war sehr schmal, und wir räumten dem Gepäck den Vorrang ein.

Plötzlich war die Hölle los. Die Zelte der Franken tauchten vor unseren Augen auf, die Glocken läuteten, und das Kreuz wurde über unseren Köpfen geschwenkt, riesig groß, als reiche es bis in den Himmel. Der kleine Balduin und seine Krieger stürzten sich mit wildem Geschrei auf uns. Ich konnte es nicht glauben. Ich hatte sie gut bewacht im Süden zurückgelassen, und sie überraschten mich im Norden! In meinen Reihen herrschte Verwirrung. Obwohl die Flügel Widerstand boten, bemühten sie sich um eine Vertauschung der Aufstellung, um ihre gewohnten Kampfpositionen zu finden. Die Gepäckstücke, die sich mitten im Wasser türmten, behinderten das Manöver. Und da der größte Teil meiner Truppen sich zum Plündern über die Ebenen verstreut hatte, konnte er den Appell unserer Trommler nicht hören.

Mutig leisteten wir Widerstand und wehrten diesen unerwartet heftigen Angriff unter Einsatz von Lanze und Schwert ab. Taki ed-Din hielt stand. Sein Sohn Achmed, ein junger Erwachsener, griff stürmisch wie ein Löwe an und fand wie viele meiner Emire den Märtyrertod. Ringsum metzelten die Säbel, und das Blut färbte das Wasser des Bergstroms rot. Unsere Soldaten suchten hinter den Lasten Zuflucht und brachten sich mit ihren Kampfrossen in Sicherheit. Im Galopp jagte ein Reiter auf mich zu und zielte mit der Spitze seiner Lanze auf meine Brust. Zwei weitere folgten ihm, nicht weniger bedrohlich. Es fehlte nicht mehr viel, um mich zu treffen, da stürzten sich drei meiner Offiziere auf sie und durchbohrten sie. Allah hatte mich gerettet, doch für wie lange? Ein heftiger Wind wirbelte den Staub auf, machte uns blind und erstickte unser »Allahu akbar!« bereits in unseren Kehlen. Alles war verloren! Das Kreuz, dieses Höllending, ragte ungestraft in meinen Himmel, die Franken kämpften wie Wölfe und bellten wie Hunde:

»Deus lo volt! Deus lo volt!«

Im Gefecht riefen sie sich gegenseitig zu:

»Châtillon!«

»Saint-Amand!«

»Seneschall Joscelin!«

Ihr dämonisches Lachen ließ uns erschaudern. Das Glück war mit ihnen, denn der heilige Georg stand ihnen zur Seite. Mehrere von uns hatten sein leuchtendes Schwert erblickt, das wie eine Flamme loderte. Sollte Allah uns verflucht haben? Es war Freitag, der erste Tag des Jamada II (26. November 1177), ein Datum, das sich mit blutigen Lettern für immer in unser Gedächtnis einprägen würde.

Die Nacht brach an. Uns blieb nur die Flucht. Es wurde ein beschämender Rückzug quer durch die Wüste, ohne Wasser, ohne

Führer, ohne Lebensmittel und ohne Futter für die Tiere. Eine erbärmliche Kolonne folgte mir: wohl an die hundert Entkommene, hinkend, wimmernd; zerlumpt schleiften ihre Kleider durch den Sand, der ihre entkräfteten Reittiere begraben hatte. Um das Unglück vollzumachen, hatten wir unter schlechtem Wetter zu leiden und glaubten zehn Tage lang, wir müßten vor Kälte sterben, da der Regen uns bis auf die Knochen durchweichte.

Wo waren nur meine »Taoushiin« mit den Farben des Triumphes? Wo war meine große Armee? Beide waren auf dem Irrweg in gähnender Leere verschwunden. Auch ich irrte umher, ich hatte alles verloren, sogar meine Ehre.

Eine Flamme zerriß das Dunkel der Nacht. Weitere entzündeten sich, eine nach der anderen, sie tanzten und flackerten an verschiedenen Punkten des Horizonts, bevor sie näher rückten. Ihnen folgte ein Gewirr anschwellender Rufe. Im Schein der Lichter zeichneten sich umrißhaft bewegte Gestalten ab, die Fackeln schwenkten. Wir wurden gesucht, man kam auf uns zu, und wir waren gerettet! Ein kleiner, dick eingemummter Mann näherte sich mir. Da erkannte ich das Mausgesicht von Kadi Al Fadil, und seine Freudenschreie rührten mein Herz.

»Yah, Sidi, du lebst, Ramdulillah!«

Er hatte mich mit meinen glänzenden Kriegern nach Askalon weiterziehen lassen und in el-Arisch haltgemacht, wo er seine Karawane vervollständigt hatte, bevor er als Pilger den Weg nach Mekka eingeschlagen hatte. Berichte über eine Niederlage hatten ihn alarmiert. Da er sich weigerte, den Nomaden Glauben zu schenken, die sich einen Spaß daraus machten, das Desaster zu übertreiben, hatte er eine Horde Führer und Diener angeheuert. Mit Pferden und Kamelen, die mit Lebensmitteln und Kleidungsstücken beladen waren, hatte er die Wüste durchpflügt, um uns wiederzufinden.

»Diese Schurken behaupteten steif und fest, du seist tot!«

»Bei Allah«, antwortete ich ihm, »diesem Gerücht müssen wir schnellstens Einhalt gebieten!«

Sofort wurden Eilboten nach Kairo entsandt, und in ganz Ägypten wurde die Neuigkeit ausgerufen:

»Freut Euch! Der Sultan ist gesund und in Sicherheit, seine Leute ebenso, und sie kehren mit Beute beladen zurück.«

Man beeilte sich, ein Zelt zu errichten, schon knisterte die Glut, und die Kaffeekannen reihten sich mit ihren gebogenen Schnäbeln wie Raubvögel im Sand auf. Ein Duft von Kardamom, grünem Kaffee und warmem Brot erfüllte die Luft. Ich war erschöpft, aber nun hatte der Alptraum ein Ende, und meine Zuversicht lebte wieder auf. Meine Männer tauchten aus dem Dunkel auf und versammelten sich um die Feuerstellen. Wir zogen Bilanz. Einige Tote waren am Rand des Wildbaches zurückgeblieben, und alle, die die Flucht ergriffen hatten, waren über die feindlichen, eisigen Hügel versprengt. Ihnen wurden in alle Richtungen Führer mit Hilfsgütern entgegengeschickt.

»Wo ist der ›faqih‹ Issa?« fragte ich beunruhigt.

Ich hatte gesehen, wie er mit einer Gruppe von Emiren verschwand, und auch der zweitälteste Sohn Taki ed-Dins hatte sich in seiner Begleitung befunden.

»In Gefangenschaft der Franken«, sagte ein entkräfteter Soldat.

Die Scham zog mir das Herz zusammen. Neben mir war mein Neffe einsam in seinen Schmerz versunken. Er hatte zwei Kinder verloren.

»Wie hoch das Lösegeld auch sein mag, ich werde es bezahlen«, erwiderte ich mit dumpfer Stimme.

Dann wurde Nahrung verteilt. Die Zungen lösten sich, und die Lebensgeister erwachten wieder. Wir waren der Hölle entkommen, und darin bestand unser Sieg. Wir hatten uns vor diesem schrekkenerregenden Kreuz gerettet, das uns die »Götzenanbeter« wie ein Teufelswerkzeug entgegengestreckt hatten. Sie sollten ihren Erfolg nur auskosten, er würde von kurzer Dauer sein. Auch wir hatten viele getötet.

»Mindestens tausend«, meinte ein Tapferer.

Und die anderen verstiegen sich zu der Behauptung:

»Das nächste Mal werden wir sie völlig niedermetzeln!«

Himmel blickte. »Glaube und habe Vertrauen, denn Er ist Alles! Hat Er nicht Tag und Nacht, Himmel und Erde erschaffen?«

»Er ist der Mittelpunkt, in dem sich alles treffen wird«*, rezitierte ich mit nachdenklicher Miene.

In dieser Zeit herrschte das Böse im Umfeld von Balduin. Einige »Barone« lehnten den Waffenstillstand ab und revoltierten, am heftigsten Graf Raimund. Er hatte die Niederlage von Mardsch Ayun noch nicht verwunden und verlangte eine Vergeltungsmaßnahme. Ein Blitzüberfall auf seine Ländereien und die Spazierfahrten, die mein Geschwader entlang seiner Küsten unternahm, bereiteten seinem Tatendrang ein rasches Ende. Mit ihm schloß ich ebenfalls einen Vertrag. Daraufhin beeilte Fürst Bohemund sich sehr, mich davon in Kenntnis zu setzen, daß Antiochia den Willen des Frankenkönigs respektiere. In aller Heimlichkeit wurde mir das von der Dame Sybille bestätigt, die er schließlich doch noch zu seiner Ehefrau gemacht hatte.

Trotz aller Versprechungen, die ich dem Kalifen gemacht hatte, war ich noch nicht zur Eroberung unserer Heiligen Stadt gerüstet. Die syrische Armee und die ägyptischen Truppen, die mir zur Verfügung standen, reichten nicht aus. Ich mußte mich mit Aleppo, Mosul und den Herrschern der kleinen lehenspflichtigen Fürstentümer verbünden, auch auf die Gefahr hin, daß sie mir in den Rücken fallen konnten. Nur der Zusammenschluß all dieser Streitkräfte unter meinem einigenden Kommando würde uns endlich den Erfolg bringen. Es schwebte mir vor, alle Völker des Islam unter ein und demselben Banner zu versammeln. Das hatte es in der arabischen Welt noch nie gegeben. Wir würden über die größte Armee der Welt verfügen, und ich fragte mich, wie ein solches Wunder zu bewirken wäre. Würden die schlichten Worte »Dschihad« und »Al Qouds« all diese auf Macht und Reichtum versessenen Fürsten eines Tages dazu bewegen, ihre eigenen Interessen hintanzustellen, um mir zu folgen und das »Dar el Islam«** wiederaufzubauen?

* Koran, Sure III, Vers 104.
** Das Haus des Islam.

Im Verlauf unseres Gewaltmarsches hatte ich viel Zeit zur Besinnung gehabt, und ich verfluchte meine Unbekümmertheit und Leichtfertigkeit. Umgeben von meinen zahllosen Truppen, die stolz in der Sonne aufmarschierten, hatte ich mich für unbesiegbar gehalten. Ich hatte mir einen billigen Triumph verschafft, indem ich auf wenig rühmliche Art die Saat der Zerstörung gelegt hatte. Ich hatte mich vom eitlen äußeren Schein hinreißen lassen. Während ich im Galopp meinen Träumen von Ruhm und Macht nachjagte, war ich binnen eines Augenblicks vollständig verlassen, wie nach Schirkuhs Tod. Damals war ich nur ein junger Wesir gewesen, linkisch und verängstigt. Diesmal war ich der Herrscher, und Tausende von Menschen hatten unter meinen schweren Irrtümern leiden müssen. Ich rief mir Issas Worte ins Gedächtnis, die er im leeren Prunksaal gesprochen hatte:

»Alles, was dich umgibt, erhält nur durch das einen Wert, was du nach dem Willen Allahs daraus machen wirst.«

Gott hatte mich zum höchsten Rang emporgezogen und meinen Stolz sehr schnell bestraft. Vor den Mauern von Aleppo hatte ein zwölfjähriger Fürst mich schachmatt gesetzt. Danach war der König der Christen an der Reihe gewesen, mir mit seinen sechzehn Jahren einen quälenden Mißerfolg zu bereiten, obwohl das Leben Stück für Stück aus ihm wich. An den Lagerfeuern rissen die Berichte darüber nicht ab, wie er sich an die Templer von Gaza gewandt hatte, um meine Männer auszuschalten, dann das Ufer entlang weit nach Norden galoppiert war, um nach Osten zu schwenken und mich in einem Hinterhalt zu fangen. Ich bewunderte sein Durchhaltevermögen im Krieg sowie seinen Instinkt beim Verfolgen, und ich dankte dem Himmel dafür, daß er nicht bei guter Gesundheit war. Sonst hätte sein Eifer, zehnfach gestärkt, mir nur wenig Chancen gelassen. Aber er war nicht allein. Auch in seinem Umkreis wußte man sich zu schlagen, und die Durchtriebenheit unter den Ritterhelmen gab dem Haß Nahrung.

Al Fadil griff zu seiner Feder, und ich diktierte ihm einen Brief an den »obersten Diwan«:

»Für hundert Muslime, die den Märtyrertod starben, wurden Tausende von Ungläubigen vernichtet. Viele Menschen sprechen von Niederlage, aber, beim Segen des Kalifen, es war ein Sieg.«

Ich verbrannte mir die Finger an einem Glas Tee. Während ich meinen Blick auf das Mäandermuster des Wandbehangs heftete, vertraute ich dem Kadi und den Offizieren, die mich umringten, folgendes an:

»Ägypten taugt nicht als Basis für den Heiligen Krieg. Die Wüste zwischen unseren Grenzen und den Schlachtfeldern in Palästina ist zu groß. Wir benötigen Auffangstellungen, falls wir zum Rückzug gezwungen sein sollten.«

»Einige gute Festungen, die uns als Zuflucht dienen könnten«, schlug ein Emir vor.

»Wir werden welche bauen«, erwiderte ich. »Aber ich wiederhole es: Der Angriff wird von Syrien ausgehen.«

Am 15. des Jamada II (8. Dezember 1177) hielt ich Einzug in Kairo. Die Bevölkerung war beruhigt, mich wiederzusehen, und versagte sich jegliche gehässige Bemerkung. Durch eine Reihe geschickter Verlautbarungen gelang es, die Bedeutung der Niederlage herunterzuspielen. Ganz allmählich verwandelte sie sich in eine Warnung an den Feind, und für die nahe Zukunft kündigten wir unsere Erfolge an. Ich machte mich unverzüglich an die Arbeit und strafte mich, indem ich mir die »nouba«* vorenthielt. Ich wollte so lange keine Privilegien mehr, bis ich mich von der Schande reingewaschen und meine Ehre wiedererlangt hatte. Ein neuer Glaube rüttelte meine Seele auf. Der Tod hatte mich nicht ereilen können. Allah hatte mich für ein größeres Unterfangen gerettet. Es wurde ein Kinderspiel, neue Truppen zu sammeln. Ägypten stellte ein großes Reservoir an Männern dar, und Nubien hatte Pferde im Überfluß. Schon im Frühling zog ich nach Norden in Richtung Damaskus

* Die »nouba« ist ein Recht, das jedem Souverän zustand, nämlich fünfmal täglich eine eigens ihm vorbehaltene Musik vor seiner Tür spielen zu lassen. Dieses Privileg war untrennbar mit der Herrschaft verbunden.

und ließ im Lager von Birkat-al-Jubb eine Reservearmee beim Disziplintraining zurück.

Ich fand Syrien in kläglichem Zustand vor. Noch immer hielt die Trockenheit an, und der Hunger griff um sich. Die Preise stiegen, es herrschte Mißwirtschaft, und das Volk litt darunter. Mein Bruder regierte nicht. Die Kassen waren leer, und niemand wurde bezahlt. Dennoch hatte ich wiederholten Bitten nachgegeben und ihm bedeutende Summen aus dem ägyptischen Staatshaushalt geschickt. Wo versickerten nur all diese Reichtümer? Im Palast von Turanschah! Er ließ aus dem Jemen Sträucher namens »Qat« kommen, die sich in seinen Kellern stapelten. Er verbrachte den ganzen Tag damit, sie vom Laub zu befreien. Diese kleinen grünen Blätter entführten seinen halluzinierenden Geist in bunte Träume, die er verwirklichen wollte. Und so war ihm nichts schön genug. Seine Hofhaltung war luxuriös, und er gab sich ganz dem Vergnügen hin, ging zur Jagd, feierte Feste und genoß die zarten Freuden seines Harems. Während sein Land den Hungertod starb, hatte er sich tatsächlich erlaubt, Getreide an den Feind zu verkaufen. Eine beträchtliche Anzahl von Emiren hatte sich an ihm ein Beispiel genommen, so daß sich Unterschlagungen und Betrügereien häuften. Die Krönung seiner allzu langen Liste an Schandtaten bestand jedoch darin, daß er freundschaftliche Beziehungen zum König von Aleppo unterhielt, die im unterzeichneten Vertrag bei weitem nicht vorgesehen waren.

»Ich kann einige geringfügige Unregelmäßigkeiten verzeihen«, sagte ich zu ihm, »aber wenn das gesamte Land so heruntergewirtschaftet ist, dann sehe ich die Säulen des Islam wanken.«

Trotz der großen Achtung, die ich meinem älteren Bruder entgegenbrachte, schickte ich ihn zu seinen Wahnbildern zurück und übernahm die Zügel der Macht wieder selbst. Als erstes untersagte ich sämtliche Handelsgeschäfte, die nicht mit den Gesetzen unseres Korans zu vereinbaren waren. Cheikh Scharaf ed-Din, den ich vor meiner Reise nach Kairo zum Kadi von Damaskus ernannt hatte, unterstützte mich wirksam. Er half mir auch, den Glauben inmitten der Feindseligkeiten zu bewahren, die von allen Seiten auf mich einstürmten. Mein Sohn el-Aziz Uthman, der mich begleitet hatte, war von einem bösen Fieber befallen und lag im Delirium. Ich fürchtete, daß es von der Ruhr herrührte, die in seinem Alter tödlich ist. Wir hatten bei den Getränken die üblichen Vorsichtsmaßregeln befolgt, doch in Syrien wurde diese Krankheit durch rohe Kost verbreitet. Ich hielt bei ihm Krankenwache und verzehrte mich vor Angst. Meine schöne, heitere Sultanin welkte dahin. Unser Kind war tot zur Welt gekommen.

»Es hat deine Liebe mit sich fortgenommen«, seufzte sie. »Ich sehe diese Flamme nicht mehr in deinen Augen, durch die dein Herz immer zu mir sprach.«

»Dein Lachen nicht mehr zu vernehmen war die schlimmste aller Qualen«, erwiderte ich ihr. »Ich habe im Wind der Nacht darauf gelauscht, doch mein Hoffen ging im Klatschen des Regens unter.«

Die Erinnerung an sie hatte mich während meines Irrweges nicht mehr losgelassen. Ohne sie als meine Zuhörerin fühlte ich mich noch einsamer und erbärmlicher. Ich hatte versucht, ihr Gesicht am Sternenhimmel auszumachen, um ihr anzuvertrauen, wie sehr das Leid auf mir lastete. Doch meine Rufe waren verhallt, der Staub der Wüste hatte sie geschluckt. Ich beruhigte sie, indem ich ihr meine Zweifel, meine Scham und meine Furcht, sie zu verlieren, gestand. In dem Augenblick traf eine Abordnung aus Bagdad mit einem Brief des Kalifen ein. Er enthielt eine umfassende Vollmacht für meine künftigen Eroberungszüge in Palästina und die förmlichen Befehle:

»Wacht über die Verteidigung der Grenzen zu den Ungläubigen!

Bekämpft die Religionsfeinde mit Eifer!

Gewinnt die Gebiete zurück, die uns all diese Gottlosen geraubt haben!«

Das alternde Oberhaupt der Gläubigen wollte dank einer schönen Tat eine gute Figur machen, wenn er vor den Allerhöchsten treten würde. Er bot mir Männer und Geld an, um den lang ersehnten

»Dschihad« anzutreiben. Diese unzeitgemäßen Anweisungen kamen überraschend für mich. Die Hungersnot machte es mir unmöglich, eine syrische Armee aufzustellen, und Turanschah hatte mich in einer seiner Launen gewissermaßen in ein vergiftetes Wespennest gestoßen. Ich beruhigte Bagdad mit der Antwort, daß man im nächsten Frühjahr die Eroberung Jerusalems erleben werde, sofern alles gutgehe. Dann deckte ich nach und nach die Intrigen auf, die mir zusetzten.

Die ärgste betraf Baalbek.

»Ich will diese Festung!« forderte mein Bruder. »Sie bewahrt meine Kindheitserinnerungen.«

»El-Muqaddam ist ihr Gouverneur«, hatte ich geantwortet. »Ich habe keinen Grund, ihn an einen anderen Ort zu beordern.«

»Wenn das so ist«, hatte er wutentbrannt gebrüllt, »werde ich sie mir allein verschaffen!«

Er brach mit seinen Leuten auf, um die Festung zu stürmen. Ich ließ ihn ziehen. Er hatte nicht das Zeug dazu und würde von allein klein beigeben. Ich wollte mich nicht einmischen und mein Ansehen in einem Konflikt zwischen einem Mitglied meiner Familie und einem Statthalter gefährden, zumal letzterer sich in seinem Zorn mit rivalisierenden Mächten verbünden könnte. Dennoch hatte ich die Route nach Homs eingeschlagen und mein Lager an den Ufern des Orontes errichtet. So verschaffte ich der Hauptstadt durch den Abzug meiner Truppen Erleichterung und konnte die Franken beobachten. Der Graf von Flandern war in das Abendland zurückgekehrt. Aber ob die Streitkräfte von Antiochia und von Tripolis unsere Zwietracht nicht sogleich ausnutzen würden, um uns ans Leder zu gehen?

Es kam zu einigen bedeutungslosen Scharmützeln. Meine Männer brachten Gefangene mit zurück. Diese wurden von den Frömmlern und Sufisten enthauptet, die mir überallhin folgten und sich diese Art Arbeit vorbehielten. »Wir verdienen uns das Paradies«, versicherten sie.

Indessen zog sich die Belagerung von Baalbek hin. Um näher heranzurücken, schlug ich mein Lager an einem anderen Ort auf, begnügte mich aber damit, auf den wildreichen Hängen des Anti-Libanon auf die Jagd zu gehen. Eines Morgens – ich machte gerade einen Bogen um das Unterholz – stob ein Reiter aus dem Dickicht und bewegte sich in meine Richtung. Ich war von seiner Eleganz überrascht und fragte mich, wer dieser Emir sein könne. Als er es geschafft hatte, auf gleicher Höhe mit mir zu reiten, bemerkte ich zu meiner Verwunderung, daß es eine Frau war.

»Großer Sultan«, sagte sie zu mir, »ich komme aus Antiochia. Ich habe alle Gefahren auf mich genommen, um dich zu finden. Dein Name läßt die Bewohner unserer Städte und Paläste erzittern. Man kennt deine Macht und verurteilt deine Grausamkeit. Ich bin Christin, aber dennoch bin ich auf deiner Seite. Diese Ländereien sind muslimisch, und unsere Anwesenheit ist nicht gerechtfertigt. Ich bin gekommen, um dir meine Hilfe anzubieten.«

Sie hatte Arabisch gesprochen, und ihr Akzent bezauberte mich. Die Dame hieß Sybille und war eine Abenteurerin von seltener Schönheit: Augen, zart wie der Himmel bei Morgenröte, ein kecker Mund, und unter den Schleiern der Kopfbedeckung lange Haare im Farbton reifen Korns. Sie hatte in Antiochia einige Herren der Gesellschaft verführt und Fürst Bohemund den Kopf verdreht. Sie erfuhr eine Menge und konnte mir nützlich sein. Die Art, wie sie die Linien unbemerkt passierte, ihre Kaltblütigkeit und Verschlagenheit beeindruckten mich. Ich nahm ihr Angebot an, und so begannen unsere Geheimnisse.

Der erste Schneefall führte mich nach Damaskus zurück, und wir mußten den Frühling abwarten, bis El-Muqaddam sich schließlich dazu bereit erklärte, seine Zitadelle aufzugeben. Ich hatte ihm freilich als Ersatz großzügig drei Festungen mit den zugehörigen Territorien angeboten. Mein älterer Bruder kam mich teuer zu stehen. Aber ich war seine Vorwürfe und sein Gejammer leid. Er würde mich nicht mehr stören, sobald er in seinem Adlerhorst hockte.

Doch das bedeutete keineswegs das Ende meiner Sorgen. Meine Rivalen in Aleppo und Mosul wie auch die Fürsten der Nordstaaten schöpften wieder Hoffnung und wurden gegen mich aktiv, ermutigt durch meine Niederlage in Ramleh. Sie führten eine geheime Korrespondenz mit Antiochia und Tripolis. Sie gingen sogar soweit, den großen »Meister des Todes« auf seinem Lehnsgut in Masyaf erneut zu bedrängen.

Von Seiten Jerusalems herrschte Ruhe. Doch der Schein trog. Balduin brüstete sich noch immer mit seinem »Montgisard«* und träumte nur noch von weiteren überraschenden Aktionen. Die Krankheit zehrte erschreckend an ihm, doch unermüdlich blieb er weiterhin rührig und verstärkte die Abwehr seines Königreiches. Er hatte den Befehl erteilt, eine verfallene Burg wieder aufzubauen, die den Templern gehörte. Sie befand sich am oberen Jordan in der Nähe der Stelle, wo Jakob einst mit dem Engel gekämpft hatte und wo sich auch sein Grab erhob. Wir nannten diesen Ort nach der Furt gleichen Namens den »Beit-el-Azhan«, das »Haus des Kummers«. Er lag einen Tagesmarsch von Damaskus entfernt und war strategisch bedeutsam. Er erlaubte es, den Flußübergang und die Ebene von Banias zu kontrollieren. Letztere war wegen ihrer Korn-, Reis- und Baumwollfelder sowie der Obsthaine, die sich bis zum Fuße des Berges Hermon ausdehnten, die Speisekammer der syrischen Hauptstadt. Wir konnten nicht zulassen, daß eine christliche Garnison sich dort festsetzte und unsere Karawanen ausplünderte. Das hieße, daß sich unsere Grenzgebiete verkleinern würden und wir von der Route nach Tiberias und Galiläa abgeschnitten wären. Ohne länger zu zögern, ließ ich alle Festungen von Damaskus instand setzen.

Seit der Abreise des Grafen von Flandern war der Waffenstillstand wieder in Kraft getreten, der mir jedes militärische Vorgehen untersagte. So bot ich dem König der Franken sechzigtausend Dinare an, damit er seinen Plan aufgab. Ich steigerte das Angebot auf hunderttausend Goldstücke. Doch er schlug es aus und zog an der Spitze seiner gesamten Armee zur Burg, um sich von den Baufortschritten mit eigenen Augen zu überzeugen. Die Arbeiten hatten ein solches Ausmaß angenommen, daß meine Emire sich sehr beunruhigt zeigten.

* Für die Kreuzfahrer war die Schlacht von Ramleh die von Montgisard (Tel Gezer).

»Sollen sie nur zu Ende bauen!« antwortete ich. »Wir werden die Festung so gründlich zerstören, daß auch nicht die geringsten Überreste mehr davon bleiben werden.«

Zu Beginn dieses Jahres 575 (Herbst 1178) hatten wir stärker als je zuvor unter der Dürre zu leiden, und überall herrschte Lebensmittelknappheit. Meine Truppen blieben davon nicht verschont, und gewisse Stimmen aus meiner Umgebung ließen mich wissen:

»Dies ist nicht der rechte Zeitpunkt, um die Ungläubigen anzugreifen. Sollten sie nach Ruhe trachten, gewähre sie ihnen! Wenn sie zum Frieden neigen, tu es ihnen nach!«

Ich erwiderte unerschütterlich:

»Der Allmächtige hat uns befohlen, den ›Dschihad‹ zu führen. Er wird die Sorge um unser Auskommen auf sich nehmen. Wir müssen Seinem Willen gehorchen. Laßt uns unsere Aufgabe vollenden, dann wird Er die Seine vollenden! Allah vernachlässigt diejenigen, die Seine Befehle vernachlässigen.«

Im Monat Dulkaada (2. April 1179) marschierten Balduin und seine Ritter in Richtung Damaskus und stahlen unsere Schafe. Mit der schönen Jahreszeit wuchs der Appetit, und das Gedächtnis schwand. Kriegsgeruch lag in der Frühlingsluft. Ich schickte ihnen Faruk-Schah entgegen.

»Rufe mich, sobald du sie geortet hast!« sagte ich ihm.

Seine Depesche ließ nicht lang auf sich warten:

»Wir haben die Kohorte des Königs am Tag des Neumonds in einer Schlucht des Waldes von Banias abgefangen. Blutige Schlacht. Balduin knapp entkommen. Wir bringen die restlichen mit.«

Ich wagte nicht, mich zu freuen, und verließ Damaskus. Am Horizont stiegen Staubwolken auf. Beim Klang der Trommeln galoppierte mein Neffe auf mich zu. Er war von seinen Standarten umgeben und schleppte eine Reihe Gefangener und abgeschlagener Köpfe hinter sich her.

»Ich hatte den ›Aussätzigen‹ bereits«, berichtete er mir ganz aufgeregt. »Sein Pferd war durchgegangen. Er war mir ausgeliefert, und ich hätte ihn niedergemacht, wenn der alte Konnetabel Humfried von Toron sich nicht vor mir aufgerichtet hätte, um mit seinem Körper die Pfeile abzufangen, die für Balduin bestimmt waren.«

Der König der Franken hatte im Staub gelegen, und ich triumphierte. Nun wurde es Zeit, sein »Beit-al-Azhan« zu schleifen. Ich machte mich auf den Weg zum Jordan und richtete mich in Moroudj-ech-Chou'ara', der »Wiese der Poeten« ein. Die gesamte syrische Armee war bei mir, und unser Lager grenzte an das Gebiet der Ungläubigen. Jeden Morgen ging ich am Flußufer auf die Jagd, um die Bewegungen des Feindes zu beobachten. Die Festung war bis an die Zinnen bewaffnet, und ich scheute davor zurück, vor diesen Mauern mit den gegnerischen Streitkräften zusammenzustoßen. Ich wollte sie lieber in der Ebene überrumpeln und vernichten. Dann würde es leicht werden, diese Höllenbastion in die Luft zu sprengen. Ich provozierte den Feind mit einigen Schwadronen, die seine Ländereien in der Nähe von Beirut und Sidon plünderten, während wir riesige Feuer entfachten und unsere Maschinen kampfbereit machten.

Beunruhigt trommelte der König von Jerusalem alle Männer seines Reiches zusammen und schickte in alle Richtungen Botschaften, in denen er Ablenkungsmanöver anordnete. Der Fürst von Antiochia fiel in die Gegend von Schaizar ein, und der Graf von Tripolis dezimierte einen Trupp Turkmenen. Ich schickte sogleich Verstärkung nach Hama, Homs und Baalbek, während eine Taube nach Kairo abflog. Zur Unterstützung meiner Syrer benötigte ich kräftige Reiter. Ich fühlte, daß meine Revanche bald möglich sein würde, und sie sollte ein durchschlagender Erfolg werden. Ein Gesandter aus Bagdad billigte mein Vorgehen. Ich hatte ihm die feindliche Festung gezeigt, eine riesige und furchterregende Bastion ganz in der Nähe unseres »Meched-el-Yakoubi«, dem Grab von Jakob. Der Kalif sollte bekommen, was er wollte. Der Heilige Krieg begann.

Ich verlegte mein Lager näher an die Bekaa, wo leichter Vorräte zu beschaffen waren, und ließ mein Zelt auf einer Anhöhe aufschlagen. Mit Argusaugen beobachtete ich die Landschaft. In der Ferne flüchteten Herden in gerader Richtung aus den Talmulden und Dickichten, wo sie gegrast hatten.

»Ein Überfall!« schrie ich.

Im gleichen Moment brach ein Schäfer völlig außer Atem mit folgenden Worten vor meinen Füßen zusammen:

»Eine Kohorte, die zum Füttern der Tiere aufgebrochen war, wird in Mardsch Ayun* niedergemetzelt!«

Es wurde zum Angriff geblasen, und ich sprang in den Sattel. Am Ort des Geschehens lagen unsere Männer im Todeskampf. An die tausend Franken ließen ihr Siegesgeschrei vernehmen. Ich kam gerade noch rechtzeitig, um meine letzten überlebenden Soldaten zu retten.

»Allahu akbar!« schrie ich.

Meine Reiter stürzten sich mit Gebrüll auf den überrumpelten Feind. Im Umkreis unserer Lanzen und Schwerter bebte die Luft. Die Köpfe barsten unter unseren Streithämmern und Äxten. Das Abschlachten wurde mit doppelter Heftigkeit fortgesetzt, so daß sich die Leichen unter der sengenden Sonne des Muharram** türmten. Die Ungläubigen ergriffen die Flucht. Wir nahmen ihre Verfolgung auf. Einige konnten gerade noch das Wasser des Litani durchqueren. Eine Handvoll flüchtete sich in den »Shakif Arnun«***, wo der verletzte König vor sich hin wimmerte.

Die Anzahl der Gefangenen war beträchtlich. Die Spitze der Armee der »Polytheisten« war uns in die Hände gefallen: der Großmeister der Templer ebenso wie der der Hospitaliter, der Herr von Tiberias, der von Byblos, der Sohn des Barisan, der Herr von Jenin, der Burgherr von Jaffa und eine große Zahl »Barone« aus Jerusalem und Akko. Mehr als dreihundert Männer, die der Truppe nicht mitgezählt, zogen schwankenden Schrittes vor uns her, als seien sie betrunken. Wir verbrachten die ganze Nacht damit, sie zu registrieren, bevor sie in die Gefängnisse von Damaskus überführt wurden.

* Tal der Quellen.
** Die Schlacht fand am 10. Juni 1179 statt.
*** Das Schloß von Beaufort.

Im Morgengrauen versammelten wir uns alle zum Dankgebet. Ich war glücklich. Meine Ehre war nun reingewaschen. Ich hatte mir meinen Titel »Malik-en-Nasir«, »siegreicher König«, von neuem verdient, und diese berühmten Gefangenen verliehen mir eine starke Position, um meine inhaftierten Leute freizubekommen. Dabei dachte ich an den Sohn meines Neffen und an meinen Freund Issa al Hakari. Noch wußte ich nicht, daß eine meiner Flotten am selben Tag zwei Galeeren mit Pilgern aufgegriffen hatte und tausend Ungläubige nach Alexandria brachte. Die Dichter sangen Loblieder auf uns, und ich lauschte ihnen mit offenen Ohren. Doch ich konnte nicht dabei verweilen. Weitere Nachrichten trafen ein und versetzten mich in Alarm. Bei den Franken wurden Verstärkungstruppen mit einem Grafen aus der Champagne ausgeschifft. In der Absicht, Rache für seine Niederlage zu nehmen, trommelte Jerusalem alles zusammen.

Meine Männer ritten bereits ungeduldig vor den Mauern von Damaskus hin und her. Die syrische Armee hatte Zeit zum Ausruhen gehabt. Die ägyptische Kavallerie war eingetroffen, und ich hatte einige Kontingente an Turkmenen mobilisieren können. Ich stürzte zum »Haus des Kummers«. Balduin marschierte mit seinen Tausenden von Lanzenträgern Richtung Tiberias, während wir unsere Palisaden und Wurfmaschinen in Stellung brachten. Ich wollte dieses Unglücksnest zerstören, bevor der Feind die Gelegenheit hatte, dorthin zurückzukehren. Die Schanzgräber machten sich an die Arbeit. Sie mußten tief unterhalb der mehr als neun Ellen dicken Mauern graben. Ich trieb sie unentwegt an:

»Schneller! Yallah!«

In meiner Ungeduld riß ich einige Steine mit bloßen Händen heraus. Am 24. Rabia (29. August 1179) stürzte eine Wandfläche ein. Die bezwungene Festung lieferte uns ihre Waffen, Lebensmittel und mehr als siebenhundert Gefangene aus. Danach brannte sie vierzehn Tage lang, ein riesiges Schiff in einem Flammenmeer, dessen allmählichen Untergang ich bis zum letzten Augenblick verfolgte, in dem es nur noch ein Haufen Asche war.

Da begab ich mich zum »Meched-el-Yakoubi«, kniete nieder,

dankte Allah und bot ihm meinen Sieg dar. Endlich begann der Heilige Krieg wirkungsvoll zu werden! Wir hatten dem Islam ein Wallfahrtsziel zurückerobert.

Balduin beobachtete das Schauspiel von den Festungsmauern Tiberias' aus und vergoß Tränen der Wut. Eine seiner besten Verteidigungsanlagen Galiläas lag in Schutt und Asche, und ein abscheulicher Geruch zog von der Ebene in Mardsch Ayun herauf: Seine Armee verweste in der Sonne. Im gesamten Umkreis stieg einem der Gestank in die Nase. Bald trat die Pest auf. Der Graf der Champagne flüchtete sich mit seinen Leuten zurück auf seine Galeeren und nahm Kurs auf das lieblichere Abendland.

Unermüdlich hatte ich meine Übergriffe auf das Territorium der Feinde fortgesetzt. Ich raubte ihnen die Ernten und das Vieh, während meine Schiffe in ihre Häfen eindrangen und sie verheerten. Nun kehrte ich rasch nach Damaskus zurück, wo eine Krankheit wütete, die all unsere Schlachten an Grausamkeit übertraf. Mein Neffe Taki ed-Din und mein Bruder Toghtekin wurden von ihr befallen, erholten sich jedoch wieder. Meine Truppen schwanden zusehends. Zehn meiner Emire wurden dahingerafft. Es war eine wahre Katastrophe! Ich eilte von einer Beerdigung zur nächsten, und den ganzen folgenden Winter verbrachte ich mit der Aushebung neuer Rekruten. Auch schickte ich meine Anweisungen nach Ägypten:

»Verstärkt die Flotte! Sie soll jederzeit bereit sein, die Anker zu lichten!«

Meiner Sultanin ging es äußerst schlecht. Sie hatte noch einmal den Versuch gemacht, mir ein Kind zu schenken. Doch die Dinge hatten einen dramatischen Verlauf genommen. Sie hatte es vorzeitig verloren und dabei unerklärliche Schmerzen gelitten, an denen sie beinahe zugrunde gegangen wäre. Und in ihrem Delirium sprach sie von Gift und Eifersucht.

Ich riß vor Entsetzen die Augen auf. Ich glaubte meine Frauen bisher in einer Atmosphäre geborgen, wo Ruhe und glückliche

Heiterkeit herrschten, zumal ich darauf achtete, meine Geschenke gleichmäßig zu verteilen. Plötzlich entdeckte ich die schändlichsten Intrigen, die von Unterwürfigkeit und parfümierten Gunstbeweisen verschleiert wurden. Dennoch mangelte es mir an Beweisen, um Gerechtigkeit zu üben. So brachte ich Asimat Khatun in eine Oase nahe der Hauptstadt, in der sie sich rasch erholte. Und erneut erhellte ihr Lachen meine Nächte.

Der Frühling trieb uns wieder in den Sattel. Ich streifte in Galiläa in der Umgebung von Safed umher, und meine prüfenden Blicke wanderten zum Meereshorizont. Ich hatte den Flottenverbänden Alexandrias befohlen, sich mir anzuschließen. Ich hegte den Plan, eine Hafenstadt der Christen vereint anzugreifen. Balduin bespitzelte mich von Jerusalem aus und war in dem Glauben, ich würde ihm seine mageren Ernten stehlen. Er schickte mir Boten in der Absicht, über Frieden zu sprechen. Ich hörte ihnen aufmerksam zu. Auch ich hatte wirtschaftliche Probleme, sowohl in Syrien als auch in Ägypten, wo die Hochwasser des Nils so sehr auf sich warten ließen, daß man den König von Abessinien verdächtigte, das Wasser des Stroms zu den Ländereien seiner Neger umgeleitet zu haben. Aber am meisten beunruhigten mich jene Geräusche von Stiefeln und das Klirren von Lanzen an meinen Grenzen zu Kleinasien. Man marschierte gegen mich auf. Man wollte mich ausrauben. Man beschwor meine Vernichtung. Ich brauchte eine Atempause in der Auseinandersetzung mit den Franken, damit ich im Norden meine Macht festigen konnte.

Kilidsch Arslan, der Sultan von Ikonion*, glaubte, sich alles herausnehmen zu können, seit er die byzantinische Armee in Myriokephalon** zerschlagen hatte. Und seit meiner Niederlage in Ramleh machte er sich Hoffnungen. Er glaubte, mich einschüchtern zu können, indem er die Rückgabe einer Festung verlangte, die zwischen Aleppo und Samosata lag und die ich Malik Salih vier Jahre

* Sultan von Konya. Seine Staaten erstreckten sich vom Mittelmeer bis zum Schwarzen Meer und wurden im Osten von Syrien, Mesopotamien, Armenien und Georgien begrenzt.

** Diese Schlacht fand am 17. September 1176 statt. Für Kaiser Manuel war dieses Desaster mit dem von Mauzikut vergleichbar, das sich ein Jahrhundert früher ereignet hatte.

zuvor entrissen hatte. Als einzige Antwort schickte ich ihm Taki ed-Din und zwei Schwadronen, die seine herausgeputzten Seldschuken in die Flucht schlugen.

Unterdessen kürzte ich meine Palaver mit den Kreuzrittern ab. Wir unterschrieben und beeideten einen Waffenstillstand über zwei Jahre, der zu Lande wie zu Wasser sowohl für die Franken Syriens als auch für die des Abendlandes Geltung besaß. Wir tauschten unsere Gefangenen aus. Ich übergab ihnen einige berühmte Lehnsherren, und tausend meiner Leute wurden freigesetzt. Taki ed-Din fand seinen Sohn wieder. Auch der Priester Issa al Hakari kam zu uns zurück. Er war bleich und abgemagert, strahlte jedoch eine seltsame, fast übernatürliche Kraft aus.

»Gott ist groß«, sagte er zu mir. »Für den, der es versteht, Ihm zu dienen, ist Seine Liebe unendlich.«

»Alles war mein Fehler«, rief ich verblüfft. »Und du hattest diese Qualen nicht verdient!«

»Im tiefsten Dunkel leuchtet das Gesicht des Einzigen«, erklärte er. »Das Schlechte existiert nur in unseren Gedanken, durch unseren Körper, der seiner Furcht Gehör schenkt und seinen Schmerz selbst schafft. Alles, was kommt, ist gut, denn es kommt von Gott, der vollkommen ist. Das Schlechte wird uns als eine Leiter geschickt, die wir erklimmen müssen, um uns Ihm zu nähern. Betrachte in jedem Moment nur das Gute!«

Welche Größe der »faqih« doch bewies, als er mir vergab! Er ging sogar so weit, sich bei mir für die schmerzliche Erfahrung zu bedanken, die ihn dank neu gewonnener Überzeugungen gefestigt hatte. In meiner Verwirrung fühlte ich mich verstört und beschämt zugleich; fast eifersüchtig war ich auf diese Erleuchtung, die aus seiner Seele sprach und mich ratlos machte.

»Sollte Gott so verderbt sein, daß Er zu unserem Wohl das Böse schuf?« fragte ich. »Aber wie soll man das Gute vom Bösen, das Gerechte vom Ungerechten, das Falsche vom Wahren genau unterscheiden? Trägt nicht jeder von uns eine eigene Wahrheit in sich? Und was für den einen gut ist, mag für den anderen nicht gut sein.«

»Darauf habe ich nur eine Antwort«, sagte Issa, während er zum

Gegenwärtig schmeichelten sie mir, weil ich der Stärkste war, während sie hinter meinem Rücken tausend schäbige Anschuldigungen murmelten, in denen ich ein Lügner, Streber und Tyrann geschimpft wurde. Jeder einzelne von ihnen beneidete mich um meinen Ruhm, an den sie nicht heranreichten, da ich über einen Trumpf verfügte, den sie nicht vorweisen konnten.

Seit meiner Ankunft in Syrien hatte ich unentwegt nach dem Vorbild meines geistigen Vorgängers Nur ed-Din gehandelt; und diejenigen, die er für den Kampf gegen die »Werkzeuge des Satans« begeistert hatte, hatten sich auf meine Seite geschlagen. Tag um Tag wuchs die Zahl der neuen Mitstreiter, die sie für meine Sache gewannen. Sie bildeten den unverzichtbaren Ausgangspunkt für die Propaganda, die ich benötigte und breit einsetzte, um als der unbestrittene Anführer des Heiligen Krieges anerkannt zu werden. Warum sollten wir uns unter Brüdern schlagen, wo es doch zum Ruhm unserer Religion so viele Dinge gemeinsam zu tun gab? Der Versuch, wie unser »Großer Mudschaheddin« durch Diplomatie und Überredungsgabe zu überzeugen, war allem anderen vorzuziehen. Ich würde ein weiteres Mal seinem Beispiel folgen. Seine Methode war einfach. Es galt, die Opposition durch Ermutigung möglicher Überläufer zu schwächen, den rechten Zeitpunkt für die Durchführung von Militäraktionen zu wählen, Verträge zu erfüllen und nach dem hilfreichen Segen des Kalifen zu trachten.

Al Mustadi war zu Beginn des Frühlings verstorben. Sein Sohn an-Nasir hatte die Nachfolge angetreten. Der Umgang mit ihm würde nicht so leicht fallen. Da er sich für einen Staatsmann hielt, hatte er in alle vier Winkel von Mesopotamien und sogar bis nach Persien Vertreter entsandt, um den Machtbereich der Abbassiden zu kontrollieren. Ich hatte mich beeilt, die »khotba« in seinem Namen in meinem gesamten Herrschaftsbereich sprechen zu lassen. Und wie zuvor seinem Vater schickte ich ihm zahlreiche Briefe, um ihn von meinen Aktivitäten zu unterrichten und ihm meinen Gehorsam zu versichern, da meine Taten diesen vermissen ließen. Der rechte Augenblick, den »Dschihad« zu entfesseln, war noch nicht gekommen.

Zu Beginn des Jahres 576 (Mai 1180) arbeitete alles gegen mich: die Dürre, die tödliche Seuche, das verschwörerische Gemunkel um Mosul und Aleppo und dieser Kilidsch Arslan, der mit seinen Türken erneut zum Angriff blies. Diesmal bedrohte er den Fürsten von Hisn Kaifa, der mit seiner Tochter verheiratet war und sie soeben wegen einer Sängerin verlassen hatte. Der Ortoqide rief mich zu Hilfe, obwohl er ein Vasall Mosuls war, da wir vier Jahre zuvor in Aleppo unter uns gegenseitige Unterstützung vereinbart hatten. Sein Schwiegervater wollte ihn bestrafen und ihn mit Säbelhieben von den Ländereien vertreiben, die aus der Mitgift stammten.

Dieses Ereignis kam mir gerade recht! Ich würde meine Allianz mit dem Fürsten stärken und nach und nach die anderen Vasallen Mosuls umgarnen. Wäre Mosul erst jeglicher Rückhalt entzogen, würde er ins Wanken geraten und sich auf Knien ergeben. Ich reiste unverzüglich nach Norden und schlug mein Lager in der Nähe des Göksu, des »blauen Flusses«, auf, wo der Ortoqide zu mir stieß. Er war mit dem Regenten von Mardin der mächtigste Fürst der Gegend. Beide lieferten sie dem zengidischen Oberherrscher starke Kontingente kurdischer Kämpfer. Der Anreiz war groß, und so knauserte ich nicht und bereitete dem Ortoqiden einen prächtigen Empfang.

Im Salon meines Zeltes, dessen purpurfarbene Stoffbehänge sich in der Brise blähten und das Sonnenlicht rosa schattierten, rissen die Feste nicht ab. Auf niedrigen Tischen mit Elfenbeinintarsien türmten sich Bronzegeschirr und weiße Fayenceplatten mit gefüllten Lämmern, Geflügel mit Wüstentrüffeln, frischen Datteln aus Mosul, Aprikosen aus Damaskus, Sorbets mit Eierschnee, eingelegten Pflaumen und Rosenkonfitüren. Über die Seidenteppiche huschten Diener in gelben Tuniken mit goldschimmernden Wasserkrügen, aus denen sie mit Orangenblüten oder Granatkernen aromatisiertes Wasser in ziselierte Becher ausschenkten. Dichter und Tänzerinnen, Flötenspieler und Trommler traten auf. Unter einem hellen Sternenhimmel standen zum Abschluß des Festes für den illustren Gast die prächtigsten Geschenke bereit: Araber in Pferdeharnischen mit Edelsteinen, mit wertvollen Pelzen gefütterte Mäntel, Ehrenroben, Schmuck … Nichts war schön genug, um eine Treue zu erkaufen, die mir weitere ergebene Anhänger einbringen würde.

Kilidsch Arslan beobachtete diesen Aufwand und stampfte vor Wut auf. Er schickte mir unverzüglich einen Gesandten, der einen Schwall von Drohungen auf mich niederregnen ließ. Meine nüchterne Antwort darauf lautete:

»Sag deinem Herrn, daß ich nach Melitene marschieren werde, falls er nicht nach Hause zurückkehren sollte! Das liegt nur zwei Tagesreisen entfernt, und ich werde erst wieder einen Fuß auf die Erde setzen, wenn ich in jener Stadt angekommen bin. Ich werde sie ihm entreißen, ebenso wie alle Festungen seines Königreiches.«

Die Anzahl meiner Lanzen, die am Ufer des blauen Flusses aufgepflanzt waren, verlieh meinem Zorn Gewicht. Der diplomatische Emir umging sie und besuchte mich am nächsten Tag wieder. Dieses Mal drückte er sich geschickter aus:

»O Herr, ist all das, was man von dir hört, nicht schändlich für einen Fürsten wie dich, der zu den größten gehört? Du hast Frieden mit den Franken geschlossen, den Heiligen Krieg und die Interessen des Staates vernachlässigt, du hast Truppen aus verschiedenen Regionen zusammengeführt und beträchtliche Reichtümer ausgegeben … für eine Sängerin, für eine Prostituierte! Was wirst du zu deiner Entschuldigung vor Gott, vor dem Kalifen, vor den Fürsten des Islamischen Reiches und vor allen Muslimen anführen?«

Ich brauste auf:

»Bei Allah, du sprichst die Wahrheit! Aber dieser Herrscher der Ortoqiden hat mich aufgesucht, und es wäre schändlich von mir, ihn im Stich zu lassen. Bereinigt die Sache unter euch! Ich werde euch dabei helfen!«

Ich rief meinen Sekretär herbei und diktierte ihm einen Brief an Kilidsch Arslan:

»Möge der Allmächtige uns von einem Krieg befreien, dessen Ausgang wir bedauern könnten, und möge Er den Herzen der Muslime Versöhnung schenken!«

Viele Gespräche folgten. Die Sängerin wurde fortgeschickt. Der Fürst von Hisn Kaifa nahm seine Gattin wieder zu sich und behielt die Mitgift. Und der Seldschukensultan dankte mir überströmend für meine Vermittlung, denn er war nur allzu glücklich, daß er meinen verhängnisvollen Waffen hatte entkommen können. Kaum war er in seiner Heimatstadt eingetroffen, da flehte er mich auch schon um Unterstützung an. Der König von Armenien hatte einen seiner Turkmenenstämme entführt. Ich drang in das Reich des »Sohns von Leon« ein und brachte ihn wieder zur Vernunft, indem ich eine seiner Festungen an unserer gemeinsamen Grenze zerstörte. Dort erbeutete ich beträchtliches Kriegsmaterial. Ruben III. unterwarf sich und gab alle seine Gefangenen heraus. Kilidsch Arslan war so entzückt, daß er mich im Namen aller Fürsten der Umgebung ersuchte, der Garant ihrer Interessen zu werden. War das nicht genau das, worauf ich hingearbeitet hatte? So gab ich ein zufriedenes Brummen von mir und hatte in all den folgenden Tagen eine prächtige Laune.

Sie versammelten sich in Samosata, am Ufer dieses blauen Flusses, der an jenem Herbstanfang zum »Fluß des Friedens« wurde. Am 10. Jamada I (2. Oktober 1180) fand die feierliche Unterzeichnung eines Freundschaftsvertrages statt. Seitdem herrschte zwischen uns eine »Magna Pax Saracenica«, die zwei Jahre andauern sollte. Ich war von den Sultanen von Ikonion, Arbela, Mardin, aus der Gezira, von Hisn Kaifa und Diyarbakir sowie dem König von Armenien umgeben. Sie waren nun meine Verbündeten und würden meiner Aufforderung Folge leisten. Von nun an war die Einheit des Islam kein Traum mehr! Standarten unterschiedlichster arabischer Nationen flatterten im Winde, ragten wie ein Hochwald über ein Laubdach aus Kupfertönen hinaus. Wie sollte ich dieses Bild jemals vergessen können? Ich herrschte nun vom Nil bis an den Euphrat, und die benachbarten Fürstentümer beugten sich meinem Kommando.

Wie ich es vorausgesehen hatte, rührte Mosul sich. Zu Beginn des Saphar (Juni 1180) war Saif ed-Din gestorben. Obwohl er einen Sohn von zwölf Jahren hinterlassen hatte, hatte er seine Macht auf seinen jüngeren Bruder Mas'ud übertragen, einen streitsüchtigen Mann, der sich im Unterschied zu seinem Vetter in Aleppo nicht ausnutzen lassen würde.

Der neue Herrscher Mosuls schickte mir schleunigst einen Emir, der mich schroff fragte:

»Mit welchem Recht willst du dir das nehmen, was dir nicht gehört?«

Ich rüstete mich tatsächlich zu einem Überfall auf die Territorien der Gezira.

»Der Kalif hat es mir zusammen mit dem Titel ›Sultan von Syrien‹ verliehen«, erwiderte ich kalt.

Die Gezira gehörte zu Großsyrien, wie es unter Nur ed-Din bestanden hatte. Bei dessen Tod hatte Saif ed-Din wieder von ihr Besitz ergriffen, und in unseren Übereinkünften, die wir nach seiner Niederlage unterhalb vom »Hügel des Sultans« geschlossen hatten, hatte ich ihm die Lehnsherrschaft darüber abgetreten. Der Emir zeigte mir eine Abschrift dieses Vertrages. Ich erkannte ihn wieder.

»Du hast recht«, sagte ich zu ihm. »Doch dieses Abkommen hat nur zu Lebzeiten der Unterzeichner Gültigkeit. Und wenn ich die Konzession verlängere, dann erwarte ich von euch eine Gegenleistung, und zwar die, daß eure Armee jederzeit zu meiner Verfügung steht.

Wie dem auch sei, ich werde in Bagdad Rat einholen.«

Vorsichtshalber bewahrte Kalif an-Nasir Schweigen, und ich gab vor, auf mein Vorrecht zu verzichten, indem ich auf den bestehenden Text zurückkam, der mir durchaus nicht mißfiel. Mas'ud behielt die Lehnsherrschaft über die Gezira, aber seine Armee würde mir zu Diensten sein, sobald ich es verlangen würde. Ich hatte nun nichts mehr von ihm zu fürchten. So kehrte ich über Homs nach Damaskus zurück. Dort erwartete mich eine traurige Nachricht. Mein Bruder Turanschah hatte uns im Sommer verlassen. Er war auf seinem Lehen Alexandria gestorben, das ich ihm zum Geschenk gemacht hatte. Er war nach Ägypten zurückgekommen, weil er Baalbek satt gehabt hatte. Plötzlich fühlte ich eine große Leere. Mein Vater und meine beiden älteren Brüder waren gegangen. Nun war niemand mehr vor mir, und nach allen Regeln der Logik würde ich der nächste sein. Ich verbrachte den restlichen Tag damit, Verse aus unserem Koran und »Hadiths« zu lesen, um meine Fassung zurückzugewinnen. Ich hatte diesen Bruder trotz seiner Schwächen geliebt. Ich erinnerte mich daran, welch prächtiger Krieger er schon gewesen war, als ich die Gewalt noch ablehnte und es vorzog zu meditieren. Er war in Kairo zu mir gestoßen, um den Aufstand der Schwarzen und danach den der Fatimiden niederzuschlagen. Nach Nubien hatte er mir den Jemen erobert und war dort untergegangen. Er war an den verdammten kleinen grünen Blättern zerbrochen.

Ich blieb einige Tage in Damaskus und erledigte manche Formalitäten. Meine Sultanin war genesen, und ihr Lächeln bewirkte Wunder. Im Harem herrschte Frieden. Ein Haufen kleiner Jungen drängte sich um mich, und es machte mir Spaß, Strenge zu zeigen. Ich war glücklich. Den Krieg hatte ich um zwei lange Jahre aufgeschoben. Und wenn Allah die Güte besitzen sollte, der Dürre ein Ende zu bereiten, so könnte Syriens Wiederaufbau endlich beginnen, und alles wäre in bester Ordnung. Da traf eine Taube mit einer Nachricht ein, die mich nach Ägypten rief. Kadi Al Fadil war zurückgekehrt. Er hatte seine Pilgerfahrt nach Mekka beendet und drängte nun aus Gründen, die er nicht nennen konnte, auf meine Anwesenheit. Ich übergab das Ruder vertrauensvoll an meinen Neffen Faruk-Schah und kehrte nach Kairo zurück, um den Fastenmonat dort zu verbringen.

Während wir durch die vertraute Wüste zogen, nagte die Ungewißheit an mir. Ich hatte mich von der Schande von Ramleh reingewaschen und mit den arabischen Fürsten des Nordens einen Friedensvertrag geschlossen, kehrte also ruhmbedeckt nach Ägypten zurück. Dennoch gab es da noch einen wunden Punkt, nämlich Aleppo! Malik Salih war inzwischen neunzehn Jahre alt und zu einem schönen, kräftigen jungen Mann herangewachsen. Im Augenblick war sein Einfluß zwar noch schwach, und er war außerdem isoliert, da er zwischen seinen Emiren und dem Vetter in Mosul hin und her gerissen war. Doch er hatte Zeit, eine Dynastie zu gründen und seine Autorität zu festigen. Syrien war zu klein für ner Leidenschaften. Sie begeisterte mich ebenso sehr wie Pferde, und so nutzte ich jede sich bietende Gelegenheit dazu. Ich verlängerte den Aufenthalt, um im Schilf geduckt darauf zu lauern, daß ein Tier aufflog, wodurch sich die Wasserfläche kräuselte. Die rauhen Schreie und das Flügelschlagen vor dem fahlen Himmel der Morgendämmerung machten mich verrückt. Die Behendigkeit und Schnelligkeit dieser Vögel bedeuteten eine Herausforderung für mich. Und wenn mein Schuß traf, fühlte ich mich wie ein König, der die ganze Welt regierte. Ich war der glücklichste Mensch auf Erden, und ich genoß diese Augenblicke, die mit einfachen Freuden ausgefüllt waren. Zu meinem Bedauern konnte ich die Zeit nicht anhalten, um dieses Glück endlos zu verlängern. Schon stieg ein Knappe aus dem Sattel, um mir die Depeschen des Tages zu überreichen. Yussuf verschwand, und der Sultan kam wieder zum Vorschein. Die erste Nachricht ließ mich zusammenzucken. Der Fürst von Sindschar hatte in seiner Stadt Aleppo Einzug gehalten und sich gleichzeitig zum »Sultan von Syrien« ernannt.

»Der Esel hält sich für einen Löwen«, höhnte ich lachend. »Er kann nur ›Iah‹ schreien und schreckt niemanden. Ein Hieb mit dem Stock wird ihn dazu bringen, den Kopf einzuziehen! Aus einem Esel wird niemals ein Pferd!«

Die nächste Mitteilung enthielt dagegen eine gute Neuigkeit: Während die Franken mich in der Umgebung von Kerak erwartet hatten, hatte Faruk-Schah die Provinzen von Tiberias und Akko überfallen und eine Festung eingenommen, welche die feindlichen Territorien beherrschte. Die Pflicht rief mich zur Ordnung. Ich gab das Signal zum Aufbruch, und die endlose Karawane setzte sich in Bewegung. Am 17. Saphar (22. Juni 1182) empfing Damaskus uns mit Fanfarenklängen.

Was ich dort erfuhr, brachte mich dazu, wie sämtliche Raubtiere Abessiniens zu brüllen. Die Herren von Aleppo und Mosul, die das Wissen um meine Rückkehr erzittern ließ, hatten sich in ihren jeweiligen Zitadellen verbarrikadiert und sich mit den Franken gegen mich verbündet.

»Ein Vertrag mit einer Gültigkeit von zwölf Jahren«, präzisierte zwei Herren. Und Aleppo war das Lehen Nur ed-Dins, der dort noch zahlreiche Anhänger hatte. Von Aleppo aus hatte der Sultan damals Damaskus erobert. Würde Salih genug Durchsetzungsvermögen beweisen, um seinem Vater nachzueifern? Wäre er intelligent genug, dieselben Methoden anzuwenden? Wer von uns beiden würde am Ende als Sieger dastehen?

Meine treffliche Stute trabte leichtfüßig dahin, während sie die belebende Frische des Morgens schnupperte. Die vom Wind geformten Sandberge zeichneten sich mit ihren gezackten Kammlinien scharf vor dem grellen Blau des Winterhimmels ab. Hier und da entdeckte man auf den ockerfarbenen Hängen Büschel von Grün. Gras sproß aus der Erde, kündete von neuem Wachstum und setzte Zeichen der Hoffnung. Um mein Gebet zu verrichten, stieg ich vom Pferd und berührte mit der Stirn den Boden. Ich legte mein Geschick in Allahs Hände. Bisher hatte Er mir gut geholfen. Warum sollte Er mir künftig seine Hilfe versagen? Aber war ich auch zu echtem Vertrauen fähig, konnte ich wirklich jeglichen eigenen Willen aufgeben? Der Gedanke an das zweigeteilte Syrien ließ mich weder bei Tag noch bei Nacht los. Und alles, was ich von meinen sufistischen »cheikhs« gelernt hatte, um das »Ich« zu vergessen, verfehlte seine Wirkung. Die Eingebungen meines Körpers verwehrten mir den Zugang zu meiner Seele und erstickten so die Bereiche meines Geistes, die für das Göttliche empfänglich waren. Allah half mir, gewiß, doch je mehr Er mir half, desto mehr Hindernisse legte Er mir in den Weg, den Er mir vorgezeichnet hatte. Warum machte Er mir die Aufgabe so schwer? War sie nicht ohnehin schon schwer genug?

Es bereitete mir große Freude, Al Fadil wiederzusehen. Seine dringenden Probleme waren nichts weiter als Beduinen, die als Nomaden an unseren Grenzen zu den Franken lebten. Trotz all unserer Bemühungen, sie an uns zu binden, dienten sie dem Feind nur allzu häufig als Führer und als Spitzel. Und der Kadi tobte:

»Sie sind nichts weiter als saure Kürbisfrüchte, denen kein Wasser einen milderen Geschmack verleihen kann! Je öfter du ihnen hilfst, desto häufiger verraten sie dich.«

Aber als er sprühend vor Geist und mit seinen typischen Grimassen von seiner Pilgerreise erzählte, war er unnachahmlich. Es entspann sich eine phantastische Odyssee, die mit barbarischen Ungeheuern gespickt war, die ihm den Weg zum »Obersten Heiligtum« und zur »Bewunderung des Göttlichen« verstellten, jenen Weg, der durch die Demut äußerster Entsagung zur »Vision des Einzigen« führt. Ich stellte mir vor, wie der Zug auf den rosa Horizont zuhielt, während das Mondlicht Mulden und Buckel in die Wüste modellierte, ich vernahm das vom Sand verschluckte Geräusch der Hufe, die Schreie der Tiere und den Gesang der Karawanenführer. Ich verspürte plötzlich Lust, ebenfalls aufzubrechen. So gab ich den Befehl, Vorbereitungen für diese Initiationsreise zu treffen, die uns zum Heiligen der Heiligen führt und uns eine Begegnung mit dem Ewigen und Allgegenwärtigen vermittelt, der uns durch die Gestirne anlächelt und seine Botschaften den verschiedenen Winden anvertraut.

Ich las noch einmal das Leben Mohammeds, denn ich wollte meine Seele stärken und mich für die ägyptische Tretmühle wappnen. Für gewisse Zeit gab El Adil mir das Ruder zurück. Meine Arbeiten kamen voran. Die Zitadelle war zwar noch nicht fertiggestellt, doch ich konnte meinen »Diwan« dort einrichten. Meine Armee wurde umstrukturiert und verstärkt. Ich stattete sie mit einer modernen Ausrüstung aus, die ich den Italienern abgekauft hatte. Einige »telabs« brachen unter dem Kommando meines Bruders Toghtekin zur Rückeroberung des Jemen auf, wo sie auch die Ordnung wiederherstellen sollten. Die Emire, die nach der Abreise von Turanschah am Ort geblieben waren, hatten sich Freiheiten herausgenommen und schickten die vereinbarten Abgaben nicht mehr. Der Flotte widmete ich ganz besondere Aufmerksamkeit. Ich ehrte sie mit zahlreichen Besuchen. Die Befestigungsanlagen Alexandrias wurden verdoppelt. In Damietta ließ ich die Zahl der Schiffe verstärken, die zwischen den beiden beherrschenden Türmen der Hafeneinfahrt in einer Linie aufgereiht waren, und die Stadt selbst wurde mit einer Mauer umgeben. Eine Division von fünfzig Segelschiffen erhielt den Auftrag zu ständigen Patrouillenfahrten, um die Überwachung der Küste sicherzustellen. Ich hatte den Frieden zwar unterzeichnet, fürchtete aber dennoch den Krieg.

In jenem Sommer glaubte ich fest, daß wir davon nicht verschont bleiben könnten. Eine Taube aus Aila hatte uns in Panik versetzt. »Brins Arnat«* hatte die Stadt ungeachtet des Waffenstillstands verwüstet und marschierte nun Richtung Mekka nach Tabuk. Dieser Ritter ohne Treu und Glauben war der Herrscher von Antiochia gewesen. Nach seiner Gefangennahme durch Nur ed-Din hatte er sechzehn Jahre in den Verliesen von Aleppo seine Wut in sich hineingefressen. Nun verdankte er seit kurzem Gümüschtekin die Freiheit, den ich wegen seiner Arglosigkeit verfluchte. Auf Rache sinnend, war der »Brins« nach Jerusalem zurückgekehrt, wo er die Dame Stephanie** geheiratet hatte, die ihm Kerak als Mitgift gebracht hatte. Seitdem lauerte ein rachsüchtiger Räuber an unserer Grenze. Und nun war es soweit, er bedrohte unsere heiligen Stätten ohne jegliche Skrupel.

Ich alarmierte Faruk-Schah in Damaskus. Er löschte Arnats Tatendurst, verfolgte ihn bis in seine Heimat und verheerte die Ländereien seines Landsitzes. Arnat hatte dennoch Zeit gefunden, eine unserer Pilgerkarawanen auszurauben. Ich richtete einen empörten Brief an Balduin, in dem ich die unverzügliche Rückgabe der gestohlenen Schätze verlangte. Die Antwort bestand aus Entschuldigungen. Ich war entrüstet, und Gott gewährte mir einen Vergeltungsschlag. Einige Monate später strandete ein Schiff der Christen bei schlechtem Wetter in der Nähe von Damietta. Da zögerte ich nicht lange, nahm alle Passagiere als Geiseln und bot an, sie im Austausch gegen meine Habe freizulassen. Arnat versteifte sich ein weiteres Mal auf eine Ablehnung, und der König blieb machtlos. Ich machte mir nun keine Illusionen mehr. Der Waffenstillstand war gebrochen, und der Krieg würde schon bald wieder ausbrechen.

Im Monat Radschab des Jahres 577 (November 1181) versetzte

* So nannten die Araber Rainald von Châtillon.

** Stephanie von Milly, die Witwe von Humfried III. von Toron, später die von Miles von Plancy.

uns ein weiteres Signal in Alarmstimmung. Malik Salih erkrankte an einem heftigen Darmkatarrh. Sein Zustand verschlechterte sich so sehr, daß die Zitadelle von Aleppo ihre Tore schloß. Der Tod schwebte über der Stadt und gab der Hoffnung Nahrung, daß meine Standarte bald über einem vereinten und mächtigen Syrien flattern werde. Alles würde vom Nachfolger abhängen. Wen würde Malik Salih als Thronfolger ausersehen? Seinen ältesten Vetter, den Fürsten von Sindschar, oder den Regenten von Mosul? In der Ferne erschien mir der beunruhigende Schatten Mas'uds, dessen Profil sich immer deutlicher abzeichnete. Er war der stärkere und gefährlichere von beiden, und ich hatte nur eine Möglichkeit, mir einen Vorteil zu verschaffen: Ich mußte vor ihm in Aleppo Einzug halten.

Sogleich versetzte ich all unsere Taubenschläge zwischen Hama und Kairo in Bereitschaft und verdoppelte ihren Bestand. Ich wollte von Stunde zu Stunde alles erfahren und schickte meine Anweisungen auf schnellstem Weg in alle Winkel Syriens. Taki ed-Din gab ich den Befehl, seine Truppen nach Menbidsch zu verlagern:

»Von dort wird es dir möglich sein, den Euphrat zu überwachen und Aleppo nach Osten abzuriegeln«, erklärte ich ihm.

Zur gleichen Zeit schrieb ich an Faruk-Schah:

»Sollte der Tod tatsächlich eintreten, werden wir schneller als eine Antwort zu Dir stoßen. Eine Attacke bedeutet einen klaren Vorteil.«

Einen Monat später hauchte der Sohn Nur ed-Dins sein Leben aus. Wie ich es vorausgeahnt hatte, sprengte Mas'ud herbei. Doch alles, was ich geplant hatte, ging schief. Das Heer von Faruk-Schah war in Damaskus geblieben, da es von den Überfällen auf den »brins Arnat« noch erschöpft war, so daß Taki ed-Din nicht genügend Leute hatte, um den Mesopotamiern den Weg abzuschneiden. Der Herr von Mosul zog als Herrscher in die Hauptstadt des Nordens ein. Malik Salih hatte ihn erwählt.

»Ich bekomme Aleppo nicht zu fassen!« schrie ich.

Mein schöner Traum zerrann, und die Verzweiflung darüber schmetterte mich nieder. Syrien würde geteilt bleiben, und ich konnte nicht erkennen, wie ich unter diesen Bedingungen Jerusalem befreien sollte. Manchmal fragte ich mich, ob ich Allahs Befehle richtig verstanden hatte. Hatte ich mit diesen Bildern nicht vielleicht nur Illusionen nachgehangen? Waren es nicht nur Träumereien, Phantastereien, die meiner Einbildung entsprungen waren? Oder vielleicht äußerte sich darin schlichtweg der ungestüme Drang, Macht zu besitzen und auszuüben? Murrend kehrte ich in mein Ägypten zurück, während in ganz »Cham« die Anhänger des Atabegs erwachten. Es ging das Gerücht, Malik Salih sei vergiftet worden, und ich sei nicht unschuldig daran. Fast überall wurden Komplotte in der Absicht geschmiedet, uns, die als »Emporkömmlinge« verschrieenen Ayubiten, auszuschalten. Man sandte Botschaften an die Franken und an den »Meister des Todes«. Einige boshafte Emire verließen ihre Schlupfwinkel und drängten Mas'ud, während meiner Abwesenheit Damaskus an sich zu reißen. Doch er erwiderte:

»Uns verbindet ein Eid, den wir nicht brechen werden.«

Wie lange würde er ihn noch respektieren? Ich beobachtete ihn aufmerksam. Er brachte den Schatz und die Vorräte der Zitadelle an sich. Die Honoratioren bestürmten ihn mit ausgefallenen Forderungen, und sein Bruder verlangte seinen Erbteil. Aleppo und Mesopotamien zu regieren erschien ihm sehr mühsam, zumal ihm die Syrer mißfielen. So machte er sich nach zwei Monaten auf die Heimreise nach Mosul, die er zum Tausch von Fürstentümern bei seinem Bruder in Sindschar unterbrach.

»Dieses Mal gehört Aleppo uns!« rief ich, außer mir vor Freude.

»Was ist denn passiert?« fragte man in meiner Umgebung, verwundert über diesen plötzlichen Gefühlsausbruch.

»Mas'ud verfügt über Männer und Geld«, antwortete ich. »Sein Bruder hat nichts.«

Ich stürzte zum Lager von Birkat-al-Jubb und sammelte mein Heer. Gleichzeitig schrieb ich dem Kalifen:

»Aleppo zählt zu den Provinzen, die Ihr vor einigen Jahren Eurem Diener unterstellt habt. Wenn wir es bisher versäumt haben, sie in

Besitz zu nehmen, so geschah das mit Rücksicht auf das Andenken Nur ed-Dins. Da nun auch der letzte Sproß seiner Familie tot ist, will es die Gerechtigkeit, daß jeder von uns wieder seine Rechte wahrnimmt und Nutzen aus seinem Besitz zieht.«

Ich hatte meine geplante Pilgerreise vergessen. Am Ende des Ramadan machte ich mich auf den Weg nach Damaskus.

Die Ebene war bedeckt von einer riesigen Menge Menschen, die durchdringende Juchzer ausstießen. Dichter deklamierten ihre Oden. Tausende von Händen erhoben sich über den Turbanen, die bis in endlose Ferne wogten. Eine lange Schar von Emiren und Honoratioren zog an mir vorüber. Einer nach dem anderen küßte mich mit Tränen in den Augen auf beide Wangen. Ihre Umarmungen nahmen kein Ende, geradeso, als sähen sie mich zum letzten Mal. In einem Moment der Stille erhob sich plötzlich eine Stimme:

»Atme den Duft der Blumen des Nedschd ein! Bereits heute abend wirst du sie nicht mehr riechen.«

Die Abschiedszeremonie nahm einen ernsten Ton an, der nicht ohne Wirkung auf mich blieb. Sollten sie ein Unglück ahnen? Ach was! Dieser Aufbruch konnte nicht der Weltuntergang sein, er würde uns vielmehr zum Sieg führen, und so schrie auch ich:

»Yallah! ... Allahu akbar!«

Da wußte ich noch nicht, daß ich die hügeligen Ufer des Nils nie wiedersehen würde. Ich drückte meinen ältesten Sohn El Afdal Ali fest an mich und vertraute ihn meinem Bruder El Adil an, der an den Hebeln der Macht zurückblieb. Bei seinem Onkel würde El Afdal den Beruf eines Königs und die Durchtriebenheit dieses Ägyptens kennenlernen, das ich ihm bestimmt hatte. Ich schwang mich in den Sattel und hißte meine Standarte, die in den Farben der Sonne leuchtete und einen triumphierenden Adler zeigte. Beim Klang der Trommeln, Trompeten, Zimbeln und Sackpfeifen folgte mir meine Armee, in der fünftausend Männer in Schlachtordnung aufmarschierten. Dahinter hoben sich die Sänften meines Harems von einem riesigen Meer aus Händlern und syrischen Flüchtlingen ab. Letztere waren vor der Hungersnot geflohen und kehrten nun unter meinem Schutz in ihre Heimat zurück. Neben mir ritt mein jüngster Bruder Buri, der den Beinamen »Tadsch el-Mulk«* trug. Meine letzten, zehn und neun Jahre alten Söhne el-Aziz Uthman und Al Zahir Ghazi ließen ihre Pferde in unserer Nähe tänzeln. Vier weitere Söhne schlummerten in den Armen ihrer Mütter. Syrien sollte für eine lange Zeit zum Zentrum meiner Aktivitäten werden, und so führte ich meine ganze Familie mit. Meine Mutter war gerührt, sie würde ihre zahlreichen Erinnerungen wiederfinden, die der Palast meines Vaters barg. Schamsa summte die Weisen ihrer Kindheit, und meine Lieblingsfrauen willigten ein, mich in die Fremde zu begleiten, da sie meine ständige Abwesenheit leid waren.

Ein ganzes Volk hatte sich im Schutz meiner Lanzen in Bewegung gesetzt. Das machte mich verwundbar. All diese Menschen breiteten sich über die Wüste aus und wirbelten den Sand auf, der in dichten Wolken den Himmel verdunkelte. Der Feind lag auf der Lauer, er beobachtete argwöhnisch, wohin wir uns wendeten. Meine Späher hatten mich gewarnt:

»Alle Streitkräfte des Königreiches stehen im Umkreis von Kerak.«

Ich griff zu einer List und machte zunächst einen Umweg über Aila, bevor ich das Tal des Rift wieder hinaufzog. Die große Masse folgte Buri über die Ebenen von Transjordanien, während ich mit meiner Kavallerie Richtung Schaubak galoppierte, um den Feind abzulenken. Niemand verließ die Festung. Die Franken waren hinter ihren Mauern verschwunden. Unverzüglich wandte ich mich nach Osten, wo ich meine Leute im erfrischenden Schatten des Palmenhains von Azraq wiedertraf.

Die zauberhafte Oase war an einem See gelegen, an dem es zu der Jahreszeit Enten im Überfluß gab. Ich konnte dem Vergnügen, einige davon zu erlegen, nicht widerstehen. Die Jagd war eine mei-

* Krone der Könige.

Faruk-Schah. »Jährlich zehntausend Goldstücke für unsere Feinde, sofern sie uns in Syrien und Ägypten angreifen.«

Zengis Enkel taugten auch nicht mehr als Schawar, Mutamen al Khilafa und die Sippschaft der Fatimiden! Ich brachte meine Empörung in einem Schreiben an den Kalifen zum Ausdruck:

»Sie haben den Ungläubigen freiwillig muslimische Grenzfestungen ausgeliefert und damit die geheiligte, unveräußerliche Würde der islamischen Erde verletzt. Der Vertrag, den sie unterzeichnet haben, wird bewirken, daß der Irrglaube über die Religion der Wahrheit triumphieren wird. Sie geben sich nicht nur damit zufrieden, sich selbst vor dem Dschihad zu drücken, sondern legen demjenigen, der für den Glauben kämpft, auch noch Hindernisse in den Weg! Folgender Vers unseres Korans ist wie auf sie gemünzt: ›Du wirst keinen finden, der an Allah glaubt, der am letzten Tag denen Zuneigung entgegenbringt, die die Spitzen ihrer Klingen auf Gott und seinen Apostel richten.‹«

Ich versammelte meine Ratgeber und meine Emire.

»Dies ist der Zeitpunkt, um anzugreifen«, sagte ich. »Wir werden dem Kalifen beweisen, daß wir uns an Versprechen halten. Wir werden die Polytheisten vernichten! Danach werden wir diese räudigen Hunde aus Mesopotamien züchtigen, die den Islam verraten.«

In Jerusalem verlor der junge König nach und nach Arme und Beine; er verließ seine Bettstatt nicht mehr. Der starke Mann des Reiches war nun der Herr von Tripolis, jener Graf Raimund, der unsere Sprache beherrschte. Er war mit unserer Tradition und unseren Schriften vertraut. Man sagte sogar, daß er uns wegen seiner matten Haut, seiner gebogenen Nase und seinen dunklen Haaren ähnlich sähe.

Er besaß den Scharfsinn eines gerechten, vorausschauenden Politikers. Sein Territorium grenzte an das von Aleppo, und seine Allianz mit Imad ed-Din, dem unwürdigen Nachfahren Zengis, machte ihn zu meinem gefährlichsten Gegner. Er war krank aus Kerak zurückgekehrt und erholte sich nun in Tiberias, dem Lehen seiner Gattin, Fürstin Eschiva.

Die syrische Armee und die Kontingente aus Ägypten wurden in Kampfstellung gebracht. Taki ed-Din und Faruk-Schah, meine besten Generäle, hatten das Kommando über die Flügel. Ich befehligte das Zentrum.

»Islam!« brüllte ich mit donnernder Stimme.

Die Truppe wiederholte es im Chor. Unsere Rufe ließen die Blätter der Bäume erzittern und schallten hinauf in den hohen Himmel. An der Spitze meiner fünfzehntausend Krieger warf ich mich auf Galiläa und verwüstete die Provinz. Ich provozierte eine Schlacht, denn ich wollte den Kampf. Doch niemand regte sich. Man bewies Verachtung für mich, und mein Zorn wuchs. Blind vor Wut plünderte ich die Stadt Beisan und nahm ihre Bewohner gefangen. Auch der El-Ghor wurde nicht verschont. Es wurde ein riesiger Beutezug.

Wir kämmten alles durch und legten die Bevölkerung in Ketten. Da kamen die Franken endlich hervor.

Die Morgendämmerung enthüllte uns ihre Kolonne, die sich zwischen dem Jordan und dem Kokhavgebirge* hindurchschlich. Unsere Lanzen waren auf sie gerichtet. Sie formierten sich an der Flanke eines Hügels neu. Unsere Köcher leerten sich. Unsere Pfeile flogen wie Heuschreckenschwärme, und sie verfehlten ihr Ziel nicht. Wir bestürmten die Feinde, doch die blieben hinter ihren Schilden ungerührt. Ich hatte dieses lächerliche Gefecht satt und zog mich zurück, um vor dem Sturmangriff Abstand zu gewinnen. Als ich mich umwandte, hatten sie ihr Lager verlegt. Es war, als hätte die Nacht ihnen Deckung geboten. In unseren Reihen brach Jubel aus. Wir hatten gewonnen, denn schließlich waren sie nicht mehr da! Meine Propagandisten brachten diese Neuigkeit direkt in Umlauf. In allen Winkeln Syriens und bis in die Souks von Bagdad verkündeten sie:

»Gott sandte den Sieg hinab zu denen, die hier unten Seinem Gesetz treu sind. Er wird diese Gunst jenen gewähren, die sich dem Dschihad verschreiben.«

* Auf dem Gipfel dieses Gebirgszuges lag die Burg Belvoir der Franken.

Künftig mußte der Kalif mir Glauben schenken. Meine Taten belegten meine Worte. Ich selbst war mehr als zufrieden. Ich hatte meine Truppen im Gelände erprobt. Eine solche Anzahl von Kämpfern zu disziplinierten Manövern anzuhalten war keine leichte Sache. Doch meine Befehle waren in vollendeter Form umgesetzt worden, so daß das Zusammenspiel der Bewegungen gewährleistet war. Ich konnte wirklich ein Unternehmen von großer Tragweite ins Auge fassen. Wir ließen diesen von Schlangen und Kröten übersäten Ort hinter uns und marschierten nach Ras el-Ma, um dort den nächsten Überfall vorzubereiten.

Zu Beginn dieses Jahres 578 (Sommer 1182) wurde ringsum alles komplizierter. Die von beiden Seiten unterzeichneten Waffenstillstandsabkommen hatten ihre Gültigkeit verloren. Neue Bündnisse entstanden. Kilidsch Arslan paktierte mit Byzanz. Der König von Armenien war ein Verbündeter Bohemunds und unterstützte Aleppo, und Jerusalem, das seine Augen auf Damaskus geheftet hatte, verstärkte seine Anstrengungen. Meine Hauptstadt war bedroht, aber Homs und Hama nicht minder, da Antiochia und Tripolis begehrlich darauf schielten. Raban lag gefährlich in Reichweite der armenischen Pfeilschützen, und es hieß, eine sizilianische Armada halte Kurs auf mein schönes Ägypten. An allen meinen Grenzen übte die »Hölle« Druck aus. Ich verteilte meine Truppen so ziemlich überall. Es galt, den Feind schleunigst zu schwächen, und mir fiel dazu nur ein einziges Mittel ein, nämlich die Unterbrechung der Verbindung zwischen den Franken im Norden und Jerusalem.

Ich faßte den Entschluß, Beirut einzunehmen, und rief vierzig »shinis« aus Alexandria herbei, um eine Attacke aus dem Hinterland zu führen. Mein Bruder El Adil und die Truppen aus Kairo führten im Süden ein Ablenkungsmanöver durch, bei dem sie durch die ländliche Umgebung von Gaza und Daron preschten. Ich marschierte inzwischen gegen die phönizische Stadt, die mehr Widerstand leistete, als ich erwartet hatte. Ich ließ einige Maschinen für eine regelrechte Belagerung in Stellung bringen und hielt ungeduldig Ausschau nach meiner Flotte, die sich mit Plünderungen an der Küste aufhielt. Unser Pfeilhagel verdunkelte den Himmel, und ich hoffte auf eine schnelle Übergabe, als eine auf die Stadt zufliegende Taube in unsere Reihen hinabstürzte. Ihre Botschaft kündigte Verstärkung an: Balduin hatte seine Ritter entsandt. Ich wartete nicht länger und brach die Zelte ab, da ich es vorzog, meine Truppen für eine andere Gelegenheit zu schonen, die sich kurz zuvor ergeben hatte und die ich weitaus verlockender fand.

Kukburi, der Gouverneur von Harran, hatte sich auf das Schlachtfeld geschlichen und war bis zu meinem Kommandostand vorgedrungen. Alle meine Sinne waren alarmiert. Was hatte dieses Vorgehen eines Emirs zu bedeuten, dessen Vater das Vertrauen des verstorbenen Herrschers von Mosul besessen hatte und der unterhalb des »Hügels des Sultans« persönlich gegen mich gekämpft hatte, bevor er im Gefolge von Saif ed-Din geflüchtet war? Nachdem er den Gepflogenheiten entsprechend vor meinen Füßen den Boden geküßt hatte, hatte er mir gehuldigt und dann erklärt:

»Großer Sultan! Mesopotamien schämt sich seines Herrn, der mit den Ungläubigen und den Ketzern gegen dich, den Verteidiger unseres Islam, einen Pakt geschlossen hat. Du müßtest nur östlich des Euphrat auftauchen, um zu erleben, daß alle Gläubigen zu dir überlaufen. Diese Territorien halten zu dir.«

Ich hatte ihn mißtrauisch beäugt, während ich aus einem Glas heißen Tee schlürfte. Meine Ratgeber waren erstarrt und hatten kein einziges Wort verlauten lassen. Ich hatte schließlich die peinliche Stille unterbrochen:

»Wer versichert mir, daß du mich nicht in eine Falle lockst?«

»Sidi, du weißt, wer ich bin«, hatte er mit einer Hand auf dem Herzen geantwortet. »Und niemand wird es wagen, den Gehorsam zu verweigern, denn ich werde dasein, wenn du kommst. Alle Fürsten vom «Blauen Fluß» sind bereit, das Bündnis zu erneuern. Wenn Mas'ud erst isoliert ist, wird er sich dir nicht mehr widersetzen können.«

Ich hatte ihm aufmerksam zugehört und beschlossen, seinem Rat zu folgen. Die Stunde der Rache näherte sich. Ich würde meine Rechnung mit den unwürdigen Atabegs begleichen, und das beste wäre, in Mosul zu beginnen. Mas'ud war der stärkste unter ihnen.

Wenn er sich ergäbe, würde sein Bruder in Aleppo es ihm ohne aufzumucken nachmachen. Dann hätte ich diese Flut von Lanzen, diese Qual meiner Nächte, endlich auf meiner Seite. Schon sah ich dieses Lanzenmeer vor mir, wie es unter meiner Standarte dazu gerüstet war, die »Teufelswerkzeuge« zu zermalmen und unsere heiligen Moscheen zu befreien. Verglichen mit den Plänen, die ich für die nahe Zukunft hegte, kam Beirut keinerlei Bedeutung zu. Ich wollte eine gigantische Schlacht im Flachland entfesseln, um die wilden Ritter in ihren Eisenpanzern zu vernichten. Und wie reife Früchte sollten dann ihre Festungen eine nach der anderen fallen.

Faruk-Schah kehrte mit meinem Sohn Uthman, der unter seinem Schutz stand, nach Damaskus zurück. Ich behielt meinen Lieblingssohn Al Zahir bei mir, den ich in der Kunst der Kriegsführung und den Disziplinen unterwies, die den Charakter schmieden. Um den Feind zu täuschen, wandte ich mich nach Aleppo, wo ich mein Biwak vor den Mauern aufschlug. Der Fürst von Mosul ging mir in die Falle. Da er seinen Bruder in Gefahr glaubte, eilte er herbei. Ich machte mich sogleich aus dem Staub und galoppierte zum Euphrat. Dort erwartete Kukburi mich schon. Wir überquerten den Strom, und die Invasion begann. Edessa, das Tal des Khaburs, Karkissia, Markessyn, Araba und schließlich Nisibis wurden angegriffen. Die Machthaber der gesamten Gezira in der Umgebung des Fürsten von Hisn Kaifa hatten mir angeboten, sich freiwillig zu unterwerfen, und damit auch die Engel es bezeugen konnten, wurde in allen Moscheen die gute Nachricht verkündet: »Keine ›moukous‹ mehr!« Sie wurden abgeschafft wie bereits in allen anderen Gebieten, in denen ich herrschte.

»Ich gehöre nicht zu diesen üblen Regenten, die einen prall gefüllten Beutel und Untertanen mit leerem Magen haben«, ließ ich ringsum verlauten.

Überall stimmte man Lobgesänge auf mich an, und durch die zahlreich herbeiströmenden Rekruten wuchs meine Armee von Tag zu Tag. Ich hatte soeben einen Teil des Kurdenlandes erobert. Zutiefst erschreckt, galoppierte Mas'ud, so schnell er konnte, zurück in seine Zitadelle und verbarrikadierte sich. Und die Franken plünderten die Flecken in der Nachbarschaft von Damaskus getreu ihres Bündnisvertrages. Alarmstimmung machte sich in meiner Umgebung breit, doch ich beruhigte sie:

»Faruk-Schah ist an Ort und Stelle. Wenn wir zurückkehren, werden wir überlegen sein. Wir werden ihnen die Städte wieder abnehmen und wieder aufbauen, was sie zerstört haben.«

Unser Blitzkrieg hatte Mosuls Territorium isoliert, und ich wollte mir den Erlös nicht entgehen lassen. Die Stadt war von allem abgeschnitten und hatte als einzige Zuflucht nur noch Sindschar. Sollten wir das als erstes auslöschen? Der Rat der Emire war gespalten und neigte mehr der Stadt am Tigris zu.

»Sie liegt in Reichweite und wird nicht verteidigt«, unterstrich Kukburi, der sich seiner Sache ganz sicher war.

Was uns dort erwartete, nahm uns den Atem. Tausende von Soldaten bevölkerten die Festungsanlagen, die mit beeindruckenden Kriegsmaschinen übersät waren. Da gab es Katapulte, die Erdölgeschosse abfeuerten, und riesige Bogen, wie wir sie noch nie gesehen hatten; eine kolossale Ausrüstung funkelte in der Sonne und blendete unsere Augen. Alle Emire erbleichten. Ihr Mut sank, und ich mußte sie ermuntern:

»Vorwärts! Das ist doch nur eine geschickte Inszenierung, nichts als Fassade!« rief ich.

Taki ed-Din setzte hinzu:

»Wir haben ausreichend Steinschleudern, Wurfmaschinen und Rammböcke, um diese Mauern zu erschüttern und Schrecken zu säen!«

Schon wollte er mit unserer gesamten Ausrüstung zum Sturm auf die Mauern aufbrechen, da entgegnete ich:

»Gegen eine Stadt wie diese bringt man keine Wurfgeschütze in Stellung. Selbst wenn es uns gelänge, einen ihrer Türme zu zerstören, so könnte doch niemand in die Stadt eindringen. Es sind zuviel Menschen darin.«

Der Sieg war durchaus nicht gewiß, doch ich konnte keinen Rückzieher machen, da ich damit vermutlich all diese kleinen Potentaten enttäuschen würde, die ich kürzlich unterworfen hatte und die sich beim ersten Zeichen von Schwäche ihrem ehemaligen Herrn zu Füßen werfen würden, um öffentlich Abbitte zu leisten. Damit würde ich vor allem meine Oberherrschaft über Syrien verspielen.

Wir schrieben den Monat Radschab (November 1182). Bis zum Winter blieb uns nur noch wenig Zeit. Ich entschied über die Taktik, eine Umzingelung, und wies die Kampfstellungen zu, wobei ich meine Truppen in einem geschlossenen Kreis um unser Ziel anordnete. Die Belagerung begann, und ich schrieb dem Oberhaupt der Gläubigen:

»Der Sultan von Mosul macht uns eine Oberherrschaft streitig, die uns zusteht ... Solange sich die Truppen von Aleppo nicht meinem Heer anschließen, werden die Umstände für eine Eroberung von Jerusalem und die Vernichtung der Ungläubigen ungünstig sein.«

Bagdad schickte Boten. Zwischen der Zitadelle am Ufer des Tigris und meinem Lager herrschte ein ständiges Kommen und Gehen. Die vermittelnden Kadis duckten sich vor den Geschossen der Katapulte und unter dem Pfeilhagel. Mas'ud verteidigte sein Anrecht, und ich verkündete weiterhin lauthals, daß ich in der Absicht gekommen sei, mir das zu holen, was mir nach dem Willen des Kalifen Al Mustadi zustehe. Als Beweis schwenkte ich die Urkunden, die mir die Oberhoheit über Ägypten, den Jemen, Syrien und all die Gebiete verliehen, die ich im Maghreb, in Arabien und Palästina noch erobern würde. Mas'ud verlangte die Rückgabe der erbeuteten Provinzen. Ich gab mein Einverständnis unter der Bedingung, daß mir Aleppo ausgeliefert wurde.

»Das gehört meinem Bruder!« sagte der Herr von Mosul. »Die Verträge sprechen für ihn. Ich habe nicht das Recht, sie einfach zu brechen.«

Inzwischen ließ die Heftigkeit der Kämpfe allmählich nach. Meine Reihen lichteten sich. Die Emire, die auf eine Ehrenrobe versessen waren, desertierten.

Aus Aserbeidschan, Persien und anderen Orten trafen Gesandte ein, die für Mas'ud Fürsprache einlegen wollten. Die Diskussionen waren ermüdend, aber ich beugte mich ihnen. Es war unmöglich für mich, Mosul mit Waffengewalt einzunehmen, und mir blieb nur noch das Verhandeln, um diese peinliche Lage ohne Gesichtsverlust zu überstehen.

Bagdad flehte mich an, Frieden zu schließen. Mosul wollte, daß ich auf alles verzichtete und mich mit einem »Dankeschön« zurückzog. Ich fühlte mich bedrängt, in die Enge getrieben, aber es wäre verrückt gewesen nachzugeben. Mas'ud hätte laut seinen Sieg bejubelt, und das hätte meinen Untergang bedeutet. Meine Forderungen waren übertrieben, sicherlich, doch indem ich eine unmögliche, undenkbare Gesetzeswidrigkeit verlangte, konnte ich hoffen, das zu erhalten, was ich unbedingt wollte. Und ich wollte Aleppo, mit anderen Worten ganz Syrien und somit den Respekt meiner Vasallen. Mas'ud konnte Mosul ruhig behalten. Früher oder später wäre er ohnehin gezwungen, sich meiner Macht anzuschließen.

Zur Stunde war ich erschöpft, und um mich herum hatte niemand einen annehmbaren Lösungsvorschlag zu machen. Die Emire zogen schiefe Gesichter. Al Fadil brummte vor sich hin, Issa betete. Plötzlich hatte ich eine Eingebung. Ich hatte mein Heil immer in der Tat gefunden, wenn ich die Dinge auf den Punkt brachte. Ich hob mein Lager auf, ohne irgendeine Regelung zu treffen, und griff Sindschar an, die Rückzugsbasis von Mas'ud. So gehorchte ich dem Kalifen, indem ich Mosul verließ, gleichzeitig ließ ich die Falle für den Atabeg zuschnappen.

Die Festung ergab sich rasch. Die Garnison mußte barfuß zu ihrem Herrn marschieren, und ich schrieb dem Oberhaupt der Gläubigen:

»Ich habe entschieden, diese Stadt denen hinzuzufügen, die in den Urkunden Erwähnung finden. Ich bin fest entschlossen, nicht auf diese Territorien zu verzichten, solange ich die Zungen nicht zum Verstummen gebracht habe, die sich weigern, die Gnade des Kalifen anzuerkennen. Wenn alle, die eine Erbdynastie ausrufen und die Territorien als

Erbschaft betrachten, die Feinde des Islam in die Flucht zu schlagen hätten, würden sie im Laufe der Zeit noch erfahren, was sie noch nicht wissen.«

Im Sturm eroberte ich Dara, das in der Nähe von Nisibis lag, wo ich mein Winterquartier aufschlug. In den Bergen fiel dichter Schnee, der Monat Ramadan (Dezember 1182) war angebrochen. Die Truppen waren erschöpft. In weniger als einem Jahr hatten sie ihre Pferde am Nil, am Euphrat und am Tigris getränkt. Zu meinem Schmerz erreichte mich die Nachricht vom Tod Faruk-Schahs. Er war krank von seinem Feldzug gegen die Franken zurückgekehrt und hatte sich nicht wieder davon erholt. Ich hatte meinen Lieblingsneffen verloren, dem ich grenzenloses Vertrauen entgegengebracht hatte. Er war schön, vornehm und großmütig gewesen. Meine Bewunderung hatte seiner Bildung und seiner dichterischen Begabung gegolten. Vor allem aber war er ein unvergleichlicher Krieger gewesen, und er würde mir fehlen. Ich ersetzte ihn durch El-Muqaddam, der mir treu diente.

Erneut trafen Boten aus Bagdad und Mosul ein und bestürmten mich. Doch mir stand nicht der Sinn nach Verhandlungen. Ich machte Mas'ud für den Trauerfall, von dem ich betroffen war, verantwortlich. Hatten uns die Franken nicht seinetwegen angegriffen? In meiner Verbitterung forderte ich die Oberherrschaft über ganz Mesopotamien. Wütend rief der Atabeg seine Bündnispartner, die Seldschukenherrscher von Khilat, Bitlis und Persien zusammen. Zu Beginn des Frühlings marschierten sie gegen mich auf; bis Garzan, unterhalb der Hügel von Mardin, rückten sie vor. Einer ihrer Emire suchte mich mit der Frage auf:

»Bist du bereit, dich zurückzuziehen?«

»Die Antwort werde ich dir auf dem Schlachtfeld erteilen!« sagte ich trocken.

Als ich dort eintraf, lag die Ebene verlassen da.

»Sie sind als Männer vorgeprescht, aber wie die Frauen entschwunden!« spöttelte Kukburi lachend.

Ich hatte einige Emire in einem Zelt meines Feldlagers zusammengerufen, und bei erfrischenden Getränken kommentierten wir gerade die Ereignisse, als ein Knappe mir einen Brief von El Adil brachte. Ich erblaßte bereits bei den ersten Worten und konnte den Wunsch, ihn laut vorzulesen, nicht unterdrücken:

»Arnat und seine Leute haben das Rote Meer unsicher gemacht. Auf Schiffen, die sie zuvor in Einzelteilen durch die Wüste transportiert hatten, haben sie unsere Häfen verwüstet, Schiffe gekapert, unsere Pilger niedergemetzelt und sich Zugang zu Arabien verschafft. Unser Admiral Lulu hat sie mit Seeräubern aus dem Maghreb verfolgt und sie auf der Straße nach Medina gefangengenommen. Diese ›Hunde‹ hatten geplant, den Leichnam unseres Propheten auszugraben und unsere ›Kaaba‹ dem Erdboden gleichzumachen. Alle wurden mit dem Schwert niedergestreckt oder gefangengesetzt. Arnat ist – man weiß nicht, wie – entkommen. Ich erwarte die Gefangenen. Was soll ich mit ihnen machen?«

Alle ringsum waren vor Schreck wie versteinert und blickten mich wortlos an. Ich spürte Wut im Bauch, sie wuchs, stieg in mir hoch und erfaßte meinen ganzen Körper, so daß ich schließlich am ganzen Leibe zitterte. Ich stieß einen schrillen Schrei aus und diktierte meine Antwort:

»Reinigen wir die Erde von diesen Menschen, die sie entehren! Das ist unsere heilige Pflicht! Reinigen wir die Luft von der Luft, die sie ausatmen, und weihen wir sie dem Tode!«

Ich wünschte, daß die Urheber dieser Schandtaten auf eine aufsehenerregende Weise hingerichtet werden sollten, und schloß mit einigen Ratschlägen, die sicherstellen sollten, daß wir von der Sache profitierten und die öffentliche Meinung zu unserem Vorteil beeinflußt wurde. Wenn man das Ereignis geschickt einsetzen würde, könnte es mir von Nutzen sein und den Kalifen auf meine Seite ziehen. Da tauchte aus einer Staubwolke ein Gesandter auf. Er überbrachte einen Brief aus Bagdad. Ich riß ihn ungeduldig auf.

Gewährte man mir endlich meinen Titel eines Oberherrschers über Mosul und die Gezira?

»Der Kalif ist verrückt!« brüllte ich.

Er erteilte mir einzig und allein die Befugnis, Amida zu erobern, die Hauptstadt des Kurdenlandes, die auf einem schroffen Felsen hoch über dem Tigris aufragte. Welches Spiel spielte an-Nasir? War er so blind, daß er den Verrat Mas'uds nicht erkannte? Denn dies war derjenige gewesen, der den Feind mit Geld zu diesem höchsten Frevel angestiftet hatte. Und ich, der ich mein ganzes Leben opferte, um diese Gotteslästerer zu bestrafen, erhielt als einzigen Lohn den Befehl, mir an einer uneinnehmbaren Festung die Knochen zu brechen! Wollte man mich loswerden? Ich war immer gehorsam gewesen, und ich würde es auch künftig sein. Wie ein ausbrechender Vulkan stob ich zum Sturm auf die »schwarze Stadt« davon, fest entschlossen, ihnen allen zu beweisen, daß nichts mich aufhalten konnte. Und meine Wut ergoß sich über Berge und Täler wie jene Lavaströme, die in der Antike Städte vertilgten. Nur drei Tage brauchten wir, bis sich die schweren Eisentore vor uns auftaten. Ich hatte meinen Ruf gewahrt und teilte dem Kalifen in einem Brief die Lehre aus dieser Geschichte mit: Die geheiligte Macht meiner Befugnis habe die Riegel der »uneinnehmbaren Zitadelle« gesprengt. Wozu er noch zögere, mir Mosul zu übergeben? Das sei das letzte Hindernis auf dem Weg zur Einheit des Islam. Die sei nötig, um Jerusalem zu erobern, was er schließlich von mir verlange und inzwischen auch die einzig gebotene Antwort auf das unverzeihliche Verbrechen. Und ich wurde noch deutlicher:

»Die kleine Gezira wird uns als Hebel dienen, um die große Gezira* aus den Angeln zu heben. Dieses Land sondert sich ab, und wenn wir es wie eine Perle in das islamische Kollier einfügen würden, könnten sich die muslimischen Armeen zusammenschließen, das Territorium der Polytheisten umzingeln und es von allen Seiten angreifen, von Ägypten, Syrien und Mesopotamien aus.«

* Der gesamte Vordere Orient.

Die Nachricht vom Fall Amidas verbreitete sich blitzschnell, und wenn meine Propagandisten vom Überfall Arnats erzählten, so kündigten sie stets die Vergeltung an, die ich den Feinden Allahs geschworen hatte. Die Emire, unlängst noch Deserteure, kamen in Scharen, um mir zu huldigen und sich unter mein Banner zu stellen. Sie kamen in der Absicht, die Hand zu küssen, die sie nicht abtrennen konnten. Die Atabegs erzitterten in ihren Reichen. Eine Zeitlang vergaß ich Mosul und marschierte gegen Aleppo. Im Vorübergehen eroberte ich die Festungen, die die Routen nach Armenien beherrschten, und der Wind trug das Echo meines Kampfgebrülls bis zu den Franken. Der Orient würde schon bald wissen, wer der »Sultan von Syrien« war!

Im Monat Muharram des Jahres 579 (Mai 1183) belebten meine Zelte das grüne Hippodrom vor der letzten aufrührerischen Bastion von Nordsyrien. Die erschreckten Bewohner hatten sich verbarrikadiert. Bis in die entlegensten Landstriche rissen die Berichte darüber nicht ab, daß die verbrecherischen Christen auf meinen Befehl hin das gleiche Ende gefunden hatten wie die »Begleiter des Elefanten« in unserem Koran. Sie wurden »kraftlos wie das Laub der eingebrachten Ernte«*. Von den einhundertsiebzig Gefangenen, die im Zusammenhang mit dem gottlosen Überfall gemacht worden waren, waren einige nach Mekka geschickt worden, wo man ihnen zusammen mit den Hammeln der Opfergabe die Kehle aufgeschlitzt hatte. Die restlichen waren, verkehrt herum auf Kamelen sitzend, beim Klang von Trommeln und Trompeten durch die Straßen von Alexandria gezogen. Unter dem Gejohle einer aufgebrachten Menge waren sie auf einem öffentlichen Platz von Sufis, »fuqaha« und Frömmlern enthauptet worden. Einzig Arnat lief noch frei herum. Allenthalben war bekannt, daß ich in blutrünstiger Laune war, und so starb man vor Angst.

Zur allgemeinen Verwunderung verzichtete ich auf eine Belage-

* Koran, Sure CV, Vers 5.

rung. Wir hielten das Gelände besetzt, ohne Gewalt anzuwenden. Meine Spitzel lieferten mir ein Stimmungsbild der Stadt, und ich sandte Boten zu ihrem Regenten Imad ed-Din, um Verhandlungen anzubahnen. Ich wußte, daß er Sindschar begehrte, und bot es ihm an, vorausgesetzt, er ziehe ab. Die Bewohner Aleppos, widerspenstige Naturen, machten täglich Ausfälle, die mich jedoch gleichgültig ließen. Meine alte, gegerbte Lederhaut spürte diese Mückenstiche nicht. Die Luft war so mild, daß sie die Sinne betörte, und mich packte die unbeschreibliche Lust, einige Vollblüter auf den duftenden Wiesen abzurichten. Al Zahir folgte mir und hörte mir aufmerksam zu:

»Weißt du, mein Sohn, du mußt dein Pferd mehr als dich selbst lieben! Es ist dein treuester Freund und wird sein Leben opfern, um deines zu retten. Eine meiner Stuten brachte die Kraft auf, mit offenem Bauch zu galoppieren, um mich den feindlichen Lanzen zu entreißen, die mich zu durchbohren drohten.«

Mit ernster Stimme fragte er mich plötzlich:

»Vater, warum verweigerst du den Kampf? Wir werden täglich angegriffen, und Onkel Buri hat eine Verletzung am Knie davongetragen.«

»Ich habe meine Gründe dafür, Kleiner. Eines Tages wirst du die Geduld verstehen. Sie ist die stärkste Waffe der Politik. Es gibt eine Zeit zum Säen, eine Zeit zum Ernten, und die Frucht braucht ihre Zeit zum Reifen.«

Tatsächlich nahmen meine Kurden meine Anweisungen, sich abwartend zu verhalten, mit Unmut auf. Ich hatte diese gleichwohl nicht ohne guten Grund erteilt: In der Zitadelle befand sich die »Nuriyah«, die ehemalige Leibwache Nur ed-Dins, die aus »Soldaten des Glaubens« bestand. Sie hatten sich unter der Standarte des Sultans für die islamische Sache geschlagen. Sie sehnten den Dschihad herbei und kochten vor Wut, weil sie nun mit ansehen mußten, daß ihr Herr Imad ed-Din, ein Enkel des großen Zengi, mit dem Feind kollaborierte. Sie hatten die Berichte von meinen Siegen über die Franken vernommen und verlangten nur so danach, die Bronzetore zu öffnen, meine Reihen zu verstärken und die »Christenhunde« zu verjagen. Ich wollte nicht den Fehler begehen, Männer anzugreifen, die darauf brannten, mir zu dienen. Ich kämpfte für die »Einigung der Gläubigen« und nicht für die »Ausrottung der Gläubigen«. Vom Tal des Nils bis zu dem des Euphrats, von den entlegensten Gegenden Nubiens bis zu den Bergen Armeniens leugnete niemand mehr meine Macht. Und die sollte dem Wohl des Islam dienen. Wenn das all diese heuchlerischen Potentaten nur einsehen könnten!

Wie Nur ed-Din es in Damaskus gemacht hatte, gewann ich Aleppo durch Überredungskunst. Meine Propagandabeauftragten schlichen sich in die Stadt ein und beeinflußten die Meinung zu meinen Gunsten. Indessen zog ich mich auf die Hänge des Djebel Jaushan zurück, wo die Aussicht so schön war, daß ich mir dort einen Palast errichten ließ. Die umliegenden Ländereien teilte ich unter meinen Emiren auf, die sich beeilten, mir nachzueifern. Imad ed-Dins Entscheidung ließ noch immer auf sich warten, und seine Forderungen wuchsen ständig.

»Nimm dich in acht!« warnte Al Fadil. »Er will Zeit gewinnen. Er erwartet Verstärkung.«

Und die anderen Berater setzten noch hinzu:

»Die Franken in Antiochia und Tripolis formieren sich neu!«

»Mosul rüstet auf!«

Ich hörte ihnen zu und lächelte nur. Wie jeder echte Führer, der Bescheid weiß und Unwissenheit vorgibt, wußte ich, was sie nicht wußten. Die Dame Sybille hatte mir ihre geheimen Erkenntnisse geliefert. Demnach waren Bohemund und Raimund in der Überzeugung, daß ich sie angreifen würde, zu Balduin gezogen, um sich bei ihm Unterstützung zu holen, hatten aber nur dreihundert Reiter erhalten. Das reichte geradeso eben, um ihre Grenzen zu schützen. Raimund bat um einen Waffenstillstand. Aus Mosul kam keine Reaktion, nicht einmal der kleinste Muckser. Von bösen Gerüchten zunehmend in die Enge getrieben, gab Imad ed-Din endlich nach. Ich gab ihm Sindschar zurück, und er erkannte meine Oberherrschaft an, indem er versprach, jedesmal, wenn ich ihn dazu aufforderte, an der Spitze seiner Truppen zu mir zu stoßen.

Während ich dies regelte, verstarb mein Bruder Buri. Seine Verletzung hatte seinen Körper vergiftet. Die »Krone der Könige« entschwebte, noch bevor sie ein Königreich erhalten hatte. Dieser neue Trauerfall betrübte mich sehr. Ich mußte mit ansehen, wie das Leben um mich herum immer mehr verging, und ich drückte meinen Sohn an die Brust, um aus seiner Zerbrechlichkeit neue Kraft zu schöpfen. Imad ed-Din kam bis zu meinem Zelt, um mir sein Beileid auszusprechen. Dieser Freundschaftsbeweis rührte mich, und so schenkte ich ihm eine Reiseausrüstung, Rassepferde und Ehrenroben für sein Gefolge.

Am 3. Rabia I (11. Juni 1183) zog ich feierlich in Aleppo ein, von der Bevölkerung im Freudentaumel bejubelt. Die Adler meiner Standarten schwebten nun über der Zitadelle. Ein Festgelage reihte sich an das andere. Ich war der Held des Tages, und diejenigen, die mich noch am Vorabend öffentlich verhöhnt hatten, kamen jetzt aus allen Winkeln Syriens herbeigerannt, um Kniefälle zu machen und mir zu schmeicheln. Kadis, Ulemas und »cheikhs« mischten sich unter die Emire und die Würdenträger der Stadt. Musiker entzückten unsere Ohren, und die Poeten wetteiferten mit ihren Lobgesängen. Ich war der mächtigste Herrscher des Orients. Vom Tigris bis zum Nil und von Tripolis bis zur Küste Afrikas erstreckte sich mein Machtbereich. In allen Moscheen zwischen Mekka und dem Mittelmeer wurde für mich gebetet. Nun fehlte mir nur noch Mosul, um die Küste von den Kreuzen zu reinigen. Ein Weissager näherte sich mir und sagte mit lauter Stimme:

»Ya, Sidi, dein fürchterlicher Säbel hat Aleppo im Monat Saphar unterworfen. Mein Geist, der in der Zukunft liest, kündigt dir eine glänzendere Eroberung für den Monat Radschab an: Al Qouds!«

»Inschallah!« erwiderte ich.

Die Erregung ließ mein Herz höher schlagen und trieb mir Tränen in die Augen. Mehr als acht Jahre hatte ich mich geschlagen, um diese Hauptstadt Nordsyriens zu gewinnen, die mir den »Schlüssel zu den Territorien« lieferte. Von nun an bedrohte ich die Franken entlang der gesamten Grenze ihres Reiches, von Antiochia bis Askalon. Und ich stellte mir eine riesige Armee vor, die vom Norden zum Süden wie eine starke, mit Lanzen gespickte Mauer aufgestellt war und langsam zur Küste vorrückte, wobei sie die Ebene aufrieb und unterwegs das gesamte gottlose Gesindel unter sich begrub und zermalmte.

Im Augenblick wußte ich noch nicht, wie ich es anstellen sollte, den Eindringling zu vernichten. Ich mußte zuerst noch meine Macht festigen und meinen Ruf als den Meister des Islam stärken. Ich eilte nach Harenc vor den Toren Antiochias und riß es an mich. Fürst Bohemund suchte mich nun seinerseits auf und bat mich, ihm freien Abzug zu gewähren. Außerdem gab er mir tausend Gefangene zurück. Ich gewährte ihm den erbetenen Waffenstillstand, vergaß jedoch die Schmähung nicht. Ich würde mich zu gegebener Zeit dafür rächen.

Ich ernannte Al Zahir zum »Sultan« von Aleppo. Er besaß Mut und Würde und zeigte bereits in ungewöhnlich frühem Alter Geschick und Entschlossenheit, was bewies, daß er im Unterschied zu meinen anderen Söhnen das Zeug zu einem Staatschef hatte. Da er erst zehn Jahre alt war, wies ich ihm als Stütze den Emir Yazgoch zu, der mich vor Azaz vor den Ismaeliten gerettet hatte. Er erhielt eine Unterstützung von viertausend Dirhams, zwanzig hohe Kopfbedeckungen und ebenso viele Tuniken persischer Machart. Ich regelte seine Bedienung bei Tisch und seine Ausgaben. Ich stellte die hohen Beamten ein, setzte ihre Gehälter fest, schaffte die »moukous« ab, organisierte die Polizei und die Garnison neu, verteilte einige Ländereien an die tapferen Emire und säuberte die Stadt von den Schiiten, die sich gefährlich vermehrt hatten, seit Malik Salih ihnen die Bürgerrechte gewährt hatte, die ihnen unter Nur ed-Din versagt geblieben waren. Moscheen, Schulen und Medressen wurden unter Schafiiten und Hanifiten aufgeteilt, die beide zu den Sunniten zählten. Zwei Monate später kehrte ich nach Damaskus zurück.

Mein dortiger Aufenthalt war von kurzer Dauer. Die Zeit reichte gerade, um meinen Harem zu beehren und meine Kinder zu begutachten. Asimat Khatun verwöhnte mich, sie war feurig und prikkelnd. Schamsa begnügte sich mit meiner aufrichtigen Höflichkeit und nährte ihre Körperfülle. Sie hatte mir meine ersten Söhne geschenkt und verdiente meine Achtung.

Auch meine Mutter vergaß ich nicht. Ich besuchte sie in ihrem wiederentdeckten Rosengarten. Unter ihren erfahrenen Händen erblühten alle Rosen des Orients, sowohl die weißen aus Arabien als auch die malvenfarbenen aus Schiras, jene aus Bagdad, welche die Färbung des Mondes zeigten, und die aus Aleppo, die im Farbton der Sonne leuchteten.

»Sieh nur!« sagte sie und hielt mir eine Knospe hin, die sich gerade entfaltete. »Bewundere ihre Kraft und die Schönheit dieses Rots! Ein tiefes Rot, beinahe Purpur, das Rosenrot der Macht und des Ruhms. Die Farbe des Blutes, aber auch der Liebe. Diese Kreuzung ist mir vollkommen gelungen. Diese Rose ist einzigartig, und das bist du, mein Sohn, die Rose von Damaskus!«

Ich küßte ihr zärtlich die Hand. Ich erinnerte mich an das Gleichnis des »cheikhs«, und die Gefühlsregung ließ mein Herz pochen. Ich hörte noch, wie er sagte:

»Das Erblühen der Rose, das ist Mohammed. Die Menschheit braucht den Duft der Rose!«

Ich drückte die purpurfarbene Rose an meine Lippen und verneigte mich vor meiner Mutter. War sie eine Botin Allahs, der mir diese Blume als ein Zeichen schickte? War die Stunde gekommen, den Heiligen Krieg zu entfesseln ? An jenem Tag gab es noch einen weiteren Wink des Himmels, einen Brief aus Bagdad. Der Kalif übersandte mir die Bestallungsurkunden für alle Gebiete, die ich denjenigen würde entreißen können, die seine Anordnungen nicht befolgten. Er erwähnte weder Mosul noch die Gezira, aber ich betrachtete sie als stillschweigend eingeschlossen. Sogleich ließ ich die Nachricht verbreiten, das Oberhaupt der Gläubigen habe mir die Gebiete derjenigen zugesprochen, die in ihren Staaten ihm gegenüber einen Mangel an Loyalität zeigten. Indirekt gab ich Mas'ud zu verstehen, daß ich unseren Zwist nicht vergessen hatte, jedoch als guter Muslim den geheiligten Befehlen gehorchen würde und deshalb mit dem Angriff auf die Ungläubigen begänne.

»Dies ist ein günstiger Moment«, sagte Al Fadil. »Ihrem König geht es äußerst schlecht, und alle Lanzen sind in der Ebene versammelt.«

Zum Beweis zeigte er mir die Berichte unserer Spitzel. Balduin war vom Fieber befallen und hatte in Nazareth Zuflucht gesucht, wo die Luft gesünder war. Sein Gesicht war entstellt, seine Sehkraft fast vollständig geschwunden, und Stück für Stück verlor er seine Gliedmaßen, so daß er sein Krankenlager nicht mehr verließ. Er hatte die Zügel der Macht an seinen Schwager Guido übergeben, der aus dem Abendland gekommen war, um Prinzessin Sibylle zu heiraten.

»Was für ein Mensch ist er?« fragte ich.

»Er ist eitel und aufgrund seiner neuen Würde aufgeblasen, ein Narr mit wenig Verstand.«

Dennoch hatte Guido meine Drohungen vernommen und die Truppen des Reiches bei den Quellen von Saffouriyah zusammengezogen, nicht weit von ihrem Herrscher, der nur noch ein Wrack war. Er hatte eine Menge Geld für die Kosten des Krieges gesammelt und das Kreuz hervorgeholt. Ich konnte mir keine bessere Gelegenheit vorstellen, um hart durchzugreifen und die Schandtat zu rächen. Ich schrieb an den Kalifen:

»Wenn sie als gute Diener Geld zur Verfügung stellen, so stelle ich vor meinem Geld zunächst mich selbst zur Verfügung, mein Geld vor meiner Familie und meine Familie vor meinen Männern.«

An der Spitze meiner Truppen aus Damaskus, denen sich die aus Aleppo anschlossen, marschierte ich in Galiläa ein. Beisan wurde vollständig zerstört. Ich plünderte im Tal des Jesreel und schlug mein Lager in der Nähe einer Wasserstelle auf. Meine Offensive säte Angst und Schrecken, und der »Bayle«* wollte mir den Weg verstellen. Er überquerte die Hügel von Nazareth und marschierte Richtung Foula**. Nicht weit von dort lauerte ich in einem Hinter-

* Der Regent.
** Das Schloß von La Fève.

halt. Fünfzehntausend gutbewaffnete Fußsoldaten folgten tausenddreihundert Reitern, unter denen sich Feudalherren befanden, die den größten Schrecken verbreiteten. Neben dem königlichen Banner von Guido flatterten die Farben von Raimund, die Flagge des Sohns von Barisan, die des Herrn von Shakif Arnun und noch viele andere. Auch das Banner des »brins Arnat«, dieses verfluchten Hundes, erkannte ich! Ich setzte meine Vorhut ein. Fünfhundert kurdische Reiter brachten den Feind in Bedrängnis. Es wurde ein blutiger Zusammenstoß, ein Nahkampf, in dem wir uns Auge in Auge gegenüberstanden. Der Boden war mit Toten und Verwundeten übersät. Der Feind formierte sich neu, und meine Männer kehrten zurück. Nicht ein einziger fehlte.

In vielen Bataillonen dicht zusammengerottet und die Kavallerie durch die Infanterie deckend, erreichten die Franken das Ufer eines Baches, wo sie im Schutze eines Hügels ihr Lager aufschlugen. Ich brachte meine Männer gegenüber in Stellung und aktivierte die Flügel. Mit ständigen Angriffen brachte ich den Gegner in Bedrängnis. Ich wollte erreichen, daß er seine gesamten Truppen einsetzte. Doch er ließ sich nicht darauf ein. Meine Übermacht schreckte ihn. Fünf Tage lang harrte er so aus, reglos, als würde der anhaltende Hagel unserer Pfeile und »zembureks«* auf einen Felsblock prallen. So konnte es nicht weitergehen. Ich schlug die Richtung zum Fuß des Berges Tabor ein, in der Hoffnung, daß sie sich nach diesem Rückzug endlich bewegen würden. Ohne ihre Aufstellung zu lokkern, flüchteten sie auf dem Weg, den sie gekommen waren, nach Hause zurück.

Ich machte es ebenso. Unsere Vorräte gingen zur Neige, und die Jahreszeit der Regenfälle begann. Ein ausführlicher Bericht ging nach Bagdad, während eine Taube zu El Adil nach Kairo flog.

»Stoße in Kerak zu mir!« teilte ich ihm mit.

Unverzüglich wollte ich den tollwütigen Wolf aus seinem Schlupfwinkel treiben. Nicht genug damit, daß er über unseren Propheten gelästert hatte, er fand auch noch Vergnügen daran,

* Kurze Lanzen, die von speziellen Bogen abgeschossen werden. Die Kreuzfahrer besaßen die gleichen.

unseren Handel zwischen Ägypten und Syrien zu stören, indem er unsere Karawanen bedrohte. Das war von seiner Festung aus ein leichtes Spiel für ihn. Sie war uneinnehmbar, da sie auf einem Hochplateau erbaut war, das an einer Seite von einer tiefen Schlucht, auf der anderen von einem steilen Abhang begrenzt wurde. In der Vergangenheit waren sowohl Nur ed-Din als auch ich wiederholt versucht gewesen, sie einzunehmen, hatten uns jedoch mit einer Plünderung ihrer Umgebung begnügt, bei der wir das Terrain im Hinblick auf einen Angriff auskundschafteten. Ich würde das Unmögliche versuchen, genau wie in Amida. Noch war meine Wut nicht verraucht.

Am Ende des Radschab jenes Jahres 579 (November 1183) besetzten wir die Stadt. Tag und Nacht unterzogen die sieben Wurfgeschütze, die in Batteriestellung gebracht worden waren, die Basaltblöcke der gigantischen Mauern einem Dauerbeschuß. »Brins Arnat« feierte derweil in seiner Fluchtburg mit ihren sieben Stockwerken ein Fest. Sein Schwiegersohn Humfried von Toron, der Erbe desjenigen, den ich »Onfari« zu nennen pflegte, heiratete die junge Schwester* von Balduin, und die Adeligen des Königreiches waren in Massen herbeigeströmt. Sie tanzten und schmausten beim Klang von Flöten und Tamburinen. Sie amüsierten sich über den schönen Streich, den der Hausherr den »Treulosen« gespielt hatte. Und der brach in Gelächter aus und erklärte:

»Ich bedauere zutiefst, daß ich die sterbliche Hülle nicht mit zurückbringen konnte. Ich hätte den Muselmännern das Recht teuer verkauft, zur Verehrung ihres ›Kamelführers‹ hierherzureisen!«

Diese Worte wurden mir zugetragen, und sie verdoppelten meinen Zorn. Ununterbrochen erschütterten unsere Geschosse die Mauern. Da ließ Frau Stephanie mir einen Teil des Festmahls bringen und bat mich, die Hochzeitsfeier zu respektieren.

»Wo sind die Jungvermählten?« fragte ich.

Mit Rücksicht auf den, der einmal mein Freund gewesen war,

* Isabella.

verschonte ich den Flügel, in dem das Paar sich aufhielt, ohne jedoch die Belagerung aufzuheben. Die Garnison zeigte bereits Anzeichen von Erschöpfung. Oben auf dem Burgfried wurden Feuer entfacht, um Hilfe herbeizurufen. Jenseits der Hügel flammten weitere Feuer auf. Staubwolken wirbelten am Horizont auf. Es traf Verstärkung ein. Hinter dem Kreuz des Unheils hielt die Krankensänfte mit den Pestgerüchen im Galopp auf uns zu.

»Wir verschwinden!« sagte ich.

Der Kampf hatte schon zu lange gedauert, und der Ramadan rückte näher. Ich bevorzugte den Rückzug; so schonte ich meine Männer, die bereits erschöpft waren. Unser Versuch hatte mich zufriedengestellt. Auch wenn er nicht durchschlagend gewesen war, so war er doch für unsere künftigen Überfälle von Vorteil. Dieses Mal hatten wir das Plateau überquert, die Stadt besetzt und unser Ziel abgetastet. Ich sah nun klarer, wie ich den nächsten Sturmangriff organisieren müßte. Die ägyptische Armee kehrte in schnellem Ritt in die Heimat zurück, um die Landesgrenzen vor einem feindlichen Überfall zu schützen. Ich zog zurück in den Norden nach Damaskus, wo ich meine Winterquartiere aufschlagen wollte. El Adil begleitete mich.

»Wir werden in der schönen Jahreszeit wieder herkommen«, sagte ich zu ihm.

»Du bist verrückt, dich so darauf zu versteifen! Du wirst dir noch den Schädel einschlagen und dabei dein Ansehen verlieren!«

Ich erwiderte unbeeindruckt:

»Ich weiß inzwischen, wie wir mit der Bastion fertig werden können. Wir werden Maschinen, eine starke Einheit an Schanzgräbern und größere Heere brauchen.«

Skeptisch schüttelte er den Kopf:

»Du hast kaum Zeit, all diese Vorbereitungen zu treffen.«

»Inch'Allah!« antwortete ich. »Wir werden gerüstet sein!«

Bei unserer Rückkehr wurden wir von den ersten Schneeflocken begrüßt. Auf mich wartete nun ein anderes Schlachtfeld, das, auf dem der Kampf um die Thronherrschaft ausgetragen wurde. El Adil hatte mich gebeten, ihm Aleppo im Austausch mit Kairo zu überlassen. Und ich hatte es ihm nicht abschlagen können. Ich war gezwungen gewesen, hundertfünfzigtausend Dinare für meine persönlichen Ausgaben von ihm zu leihen. Der Feldzug in Mesopotamien hatte mich viel gekostet. Um die Emire besser zu ködern, hatte ich mich großzügiger als gewöhnlich gezeigt und alles, was wir erobert hatten, verteilt, ohne etwas für mich zurückzubehalten. Ich stand also in seiner Schuld und hatte nachgegeben.

Al Zahir kehrte zu seinem Bruder Uthman nach Damaskus zurück. Taki ed-Din machte sich nach Ägypten auf. Er würde dort die Regierung übernehmen und meinen ältesten Sohn El Afdal beschützen, der kürzlich seinen dreizehnten Geburtstag gefeiert hatte. Zu seiner Unterstützung gab ich ihm Al Fadil mit, von dem ich mich nur schwer trennte. Doch Taki ed-Din brauchte diesen Berater, der mäßigend auf sein Ungestüm einwirken konnte und die unbekümmerten Ägypter geschickt zu steuern wußte. Dank meines geliebten Kadis würde es an den Ufern des Nils ruhig bleiben, und mein Wille würde geachtet werden. Er war mein zweites Ich. Mit einem Blick erriet er meine Gedanken, setzte dank seines Talents die Dekrete auf und formulierte bewunderswerte Schreiben. Ich hatte das Glück, einen anderen Virtuosen der Feder zu finden, der Al Fadil in Damaskus ersetzen konnte, einen ehemaligen Lehrer des Kollegs, der inzwischen Präsident des Staatsrates war und den ich nun zum Kanzler des Reiches ernannte. Imad ed-Din al Isfahani war Syrer und in Isfahan geboren. Wir nannten ihn »Aluh«*. Er war Doktor der Rechtswissenschaft, ein wunderbarer Streiter bei unseren theologischen Auseinandersetzungen und ein einfühlsamer Dichter. Er konnte wie kein anderer erzählen, und seine Vortragsweise versetzte uns in Begeisterung. Und wenn er die verborgenen Welten aus den Sternen deutete, dann fesselte er uns.

Der Winter wurde ungewöhnlich kalt, er brachte Wolkenbrüche und Schneestürme. Rund um die Wärmpfannen in den »Diwans« herrschte fieberhafte Geschäftigkeit. In Mesopotamien kehrte man zur Tagesordnung zurück. Sandschar-Schah, Sohn des verstorbenen

* Der Adler.

Saif ed-Din, war nun zwanzig Jahre alt und erhob Anspruch auf die Staaten seines Vaters, aus denen man ihn zugunsten seines Onkels Mas'ud verdrängt hatte. Gefolgt von den Gouverneuren von Erbil und Tekrit, suchte er mich auf und bot mir seine Gefolgschaft an.

Ich ging darauf ein, da ich nur allzu froh war, meinen »Nachbarn« in Mosul etwas mehr schwächen zu können. Seit unserem Zusammenstoß vor den Toren seiner Stadt hatten wir unseren Streit in Sachen Oberherrschaft noch nicht beigelegt. Da Mas'ud wußte, daß ich mich ständig bemühte, mich peinlich genau nach den Befehlen des Kalifen zu richten, machte er sich auf, Bagdad etwas vorzujammern. Und das Oberhaupt der Gläubigen schickte mir seinen »cheikh der cheikhs«, der alles war, nur kein Diplomat. Er begleitete den Gesandten aus Mosul, Beha ed-Din ibn Cheddad, der später zu meinen zahlreichen Beratern hinzukam und mein Biograph wurde.

Ich empfing sie in allen Ehren. Umgeben von seinen ausgezeichneten Kadis, beeilte der »cheikh der cheikhs« sich, mir die legitimen Ansprüche der Zengiden auf Nordsyrien und das Tal des Euphrats in Erinnerung zu rufen. Abrupt fragte er mich:

»Warum hast du die abtrünnigen Vasallen von Mosul empfangen?«

»Diese Fürsten müssen die Freiheit haben, sich mit dem zu verbünden, der ihnen recht ist«, antwortete ich rasch.

Dieser Gedanke gefiel ihm nicht. Wenn die Vasallen unabhängig würden, würden sie in Richtung Damaskus drängen, da sie in fataler Weise von meiner Macht angezogen wären. Der »cheikh der cheikhs« verlor vollständig die Kontrolle über sich und brüllte los:

»Diese Männer sind ›unsere‹ Beauftragten, auf ›unseren‹ Territorien, und sie unterliegen ›unserer‹ Autorität! Wenn sie sich gegen uns stellen, ist es mit unserer Einheit vorbei! Also entschuldige dich bei ihnen mit den Worten: ›Wir haben euch in einem Moment des Zorns empfangen, doch nun herrscht Frieden.‹«

Seit wann erteilte man mir Befehle? Mit einer brüsken Handbewegung hob ich die Sitzung auf, ohne Rücksicht auf die Würde meines Gesprächspartners zu nehmen. Er verabschiedete sich mit der Weigerung, die Geschenke anzunehmen, die nach unserem Brauch jeder fremden Delegation überreicht wurden, und so blieb das Problem Mosul bestehen. Diese Angelegenheit machte mich krank, und ich wollte nichts mehr davon hören.

Mit den schönen Tagen kam mir Kerak wieder in den Sinn. Während ich mit meinen Söhnen umhertollte, hatte ich Zeit zum Nachdenken gehabt. Ich würde noch einmal zum Sturm auf das Adlernest von Arnat aufbrechen, und dieses Mal nähme ich all meine Vasallen aus Syrien und Mesopotamien mit, die sich nicht weigern könnten, in meinem Gefolge ihren »Dschihad« zu gewinnen. Der Kalif würde von meiner Loyalität überzeugt und Mas'ud in seiner Isolierung endgültig gedemütigt werden. Zugleich würde mir das erlauben, dieses riesige Truppenaufgebot im Gelände zu erproben und die eigentliche Schlacht vorzubereiten, die Jerusalem befreien sollte.

Ich rührte die Trommeln. Am 15. Rabia I des Jahres 580 (Anfang Juli 1184) schlug ich beim Klang der Trompeten und Sackpfeifen den Weg in die Wüste ein. Ein Meer von Lanzen umgab mich, in dem die bunten Banner aller arabischen Staaten wogten und vor dem Blau des Himmels verschwammen. Die Fürsten aus der Gezira, aus Sindschar, aus Hisn Kaifa und Mardin hatten sich den syrischen Streitkräften von Aleppo und Damaskus angeschlossen. Und aus dem Süden marschierte uns die ägyptische Armee unter dem Kommando meines Neffens Taki ed-Din entgegen.

Die Hitze verlangsamte das Marschtempo, aber die Luft bebte von den kriegerischen Tönen, zu denen die Trommeln den Takt schlugen. Und die Stunde des Gebets warf uns auf die Knie, das Gesicht am Boden boten wir unsere Seelen dem Allmächtigen dar. Sufisten und »fuqaha« sangen die Litaneien vor, die wir im Chor wiederholten. Der Islam erwachte ganz nach Allahs Willen!

Ich bildete mit einem starken Kontingent Kurden, die über Erfahrung mit Angriffen im Gebirge verfügten, mit meiner Leibwache und einer ansehnlichen Zahl von Schanzgräbern eine Vorhut, die zur Vorbereitung des Geländes aufbrach. Einen Monat später waren wir auf dem Plateau und brachten unsere Maschinen in Stellung. Eine Batterie aus neun Steinschleudern schlug nach und nach Breschen in die Mauern. Das größte Hindernis bildete für uns der Graben, der breit und tief war.

»Schüttet ihn zu!« befahl ich.

Meine Männer trugen auf der einen Seite die Flanke des Berges ab, um den Abraum auf der anderen Seite in den Abgrund zu werfen. Alle beteiligten sich daran, und ich war nicht der letzte, der kräftig mit Hand anlegte. Von den Zinnen hagelte es Steine und Pfeile, so daß unsere Arbeit langsamer vorankam. Wir stellten Ziegel her, um überdachte Gänge zu bauen, durch die wir sicher und unbeschadet den Graben erreichten. Unterdessen kamen unsere Maschinen zum Einsatz. Die Schutzschilde fielen, die Turmspitzen wurden abgerissen, Zinnen fortgebrochen, die Zwischenwälle oben abrasiert, Dächer aufgeschlitzt, Mauern zum Bersten gebracht und die Schießscharten durchbohrt. Die Truppen aus Aleppo, aus Ägypten und aus Mesopotamien waren eingetroffen, der Einsturz rückte näher, und wir waren zum Endsturm gerüstet. Allah enthielt mir diese Befriedigung vor. In Richtung Jerusalem stiegen Staubwolken zum Himmel.

»Verstärkung für den Feind!« schrien meine Kundschafter.

Ich rief die Emire zusammen und sagte:

»Auf diesem steilen Plateau haben wir keine Linie, hinter die wir uns zurückziehen können. Wir könnten aufgerieben werden. Laßt uns die Zelte abbrechen und ihnen auf den benachbarten Hügeln auflauern! Die Niederlage von Ramleh wird sich nicht wiederholen!«

Die Franken richteten sich in El-Wala ein. Ich belauerte sie, bereit, mich in einem günstigen Augenblick auf sie zu stürzen, sobald sie sich in die Ebene wagen würden. Vergeblich. Sie hatten sich um ihr Kreuz geschart und rührten sich nicht. Da galoppierte ich in den Norden, der ohne Verteidigung war, eroberte erst Nablus, dann Jenin und zog plündernd durch den gesamten El-Ghor. Die Beute war riesig, und meine Rückkehr nach Damaskus wurde zum Triumph. Umgeben von allen Fürsten, meinen Vasallen, gefolgt von meiner siegreichen Armee, defilierte ich durch die Straßen, die uns zu Ehren mit Flaggen geschmückt waren, zur Moschee der Omajaden. Ich wollte dem Allerhöchsten für Seine allmächtige Hilfe danken. Wir hatten Kerak zwar nicht eingenommen, die Festung jedoch erschüttert und der Garnison Furcht eingejagt. Wir hatten ein Titanenwerk vollbracht, und ich war stolz auf unser Ergebnis.

»Bismillah!«* rief ich.

Und alle wiederholten im Chor:

»Bismillah al Rahman al Rahim!«

Die Gesandten des Kalifen warteten bereits auf uns; sie brachten die Bestallungsurkunden für meine neuen Territorien im Norden und Ehrenroben für die adeligen »Mudschaheddin«. Mit großer Feierlichkeit kleidete ich jeden einzelnen der Fürsten in eines dieser Gewänder. Dann kehrten sie in ihre Heimat zurück. Sie strahlten vor Freude und waren stolz auf dieses Abenteuer. Es hatte sie in Landstriche geführt, die ihnen unbekannt waren. Dort hatten sie sich den Feinden Allahs gestellt und ein wenig von Seiner Seligkeit verdient.

Ich verabschiedete meine wertvollen Krieger und zog mich zu einer wohlverdienten Ruhepause in die Privatgemächer meiner Zitadelle zurück.

Der Frühling** war außergewöhnlich heiß, er kündigte eine weitere Dürre an, und der Wind rüttelte die unruhigen Geister auf. Taki ed-Din träumte davon, von Ägypten aus zur Eroberung der Gebiete der Almohaden im Maghreb aufzubrechen. In Jerusalem war Balduin gestorben, der seine Regentschaft dem Grafen Raimund anvertraut hatte. Die »Barone« waren zerstritten. Sie brachten ihrem neuen Herrn, der von Zusammenarbeit mit unserem Volk redete, Neid und Mißtrauen entgegen. Im Osten flammte der Krieg wieder auf, und die Ufer des Euphrats erzitterten. Mosul versammelte ein

* Im Namen Gottes.

** Es handelt sich um den April 1185.

Lanzenmeer. Dreitausend Kavalleristen strömten aus Aserbeidschan dorthin.

Zur Beruhigung meines Neffen sandte ich einen Brief nach Kairo. Es war noch verfrüht, daran zu denken, die Macht der Ayubiten auf so entfernte Landstriche auszudehnen. Da waren zunächst noch die Franken und Mesopotamien. In welcher Reihenfolge sollte ich sie angreifen? Raimund bat um einen Waffenstillstand von vier Jahren. Er wollte einen Aufschub, um die Wirtschaft jener Gebiete zu sanieren, die ich gründlich verwüstet hatte. Er schlug auch vor, den Handelsaustausch wiederaufzunehmen, der für alle von Vorteil war. Dieser Mann war intelligent und verfügte über Weitblick. Seine Idee reizte mich um so mehr, als Mas'ud inzwischen seinen Vergeltungsschlag vorbereitete; aber um mich herum waren die Meinungen geteilt.

»Der Heilige Krieg!« sagte Al Fadil, der sich in Damaskus aufhielt. »Du wolltest der ›Meister des Islam‹ sein, und du kannst keinen Rückzieher machen!«

»Solange Mas'ud die Fürsten der Gezira bedroht, werden sie nicht kommen, und ohne sie können wir die Franken nicht besiegen«, entgegnete Issa als kluger Diplomat.

Sein Bruder Al Mashtub sowie Dschurdik, überzeugtere Kurden als je zuvor, unterstützten ihn, und Al Fadil, gemäßigt durch sein Alter, erwiderte:

»Der Atabeg ist gar nicht so schlimm. Eine gute Verhandlung wird die Sache bereinigen. Der Heilige Krieg, Sidi! Ich wiederhole es, Jerusalem ist geteilt, geschwächt. Der Augenblick ist gekommen.«

»Nein«, erklärte Al Mashtub. »Erst muß Mosul mit Waffengewalt niedergerungen werden. Mas'ud wird sich auf Knien ergeben, wenn er seine Stadt von den gesamten Streitkräften Syriens, Mesopotamiens und des Irak umzingelt sehen wird. Sollte es nötig sein, so werden wir Ägypten hinzurufen. Erst dann wird die Lage geklärt sein, und wir werden uns den ›Teufelswerkzeugen‹ widmen.«

Diese Meinung fand meine Zustimmung. In einer dramatischen Botschaft hatte Kukburi, der Fürst von Harran, mich kürzlich davon unterrichtet, daß die Armee von Mosul in Erbil plünderte und brandschatzte. Diese Provinz wurde von seinem ältesten Sohn verwaltet. Kukburi rief mich zu Hilfe, wobei er mir anbot, die Kosten des Feldzugs zu zahlen. Plötzlich erschienen die Franken weit weniger gefährlich als Mas'ud. Meine alten Haßgefühle wurden wieder geweckt und auch mein Stolz. Man durfte meine Macht nicht in Zweifel ziehen.

»Der Wolf flieht vor dem Löwen«, sagte ich, »und der Fuchs ist schlauer als ein toller Hund!«

Ich vergaß eine Zeitlang den Heiligen Krieg und eilte zum Euphrat. Nach einem Monat hatte ich Harran erreicht. Kukburi bereitete mir einen prächtigen Empfang. Er hatte kürzlich meine Schwester Rabia Khatun geheiratet, war also inzwischen mein Schwager, und wir erlaubten uns in unserem Umgang eine Jovialität, die nicht den Sitten entsprach. Dennoch überschattete eine leichter Zwist meine Ankunft. Nach dem Festmahl hatte er mich auf einem Ausritt in eine reizende Landschaft geführt, in der es Eukalyptus im Überfluß gab. Er gab viele Jagdepisoden und Frauengeschichten zum besten. Da schnitt ich den eigentlichen Grund meiner Reise an, und plötzlich war von Geld nicht mehr die Rede.

»Habe ich Versprechungen gemacht?« fragte er mich und setzte ein erstauntes Gesicht auf. »Ich erinnere mich nicht mehr daran.«

Der Geist Schawars sprach aus seinen Worten. Wutentbrannt ließ ich ihn gefangennehmen und einkerkern; gleichzeitig entriß ich ihm die Herrschaft über seine Provinzen. Einige Tage später fand er die Erinnerung wieder und leistete öffentlich Abbitte. Ich verzieh ihm, gab ihm seine Territorien zurück und behandelte ihn, als sei nichts vorgefallen. Fromm wie ein Lamm, marschierte er an meiner Seite nach Erbil. Allah machte mir die Aufgabe nicht gerade leicht. Während ich meinen Träumen von der islamischen Vorherrschaft nachhing, reichten die Gedanken meiner Vasallen nicht über ihre Nasenspitze hinaus, die auf ihren Geldbeutel geheftet war. Warum war man immer gezwungen, die unausstehlichen Kinder zu züchtigen?

Wir machten in Ras el-Ain gerade so lange halt, bis wir unsere

Männer neu formiert hatten und die Reittiere ausgeruht waren. In Staubwolken tauchte eine Kohorte aufgeputzter Gesandter, von Lanzen umgeben, aus der Wüste auf. Der Botschafter von Kilidsch Arslan führte sie an. Ich empfing ihn zu Pferde vor einer Front kurdischer Reiter mit blankem Säbel. Er verneigte sich respektvoll, bevor er verkündete:

»Alle Könige des Orients, ich meine die von Kleinasien, Aserbeidschan, Persien, Armenien und Medien, betrachten dein Unternehmen gegen Mosul mit Sorge.«

Er blieb einen Moment still, warf einen verächtlichen Blick auf die Mauer aus Stahl, die hinter meinem Schlachtroß aufragte, und setzte hinzu:

»Alle haben geschworen, sich Izz ed-Din Mas'ud anzuschließen und ihm bei der Rückeroberung der Territorien beizustehen, die du usurpiert hast, sofern du Mesopotamien nicht unverzüglich verläßt. Sie werden dich hinter den Euphrat zurückdrängen, dich aus Syrien und sogar aus Ägypten vertreiben.«

Bevor er zum Schluß kam, schöpfte er neuen Atem:

»Wenn du auch nur einen Schritt tust, werden wir dir im Namen aller Könige des Orients den Krieg erklären!«

Ich drehte mich zu meiner Armee:

»Yallah!« sprach ich und wies mit der Säbelspitze zum Horizont.

Einige Tage später standen wir vor Mosul. Unterwegs waren verschiedene Truppen aus der Gezira zu meinen syrischen Heeren gestoßen, und die beeindruckende Menge begann aufzumarschieren. Keinerlei fremde Streitmacht hatte sich bemerkbar gemacht. Mas'ud war allein in seinen Mauern, und ohne Skrupel rüstete ich zu seiner Belagerung. Was mir Sandschar-Schah, sein ausgeraubter Neffe, enthüllt hatte, gab mir das Recht dazu: Der Atabeg hatte sich mit Al Pahlavan, dem Seldschukensultan Persiens, verbündet, der ein Feind des Oberhaupts der Gläubigen war. In allen Moscheen wurde die »khotba« im Namen jenes Herrschers gesprochen, und auch die Münzen trugen sein Bildnis. Außerdem erhob er Abgaben, die im Widerspruch zum Koran standen, und er unterhielt einen Briefwechsel mit den Franken. Diese Schandtaten, die mein ungestümes Eingreifen rechtfertigten, hatte ich dem Kalifen unverzüglich in einem Schreiben erklärt. Meine abschließenden Worte lauteten:

»Ich bin nicht in der Absicht gekommen, mein Reich zu vergrößern oder eine alte Dynastie zu zerstören, sondern um die Bewohner Mosuls auf den Weg des Gehorsams gegenüber der Autorität der Abbassiden zurückzuführen.«

An-Nasir verhielt sich weiterhin ruhig, und Mas'ud sandte mir seine Mutter, seine Gattin, die die Tochter Nur ed-Dins war, und die Frauen einiger Würdenträger, um mein Mitleid zu erregen. All diese adligen Damen waren verschleiert, wie es Sitte war. Ich sah nur ihre Augen, die wie Vögel auf den Zweigen hüpften. Als galanter und ritterlicher Mann empfing ich sie mit den Ehren, die ihnen gebührten. In herzzerreißendem Ton flehten sie mich um Erbarmen an und baten mich inständig, den Friedensvorschlag anzunehmen.

»Wir werden dir freie Verfügung über die Truppen von Mosul gewähren«, versicherte die Gattin des Atabeg.

Seine Mutter, die in ihren dunklen Seidenschleiern einen würdevollen Anblick bot, setzte mit gewichtiger Stimme hinzu:

»Wir verlangen nicht die Anerkennung unserer Anrechte auf Syrien und Ägypten. Allah hat dir diese Reiche verliehen. Erweitere dein Territorium in Richtung der Franken, welche die Feinde unserer Religion sind, aber respektiere den Euphrat als deine Ostgrenze! Gib uns die Städte Mesopotamiens zurück und erlaube, daß Gouverneure der Zengiden, die ehemals deine Herren und Wohltäter waren, friedlich in jenen Regionen regieren!«

Ich antwortete mit höflichen Worten, überhäufte sie mit Geschenken, Naschereien und Sorbets, und entließ sie, ohne ihnen etwas gewährt zu haben. Ich sagte mir, daß Mas'ud nicht mehr lange in der Zitadelle würde ausharren können, wenn er schon auf die Taktik angewiesen war, mir parfümierte Botschafter zu schicken. Und außerdem kam es ihm nicht zu, mir seine Bedingungen zu diktieren. Die Einwohner Mosuls zeterten vor Empörung. Ich hatte die Fürstinnen beleidigt, indem ich ihren Bitten nicht entsprochen hatte. Ich zuckte mit den Achseln und ließ unsere Kriegsmaschinen in Stellung bringen.

Ohne die lähmenden Feuerstrahlen hätten wir zum Endsturm angesetzt. Aber wir schmorten in der Sonne, und ich mußte meinen Männern erlauben, ihre Panzerhemden abzulegen. Alle Bewegungen hatten sich verlangsamt, und die Belagerung zog sich hin. Der umzingelte Mas'ud versteifte sich in seinen Mauern auf einen Widerstand, den ihm die eigenen Untertanen zum Vorwurf machten, so sehr fürchteten sie den Hunger. Um die Übergabe zu erzwingen, beschloß ich, sie verdursten zu lassen. So befahl ich, das Wasser des Tigris umzuleiten. Seitdem ich den tiefen Graben von Kerak zugeschüttet hatte, konnte mich nichts mehr verunsichern, und so ließ ich gigantische Arbeiten beginnen, die denen der Pharaonen ebenbürtig waren. Ich hatte ja Zeit, unsere Märkte quollen über vor Lebensmitteln, und wir hatten Schnee, um in der glühenden Hitze zu überleben. Die Herrscher der Region trafen einer nach dem anderen in meinem Lager ein. Mit Fanfarenklängen kam der Gouverneur von Erbil mit seinen tausend Elitereitern. Der Fürst von Mardin und der Sultan von Persien, Al Pahlavan, entsandten mit Geschenken beladene Eilboten, um günstige Verhandlungen einzuleiten. Die Ratten verließen das Schiff. Mas'ud war verloren. Das Ende nahte, es würde genügen, geduldig abzuwarten.

Da starb der Souverän von Khilat, und die benachbarten Könige wurden unruhig wie die Frösche im Teich. Al Pahlavan marschierte als erster los, um das Fürstentum an sich zu reißen. Dessen neuer Herr, ein Mameluk namens Bektimur, rief mich zu Hilfe. Obwohl er ein Christ war, sagte er zu mir:

»Ich ziehe es vor, dir Armenien auszuliefern, statt ein Sklave der Perser zu werden.«

Mein »faqih« Issa brach noch zur selben Stunde mit einer Handvoll Kadis auf, unseren Pakt zu besiegeln. Mein Vetter Nasir ed-Din begleitete sie mit einem Truppenkorps. Ich würde mir diese Gelegenheit, Kurdistan näher zu kommen, nicht entgehen lassen. Von Khilat aus würde ich mich endlich auf Mardin und Diyarbakir ausdehnen können, die eine unschätzbare Reserve an furchterregenden Kriegern boten. Ich war von einer Art Eroberungswahn besessen, von einem Bedürfnis nach Macht, das schon an Tyrannei grenzte. Ich wollte alles ringsum unterwerfen, wollte der Herrscher sein und mein Gesetz diktieren. Gott hatte mich zu seinem »Kämpfer für die Einheit des Islam« gemacht, und alle mußten sich dem Joch meines Willens beugen, der der Wille Allahs war.

Ich schrieb dem Kalifen, daß ich plane, Khilat auf Drängen seiner Bewohner den gefräßigen Mäulern der »Ajamis«* zu entreißen, und erbat von ihm die Investitur für diese Provinz ebenso wie die für Diyarbakir und Mosul. Ohne auf seine Antwort zu warten, hob ich das Lager auf. Es war an der Zeit, in die Berge zu ziehen und ein wenig frische Luft zu schnuppern.

Auf dem Weg dorthin kam ich durch Mayyafarakin, einem Lehen der Ortoqiden nicht weit von Amida, und ich verfiel auf den üblen Gedanken, es zu belagern. Auch dort war der Herrscher gestorben. Die Verteidigung war durch seine Witwe sichergestellt, die, weit davon entfernt, sich einschüchtern zu lassen, mir einen erbitterteren Kampf aufzwang als den um die »schwarze, uneinnehmbare Stadt«. Sie bot mir die Stirn, und ich biß mir die Zähne aus. Schließlich schrieb ich ihr:

»Wir werden die Stadt nur mit Deinem Einverständnis betreten, und ich schlage vor, unser Bündnis mit einer Ehe zu besiegeln.«

Wir schlossen einen Pakt. Ich trat eine benachbarte Festung an sie ab und verband meinen fünften Sohn, der elf Jahre alt war, mit einer ihrer Töchter. Die Hochzeit wurde ohne Verzug gefeiert. Und während ich der Geselligkeit frönte, kam Al Pahlavan mir in Khilat zuvor, wo Bektimur sich ergab. Meine männliche Eitelkeit hatte mir den Verlust Armeniens eingetragen. Ich trat sehr schnell den Rückweg an und marschierte bis vor Mosul.

Ich biwakierte östlich der Stadt. Der Monat Shaaban war ange-

* Die Perser.

brochen (November 1185), und gemessen an der Jahreszeit, war es noch recht warm. Der Ramadan rückte näher. Ich zog es vor, den Frühling abzuwarten, um die Belagerung wiederaufzunehmen. Der Sieg war uns gewiß. Zur Planung unserer nächsten Eroberungen hatte ich die Emire und Berater versammelt. Ich hatte ins Auge gefaßt, meine Oberhoheit auf alle Provinzen im Umkreis von Erbil auszudehnen und mir Zutritt zum restlichen Irak zu verschaffen. Aus Damaskus drang Al Fadils Genörgel zu mir, und er äußerte sein Mißfallen in einem Brief:

»Zu viele Territorien könnten die Zentralgewalt schwächen. Die ayubitische Blase bläht sich auf und läuft dabei Gefahr zu platzen!«

»Die Weisheit eines alten Herrn, der müde geworden ist!« spöttelte Al Mashtub lachend. »Wir brauchen nur die Hand auszustrecken, um uns das zu nehmen, was wir wollen. Und wir können alles bekommen.«

Der Klan der Kurden drängte sich inzwischen dichter um mich. Sie bedachten meine Macht mit betörenden Worten, um Reiche in den Ländern zu erhalten, in denen sie geboren waren, und ihre Schmeicheleien gingen mir so ins Ohr, daß ich nur noch ihnen lauschen wollte. Der Winter brach plötzlich über uns herein, er war ebenso grimmig und eisig, wie der Sommer glühend gewesen war. Nach der erstickenden Hitze setzte uns nun unvermittelt die schneidende Kälte zu. Ich wurde von einem Fieber befallen, das mich völlig entkräftete. Feuer verzehrte meine Eingeweide. Mein gesamter Körper verweigerte mir den Dienst. Und mein Geist wurde in einen dunklen Tunnel fortgetragen, dessen Ausgang ich nicht sah.

Die berühmtesten Ärzte lösten sich an meinem Lager ab und kehrten ratlos heim. Die neuesten Arzneien und die gelehrtesten Behandlungen zeigten keinerlei Wirkung. Die Schmerzen quälten mich so sehr, daß ich bewußtlos wurde. Man faßte den Entschluß, mich in eine gesündere Gegend zu bringen. Aleppo war im Gespräch, doch die Wahl fiel auf das näher gelegene Harran. Man hatte eine Krankensänfte vorbereitet, gegen die ich mich mit Gewalt wehrte. Ich kannte die von Balduin nur allzugut, mit der er seinen Pestgeruch und seinen Fluch herumschleppte. Ich hatte Angst davor, mich hinter dem Vorhang niederzulegen und dort dem Satan zu begegnen. So brach ich zu Pferde auf, aber das Leiden gewann die Oberhand über meine Willenskraft, und so beendete ich die Reise auf dem Rücken eines Mannes.

Wochenlang glitt ich zwischen zwei Welten dahin, nicht mehr wissend, wo das Leben, wo der Tod war. Ich spürte, wie der Tod mit seinem höhnischen Gelächter um mich herumstrich, und ich nahm meine letzten Kräfte zusammen, um ihn zurückzustoßen. Das belebte meine Sinne wieder, und in den kurzen Augenblicken geistiger Klarheit verlangte ich nach den Düften des Orients; sie sollten immer brennen, um den faden Geruch des aufdringlichen Gespenstes zu vertreiben. Ich fühlte mich winzig klein und suchte Schutz: eine zarte Hand auf meiner Hand, frische Lippen auf meiner fiebrigen Stirn; einige zärtliche Worte, um meine Ängste zu besänftigen. Meine geliebte Sultanin fehlte mir, und mit zitternder Hand kritzelte ich auf ein Stück Papier Worte der Liebe, die von Herzen kamen.

Beim ersten Frühlingshauch kam ich wieder etwas zu Kräften. Gestützt auf meine Wachen, machte ich ein paar Schritte in ländlicher Umgebung, um das Leben in mich aufzusaugen, das sich fast überall regte. Die Knospen öffneten sich, und tausendfaches Zwitschern belebte das Geäst. Man hielt mich für tot, und ich erstand wieder auf. Die gute Nachricht verbreitete sich. Von allen Seiten strömten Besucher herbei und sprachen mir Glückwünsche aus, auch wenn sie Intrigen gesponnen hatten, als ich in der Versenkung verschwunden war; schließlich hatten sie von meinem eventuellen Verschwinden soweit als möglich profitieren wollen. Sie kamen vor allem in der Absicht, sich von meinem Zustand zu überzeugen, der alles andere als glänzend war. Ich konnte mich noch nicht aufrecht halten, und ein Rückfall war zu befürchten.

Auch aus Mosul trafen die Gesandten ein. Mas'ud bat um Frieden. Ich erriet seine berechnenden Gedanken. Sollte ich sterben, wäre unser Abkommen ungültig. Die Streitigkeiten meiner Familie um die Nachfolge würden ihm ermöglichen, sich das zurückzuholen, was er jetzt bereitwillig abtreten wollte. Sollte ich überleben, was jeder noch bezweifelte, hätte er sich einen mächtigen Verbündeten im Kampf gegen den Expansionsdrang seiner asiatischen Nachbarn gesichert.

»Er braucht dich«, sagten meine Ratgeber. »Die Perser bedrohen seine Provinzen im Irak, und türkische Stämme machen sich einen Spaß daraus, sein Kurdistan zurückzufordern.«

Ich spielte die Ungewißheit meines Zustands aus und setzte meine Bedingungen durch. Ausnahmslos akzeptierte er die Forderungen eines Todkranken und unterschrieb einen Vertrag, der ihn als meinen Vasallen an mich kettete: Er behielt mit der Verwaltung die Kontrolle über Mosul, aber ich herrschte als oberster Herr über die Stadt. Er mußte bereit sein, mir jederzeit an der Spitze seiner Truppen an jeden Ort zu folgen, so wie die anderen Fürsten auch, die meinem Gesetz unterstanden. In allen Moscheen der Stadt mußte die »khotba« in meinem Namen gesprochen werden, und die Münzen mußten mein Abbild tragen. Außerdem trat er mir Diyarbakir ab, die Heimat der Kurden, sowie die Territorien in der Nachbarschaft von Schahrzur, jenseits des Zab. Mit der Gezira besaß ich nun endlich ganz Mesopotamien bis an die Grenzen von Persien.

Ich schloß die Augen, um meinen Sieg auszukosten. Yussuf, der Kurde, hatte den Machtverfall der Seldschuken beschleunigt und das größte muslimische Imperium aller Zeiten errichtet. Noch vor meinem fünfzigsten Lebensjahr regierte ich über Ägypten, den Jemen, Syrien und Mesopotamien. Von Abessinien bis an die Grenzen von Asien und Persien war ich der unangefochtene Sultan. Ich besaß eine beträchtliche Armee und eine starke Flotte. Meine Nachbarn hatten allen Grund zu zittern. Künftig würde mich nichts mehr daran hindern, mich noch weiter auszubreiten. Keine Grenze würde mir standhalten können. Ich träumte von endlosen Expansionen, in deren Genuß entweder meine Söhne, meine Neffen oder meine Vettern kommen sollten, wie der Zufall es gerade wollte. Die Ayubiten würde mit ihrer Macht den gesamten Orient beherrschen, und ihr Ruhm würde bis in alle Winkel der Erde dringen.

In meinen Eingeweiden flammte das Feuer wieder auf, und dieses verdammte Fieber trieb meinen Geist in einen nicht endenden Wahn. Von allen Seiten griffen mich Ungetüme an, die vor den Toren der Hölle mit ihren Spießen fuchtelten. Ich versank in einen bodenlosen Abgrund, tat einen schwindelerregenden Sturz in die Leere des Nichts, wirbelte hinab in die Endlosigkeit, in meiner Winzigkeit kleiner als ein Blatt, kleiner als ein Staubkorn. Wo war der große Sultan geblieben? Wo waren seine Wache, seine Heere, seine Flotte? Yussuf war ganz allein mit seinem Gewissen und erkannte seine Fehler.

»Wozu dieser Wahnwitz an Eroberungen?« sprach die Stimme meiner Seele. »Die Macht hat dich in einen Rausch versetzt. Du bist von Eitelkeit und Ehrgeiz besessen. Du tyrannisierst deine Brüder, anstatt den Feind zu bekämpfen. Du vergißt deinen Auftrag, Yussuf! Al Qouds! So viele Male hast du das angekündigt! Worauf wartest du noch, Yussuf?«

In einer Explosion von Licht tauchten die Minarette und goldenen Kuppeln, umringt von zinnenbewehrten Mauern, aus den Wolken auf und stürzten, wie von einem Katapult geschleudert, auf mich zu. Ich erwachte und brüllte:

»Ich werde Jerusalem einnehmen! Bismallah al Rahman al Rahim!«

Von diesem Tag an ließ der Schmerz nach, mein Verstand kehrte zurück, und in mein Herz zog wieder Frieden ein. Ich versammelte die Frommen, die Sufis und die »fuqaha« aus meiner Umgebung und verbrachte meine Zeit damit, mit ihnen zu beten, indem wir die Suren des Korans wiederholten:

»Nur die Auserwählten des Herrn werden die göttlichen Ankündigungen vernehmen. Allah verdient, daß man Ihn fürchtet. Ihm steht es zu, Erbarmen zu zeigen.«*

Mein Bruder El Adil war aus Aleppo mit einer Schar Hippokratiker angereist, und ihre Medikamente bewirkten wahre Wunder. Schon bald konnte ich wieder aufstehen und unter den Eukalyptus-

* Koran, Sure LXXIV, Vers 55.

bäumen spazierengehen. Die einen machten viel Aufhebens davon, andere verzogen die Gesichter. Man wagte es nun, mir die schlechten Nachrichten mitzuteilen: Mein Vetter Nasir ed-Din war auf seinem Lehen in Homs gestorben, nachdem er ein Glas Wein getrunken hatte. Es hieß, er habe ein Komplott geschmiedet, um nach meinem Tod Aleppo zu übernehmen. Taki ed-Din trieb in Ägypten Unfug und beklagte sich über meinen Sohn El Afdal. Mein Bruder El Adil hatte Anhänger um sich geschart, um seine Ernennung zum Sultan durchzusetzen ... Ich hörte ruhig zu. Ich fühlte keinen Zorn mehr in mir, sondern die unendliche Liebe des Allmächtigen, der mir die Hölle erspart hatte, indem er mir eine weitere Chance gewährte. Kopfschüttelnd sagte ich:

»Die irdischen Güter sind vergänglich. Die Reichtümer des Himmels sind viel wertvoller, viel dauerhafter. Gott bestimmt sie den Gläubigen, die ihr Vertrauen in Ihn gesetzt haben.«*

Unendlich vorsichtig brachte man mir bei, daß meine geliebte Sultanin nicht mehr unter den Lebenden weile. Mit einer abrupten Handbewegung wies ich alle Anwesenden hinaus, denn ich wollte mit meinem Schmerz allein sein. Ich stieß das Papier und die Tintenfässer weg. Nie mehr würde sie die Briefe lesen, die ich ihr Tag für Tag schrieb! Ich würde ihr Lachen nicht mehr hören und auch ihre zärtlichen Ermahnungen nicht. Dennoch fühlte ich, daß sie mir sehr nah war. Ihre Schleier streiften meine Wange, der Hauch ihres Atems liebkoste meine Hand. Sie war zu Beginn des Winters verschieden, als es mir am schlechtesten ging. Warum war ich nicht zu ihr zurückgekehrt und hatte alle ringsum mit ihren Intrigen, Streitigkeiten und Eitelkeiten zurückgelassen? Wie würde ich ohne dieses Wesen weiterleben können, das es vermocht hatte, mir die Stirn zu bieten, mich zu verstehen und mir zuzuhören? Ich verbarg meinen Kummer und wappnete mich mit Mut. Meine Mission war noch nicht beendet. Ich hatte einen Eid geschworen. Und Allah hintergeht man nicht!

Zu Beginn des Jahres 582 (März 1186) war ich in der Lage zu

* Koran, Sure XLII, Vers 34.

reisen, und so sah ich Syrien wieder. Aleppo richtete ein Fest aus, und El Adil war grandios. Ich ritt über Homs, um dort die Nachfolge meines Vetters zu regeln. Ich bestätigte seinen ältesten Sohn als Herrn über die Ländereien und wachte darüber, daß meine Schwester Sitti Scham entsprechend den Gesetzen unseres Korans ihren Erbteil erhielt. In Damaskus herrschte mehrere Tage lang allgemeiner Jubel, an dem ich mich weniger freuen konnte. Ich hatte mich noch nicht vollständig erholt, und alles erschöpfte mich. Zu der Ermüdung durch die Reise kam die Unruhe. Im Laufe eines heimlichen Treffens hatte die Dame Sybille mich vor den Franken gewarnt:

»Der Widerstand gegen den Regenten wird hartnäckiger«, hatte sie gesagt. »Gesandte haben sich gen Westen eingeschifft, um Verstärkung zu erbitten.«

Der Waffenstillstand mit Raimund war noch in Kraft. Ich hatte etwas Zeit, um mich für den Krieg zu rüsten, doch der geringste Zwischenfall konnte uns bereits zum Verhängnis werden, und meine Schwäche beunruhigte mich. Ich fühlte mich nicht dazu in der Lage, eine Armee zu führen. Dennoch gelobte ich, mich künftig einzig und allein dem Heiligen Krieg zu verschreiben. Viele Stunden verbrachte ich im Gebet. Allah stärkte mich mit Seiner Erleuchtung, die mir den Weg weisen würde.

Ich begann die Führungskräfte meines Reiches auszuwechseln. Ich wollte verläßliche Männer auf den wichtigsten Posten. Ich besetzte sie mit meinen Söhnen, denen ich trauen konnte und die dadurch bereits ihren Platz innehätten, falls ich verschwinden sollte. Der Älteste, El Afdal, war sechzehn Jahre alt. Er war infolge der heftigen Kritik Taki ed-Dins nach Damaskus zurückgekehrt. Ich behielt ihn bei mir. Der Zweitgeborene, Uthman, brach mit El Adil, der ihm als Beschützer dienen würde, nach Kairo auf. Aleppo übertrug ich wieder Al Zahir, den mein Einfluß gefestigt hatte, und Taki ed-Din berief ich zu mir. Er versteifte sich darauf, ein Reich im Maghreb erobern zu wollen, und er drohte, mir einen Teil der ägyptischen Truppen wegzunehmen. Ich übertrug ihm Hama, seine alten Lehen in Nordsyrien sowie Mayyafarakin im Land der Kurden.

»Zuerst Jerusalem, dann den Maghreb!« sagte ich ihm.

Ich nahm die Verwaltung des Reiches und die Angelegenheiten des Diwan wieder in die Hände, sprach zweimal wöchentlich Recht, überwachte einige Verschönerungsarbeiten und führte eine Korrespondenz, die diplomatischen Zwecken diente. Da der Friedensvertrag mir den Einsatz von Waffen untersagte, brachte ich dem Feind Stiche mit der Feder bei und goß möglichst viel Öl ins Feuer, um ihn von seinen Verbündeten zu isolieren und ihn zu schwächen.

Seit dem Tod Kaiser Manuels war das christliche Lager gespalten. Byzanz badete im Blut eines Brudermords und vergaß seine Vettern aus Palästina, die sich ebenfalls zerfleischten. Schleunigst knüpfte ich mit Isaak Angelos in Konstantinopel und Isaak Komnenos auf Zypern freundschaftliche Bande, die ein Einfrieren jeglicher Hilfeleistungen für Jerusalem bewirkten. Bereits im Keim erstickte ich jeden Versuch zu solchen Koalitionen, deren Opfer ich beinah in Damietta und in Alexandria geworden wäre. Außerdem schloß ich vermehrt Wirtschaftsverträge mit den Republiken Pisa, Genua und Venedig, wodurch ich den größten Teil des Handelsaustausches an unsere Küsten und an das Rote Meer verlagerte. Unsere Ressourcen wuchsen, während in den Häfen der Franken Trübsal herrschte.

Jerusalem war zu jener Zeit in heller Aufregung. Der Kinderkönig war tot. Prinzessin Sybille, die nun Königin war, hatte Guido gekrönt, und Graf Raimund hatte seine Regentschaft verloren. Er tobte in seiner Feste von Tripolis, wütend darüber, diesen eitlen Pedanten auf einem Thron zu sehen, den er nicht verdiente. Der Graf wandte sich an mich. Ein Kurier übermittelte mir seine Nachricht. Darin bekräftigte er, daß er König Guido nicht anerkenne und mit dieser Haltung nicht allein dastehe. Balian von Ibelin sei mit ihm auf der Seite der Opposition. Der König und die Templer hätten den Entschluß gefaßt, ihn in Tiberias anzugreifen, und er bitte um Beistand.

Ich ließ mich nicht täuschen. Er bediente sich meiner, um seine Gefährten zu verschrecken und um zu versuchen, wieder auf den Thron zu kommen. Ich antwortete höflich, denn ich war nur allzu glücklich, die Spaltung vorantreiben zu können. Ich lieferte ihm sogar einige Gefangene aus, die wir auf seinem Gebiet gemacht hatten. Er verdoppelte seine Schwüre. Er behauptete, zur Annahme unserer Religion bereit zu sein, wenn er die Empörung seiner Glaubensbrüder nicht zu fürchten hätte. Ich grinste in meinen Bart. Diese Leute boten mir zu ihrem Verderben ihre eigenen Waffen an. Der passende Zeitpunkt kam näher.

Ich verfügte endlich über alle notwendigen Streitkräfte, über dieses Meer von Lanzen, das ich mir schon so lange wünschte, und auch meine Gesundheit hatte sich gefestigt. Ich faßte mich in Geduld, und um mich von den Staatsgeschäften abzulenken, ging ich auf die Jagd oder spielte mit meinen Söhnen Polo. Ich hatte mittlerweile fünfzehn Jungen. Da mir ihre Erziehung am Herzen lag, hatte ich spezielle Bücher zusammenstellen lassen, um sie zu lehren, gute Muslime zu sein. Und ich verbrachte lange Augenblicke damit, ihnen zuzuhören, wenn sie den Koran rezitierten.

Eines Morgens kündeten die Astrologen für den 29. Jamada II (16. September 1186) das Ende der Welt an. Fünf Planeten würden sich im Zeichen der Waage versammeln, und diese Verschwörung werde solch gewaltige Stürme auslösen, daß alles verschwinden werde. Viele gruben sich schützende Höhlen, um sich dort mit Wasser und Vorräten einzugraben, aber die angekündigte Nacht wurde die windstillste der Jahreszeit.

Drei Monate später erschütterte ein Donnerschlag den Islam und entfesselte einen Sturm. Eine Karawane war in der Nähe von Kerak überfallen worden. Einmal mehr hatte »Brins Arnat« den Waffenstillstand gebrochen.

Ich habe mich immer an die Verträge gehalten, die ich unterzeichnet hatte. Ich war kein Räuber wie dieser Herr von Kerak, und das demonstrierte ich ihm. Sofort entsandte ich eine Abordnung, die ihn in den schärfsten Tönen zur unverzüglichen Herausgabe unserer Brüder und ihrer Güter aufforderte. Es handelte sich um eine bedeutende Karawane, die, reich mit Fracht beladen, von Ägypten zurück nach Syrien unterwegs gewesen war. Sie hatte unter dem Schutz einer Eskorte gestanden, die im Glauben an die Gültigkeit des Abkommens keinerlei Mißtrauen gehegt hatte. Arnat hatte sich mit seinen Männern auf sie gestürzt, die Soldaten getötet, die Waren mitgenommen und die Reisenden mit folgenden Worten in seine Gefängnisse geworfen:

»Ruft Mohammed, damit er euch befreien kommt!«

Wie bereits in der Vergangenheit weigerte sich der verdammte Hund, meine Forderungen zu erfüllen.

»Ich werde die Gefangenen behalten, bis sie ihr Gold ausgeschwitzt haben«, antwortete er.

Meine Wut war ohnegleichen, und ich schwor, diesen Satansknecht eigenhändig zu töten. Dennoch hielt ich mich weiterhin an die Gepflogenheiten und wandte mich in der Sache an König Guido. Sein Eingreifen glich einem Eulenschrei im Mondschein. »Brins Arnat«, ein Verbündeter der Tempelritter, führte eine unerbittliche Partei an, die den Krieg auf Leben und Tod wollte. Guido war zu schwach, um sie zur Vernunft zu bringen, und so beharrte er nicht weiter darauf. Er hatte diesen Waffenstillstand nicht unterzeichnet und wusch seine Hände in Unschuld. Dieser Vertrag war die Angelegenheit Raimunds, seines Gegenspielers. Der Herr von Tripolis versuchte seinerseits, den Herrn von Kerak zum Einlenken zu bewegen, aber die endgültige Antwort war ein dämonisches Gelächter, das die sieben Stockwerke aus schwarzem Stein erzittern ließ. Der Bruch war nun besiegelt. Ich erstattete dem Kalifen Bericht und rief den Heiligen Krieg aus.

Brieftauben bevölkerten den Himmel des Orients. Kuriere und schnelle Kamele fegten über die Wüsten, Berge und Ebenen meines Imperiums und trugen meine Befehle in alle vier Winde. Am ersten Tag des Muharram jenes Jahres 583 (13. März 1187) verließ ich Damaskus und zog in mein Lager Ras el-Ma. Aus allen Provinzen Mesopotamiens, der Gezira, Kurdistans, Ägyptens und Syriens strömten riesige Heere herbei: Kohorten unbezwingbarer Löwen, die nur so darauf brannten, die »Verdammten« zu strafen. Tag um Tag wuchs die Zahl der bunten Zelte, und in der Sonne flatterten auf Tausenden von Spruchbändern Verse des Korans in der Frühlingsbrise. Wie die Wasser eines Stroms zogen die Schwadrone unablässig an mir vorbei. Ich stellte sie in Schlachtordnung auf und entsandte sie zu verschiedenen Punkten unserer Grenzen mit Galiläa.

Die Franken in Jerusalem hielten Versammlungen ab und führten geschwätzige Reden. Ich machte mir dennoch nicht weniger Sorgen. Unsere Pilger waren in einer Karawane nach Mekka unterwegs. Meine Schwester Sitti Scham war auch dabei. Begleitet von meiner Leibwache, folgte ich im Galopp den Spuren des Trosses, während mein Sohn El Afdal es übernahm, an meiner Stelle all die berühmten Emire zu begrüßen, die meinem Aufruf nachkamen. Ich hatte ihm genaue Anweisungen hinterlassen, und eine Reihe von Tauben sorgte dafür, daß wir ständig in Verbindung standen.

Ich holte unsere Pilger ein und geleitete sie ein Stück des Wegs, bevor ich Richtung Schaubak und Kerak einschwenkte. Ich provozierte Arnat. Er hatte sich hinter seine Mauern verkrochen und rührte sich nicht. Ich verwüstete das Umfeld der Festung und den benachbarten Landstrich. Alles wurde dem Erdboden gleichgemacht, und ich erneuerte meinen Schwur, dem »Hund« die Kehle durchzuschneiden. Gerade in dem Moment brachte man mir eine Nachricht von El Afdal. Er war mit Kukburi und siebentausend Mann in Richtung Tiberias vorgerückt. Graf Raimund, unser Bündnispartner, hatte ihm erlaubt, zu einem Überfall in Galiläa über sein Territorium zu ziehen, vorausgesetzt, daß er sich weder an Dörfern noch Ernten vergreife und noch vor Sonnenuntergang die Grenze wieder überschritte. In der Nähe von Sephoria waren sie von einer Horde Templer und Hospitaliter mit einer Eskorte von hundertdreißig Kavalleristen und vierhundert Infanteristen angegriffen worden, und sie hatten diese niedergemetzelt. Sie waren zur vereinbarten Zeit zurückgekehrt und hatten somit ihre Versprechungen eingehalten. Aber auf den Spitzen ihrer Lanzen hatten die Köpfe der Franken gebaumelt.

»Yallah!« brüllte ich.

Im gestreckten Galopp sprengte ich gen Norden zurück. Dieser unverhoffte Sieg war ein gutes Omen. Ohne es zu wollen, hatte El Afdal den »Frevlern« eine Falle gestellt. Schon bald würden die

Feinde massenhaft herbeiströmen, um diese edlen Brüder zu rächen. Dann wäre es an mir, sie auf das Terrain meiner Wahl zu führen. In den Staubwolken, die von den Hufen unserer Streitrosse aufgewirbelt wurden, nahm unsere große Schlacht für mich immer deutlichere Formen an.

Alle Einheiten wurden bei Aschtera, östlich des Sees Genezareth, zusammengezogen. Unser Lager erstreckte sich über mehrere Meilen und bedeckte Hügel und Täler. Die Armee, die ich mir so sehr gewünscht hatte, die Armee des Islam, größer und furchterregender als jede andere, rüstete zum Marsch auf die Feinde Allahs: zwölftausend »Taoushiin« und zwanzigtausend »Caragholam«, all jene Freiwilligen nicht eingerechnet, die als Kadis, Fromme, »fuqaha« und Sufis zu ihrem Säbel gegriffen hatten, um sich uns anzuschließen und ihre Pflicht als »Mudschaheddin« zu erfüllen. Ich inspizierte sie in einer Gewitternacht. Die Pferde wieherten, umgeben von einem Wald von Lanzen und Krummsäbeln. Blitze zuckten am Himmel, die Panzerhemden funkelten über den gelben Tuniken, das Gold meiner Standarten beleuchtete das Blau der Pfeile in den vollgepfropften Köchern, und bis in unendliche Ferne flatterten scharlachrote Banner im Wind. Ich glaubte, die Heerscharen des Letzten Gerichtes vor mir zu sehen, und rief:

»Allah verfügt über Heerscharen sowohl im Himmel als auf Erden!«*

Am 17. Rabia II (26. Juni 1187) setzte ich mich in Marsch. Es war ein Freitag, und ich hatte beschlossen, den Feind zur Stunde des Gebets anzugreifen, in dem Augenblick, in dem Tausende von Gläubigen in allen Moscheen des Landes für uns beten würden. Dieser zum Allmächtigen aufsteigende Gedankenstrom konnte uns nur Glück bringen. Ich ritt hinunter in Richtung Okhuanah, an der südlichsten Spitze des Sees Genezareth, der hinter meinem Ozean aus Lanzen verschwand. Ich brachte meine Männer in Kampfstellung, formierte also ein Zentrum, einen Flügel, eine Vor- und eine Nachhut. Ich wies jedem Emir seinen Kommandoposten

* Koran, Sure XLVIII, Vers 7.

zu und wartete. Unsere Kundschafter waren in der Landschaft untergetaucht und trugen Informationen zusammen, die sie mir sogleich übersandten.

Endlich nahmen die Franken uns ernst! Raimund ahnte als erster eine Katastrophe, als er von so vielen Muslimen umringt erwachte. Obwohl er mir in einem Schreiben seine Unterstützung anbot, wandte er sich von mir ab und lief zu seinen Brüdern über, um seinen Verrat zu bedauern.

»Der Satan machte ihnen nur Versprechungen, um sie in Versuchung zu führen«, zitierte der »faqih« Issa den Koran.

In all ihren Städten spielten die hölzernen Glocken verrückt, Trompeten riefen zum Appell, und die Männer rannten herbei. Reiter, Lanzenträger, Bogenschützen und Fußsoldaten sammelten sich mit Geschrei um Sephoria. Sie reihten ihre Fahnen nebeneinander, entfalteten ihre Banner und richteten das große Kreuz auf. Eine unüberschaubare, dichtgedrängte Menschenmenge wogte. Es waren wohl gut vierzigtausend, die uns herausforderten. Sie nahmen ihre Stellungen ein und verharrten bewegungslos darin. Würde Guido sein Manöver von La Fève wiederholen? Damals hatte er seine Männer fünf Tage lang in der Verteidigungsstellung gehalten und war dann nach hinten zurückgewichen. Dieses Mal waren auf beiden Seiten mehr Leute im Einsatz. Was sollten wir tun? Sie beobachten und warten? O nein! Sollten wir angreifen? Ihr Lager war zu ausgedehnt, um eine Umzingelung ins Auge zu fassen. Mir blieb nur eine Lösung. Ich mußte sie in die Ebene locken, weit weg von den Wasserstellen.

Ich versammelte meine Emire und hielt Rat. Die riesige Ansammlung von Feinden bremste ihren Kampfeifer. Die meisten von ihnen wollten am liebsten auf eine Konfrontation verzichten.

»Ihre Provinzen sind ohne Verteidiger«, sagten sie, denn sie hatten nur die Beute im Kopf. »Laßt uns aufbrechen, um sie zu plündern!«

Al Mashtub erhob sich wutschnaubend und brüllte:

»Wenn die Franken vor uns aufmarschieren, dann werden wir ihnen eine Antwort erteilen! Die Völker des Orients verfluchen uns mit den Worten: ›Salah ed-Din hat darauf verzichtet, die Ungläubigen zu bekämpfen, und denkt nur daran, Krieg gegen die Muslime zu führen.‹ Wir müssen etwas unternehmen, was uns von jeglichem Verdacht reinwäscht und die bösen Zungen verstummen läßt!«

Ich erklärte meinerseits:

»Sicherlich, die Ereignisse nehmen nicht immer den Verlauf, den die Menschen sich wünschen, und wir wissen nicht, wieviel Zeit uns noch zum Leben bleibt. Es ziemt sich nicht, eine solch große Truppenansammlung aufzulösen, ohne all unsere Kräfte im Heiligen Krieg aufgeboten zu haben. Für mich besteht kein Zweifel, ich werde mich schlagen!«

Jeden Morgen folgte ich den Aufklärern, um unseren Feind zu beobachten, der noch immer reglos verharrte. Unsere freiwilligen Schützen setzten sie einem ständigen Pfeilhagel aus und provozierten sie. Aber sie blieben in ihren Zelten hocken, ohne eine Reaktion zu zeigen. Guido verweigerte den Kampf wie in La Fève. Ich wurde verrückt. Ich wollte diese Schlacht. Mein Ansehen in der arabischen Welt hing vollständig davon ab. Der »Meister des Islam«, der Befehlshaber über ein unermeßliches Heer des Glaubens, konnte nicht an einer Mauer untätiger Schilde scheitern.

Am 23. Rabia II (2. Juli 1187) ließ ich meine gesamte Streitmacht zum Plateau von Kafr Sebt vorrücken, das auf halber Strecke zwischen Tiberias und Sephoria liegt. Ich schlug meine Quartiere auf dem Gipfel eines Hügels auf, so daß alle Bataillone die Banner sehen und den Signalen Folge leisten konnten. Die Befehlsübermittlung war für eine schnelle Durchführung der Operation und eine gute Koordination der Truppenbewegungen von wesentlicher Bedeutung. Unsere Stellung war vollkommen. Der Feind stand am Horizont, von uns durch eine riesige Wüstenfläche getrennt. Dort wünschte ich mir den Zusammenstoß, unter der sengenden Sonne, die unsere Pfeile in ihren ausgetrockneten Kehlen noch glühender machen würde. Tiberias lag in meinem Rücken, und im Südosten hatte ich eine Rückzugsmöglichkeit über eine Straße zum Jordan, dessen Brücken ich bewachte. Ich hielt die Wasserstellen besetzt und riegelte den Weg zum See ab. Sollten sie die Quellen von

Sephoria verlassen, wäre mir der Sieg gewiß. Doch sie rührten sich noch immer nicht. Ich beschloß zu handeln.

Ich ließ meine Heere in ihren Kampfstellungen und eilte hinunter nach Tiberias. Raimund hatte sich wieder seinem König angeschlossen. Mit meiner Garde, einigen »djandars«*, Schanzgräbern und Männern an den Wurfmaschinen würde ich die Burg angreifen, die von seiner Gattin, der Dame Eschiva, verteidigt wurde. Das würde Guido sehr wohl zu einer Reaktion zwingen. Im Verlauf der Nacht wurde die Stadt umzingelt, geplündert und niedergebrannt. Bei Morgengrauen lehnten unsere Leitern an den Mauern der Zitadelle, in der die Bevölkerung Zuflucht bei ihrer Burgherrin gesucht hatte.

Der Tag neigte sich. Ich ließ mir Zeit und tat so, als sähe ich die Boten nicht, die hinausschlüpften, um Alarm zu schlagen. Die verängstigte Garnison versuchte sogar, mich zu kaufen, wo ich doch nur auf eines wartete: auf die Belohnung, die Allah demjenigen gewährt, der den Unglauben vertreibt! Die Belagerung dauerte bis in die Dunkelheit. Doch als die Morgenröte sich anschickte, den Himmel zu erhellen, begann die Erde zu beben. In der Nähe des Horizonts wirbelten Staubwolken auf. Die Franken bewegten sich. Sie waren mir in die Falle gegangen, und ich jubelte vor Freude.

»Ramdulillah!« schrie ich. »Nun ist unsere Macht riesig. Bereiten wir ihnen eine endgültige Niederlage! Tiberias und die Küste liegen nun offen vor uns.«

Ich sprach das Morgengebet im Angesicht der Feuerscheibe, die aus der Erde aufstieg und die Wolken erglühen ließ. Ungestüm galoppierte ich zu dem Großteil meiner Truppen zurück. Eine ungewöhnliche Kraft hatte sich meiner bemächtigt. Allah gab mir meine Chance! Endlich nahte der große Augenblick meines Lebens, und ich segnete die Dummheit des Frankenkönigs, der seine Tausende von Kriegern den Flammen der Hölle auslieferte.

Ich inspizierte meine Truppen und besänftigte ihre Ungeduld. Mein Neffe Taki ed-Din befehligte den rechten Flügel, Kukburi

* Fußknechte, Bogenschützen.

hatte den linken unter sich. Ich befand mich mit meinen Söhnen im Zentrum.

Die Staubwolken rückten näher. Sie zogen nördlich an Nazareth vorbei und hielten an den Hängen des Bergs Turan. Die Falken der christlichen Infanterie und die Adler ihrer Kavallerie eilten zu den Wasserstellen. Würden sie dort bleiben? All meine Sinne waren alarmiert, und das Blut pochte in meinen Adern. Ich wußte von meinen Spitzeln, daß die Franken sich erregt beraten hatten, als sie von meinem Sturmangriff auf Tiberias gehört hatten. Alle wollten unverzüglich zu meiner Bestrafung aufbrechen, doch Raimund hatte ihnen mit folgenden Worten Einhalt geboten:

»Wenn ihr losmarschiert, seid ihr verloren! Ich kenne die Gegend. Auf dem gesamten Weg gibt es nicht eine Quelle. Eure Männer und eure Pferde werden eher verdurstet sein als von Saladins Mengen umzingelt. Bei Gott! Ich habe schon viele muslimische Heere gesehen, aber noch nie eines, das diesem gleichkommt. Sollte er Tiberias einnehmen, so wird er sich dort nicht lange aufhalten können. Seine Truppen werden sich weigern, so lange fern der Heimat zu verweilen. Sobald er Tiberias verlassen hat, werden wir es zurückerobern.«

Solche Worte konnten Männer wie den »Brins Arnat« nicht überzeugen, der wütend aufsprang und wie ein Schakal heulte:

»Du hast zu lange gesprochen, um uns Angst vor den Muselmännern einzujagen. Du hast ganz zweifellos eine Schwäche für sie, sonst hättest du dich nicht so geäußert. Und was ihre Vielzahl betrifft, von der du sprichst, die Menge des Holzes schadet dem Feuer nicht!«

Der Großmeister der Templer setzte hinzu:

»Er hört das Heulen der Wölfe!«

Und der Graf sprach erneut:

»Ich stehe zu euch. Wenn ihr vorrückt, werde ich auch vorrükken. Wenn ihr zurückbleibt, werde ich es ebenso halten, und ihr werdet sehen, was geschehen wird.«

König Guido wußte nicht mehr, was er tun sollte. Arnat und die Templer redeten so lang und so viel auf ihn ein, daß ihm schließlich der Kopf rauchte und er ihrer Auffassung zuneigte. So gab er den Befehl, das Lager aufzuheben. Ob er sich unterwegs seinen Wahnsinn eingestanden hatte? Während ich reglos auf meinem Streitroß saß, erkundeten meine Augen den Horizont. Die Staubsäulen stiegen wieder auf. Die Franken setzten ihren Marsch auf Tiberias fort. Statt den steilen Weg nach Norden einzuschlagen, der sich durch Hügel schlängelte, die die Verständigung erschwerten, hielt der »ungläubige« König über eine Ebene im Süden in gerader Linie auf den See zu. Er hatte mit seiner Armee, die sich wegen ihrer Metallharnische nur schwerfällig bewegte, noch neun Meilen in praller Sonne vor sich. Ich hatte alle Brunnen geleert, und er stürzte unseren Lanzen entgegen.

Das Gestirn stand bereits im Zenit und stach mit senkrechten Strahlen, als ich in der Ferne die drei Divisionen auftauchen sah. Raimund führte die Vorhut, der König war im Zentrum, und der Sohn von Barisan befand sich mit Arnat beim hinteren Troß. Die Infanterie schützte die Kavallerie, indem sie diese mit ihren langen Schilden umringte, die wie eine Festungsmauer wirkten, da sie die Männer bis zu den Schultern verbargen. Die Hitze war niederschmetternd, und sie rangen mitten in der ausgetrockneten Ebene nach Luft. Gespickt mit Lanzen und Lilienbannern, stampfte die riesige Menge Eisen schwerfällig über den steinigen Boden voran, wobei ihr Kreuz wie eine Gallionsfigur vorangetragen wurde. Es war Freitag und die Stunde des Gebets. Ich entfesselte die Attacke mit dem Gebrüll:

»Islam! Allahu akbar!«

Die Trompeten ertönten, die Banner tanzten am Himmel, die Trommelwirbel ließen die Luft erzittern. Wie ein Wildbach, der seine Deiche bricht, stürzten meine Reiter vom Plateau hinab und wälzten sich auf den Feind. Sie überzogen ihn mit einer Wolke von Pfeilen so dicht wie ein Heuschreckenschwarm. Während meine Flügel den Gegner einkesselten und ihm den Rückweg abschnitten, dämmte ich ihn im Zentrum ein. Er war gefangen und konnte uns nicht entrinnen. Da brach die Nacht herein, so daß wir Auge in Auge ausharrten. Die Franken mußten mit leeren Schläuchen inmitten von Steinen kampieren, von allem abgeschnitten, und wir brachen in einen Freudengesang aus, bei dem dieser Vers des Korans ertönte:

»Allah vergibt eine Belohnung in dieser Welt, aber in der anderen eine weit schönere.«*

In unseren Reihen schlief niemand. Meine Soldaten spitzten vertrauensvoll ihre Lanzen, richteten ihre Bogen und legten die Harnische bereit:

»Morgen werden wir das Feuer unserer gutgehärteten Klingen über dem Feind entfesseln und mit unseren gestählten Schwertern Gerechtigkeit üben.«

Unermüdlich besuchte ich die Quartiere und bestimmte in jedem Bataillon die »djalichyeh«**. Vierhundert Ladungen Pfeile wurden verteilt, und ich ließ siebzig Dromedare in die Nähe des Schlachtfelds führen, die Nachschub für die leeren Köcher trugen. Ich unterhielt mich mit den kommandierenden Emiren der verschiedenen Korps und betete bis zum ersten Schimmer des Morgengrauens. Ich flehte den Allmächtigen an, wie Mohammed es vor Badr*** getan hatte:

»Herr, wenn Du diese Armee untergehen läßt, wirst Du auf der Erde keine Bewunderung mehr finden. Herr, löse Deine Versprechen ein!«

Erneut vibrierten die Bogen, seufzten die Sehnen, und ich rannte durch die Reihen. Dabei wiederholte ich, um den Eifer anzufachen, das, was unser Prophet seinen Kriegern zu sagen pflegte:

»Triumph! Triumph! Dies ist die Unterstützung des Himmels: Wenn du Unerbittlichkeit mit Erbarmen paarst, wird Gott zu unserer Hilfe fünftausend Engel entsenden.«

Da verdoppelten meine Männer ihre Anstrengungen, drängten den Feind zurück und rannten ihn über den Haufen. Die Bogenschützen gaben ihr Bestes, indem sie bald auf die Flügel, bald auf

* Koran Sure III, Vers 141.
** Bogenschützen der Vorhut.
*** Erster großer Sieg Mohammeds über die Koraischiten, der den Kampf gegen die Feinde Allahs und die Ausbreitung des Islam symbolisiert.

die Mitte zielten und sich mit einer bemerkenswerten Gewandtheit wieder zurückzogen. Diese Taktik der Parther überraschte den Gegner, der unter dem unablässigen Ansturm bereits erlahmte. In schwindelerregendem Takt folgten Angriffe der Kavallerie aufeinander, und die Ritter der Trinität, die zwischen ihren Metallplatten schmorten, brüllten unter den Stößen unserer Lanzen, unserer »zembureks« und unserer »debusse«*.

Der Wind blies in ihre Richtung, und wir setzten die trockenen Gräser in Brand, von denen die Steppe bedeckt war. Dann wandte ich mich an meinen Berater Al Isfahani, der mir mit seiner Feder überallhin wie ein Schatten folgte, und sagte zu ihm:

»Schreib, Aluh, damit die Nachwelt sich erinnert: ›Die Polytheisten wurden allesamt angezündet, gefoltert, in Brand gesetzt, lebendig geröstet, und die Pfeile, die sie durchbohrten, verwandelten diese Löwen in Stachelschweine.‹«

Ich befahl den Angriff. Und die Armee des Islam stürzte sich auf die »Schändlichen« und brüllte dabei:

»Sieg über den Feind Allahs!«

Ihre Pferde brachen zusammen, ihre Reiter wurden niedergemacht oder gefangengenommen. Viele ergaben sich, mit geschwollenen Lippen und hängender Zunge; sie zogen es vor, ihrem Glauben abzuschwören, um ihren Kopf zu retten. Diejenigen, die noch Widerstand leisteten, traten den Rückzug auf einen Hügel an, den wir die »Hörner von Hattin« nannten. Auf Anweisung König Guidos hatte man dort sein scharlachrotes Zelt errichtet und das Kreuz aufgestellt, um das ohne Unterlaß Bischöfe mit ihren Psalmgesängen kreisten. Raimund und eine Handvoll seiner Ritter waren geflüchtet, indem sie den rechten Flügel von Taki ed-Din durchbrochen hatten. Dreihundert Kavalleristen und ebenso viele Infanteristen scharten sich noch um den Frankenkönig, die letzte verzweifelte Einheit, die es vorzog, bis in den Tod für die Rettung ihres Kreuzes zu kämpfen. Sie gingen wieder in die Offensive, um einen Ausbruch zum See zu unternehmen; es wurde ein erbitterter Kampf,

* Keulen aus Zedernholz, deren Enden mit Spitzen gespickt waren.

Schritt für Schritt, Mann gegen Mann. Der Durst versetzte den Gegner in Wut, er griff uns an und durchbrach unsere Reihen. Er schlug uns bis an den Fuß des Hügels zurück.

»Straft den Teufel Lügen!« brüllte ich, während ich mir den Bart raufte.

Meine Männer verdoppelten ihre Anstrengungen und gewannen zur Anhöhe des Abhangs hin an Boden. Mein Sohn El Afdal, der seine erste große Schlacht erlebte, jubelte:

»Sie fliehen! Sie sind besiegt!«

Doch die Franken stießen uns noch einmal zurück, wurden dann aber zurückgeschlagen, und mein Sohn posaunte seine Freude von neuem aus.

»Sei still!« sagte ich ihm. »Sie werden erst geschlagen sein, wenn der Pavillon des Königs zusammenbricht.«

Kaum hatte ich die Worte ausgesprochen, da stürzte der Pavillon zusammen. Ich stieg vom Pferd und verbeugte mich unter Freudentränen, die Stirn an den Boden gedrückt. Die Säbel meiner Krieger hatten den Gipfel erobert und das Kreuz erbeutet. Für die »Götzenanbeter« war dies das Ende, es bedeutete Verzweiflung und die Besiegelung der Niederlage. Sie hatten ihr »heiliges Holz« verloren, den Gegenstand ihrer Verehrung und ihrer Anbetung, und sie wollten nicht mehr leben. Weinend ließen sie sich in Ketten legen. Der König der Franken war ebenso mein Gefangener wie ihre berühmtesten Ritter und eine große Anzahl von Templern und Hospitalitern. Alle Soldaten, die dem Tod entronnen waren, wurden zur Sklaverei verurteilt, und es waren ihrer so viele, daß es an Stricken fehlte, um sie zu fesseln. Bis zum folgenden Tag streiften meine Leute durch die Täler, um die Flüchtigen einzuholen und sie in Kolonnen von dreißig, vierzig, ja sogar hundert Mann zurückzuführen. Ich inspizierte das Schlachtfeld. So weit das Auge reichte, war die Erde von Leichen übersät, zu Tausenden lagen sie in einer Kloake aus blutigem Schlamm, von dem übler Gestank aufstieg. Schon verdunkelten Geier den Himmel, und ich fragte mich beim Anblick all dieser Toten, wie wir so viele Gefangene hatten machen können. Ich wandte mich an meinen Ratgeber:

»Schreib es auf, Aluh!« befahl ich ihm. »Niemals zuvor hat man in der Geschichte früherer Generationen von solchen Waffengängen berichtet. Das ist von den Anhängern des Unglaubens übriggeblieben: abgetrennte Köpfe, erloschene Augen, zweigeteilte Leiber, abgetrennte Gliedmaßen, zerstückelte Arme, gebrochene Lenden, amputierte Füße, zerfetzte Lippen, zerschmetterte Schädel.«

Er antwortete mir mit einem Vers aus dem Koran:

»Der Ungläubige wird sagen: ›Wäre ich doch Staub!‹«*

Und ich fuhr fort:

»Welch lieblichen Duft dieser schreckliche Sieg atmet!«

Als ich zurückkam, brachte man mir das Kreuz. Es war ein Stück Holz, das mit feinem Gold überzogen und mit Perlen und Edelsteinen verziert war. Der Gegenstand ihres Unglücks befand sich in meinen Händen; er würde ihnen nicht mehr den Sieg gewähren. Meine Rache für Ramleh war vollkommen. Ich ließ mich in einem leichten Zelt nieder. Im Kreis meiner Emire, aller Frommen und Sufis, die uns gefolgt waren, betete ich zu Allah, um ihm für diesen Erfolg zu danken. Kuriere wurden in alle vier Winde entsandt, um im Orient die Neuigkeit zu verkünden. Ich diktierte auch einen Brief an den Kalifen und versprach ihm das heilige Kreuz, das Symbol der Götzenverehrung, »um der Abassidendynastie, die uns als Führung diente, zu huldigen«.

Dann ließ ich alle besonderen Gefangenen antreten: den König, seinen Bruder, die Tempelritter mit ihrem Großmeister, die Hospitaliter, die Feudalherren, unter denen ich den alten Marquis von Montferrat, den kleinen Humfried von Toron, den Sohn Raimunds und … den »Brins Arnat« erkannte. Endlich hatte ich ihn, diesen »verfluchten Hund«! Ich erinnerte ihn an seine Untaten, seine Meineide, seine Bündnisverletzungen. Ohne etwas von seiner Arroganz zu verlieren, antwortete er mir:

»Das ist in Wahrheit der Brauch bei Königen. Ich bin nur ausgetretenen Pfaden gefolgt!«

Guido stand in seiner Nähe. Bei diesen Worten erbleichte er

* Koran, Sure LXXVIII, Vers 141.

und erlitt einen Schwindelanfall. War es die Furcht vor meiner Strafe oder ganz einfach wegen der Hitze und des Durstes? Ich ließ einen Sitz und Rosenwasser herbeibringen, das in unseren Kisten mit Schnee vom Berg Hermon gekühlt worden war. Er trank einige Schlucke und reichte dann seinen Becher dem Herrn von Kerak, der ihn leerte. Ich sprang auf und schrie:

»Du hast mich nicht um die Erlaubnis gebeten, ihm etwas zu trinken zu geben! So bin ich nicht verpflichtet, sein Leben zu schützen!«

Es war in der Tat bei uns Sitte, einen Gefangenen von dem Augenblick an zu verschonen, in dem er mit dem Sieger gegessen und getrunken hatte. Ich hatte keineswegs die Absicht, dieses Privileg dem alten, eidbrüchigen Wolf zu gewähren. Ich stieg in den Sattel und galoppierte zu meinem Zelt. Man hatte es fast fertig aufgestellt; die Garden waren noch damit beschäftigt, meine Standarten, die meiner Heere und alle Lilienbanner, die sie auf dem Schlachtfeld gefunden hatten, rings um den Zeltwall aufzupflanzen. Wie es der Brauch den Sultanen vorbehält, stieg ich im Vorzelt vom Pferd und ließ mir all die Anführer in Ketten herbeibringen.

Niedergeschlagen und beunruhigt nahmen sie in der Nähe des Eingangs Platz. Ich wartete im Versammlungssaal, umringt von den Emiren, Kadis und Frommen meines Gefolges. Zuerst ließ ich Arnat vorführen.

»Nun«, sagte ich zu ihm, »was meinst du dazu? Habe ich deine Schandtaten gegenüber Mohammed nicht ausreichend gerächt? Erinnere dich an deine Greueltaten, an deine gotteslästerlichen Äußerungen über unseren Propheten, deinen Frevel gegenüber unseren heiligen Städten! Es ist an der Zeit, so viele Verbrechen zu bestrafen und meinen Eid einzulösen. Ich habe es geschworen, meine Hand wird dich töten. Dennoch lasse ich dir eine Chance, wenn du die Religion annimmst, die du vernichten wolltest.«

»Lieber sterben!« bellte er, setzte noch einige lästerliche Bemerkungen hinzu und spuckte auf den Teppich.

Ich sprang mit einem Satz auf und trennte ihm mit einem Säbelhieb den Kopf ab, der bis ins Vorzelt vor die Füße des Frankenkönigs davonrollte. Die Wachen schleiften den Körper des Abtrünnigen durch den Staub davon, und ich ließ Guido rufen. Fahler als je zuvor taumelte er herein. Ich wies auf ein Kissen neben mir und beruhigte ihn:

»Fürchte dich nicht! Ein König tötet keinen König. Aber dieser Mann war in seiner Unverschämtheit und Treulosigkeit zu weit gegangen. Ich habe mich an einem Verräter gerächt, aber gegenüber denen, die keine Verbrechen gegen die Menschlichkeit begangen haben, weiß ich die Menschenrechte sehr wohl zu achten.«

Zusammen mit dem Großmeister der Templer und den adeligen Lehnsherren vertraute ich ihn dem Gouverneur der Zitadelle von Damaskus an. Sie würden entweder im Tauschverfahren oder durch Zahlung eines hohen Lösegeldes freikommen. Die Ritter von niederem Stand wurden von Offizieren abgeführt, die den Befehl erhalten hatten, vom Gefängnisdirektor einen Empfangsschein zu fordern. Die Reiter der Truppe gehörten den Soldaten, die sie gefangen hatten. Sie marschierten in endlosen Kolonnen durch Berg und Tal zu den Sklavenmärkten unserer Souks, wo diese Schwemme einen Preisverfall auslöste. Auch mehrere Tempelritter und Hospitaliter waren zum Verkauf mitgenommen worden. Ich bot fünfzig Dinare pro Kopf, um sie zurückzubekommen, und erklärte:

»Ich will die Erde von diesen beiden schmutzigen Orden reinigen, deren Praktiken keinerlei Nutzen bringen. Der eine wie der andere gehören zu dem Schlimmsten, was es bei den Ungläubigen gibt. Da ihnen der Totschlag als eine feine Sache erscheint, wenn er ihrer Religion zum Wohl gereicht, wollen wir sie in den Tod schicken!«

Die Hinrichtung wurde zu einem Spektakel vor dem Heer der Gläubigen, die in Kampfstellung aufgereiht waren. Die Emire waren auf beiden Seiten plaziert, ich befand mich in der Mitte. Kalt und unerschüttert verfolgte ich die Zeremonie. Zweihundertdreißig Templer und Hospitaliter verweigerten das Heil des Islam und wurden von unseren Frömmlern, Sufis und großen Mystikern enthauptet, die das Schwert der Gerechtigkeit führten, ohne eine Schwäche zu zeigen, und dabei unseren Koran rezitierten:

»Die Frevler, Götzenanbeter und jene, die über Gott lästern, werden unerbittlich bestraft werden. Der Zorn und der Fluch des Himmels wird sie verfolgen. Die Hölle wird ihre unheilvolle Bleibe werden.«*

Wie ich es geschworen hatte, bot ich dem Allmächtigen das Blut seiner verdammten Feinde dar, denn künftig würde nur ihr Tod die letzte Eroberung sicherstellen, die Eroberung von Jerusalem!

Es wurde eine Nacht der Freude. Im Lager, das von Fackeln erleuchtet war, tanzten die Soldaten um die Feuerstellen, und die Jubelrufe stiegen zum Firmament empor. Auf einem Gebetsteppich kniend, kostete ich meine Belohnung aus, während ich aufs Geratewohl eine Sure las:

»Wir haben dir einen überwältigenden Sieg geschenkt.

Gott hat dir deine Fehler verziehen; er hat Seine Gnade vollständig gewährt und wird dich auf den Pfad der Gerechtigkeit führen.

Sein Schutz ist ein mächtiger Schild für dich!«**

Diese Verse hafteten mir noch im Gedächtnis, als sich die Emire reich geschmückt in meinem Zelt drängten. Ich hatte sie um einen Festschmaus versammelt, und um unseren Triumph zu feiern, gingen die Becher von Hand zu Hand. Wir hatten unsere Feinde niedergestreckt, und das wurde nun kommentiert. Trotz der Hitze und des Wassermangels hätten die Franken sich mit einem Mut geschlagen, der sie ehrte. Ob wir wohl gewonnen hätten, wenn König Guido mehr Verstand und mehr Autorität bewiesen hätte? Sicherlich wäre der Kampf dann schwieriger und das Ergebnis weniger vernichtend gewesen.

»Alles in allem mußten wir gewinnen«, sagte ein »faqih«. »Gott hatte es sich fest vorgenommen.«

* Koran, Sure XLVIII »Vom Sieg«, Vers 6.

** Koran, Sure XLVIII »Vom Sieg«, Verse 1, 2, 3.

»Nach Badr wird man nun auch Hattin zitieren«, sagte ein anderer »faqih«.

»Und so wie unser Prophet Mekka eingenommen hat, so werden wir Jerusalem zurückerobern!« rief ich.

»Inschallah!« antworteten alle im Chor.

Dieser Tag, der 25. Rabia II 583 (4. Juli 1187), würde für immer in unser Gedächtnis eingeprägt bleiben. Er bewies, daß ich es richtig gesehen hatte. Es war notwendig, alle muslimischen Streitkräfte zu vereinen, um die Streitmacht der Franken zu vernichten. Wenn ich jahrelang den Knüppel benutzt hatte, um alle Potentaten aus Nordsyrien, Sindschar, der Gezira, Kurdistan, dem Irak und aus Mesopotamien unter mein Gesetz zu zwingen, so konnten sie an jenem Abend die Zuverlässigkeit meiner Äußerungen feststellen. Ich hatte sie nicht als Tyrann, aus Machtbesessenheit oder persönlicher Eitelkeit unterworfen, sondern um den Eindringling zu zermalmen. Die unter einem einzigen Kommando vereinten Heere des Islam waren so stark, daß sie die große Armee des Satans vernichtet hatten, und seit Generationen war so etwas in unserer Geschichte nicht mehr vorgekommen. Wir hatten den Schatten des Todes und der Sklaverei gebannt, der über unseren Dörfern schwebte. Wir hatten unsere Würde zurückgewonnen.

»Unsere Aufgabe ist noch nicht beendet«, setzte ich noch hinzu. »Wir müssen schnell handeln.«

Die besetzten Territorien hatten keine Verteidiger mehr; doch schon bald würden weitere Franken aus dem Abendland eintreffen. Die Gesandten, von denen die Dame Sibylle mir berichtet hatte, würden ihre Wirkung nicht verfehlen, vor allem, wenn unser Sieg bekannt werden würde.

Ohne Zeit zu verlieren, müßten wir die Häfen und die befestigten Städte in dem dreihundertfünfzig Meilen langen Küstenstreifen zurückerobern, den der Feind noch besetzt hielt. Dann fiele das isolierte Jerusalem ganz von allein.

Mit Hilfe von Brieftauben forderte ich El Adil auf, mit neuen Truppen von Ägypten nach Norden zu ziehen und sich den Süden Palästinas einzuverleiben, während ich das Zentrum einnähme. Ich begann mit Tripolis, das seine Tore öffnete, und ich erlaubte der Burgherrin, sich mit ihrer Habe und ihren Leuten nach Tripolis, dem Lehen ihres Gatten, zurückzuziehen. Dann marschierte ich nach Akko, dem bedeutendsten aller Häfen der Franken. Es hatte den weiträumigsten Platz zum Ankern, wo ihre Kriegsflotte und Handelsschiffe Schutz finden konnten. Dort wurde auch der größte Teil ihres Handels abgewickelt. Die Stadt war groß und reich, versprach also eine beträchtliche Beute, die ich als Köder benötigte, um den Eifer meiner Krieger zu wecken.

Die Einwohner versuchten, Widerstand zu leisten. In Massen auf den Befestigungsanlagen versammelt, schwenkten sie ihre Flaggen und Bogen mit schrecklichem Geschrei, als seien sie in der Lage, eine Belagerung zu überstehen. Ob sie glaubten, uns einschüchtern zu können? Ihre Reiter und Fußsoldaten faulten, von Geiern zerfetzt, unter der Sonne von Hattin vor sich hin! Ich bezog auf einer Anhöhe Quartier, und meine Männer verteilten sich über die Ebene. Die ganze Nacht brachte ich damit zu, die Belagerungstaktik und die Kampfposten festzulegen. Als der Morgen anbrach, war ich in der Verfassung eines Löwen, der vor seinem Bau zum Sprung ansetzt. Da schlängelte sich ein langer Zug von Männern und Frauen unter ihrem weißen Banner aus den Mauern. Die Stadt ergab sich und flehte mich an, die Einwohner zu schonen.

»Ich schenke euch das Leben«, sprach ich zu ihnen. »Ich biete euch auch an, mit eurem Hab und Gut hierzubleiben. Ihr werdet eure bisherigen Tätigkeiten beibehalten, allerdings unter unserer Oberherrschaft.«

Das ängstigte sie, und sie entschieden sich für das Exil, wobei sie mitnahmen, was möglich war. Am 1. Jamada I (10. Juli 1187) schritt ich in einem großen Festzug durch die Tore in die Stadt und schlug den Weg zur größten Kirche ein. Sie wurde nun wieder zu der Moschee, die sie vormals gewesen war. Al Fadil ließ dort eine Kanzel und einen Mihrab errichten. Es war Freitag, und ich wollte, daß in einem feierlichen Akt ein öffentliches Gebet gesprochen wurde. Das war an der syrischen Küste seit Ankunft der Franken vor achtundachtzig Jahren nicht mehr geschehen.

Die Stadt übergab ich meinem Sohn El Afdal, die Ländereien und umliegenden Gehöfte dem »faqih« Issa. Außerdem ernannte ich einen Imam. Viertausend der Unsrigen, die in der Zitadelle eingesperrt waren, wurden befreit, und um die Truppe zu entlohnen, erlaubte ich ihr das Plündern. Der Hafen war Treffpunkt von griechischen Händlern und von Schiebern aller Nationalitäten. Die Docks quollen über von Waffen und den unterschiedlichsten Nahrungsmitteln aus Asien und dem Abendland. Die Häuser waren schön und luxuriös ausgestattet. Es gab dort im Überfluß Gold, Perlen, Seidenwaren aus China, Stoffe aus Venedig und wertvolle Möbel. Ich blieb meiner Gewohnheit treu und überließ das alles den Emiren und den Soldaten. Geld hatte nicht mehr Bedeutung für mich als die Sandkörner der Wüste, wenn auch meine Ratgeber angesichts der leeren Staatskasse murrten.

»Inschallah!« erwiderte ich lächelnd und zog mich in mein Zelt auf der Anhöhe zurück, die über dem Meer aufragte, das in weiter Ferne den Himmel berührte.

Während ich ein wenig Ordnung in die Geschäfte der Stadt brachte, verteilte ich meine Truppen über die benachbarten Landstriche. Und so begann eine lange triumphale Rückeroberung. Der Erfolg berauschte meine Männer, so daß sie jedes Maß verloren. Es wurde Mißbrauch getrieben, und ich mußte strenge Anweisungen erlassen, damit die Bevölkerung verschont blieb. Ich wollte die Ländereien und die Burgen, aber kein Blut. Nazareth, Cäsarea, Haifa und ganz Galiläa unterlagen. Einer meiner Neffen unterwarf Nablus, Jericho und La Fève. Gleichzeitig machte sich El Adil mit der Flotte von Alexandria nach Akko auf, durchkämmte den gesamten Süden von Daron bis in die Umgebung von Jerusalem und segelte dann zurück nach Jaffa. Nun blieb nur noch der Norden zu erobern. Ich schrieb dem Kalifen:

»Allah sei gepriesen, der uns einen überragenden Sieg, neue Waffen, eine größere Überlegenheit, ein festeres Bündnis beschieden hat ... Die Standarten des Islam wehen über mehreren Städten Palästinas. Die Tempel sind zu Moscheen geworden. Die Altäre verwandeln sich in

Mihrabs. Wir werden schon bald nach Jerusalem marschieren. Die Stunde dieser Eroberung ist gekommen. Das Dunkel des Irrtums hat diese Stadt schon zu lange eingehüllt; endlich wird das Licht des Heils über ihr leuchten!«

Einige Tage später stieß ich in der Provinz Tyros wieder zu Taki ed-Din. Er führte einen Angriff gegen eine Festung, die sich erbittert verteidigte. Meine Kurden ernteten sie wie eine Handvoll Aprikosen, und somit betraten wir erneut den Weg des Ruhms. Der Sieg entfaltete seine Flügel und trug uns von Burg zu Burg. Die Feudalherren flüchteten, die Städte leerten sich, und auf ihren Mauern vermehrten sich unsere Standarten wie die Blumen in der Frühlingssonne. Nacheinander ergaben sich Sidon, Beirut und Dschebail. Die Kreuze barsten unter dem Ansturm unserer Halbmonde, und der Wind der Freiheit fegte bereinigend über unsere wiedergewonnenen islamischen Gebiete. Verängstigt drängte sich das Volk auf den Straßen, wo die Panik sie hingetrieben hatte. Es waren arme, schlechtbehandelte Menschen, die ausgebeutet und hin- und hergezerrt worden waren, bevor sie von ihren habgierigen Herren verlassen wurden, die sich nun nicht mehr um sie kümmerten. Ihrem Gott treu bleibend, hatten sie das Umherirren gewählt. Und was konnte ich für sie tun, außer ihnen eine Chance zum Heil einzuräumen? Ich respektierte die Routen, die sie ins Exil einschlugen, und es gelang ihnen zu Hunderten, gesund und unbeschadet die Grenzen von Tripolos zu erreichen. Aber viele von ihnen zogen auch die näher gelegene Zuflucht Tyros vor.

Auch ich wandte mich diesem Hafen zu. Seine geographische Lage an der Spitze einer Landenge verlieh ihm einen natürlichen Schutz, und um zum Ziel zu gelangen, würde ich Zeit und viele Männer benötigen. Ich machte einen Vorstoß, um den Widerstand zu erproben und die erforderliche Stärke für eine endgültige Belagerung abzuschätzen. Die Bewohner wehrten sich gegen unsere Attakken und erlahmten. Sie hatten niemanden, der sie anführen konnte. In ihrer Bedrängnis und Verzweiflung waren sie bereit, sich zu ergeben, und ich freute mich schon, diesen schwierigen Ort der Küste so leicht zu gewinnen.

Plötzlich entstand ein großes Durcheinander. Ein kleiner Flottenverband hatte angelegt. Er brachte Verstärkung, und mit der Person von Konrad von Montferrat kam ein schlauer Teufel, der ein gefürchteter Gegner werden sollte. Wir nannten ihn »Al Marques«. Nach einem Aufenthalt in Byzanz, wo er seine starke Hand Isaak Angelos geliehen hatte, hatte er sich entschlossen, eine Rundreise zu seinen Vettern in Palästina zu machen, und Kurs auf Akko genommen. Beim Anlaufen des Ankerplatzes hatte er unsere Standarten auf unseren Galeeren und Wachtürmen erblickt und seine Schiffe schleunigst vor den Wind gelegt, um nach Tyros zurückzusegeln. Er hatte Krieger, Waffen und Geld. Er entfesselte den Kampf erneut und verbot das Wort »Kapitulation«.

Ich hatte nicht genügend Männer, um eine lange Belagerung durchzustehen, und griff zu einer List. In einem der Gefängnisse von Damaskus war der Vater des Neuankömmlings eingekerkert, der alte Marquis von Montferrat, der bei Hattin in Gefangenschaft geraten war. Ich ließ ihn holen und führte ihn zu den Befestigungsanlagen, wo ich seine Freiheit und ein Lehen in Syrien als Gegenleistung für Tyros bot. Für diesen besessenen Feudalherrn gab es keine Blutsbande. In arrogantem Ton antwortete er mir:

»Das Leben eines Greises kann der Sache der Allgemeinheit keinerlei Dienst erweisen, und um ihn zu retten, werde ich nicht einen Stein dieser Stadt hergeben.«

Ich ließ von der Belagerung ab und trat den Rückzug an, entschlossen, etwas später mit ausreichender Streitmacht zurückzukehren, um den alten Fuchs matt zu setzen. Später bedauerte ich mein Einlenken, da ich so zuließ, daß dieser Ort sich mit Flüchtlingen füllte, die seine Verteidigung mit Wut im Bauch organisierten und ihn uneinnehmbar machten. Doch zunächst riefen mich dringende Mitteilungen meines Bruders El Adil nach Süden:

»Beeilen wir uns, Jerusalem einzunehmen! Wenn Du in der nächsten Nacht an einer plötzlichen Kolik sterben solltest, wird Al-Aqsa in den Händen der Franken bleiben.«

Seit meiner Erkrankung von Mesopotamien litt ich unter Rückfällen, die meine Umgebung beunruhigten. Aber wie hätte ich meinen Schwur vergessen können? »Der Befehl Gottes ist eine unumstößliche Entscheidung des Schicksals«*, sagt der Koran. Ich stürzte nach Askalon, wo mich mein Bruder, ungeduldig zu Pferde einherstampfend, bereits erwartete. Vor den Befestigungswällen angekommen, brannte ich nur so darauf, die Stadt zu belagern, aber mein Bruder zeigte seinen Zorn:

»Zuerst die Heiligen Stätten!« sagte er unwirsch.

Doch ich erwiderte entschlossen:

»Die Sicherheit des Nils hängt von diesem Ort ab. Wir brauchen eine freie Route zwischen Ägypten und Syrien, nicht nur für unsere Handelskarawanen, sondern vor allem für unsere Truppen. Das ist die Grundlage unserer Strategie.«

Der Angriff begann in der sengenden Hitze des ausgehenden Sommers. Entschlossen zum Widerstand, hatten die Milizen der Bürgerschaft, die die Garnison verstärkten, auf den Festungsanlagen ihr gesamtes Gerät zusammengetragen. Ich ließ die Steinschleudern einsetzen und schickte meine Schanzgräber vor. Die Wehrmauern fielen, dann die Bollwerke. Aber nichts wies auf eine Kapitulation hin. Da griff ich erneut zu einer List. Ich ließ König Guido und den Großmeister der Templer in Ketten herbeibringen.

»Liefere mir Askalon aus«, sagte ich zu dem ersten, »dann wirst du frei sein!«

Und an den zweiten gewandt, setzte ich hinzu:

»Was dich angeht, du wirst deine Freiheit mit den Festungen deines Ordens bezahlen!«

Ich wollte Zeit gewinnen und gleichzeitig die Kräfte meiner Männer schonen. Wir führten seit zwei Monaten Krieg, und sein Ende war noch längst nicht abzusehen. Der König der Franken näherte sich den Festungsmauern und schrie hinauf:

»Rettet mein Leben! Es ist die Grundlage eures Glücks! Euer Wohl hängt von meinem ab!«

* Koran, Sure XXXIII, Vers 38.

Er erntete nur Beleidigungen und nichtssagende Worte. Da machte er zusätzliche Versprechungen:

»Sobald ich frei bin, werde ich unsere Brüder jenseits des Meeres herbeirufen, und wir werden einen Flächenbrand entzünden!«

Ich hörte lächelnd zu. Der Kriegsheld von Hattin war nur noch ein Narr, und niemand schenkte seinen Worten Beachtung. Die Stadt setzte den Kampf fort, um nach vierzehn Tagen endlich aufzugeben. Ich gewährte ihr die kriegerischen Ehren und schickte Guido zurück in seine Ketten. Der Großmeister des Templerordens verfügte über größere Autorität und wurde freigesetzt. Gaza, Daron und andere Burgen, die er in Samaria besaß, kapitulierten. Zur gleichen Zeit ergaben sich auch Ramleh und Yubna.

Als Krönung dieses Freudentages sandte Gott mir meinen Sohn el-Aziz Uthman. Er wollte seinen Teil zum Heiligen Krieg beitragen und brachte mir den Inhalt der Arsenale von Kairo. Ich lief ihm entgegen und schloß diesen schönen jungen Mann von fünfzehn Jahren fest in die Arme. Wie eine Mutter hatte ich ihn einst umsorgt, als er sich als Kind auf einer meiner Reisen ein schlimmes Fieber zugezogen hatte. Augenblicke der Zuneigung waren selten in meinem Dasein, das ganz dem Kampf und dem Lagerleben gewidmet war, und ich genoß jede Minute eines solchen Wiedersehens, das mir das Herz wärmte und wie in meinen Jugendzeiten eine Erregung auslöste, die mir unter die Haut ging. Ich vergaß die Furchen, die unter meinen Augen eingegraben waren, und auch meinen Bart, der immer weißer wurde. Vor mir stand das Fleisch meines Fleisches und sprühte vor Lebendigkeit, von der ich beobachtete, daß sie sich im Galopp verflüchtigte und mich allmählich verließ. Ich ergriff seine Hand. An jenem Tag ließ eine Sonnenfinsternis den Tag ebenso dunkel erscheinen wie die Nacht. Seite an Seite zogen wir in Askalon ein, wo mich eine weitere Überraschung erwartete.

Eine phantastische Armada glitt majestätisch auf der blauen Unermeßlichkeit dahin. Die wie Skorpione aufgebäumten Buge verschlangen das Meer, und die im Wind geblähten Segel belebten den Himmel mit farbigen Wolken. Meine Flotte, die ich Stück für Stück geschaffen hatte, zog von Damietta und Alexandria herauf.

Die syrischen Küsten sollten bewacht werden, und die Häfen, die wir zurückerobert hatten, würden nicht zulassen, daß Franken aus dem Abendland von Bord gingen.

Ich konnte ruhigen Gewissens gegen »Al Qouds« marschieren. Umgeben von meiner Leibwache, machte ich mich unter den ausgebreiteten Adlerschwingen meiner Standarten, die von der Sonne angeleuchtet wurden, auf den Weg dorthin. Unser feierlicher Zug wurde von Musikanten angeführt. Aus den entlegensten Landstrichen eilten die Bauern herbei. Ich hatte sie von der Tyrannei des Eindringlings befreit, und sie jubelten mir zu. In weniger als zwei Monaten hatte ich fast das gesamte besetzte Palästina zurückerobert. Und wenn ich erst Jerusalem befreit hätte, verbliebe nur noch Tyros mit den Provinzen von Antiocha und Tripolis in den Händen der Polytheisten. Yussuf, der Kurde, war der »Große Sultan«, der »Retter« … All ihre Lobreden rührten mein Herz und stärkten meine Entschlossenheit, Al-Aqsa zu erreichen.

Während der Belagerung von Askalon hatte ich Boten mit einem Verhandlungsvorschlag zu Königin Sibylle entsandt. Die Stadt hatte sich mit all denen gefüllt, die vor unserem Anmarsch geflohen waren, und mit einigen Rittern, die in Hattin entkommen waren und sich mit der Hartnäckigkeit der Verzweiflung schlagen würden. In einem Schreiben hatte ich ihr erklärt:

»Jerusalem ist das ›Haus Gottes‹, und ich will es nicht gerne belagern. Auch für Euch ist es das ›Haus Eures Gottes‹. Ich schlage vor, die Angelegenheit in Frieden und Freundschaft zu lösen. Al Qouds muß unversehrt bleiben.«

Ich hatte angeboten, die Stadt für dreißigtausend Dinare und so viele Ländereien wie nötig zu kaufen. Wie ich es schon vor Akko gehalten hatte, eröffnete ich den Einwohnern die Möglichkeit, mit ihrer Habe in ihren Behausungen zu bleiben und dort unter unserer Herrschaft ihre Geschäfte fortzusetzen. Ich hatte ihnen sogar erlaubt, bis zu ihrem Pfingstfest auf Verstärkung zu warten, die ihnen ermöglichen würde, die Stadt zu bewachen. Ich hatte mich verpflichtet, sie auf meine Kosten und unter umfassendem Schutz zurück auf christliches Gebiet zu geleiten, sollte nach dieser Frist noch keine Streitmacht aus dem Westen angekommen sein. Konnte man großzügiger und ritterlicher sein? Sie hatten eine Delegation nach Askalon geschickt, die mir ihre Weigerung mitteilte. Ich hatte ihnen in barschem Ton geantwortet:

»Ihr werdet eure Verstocktheit noch bereuen! Bald werdet ihr mich um Erbarmen anflehen, aber dann wird es zu spät sein. Ich werde künftig keinen Vorschlag mehr anhören, denn ich schwöre, daß ich gewaltsam in Jerusalem einmarschieren werde und jeden Einwohner über die Klinge springen lasse. Ihr habt es schließlich mit den Muslimen genauso gemacht, als ihr euch zu Herrschern über diese Stadt erhoben habt!«

Ich steuerte auf eine Belagerung zu, und die würde schwierig werden. Die Franken wurden von dicken Mauern geschützt, welche von tiefen Gräben gesäumt und von Festungstürmen flankiert waren, die sich wie ein Armreif um sie legten. Die Christen wollten in ihrer Wut lieber sterben als ihr »Grab« verlassen. Und wir alle waren bereit, unser Leben zu opfern, um unseren »Felsen« zurückzugewinnen. Ich hatte dem Islam das Versprechen gegeben, ihm »Al Qouds« zurückzugeben. Meine Ehre als Muslim stand ebenso auf dem Spiel wie mein Ruf als »Meister des Dschihad«.

Am 15. Radschab (20. September 1187) tauchte das Bild plötzlich vor mir auf, das mein Gewissen jahrelang geplagt hatte. Jenseits der Hügel, vor einem Himmel, der mit Purpur übergossen war, tanzten in goldenem Flimmer die Kuppeln und die Minarette, eingeschnürt in zinnengekrönte Mauern. Da war sie endlich, diese versprochene Braut, die meinen Träumen Nahrung gegeben hatte! Und ich wurde von einer solch starken Rührung übermannt, daß ich darüber meine Zuversicht verlor. Wie würde ich sie erobern können, ohne ihr allzu weh zu tun?

Meine Truppen verteilten sich im Westteil der Ebene, der dem Davids- und dem Jaffaturm gegenüberlag. Eine beachtliche Menschenmenge bevölkerte hinter beeindruckendem Kriegsgerät die Befestigungsanlagen. Die Frommen und die Händler hatten zum

Schwert gegriffen, um die Miliz und die Garnison zu unterstützen. Blinde Wut packte mich, als ich die Kreuze auf den Kuppeln unserer heiligen Moscheen erblickte. Aus Tausenden von Stimmen stieg Zetergeschrei zum Himmel; die Glocken läuteten und gaben den Rhythmus von Litaneien und Kirchengesängen vor, die von Verwünschungen und Wehklagen unterbrochen wurden. Wie viele mochten es wohl sein, die dort Häuser, Straßen und Plätze füllten? Man trug mir die Zahl von sechzigtausend zu. Aber das waren nicht alles Krieger. Es gab vor allem Frauen und Kinder darunter und auch eine starke Gemeinschaft von Griechen, die die Lateiner verabscheuten und mich bereits darüber informiert hatten, daß sie sich nicht rühren würden. Ein orthodoxer Priester, der mir als Spitzel diente, hatte mir sogar versprochen, mir die Tore zu öffnen, falls die Belagerung sich hinziehen sollte.

Auch noch am Rande der Katastrophe stritten die Christen untereinander und schmiedeten Komplotte. Seit Hattin wurde Königin Sibylle, die legitime Regentin, nicht mehr respektiert, und man machte ihr die Leichtfertigkeit ihres hübschen Gatten zum Vorwurf. Um ihm zur Freiheit zu verhelfen oder ihm in seinem Kerker Gesellschaft zu leisten, hätte sie ihr Königreich sehr wohl ausgeliefert. Doch der wahre Herrscher der Stadt war Heraklios, ihr verehrter Patriarch, ein frommer Pflichtvergessener und Intrigant. Er hatte einige Damen des Hofes verführt und machte viel Aufhebens um seine Favoritin, die sich, von Kopf bis Fuß in Kirchengold gekleidet, in einem glänzenden Gespann zur Schau stellte. Trotzdem scharte man sich um ihn. Er ermutigte im Namen ihres Christus zum Widerstand:

»Hier ist unser Heiliges Grab«, sagte er. »Von hier aus müssen wir auferstehen. Es ist unsere ehrenvolle Aufgabe, diesem heiligen Ort, an dem Christus gekreuzigt wurde, unsere Huldigung darzubringen. Hier ist Gott Mensch geworden. Wir werden eher vor dem Grab sterben als es verloren geben. Könnte man uns je verzeihen, wenn wir ihnen das überließen, was wir ihren Händen entrissen haben?«

Heraklios war kein Krieger. Er hatte Balian, den Sohn des Barisan, bei sich. Nachdem dieser in Hattin heil davongekommen war, hatte er sich wieder auf sein Lehen Ramleh begeben. Als dieses übergeben wurde, hatte er mir einen Boten nach Askalon geschickt, um mich um sicheres Geleit zu bitten. Bevor er in sein Gefängnis zurückkehrte, wollte er in Jerusalem einkehren und seine Gattin, die ehemalige Königin Maria Komnene*, aus der Stadt holen. Unter der Voraussetzung, daß er gegen mich nicht die Waffen erheben werde, hatte ich ihm eine Nacht in der Stadt gewährt. Die Dame Maria war nach Tyros zurückgekehrt, und Balian war geblieben. Er erklärte mir, daß er seine Zusage nicht vergessen habe, daß seine Ehre als christlicher Ritter es ihm aber geböte, die Seinen nicht im Stich zu lassen. Das hatte ich verstanden. Die Ehre eines Mannes steht nicht zur Diskussion. Diesem Fürsten, der wie durch ein Wunder dem Massaker entkommen war und vom Volk als Held angesehen wurde, hatte man unverzüglich alle Vollmachten übertragen, und nun organisierte er mit seiner entschlossenen Gesinnung die Verteidigung. Er ließ die Silberplatten des Heiligen Grabes einschmelzen, um Münzen zu schlagen. Er trommelte die wenigen »Barone« des Königreiches zusammen, die mit dem Leben davongekommen waren, ebenso die Ritter der Templer und Hospitaliter, die mir ihre Festungen abgetreten hatten. Er verteilte Waffen an alle, die sie tragen konnten, schlug junge Leute und Bürger zum »Ritter«, vertiefte die Gräben, errichtete Palisaden, besetzte jeden Turm mit Sondereinheiten und vermehrte die Zahl der Sperren. Aufgestachelt von den Priestern, die ihre Kreuze umhertrugen und unentwegt ihre Monstranzen zur Schau stellten, rannten alle umher wie die Wölfe und führten sich auf wie die Teufel.

Ich erkannte sehr schnell, daß wir nicht den geeigneten Standort hatten, um uns zu schlagen. Die Türme waren stark befestigt, und der Feind machte mörderische Ausfälle. Wir konnten unsere Maschinen nicht in Stellung bringen. Das Haupthindernis war die Sonne, die uns bis spät in den Nachmittag hinein blendete. Fünf Tage lang galoppierte ich auf der Suche nach einem geeigneten

* Er hatte Maria Komnene, die Witwe von Amalrich I., geheiratet.

Angriffspunkt um den Befestigungsgürtel. Am 20. Radschab (25. September 1187) hob ich das Lager auf. Auf den Mauern brach Freudengeschrei los, und alle stürmten zum Dankgebet in die Kirchen, denn sie waren überzeugt, daß ihr »Messias« ein Wunder vollbracht hatte, indem er mich entfernt hatte. Ich verlagerte jedoch nur meine Armee.

Im Schutz der Nacht errichtete ich meinen Kommandoposten auf dem Ölberg, während meine Männer ihre Zelte gegenüber dem »Amoudtor«* aufschlugen, das im Nordteil der Stadt lag und in das Tal des Kedron hinausführte. Das war genau die Seite, von der aus die ersten Eindringlinge im Jahre 491** die Stadt eingenommen hatten. Dort waren die Mauern weniger dick. Die Einheiten der Schanzgräber machten sich unverzüglich an die Arbeit, und zwölf Wurfgeschütze wurden aufgereiht. Ich brachte meine »telab« in Kampfstellung: zehntausend von Kopf bis Fuß in Kettenpanzer gekleidete »Djalichyehs« und zehntausend »Taoushiin«, die mit Bogen und Lanzen ausgerüstet waren und einen kontinuierlichen Angriff auf die Zinnen gewährleisten sollten. Ebenso viele »Caragholam« waren um die Belagerungsmaschinen verteilt. Ich wies jedem von ihnen seinen Platz zu und gab den Offizieren den Schlachtplan. Der Tag war noch nicht angebrochen. Unter den verblassenden Sternen, die das Morgengrauen ankündigten, ließ ich meine Stute still stehen. Ich blickte auf meine Söhne in der vordersten Linie, auf meinen Bruder, meine Neffen und all die islamischen Fürsten, die sich mir angeschlossen hatten, und hielt ihnen folgende Rede:

»Wenn Allah uns erlaubt, Seine Feinde aus Seinem heiligen Haus zu vertreiben, welche Glückseligkeit werden wir dann verspüren! Welch mächtiger Beistand, wenn Er uns Seine Hilfe gewährt! Seit achtundachtzig Jahren befindet Jerusalem sich in den Händen der Ungläubigen! Allah hat seitdem von keinem einzigen Seiner Diener Huldigung erfahren. Die Sorge der Könige um diese Stadt schien eingeschlafen zu sein. Mit den verrinnenden Jahrzehnten

* Herodes- oder auch Säulentor.

** Gottfried von Bouillon zog im Juli 1099 in Jerusalem ein.

geriet sie in Vergessenheit, und sie verblieb unter der Herrschaft der Franken. Aber Allah hat den Söhnen eines Ayub den Verdienst dieser Eroberung vorbehalten, um ihnen die Zuneigung aller Herzen zu schenken. Und wie könnten sie den Gedanken von sich weisen, Jerusalem zu erobern, die heilige, mächtige Stadt mit ihrer Al-Aqsa-Moschee, die auf den Fundamenten von Allahs Furcht errichtet ist! Ist sie nicht die Wohnstatt der Propheten, der Aufenthaltsort der Heiligen, das Gebetshaus der Frommen, das Ziel der eingeweihten Pilger dieser Welt und der Engel des Himmels? Dort wird das Menschengeschlecht zusammengerufen werden und auferstehen. Die frommen Bewunderer Allahs werden dort in Scharen zusammenströmen. Dort ist die ›Sakhrah‹*, deren Oberfläche glänzend und makellos geblieben ist, der Weg, auf dem der Prophet zum Himmel aufstieg, und die erlesene Kuppel, die eine Krone über dem Felsen bildet. Dort hat der Blitz geleuchtet und ›Borak‹** sich in die Lüfte geschwungen. Die Flamme, die vom Himmel herabgekommen ist, hat das Dunkel der ›nächtlichen Reise‹ erhellt und den Horizont der Welt erleuchtet. Zu der Vielzahl ihrer Tore gehört ›Bab er Rahmet‹***, das jenen, die hindurchschreiten, den Zugang zum Garten der Ewigkeit sichert. Dort befinden sich Salomons Thron, Davids Mihrab und die Quelle von Siloam.

Al-Aqsa ist die erste der beiden ›Kibla‹, das zweite der heiligen Häuser, das dritte nach den beiden ›Haram‹****, eine der drei Moscheen, die – wie die durch den Propheten begründete Tradition belegt – das Ziel von Pilgerzügen ist, der Ort des Gebets für die Auserwählten unter den Gläubigen. Ihre Verdienste und ihr Ruhm lassen sich nicht aufzählen. Sie war der Ausgangspunkt der ›nächtlichen Reise‹. Auf ihrem Vorplatz hat sich der Himmel geöffnet; sie ist berühmt geworden durch die Stimme des Propheten, die Wohltaten der Heiligen, die Gräber der Märtyrer, das übernatürliche Wirken der Ausersehenen und das Zeugnis der Gelehrten. Sie ist der

* Der »Felsen«.
** Der Blitz. Name der himmlischen Stute, die Mohammed durch die Wolken trug.
*** Tor des Erbarmens.
****Medina und Mekka.

Treffpunkt der Glückseligkeit, der Garten des Glücks. David hat ihre Fundamente gelegt und Salomon ihren Bau empfohlen. Sie wurde von Omar erobert.

Wie edel und groß, glorreich und prächtig, hoch und glanzvoll, erhaben und verehrt sie doch ist! Günstig ist ihr Segen, segensreich ihre Weissagungen! Welch ein Zusammenklang von vielfältiger Schönheit, welch vollkommene Anmut, welch glänzende Pracht, welch bemerkenswerte Ausschmückung! Allah hat ihre Größe mit jenen Worten ausgedrückt: ›Wir haben ihre Stadtmauern gesegnet.‹«

Feierlich schwor ich vor diesen Legionen von Mudschaheddin, meinen treuen Soldaten, meine Standarte auf der geheiligten Kuppel zu hissen und mich vor der »Sakhrah« zu verneigen, die den Fußabdruck des Propheten trägt. Da bannte die Morgenröte die Nacht. Und ich rief:

»Sieg über die Feinde Allahs!«

Wie die Sintflut ging ein Steinhagel auf die Stadt nieder, Tausende von Pfeilen verdeckten den Himmel und schützten die zehntausend Reiter, die auf den schönsten Pferden der Welt saßen.

Voller Freude waren die Franken eingeschlummert, und voller Entsetzen wachten sie auf. Die unablässigen Angriffe unserer Katapulte und Wurfgeschütze erschütterten die Mauern und hüllten die Stadt in einen Höllenlärm. Die Einwohner rannten hinauf zu den Zinnen, wo sie vom Hagel unserer Pfeile empfangen wurden. Sie versuchten Ausfälle vor ihre Außenwerke und wurden von den Lanzen der »Taoushiin« dezimiert. Ich verfolgte das Geschehen von der Höhe meines Hügels aus und erteilte Befehle, die sogleich durch vereinbarte Zeichen übermittelt wurden. Im Schutz von Schilden, die wie Palisaden aufgestellt waren, unterminierten die Schanzgräber die Fundamente des Festungsgürtels, während die Menschen in Scharen in den Kirchen und auf den Plätzen niederknieten und die tränennassen Augen zum Himmel richteten. Barfuß zogen sie in Prozessionen an den Befestigungsmauern entlang. Kirchenlieder singend, schwenkten sie ihre Kreuze, schlugen sich auf die Brust und geißelten sich. Sie gingen sogar soweit, vor ihrem »Grab« Kübel mit kaltem Wasser aufzustellen, in das sie ihre Töchter bis zum Hals eintauchten. Außerdem schnitten sie ihnen auch die Haare ab. Sie glaubten nämlich, mit diesen Praktiken den Zorn ihres »Messias« zu besänftigen, der gestorben war, um sie zu erretten. Was konnten sie nur von einem Gott erwarten, der den Tod gesucht hatte? Die Litaneien rissen nicht ab, und die Priester kündigten für den Fall, daß sie in unsere Hände fallen sollten, das größte Unheil an.

Staub wirbelte auf, als meine Reiter die Gräben erreichten, sie überwanden und die Wälle attackierten. Die Minen verfehlten ihre Wirkung nicht. Fünfzehn Mauerabdeckungen flogen mit Getöse davon, und eine nicht abreißende Flut von Infanteristen wogte zu der Bresche, aus der Flammen loderten. Die Belagerten versuchten uns zurückzudrängen, indem sie mit Spaten auf uns einschlugen und unsere Leitern verbrannten. Unsere Wogen schwemmten sie fort, und Schrecken verbreitete sich. Niemand wollte sich noch schlagen, nicht einmal für den Preis von hundert Byzantinermünzen. Sie beratschlagten, und einige ihrer Führer kamen zu uns, um Gnade zu erbitten. Ich lehnte mit folgenden Worten ab:

»Ich will mit Jerusalem so verfahren, wie es die Christen vor achtundachtzig Jahren taten, als sie die Stadt den Muslimen entrissen. Sie metzelten in der Al-Aqsa-Moschee siebzigtausend der Unsrigen nieder, ohne Greise, Frauen und Kinder zu verschonen. Die Säuglinge zerschmetterten sie an den Wänden. Mehr als acht Tage lang wateten die Eroberer im Blut. Ich werde den Männern die Kehle durchschneiden und die Frauen versklaven.«

Inzwischen entstanden weitere Breschen. Die Mauern barsten. Nun erschien auch Balian und bettelte um Erbarmen, doch ich war fest entschlossen, mich nicht erweichen zu lassen. Sie hatten meinen Großmut verhöhnt, er mehr als jeder andere, und ich antwortete ihm:

»Nein, für euch gibt es kein Erbarmen und keinen Frieden! Wir wollen euch endgültig und vollständig vernichten! Morgen wird uns die Waffengewalt zu euren Herren machen, und das wird für euch alle den Tod oder die Sklaverei bedeuten.«

Die bestürzte Delegation blickte mich mit Entsetzen an. Balian suchte mich noch mehrmals auf und versuchte, mich umzustimmen. Er demütigte sich und erdreistete sich sogar, mir hunderttausend Dinare anzubieten, während er seine Bedingungen darlegte. Obwohl ich ihm zuhörte, beobachtete ich die Schlacht. Ich sah, daß meine Männer die Wälle einnahmen. Plötzlich wurde meine Standarte auf einem der Wehrtürme gehißt. Mit einem verhängnisvollen Lächeln wendete ich mich wieder dem Fürsten der Christen zu und sagte:

»Gewährt man Bedingungen, wenn ein Ort erobert ist?«

Nun schaute auch er zur Stadt hinüber und erbleichte. Rufe schallten zum Himmel, in die sich Schmerzensschreie mischten. Auf dem Felsendom stürzte ein goldenes Kreuz in sich zusammen, das von einer grünen Fahne mit einem Halbmond ersetzt wurde. Die Bewohner der Stadt beweinten das Ende ihrer Welt, und ihre Wehklagen ließen die Erde erzittern, während man in unseren Reihen vor Freude tanzte und unser Frohlocken die Luft zum Vibrieren brachte. Außer sich vor Verzweiflung schrie Balian:

»O Sultan, glaube nicht, daß es Jerusalem an Verteidigern fehlt! Eine große Zahl seiner Einwohner kämpft nicht, da sie noch in dem Glauben sind, du würdest ihnen die Kapitulation zugestehen, die du anderen gewährt hast. Wenn sie erst alle Hoffnung verloren haben und ihr Leben verteidigen müssen, werden sie sich in unerbittliche Soldaten verwandeln. Nun, Sidi, laß dich von den vielen Unglücklichen anrühren, die dich um ihr Leben, um Verzeihung und Erbarmen anflehen!«

Ich hielt ihm meinen Schwur entgegen, von dem mich kein Mensch entbinden könne, und hüllte mich in Schweigen.

»Nun gut«, fuhr er fort, »wenn wir schon sterben müssen, so höre, was wir als letztes beschlossen haben! Bevor wir euch diese Stadt übergeben, werden wir sie in Asche legen. Wir werden unsere Häuser, unsere Möbel, unsere Habe und unsere Reichtümer verbrennen; sogar das Gold und das Silber werden wir einschmelzen. Eure prächtige Moschee wird bis auf die Fundamente zerstört sein. Der «Felsen», der Gegenstand eurer Verehrung, wird zertrümmert und zu Staub zerfallen sein, und die Quelle des Siloam werden wir zuschütten. Danach werden wir die fünftausend Muslime, die als Gefangene in unserer Gewalt sind, unter grausamsten Qualen vernichten. Wir werden unsere Frauen und Kinder in die Flammen werfen, nachdem wir ihnen die Kehle durchschnitten haben. Dann werden wir euch mit erhobenem Schwert gegenübertreten. Und wenn Gott uns den Sieg vorenthält, so wird er uns wenigstens einen ruhmreichen Tod gewähren und uns diese zahlreichen Greuel verzeihen, zu denen ihr uns veranlaßt habt.«

»Komm morgen wieder!« antwortete ich ihm.

Und ich gewährte einen Waffenstillstand für die Dauer eines Tages. Das Bild dieses vielfachen Schreckens ließ mir das Blut in den Adern gefrieren. Ich rief alle Emire, Imame und Kadis aus meinem Gefolge zusammen, legte ihnen die Fakten dar und drängte sie, eine angemessene Lösung zu finden.

»Das, was wir von Allah erbeten haben, ist in Erfüllung gegangen«, sagte ich. »Hier bietet sich uns eine Gelegenheit, die wir möglichst ergreifen sollten. Wenn wir sie versäumen, wird sich nie wieder solch eine Möglichkeit finden.«

Nach einem langen Gebet und endlosen Diskussionen entschieden die Doktoren des Rechts, daß der Eid nicht gebrochen würde, wenn sich die Christen auf Gedeih und Verderb ergäben.

»Das klügste ist es, sie als Kriegsgefangene zu betrachten«, bekräftigten sie. »Sie werden uns ganz von selbst folgen. Laßt uns die Schmach eines Kopfgeldes über sie verhängen, wobei alle diesem Tribut unterworfen werden sollen, die Untertanen ebenso wie die Herren.«

Am folgenden Tag erschien Balian wieder, und ich diktierte ihm meine Bedingungen. Es kam zu Ausflüchten, Gesuchen und Fürbitten, aber schließlich wurde die Höhe der Abgabe festgelegt: zehn Goldstücke für die Männer, fünf für die Frauen und zwei für die Kinder.

»Das ist das Lösegeld für euer Leben und eure Güter«, sagte ich ihm. »Ihr habt vierzig Tage Zeit, um es zu begleichen, ansonsten werdet ihr unsere Sklaven bleiben.«

Balian, der Patriarch, die Großmeister der Templer und der Hospitaliter bürgten für die Einhaltung der Verpflichtungen. Der Vertrag wurde am 27. Radschab 583 (2. Oktober 1187) unterzeichnet. An jenem Tag feierten wir den »Leila al Meiraj«, die wundersame Reise, die Mohammed in einer Nacht von Mekka nach Jerusalem unternommen hatte. Ich erinnerte mich auch an die Weissagung von Aleppo. Ich hatte Jerusalem im Monat Radschab erobert, wie der Kadi es mir angekündigt hatte. Und dieser Sieg hatte mich kein Auge gekostet, auch wenn das möglicherweise einem anderen Seher mißfiel, dem ich damals geantwortet hatte, daß ich für eine solche Belohnung eine Erblindung bereitwillig in Kauf nähme.

Man übergab mir die Schlüssel der Stadt und geleitete mich feierlich in die Zitadelle. Die ganze Stadtmauer entlang und auf allen Monumenten entfalteten sich die Adler meiner sonnenfarbenen Standarten. Die Sonne stand im Zenit, und die Stunde des Gebets rückte näher. Ich strebte eilig zur Al-Aqsa-Moschee und zu unserem »Felsen«, um mich dort so lange zu sammeln, wie es bei unseren Riten vorgesehen war. Und ich fiel auf die Knie, niedergedrückt von Schmerz und Scham. Ich fand an diesem Ort der Verehrung und des Gebets nichts als Schmutz, Unrat, Gestank und Unreinheit vor. Rund um den heiligen Stein, den der Fuß unseres verehrten Propheten berührt hatte, sowie auf dem Vorplatz der Einfriedung, die Allah gesegnet hatte, türmte sich der gesamte Kot der Christen. War es möglich, das zu verzeihen?

»Du gütiger, barmherziger Gott, gib mir die Kraft dazu«, flüsterte ich, ohne meinen Zorn und meinen Schmerz zu zeigen.

Unverzüglich machte ich mich daran, den Abzug all dieser Leute so schnell als möglich zu organisieren, um den Schandfleck zu beseitigen und die Würde unseres »Gotteshauses« wiederherzustellen. Hunderttausend Personen mußten evakuiert werden, und ich verlangte, daß es ruhig und geordnet ablaufen sollte. Ich hatte strenge Anweisungen erteilt, um alle möglichen gewaltsamen Übergriffe von Soldaten auf Christen zu unterbinden. Ich kannte die Leidenschaftlichkeit und den Fanatismus meiner Männer. In jedem Viertel wurden Wachkorps aufgestellt, und in den Straßen patrouillierten Posten, um für die Sicherheit jener Einwohner zu sorgen, die ihre Habe zusammenpackten und ein Stück ihres Herzens bei uns zurückließen. Sie weinten, jammerten und liefen zu ihren heiligen Gebäuden, um ein letztes Mal deren Mauern zu küssen.

Die orientalischen Christen, Griechen und Syrer, entschieden sich, die vorgesehene Abgabe zu zahlen und zu bleiben. Als Dank für ihre Unterstützung vertraute ich den orthodoxen Priestern die »Al Qiyama«* an, die von den Truppen verächtlich »Al Qumama«** genannt wurde. So vermied ich blasphemische Ausschreitungen, die keinerlei Nutzen brachten. Wenn auch unsere Heiligen Stätten nicht respektiert worden waren, die ihren würde man achten. Auch bat ich die Brüder des Hospitaliterordens, weiter ihres Amtes zu walten, und ich sandte ihnen meine Ärzte, damit alle Kranken, die an ihr Bett gefesselt waren, bis zur vollständigen Genesung auf meine Kosten versorgt werden konnten.

Zur gleichen Zeit säuberte man die Stadt, restaurierte die Moscheen und entfernte deren Kreuze. Die »Sakhrah« wurde mit Rosenwasser aus Damaskus abgewaschen, ebenso die Al-Aqsa-Moschee. Als ergebener Diener übernahm jeder von meinen Emiren genau wie ich selbst einen Teil dieser Arbeit. Aus Aleppo ließ man die Kanzel kommen, eine Holzschnitzarbeit mit Intarsien aus Perlmutt und Ebenholz, die Sultan Nur ed-Din eigens für Al-Aqsa hatte anfertigen lassen, in der Hoffnung, sie selbst dorthin bringen zu können. Am darauffolgenden Freitag drängte sich eine beeindrukkende Menschenmenge in der heiligen Moschee und unter der Kuppel des »Felsens«: Fromme, Sufis, Rechts- und Schriftgelehrte im Pilgermantel, die aus allen vier Richtungen der islamischen Welt herbeigeströmt waren. Nach achtundachtzig Jahren der Stille wurde Allah endlich wieder in seinen geweihten Häusern gepriesen, und

* »Die Auferstehung«, Kirche, die über dem Heiligen Grab erbaut ist.
** Arabisch für »der Unrat«.

auch sein Prophet wurde verehrt. Beim Schein von zwanzigtausend Kerzen wurde eine feierliche »khotba« gesprochen. Als Vorbeter hatte ich den Imam Muhi-al-Din bestimmt, den Kadi von Aleppo. In seinem schönsten Gewand aus schwarzer Seide stieg er auf die Kanzel und hielt eine bemerkenswerte Predigt, die uns zu Tränen rührte, als er sich an die »Mudschaheddin«, also an uns, wandte und rief:

»Gepriesen sei Allah, der den Islam mit diesem Sieg belohnt und diese Stadt in den Schoß der Familie zurückgeführt hat, nachdem sie ein Jahrhundert lang verloren war! Geehrt sei diese Armee, die er ausersehen hat, die Rückeroberung zu vollbringen! Wenn wir nicht Gottes Auserwählte wären, hätte er euch nicht diese verdienstvolle Tat vorbehalten, mit der sich keine andere messen kann. Der Allmächtige belohnt euch und nimmt das Blut als Opfergabe an, das ihr in Seinem Dienst vergossen habt. Er gewährt euch das Paradies, das ewige Glück. Und noch lange möge Er die Regentschaft seines Dieners Salah-ed-Din Yussuf, Sohn des Ayub, Kämpfer für die Einheit des Glaubens, währen lassen, denn dieser hat unserer Nation ihre Würde zurückgegeben, die dem Spott preisgegeben war! Gemeinsam werden wir das Gebet Salomons sprechen: ›O Herr, mach mich dankbar für die Gnade, die Du auf meine Familie und mich verschwendet hast! Mach, daß ich das Gute tue, das Du liebst, und möge Dein Erbarmen mich in die Schar Deiner tugendhaften Diener aufnehmen!‹«*

Der Freudentaumel und die Feierlichkeiten hielten mehrere Tage an, und ich strahlte vor Glück, während ich Almosen verteilte und meinen Emiren und Soldaten die Beute aushändigte. Hunderte von Briefen wurden bis in die entlegensten Wüstenstriche und bis nach Afrika versandt, um das glückliche Ereignis zu verkünden. Aus allen Winkeln des Orients strömten Gesandtschaften herbei. Die Türen meines Zeltes standen jedem offen. Man eilte herbei, um unsere Freude zu teilen und meinen Teppich zu küssen. Sufis und Priester hatten sich in einer Runde vor einem Wandbehang versam-

* Koran, Sure XXVII, Vers 19.

melt und rezitierten den Koran, wobei sie unablässig auf die Sure »Vom Sieg« zurückkamen:

»›Er hatte es euch versprochen; Er hat sich beeilt, euch zu ihren Herrschern zu machen. Er hat die Klinge eurer Feinde von euch abgewandt, um den Getreuen ein Zeichen Seines Schutzes zu geben und euch im wahren Glauben zu bestärken.‹«*

Meine bestehenden Ruhmestitel ergänzten die Dichter durch das »Schwert des Islam« und den »Retter von Jerusalem«. Alle schmeichelten dem großen, ruhmesgekrönten Sultan, der etwas vollbracht habe, was nach dem Kalifen Omar keinem anderen gelungen sei. Diese Großtat werde in die Geschichte Arabiens, vielleicht sogar in die der Menschheit eingehen. Wir hätten unsere heiligen Stätten zurückerobert, ohne einen Tropfen Blut zu vergießen. Ich hörte kaum hin und lächelte bescheiden. Ich war trunken vor Freude und schwebte in den Wolken. Der Sultan saß auf dem Thron und nahm die Ehrungen entgegen, gewiß, aber es war nichts weiter als eine leere Hülle, vor der sich alle verneigten. Sein Geist hatte zu Yussuf zurückgefunden und dankte dafür, gebadet in diesem gleißenden Licht, welches die Liebe des Allmächtigen ist. Ich spürte meinen Körper nicht mehr. Alles verschwamm. Die Welt existierte nicht mehr. Ich hatte Allahs Befehlen gehorcht, und der Himmel öffnete sich, damit ich den Chor der Engel vernehmen konnte.

Die Evakuierung begann. Ich hatte dem »faqih« Issa die Organisation der Verwaltungsvorgänge anvertraut. Seine Kenntnis der Gesetze und seine Gewissenhaftigkeit garantierten mir, daß es gerecht zugehen würde. Mehrere Büros wurden eingerichtet, die von jedem das Pfandgeld einzogen und Empfangsbescheinigungen ausstellten. Alle Stadttore wurden geschlossen, mit Ausnahme des Damaskustores, durch das der Abzug erfolgte. Ich sah eine endlose Prozession von »Ungläubigen« an meinem Thron vorüberziehen, über den sich ein goldfarbener Seidenbaldachin spannte und der von den Bannern

* Koran, Sure XLVIII, Vers 20.

sämtlicher Armeen des Islam umgeben war; unser »Al Qouds« wurde gesäubert.

Balian bildete die Spitze des Zugs. Er hielt in meiner Nähe an, um die Vorgänge zu überwachen; er zahlte dreißigtausend Golddinare, um einige Tausend Arme freizukaufen. Hinter ihm folgte der Patriarch mit seinen Maultieren, die mit allen Schätzen seiner Kirche beladen waren; da waren Teppiche, Goldgefäße und Edelsteine. »Aluh«, der hinter mir saß und alles notierte, sprang plötzlich auf:

»Wir haben diesen Leuten den freien Abzug nur mit ihrem eigenen Gut gewährt. Warum sollten wir zulassen, daß sie Reichtümer davonschleppen, die Millionen wert sind?«

»Wir wollen sie gewähren lassen!« sagte ich. »Andernfalls werden sie uns des Betrugs bezichtigen. Sie kennen die echte Bedeutung des Vertrages nicht. Gib ihnen die Gelegenheit, die Güte unserer Religion zu preisen!«

Und der verehrte Heraklios nahm seine Diözese mit, obwohl er nur zehn Dinare ablieferte. Königin Sibylle bat mich mit fahlem Gesicht um die Erlaubnis, ihren Gatten aufsuchen zu dürfen. Ich gewährte ihr eine Eskorte bis zum Gefängnis von Nablus, wo Guido noch bis zum Sommer ausharren mußte. Sie brach mit ihrem Hofstaat und ihren gesamten Schätzen auf. Danach erblickte ich eine Fürstin, die aus dem byzantinischen Reich stammte und nun ihr Kloster verließ, wo sie in Askese gelebt hatte. Wie der Regen aus den Wolken stürzt, so rannen ihr die Tränen aus den Augen. Auch ihr sicherte ich meinen Schutz zu. Sie hatte ihr Gefolge bei sich und führte ihre Habe in einer Sammlung von Kisten mit sich. Dann kam die Dame Stephanie an die Reihe, die Witwe des verdammten »Arnat«. Sie fiel vor meinen Füßen nieder und bot mir Kerak und Schaubak für ihren Sohn, den kleinen »Onfari«, der uns bei Hattin in die Hände gefallen war. Ich ging auf den Handel ein und lieferte ihr den Gefangenen aus. Mit ihm zog sie auf ihre Lehnsgüter zurück, doch die Garnisonen verweigerten die Übergabe. In bewundernswürdiger Loyalität kehrte sie daher einige Zeit später zu mir zurück, um mir »Onfari« weinend wieder auszuliefern.

»Hab keine Angst!« sagte ich zu ihr, selbst zutiefst gerührt. »Sobald wir die Festungen erobert haben, werde ich ihn dir wiedergeben!«

Es ereigneten sich noch einige andere dramatische Begebenheiten während dieser Zeremonie, die tagelang andauerte. Das Ende des Aufmarschs war abzusehen. Alle Bewohner, die Empfangsscheine vorweisen konnten, hatten die Stadt verlassen, aber in den Mauern waren noch immer sechzehntausend zitternde Arme eingepfercht. Sie hatten die Tributsumme nicht auftreiben können und blieben als unsere Sklaven zurück. Wir waren erschüttert. Was sollten wir nur mit dieser Masse Menschen anfangen?

»Ich zahle für tausend von ihnen«, sagte El Adil. »Ihre Freiheit entbiete ich dem Allerhöchsten als Dank für das unschätzbare Geschenk, das er uns gemacht hat.«

»Und da ist der Betrag für tausendfünfhundert«, sprach Kukburi, während er seinen Geldbeutel durch die Luft fliegen ließ.

Taki ed-Din, meine Söhne und alle anderen Emire taten es den beiden nach. Auch Balian schloß sich an. Und da noch immer einige übrigblieben, rief ich:

»Ihr habt euer Almosen gegeben. Es ist nur gerecht, daß ich meines stifte. Ich befreie alle Greise, seien es Frauen oder Männer.«

Jedem von ihnen ließ ich Geschenke und Reiseproviant aushändigen. Die alleinstehenden Frauen, die entweder verwitwet oder verlassen waren, erfuhren die gleiche Behandlung. Ich gab denjenigen, die ihre Gatten oder Väter beweinten, ihre Beschützer zurück. Und um in diesem Exodus ihre Sicherheit zu gewährleisten, wurden sie von meinen Garden begleitet. In langen Reihen pilgerten sie davon, ihre Spuren verliefen sich in Täler, Ebenen und Wüsten. Die einen zogen nach Tyros oder Tripolis, die anderen nach Alexandria. Später erfuhr ich zu meiner Verblüffung, daß sie am Ende ihres Weges nur Unheil erwartet hatte. Die Franken im Norden hatten sie beschimpft, ihnen bis hin zur Kleidung alles geraubt, was sie bei sich trugen, und die Nackten dann zurück in die eisige Winterkälte getrieben. Und diejenigen, die in Alexandria eingetroffen waren, konnten sich erst an Bord der italienischen Schiffe begeben, nachdem mein Bruder eingegriffen hatte, der ihnen bereits die Übernachtung in Lagern finanziert hatte und ihnen nun noch die Reise bezahlen mußte. Was war das nur für eine Religion, die keinerlei Barmherzigkeit kannte?

Diese Nachrichten stimmten mich traurig, doch mein Gewissen belasteten sie nicht. Ich wähnte mich im Frieden mit meinem Gott. Dreißig Jahre des Kampfes und der Zweifel hatte es mich gekostet, das zu vollbringen, was Er von mir erwartet hatte. Jerusalem war nun keine Wahnvorstellung mehr, die undeutlich im Nebel meines Bewußtseins auftauchte. Die »Braut des Islam« war da, direkt vor meinen Augen! Ununterbrochen bewunderte ich sie von meinem Zelt aus, und jeden Morgen, sobald die Morgendämmerung mit dem ersten Schimmer aufzog, kleidete ich mich in ein einfaches Baumwollgewand, schlang den schwarzen Turban der Pilger um den Kopf und umrundete sie im Galopp, Schritt oder Trab. Bald ritt ich in Schlangenlinien, bald im Doppelkreis, und das Fell meiner Stute glänzte in einem Bündel von Licht. Wie jene Vögel, die im Frühling vor Liebe tanzen, tanzte ich vor meiner Schönen, vor Jerusalem, »meiner Vollkommenen«, der Stadt der Olivenbäume*, einem Juwel, das in Smaragde gefaßt war. Der vibrierende Gesang der Muezzin hatte das lästige Geläute der Kirchen vertrieben. Mein Herz machte einen Höhenflug wie der Adler meiner Standarten, und laut wiederholte ich die Worte, die Mohammed gesprochen hatte, als er die Götzenbilder von Mekka zerstörte:

»Die Wahrheit ist erschienen, die Lüge hat sich aufgelöst wie leichter Dunst und wird sich nie wieder zeigen!«**

Mit Wonne sog ich die friedliche Brise ein, die zärtlich über die Befestigungsanlagen strich, und hörte mit Stolz das Summen der ausschwärmenden Bienen. Das Leben kehrte zurück. Es wurde gebaut, restauriert, und die Breschen wurden geschlossen. In den

* Abu Horeyra zufolge hat Mohammed gesagt: »Von all den Städten hat Allah vier auserwählt: Mekka, ›El Beldeh‹, die Stadt schlechthin; Medina, ›En Nakhlet‹, die Stadt der Dattelpalme; Damaskus, ›Et Tyn‹, die Stadt des Feigenbaums; Jerusalem, ›Ez Zeytouneh‹, die Stadt des Olivenbaums.«

** Koran, Sure XVII, Vers 83, und Sure XXXIV, Vers 48.

Souks feilschte man mit Spottlust und hämmerte auf den Amboß. Koranschulen hatten ihre Pforten geöffnet, und die Klöster der Ungläubigen hatten sich mit Sufimeistern und Schafiitenmönchen gefüllt. Trotz der heftigen Kritiken gewisser Emire aus meinem Umkreis hatte ich die Kirche des Heiligen Grabes erhalten:

»Wozu niederreißen und zerstören?« hatte ich ihnen erwidert. »Ihre Bewunderung gilt nicht dem Gebäude, sondern dem Ort des Kreuzes und des Grabes. Auch wenn der Boden das Niveau des Himmels hätte, die verschiedenen christlichen Gemeinschaften würden dennoch nicht aufhören, dorthin zu pilgern. Kalif Omar hatte das begriffen, denn er hat nichts abgerissen.«

Isaak Angelos hatte mir aus Konstantinopel geschrieben, um mir zu gratulieren, und hatte mich gebeten, die christlichen Stätten zu bewahren. Als Gegenleistung versprach er, mir eine Kathedrale in seiner Hauptstadt zur Umwandlung in eine Moschee zu überlassen. Diese Ausweitung des Islam an die Ufer des Bosporus mißfiel mir keineswegs, und ich hatte die Zusage bekräftigt, die ich bereits der orthodoxen Glaubensgemeinschaft gegeben hatte. Ich erlaubte Pilgerreisen, sofern eine Abgabe gezahlt wurde. Und im Rahmen dieser Politik der Öffnung der Heiligen Stadt für alle Gemeinschaften ließ ich in jedem Winkel des Orients verkünden:

»Der weise und tapfere Führer der Ismaeliten möchte in seiner zurückeroberten Stadt Jerusalem gerne die Rasse von Ephraim begrüßen, woher sie auch immer kommen möge.«

Aus den unterschiedlichsten Orten der Welt strömten darauf die Juden herbei, um glücklich im Schutz des Friedens zu leben. Ich konnte mir nun ein wenig Ruhe gönnen und verfaßte einen detaillierten Bericht über unsere Situation, der für den Kalifen bestimmt war. Diese rühmliche Eroberung, die uns alle ehrte, stürzte mich in ein finanzielles Desaster. Um das Ereignis zu feiern, hatte ich meiner Großzügigkeit freien Lauf gelassen und die zweihundertzwanzigtausend Dinare verteilt, die uns der Abzug der Franken eingebracht hatte.

Doch die Ausgaben häuften sich von Tag zu Tag, und ich sah, daß sich ein tiefes Loch vor mir auftat, das zu stopfen mir ohne die Hilfe des Oberhauptes der Gläubigen nicht gelingen würde. Ich war sein gehorsamer Diener, und er konnte mit mir zufrieden sein. Ich hatte die heiligen Moscheen für den wahren Glauben zurückgewonnen, und der Name der Abbassiden wurde in ihnen geehrt. Diese Bauwerke mußten jedoch restauriert werden. Zu diesem Zweck hatte ich für die Erneuerung der Fußböden und Säulen die schönsten Marmorarten bestellt, für die Mosaiken würfelförmige Steinchen nach byzantinischer Art sowie Verzierungen aus Gold und Silber. Ich ließ Schulen und Medressen bauen und konnte mich nicht all den Pflichten entziehen, die Allah mir auferlegte. Das war aber rein gar nichts, verglichen mit meinen Verpflichtungen im militärischen Bereich. Ich hatte den Unterhalt einer riesigen Armee zu bestreiten, denn die sorgfältig geplünderten feindlichen Gebiete würden ihr nichts mehr einbringen. Die Flotte, die unsere Küsten bewachte, verursachte hohe Kosten. Und die zurückeroberten Festungen brauchten dringend neue gutausgerüstete Garnisonen. Im Hinblick auf künftige Kriege mußten auch die Befestigungsanlagen ausgebessert werden. Die Franken würden nicht in ihren Fluchtburgen ausharren. Diese rasenden Hunde würden sich erneut zusammenrotten und weitere Streitkräfte zusammenziehen, um uns wieder zu vertreiben. Es galt, ihnen endgültig die Hände abzuschlagen, damit sie nicht noch einmal nach ihrem ehemaligen Reich greifen konnten. Aus Beirut traf eine Botschaft ein, die meine Ansichten untermauerte. Der Sohn von Al Mashtub, der in der Provinz die Befehlsgewalt hatte, schrieb mir:

»Die Eroberung von Tyros läßt sich nicht mehr aufschieben. Jeder Tag, der verstreicht, ist eine verlorene Gelegenheit.«

Ich war niedergeschmettert. Ich hatte kein Geld, und wichtige Emire wie Kukburi und andere Fürsten der Gezira waren nach Mekka unterwegs, wo sie ihre Fastentage verbringen wollten.

»Wir haben unseren ›Dschihad‹ gewonnen«, sagten sie. »Nach einem solchen Sieg wird unsere Pilgerreise doppelt gesegnet sein.«

Mir blieben noch einige Truppen und meine Familie. Mein Sohn

El Afdal und Taki ed-Din machten sich als erste auf den Weg. Ich folgte ihnen mit El Adil, während mein zweiter Sohn Uthman nach Ägypten zurückkehrte. Als ich zu Beginn des Ramadan vor Tyros eintraf, erfaßte ich auf den ersten Blick den Ernst der Lage. »Al Marques« hatte seine Zeit nicht verschwendet. Die Stadt am Ende der Landzunge ähnelte einer Hand, die über den Fluten ausgebreitet war. Man hatte die Festungsanlagen verdoppelt, die Türme der beiden Schanzen aufgestockt, und der Graben war zu einem Kanal geworden, der eine Annäherung unmöglich machte. Als Ausgangsbasis für unsere Angriffe blieb uns nur ein fünfhundert Klafter breiter Streifen Land, und wir mußten unter einem Beschuß operieren, der nicht nur von den gegenüberliegenden Befestigungsanlagen kam, sondern auch rechts und links vom Meer, das von Schiffen voller Armbrust- und Bogenschützen durchfurcht wurde.

Ich nahm mir einige Tage Zeit, um eine Strategie auszuarbeiten, Verstärkung anzufordern und die Flotte in Bereitschaft zu versetzen. Ich schlug mein Quartier auf einem Hügel auf, der weniger als zwei Meilen vom Ort entfernt lag, und begann mit dem Angriff. Die Steinschleudern wurden aufgestellt, und meine Männer brachen mit ihren Wurfmaschinen und ihren Rammböcken zum Ansturm auf. Eine Schwadron nach der anderen rollte heran wie die Wogen eines tosenden Meeres und warf sich gegen die Mauern, wobei sie von allen Seiten von einem dichten Hagel aus Pfeilen und Steinen getroffen wurde. Wir erlitten große Verluste, und der Mut der Männer geriet ins Wanken.

Da tauchte endlich eine Armada von »Skorpionen« auf. Zehn riesige Galeeren zogen von Akko herauf; andere kamen aus Beirut und Dschebail. Die Franken kehrten schnellstens in ihre Häfen zurück, das Meer war wie leergefegt. Am selben Tag stieß mein Sohn Al Zahir aus Aleppo zu uns, und frische Truppen trafen aus Ägypten ein. Unsere Wogen rollten nun immer geschwinder heran, und sie wurden immer mörderischer. Siebzehn Wurfgeschütze arbeiteten ohne Unterlaß, und wir rückten mit unseren beweglichen Türmen vor. In Anbetracht der Enge des Terrains vollbrachten wir wahre Wunder. Unsere Schanzgräber kamen zum Zuge, und die

Mauern bebten. Jeder Ausfall des Feindes wurde zurückgeschlagen, trotz der außergewöhnlichen List eines Ritters, der bis zu seinem mit Hirschgehörn verzierten Helm ganz in Grün gekleidet war. Seine erstaunliche Furchtlosigkeit überraschte mich mehr als einmal.

An der Spitze unserer Männer kämpfte Al Zahir, dem es nicht an Tapferkeit mangelte. Er enthauptete einen der gegnerischen Anführer. Wegen des lauten Gejammers auf den Mauern glaubte ich, daß es sich um »Al Marques« handelte. Doch der »Teufel« war nicht in der vordersten Linie. Er hatte die Bevölkerung rekrutiert, die durch all die Flüchtlinge aus Palästina angewachsen war. Die Männer stiegen auf die Zinnen, die Frauen folgten ihnen mit Nahrung und Munition. »Al Marques« traf die Vorbereitungen für seine üblen Streiche von seiner schützenden Zitadelle aus. Wir waren gleichwohl auf dem Weg zum Sieg. Meine Krieger hatten die Außenwerke bereits überwunden und griffen die Vormauern an. Doch plötzlich war die Katastrophe da. Die Matrosen waren nach einer langen Nachtwache auf ihren »shini« eingeschlafen. Die Franken nutzten das aus, indem sie diese lautlos enterten. Die Hälfte der Flotte wurde mit Mann und Maus vernichtet, und die entkommenen Schiffe nahmen wieder Kurs auf Beirut. Gestärkt durch diesen Erfolg, startete »Al Marques« einen Gegenangriff auf der Landseite und dezimierte einen großen Teil meines Heeres.

Mutlosigkeit befiel die gesamte Armee. Es war schwierig, den Kampf ohne Flotte weiterzuverfolgen. Dann kam die Kälte. Ein sintflutartiger, eisiger Regen hatte im Wechsel mit Schneefällen die Ebene in ein riesiges Schlammfeld verwandelt. Männer und Pferde wateten in einer Kloake. Die Emire murrten. Seit Hattin waren sie an schnelle Siege und bequeme Beutezüge gewöhnt. Hier zog sich die Belagerung hin, und ich hatte nicht genügend Gold, das ich an sie hätte austeilen können. Außerdem hatte ich meine bissige Angriffslust eingebüßt.

Nach all diesen Katastrophen hatte mir ein Kurier aus Bagdad den Gnadenstoß versetzt. Der Kalif beantwortete meinen Brief durch seinen Kämmerer. Ich erhoffte Anerkennung, wenn nicht gar

Lobreden, und erntete nichts als Kritik. Er mißbilligte, daß ich in Syrien Personen aus dem Irak Exil gewährt hatte. Er machte mir vor allem den Vorwurf, ich unterhielte eine Korrespondenz mit den Türken und den Kurden, die sich an den Grenzen seiner eigenen Territorien festgesetzt hätten. Er beschuldigte mich sogar, sie zu Überfällen auf sein Gebiet zu ermuntern und ihre Abtrünnigkeit von Bagdad zu unterstützen.

Ich überflog dieses Schreiben mehrmals, ohne daß ich es für möglich halten konnte. Drückte es wirklich die Meinung des Kalifen aus, oder war es die des Kämmerers? Ich verstand das alles nicht ... oder nur zu gut: an-Nasir reagierte nicht mehr als Oberhaupt der Gläubigen, sondern als Politiker, den meine wachsende Macht unruhig und eifersüchtig machte. Solange meine Herrschaft sich nur auf fränkische Territorien erstreckt hatte, war er mir beim Aufbau eines islamischen Imperiums, das unsere verlorenen heiligen Stätten zurückgewinnen sollte, gefolgt. Seitdem ich im Besitz der syrischen Küste war, sah er, anstatt sich zu freuen, nur noch sein Reich; und er fürchtete für sich nur das eine, nämlich den Verlust des Thrones für die Abbassiden. Als ergebener Diener hatte ich ihm Ägypten erobert, das ich den Fatimiden entrissen hatte, und nun bot ich ihm Jerusalem an, unsere erste »Kibla«. Und er mißtraute mir und wollte mich sogar vernichten!

Ohne den Segen aus Bagdad würde mein Ansehen als »Meister des Islam« bald sinken; ich würde nicht mehr dieselbe Autorität besitzen, um diese Völker mit dem einzigen Ziel, die »Ungläubigen« von den Territorien des wahren Glaubens zu vertreiben, allein unter meiner Befehlsgewalt zu halten. Unter diesen Bedingungen wußte ich nicht mehr, wie ich mich vor Tyros verhalten sollte. Sollte ich weitermachen oder aufgeben? Ich berief den Kriegsrat ein. Die einen erklärten:

»Laßt uns abziehen! Wir haben bereits zu viele Verluste erlitten, und unsere Vorräte gehen zur Neige. Der Winter ist da. Ruhen wir uns während der kalten Zeit aus! Im Frühling werden wir unseren Angriff wiederholen, hier oder anderswo.«

So redeten die Reichen, die um unsere leeren Kassen wußten

und befürchteten, sie müßten mir die Summen leihen, die zur Fortsetzung der Belagerung benötigt wurden. Andere entgegneten:

»Wir müssen aushalten! Wenn wir diese Festung eingenommen haben, werden die Franken jenseits des Meeres die Hoffnung aufgeben, jemals in dieses Land zurückzukommen. Dann wird es leicht sein, den Rest des Territoriums einzunehmen.«

Ich teilte diese Auffassung und stützte sie:

»Tyros ist das Bollwerk der Franken an der Küste«, sagte ich. »Wenn wir es jetzt erobern, beweisen wir, daß sie nicht mehr in der Lage sind, ihre stärksten Festungen zu halten. Wir haben den Verteidigungsgürtel schon zerstört und unsere Türme und Maschinen bereits in vorgerückte Stellungen gebracht. Faßt euch in Geduld, und ihr werdet Erfolg haben! Seid entschlossen, und ihr werdet den Sieg erringen!«

Die Gegenpartei gab vor, sich der Sache erneut zu verschreiben. Langsam kam der Kampf wieder in Gang. Die Verluste wurden schmerzlicher. Das Murren nahm zu, und der Wind der Desertion blies uns ins Gesicht. Der Rückzug war nicht mehr zu umgehen. Ich konnte sie nicht zwingen, sich zu schlagen. Mit Wut im Bauch schickte ich die Truppen bis zum Frühling in ihre Heimatländer zurück. Ich ließ den größten Teil des Gepäcks abtransportieren und alle Maschinen verbrennen. Ich selbst wollte in mein Winterquartier ziehen und schlug den Weg nach Akko ein. Es war der letzte Tag des Shawwal (1. Januar 1188). Der Schnee dämpfte das Geräusch unserer Schritte und hüllte uns in seinen eisigen Mantel.

Ich war traurig und unglücklich. Nach der Sturmflut von Eroberungen, die uns bis nach Jerusalem geführt hatte, bereitete mir dieser Mißerfolg einen brennenden Schmerz. Einmal mehr konnte ich die Relativität der Dinge ermessen. Ich war nicht unbesiegbar, obwohl es einen ganz anderen Anschein hatte. Gott hatte mir die Tore unserer Heiligen Stadt geöffnet, aber was erwartete er nun von mir? Palästina war nicht vollständig befreit. Die Franken würden mit einer Übermacht wiederkommen. Sie hatten die Herrschaft über Tyros behalten, und diese Stadt lag mir schwer auf der Seele. Die Finger ihrer Landzunge bohrten sich in mein Fleisch und umklammerten mein Herz. Alles in mir krampfte sich zusammen, und die Angst, unsere Gebiete zu verlieren, fuhr mir in die Glieder. Diese Befürchtung war nur eine Vorahnung, die vorläufig durch nichts bestätigt wurde, doch sie überwältigte mich langsam und rieb mich Stück für Stück auf.

Ich sah die Unbekümmertheit meiner Emire, die nur an ihren Gewinn dachten und in ihre Heimat zurückgekehrt waren; sie hatten beträchtliche Beute gemacht und durch die Eroberung unserer heiligen Stätten auch ihre Sünden getilgt. Vor allem aber sah ich die Treulosigkeit des Kalifen, der mich fallenließ, obgleich wir die Eindringlinge noch nicht endgültig vertrieben hatten. Sie hielten noch die Provinzen Tripolis und Antiochia im Norden sowie vier Festungen in Palästina. Außerdem hatte der teuflische »Al Marques« Tyros in eine furchterregende Bastion verwandelt, die den Flotten aus dem Abendland als Anlaufstelle dienen würde. Wir würden nicht lange zur Ruhe kommen. In einem vertraulichen Billett hatte der Kaiser von Byzanz mich gewarnt:

»Der neue Papst Gregor hat Briefe an alle christlichen Fürsten entsandt.«

Meine Spitzel bestätigten mir diese Bedrohungen. Schwarzgekleidete Männer hatten sich eingeschifft, um in die Länder jenseits der Meere zu reisen. Und um die Niederlage Jerusalems besser schildern zu können, hatten sie Zeichnungen in ihrem Gepäck, auf denen ihr Christus von unserem Propheten gegeißelt wurde und ein Muslim seinem Esel gestattete, sich auf ihrem Heiligen Grab zu erleichtern. Ganz ohne Zweifel würden diese lügnerischen Zeugnisse bei den Völkern Entsetzen auslösen, ihren Haß auflodern lassen und die Menschen in ihrer übersteigerten gewalttätigen Gesinnung gegen uns treiben. Niemand würde ihnen sagen, daß es kein Massaker gegeben hatte. Niemand würde ihnen von meinem Friedensangebot und meiner Gutmütigkeit berichten. Niemand würde ihnen erklären, welche Bedeutung der »Felsen« und die vom Allmächtigen gesegnete »Al-Aqsa« für uns haben.

»Ach Vater, warum wälzt du so düstere Gedanken?« fragte El Afdal, der glücklich darüber war, daß er sein Lehen und seinen Harem wiedersehen würde. »Sobald die schönen Tage da sind, werden wir zurückkommen, und Tyros wird bei den ersten Angriffen fallen.«

»Glaub das nur nicht, mein Sohn! Die Gelegenheit ist verstrichen, und ich habe sie nicht zu nutzen verstanden. Wenn die Ente entwischt, kommt sie nicht zurück.«

»Wir werden mit einer größeren Streitmacht kämpfen, und die Mauern werden einstürzen«, fügte er mit leidenschaftlicher Nachdrücklichkeit an.

»Siehst du, es gibt Augenblicke, in denen ich meinen Großmut bereue«, sagte ich mit Bitterkeit. »Ich hätte niemals so vielen Christen erlauben dürfen, sich unter den Bannern dieses wilden Wolfes zu versammeln. ›Al Marques‹ wird uns schlimmer zusetzen als Arnat.«

»Du bist müde«, meinte da der alte Dschurdik. »Du siehst nicht mehr, was du alles in so kurzer Zeit erobert hast. Tyros ist nichts weiter als ein Fleck, der von ganz allein verblassen wird.«

Ob sie glaubten, mich mit ihren naiven Versprechungen täuschen zu können? Sie eilten zu ihren Vergnügungen und dachten nicht weiter an den folgenden Tag. Ich zog mich mürrisch in meinen Winkel zurück und stieß hervor:

»Ich hätte den Hafen vor ›Al Marques‹ einnehmen müssen.«

Sicherlich, der Rest der Küste war in unserer Hand, aber die mächtigen Flotten, die der Feind ankündigte, würden meiner großen Armada aus Ägypten schnell überlegen sein. Die schwärzesten Gedanken schwirrten mir durch den Kopf, während wir auf einer schmalen Piste am Meeresufer durchgerüttelt wurden. Dort gingen die Kamele, die mit unserem Gepäck beladen waren, einzeln hintereinander, so daß sich unser Marsch verlangsamte. Als ich die Mauern von Akko in der untergehenden Sonne rötlich aufleuchten sah, wurde ich von einem Gefühl der Panik erfaßt. Würden die Franken nicht versuchen, hier mit einer Flotte zu landen, wie sie es in

Alexandria und Damietta getan hatten? Damals hatte ich sie zurückgeschlagen. Aber ob es mir hier gelingen würde? Hier war das Terrain anders beschaffen. Die weite Ebene mit ihren Meeresbuchten bot dem Feind alle erdenklichen Vorteile. Sollten sie Akko einnehmen, wären wir verloren, und meine dreißig Jahre währenden Bemühungen wären vergeblich gewesen. Um sie daran zu hindern, sah ich nur eine Lösung. Wir mußten die Stadt zerstören!

Noch waren die Armeen von Damaskus und Ägypten bei mir. Sobald mein Zelt mit Blick auf die Befestigungsanlagen aufgeschlagen war, hielt ich Rat und stellte meinen Plan vor:

»Wir werden die Stadt und den Hafen vernichten und eine Bastion bei Tel Kaimun errichten.«

Dieser Ort, der dreizehn Meilen von Haifa entfernt war, schützte die Nord-Süd-Achse auf den Ausläufern des Karmel-Gebirges sowie die Ost-West-Verbindung, die im Tal des Kishon entlangführte. Mehrere Emire pflichteten mir bei, doch die meisten schrien auf:

»Das ist Wahnsinn! Akko ist der Schlüssel zu den Meeren und der Riegel vor den Landstrichen an der Küste.«

Sie waren in der Mehrheit, und ich ließ mich überzeugen. Durch eine Brieftaube rief ich Karakusch herbei, dessen Arbeit an den Mauern von Kairo bemerkenswert gewesen war. Ich ließ ihm freie Hand dabei, schnellstens die Wälle des größten Hafens Palästinas zu verstärken. Ich mied die schönen Feste, die mein Sohn zu meiner Zerstreuung organisierte, und verbrachte meine Tage zu Pferde auf Streifzügen über den Strand und die benachbarten Hügel. Eine Armee von Ungeheuern wühlte das Meer mit mächtigen Brechern auf, die gurgelnd an das Ufer brandeten und den Sand mit Wucht aufpeitschten. In dem Höllenlärm sah ich unzählige Flotten und Menschenmassen die Erde bedecken; ich hörte ihr Geschrei und das Klirren von Eisen. Mein Magen krampfte sich zusammen, während ich meiner Stute die Sporen gab und das Terrain erkundete, um seine Beschaffenheit zu studieren und taktische Möglichkeiten abzuwägen. Ich stellte mir das Schlimmste vor, in der Hoffnung, es niemals erleben zu müssen, aber ein Geruch von Blut und Tod verfolgte mich und ließ mich vor Entsetzen erstarren.

Ein Schneegestöber, das von heftigen Windstößen begleitet wurde, zwang mich, mein Zelt zu verlassen und Schutz in der Zitadelle zu suchen, die den Hafen beherrschte. Dort verbrachte ich Woche um Woche damit, mir Sturmangriffe und Schutzmaßnahmen, listige Taktiken und Manöver vor Augen zu führen. Außerdem setzte ich die Strategie meiner nächsten Feldzüge fest.

»Wo sollen wir anfangen?« fragte ich. »Mit dem Rest der Küste oder dem Hinterland?«

»Die Küste scheint mir dringlicher zu sein«, antwortete Dschurdik. »Männer und Material werden wir haben. Es wird ausreichen, einen genauen Plan zu erstellen.«

Ich fuhr mir mit den Fingern durch den Bart und schüttelte den Kopf. Dieser Gedanke gefiel mir nicht besonders.

»Schwierige Kämpfe, bedeutende Verluste und geringe Beute«, entgegnete ich. »Es wäre besser, die schlechtbewachten Burgen des Hinterlandes anzugreifen.«

Die Haltung, die der Kalif mir gegenüber gezeigt hatte, hatte meine Wahl beeinflußt. Wenn er für den Heiligen Krieg kein Interesse mehr aufbrachte und mich verdächtigte, die Länder in der Absicht zu befreien, sie an meine Familie zu verteilen und meine Macht auszudehnen, wie würden meine Vasallen jenseits des Euphrats dann reagieren, wenn ich sie erneut rief?

»Ich setze den ›Dschihad‹ fort«, fügte ich an. »Den können sie nicht ablehnen. Ich werde sie mit leichten Schlachten und sicherem Gewinn ködern.«

Gleich im Frühling kehrte ich nach Damaskus zurück, wo man mich seit der Einnahme von Jerusalem nicht gesehen hatte. So weit das Auge reichte, schwenkte eine berauschte Menge bogenförmige Blumengebinde und Fähnchen. Die Menschen tanzten und lachten, als ich vorüberzog, und ich ließ Almosen verteilen. Tausende von Briefen erwarteten mich in meinem »Diwan«, Glückwünsche von fast überall, und eine alarmierende Depesche: Eine Flotte aus Sizilien nahm Kurs auf Dschebail!

Sogleich entsandte ich Kuriere und Tauben. Ich trommelte meine Truppen zusammen und befahl ihnen, in der Nähe von Homs zu mir zu stoßen. Ich hatte kaum Zeit gehabt, in meinem Harem zu verweilen und meine jüngsten Kinder auf den Schoß zu nehmen. Al Fadil war mit meinen Anweisungen nach Kairo aufgebrochen, und durch eine eilig geschlossene Ehe hatte ich ein Bündnis besiegelt, das in der Zukunft von Nutzen sein würde. Eine Tochter meines Bruders El Adil hatte den Enkel von Kilidsch Arslan, den Souverän von Konya, geheiratet. Letzterer hatte sich verpflichtet, den Franken den Weg abzuschneiden, sofern zufällig eines ihrer Heere den Spuren der ersten Eindringlinge folgen sollte. Meine Schachfiguren standen bereit, und ich galoppierte zur Nordfront.

Von all meinen Vasallen traf der Fürst von Sindschar als erster ein. Ich hatte ihn nicht wiedergesehen, seit er mich in Aleppo verlassen hatte, und so wollte ich das Ereignis prunkvoll feiern. Ich ritt ihm entgegen und stieg vom Pferd, um mit ihm auf gleicher Höhe zu sein und ihm den Bruderkuß zu geben. In meinem Zelt bereitete ich ihm einen feierlichen Empfang, inmitten von Pyramiden aus damaszenischen Aprikosen, welche die Sonne in sich aufgesogen hatten und deren Farbtöne mit denen meiner Standarten ineinanderspielten. Nach dem Festgelage servierte man mit Honig dekorierte Sorbets aus Eischaum. Wir umrundeten den See entweder zu Fuß oder zu Pferde, wobei die Unterhaltung endlos um die politische Lage und militärische Manöver kreiste. Inzwischen trafen nach und nach die Truppen aus allen Winkeln Mesopotamiens und Syriens ein, und eine Reihe von Spionen schlich sich heimlich in mein Zelt. Sie versicherten mir, daß verschiedene Burgen der Fürstentümer Antiochia und Tripolis dazu bereit seien, sich zu ergeben. Die Angelegenheit ließ sich gut an. Ich würde meinen Vasallen einen weiteren Triumphmarsch bieten, der dem gliche, der nach Hattin stattgefunden hatte. Und wir würden diese Küste verwüsten, um die angekündigten Flotten dort so zu empfangen, wie sie es verdienten. Der Sommer hatte gerade begonnen, als ein Bote mit der Mitteilung eintraf:

»Die Sizilianer sind in Tripolis vor Anker gegangen.«

Der Heilige Krieg begann von neuem. Auf mein Signal hin setzte sich eine riesige Armee nach Westen in Bewegung; ihre Aufstellung hatte die Form eines Halbmondes, dessen Mitte ich eingenommen hatte. Unterwegs erkundete ich den Krak des Chevaliers, der für uns eine Gräte war, die in unserem Hals steckte. Das blieb auch so. Ich fand es unnötig, meine Kräfte bei einer längeren Belagerung aufzureiben. Andere Burgen warteten auf uns. Tartous ließ sich am 4. Jamada (1. Juli 1188) einnehmen; es kostete gerade die Zeit zum Aufbau unserer Zelte, und schon aßen wir die Abendmahlzeit unserer Feinde, die noch ganz heiß war. An Marqab, einer Feste der Hospitaliter, zog ich vorüber, da sie uneinnehmbar auf einem schroffen Küstenabschnitt thronte. Aber am 18. Jamada (15. Juli) öffnete Jabala mir seine Arme. Dann kam die Reihe an Latakia, das uns nicht länger als eine Woche zu widerstehen vermochte. Am Freitag, dem 25. Jamada (22. Juli) gehörten seine marmornen Säulenhallen und seine Gärten uns. Und als die sechzig sizilianischen Galeeren auftauchten, die mich seit Marqab zur Eile antrieben, um am Eingang des Hafens zu ankern, war ich dort bereits der Herr.

Auf die Einwohner fluchend, die es nicht verstanden hatten, mich aufzuhalten, ging Admiral Margarit an Land. In seiner Wut drohte er, alle niederzumetzeln, die ihm in die Hände fallen würden. Zutiefst erschreckt, suchten die Bewohner deshalb gegen Zahlung eines Tributes bei mir Zuflucht, und der lautstarke Sizilianer bat mich um eine Audienz.

Ich gewährte sie ihm. Er verneigte sich und küßte den Boden, bevor er feierlich erklärte:

»Du bist ein Sultan voll der Güte und des Großmuts. Die Wunden, die du den Christen beigebracht hast, haben sie zur Demut gezwungen. Laß sie in Frieden! Dann werden sie deine Sklaven sein und unter deinen Befehlen kämpfen. Mit ihrer Unterstützung wirst du Städte und Reiche unterwerfen. Aber vorher mußt du ihnen die Städte zurückgeben, die sie verloren haben. Andernfalls werden aus dem Abendland sieben Könige mit Streitkräften kommen, gegen die dein Widerstand zwecklos sein wird.«

In höflichen Worten antwortete ich ihm:

»Sollen sie nur kommen! Sie werden das gleiche Schicksal erleiden wie ihre Brüder, nämlich Tod und Gefangenschaft. Allah hat uns befohlen, dafür zu sorgen, daß auf der Erde die Gerechtigkeit regiert. Wir werden seinen Befehlen gehorchen!«

Derjenige, der »König des Meeres« genannt wurde, bekreuzigte sich und zog sich zurück. Ich nahm meine Jagd nach Beute wieder auf. Sie war das Zuckerbrot, das in meiner zusammengewürfelten Armee für Einigkeit sorgte. Am folgenden Freitag stand ich vor Sahyun, einer Burg, die den Hospitalitern gehörte und am Rande eines tiefen Tals auf einem Gebirgsausläufer lag. Der einzige Zugang war von einem sechzig Ellen tiefen, in den Felsen gehauenen Graben umgeben, der an einem Befestigungsgürtel aus drei Wällen entlangführte. Ich befahl, alle Maschinen zum Einsatz zu bringen. Eine Stunde später überwanden die Soldaten die erste Mauer. Bei Sonnenuntergang kapitulierte die gesamte Festung, und ich bot den Bewohnern die gleichen Bedingungen an wie in Jerusalem. An den drei Freitagen des folgenden Monats eroberte ich zwei Burgen am Ufer des Orontes und die Stadt Sarminya. Jeder Freitag zeichnete sich durch einen herausragenden Sieg aus, und ich rief:

»Allah gibt uns recht und schickt uns seine Engel!«

Und freudig zitierten alle unser Sprichwort:

»Eine gute Tat, die an einem Freitag begangen wird, verdoppelt die Belohnung im Paradies.«

Ich fuhr damit fort und besetzte im Fürstentum Antiochia eine Festung nach der anderen. Die unglaublichste Eroberung war die von Barzouyeh*. Die Burg thronte auf dem Grat eines riesigen Felsens, der von hohen, schmalen Bergen umgeben war, die eine natürliche Schlucht von fünfhundertsechzig Ellen um ihn bildeten. Das Unternehmen schien undurchführbar, und alle meine Emire schreckten davor zurück. Mir gefiel diese Herausforderung, und so entwickelte ich Starrsinn. Ich ließ das Gerät aufstellen, Holzbrükken und Leitern bauen und blies zum Angriff. Der Fürst von Sindschar machte einen Versuch, überquerte die aufgehängte Brücke und trat den Rückzug an. Da stürzte ich mit blankem Säbel und Gebrüll voran:

* Burzey.

»Allahu akbar!«

Und ich stürmte auf die Mauern. Die Armee griff meinen Kriegsschrei auf und folgte mir. Ich sprang als erster in die Festung, vor den schreckgeweiteten Augen der Einwohner, die glaubten, den Teufel persönlich zu sehen. Sie fielen auf die Knie und baten um ihr Leben. Dann kam Darbsaq an die Reihe, das von Fischern verteidigt wurde, die ihren Widerstand nur fünfzehn Minuten lang durchhalten konnten; danach Schloß Baghras, wo die Templer uns nur ihre eigenen Leiber entgegenstellen konnten. So gerieten wir bis an die Grenzen von Antiochia. Meine Mameluken säten den Tod und gelangten bis vor die Mauern der Stadt. Und Bohemund beeilte sich bestürzt, einen Waffenstillstand zu erflehen.

Mir wäre eine Übergabe durch Kapitulation lieber gewesen. Der Besitz dieser gutbefestigten Stadt hätte es mir ermöglicht, die Ankunft von Verstärkungstruppen über den Landweg zu unterbinden. Dazu hätte es einer Belagerung bedurft, von der die lehnspflichtigen Emire nichts wissen wollten. Sie hatten es eilig, in ihre Heimat zurückzukehren und ihre riesige Beute zu genießen, die sie in diesen drei Monaten eines siegreichen Feldzuges angehäuft hatten. Sie hatten genug vom Säbelrasseln und träumten davon, ihren Ruhm in der parfümierten Behaglichkeit ihrer Harems auszukosten. Der Fürst von Sindschar, Kukburi und andere Potentaten aus Mesopotamien sahen außerdem keinen Grund, sich zu ereifern, um meine Macht auf eine Stadt auszudehnen, durch die ihre Sicherheit in ihren entfernten Provinzen nicht bedroht war. In den Reihen ihrer Truppen herrschte Disziplinlosigkeit. Im Laufe der letzten Sturmangriffe war das mehrmals offenkundig geworden, und ich konnte bei einer ernsten Operation nicht auf Treibsand bauen. So traf ich zu Beginn des Monats Shaaban* mit Bohemund zusammen und gewährte ihm einen Aufschub von acht Monaten. Er übergab mir alle muslimischen Gefangenen, die in seiner Hand waren, und verpflichtete sich, mir Antiochia am Ende der Frist auszuliefern, sofern er inzwischen noch keine Verstärkung erhalten haben sollte.

* Der Waffenstillstand wurde am 1. Oktober 1188 unterzeichnet.

»Er ist vollständig isoliert und kann das nur schwerlich ändern«, sagte ich mir. »Die Eroberung dieses Ortes ist nur aufgeschoben.«

Jeder begab sich also bis zur nächsten Jahreszeit wieder auf sein Territorium. Mein Sohn Al Zahir hielt mich auf seinem Lehen in Aleppo zurück, wo ein Fest auf das andere folgte. Als vollkommener Gastgeber zeigte er sich jedem meiner Soldaten gegenüber so großzügig, daß ich meinen Besuch abkürzte, um ihn nicht in den Ruin zu stürzen. Danach weilte ich in Hama, wo Taki ed-Din ihn durch herrliche Festgelage beim Schein von tausend Kerzen an Prunk und Gunstbeweisen übertreffen wollte. Musikanten und Tänzerinnen gab es reichlich.

Der Wohlgeruch von Moschus und Benzoe erfüllte die Nächte, die im Rhythmus der Flöten und Tamburine verrauschten, während ich in den Seidenkissen ruhte und fand, daß der Frieden unter den Sternen des Orients süß sei.

Doch der Feind stand noch immer vor unseren Toren. Gewiß, er hatte ein beträchtliches Gebiet verloren. Dennoch waren drei Städte am Meer in seinem Besitz; und wenn Antiochia auch isoliert war, so standen noch Tripolis und Tyros bereit, um alle Flotten der Welt aufzunehmen. Bestätigt hatte mir das die Dame Sibylle bei einem Wiedersehen. An jenem Tag stand sie mehr als je zuvor in meiner Schuld. In Burzey hatte ich ihre Schwester verschont, die dort die Burgherrin gewesen war, und zum Dank verriet Sibylle mir sämtliche Geheimnisse:

»Seit du König Guido freigelassen hast, reist er zwischen Tripolis und Tyros hin und her. Der Großmeister Gerhard von Ridford begleitet ihn dabei. Entgegen den Versprechungen, die sie dir unter Eid gegeben haben, bleiben sie in Palästina und erheben die Waffen gegen dich. Guido konnte zweihundert Ritter versammeln und ist als Souverän bei «Al Marques» erschienen, der ihn mit beleidigenden Worten zurückgewiesen hat. Hartnäckig wie Unkraut erneuert unser ehemaliger Monarch seine Versuche und umgibt sich mit einer Meute von Anhängern, die seiner Legitimation als König Anerkennung verschaffen sollen.«

»Hat er eine Chance?« hatte ich in sarkastischem Ton gefragt.

»In Tyros will man von dem Verlierer von Hattin nichts mehr wissen«, hatte sie geantwortet. »Er trägt die alleinige Verantwortung für den Untergang der syrischen Christen.«

Diese Worte hatten mir ein Lächeln entlockt, da sie bestätigten, was ich bereits vorausgesehen hatte. Ich hatte meinen königlichen Gefangenen in der Absicht freigesetzt, bei unseren Feinden Zwietracht zu säen, und das war mir gelungen.

Der Parteienkrieg würde wiederaufflammen und uns die nötige Zeit geben, uns zu stärken. Ich kehrte noch vor dem Ramadan nach Damaskus zurück, und als meine Berater mich drängten, meine Garde für diesen Monat des Fastens und des Gebets zu beurlauben, antwortete ich:

»Das Leben ist zu kurz, und sein Ende ist ungewiß. Die Franken haben noch Safed, Kaoukab, Kerak und Schaubak. Wir dürfen die Waffen erst niederlegen, wenn diese vier Festungen unterworfen sind. Sie liegen inmitten unserer neuen Provinzen. Wenn wir sie vernachlässigen, werden wir das schon bald bereuen.«

Einige Tage später fegte mein Bruder El Adil in meinen »Diwan« und verkündete lauthals:

»Kerak und Schaubak sind gefallen! Nun gehören uns alle Territorien Transjordaniens.«

Seit wir Jerusalem eingenommen hatten, waren diese beiden Orte von ägyptischen Truppenkorps umzingelt gewesen. Schließlich hatte der Hunger sie dazu getrieben aufzugeben. Endlich war der Weg für unsere Karawanen frei!

Ich machte einen Freudensprung und rief:

»Aufgesessen! Vorwärts nach Galiläa!«

Im Galopp stob ich davon, begleitet von meiner »Salahiyah« und der Armee aus Ägypten. Vergessen waren der Ramadan, der Regen, der Morast und die Kälte. Ich wollte Safed und Kaoukab noch vor Ende des Winters bezwingen. Diese Festungen waren für uns die letzten wunden Punkte in Palästina. In Safed kapitulierten die Templer wegen Lebensmittelknappheit am 14. Shawwal (6. Dezember 1188) nach einmonatiger Belagerung mit andauerndem Beschuß unserer Wurfmaschinen, die Tag und Nacht zuschlugen. Die

Garnison ergab sich mit kriegerischen Ehren und konnte nach Tyros abziehen.

Danach zog ich hinauf zum Sturm auf Kaoukab, das so hoch im Gebirge lag, daß wir es das »Schloß des Windsterns« nannten. Die Hospitaliter, die es besetzt hielten, hatten beschlossen, bis zum letzten Mann auszuharren. Sie kannten meine Hartnäckigkeit nicht. Der Winter wartete mit all seiner Strenge auf. Schnee bedeckte die Berge, die Täler hallten vom Tosen des Wassers wider, übergetretene Sturzbäche rissen auf ihrem Weg alles mit sich fort und verwandelten unser Lager in ein Meer aus Schlamm. Der Wind fegte die Zelte davon; die Maultiere brachen zusammen; die Pferde versanken im Morast. Aber unsere Maschinerie bearbeitete unablässig die Mauern und schlug breite Breschen, und die Schanzgräber rückten vor. Am 15. Dulkaada (5. Januar 1189) kapitulierte die Feste. Nun war ich der Herr von ganz Palästina.

Ich schickte meine Männer zurück und wandte mich an El Adil:

»Von nun an ist das ganze ehemalige Königreich Jerusalem in unserem Besitz. Die heiligen Moscheen sind der einzige Ort, wo ich dem Allmächtigen für seine Wohltaten und seine große Gnade danken kann.«

»Ich begleite dich«, sagte er.

Wir kamen rechtzeitig zum Opferfest an und sprachen unsere Gebete im Felsendom. Ich dankte Allah und entbot Ihm meine Siege über die Feinde des Islam. Die Stimme des »khatib« erklang:

»Wenn ihr sterbt oder im Kampf für den Glauben getötet werdet, so denkt daran, daß die göttliche Barmherzigkeit wertvoller ist als alle Reichtümer, die ihr vielleicht angehäuft habt!«*

Und er beendete seine Predigt mit den Worten:

»Vielleicht wird Gott eines Tages wieder Eintracht zwischen euch und euren Feinden herrschen lassen. Er ist mächtig, unnachgiebig und barmherzig.«**

Auf dem Weg zurück zur Zitadelle fragte ich mich, ob ich wohl

* Koran, Sure III, Vers 151.
** Koran, Sure LX, Vers 7.

das Glück haben würde, jenen gesegneten Tag zu erleben. Gegenwärtig waren die Nachrichten alarmierend, und ich schrieb meinem Bruder Toghtekin im Jemen:

»Die Franken werden sich nicht über unsere Siege hinwegtrösten. Sie sind nur Hunde, die bellen. Wenn wir sie von allen Seiten auf einmal vertreiben, so werden sie sich in tollwütige Hunde verwandeln. Kaum haben unsere Brüder aus Alexandria, der Kaiser von Konstantinopel und die Muslime aus Afrika uns mitgeteilt, daß die Franken des Abendlandes sich daranmachen, das Feuer der Kämpfe wieder anzufachen, da ziehen sie auch schon das Schwert! Die schändlichen Heere vereinen sich. Möge Allah sie auseinandertreiben! Wir jedenfalls werden mit all unseren Kräften für Allah kämpfen.

Heute rufen wir unseren Bruder zu Hilfe. Er möge unverzüglich mit seiner Armee und mit seinem Geld kommen! Beeilen wir uns, beeilen wir uns! Denn wenn der Islam erst in Syrien nicht mehr zu Hause ist, so wird er es schon bald auch im Jemen nicht mehr sein. Nur Mut! Nur die großen Männer sind zu großen Dingen berufen. Nur Ehrenmänner steigen in die Arena. Wir müssen es nur wollen, dann wird Allah uns zu Siegern über die größten Menschenmassen machen, auch wenn wir selbst nur eine kleine Anzahl sein sollten. Könnte es tatsächlich möglich sein, daß Gott uns so viele Festungen geöffnet hat, um sie uns wieder zu entreißen, daß er eine solch große Armee unter unsere Order gestellt hat, nur um sie zu versprengen?«

El Adil kehrte nach Kairo zurück, und ich begleitete ihn ein Stück des Wegs. Wir feilten noch die letzten Einzelheiten der Strategie aus, die in unserem nächsten Feldzug Anwendung finden sollte.

»Ich bin beunruhigt«, sagte ich zu ihm. »Es geht das Gerücht um, daß die Franken beim nächsten Mal Ägypten und Syrien gleichzeitig angreifen wollen.«

»Fürchte dich nicht, ich werde Damietta und Alexandria stärker befestigen!«

»Was meine Seite betrifft, ich werde das Ende des Waffenstillstands abwarten, um Antiochia einzunehmen«, setzte ich hinzu,

»aber ich werde Taki ed-Din nach Tripolis senden und ihm Beistand leisten, sobald Toghtekin eingetroffen ist, um unsere eroberten Städte zu bewachen.«

Wir trennten uns in Askalon, wo ich einige Tage damit zubrachte, die Verteidigungsanlagen zu inspizieren, etwas Ordnung zu schaffen, genaue Anweisungen für die Verdoppelung der Festungsmauern zu hinterlassen und Waffen sowie Vorräte zu horten.

Dann kehrte ich entlang der Küste wieder zurück; auf meinem Weg besuchte ich all unsere Stellungen und befahl jeder von ihnen, sich kampfbereit zu machen. Beha ed-Din ibn Cheddad begleitete mich. Ich hatte sein diplomatisches Geschick bei der Regelung unserer Probleme mit Mosul bemerkt, und er hatte das Angebot angenommen, als Berater in meinen Dienst zu treten. Wir ritten am Strand entlang. Es regnete in Strömen. Blitze zuckten am Gewitterhimmel, und das entfesselte Meer türmte am Ufer Barrieren von Schaum auf, die an den Hufen unserer Streitrosse zerschellten.

Ich sog den Wind ein, der vom offenen Meer herüberwehte, und sagte:

»Siehst du, wenn Allah mir die Eroberung der Küste erleichtert, dann werde ich meine Staaten unter meinen Söhnen und meinen Statthaltern aufteilen. Danach werde ich aufbrechen und zur Verfolgung der Ketzer von Insel zu Insel über diesen Ozean reisen, so lange, bis kein einziger dieser Ungläubigen auf dieser Erde mehr übrig sein wird. Das werde ich tun oder sterben!«

Er sah mich mit verblüffter Miene an und entgegnete:

»O Sultan, du bist die Stütze und die Festung des Islam. Du darfst dein Leben nicht aufs Spiel setzen.«

»Welcher Tod ist der schönste?« fragte ich da.

»Derjenige, den man für die Sache Gottes stirbt.«

»Nun ja, das alleinige Ziel meiner Wünsche ist, den schönsten Tod zu sterben.«

In der Ferne zeichnete sich Akko ab. Damals ahnte ich noch nicht, daß ich mich schon bald mehr als zwei Jahre dort schlagen würde, erhaben über alles Leid, im Namen des allmächtigen Gottes. Die Stadt war auf einer Art Halbinsel erbaut. Zu zwei Dritteln war sie vom Meer umgeben, nämlich im Westen und im Süden, wo auch der Hafen lag, der von zwei mächtigen Türmen, dem »Turm der Fliegen« und dem »Verdammten Turm«, geschützt wurde. Im Norden und Osten wurde sie zur Ebene hin von Mauern abgeriegelt. Dort war man bereits bei der Arbeit. Karakusch war mit seinen Maschinen dort. Ich stellte ihm eine große Zahl von Gefangenen zur Verfügung, um die Breschen zu reparieren, die Türme zu erhöhen und die Wälle durch eine Linie furchterregender Befestigungen zu verstärken, die von einem Graben gesäumt wurden. Ich überprüfte die Arsenale und Magazine, stockte die Besatzung auf und unterhielt mich mit den Offizieren der Garnison und der Flotte. An diesem Ort mußte man sich mehr als an anderen zum Krieg rüsten.

Am 1. Saphar 584 (15. März 1189) war ich wieder in Damaskus, wo ich meinen Pflichten als Sultan wieder nachkam, also täglich im »Diwan« arbeitete, zweimal wöchentlich Gericht hielt und Audienzen gab. Endlich traf ein Würdenträger des Hofes von Bagdad ein, um mir die Glückwünsche des Kalifen auszusprechen. Im Gegenzug gab ich ihm einige Beweise meines Gehorsams mit auf den Weg: das von der Kuppel des Felsendoms entfernte Goldkreuz, die Krone von König Guido, Parfums und eine Gruppe christlicher Gefangener in ihren Rüstungen und auf den Streitrössern, mit denen wir sie beim Zeitpunkt ihrer Gefangennahme angetroffen hatten. In einem vertraulichen Bericht informierte ich ihn von den Trommelwirbeln und den Rufen nach Rache, die von jenseits des Meeres zu uns herüberschallten. Ganze Völkerscharen setzten sich mit ihren Fürsten, Bischöfen und Patriarchen in Marsch. Sie kamen, um für die Vergebung ihrer Sünden den Islam zu bekämpfen. Und um diesen Feldzug zu finanzieren, erhob man überall eine Abgabe, die der »Saladin-Zehnte« genannt wurde. Graf Heinrich, ein Botschafter des Königs der »Almans«*, war bis nach Damaskus gereist. Er trug einen Brief bei sich, in dem ein unverblümter Ton angeschlagen wurde:

* Heinrich, Graf von Dietz, geschickt von Friedrich Barbarossa.

»Friedrich, allzeit erhabener Kaiser der Römer,
herrlicher Triumphator über die Feinde des Reiches,
an Salah ed-Din, Oberhaupt der Sarazenen

Da Ihr die heilige Erde entweiht habt, die uns gehört, ist es unsere Sorge als Kaiser sowie unsere Pflicht, eine solch verbrecherische Dreistigkeit zu bestrafen und Euch davon zu unterrichten, daß wir an Euch mit der Kraft des Kreuzes das Kriegsglück erproben werden, sofern Ihr uns die christlichen Territorien nicht zurückgebt.

Die alte und neue Geschichte muß Euch gelehrt haben, daß alle Provinzen des Orients unserer Herrschaft unterworfen sind. Sie wußten es durchaus, diese Könige, welche die Schwerter der Römer mit Blut befleckten, und auch Ihr werdet bald aus eigener Erfahrung wissen, was unser siegreicher Adler und unsere Heere vermögen, die aus verschiedenen Nationen gebildet sind.

Ihr werdet die Raserei jener Teutonen kennenlernen, die selbst im Frieden zu den Waffen greifen: die der Burgunder, der Bayern, der Lothringer, der Österreicher, der Lombarden, der Sachsen, die spielend mit dem Schwert umgehen, die der Friesen, die den Wurfspeer mit Geschick handhaben, die der Böhmen, die lachend zu sterben wissen, die der Polen, die wilder als die Tiere ihrer Wälder sind.

Nun, der Tag, der sich durch den Triumph Christi auszeichnet, wird Euch lehren, daß wir noch in der Lage sind, das Schwert zu ziehen und zu führen, auch wenn uns das Alter Eurer Meinung zufolge schon geschwächt hat.«

Nachdem ich dieses Ultimatum gelesen hatte, schenkte ich dem christlichen Botschafter ein Lächeln und behandelte ihn, wie es unsere Gesetze der Gastfreundschaft verlangten.

Am nächsten Tag ließ ich ihm zusammen mit Geschenken meine Antwort überbringen:

»An den sehr berühmten Friedrich,
unseren aufrichtigen Freund, den König der Deutschen

Im Namen des barmherzigen Gottes …

Ihr nennt Könige, Prinzen, Grafen, Erzbischöfe, Marquis, Ritter und mehrere Nationen, die mit Euch einen Angriff gegen uns führen sollen. So wißt, daß dieser Brief die Namen all der verschiedenen Völker, die unser Imperium bilden, nicht aufnehmen könnte. Kein Meer, kein Hindernis kann ihren Marsch aufhalten. Sie sind bereit, unter unseren Fahnen zu kämpfen. Gegenwärtig weilen die Soldaten sogar bei uns, mit denen wir so viel Land erobert haben. Wenn Ihr es wagen solltet, in dieser großen Anzahl zu kommen, die uns Euer Brief und Euer Botschafter ankündigen, so werden wir uns bei weitem nicht fürchten, sondern Euch entgegenmarschieren, und Allah wird uns aufgrund seiner überlegenen Macht den Sieg gewähren.

Danach werden wir selbst das Meer überqueren und uns an die Zerstörung Eures Reiches machen. Denn wir wissen, daß Ihr Eure Staaten entvölkert und keinen einzigen Verteidiger dort zurücklaßt, um diese große Armee zu bilden. Nichts wird uns davon abhalten, uns zu Herrschern dieser Staaten zu machen, nachdem wir Euch bereits in Palästina besiegt haben, dank des alleinigen, einzigen Gottes.

Wenn Ihr den Krieg wollt und wenn Gott in seinen ewigen Beschlüssen Eure Vernichtung festgeschrieben hat, so kommt! Wir werden Euch entgegenmarschieren. Wenn Ihr den Frieden wollt, so befehlt den Gouverneuren von Tyros, Tripolis und Antiochia, uns die Stadttore zu öffnen! Unter dieser Voraussetzung werden wir Euch Euer Kreuz zurückgeben, Euch Eure Gefangenen ausliefern, einem Eurer Priester erlauben, in der Auferstehungskirche zu bleiben, Euch Eure Klöster wieder einrichten, Eure Frommen gütig behandeln, Euren Pilgern den Besuch der heiligen Stadt erlauben und einen unverletzlichen Frieden mit Euch einhalten.

Geschrieben im Jahr 584 der Hedschra (1189) durch Gottes Gnade; Er sorge für das Heil des überaus berühmten, siegreichen Sultans, des Verfechters der wahren Worte, des Erneuerers der Welt und der Gesetze, des Königs der Muslime, des Dieners der beiden Heiligen Städte und des heiligen Hauses Jerusalem, des Vaters der Sieger, des Yussuf, Sohn des Ayub.«

Der Heilige Krieg würde in ungekannter Stärke wiederaufflammen. Horden von Teutonen in Eisenpanzern würden schon bald den Boden der Karpaten erbeben lassen. Unverzüglich eilten meine Kuriere nach Kleinasien und Byzanz, um unsere Bündnisse zu festigen. Ebenso wie der Sultan von Konya versprach Kaiser Isaak mir die ewige Freundschaft, um deretwillen er alles tun werde, um den Aufmarsch Friedrichs zu behindern; das solle allerdings in geschickter und gesitteter Weise geschehen, nämlich durch vielfältige Geheimversammlungen, die es ihm erlauben würden, einen gewissen Schein zu wahren. Als Sicherheit für seine Worte bot er mir die versprochene Kathedrale an, und ich überließ den Byzantinern nun offiziell das Heilige Grab und den freien Zutritt zu den heiligen Stätten der Christen.

Eine beeindruckende Delegation von Emiren, Imams, Kadis und Frommen machte sich auf den Weg nach Konstantinopel, die tausend aufwendige Geschenke für den Souverän, eine Kanzel und eine prächtig illuminierte Handschrift des Korans in einem aus Gold und Silber gearbeiteten Umschlag mit sich führte. Sie hatten sich zur Übergabe der zukünftigen Moschee aufgemacht, die sie anschließend prunkvoll und feierlich weihen würden. So würde Allah bis an die Ufer des Bosporus verehrt werden und könnte nicht zulassen, daß seine Feinde in die Länder des wahren Glaubens einfielen.

Mir blieb nichts weiter zu tun, als den Säbel zu schwingen, um das zu erobern, was noch nicht erobert war.

Ich weiß nicht, warum ich an jenem Morgen, bevor ich für eine lange Zeit des Kampfes Damaskus verlassen sollte, bei meiner Mutter haltmachte. Der Harem hatte sich seit dem Tod meiner geliebten Sultanin sehr verändert. Auch Schamsa war verschieden, ebenso wie andere Lieblingsfrauen, die mich an meine wilden Zeiten in Ägypten erinnerten. Die neuen waren zwar jung und reizend, doch sie interessierten mich nur, um einige Begierden anzufachen, die verkümmert waren. Die einzige, mit der ich völlig ungezwungen wie mit einem zweiten Ich reden konnte, war diejenige, die mir das Leben geschenkt hatte, meine Quelle. Sie war meine letzte Verbindung zur Vergangenheit, sie teilte all meine Erinnerungen. Die Jahre hatten ihr Gesicht durch grausame Furchen gezeichnet, und ich hatte Angst, sie bei meiner Heimkehr nicht mehr wiederzusehen. Wie lange würde meine Abwesenheit wohl dauern?

»Wo auch immer du sein wirst, mein Sohn, ich werde in deinem Herzen sein. Und ich werde auf dich warten! Inschallah!«

»Es gefällt mir nicht sonderlich, den Tod zu säen, Blut zu vergießen, Elend und Trauer zu verbreiten. Warum beharren sie nur darauf, unsere Territorien zu besetzen und uns als Ungläubige zu behandeln?«

»Die Ungläubigen lassen sich von der Lüge leiten. Die Gläubigen marschieren mit der Flamme des wahren Glaubens.«*

»Ich weiß, Umi. Es steht auch geschrieben: ›Wenn ihr die Ungläubigen trefft, so bekämpft sie, bis ihr sie zerfleischt habt! Legt die Gefangenen in Ketten!‹** Aber siehst du, ich frage mich, ob wir uns in beiden Lagern richtig verstanden haben. Könnte es sich nicht um ein schreckliches Mißverständnis handeln? Und wenn Allah auch ihr Gott wäre?«

»Aber nicht doch, Yussuf! ›Allah ist einzig. Er hat nicht gezeugt und ist nicht gezeugt worden.‹*** ›Der Schutz des Himmels wird den Gläubigen gewährt, aber die Gottlosen haben keinen Beschützer.‹**** Du hast Jerusalem und Palästina zurückerobert, weil Allah es so beschlossen hatte. Du bist Sein Schwert. Und du mußt deine Aufgabe zu Ende führen und ganz Palästina befreien!«

»Riesige Flotten werden anlegen, Umi, und ich hoffe, daß alle islamischen Fürsten auf meiner Seite bleiben werden.«

»Geh nur, mein Sohn! Gott ist mit dir, er wird deine Anstrengungen unterstützen.«

* Koran, Sure XLVII, Vers 3.
** Koran, Sure XLVII, Vers 4.
*** Koran, Sure LXII, Vers 1 und 3.
****Koran, Sure XLVII, Vers 12.

Ich küßte ihre nach Rosen und Zitronen duftende Hand und schlug dann die Route nach Mardsch Ayun ein. Mein Plan war klar. Ich würde gegen Tripolis marschieren, nachdem ich eine Aufklärungsaktion in der Umgebung von Tyros durchgeführt hatte. Der Zufall wollte es, daß »Shakif Arnun« auf meinem Weg lag, eine Festung, die in dem Ruf stand, uneinnehmbar zu sein. Mit ihrem steilen Bergrücken provozierte sie mich; sie war eine Herausforderung für mich wie einst die Tänzerinnen vom Nil. Ich konnte ihr nicht widerstehen. Ich beschloß, sie zu umzingeln, und beging einen schlimmen Fehler wie in Mayyafarakin. Damals hatte ich Armenien verloren. Dieses Mal hätte ich beinahe alle Territorien des Islam verloren. Die Burg war in den Händen der Franken und kontrollierte den Zugang nach Tyros und Sidon. Ich schlug mein Lager in der Ebene auf und riegelte die Wege ab. Der Herr des Hauses, ein weiterer »Arnat«, erbat eine Audienz. Er war elegant, gepflegt und von einer Höflichkeit, die unserer nicht nachstand. Nur Komplimente und Versprechungen kamen über seine Lippen:

»Großer Sultan«, sprach er, »ich empfinde eine tiefe Zuneigung für die Muslime und bin bereit, dir mein ›Adlernest‹ zu schenken, wenn du mir ein Lehen in Damaskus und eine Stelle an deinem Hof gewährst.«

Es war bewundernswert, wie er unsere Sprache beherrschte, er spielte mit ihren Feinheiten und Spitzfindigkeiten wie einer unserer besten Schriftkundigen. Die Konversation mit ihm faszinierte und beglückte mich. Er kannte die Geschichte der Araber, hatte unsere »hadiths« studiert, und mit ihm kehrte das wunderbare Vergnügen jenes geistigen Wettbewerbs zurück, den ich in meiner Jugend bei den »cheikhs« der Sufisten so genossen hatte. Ein Christ, ein »Gottloser«, der so gut den Koran rezitierte, war etwas Außergewöhnliches. Er war beinahe einer von uns. Er sagte sogar, er wolle zu unserem Glauben übertreten. Würden wir eines Tages alle Brüder sein und denselben einzigen Gott anbeten? Ich ließ mich betören und glaubte ihm, denn ich war erfreut darüber, daß ich eine schwierige Zitadelle mit so geringem Einsatz gewinnen würde und außerdem der großen Familie des Islam noch einen Gläubigen zuführen würde.

»Sidi«, sagte er, »ich brauche drei Monate, um meine Frau und meine Kinder aus Tyros herauszuschleusen, ohne den Verdacht des ›Marquis‹ zu erregen. Wenn er von unseren Übereinkünften erführe, würde er nicht zögern, an ihnen Rache zu nehmen.«

Ich ging darauf ein, öffnete ihm mein Zelt, lud ihn zu Tisch und wartete in der Ebene das Ende der Frist ab, das auf den 18. Jamada (13. August 1189) fiel. Zur gleichen Zeit lief ein Waffenstillstand aus, den ich Bohemund von Antiochia gewährt hatte. Ich entsandte Taki ed-Din an die Grenzen der Stadt, um sie einzunehmen, und rief neue Verstärkungstruppen herbei.

Entlang der Küste wurde es immer bewegter, und meine Besorgnis wuchs.

»Die Schiffe, die aus dem Abendland eintreffen, kündigen noch ganz anderes an«, sagten meine Spitzel.

Ich begab mich auf einen Sprung nach Akko, um dort die Besatzung, die Verteidigung und die Vorräte zu mehren. Inzwischen hatte König Guido sein Zelt vor den Mauern von Tyros aufgeschlagen; er forderte »Al Marques« heraus. Unermüdlich jagte er an der Küste zwischen Tyros und Tripolis hin und her. Im Takt der Wellen zog er herauf und wieder herab, wobei er jedesmal einen Schub Anhänger mit sich zurückbrachte. Diese fand er unter den Flüchtlingen, die darauf brannten, sich das zurückzuerobern, was sie verloren hatten, vor allem aber unter denen, die sich mit blanker Klinge ausschifften, da sie es eilig hatten, Sarazenen niederzusäbeln. Sogar den »König des Meeres« hatte er für seine Sache gewonnen, und die sechzig sizilianischen Galeeren hatten Kurs nach Süden genommen. Da der ehemalige Herr von Jerusalem Selbstvertrauen gewann, ging er bei seinen Auseinandersetzungen, die er mit dem Herrn von Tyros um die Oberherrschaft hatte, wieder zum Angriff über. Ich zählte in meinem Lager die Treffer, bis die beiden eines Tages endlich doch noch zu einem Kompromiß fanden. »Al Marques« behielt sein Lehen, würde Guido aber helfen, eine der Festungen zurückzuerobern, die man ihm abgenommen hatte.

Die Gefahr wurde deutlicher. Ich hatte nur einen Gedanken: mich auf Tyros zu stürzen und diese Koalition bereits im Keim zu ersticken. Aber diese »Shakif Arnun« lähmte mich. Wenn ich die Frist verkürzen würde, bräche ich mein Wort. Und wenn ich abreisen würde, hätte »Arnat« völlig freie Hand, mich von hinten anzugreifen. Ich hatte am Litani Truppenkorps postiert, die dem Feind beständig zusetzten, und die Hügel waren von meinen Kundschaftern übersät, deren Informationen mich in jedem Moment erreichten. Die Franken versuchten sich ein paarmal an Sidon, dann an Tibnin. Sogleich griffen meine Männer sie aus dem Hinterhalt an. Es gab heftige Zusammenstöße, und beide Seiten erlitten große Verluste. Der Feind flüchtete zurück nach Tyros, wo die Galeeren immer zahlreicher wurden. Zweiundfünfzig, bei denen die Flagge von Pisa am Mast flatterte, hatten erst kürzlich Anker geworfen.

Ungeduldig wartete ich auf das Ende der Frist. »Arnat« weilte in seiner Festung, die er nur selten verließ. Meine Emire murrten mißtrauisch:

»Er repariert seine Breschen, verstärkt seine Türme und füllt auf unseren Märkten seine Vorräte auf.«

Ich konnte nicht an eine solche Hinterhältigkeit glauben. Dennoch war ich gewarnt, so daß ich ihn nun sorgfältiger beobachtete, ohne etwas an meinem Verhalten zu ändern. Am vereinbarten Tag erschien der christliche Herr. Liebenswürdiger als je zuvor erklärte er mir:

»Ich konnte meine Familie noch nicht herbeischaffen. Ich bräuchte eine neue Frist von einem Jahr.«

Dieses Mal war klar, was gespielt wurde. Ich ermahnte ihn, sein Wort zu halten, und ließ ihn bis zu seiner Hinterpforte geleiten. Auf seinen Befehl hin zog die Garnison die Fallbrücke hoch und fuchtelte mit den Waffen. Ich war außer mir und gab das Signal zum Sturm auf die Burg. Ein solcher Verrat empörte mich, und es machte mich wütend, daß ich mich hatte hinters Licht führen lassen. Ich brachte es allerdings nicht über das Herz, ihm den Kopf abzuschneiden. Er sprach so gut über unsere »hadiths«! Er wurde in Ketten nach Damaskus überführt.

Da erfuhr ich, daß auch Bohemund seinen Eid vergessen hatte, der uns die Auslieferung Antiochias versprach. Er war nach Tripolis zurückgekehrt, wo sein Sohn die Nachfolge von Graf Raimund angetreten hatte, der einen Monat nach Hattin vor Scham gestorben war; alle beide waren dort mit dem Empfang der Verstärkungstruppen beschäftigt, die zur Rückeroberung unserer Territorien eintrafen. Weit beunruhigender aber war der letzte Bericht meiner Spitzel:

»König Guido rückt von der Küste aus mit einer Armee aus vierhundert Reitern und siebentausend Fußsoldaten nach Akko vor. Auf gleicher Höhe mit ihm segeln die Flotten aus Sizilien und Pisa.«

Zunächst glaubte ich an eine Falle, an ein Täuschungsmanöver, um mich von »Shakif Arnun« loszueisen. Der Verlierer von Hattin, der alles andere als ein Militärstratege war, konnte es unmöglich anstreben, den bestbefestigten Hafen Palästinas mit so wenig Kriegern anzugreifen. Ich mußte den Tatsachen ins Auge sehen, als ein Aufklärer mir außer Atem mitteilte:

»Der Feind marschiert in schnellem Tempo über den steilen Weg von Ras Naqura.«

Das war genau derselbe, den ich nach meiner versäumten Belagerung von Tyros eingeschlagen hatte. Ich beschloß, ihm entgegenzuziehen, und rief die Emire zusammen, um ihnen die Operation zu erklären.

»Die Straße ist beschwerlich und eng«, antworteten sie. »Es ist besser, einen breiteren Weg zu wählen und sie in der Nähe von Akko zu überraschen, wo wir sie auseinandertreiben und niedermetzeln können.«

Wütend über dieses Zögern, erwiderte ich lebhaft:

»Sollten die Franken Akko angreifen, so werden sie sich auf dem Terrain fest einrichten, und es wird nicht leicht sein, sie zu vertreiben. Ich ziehe es vor, sie vor ihrer Ankunft zu schwächen.«

Sie beharrten auf ihrem Einwand, und ich mußte ihnen nachgeben, denn so wurde bei uns verfahren. Ich kommandierte als einziger, doch die Beschlüsse wurden mehrheitlich gefaßt. Diese faulen und gleichgültigen Emire verschoben einen Krieg, dessen Folgen sie nicht begriffen, auf einen späteren Zeitpunkt. Ich sonderte dennoch einige Truppenkorps ab, um den dreisten König zu bremsen. Er hatte Al Zib erreicht, neun Meilen vor Akko, und machte einen ernsthaften Vorstoß. Ich mußte zweiunddreißig Meilen zurücklegen, um ihn anzuhalten. Sogleich hob ich das Lager auf und ritt über Land, während Kuriere meinen Einberufungsbefehl fast überallhin trugen und Order gaben, in Sephoria zu mir zu stoßen, das unsere Rückzugsbasis werden sollte. Vier Tage später, am 15. Radschab 585 (29. August 1189), erreichte ich den Hügel El Kharruba, der die Ebene und die Stadt überragte. Verblüfft konnte ich sehen, was ich befürchtete: Der Feind stand vor den Mauern unserer Stadt Akko!

Ich stellte die Armee in Schlachtordnung auf und näherte mich den Höhen des Tel Keisan. Der linke Flügel stand am Fluß Belus, der rechte schmiegte sich an den Hügel Ayyadiyah. Ich umzingelte die Christen, die meine Stadt belagerten. Das Lager der Franken breitete sich rund um die Befestigungsanlagen aus und reichte bis an die Küste. Ein Wald aus Mastbäumen tanzte auf dem aufgewühlten Meer und versperrte die Hafeneinfahrt. Guido hatte seine Fahne auf dem Tel el Meslabah gehißt, dem »Hügel der Gehenkten«*, der dem Nordtor gegenüberlag. Es waren bereits zweitausend Kavalleristen und dreißigtausend Infanteristen dort. Und den Schiffen nach zu urteilen, die den Horizont zu sprengen schienen, würde ihre Zahl noch wachsen. Ihre Verstärkung kam über das Meer; unsere erreichte uns über Land. Alleingelassen war Akko in einer Lage, die unhaltbar werden würde, sofern sie noch lange anhielte. Die Stadt war umzingelt, und meine erste Sorge galt der Schaffung eines Durchgangs, durch den alles hineingebracht werden könnte, was benötigt würde, um die Belagerung durchzuhalten. Ich wartete einige Tage ab, bis meine Truppen vollständig waren. Sie trafen aus Mosul, Sindschar, Diyarbakir und anderen Provinzen Mesopotamiens ein. Kukburi war mit seinen Männern zur Stelle, ebenso Taki ed-Din. Meine Söhne und Neffen umgaben mich. Mein Bruder Toghtekin stellte sich im hintersten Winkel seines Jemen taub, doch

* Für die Kreuzfahrer war es der Hügel von Turon.

in Kairo traf El Adil Vorbereitungen und würde nicht lange auf sich warten lassen.

Am Freitag, dem 1. Shaaban (14. September 1189), ließ ich zur Stunde des Gebets den Kriegsschrei ertönen und begann mit dem Sturmangriff. Trotz der Wucht unserer Hiebe regten sich die Franken nicht, sondern harrten als kompakter Block aus, in den wir keinen Keil hineintreiben konnten. Da die Nacht hereinbrach, blieben wir frontal zueinander in Stellung, und bereits im Morgengrauen entbrannte die Schlacht erneut. Auf beiden Seiten wurde grimmig gekämpft. Plötzlich ließ Taki ed-Din seinen rechten Flügel mit solcher Gewalt angreifen, daß er den Feind bis ans Meer zurückdrängte und bis an die Stadtmauern vorrückte.

»Allah Akbar!« schrie ich.

Nun hatten wir unsere Verbindungen wiederhergestellt. Akko war nicht mehr eingekesselt. Wir hielten einen Teil der Befestigung und das Nordtor. Gestärkt durch diesen Erfolg, wollte ich unseren Vorteil ausnutzen und vor Einbruch der Nacht noch etwas Terrain gewinnen. Aber die meisten Emire verlangten nach einem Aufschub von einer Stunde, um ihre Pferde zu tränken. Und da es mitten am Nachmittag war, kamen sie nicht zurück, weil sie vorzogen, die Operation auf den folgenden Tag zu verschieben.

»Wir werden leichtes Spiel haben«, sagten sie. »Wie man sieht, ist ihr Feuer schon erloschen. Wir werden sie besiegen, wann immer es uns gefällt.«

Am Morgen waren wir vollständig gerüstet, um den Feind bis in seine Zelte unablässig zu bedrängen. Einmal mehr baten die Emire darum, die Attacke noch zurückzustellen und sie anders zu organisieren. Einige schlugen vor, gleichzeitig aus der Stadt heraus und auf dem Gelände zu operieren. Andere wollten die Ankunft der Flotte aus Ägypten abwarten. Wieder andere wollten lieber aufgeben, da der Winter nicht weit war. Das machte mich verrückt, und ich raufte mir den Bart. Voller Überdruß rief ich:

»Ihr müßt wissen, daß diese Männer Allahs und unsere Feinde sind! Sie zertrampeln mit ihren Füßen den Boden des Islam, aber ich hoffe, daß die Zeichen des Sieges, den wir erringen werden, bald sichtbar sind. Es sind von ihrer Armee noch Überbleibsel da, und unser ständiges Streben muß deren Ausrottung gelten. Allah verlangt es!«

Man entschied sich für die doppelte Attacke; die Garnison von Akko sollte von der einen, meine Truppen von der anderen Seite angreifen. Der Kampf dauerte mehrere Tage, blieb jedoch ergebnislos. Der Feind duckte sich hinter seine Linien. Mir blieben nur tägliche Sturmangriffe, hinterhältige Aktionen und kleine Scharmützel, die die Stellungen der Franken in keiner Weise antasteten, so daß diese ihr Vertrauen zurückgewannen. Ich sah das Desaster kommen, doch meine Emire glaubten mir nicht. Die Furcht rieb mich auf. Ich aß nicht mehr, ich schlief nicht mehr. Ich hastete im Kreis umher wie eine Löwin, die ihre Jungen verloren hat, während die Feinde inzwischen Schützengräben aushoben, sich eingruben und Palisaden errichteten, auf denen sie ihre Armbruste und Schilde aufpflanzten. Tag um Tag wuchs ihre Zahl, so daß ihr Lager einem riesigen Ameisenhaufen glich. Das Meer war mit Schiffen bedeckt, deren Buge als trotzig zurückgeworfene Skorpion- oder Schlangenköpfe aufragten. Aus ihnen ergossen sich Scharen von Riesen, deren Zelte bis zum fernen Horizont aus dem Boden schossen.

Wie viele Male bin ich nicht über unsere Festungsanlagen spaziert, um die feindlichen Stellungen zu beobachten und ihr Vorankommen zu überwachen! Unsere Attacken, unsere Störaktionen und unsere Scharmützel ließen sie gleichgültig. Sie hatten genug Lebende, um die Toten zu ersetzen. Das Abendland schickte ihnen wahre Krieger mit Anführern, die sich zu schlagen wußten. Dagegen zog man das Schwert in meinen Reihen zwischen einer Partie Schach oder »chechbech«* und einem Handel. Der größte Teil meiner Truppen kam aus Mesopotamien oder dem Irak. Meine syrische Armee war auf meinen Befehl hin vor den Toren von Antiochia, Tripolis und Tyros verteilt, um unsere hinteren Linien zu schützen, und ungeduldig erwartete ich die Verstärkungseinheiten aus Ägypten, die disziplinierter waren. Mir waren nur meine

* Arabisches Spiel, vergleichbar dem Backgammon.

»Salahiyah« und die alte Leibgarde von Schirkuh geblieben, die unbeugsamen Veteranen von Emir Yazgoch, die mich beruhigen und tatkräftig unterstützen konnten. Sie alle waren Kurden und griffen für mich ohne jegliche Diskussion zum Säbel.

Am 11. Shaaban (24. September 1189) befahl ich einen Schwenk nach Osten, um den Kreis um die Franken zu erweitern; ich verlegte meine Quartiere auf den Tel Ayyadiyah, so daß sie geradewegs dem Zelt von König Guido auf seinem »Hügel der Gehenkten« gegenüberlagen. Ich hatte nun einen Überblick über die Ebene, die Stadt und das gegnerische Lager, das ich vom Nordtor der Befestigungsanlage bis zur Küste umzingelt hatte. Die Feinde zählten inzwischen gut hunderttausend Mann aus allen Nationen jenseits der Meere. Ihre Standarten und Flaggen verdunkelten den Himmel. Da waren Dänen und Friesen, Pisaner und Genuesen, Deutsche aus Thüringen, Flamen, Normannen aus England ... Die Fürsten des Abendlandes und ihre Bischöfe schwenkten ihre Kreuze. Ihre Lanzen klirrten, und ihre Rüstungen funkelten in der Sonne. Solch eine gewaltige Menge hatte ich noch nie gesehen, und ich fürchtete ihren Angriff. Ich verbrachte meine Nächte damit, den Allmächtigen um Beistand zu bitten, denn ich konnte ihnen nicht die gleiche Anzahl Männer entgegensetzen. Zehn Tage später wurde ich am frühen Morgen von meinen Aufklärern gewarnt:

»Merkwürdige Bewegungen bringen Unruhe in das Lager der Franken«, sagten sie.

Ich sprang aus meinem Zelt, und mein Magen krampfte sich zusammen. Schon wirbelte Staub auf. Ein Meer aus Eisen setzte sich in Marsch, angeführt von den Bischöfen, die Litaneien sangen und Kreuze sowie ein Evangelienbuch auf einem purpurfarbenen Seidenstoff trugen. Die Bogenschützen waren die Vorhut, und viertausend Reiter bildeten inmitten von achtzigtausend Fußsoldaten zwei Kolonnen. Guido führte die rechte nahe des Flusses an. »Al Marques« befehligte die linke beim Meer. Ich ließ die Trommeln rühren, und schon waren alle im Sattel und in ihren Kampfstellungen: die »Djalichyehs«, die »Taoushiin« und die »Caragholam«. Die Herolde schrien mit mir:

»Es lebe der Islam und die Armee der Unitäre!«

Der Zusammenstoß wurde so gewaltig, daß die Erde bebte und der Himmel sich verdunkelte. An der rechten Flanke wich Taki ed-Din zurück. Ich glaubte ihn von meinem Zentrum aus in Schwierigkeiten und löste mich aus den Reihen, um ihn zu unterstützen. Da wurde ich ebenfalls bestürmt. Der Angriff war so heftig, daß meine Männer aufgaben und in Richtung Tiberias davonrannten, einige sogar bis nach Damaskus. Die Franken drängten den Hügel hinauf zu meinen Quartieren, die mit Gottes Hilfe verschont blieben. Als sie unsere Verwirrung sahen, fühlten sie sich bereits als Sieger und plünderten unsere Zelte. Eilig galoppierte ich mit fünf Mameluken mitten unter die Feinde, sammelte meine flüchtenden Krieger wieder um mich und wiederholte unentwegt:

»Islam! Islam!«

Meine Stimme brach, aber die Reihen formierten sich wieder. Der linke, intakte Flügel ging zum Gegenangriff über. Der rechte Flügel erholte sich und bestürmte mit dem neu gebildeten Zentrum den Feind von hinten. Allah strafte den Satan Lügen und ließ den wahren Glauben triumphieren. Die Garnison von Akko verließ die Mauern, um uns Beistand zu leisten, und die Trinitarier wurden gnadenlos in Stücke gehauen und bis in ihre Schanzen verfolgt. Da sah ich meine Männer ziellos umherlaufen. Sie hatten gehört, daß das Dienerpack ihr Gepäck forttrüge, und dachten nur noch an ihre Habseligkeiten. Was zählte das schon, wo wir doch auf dem Weg zum Sieg waren! Ich mußte kehrtmachen. Ich ritt zum Lager zurück und ließ die Diebe suchen. Die wiedergefundenen Gepäckstücke wurden vor meinem Zelt gesammelt, und jeder nahm unter Eid seinen Besitz wieder an sich.

Wir machten zahlreiche Gefangene, Herren von hohem Rang, die ich als Wechselgeld in Verwahrung nahm. Drei Frauen, die sich mit bemerkenswertem Einsatz geschlagen hatten, waren unter den Rüstungen verborgen. Ich ließ sie mit Respekt behandeln. Einzig dem Großmeister Gerhard und den Templern wurde der Kopf abgeschlagen. Auf dem Schlachtfeld lagen zehntausend Leichen im Staub und verpesteten die Atemluft, eine gewichtige Bilanz. Ich ließ sie ins Meer und in den Fluß werfen, aus dem der Feind sein Trinkwasser schöpfte. Der Boden war von ihren stinkenden Absonderungen verseucht, und überall verbreitete sich die Epidemie. Auch ich erkrankte. Erneut flammte das Feuer in meinen Eingeweiden auf, aber ich dachte nicht daran. Ich war einzig und allein von dem Gedanken an den Feind besessen, und ich konnte nicht leben, ohne ihn endgültig abgeschmettert zu haben. Ich versammelte den Kriegsrat und erklärte:

»Wir haben die Streitkräfte der Ungläubigen geschlagen, ihren Eifer ausgelöscht. Wenn wir sie bis zur schönen Jahreszeit in Ruhe lassen, werden sie beträchtliche Unterstützung bekommen, während die einzige Verstärkung, die wir erwarten können, die Truppen von Malik El Adil sind. Wir müssen den Gegner unablässig angreifen. Schon morgen werden wir seine Niederlage besiegeln.«

Man diskutierte, nörgelte und gab mir zur Antwort:

»Wir haben sie so sehr bedrängt, daß sie sich nicht hätten zurückziehen können, selbst wenn sie es gewollt hätten. Entfernen wir uns, und machen ihnen den Weg frei! Wenn sie abziehen, ist unser Ziel erreicht. Sollten sie bleiben, so werden wir zurückkommen und uns auf sie stürzen, wie der Sperber auf die verängstigte Taube herabstößt. Was dich betrifft, du bist krank. Sollten schlechte Nachrichten über deine Gesundheit in Umlauf geraten, so würde das für uns alle der Untergang sein. Die beste Lösung ist abzuziehen.«

Die Ansicht der Ärzte gab den Ausschlag. Wenn Allah uns etwas auferlegen will, so ist es besser, sich zu fügen. Mein Zelt wurde nach El Kharruba zurückgebracht, wohin ich auch das schwere Gerät hatte transportieren lassen. Ein Teil der Truppen kehrte nach Mesopotamien zurück. Der Monat Ramadan begann, und der Winter nahte. Ich hatte einige »telabs« zurückbehalten, um unsere Stellungen zu halten. Trotz meiner extremen Erschöpfung machte ich mich jeden Morgen zu ihrer Inspektion auf, und ich gewann Erkenntnisse, die mich von Tag zu Tag mehr deprimierten. Ich mußte mit ansehen, daß das Wirklichkeit wurde, was ich angekündigt hatte.

Die Franken verleibten sich das Terrain ein, sie hoben rings um ihr Lager Gräben aus und konstruierten Wälle aus Backsteinen und Erde, hinter denen sie ihre Bogenschützen postierten. Allmählich ließ unser Widerstand nach. Sie nahmen sich zurück, was wir gewonnen hatten, und ihre unbezwingbaren Linien kesselten die Stadt von einem Ufer zum anderen ein.

Inzwischen war El Adil mit seiner ägyptischen Armee und einem starken Kontingent Schwarzer zu mir gestoßen, die mit ihren zinnoberroten Turbanen wie Teufel aussahen. Sie versetzten die »Werkzeuge des Satans« in Angst und Schrecken, worauf diese sich noch ein wenig mehr in unseren Boden gruben. Meine Moral war auf dem Tiefpunkt, und ich zog alles in Zweifel. Die katastrophalste Nachricht war kürzlich aus Aleppo eingetroffen. Mein Sohn Al Zahir schrieb mir:

»Der König der ›Almans‹ hat Konstantinopel erreicht, mit zweihunderttausend Kürassieren und einer Infanterie, in der es wie in einem Ameisenhaufen wimmelt; die Fußsoldaten sind unzählbar wie die Sandkörner der Wüste. Kaiser Isaak hat alles versucht, um sie aufzuhalten, hat ihnen aber den Weg nicht versperren können. Sie sind in Kleinasien einmarschiert.«

Was würde Kilidsch Arslan angesichts dieses Ansturms rasender Teutonen tun? Man würde ihn zweifellos vernichten, und dann kämen wir an die Reihe. Ich jammerte und trauerte. Wir würden Syrien und auch Ägypten verlieren, wenn wir tatenlos zusähen. Ich richtete einen gemeinsamen Appell an den Kalifen und an sämtliche Emire von Mesopotamien, Syrien und Asien. Ich schrieb:

»Was ist aus der Ehre der Muslime geworden? Wo bleibt der Stolz des Gläubigen, der Mut der Anhänger der wahren Religion? Unentwegt wundern wir uns über die Tatenlosigkeit der Söhne des Islam angesichts des Triumphes der Ungläubigen. Niemand folgt dem Waffenruf. Niemand gebietet der Schmach Einhalt. Seht Euch dagegen die Franken an, wie sie es verstehen, ihr Ziel anzusteuern, wie sie sich zusammen-

schließen und ihre Verluste ausgleichen! Welchen Mut sie entwickeln und mit welcher Großzügigkeit sie ihre Reichtümer hergeben! Der einzige Beweggrund ihrer Handlungen und der Opfer, die sie sich auferlegen, ist die Verteidigung desjenigen, den sie anbeten, und der Ruhm ihres Glaubens.

Die Muslime sind im Gegenteil schlapp, träge, unbekümmert und apathisch. Sie geben sich der Furcht hin und lassen es an Mut fehlen. Es ist höchste Zeit, daß dieses Zaudern ein Ende hat und die Verteidiger des Glaubens aus der Ferne sowie aus den benachbarten Landstrichen zusammengerufen werden! Was uns betrifft, so setzen wir, Gott sei es gedankt, unsere Hoffnung noch immer auf den göttlichen Beistand. Allah wird es ermöglichen, daß die Ungläubigen untergehen und die wahren Gläubigen befreit und gerettet werden!«

Mein Ratgeber Beha ed-Din, ein Kenner der mesopotamischen Diplomatie, machte sich sogleich nach Bagdad, Mosul, Erbil und in andere Provinzen auf. Er würde die Notwendigkeit der Hilfe bestätigen, besser zu überzeugen wissen und deren Entsendung beschleunigen. In dieser Zeit verhielten sich die Franken ruhig, denn sie waren zu sehr damit beschäftigt, ihre Gräben auszuheben und Mauern zu errichten. Ihre Schiffe hatten für die Wintermonate Zuflucht in Tyros und Tripolis gefunden. Unsere Flotte hatte sich das zunutze gemacht und war zu uns gestoßen. Fünfzig Boote füllten den Hafen und entluden Verstärkungstruppen und Vorräte. Die Stadt hatte ihre Tore geschlossen, und die Garnison machte mörderische Ausfälle. Ich ließ mir auf meiner Seite alle Rekrutierungsmöglichkeiten durch den Kopf gehen. Weitere Tausendschaften der Franken waren mit ihren Königen und Bischöfen bereits unterwegs. Der Krieg würde lang dauern. Ich würde eine ständige Bereitschaft von Soldaten brauchen und das durch einen Dienstplan gewährleisten müssen. Ich entsandte Boten, um alle Stämme der Beduinen und Turkmenen in ihren Bergen und Wüstengebieten zu alarmieren. In allen Winkeln des Orients und des Okzidents griff die Fieberhitze nach den Männern, während die Kälte des Winters die Erde in Schlaf versetzte.

Das Lager der Franken verwandelte sich in eine Stadt mit Kirchen und Pferdeställen. Unseren Linien gegenüber hatten sie riesige Mauern errichtet, die von Gräben gesäumt wurden. Das erschwerte unsere Sturmangriffe und machte jeden Versuch, nach Akko durchzustoßen, unmöglich. Die Garnison lag in ihren Festungsanlagen auf der Lauer. Karakusch hatte auf den Wällen die Wurfgeschütze und die schrecklichsten Bogen neuester ägyptischer Machart aufgereiht. Den Stürmen trotzend, hatten die Mannschaften von Admiral Lulu unter Einsatz ihres Lebens unablässig das gesamte ausgeklügelte Kriegsmaterial, das in den Arsenalen von Kairo lagerte, von Alexandria herbeigeschafft. Eine Flottille von kleinen Booten hatte den Pendelverkehr zum Strand sichergestellt, den wir in der Bucht von Haifa besetzt hielten, und ich hatte mehrmals in die Zitadelle gelangen können, um die Verteidigungsstrategien auszuarbeiten.

Mit den schönen Tagen kamen auch die Horden von »Skorpionen« und »Schlangen« zurück; weiße Wimpel mit roten Kreuzen flatterten im Wind, wenn sie an der Nordküste entlangfegten und ihre Ladungen an Männern, Material und Lebensmittel sich an die Ufer ergossen, bevor sie kehrtmachten und das Meer erneut bevölkerten. Unsere Flotte mußte sich auf die hohe See flüchten, und die Verbindung mit den Belagerten wurde durch Schwimmer und Tauben aufrechterhalten. Der Feind lag direkt gegenüber vom Hafen vor Anker. Er wurde zwar durch die beiden Türme voller Bogenschützen, die die Hafeneinfahrt schützten, in respektvollem Abstand gehalten, lähmte aber dennoch all unsere Bewegungen.

Ich weilte noch auf El Kharruba, als die Franken die Feindseligkeiten eröffneten. Eines Nachmittags im Monat Saphar 586 (März 1190) griffen sie unsere Vorposten auf dem Sandstrand an, der die Bucht säumte. Ich war gerade auf der Falkenjagd und hatte mich dazu verleiten lassen, über die wildreichen Hänge der benachbarten Hügel zu reiten. Es waren gesegnete Stunden, in denen ich nicht mehr der Sultan war, sondern mich wie in meiner Jugendzeit vergnügte. Bei meiner Rückkehr erfuhr ich das traurige Ergebnis. Die Regimenter von El Adil hatten erfolgreich Widerstand geleistet, hatten aber schmerzhafte Verluste hinnehmen müssen. Mein treuer

Freund Issa hatte den Märtyrertod gefunden, und als Zeichen der Trauer schnitt ich meinem Pferd den Schwanz ab. Der Krieg begann von neuem. Ich verlegte mein Lager zurück zum Tel Keisan.

Nach und nach kehrten die syrischen Kontingente in ihre Quartiere zurück. Bald schlossen sich uns auch Beduinen und Turkmenen an. Unseren Gewohnheiten getreu, kampierte die Armee in der Schlachtordnung; Taki ed-Din befehligte den rechten Flügel, El Adil hatte den linken übernommen, während ich mit meinen Söhnen und den verwegensten kurdischen Offizieren das Zentrum überwachte. Beha ed-Din kehrte von seinem Auftrag zurück, der von Erfolg gekrönt war. Die ehrwürdigen Emire hatten sich auf den Weg gemacht, und der Kalif sandte mir seinen Beitrag: zwei Ladungen Erdöl, fünf Männer, die geschickt damit umzugehen wußten, sowie einen Wechsel über zwanzigtausend Dinare. Diese lächerliche Summe war ein Affront. Der fatimidische Kalif hatte mir zur Rettung Alexandrias eine Million Dinare geschenkt. Gleichwohl dankte ich dem Botschafter von Bagdad, gab ihm aber das Geld mit folgenden Worten zurück:

»Alles, was ich besitze, habe ich durch die Güte des Oberhauptes der Gläubigen erlangt. Wenn ich nicht gezwungen wäre, die Einkünfte meiner eigenen Staaten für den Heiligen Krieg aufzuwenden, so wäre es wohl eher meine Aufgabe, sie dem Kalifen als Zeichen meiner Huld zu schenken.«

Ich ließ dem Gesandten einen ehrenvollen Empfang im Lager bereiten, damit er an höchster Stelle bezeugen konnte, daß wir uns anstrengten, die Feinde des wahren Glaubens zurückzuschlagen. Er bewunderte unsere Organisation der medizinischen Versorgung. Die Verletzten, die auf dem Schlachtfeld von Krankenträgern eingesammelt worden waren, erfuhren eine erste Behandlung in leichten Zelten, die, durch einen grünen Halbmond kenntlich gemacht, zwischen unseren Linien verteilt waren. Danach wurden sie in ein großes Feldlazarett gebracht, das hinter der Front eingerichtet worden war. Tag und Nacht waren Ärzte und Chirurgen damit beschäftigt, ihre Wunden zu verbinden und ihre geschundenen Knochen zu heilen. Man hatte mit der Anwendung von Schimmelpilzen eine

Möglichkeit zur Bekämpfung der Infektionen und des Wundbrandes gefunden. Am meisten aber belustigte ihn unser riesiger Markt, der mit seinen siebentausend Ständen ebenso gut besucht war wie die Souks von Damaskus. In einer einzigen unserer zahlreichen Küchen konnte man achtundzwanzig Kessel zählen, von denen jeder ein ganzes Lamm enthielt. Wir hatten auch hundertvierzig Hufschmiede, eine unerhörte Anzahl Kleiderhändler und mehr als tausend Bäder, die von Männern aus Afrika geführt wurden. Die Becken aus Lehm waren von Flechtmatten und Palisaden umgeben. Es kostete ein Geldstück, zu baden und sich massieren zu lassen. In unserer Religion gehen dem Gebet Waschungen voraus, und ich hatte in meinem Zelt einen Holzzuber, in dem ich Wasser- und Dampfbäder zu nehmen pflegte. Durch diese Hygienemaßnahmen konnten wir viele Krankheiten vermeiden, die die Reihen unserer Gegner lichteten. Anstatt sich zu waschen, stellten die Franken lieber Maschinen her, um uns niederzumetzeln.

Sie hatten drei Türme mit fünf Stockwerken gebaut, welche die Festungsanlagen überragten. Ihr Holzgebälk hatten sie mit Leder verkleidet, das zum Schutz vor Feuer in Essig und Ton getaucht worden war. Um diese Bauten dicht an die Mauern heranzurollen, hatten sie den Graben an manchen Stellen zugeschüttet. Ein Schwimmer informierte mich darüber, und in der Absicht, sie abzulenken, griff ich ihre hinteren Linien an. Doch sie füllten ihre Gestelle mit Hunderten von Kriegern, die bereit waren, in die Stadt zu springen. Unsere Steine und brennenden Pfeile blieben wirkungslos. Wie durch ein Wunder gelang es einem jungen Mann aus Damaskus, der mit der Alchimie vertraut war, eine Mischung aus Erdöl und anderen Flüssigkeiten herzustellen. Die Wurfmaschinen schleuderten volle Krüge davon gegen die Verkleidungen, die auf diese Weise getränkt wurden. Wir hörten, daß die Feinde in spöttisches Gelächter ausbrachen. Aber als wir brennende Geschosse warfen, entzündeten sich die Türme nach und nach wie Riesenfackeln, stürzten ein und fielen in den Graben, wobei sie ihre Besatzungen samt vorbereitetem Material vernichteten.

Die Freudenschreie in unserem Lager überdeckten die Wehklagen der Franken. Mit meiner aufgereihten Armee forderte ich sie noch bis zum Abend heraus. Aber sie verweigerten den Kampf und vergruben sich hinter ihren Erdwällen. Ich zog den Kreis größer und richtete mich auf dem Tel Ayyadiyah ein. In der Absicht, sie aus ihren Linien herauszulocken und eine umfassende Aktion zu erzwingen, brachte ich sie jeden Tag von neuem in Bedrängnis, jedoch vergeblich. Dem Geplänkel und den Scharmützeln folgten Waffenruhen. Es kam schließlich sogar so weit, daß wir uns wiedererkannten und grüßten. Es wurde Konversation betrieben, und man schüttelte sich die Hand, nachdem man das Schwert gezogen hatte. Die Belagerung konnte eine Ewigkeit dauern. Auch auf dem Meer gerieten wir aneinander. Nach einer schrecklichen Seeschlacht, die wir vom Strand wie Schiedsrichter beobachteten, während unsere »Allahu-akbar«-Rufe das »Deus-lo-volt«-Geschrei der Frevler übertönten, gelang es den fünfzig »shinis« von Lulu mit allem, was sie uns von Alexandria brachten, in den Hafen einzufahren.

Unterdessen trafen die Fürsten aus dem Orient ein, als erster der aus Sindschar. Ich empfing ihn mit einem feierlichen Zug und führte ihn in Sichtweite des Gegners, um seine Truppen zu mustern. Ich ließ sie mit gehißten Fahnen beim Klang von Zimbeln, Trompeten und Trommeln aufmarschieren. Mit all den anderen Einheiten, jenen aus Erbil, aus Diyarbakir, aus der Gezira und aus Harran, verfuhr ich ebenso. Der Atabeg von Mosul schickte mir seinen Sohn und seine Armee mit einem Vorrat an Qualitätswaffen sowie eine riesige Menge weißen Erdöls aus seinen Quellen von Kirkuk. Al Zahir kam aus Aleppo, und was er erzählte, erfüllte uns mit Entsetzen:

»Friedrich hat die Staaten von Kilidsch Arslan durchquert, der Widerstand vorgetäuscht hat, bevor er ihm für den Weg nach Armenien einen Führer gestellt hat.«

Währenddessen erreichte uns eine Nachricht des Gouverneurs von Samosata. Er unterrichtete uns vom Tod Friedrichs, der im Saleph ertrunken war. Außerdem schrieb er uns:

»Seine ausgehungerten Truppen rücken unter dem Kommando des Herzogs von Schwaben in Syrien ein. Es sind vierzigtausend Kavalleristen und eine so beträchtliche Anzahl Infanteristen, daß es unmöglich wäre, sie zu zählen. Menschen verschiedenster Art werden von einer Disziplin zusammengehalten, die so streng ist, daß sie bereits an Grausamkeit grenzt. Sie werden beim geringsten Vergehen getötet, und sie entsagen jeder Sinnesfreude.«

Die Gefahr lauerte bereits vor unseren Toren. Ich schickte meinen Sohn in sein Land zurück und entsandte Taki ed-Din nach Hama. Er hatte Order, den Teutonenströmen den Weg abzuschneiden und niemanden zu verschonen. Die Franken nutzten das aus. Da sie glaubten, daß unser rechter Flügel zahlenmäßig geschwächt und seines besten Feldherrn beraubt sei, griffen sie ihn am 20. Jamada (25. Juli 1190) an, als die Sonne am höchsten stand. Auf meinen Befehl hatte El Adil dort mit jenen Ägyptern Stellung bezogen, die rote Turbane trugen. Er wandte unsere Lieblingstaktik an. Es galt, den Gegner weit von seiner Basis fortzulocken, dann kehrtzumachen und ihn zu zermalmen. Eine Stunde später war ihre Niederlage besiegelt.

Mehr als zehntausend Leichen bedeckten den Sand, »daniederliegend wie die Stämme gefällter Palmen«*.

Ich hastete zum Ort des Geschehens und gratulierte meinen Kriegern, die aus ihren Reihen nur tausend verloren hatten. Ich rannte am Strand hin und her und kostete meinen Triumph aus, während ich unseren Koran zitierte:

»Jene, die nicht an Allah und Seinen Gesandten glauben, sollen wissen, daß wir glühende Feuer für die Ungläubigen entfacht haben.«**

Im feindlichen Lager war der Jammer so groß, daß eine Delegation erschien und die Bitte um Frieden vortrug. Aber ich verweigerte ihn. Ich erlaubte ihnen lediglich, ihre Toten zu identifizieren, die,

* Koran, Sure LXIX, Vers 7.
** Koran, Sure XLVIII, Vers 13.

von Hyänen und Geiern zerfleischt, in der Sonne verfaulten. Mein linker Flügel war intakt und brannte darauf, sich seinerseits auszuzeichnen.

»Warum verfolgen wir sie nicht?« fragte Kukburi. »Sie sind schwach und mutlos. Wir werden sie bis auf den letzten Mann vernichten.«

»Ich habe gerade einen Kurier aus Aleppo empfangen«, antwortete ich. »Unsere Kontingente haben die Kürassiere der Hölle dezimiert. In nächster Zeit kann der Feind nicht mehr auf Verstärkung hoffen. Al Zahir und Taki ed-Din führen ihre Soldaten zu uns zurück. Mit ihnen werden wir stärker sein, um all diese Hunde endgültig auszurotten.«

Drei Tage später bereute ich meine Entscheidung. Bei den Franken schiffte sich eine mächtige Armee aus.

Ich traute meinen Augen nicht. Wir hatten den Feind niedergemäht, und er wuchs nach wie das Gras unter der Sichel. Graf Heinrich*, von dem behauptet wurde, er sei der Neffe des französischen und des englischen Königs, war mit einer großen Zahl von Rittern, kampfbereiten Mönchen und tausend Infanteristen aus dem Abendland eingetroffen. Ihre riesigen Schiffe brachten Geld, Lebensmittel und Munition. Außerdem kündigten sie an, daß die Könige sich mit einer endlosen Menschenmenge auf den Weg gemacht hätten. Die »Frevler« freuten sich und begannen, Pläne für einen Überraschungsangriff zu schmieden. Meine Spitzel schlichen sich in ihre Reihen, wo es keine Geheimnisse mehr gab.

»Das Meer verlängert ihr Leben«, sagte ich, »aber ihre Treulosigkeit wird sie in den Tod treiben.«

Ich verlegte mein Lager zum Tel Kharruba zurück. Der Leichengestank war unerträglich, und ich wollte den Kreis weiter ziehen, um den Gegner zu Ausfällen zu ermutigen. Die Verbindung mit der Garnison von Akko wurde fortan mit Tauben und einem verein-

* Heinrich von Troyes, Graf der Champagne.

barten Signal aufrechterhalten. Sobald sie belagert wurde, rührte sie die Trommeln, und unsere antworteten darauf. Gleichzeitig griffen wir an, um den Feind an seine hinteren Linien zu locken. Die Belagerung verlief allmählich im Sande, und wir bedienten uns verschiedener Finten, um die Höllenmaschinen zu zerstören, die von ihnen angefertigt wurden, um ihre Manöver auf die Wehrtürme des Hafens zu vereiteln, um ihre Einrichtungen zu verbrennen und um unsere Versorgungsschiffe mitten durch ihre Verbände durchzuschleusen. Mit der Flotte des Grafen Heinrich, die zu der pisanischen, der venezianischen und der sizilianischen hinzugestoßen war, beherrschten sie das Meer vollständig, und das war ihre Stärke.

Die Garnison in der Stadt hielt den Angriffen stand. Mit der Unterstützung des kurdischen Emirs Abul Haija befehligte Karakusch sechzig Emire und dreitausend Männer, deren Widerstand von einem Mut und einer Entschlossenheit zeugte, die bemerkenswert waren. Bis wann würden sie die Festung und die Einfahrt zu den Ankerplätzen verteidigen können? Dort lauerten Galeeren, groß wie Städte, die mit mobilen Türmen, Brandbooten und Feuerschleudern ausgerüstet waren. Wir brauchten Schiffe und ständig mehr Krieger, um uns aus dieser Zwangslage zu befreien. Ich schrieb dem Kalifen:

»Wenn ein Christ zu Lande vernichtet wird, so tauchen zu Wasser tausend neue auf. Die Saat ist üppiger als die Ernte, der Baum treibt mehr Äste, als die Klinge abschlagen kann. Diese Widersacher Allahs haben sich aus ihren Gräben und Schanzen einen undurchdringlichen Panzer zugelegt; mit ihren Schilden haben sie so etwas wie unbezwingbare Festungen geschaffen. Deshalb ist es unmöglich geworden, sie zu verwunden und zu vernichten. Es ist nicht etwa so, daß nicht schon eine große Zahl von ihnen den Untergang gefunden hätte – die Klingen unserer Schwerter sind schon ganz stumpf davon –, doch unsere Mitstreiter werden eines so langen Krieges allmählich überdrüssig.

Der Papst der Franken hat den Christen Dinge verboten, die immer als unerheblich gegolten hatten. Durch Abgaben, die er ihnen auferlegt hat, hat er ihnen das Geld abgepreßt, das sie angehäuft hatten; er versagt ihnen das Betreten der Kirchen, er legt Trauerkleidung an und verpflichtet sie dazu, es ihm nachzutun; er erlegt ihnen Bußübungen auf, bis das Grab ihres Gottes völlig befreit sein wird.

Aber Du, der Du das Blut unseres Propheten Mohammed bist, Du hast die Aufgabe, seinen Platz einzunehmen und das zu tun, was er in dieser Lage selbst täte, wenn er inmitten seines Volkes weilen würde; Du mußt sein Andenken in Frieden bewahren, der Wahrheit unter uns zum Triumph verhelfen, denn er hat uns, uns und alle Muslime, Deiner Obhut anvertraut.

Ach, wollte es Allah doch gefallen, Deinen Diener von den Sorgen zu erlösen, die ihn quälen! Er würde zu Dir eilen, er würde dem Arzt des Islam, jenem, der gewissermaßen dessen Bote ist, die Krankheit schildern, die an ihm zehrt … Im voraus füge ich mich dem, was mich und die Meinen heimsucht. Ja, wir werden in dieser Gefahr Entschlossenheit zeigen.«

Am 6. Ramadan (7. Oktober 1190) trafen die wenigen der teutonischen Horden ein, die mit dem Leben davongekommen waren, und verstärkten die feindlichen Reihen. Und der Sohn Friedrichs, der ungeduldig nach einem Ruhm trachtete, der ihm bisher versagt geblieben war, bewies seine Findigkeit, indem er das Kriegsgerät umgestaltete. Mit ihm wuchs alles ins Riesenhafte und Maßlose, sowohl die Schilde als auch die Leitern und die Belagerungstürme, die fest auf den Galeeren montiert waren. Einige Schiffe hatten Brücken, die sich durch einen speziellen Mechanismus hoben und senkten. Er erfand Maschinen, die Ungetümen glichen und eine Menge Menschen aufnehmen konnten. Eine davon, mit Metallplatten bedeckt und auf Rädern montiert, hatte einen großen Kopf aus Eisen, der gegen unsere Mauern hämmern sollte. Eine andere dachförmige Konstruktion sollte die Wälle eindrücken und verfügte dazu über eine Spitze wie eine Pflugschar. Wir bewiesen ebensoviel Scharfsinn und Geschick und verbrannten diese Geräte sowohl an Land wie zu Wasser, noch bevor diese die Ziele erreichen konnten.

Die rauchenden Gerippe dieser Ungeheuer wurden vor mein Zelt geschleppt. Im gleichen Augenblick ertönte in der Ferne eine

Fanfare. Mein Sohn Al Zahir betrat unser Lager. Glück erfüllte mein Herz, und trotz des Gelbfiebers, das an mir zehrte, bestieg ich mein Streitroß, um ihm entgegenzureiten. Er hatte die Herren von Schaizar und Baalbek mitgebracht, und ich inspizierte all diese gutausgerüsteten Truppen mit wunderbar gekleideten Soldaten, die mit strengster Disziplin aufmarschierten. Ich brauchte diese Verstärkung. Mit sintflutartigen Regenfällen kündigte sich ein früher, bitterer Winter an. Unsere weißen Zelte wirkten wie Seifenblasen auf einem Meer von Schlamm. Und die Emire von Mesopotamien verlangten nach ihren Quartieren.

Als wollten sie auf unsere Truppenaufmärsche antworten, läuteten die Glocken im Lager der Franken Sturm. Alle freuten sich. Sie erzählten, daß ihr Papst das Kreuz nehmen und an der Spitze der gesamten Christenheit nach Palästina marschieren werde. Sogleich warnte ich den Kalifen:

»Der Papst aus Rom hat den Christen kraft seiner eigenen Autorität nicht nur Beschränkungen beim Essen und Trinken auferlegt, sondern er droht denen, die nicht im Geist der Frömmigkeit zur Befreiung von Jerusalem aufbrechen, auch noch mit Exkommunikation, Eheverbot und dem Ausschluß von der Eucharistie. Er verspricht, sich im nächsten Frühjahr persönlich mit einer großen Menge dorthin zu begeben. Sollte diese Nachricht zutreffen, so werden sich ihm alle Christen, Männer, Frauen und Kinder, anschließen wollen, und dann werden wir alle zu sehen bekommen, die an den ›gezeugten Gott‹ glauben. So weit geht die Leidenschaftlichkeit, mit der sie dem Irrtum anhängen, so weit die Beharrlichkeit, mit der sie eine solch schlimme Sache verfechten!

Welch ein Unterschied zu den Muslimen! Die sind angewidert, Feinde der Mühsal, verweichlicht und wenig geneigt, sich zusammenzuschließen. Das einzige, was sie auf sich nehmen, ist, sich an den Kosten dieses Krieges zu beteiligen!«

Galeeren und Dromonen bevölkerten noch immer den Horizont, und mit den schönen Tagen würde ihre Zahl noch wachsen. Um gegen sie anzugehen, konnte ich mich nur an einen wenden, nämlich an den Sultan des Maghreb. Yaqub, der Sohn von Abd al-Mumin, verfügte über einen Teil der afrikanischen Küste bis nach Tunis. Er besaß eine ansehnliche Flotte, und seine Korsaren waren gefürchtet. Er allein konnte mir helfen. Dieser Schritt kostete mich viel Überwindung, denn das Oberhaupt der Almohadendynastie maßte sich außer all den anderen höchst ruhmesträchtigen und heiligen Titeln auch noch die eines »Kalifen« und eines »Oberhauptes der Gläubigen« an. Ich aber erkannte keinen anderen als den Kalifen aus Bagdad an.

Einer meiner Emire begab sich also in Begleitung einer großen Delegation zum »Sitz der reinsten Frömmigkeit«. Er trug ein dringliches Schreiben bei sich, dem ich durch die Beigabe zahlreicher Geschenke Nachdruck verlieh. Da waren ein Koran in einem reichziselierten Kästchen, Moschus, Bernsteinkolliers, Aloe, Balsam aus Judäa, mit Sehnen ausgerüstete Bogen, Sattel, indische Säbelklingen, erstklassige gekerbte Pfeile und mit Leder ausgeschlagene Holzkisten. Vor der Abreise nahm ich meinen Gesandten beiseite, um ihm die letzten Empfehlungen zu geben:

»Vor allem, äußerste Vorsicht! Wähle den rechten Augenblick, um von meinen Eroberungen, meinen Siegen über die polytheistischen Eindringlinge zu erzählen! Nach all dem bitte den Sultan der ›göttlichen Vernunft‹ dann schließlich um den Beistand seiner Flottenverbände, die die Verfolgung der feindlichen Schiffe aufnehmen und die Verbindung zwischen den Franken des Okzidents und denen des Orients unterbrechen könnten.«

Einige Monate später kamen meine Leute mit hängenden Köpfen zurück:

»Yaqub kann dir nicht helfen. Er hat große Probleme mit dem Sultan der Balearen und den Almohaden Andalusiens.«

Diese Argumente waren nur ein Vorwand. In Wirklichkeit hatte der mit der »göttlichen Vernunft« begabte Sultan sich geärgert, weil ich auf meiner langen Liste der Ehrentitel den des »Oberhauptes der Gläubigen« weggelassen hatte. Inzwischen verbreitete sich in meinem Lager Unmut. Die Mesopotamier dachten nur noch an die Rückkehr in ihre Heimat. Und bei den Franken war die Moral auf dem Tiefpunkt. Der Sturm jagte die Schiffe, die Lebensmittel wurden knapp, Seuchen und Hunger wüteten und viele desertierten. Die edlen Ritter entschlossen sich zu einer großen Offensive, um sich einen Zugang zu den ländlichen Gebieten zu verschaffen und sich in der Nähe von Haifa Proviant zu besorgen. Von meinen Spitzeln gewarnt, ließ ich die gesamte Ausrüstung zum Tel Kaimun transportieren, der drei Parasangen von Akko entfernt im Inneren dieser Territorien lag, und in mein nahe gelegenes Lager von Schafr'amr bringen. Dann ließ ich die Trommeln rühren. Die Armee war vollständig. Taki ed-Din war mit den Streitkräften Syriens aus dem Norden zurückgekommen. Er übernahm mit allen Fürsten aus Mesopotamien und aus der Gezira den linken Flügel und besetzte das Terrain bis zum Meer. El Adil befehligte die rechte Flanke und zog seine Linien in Richtung Gebirge auseinander. Meine Söhne wachten über das Zentrum. Ich wartete voller Angst.

Seit einigen Tagen zehrte das Fieber an mir, und ich krümmte mich vor Schmerzen in den Eingeweiden. Ich verfluchte diese Kolik, die nicht mehr wich und mich daran hinderte, in den Sattel zu steigen. Die Ärzte mühten sich, doch nichts konnte mir Erleichterung verschaffen. Die Krankheit hatte mich auf mein Lager geworfen, wo ich vor mich hin wimmerte, während draußen auf der Ebene eine große Schlacht bevorstand, die ebenso lebenswichtig wie die von Hattin war. Welchen Ausgang sie wohl nehmen würde, wenn ich mich nicht an die Spitze meiner Männer setzte, wenn ich nicht in ihrer Mitte wäre, um sie zu bestürmen, zu ermutigen und sie mit meinen Rufen und meinem Vorbild anzustacheln? Man hatte auf dem El Kharruba ein leichtes Zelt aufgeschlagen. In der Hoffnung, daß ich durch ein Wunder wieder zu Kräften kommen würde, hatte man mich auf einer Trage dorthin gebracht.

Am Montag, dem 2. Shawwal (11. November 1190), sah ich die riesige Armee der Ungläubigen plötzlich ihre Gräben verlassen und auf uns zumarschieren. Unter dem Kommando von Al Marques und Graf Heinrich folgte sie dem Fluß Belus und rückte in dichten Reihen näher. Die Infanterie umgab wie eine Mauer die Kavalleristen. Diese folgten ihrer Standarte, die auf einem von Maultieren gezogenen Karren aufgepflanzt war und hoch wie ein Minarett aufragte. Ich besaß die Kraft, in den Sattel zu steigen, um meinen zitternden Truppen eine Ansprache zu halten. Unsere Trommeln wirbelten los, unsere Trompeten bliesen zum Angriff, und überall brüllte man mit mir:

»Islam! Allahu akbar!«

Mehr schaffte ich nicht. Ein Schwächeanfall zwang mich in meinen Unterstand aus Leinen zurück. Ich lenkte das Manöver von meiner Krankenbahre aus, heulend vor Wut und Verdruß darüber, daß ich nicht aufstehen konnte. Endlich hatte ich vor Augen, worauf ich seit Monaten gewartet hatte: alle feindlichen Streitkräfte, in der Ebene versammelt, wie in Hattin. Und ich war nicht zur Stelle, um meine Männer mit dem Ton meiner Stimme zu elektrisieren! Ich beauftragte meine Söhne, meinen Platz in der ersten Reihe einzunehmen: »Es ist eure Pflicht, an den gefährlichsten Punkten ein Vorbild abzugeben.«

Der Feind marschierte flußaufwärts in Richtung Quelle und schlug dann die Richtung nach Haifa ein. Drei Tage und drei Nächte schossen ihre Bogen- und Armbrustschützen wendig und geschickt. Unsere »djalichyehs« waren nicht weniger aktiv und verdunkelten mit ihren unzähligen Pfeilen den Himmel. Ein »Taoushiin«-Bataillon nach dem anderen rückte aus, den Feind zu bedrängen, und versuchte so, seine Masse zu zerschlagen. Auf halber Strecke zwischen Akko und Haifa machten die Franken kehrt. Meine Männer kesselten sie im Schutz der Nacht ein, und sobald der Morgen graute, richteten sie ein großes Massaker an. Indem er seine Reihen dichter um seine Bannerträger zusammenzog, gelangte der Feind zu seinen Gräben zurück, wobei er von seiner Nachhut geschützt wurde, die im Rückwärtsgang marschierte und dabei ununterbrochen auf uns zielte. Ich hatte eine Botschaft an die Garnison gerichtet und ihr befohlen, das schutzlose Lager anzugreifen. Doch außer einigen harmlosen Scharmützeln ereignete sich nichts. Darüber weinte ich Tränen der Verzweiflung. Wir hatten eine Gelegenheit versäumt, die sich uns so schnell nicht wieder bieten würde.

Mein syrisches Fieber ließ nach, dafür wurde ich plötzlich von der Taille bis zu den Knien von Geschwüren befallen, unter denen ich entsetzlich litt. Nur zu Pferde ging es mir gut. Sobald ich einen Fuß auf den Boden setzte, wurden die Schmerzen so unerträglich, daß ich kaum auf der Seite liegen konnte und jede Nahrung verweigerte. Das dauerte einen Monat lang, währenddessen ich Fallen und Manöver aus dem Hinterhalt organisierte, an denen auch ich teilnahm. Ich führte mich wie ein rasendes Raubtier auf, um den Feind erneut aus seinen Stellungen herauszutreiben und ihn in die Hügel zu locken, wo er niedergemacht oder in Ketten gelegt werden sollte.

Ich ließ mir alle Gefangenen vorführen, und meine allzu eifrigen Söhne baten mich um die Erlaubnis, ihnen die Köpfe abtrennen zu dürfen.

»Es würde Gott nicht gefallen, wenn ich zu einer so sinnlosen Grausamkeit meine Zustimmung erteilte«, antwortete ich schroff. »Ich will nicht, daß meine Kinder sich daran gewöhnen, sich einen Spaß daraus zu machen, menschliches Blut zu verspritzen, dessen Wert sie nicht kennen.«

Ich behandelte die adligen Ritter mit Ehrerbietung. Sie zitterten und hungerten. Ich stillte ihren Hunger und schenkte ihnen pelzgefütterte Mäntel, bevor ich sie nach Damaskus verschickte. Ich verachtete dieses Wechselgeld nicht, das ich früher oder später gezwungenermaßen doch auf den Verhandlungstisch werfen würde. Widerwillig erkannte ich, daß sich diese Lösung immer deutlicher abzeichnete; so könnten sich zwei Parteien einig werden, in denen gleichermaßen über die Dauer der Belagerung und das Ausmaß des Leids geklagt wurde.

Jener Winter des Jahres 586 (1190–1191) wurde schrecklich. Windböen rissen unsere Zelte los, und meines stürzte eines Nachts ein. Ohne mein Holztürmchen, in dem ich seit den Annäherungsversuchen der »Assikkin« vor Masyaf schlief, wäre ich zermalmt worden. Ich hatte mich nach Schafr'amr zurückgezogen, um gesündere Luft zu atmen. Die Ebene von Akko verbreitete ihren Pestgeruch und nährte die Seuchen.

Die Heere aus Mesopotamien kehrten in ihre Provinzen zurück.

Der Fürst von Sindschar war krank; er brach als erster auf. Kukburi folgte ihm, um nie wieder zurückzukommen. Ich nutzte es aus, daß das Meer frei war, um die Garnison zu erneuern. Die sechzig Emire, die bereits seit achtzehn Monaten Widerstand leisteten, hatten ein wenig Erholung sehr wohl verdient. Doch die Zahl derjenigen, die die Zitadelle verließen, war größer als die derer, die ihren Platz einnahmen. Karakusch blieb auf seinem Posten, und Abul Haija räumte seinen für Al Mashtub. Eine große Menge an Vorrat und Truppensoldaten wurden hereingeschafft, was uns bis zur Rückkehr des Frühlings beschäftigte.

Wenn nicht durch Hunger, so wurden durch Krankheiten täglich zweihundert Menschen im Lager der Franken dahingerafft. Immer mehr von ihnen desertierten, da sie es vorzogen, sich zum Islam zu bekennen, um am Leben zu bleiben. Mehrere ihrer Führer verschwanden, darunter war auch der Sohn Friedrichs, der von einem schlimmen Fieber befallen war. Königin Sybille starb ebenso an der Pest wie ihre beiden Töchter, die aus ihrer Ehe mit Guido stammten. Zwischen den verschiedenen Sippen brachen Fehden aus, heftigere als je zuvor. Der König von Jerusalem war nur ein Prinzgemahl und erlebte nun, daß man seine Krone nicht anerkannte. Er war nicht von königlichem Geblüt, und der Thron gebührte der zweiten Tochter von Morri, Isabelle, die im Schloß von Kerak den kleinen Humfried von Toron geheiratet hatte. Doch dieser mit großer Schönheit ausgestattete junge Mann verfügte über jeden denkbaren Liebreiz einer Frau, jedoch über keine einzige der Eigenschaften, die erforderlich gewesen wären, um all diese Wölfe zu regieren. »Al Marques«, der die Oberherrschaft anstrebte und auch das Zeug dazu hatte, sah seine Chance gekommen und klammerte sich daran. Ohne zu zögern, entführte er Isabelle, ließ seine Ehe für ungültig erklären und nahm sie zur Frau, wobei er sich als »König von Palästina« anerkennen ließ. Aber Guido weigerte sich abzudanken. Jeder der beiden verfügte über eine Anhängerschaft, und alle warteten auf den König von Frankreich, der den Streit schlichten sollte.

Mit den schönen Tagen kamen die Schiffe zurück und bevölkerten das Meer so zahlreich, daß ihre Segel den Himmel verdeckten.

Eines von ihnen zog unsere Aufmerksamkeit auf sich und ließ uns vor Verblüffung erstarren. Dreihundert Frauen gingen von Bord. Sie hatten das Abendland verlassen, um denjenigen, die sich schlugen, zu Hilfe zu kommen und sie zu Kriegshelden zu machen. In unseren Reihen verschlang man diese verbotenen Objekte, die Gelegenheit zur Sünde boten, mit den Augen, und die Kommentare nahmen kein Ende. »Aluh«, unser Virtuose der Feder, konnte gar kein Ende finden, als er sie beschrieb:

»Verführerisch und verlockend, ersehnt und sehnend, außergewöhnliche Frauen und Dirnen, verliebte oder gedungene, keusche und schamlose, mit schwarzen Augen oder schwarzer Haut, mit üppigem oder schmalem Gesäß, mit fleischigen Schenkeln oder solche, die näseln, mit blauen oder grauen Augen, alle trugen sie Kleider mit Schleppe und boten in ihrer Pracht einen bezaubernden Anblick.«

Sie schlugen ihre Zelte nicht weit vom Ufer auf. Damit lösten sie einen gewaltigen Aufruhr aus, und schon bald gingen sie in einer Menschenmenge unter. Am 12. Rabia I (15. April 1191) leerte sich das Lager der Trinitarier, die am Strand zusammenliefen, um dem König von Frankreich, Philipp August, zuzujubeln. Man hatte eine stürmische Übermacht erwartet, und nun erschienen nur sechs Galeeren. Sie waren groß und mit Rittern bevölkert, die voller Eifer waren. Das machte sich dennoch bescheiden aus für einen, der sich als den größten aller Könige ausgab. Lächelnd rief ich:

»Das Meer bringt sie für das Feuer der Hölle. ›Die Hölle wird ihr Bett sein, und das Feuer ihre Bettdecke, ein gerechter Lohn für ihre Gewalttaten!‹«*

Plötzlich entwich ein wunderschöner weißer Vogel aus dem feierlichen Zug. Er ließ sich auf den Mauern von Akko nieder. Unsere Männer fingen ihn ein und sandten ihn mir. Es war ein herrlicher Falke, wie es derer nur wenige gibt. Die Franken verlangten ihn zurück und boten bis zu tausend Dinare dafür, aber ich

* Koran, Sure VII, Vers 39.

weigerte mich, ihn herauszugeben. Ich behielt dieses glückliche Omen, das den Sieg verhieß, bei mir. Und ich hatte es auch nötig, denn meine Truppen beeilten sich nicht mit ihrer Rückreise. Taki ed-Din war zur Inspektion seiner Ländereien am Euphrat aufgebrochen, und die beunruhigten örtlichen Herren schützen ihre Staaten, anstatt sich dem Dschihad anzuschließen. Die neuen turkmenischen Rekruten tröpfelten nur herbei, nicht anders die Beduinen. Ich verfügte über meine kurdischen Leibwachen, meine Söhne und die Kontingente aus Syrien. El Adil hatte seine Ägypter und wartete auf Verstärkung. Die verrücktesten Gerüchte drangen aus dem feindlichen Lager zu uns, wo der König von Frankreich versuchte, die rivalisierenden Parteien zu versöhnen und einen Kompromiß zu finden. Er neigte »Al Marques« zu, dem Gatten der neuen Königin. Und Guido wartete wutentbrannt auf den König von England, um diesen zu seinem Verbündeten zu machen. Doch der hielt sich in Zypern auf, wohin der Sturm ihn getrieben hatte, und er bat in der Absicht, die Insel zu unterwerfen und sie nach Belieben zu plündern, um Verstärkung. Guido beeilte sich, den Anker zu lichten und zu ihm zu kommen. Unterdessen hatte unsere Flotte aus Beirut sechs englische Galeeren gekapert.

Ich dachte, die Streitereien der Christen würden uns einen Aufschub gewähren. Aber der König von Frankreich, der sich gegenüber dem »verdammten Turm«, einem unserer besten Wehrtürme im Hafen, eingerichtet hatte, sammelte seine Leute. Er war fest entschlossen, Akko einzunehmen. Wenn die Franken aus Syrien den Krieg auch satt hatten und Verhandlungen vorzogen, so wollte zumindest er sich nicht demütigen. Am 4. Jamada (30. Mai 1191) warnten uns die Trommler der Garnison. Sieben Steinschleudern bombardierten die Mauern. Der König war mit seinen adligen Rittern zum Sturmangriff übergegangen. Da eröffnete ich meinerseits eine heftige Attacke, um den Gegner abzulenken und ihn an seine hinteren Linien zu locken. Der Kampf dauerte mehrere Tage lang an, blieb ohne Ergebnis und endete so, wie er begonnen hatte. Ich verlegte meine Zelte, meine Falken, meine Geparden und Löwen zurück auf den Hügel Ayyadiyah.

Jegliche militärische Aktivität wurde eingestellt. Man erwartete den König von England. Zehn Tage später landete er endlich in einem Konzert aus Fanfaren und Beifall. Er brachte fünfundzwanzig mit Bannern und Flaggen gespickte Galeeren mit sich, die mit Truppen, Waffen und Vorräten voll beladen waren. Die beiden Könige küßten sich und gingen im Parademarsch Hand in Hand. Die ganze Nacht über herrschte im Lager helle Freude. Sie hatten riesige Feuer entzündet, Tausende von Lichtern und Kerzen erleuchteten die Gänge, und sie schmausten, sangen und tanzten, während wir sie beunruhigt beobachteten. Im Unterschied zum König von Frankreich ging König Richard mit einem mächtigen Gefolge an Land. Sein Prunk und sein Luxus beeindruckten uns. Er strahlte Autorität aus und verfügte über einen stattlichen Wuchs. Seine goldroten Haare leuchteten, seine Stimme donnerte. Er hatte eine lebhafte Gestik und ein entschlossenes Auftreten. Alles an ihm verriet Kühnheit und Entschlossenheit. Mit ihm war ein Feldherr eingetroffen, der uns keine Ruhe gönnen würde.

Die Angriffe auf Akko wurden mit größerem Nachdruck wiederaufgenommen. Ein König nach dem anderen erkrankte, doch sie ließen dennoch weiterhin höllische Maschinen bauen. Richard lud aus seinen Schiffen Belagerungsmaterial aus, das wir noch nie zuvor gesehen hatten: Türme mit vier Stockwerken, eines aus Holz, das zweite aus Blei, das folgende aus Eisen und das letzte aus Messing. Mit ihnen hatte er Messina erobert. Außerdem verwandte er riesige Steinblöcke, die er aus jener Stadt mitgebracht hatte. Mit ihnen konnte man zwölf Personen auf einmal erschlagen. Meine Leute waren bestürzt, und meine Besorgnis wuchs von Tag zu Tag. Ich bewahrte jedoch die Ruhe und suchte weiterhin nach neuen Rekruten.

Dem Fürsten von Mosul schrieb ich:

»Sie haben die Mauern unterminiert, und die Stadt ist in Gefahr ...«

Ich wandte mich mit einem neuen Appell an den Sultan des Maghreb:

»Dein erhabener Geist wird nicht wollen, daß der Islam dem Islam die Hilfe verweigert, wenn die Untreue der Untreue hilft.«

Er bewahrte jedoch ein weiteres Mal Stillschweigen. Schließlich warnte ich den Kalifen:

»Dein Diener bringt Dir noch immer dieselbe Achtung entgegen, aber es ermüdet und langweilt ihn, Dir in jedem Augenblick von unseren Feinden berichten zu müssen, deren Macht unaufhörlich wächst und deren Bösartigkeit keine Grenzen mehr kennt. Die Wahrheit ist, daß unsere Truppen erschöpft sind. Sie haben bis zum Schwinden ihrer Kräfte wirklich Widerstand geleistet. Unglücklicherweise kommen die Krieger, die man uns aus sehr weiter Ferne schickt, schon zerschlagen hier an. Außerdem kommen weit weniger von ihnen hier an, als abgereist sind, und sie sprechen nur von der Rückkehr. So viel Schwäche ermutigt unsere Feinde zu neuer Kühnheit. Sie greifen uns bald mit Türmen, bald mit Steinen an, an einem Tag mit Wurfgeschützen, am nächsten mit Rammböcken. Sie untergraben die Mauern, rücken im Schutz überdachter Wege vor, versuchen, unsere Gräben zuzuschütten, erklimmen unsere Festungsanlagen. Bei Tag und bei Nacht bestürmen sie uns, oder sie besteigen ihre Schiffe und greifen uns vom Meer aus an.

So haben sie sich gegenwärtig nicht damit zufriedengegeben, in ihrem Lager einen Erdwall zu errichten; sie haben sich vielmehr in den Kopf gesetzt, runde Hügel in Form von Türmen zu bauen, die sie mit Holz und Steinen abgestützt haben; und als dieses Werk vollendet war, haben sie hinten Erde weggegraben und diese nach vorne geworfen, wo sie sich langsam aufhäufte. So haben sie einen Turm nach dem anderen bis in die halbe Reichweite eines Pfeils in Richtung Stadt vorgeschoben. Bisher unterlagen ihre Maschinen und Palisaden dem Feuer und den Steinen. Aber wie soll man diese Erdhügel einschlagen oder anzünden, die gleichzeitig den Männern und den Maschinen Schutz bieten?«

Am 23. Jamada (18. Juni 1191) warnte uns ein Trommelwirbel. Die beiden Könige und ihre Truppen griffen die Stadt hartnäckig an. Sogleich schickte ich meine Armee zum Sturm auf ihr Lager. Ein guter Teil meiner Leute überwand ihre Gräben und Wallanlagen und drang bis mitten zwischen ihre Zelte vor, wo sie plünderten und massakrierten. Die Belagerer ließen von den Festungsmauern ab und wandten sich zurück. Ein schrecklicher Angriff entfesselte sich, und der gnadenlose Kampf dauerte bis zum Abend. Da erschien ein Gesandter des Königs von England und bat, mich zu sprechen. Ich gewährte es ihm. Er erklärte mir, daß sein Herr um eine Unterredung an einem Ort meiner Wahl bitte, und ich antwortete ihm:

»Könige dürfen sich erst dann zusammenfinden, wenn sie Frieden geschworen haben. Es wäre unziemlich, wenn sie sich nach dem Ende einer Mahlzeit oder einer Besprechung eine Schlacht liefern würden. Vorher müssen die Friedensbedingungen geregelt sein. Dann werden wir Zeit und Ort der Unterredung nennen, und wir werden mit Hilfe eines Dolmetschers miteinander sprechen können.«

Da er sich beharrlich zeigte, kamen wir überein, daß Richard meinen Bruder El Adil treffen sollte. Wir bereiteten ein Abendessen vor, es erschien jedoch niemand. Es ging das Gerücht, daß unter den Franken heftige Streitereien ausgebrochen seien. Einige warfen dem König von England vor, sich bloßzustellen. Es hieß sogar, der König von Frankreich habe ihm jeden Versuch, mit uns ins Gespräch zu kommen, untersagt. Ich fuhr fort, Hilferufe nahezu überallhin zu entsenden. Endlich trafen zahlreiche Truppen ein, aus Sindschar, Mosul und Ägypten.

Tauben überbrachten der Garnison Mitteilungen, die ihr Trost zusprachen und ihren Mut unterstützten. Die Sturmangriffe hatten Breschen hinterlassen, die sie zu reparieren suchte, wobei sie auch die Gräben von verwesten Leichen freimachte, mit denen der Feind diese unablässig zuschüttete.

Plötzlich kehrte der Bote zurück. Er brachte ein Dementi der Gerüchte. König Richard sei so krank gewesen, daß er das Bett habe hüten müssen. Er verspreche uns Falken, doch diese hätten unter der Reise gelitten, und er bitte uns um einige Hühner, um sie zu mästen. El Adil erwiderte trocken:

»Sagt lieber, daß euer Herr krank ist!«

Er erhielt sein Geflügel. Richard ließ einen unserer Gefangenen frei, und ich schickte ihm ein Prunkgewand. Er bat auch um Schnee, dann um Früchte, und all das wurde ihm gewährt. Ich hätte meine Ehre verloren, wenn ich unsere Gesetze der Gastfreundschaft nicht beachtet hätte.

Unterdessen wurden die Sturmangriffe fortgesetzt. Unsere Wälle hatten ihre Abdeckungen verloren und krachten von allen Seiten ein. Die Einwohner und die Garnison schliefen nicht mehr. Am 7. Jamada II (2. Juli 1191) klangen die Trommelwirbel wie Schreie in höchster Not. Ein Ozean aus Eisen brandete mit erschreckendem Gerät auf die Stadt zu. Alle meine Heere warfen sich in die Ebene, attackierten die Wälle des Lagers, die dieses Mal gut besetzt waren. Den ganzen Tag über galoppierte ich von »telab« zu »telab« und schrie:

»Yallah! Islam! Allahu akbar!«

Es war ein Kampf der Verzweiflung gegen das Unausweichliche, und ich weigerte mich, den Tatsachen ins Auge zu sehen. So lange die Mauern hielten, so lange meine Männer sich schlugen und die Belagerungsmaschinen in Brand setzten, so lange lebte die Hoffnung. Ich kreischte und führte mich wie eine Henne auf, die ihre Küken sucht. Meine Stimme brach an meinen Seufzern. Der Feind schlug eine Bresche, und ich krümmte mich wie ein Rasender, verrückt vor Wut und Schmerz angesichts meines Unvermögens, das Drama abzuwenden. Aber wie hätte ich auch eine so mächtige Armee vertreiben können, die sich in einem Lager verschanzte, das mit Mauern befestigt war? Als die Nacht hereinbrach, standen wir noch immer frontal den Feinden gegenüber. Meine Männer blieben im Sattel, bereit, den Kampf schon bei Morgengrauen wiederaufzunehmen. Ein pathetischer Appell der Garnison bestürzte uns:

»Wenn ihr nichts unternehmt, um uns zu retten, so werden wir kapitulieren und als einzige Bedingung verlangen, daß man uns das Leben schenkt.«

Es gab keine Rettung mehr! Ich war bis ins Mark getroffen. Indem ich Akko verlor, verlor ich meine Lebenskräfte. Dort waren die gesamten Militärausrüstungen der Küste sowie die von Jerusalem, von Damaskus, von Aleppo, von Ägypten und anderen muslimischen Landstrichen angehäuft. Ich würde auch meine tapfersten Emire verlieren, Karakusch und Al Mashtub. Ich konnte mich nicht damit abfinden und verbrachte die Nacht im Gebet. Ich wiederholte unablässig folgenden Vers unseres Korans:

»Allah wird nicht zulassen, daß jenen, die Gutes tun, die Belohnung entgeht.«*

Sobald es Tag wurde, rief ich alle zu den Waffen und befahl den Sturm auf das Lager. Ihre Infanterie stellte uns hinter ihren Gräben eine kompakte, undurchdringliche Mauer entgegen. Meinen Männern gelangen einige Durchbrüche, und sie metzelten eine große Zahl an Gegnern nieder, aber dennoch war das Ergebnis für uns gleich Null. Wir mußten hilflos mit ansehen, daß die Angriffe auf die Stadt verdoppelt wurden.

Die Garnison kämpfte bis zur Erschöpfung, und Al Mashtub verlangte freies Geleit, um den König von Frankreich aufzusuchen, dem er erklärte:

»In der Vergangenheit haben wir eine große Anzahl eurer Festungen eingenommen, indem wir sie euch im Sturm entrissen haben. Dennoch haben wir den Bewohnern das Leben geschenkt, und wir haben sie in allen Ehren an einen sicheren Ort überführt. Nun stimmen wir einer Übergabe der Stadt zu, und du garantierst uns unser Leben.«

Philipp August antwortete:

»Jene, die ihr in der Vergangenheit gefangengenommen habt, waren unsere Untertanen, ebenso wie auch ihr meine Mamelucken und Sklaven seid. Ich werde sehen, was ich euch schicklicherweise vorbehalte!«

Da sprang Al Mashtub ungestüm auf und erklärte:

»Wir werden euch die Festung nicht eher überlassen, als bis wir

* Koran Sure IX, Vers 121.

alle tot sind, und keiner von uns wird fallen, bevor er nicht fünfzig eurer Anführer getötet hat!«

Als ich das erfuhr, beschloß ich eine improvisierte Attacke mit Schaufeln und anderen Werkzeugen, mit denen die Gräben zugeworfen und die Mauern des Lagers eingedrückt werden konnten. Da erschien der Bote von Richard erneut. Er wollte Früchte und Schnee. Außerdem kündigte er den Besuch des Großmeisters der Hospitaliter an, der über Frieden reden wollte. Der König von England versuchte, sich einen Vorteil über den König von Frankreich zu verschaffen, indem er sich direkt an mich wandte. Ich ließ das geschehen, versuchte aber dennoch weiterhin, die Lage zu wenden. Am 10. Jamada II (5. Juli 1191) war es uns gelungen, eine unserer Standarten auf einem Wall der Feinde aufzupflanzen. Wir hatten sie umzingelt und verbrachten die ganze Nacht im Sattel, darauf lauernd, welche Bewegungen die Garnison machte. Da ich zu ihrer Rettung entschlossen war, hatte ich ihr eine verschlüsselte Mitteilung zukommen lassen, die besagte:

»Versucht, die Wachsamkeit der Christen zu täuschen! Verabredet euch und verlaßt im Schutz der Nacht in Scharen die Stadt! Ihr werdet euch zur Meeresseite wenden und euch mit Macht auf sie stürzen. Nehmt alles mit euch, was in der Stadt ist!«

Sie verloren zu viel Zeit beim Zusammenraffen ihrer Habe, wurden verraten, und alles schlug fehl. Sie versuchten noch durchzuhalten und schworen, bis in den Tod zu kämpfen. Neue Verstärkung traf für mich ein, und ich verdoppelte die Anstrengungen. Aber Tag für Tag wurden die Breschen breiter. Sollte die Festung im Sturm genommen werden, ließe man alle Bewohner über die Klinge springen, wie es in Jerusalem fast ein Jahrhundert zuvor geschehen war. Al Mashtub hatte die Verhandlungen wiederaufgenommen. Ein Schwimmer überbrachte mir das Ergebnis, das ich nicht billigen konnte. Ich wollte ein Gebet sprechen, bevor ich meine Ablehnung verfaßte. Die Sonne stand im Zenit. Plötzlich erhob sich ein riesiges Geschrei, und auf den Festungsmauern gewahrte ich die Standarten und Kreuze der Franken.

Ich war wie gelähmt. Es zerriß mir das Herz. Am Freitag, dem

17. Jamada II (12. Juli 1191) war Akko verloren. Der Kummer und die Demütigung nagten an mir, und es brach mir das Herz, als ich mich den ungeheuerlichen Bedingungen unterwerfen mußte, die in meinem Namen unterschrieben waren. Die Stadt wurde mit der gesamten Ausrüstung, allen Vorräten und Schiffen, die sie enthielt, übergeben. Außerdem mußte ich zweihunderttausend Golddinare zahlen, fünfhundert unbekannte Gefangene und hundert Würdenträger freilassen, welche die Franken benennen würden, und natürlich das wahre Kreuz herausgeben. Außerdem hatte ich die Unterhändler der Verhandlung zu bezahlen, im vorliegenden Fall »Al Marques«, der zehntausend Dinare für sich selbst und viertausend für seine Helfer forderte. Im Gegenzug wollte man den Bewohnern und den Kämpfern der Garnison das Leben schenken und ihnen den Abzug mit ihrer Habe erlauben.

Ich zog mich in meinen Turm zurück. So konnte ich fern von allen Blicken meinen Kummer abladen. Mein gesamter Körper schmerzte. Plötzlich fühlte ich mich sehr matt und sehr alt. Ich hatte mit ganzer Seele und aus meinem tiefen Glauben heraus gekämpft, und nun wußte ich nicht mehr, wo ich meine Scham verbergen sollte. Was tat Gott? Warum prüfte Er mich so, obwohl ich Ihm so viel geopfert hatte? Hatte Er nicht Jerusalem und Palästina von mir gefordert? Ein kalter Schauder befiel mich. Ich war nicht einmal mehr sicher, ob ich das bewahren könnte, was wir erworben hatten. Meine Vertrauten trösteten mich, und einer von ihnen sagte:

»Wegen einer Stadt, die uns entrissen wird, ist der Islam nicht verloren. Der Beistand Allahs ist nah und wird nicht nachlassen.«

Ich hoffte, daß die Franken, geblendet von ihrem Sieg, gegen mich marschieren würden und mir so die Möglichkeit böten, ihnen eine Niederlage beizubringen. In der Erwartung, daß der Allmächtige mir eine Gelegenheit gewähren würde, Rache zu nehmen und mein Ansehen zurückzugewinnen, harrte ich fast zwei Tage auf meinem Hügel aus. Aber die »Frevler« hatten nur den einen Gedanken, sich in die Straßen zu stürzen und dort alle Gebäude zu besetzen. Sie stießen wilde Schreie aus, während es zu blutigen Handgemengen kam, als sie auf der Suche nach einem Haus oder einer Mauer, wo sie ein Banner oder ein Kreuz aufpflanzen könnten, überall umherrannten. Jede Nation bestand auf ihrem Territorium. Wie ausgehungerte Wölfe warfen sie sich auf unsere Güter, Gott dankend, der ihnen – wie sie sagten – ihre Besitztümer zurückgegeben hatte. Was stellten sie in diesem Durcheinander wohl mit unseren Muslimen an?

Mit Tränen in den Augen verlegte ich mein Lager nach Schafr'amr. Es war keine Zeit mehr zu jammern, Anschuldigungen auszusprechen oder dem einen oder anderen etwas zu verübeln. Das Los von dreitausend unserer Leute stand auf dem Spiel, und auch unsere Zukunft. Ich hatte Vorsichtsmaßnahmen ergriffen und strikte Anweisungen versandt, so daß die Einwohner von Cäsarea, Arsuf und Jaffa evakuiert und die Städte zerstört worden waren. Der Feind würde sich nicht in Akko schlafen legen. Sollte er die Küste besetzen wollen, so überließ ich ihm nur verbrannte Erde. Ich versammelte meine Emire und hielt Rat, um die Bedingungen des Vertrages zu diskutieren, an dem ich nicht mitgewirkt hatte. Sie antworteten einmütig:

»Es sind unsere Brüder, unsere Gefährten. Es gibt keine Entschuldigungen, und wir werden geben, was man von uns verlangt.«

Ein Vertreter der Franken erschien in Begleitung des Kammerherrn von Karakusch, um die Ausführungsmodalitäten zu regeln. Danach begaben sie sich nach Damaskus, um die zu befreienden Gefangenen zu benennen, während ich mich bemühte, die geforderte Summe zusammenzubringen. Man erlaubte mir, sie in drei Raten zu zahlen, und ich hatte einen Monat Zeit, um die erste zu begleichen, welche sich auf die Hälfte des Betrages belief – einen Monat, um hunderttausend Goldstücke aufzutreiben, zu einem Zeitpunkt, an dem meine Schatulle leer war! Die Sammler wurden in den Provinzen tätig. Zum festgesetzten Datum hatte ich das Geld, das Kreuz und sechshundert Gefangene. Es fehlte noch ein Teil der Adligen, da man diese noch nicht benannt hatte. Die Gemüter erhitzten sich, man warf uns Wortbruch vor und mißhandelte unsere Brüder.

Inzwischen hatte der erkrankte König von Frankreich Zuflucht in Tyros gefunden, bevor er die Segel setzte, um in sein Land zurückzukehren. Ich hatte ihm ein Glückwunschschreiben und einige Geschenke geschickt. Er hatte seine Macht an denjenigen delegiert, den wir »Al Duk« nannten, seinen Herzog von Burgund. »Al Marques« begleitete ihn. Er hatte sich mit dem König von England, der Guido unterstützte, überworfen. So kam es, daß der König die Freiheit hatte, als unangefochtener Herr zu handeln. Er hatte keinen leichten Charakter, war aufbrausend und ließ oft diplomatisches Geschick vermissen. Wir gerieten in der Sache mit den Gefangenen aneinander, und das Datum der ersten Frist näherte sich.

Ich machte deshalb folgenden Vorschlag:

»Von zwei Dingen das eine: Entweder ihr befreit alle Muslime und ich übergebe das Geld, eure Gefangenen und das Kreuz. Für den Rest überlasse ich euch Geiseln. Oder aber, wenn ihr nur einen Teil der Muslime freilaßt, so gebt doch selbst Geiseln, um zu garantieren, daß ihr den Rest freilassen werdet, wenn die Zeit dazu gekommen ist!«

Die Christen setzten beleidigte Gesichter auf und erwiderten, daß sie es nicht nötig hätten, Belehrungen anzunehmen. Sie würden die Muslime entlassen, wenn der rechte Augenblick gekommen sei. Inzwischen müsse genügen, daß sie ihr Wort gegeben hätten. Ich hatte keinerlei Vertrauen zu ihnen. Meine Beziehungen zu diesen Leuten hatten bisher nur aus einer langen Folge von Verrat bestanden. Deshalb bat ich sie, einen Eid zu schwören. Sie weigerten sich mit den Worten:

»Wir wollen nichts beeiden oder uns zu irgend etwas verpflichten, denn wir fürchten, die Muslime in der Stadt könnten irgendeine Treulosigkeit begehen.«

Da erklärte ich, daß ich nichts übergeben würde. Ich wünschte die Befreiung unserer Leute oder eine Garantie in Form von Christen als Geiseln. Sie schmollten in ihrem Winkel, ohne eine Entscheidung zu fällen, als meine Vorposten, die auf den Hügeln von Keisan lagen, den König von England, gefolgt von seiner gesamten Armee, aus der Stadt reiten und Richtung Ebene marschieren sahen. Ein Aufklärer traf ein, um mich darüber zu informieren, und ich entsandte Truppen. Aber es war zu spät, um einen Kampf zu beginnen. Es gab nur einige Scharmützel, bevor die Nacht die Gegner trennte. Am Morgen war Entsetzliches vor unseren Augen ausgebreitet. Tausende von gräßlich verstümmelten Körpern lagen im Sand. Man hatte die Einwohner von Akko nackt und in Ketten an den Fuß des Hügels Ayyadiyah verschleppt. Und derjenige, den sie »Löwenherz« nannten, hatte sein Wort gebrochen und kaltblütig das Massaker angeordnet. Sie hatten alle Armen, Greise, Frauen, Kinder und die wenig bedeutenden Leute ausgelöscht. Zurückbehalten hatten sie nur die Emire, um mit ihnen viel Lösegeld einzutreiben, sowie die kräftigen Männer, um sie zu ihren Dienern zu machen.

Was war das nur für eine frevlerische und widernatürliche Religion, die solche Taten des Hasses zuließ? Ich war empört und verzweifelt und verfluchte diese »Christenhunde« ohne Treu und Glauben. In meinem Zorn schwor ich, unsere Märtyrer zu rächen, die zu Unrecht unter solcher Grausamkeit gelitten hatten, und ich kehrte in mein Zelt zurück, um mit meinem Schmerz allein zu sein. Die gräßlichen Bilder standen mir noch immer vor Augen und quälten meine Seele. Matt und niedergeschlagen verbrachte ich den restlichen Tag damit, für all diese Unschuldigen, die auf dem Weg des Lichts zu unserem barmherzigen Gott aufstiegen, zu Ihm zu beten.

Warum hatte der König von England so gehandelt? Für mich gab es da nur eine Erklärung. Er hatte den Entschluß gefaßt, nach Askalon zu marschieren, und wollte nicht so viele Gefangene zurücklassen, die ihm hinderlich wären. Die Tatsachen gaben mir recht. Ich sah, daß die Anzeichen für einen neuen Krieg gegenwärtig immer deutlicher wurden. Sie reparierten ihr zurückgewonnenes St. Johann von Akre. Die Befestigungsanlagen wurden wiederaufgebaut, zugemauert, verstärkt. Richard hatte das Kommando über die

Armee übernommen. Außer seinen Engländern verfügte er über Franzosen, Deutsche, Italiener und über Krieger aus allen anderen Ländern des Okzidents. Unsere besetzten Paläste boten ihnen Unterschlupf. In unseren zu Tavernen und anderen üblen Orten verwandelten Häusern lösten Trinkgelage ihre Zungen, und ihre Eroberungspläne erzürnten und beunruhigten meine lauschenden Spione:

»Askalon! Jerusalem! ... Und ganz Palästina!«

Sie wetzten ihre Waffen in der Absicht, sich Königreiche zu erkämpfen. Im Namen ihres »gezeugten Gottes« nahmen sie sich das Recht, uns zu demütigen und uns zu töten. In alle Winkel der islamischen Welt wurden Briefe geschickt, um das Feuer des Widerstandes zu entfachen:

»Wo sind die mutigen Männer, die einmütigen Seelen, die stolzen Herzen? Wimmern sie nicht angesichts der Leichen ihrer Märtyrerbrüder? Eilen sie nicht herbei, um die Religion zu rächen? Sind ihre Augen beim Anblick dieser edlen Gefährten, die niedergemetzelt wurden, nicht tränenüberströmt? Sie haben ihren Untergang gefunden, aber Allah, der großmütig ist, hat ihnen einen Ehrenplatz in Seiner Nähe zugewiesen. So will Er den Eifer wiedererwecken und die wankelmütigen Beschlüsse aus ihrer Erstarrung befreien.«

Ich schrieb dem Kalifen:

»Das ist eine erstaunliche und betrübliche Nachricht für alle ergebenen Verteidiger der Religion ... Der Dschihad ist die persönliche Pflicht aller Muslime; Du aber läßt Deinen Diener mit dieser schweren Aufgabe ganz allein.«

Ich hatte nicht genügend Krieger für einen Gegenangriff. Dennoch versammelte ich sie in der Absicht, ihnen für ihre Anwesenheit zu danken, diejenigen, die sich ausgezeichnet hatten, zu belohnen und Pferde auszuteilen. Mehr als zwölftausend Männer hatten im Kampf den Tod gefunden. Am 29. Radschab (23. August 1191) schlug die

Neuigkeit wie ein Blitz in unsere Reihen ein: Hundert Franken überquerten den Belus und schlugen auf dem Westufer ihr Lager auf. Zwei Tage später setzten sie sich Richtung Askalon in Marsch. Die örtlichen Gegebenheiten boten uns bei weitem keinen Vorteil. Die Küstenstraße mit dem Meer auf der einen und den Hügeln auf der anderen Seite bot uns keine Möglichkeit, aufzumarschieren und den Feind zu umzingeln, wie wir es in Hattin getan hatten. Einige Orte erlaubten indessen punktuelle Angriffe und Vorstöße der Kavallerie. Ich ließ alle Männer aufsitzen. Ein Teil meiner Truppen nahm mit meinem Sohn El Afdal und Emir Dschurdik die Verfolgung von Richard auf, und sie setzten ihm an seinen Flanken hart zu, während ich nach Cäsarea galoppierte, um dort auf ihn zu warten.

In drei mit Bannern gespickten Divisionen rückten sie über den sengendheißen Strand vor: Guido mit seiner Standarte an der Spitze, Richard im Zentrum und »Al Duk« mit dem Grafen Heinrich hinten. Die Infanteristen umgaben in dichten Reihen die Kavalleristen, während Galeeren in großer Anzahl auf gleicher Höhe mit ihnen über das Meer glitten. In allen Richtungen suchten wir ihnen zu begegnen, wir umzingelten sie in allen Engpässen, griffen sie bei jedem ihrer Halte an und vertrieben sie aus allen Unterschlüpfen. Dickicht und sandige Ebenen hinderten uns an einer Schlacht. Sie marschierten wie eine Mauer vor uns her, und all unsere Versuche waren vergeblich. Doch am 11. Shaaban (3. September 1191) vereinte ich meine gesamten »telabs« zum Sturmangriff, als der Feind gerade aus Cäsarea hinauszog. Trommeln und Trompeten untermalten unser »Allahu akbar!«. Einmal mehr galoppierte ich wie wild zwischen den Reihen hin und her, um meine Männer anzufeuern und sie dazu zu treiben, den Feind zurückzudrängen. Ihre Fußsoldaten trugen »kebourek«* und so dichte Panzerhemden, daß die Pfeile dort nicht einzudringen vermochten. In Igel verwandelt, setzten sie ihren Marsch fort und bedienten ihre mörderischen Armbruste. Trotz allem verloren sie an jenem Tag tausend Reiter.

* Dichtgefütterte Filzkittel.

Am selben Abend kampierten wir in der Nähe des Waldes von Arsuf, als ein Gesandter des Königs von England für seinen Herrn, der über den Frieden sprechen wollte, um eine Audienz bat. Ich beauftragte meinen Bruder El Adil damit, Richard zu empfangen, und empfahl ihm, die Dinge laufen zu lassen. Ich glaubte nicht mehr an die Worte des »Löwenherzens«. Mein einziger Wunsch war, Zeit zu gewinnen, um mich zu stärken, denn ich hoffte noch immer, ihn zu besiegen. Turkmenische Bataillone trafen ein, und ich wandte mich einmal mehr an den Sultan des Maghreb. Seine Unterstützung konnte alles ändern:

»Akko ist in ihrer Gewalt, aber wir weichen nicht zurück. Wir sind an all ihren Wegen postiert. Wir bedrängen sie sehr. Vor allem brauchen wir die Unterstützung zu Wasser durch die Flotte des Maghreb. Dank ihrer werden wir zurückerhalten, was wir leihweise abgetreten haben. Der Islam richtet seine Blicke nun nach Westen.«

Am Morgen erschien der König von England bei El Adil und wiederholte sein Friedensangebot. Als Dolmetscher hatte er einen alten Bekannten bei sich, den jungen Humfried von Toron, der kurz zuvor zum Großmeister der Templer ernannt worden war. Mein Bruder fragte nach den Bedingungen, und Richard antwortete dreist:

»Ihr gebt uns unsere gesamten Territorien zurück und werdet dann in euer Land zurückkehren.«

Empört setzte El Adil der Unterredung ein Ende, indem er sagte:

»Eher wird sich die gesamte muslimische Armee töten lassen, als daß wir dem zustimmen!«

Mein Plan war fehlgeschlagen, und nun blieb mir keine andere Möglichkeit als ein Großangriff. Das Terrain eignete sich dazu. Die Franken lagerten in El Birka, auf halber Strecke zwischen Cäsarea und Jaffa. Der Strand, dem sie folgen würden, war auf eine Länge von sechs Meilen von einem schönen Wald gesäumt, in dem ich meine Armee aufmarschieren lassen konnte. Ich redete mit meinem Bruder und den Emiren, stellte meine Armee in Schlachtordnung auf, und als der Feind sich am 14. Shaaban (6. September 1191) auf den Weg machte, ging ich zum Sturmangriff über.

Mit einem Höllenlärm von Trommeln und Trompeten tauchten die hunderttausend Reiter des Islam aus dem Palmenhain auf, während sie unsere Kriegsrufe brüllten, die zu Allah emporstiegen. Die »djalichyehs« stürzten sich schnell wie der Blitz auf die Feindesmassen und übersäten sie mit Pfeilen. Die »Taoushiin« griffen zuerst an, dann die Schwarzen mit ihren scharlachroten Turbanen, schließlich die zwanzigtausend »Caragholam«, Beduinen aus der Wüste, wendige und schnelle Fußsoldaten im Schutz ihrer Schilde. In Wogen fegten sie nacheinander über die wimmernden »Frevler« hinweg. Sie zielten auf die Pferde und richteten ein Blutbad an. Die Christen wurden umzingelt, an der Gurgel gepackt, von unseren Batterien in Angst und Schrecken versetzt. Die Nachhut wurde dezimiert, die Hospitaliter zermalmt. In der Hitze und den Staubwolken dem Ersticken nahe, wünschte mehr als einer, er hätte seine Pilgerreise bereits hinter sich. Wir töteten sogar einen ihrer Grafen, den sie »Sir Jack« nannten. Wir gingen dem Sieg entgegen! Hattin wiederholte sich.

Plötzlich ertönte inmitten der Menschenmenge eine Trompete. Die Trinitätsritter griffen zu ihren Lanzen und starteten einen gemeinsamen Angriff, wobei sie ein schreckliches Geheul ausstießen. Sie teilten sich in drei Gruppen, um sich auf unseren linken Flügel, auf unseren rechten Flügel und auf unser Zentrum zu stürzen, wo sie Angst und Schrecken säten. Und sie verbreiteten solche Panik, daß meine Männer sich in den Schutz der bewaldeten Hügel zurückzogen. Ich hatte nur noch siebzehn Mameluken um mich. Aber der Adler meiner Standarte in den Farben der Sonne schwebte noch am Himmel, und noch immer ertönten meine Trommeln, um die Flüchtenden wieder zu sammeln. Ich rannte wie in Akko hinter ihnen her, um sie einzufangen, und führte sie zu weiteren Angriffen zusammen. Ich provozierte den Gegner erneut, um ihn in den dichten Wald zu locken. Mißtrauisch machte er am Waldrand halt. Er nahm seinen Marsch wieder auf, und ich bedrängte ihn unablässig, indem ich Schwadrone von Kurden und Turkmenen auf ihn hetzte. Aber der Feind verweigerte den Kampf und suchte hinter den Mauern von Arsuf Zuflucht.

Den Sieg hatte ich nicht errungen, aber sie hatten uns nicht vernichtet. Allerdings hatte ich viele Tote zu beklagen. Ihre Leichname waren im Sand wie Getreidegarben aufgetürmt. Der Mißerfolg schmerzte mich. Ich erkannte meinen Irrtum. Meine Männer hatten nicht genug Rückzugsmöglichkeiten gehabt, um ihre Reihen bei einem Angriff, den ich nicht vorhergesehen hatte, zu lockern. Nach dem Fall von Akko fügte diese Niederlage meinem Ansehen weiteren Schaden zu, aber ich blieb hartnäckig. Wir hatten noch lange nicht verloren! Ich würde ihnen Askalon nicht überlassen, und Jerusalem würden sie niemals erobern!

Ich zog mich in Richtung Ramleh zurück, während Richard das erreichte, was von Jaffa noch übrig war. Ich versammelte den Rat der Emire, und einer von ihnen bemerkte:

»In Jaffa sind die Franken gleich weit von Askalon und von Jerusalem entfernt. Nun können wir aber nicht beide Städte gleichzeitig schützen. Für jede von ihnen würden wir eine Garnison von zwanzigtausend Männern benötigen. Der Sultan muß entscheiden, welche von beiden die wichtigste ist, also befestigt und verteidigt werden soll.«

Das Dilemma war einschneidend. Wenngleich Al Qouds, unsere Heilige Stadt, nicht aufgegeben werden konnte, so hatte doch auch Askalon seine Bedeutung. Es war das Tor zu Ägypten, der strategisch bedeutendste Punkt Palästinas. Und wenn dieser Ort in Richards Hände fallen sollte, so würde er ihm als Basis für die Eroberung der heiligen Stätten und für die Bedrohung Ägyptens dienen.

»Wir müssen Askalon zerstören«, sagten die Emire.

Ich sprang auf, von Entsetzen gepackt. Wollten sie mir das Herz aus dem Leib reißen? Es würde sicher noch eine andere Lösung geben! Wir würden schon noch Männer und Material auftreiben. Ihre Blicke mieden mich. Einer von ihnen machte mir in wenig beruhigtem Ton ein Zugeständnis:

»Dringt in Askalon ein, du und einer deiner Söhne, dann werden wir ebenfalls kommen, da wir ja deinem Befehl unterstellt sind!«

Wie in Tyros machten sie Miene zu gehorchen, würden sich aber angesichts der Gefahr zurückziehen. Nicht einer von ihnen wollte Askalon verteidigen. Die Erinnerung an Akko haftete ihnen noch immer unauslöschlich im Gedächtnis. Ich hatte nur schwache, feige Charaktere vor mir. Unter diesen Voraussetzungen war es schon besser, die Stadt zu zerstören, als sie dem Feind zu seinem Vorteil zu überlassen. Ich hob die Sitzung mit folgendem Schlußwort auf:

»Meine Kinder sind mir sehr teuer; dennoch würde ich es vorziehen, sie zu verlieren, als einen Stein dieser Stadt anzutasten. Da aber das Wohl der Religion und meines Volkes dieses Opfer verlangt, tue ich es ohne Bedauern.«

Ich ließ El Adil und zehn Emire zur Beobachtung von Richards Bewegungen zurück und schlug den Weg nach Süden ein, um mich selbst dieser kläglichen Aufgabe anzunehmen. Alle Einwohner wurden nach Ägypten evakuiert. Man nahm mit, was mitzunehmen war, und verstreute den Rest. Die Türme wurden zerstört, die Festungsmauern unterminiert, und in einer riesigen Feuersbrunst stürzte Askalon allmählich ein. Reglos sah ich von meinem Streitroß aus zu, wie eine der schönsten Küstenstädte starb, die Stadt des Herodes, die schon die Philister, Ramses II. und Alexander gesehen hatte. Der Kummer machte mir das Herz schwer, und meine Augen waren blind von Tränen. In den Flammen starb auch ein Teil von mir. So viele Jahre meines Lebens hatte ich darauf verwandt, die Länder des Islam zurückzuerobern und die Feinde Allahs zurückzuschlagen. Ob ich zu alt geworden war, um die Einheit unserer Völker zu garantieren und weiterzukämpfen? Nach und nach begann alles rings um mich zu schwinden, es zerrann, sogar das Leben in meinem Körper wurde allmählich schwächer, und meine Haare schwanden wie der Schaum auf den Wogen.

Einen Monat lang brannte das Feuer. Die Rauchschwaden verdunkelten den Himmel und benebelten meine Gedanken. Sie kreisten unablässig nur noch um eines: Jerusalem. Allah hatte mich in den höchsten Rang erhoben, um diese Stadt zu befreien und sie zu säubern. Ihr hatte ich meine gesamte Lebenskraft gewidmet. Ich würde mich nicht selbst verleugnen und sie im Stich lassen, auch wenn ich dabei den Tod finden sollte.

Am zweiten Tag des Ramadan (23. September 1191) war ich in Ramleh und ließ die Zitadelle zerstören. Dann war Lydda an der Reihe. Nichts sollte den Frevlern in die Hände fallen. Sie würden nur Ruinen und Verheerung vorfinden, verbrannte Erde und Wüste. Ich begab mich zurück zu unserer Heiligen Stadt und schlug vor ihren Mauern mein Lager auf, unentwegt über ihre Verteidigung nachsinnend. Ich verteilte meine Kurden auf die Berge der Umgebung. Richard ließ sich in Jaffa aufhalten, wo er die Mauern wiederaufbaute und befestigte. Es gab keinen Zweifel, seine nächste Etappe würde Jerusalem sein. Nach seinem Erfolg von Akko konnte er sich keinen größeren Ruhm wünschen. Die Berichte der Spitzel und einige Indiskretionen von Deserteuren bestätigten meine Vorahnung.

Augenblicklich war er noch auf einem Schiff zu seiner Stadt St. Johann von Akre unterwegs, den Kopf voller Sorgen. Ein Teil seiner Truppen ließ ihn nämlich im Stich, da sie die Freuden der Tavernen und anderer Örtlichkeiten den gefährlichen Märschen Richtung Inland vorzogen. In Zypern waren Unruhen ausgebrochen, und die Abreise des Königs von Frankreich warf ihn in einen Abgrund der Bestürzung. Würde letzterer das nicht ausnutzen und ihm ein Stück seines Königreiches entreißen? Erneut herrschte bei den Franken Zwiespalt, und jeder trachtete nach eigenem Gewinn. Da war einerseits Guido, der durch den Willen von Philipp August bis zu seinem Tod König war und immer noch darauf hoffte, seinen Rivalen »Al Marques«, den Gatten von Königin Isabella, auszustechen. Außerdem drängte Guido den König von England, seinen Verbündeten, Tyros einzunehmen. Es erstaunte mich nicht, als am 12. Ramadan (3. Oktober 1191) ein Gesandter von »Al Marques« um eine Audienz bat. Der Herrscher von Tyros unterbreitete mir ein Friedensangebot mit der Bedingung, daß er Sidon und Beirut erhielte. In diesem Falle wäre er bereit, öffentlich mit den anderen Franken zu brechen und sogar Akko zurückzuerobern. Ich ging sofort darauf ein. Indem ich ihre internen Streitereien schürte, isolierte ich diesen verdammten Schurken vom Rest der Meute. Er war ihr erfahrenster Krieger und ihr bester Politiker. Vor allen anderen mußte ich ihn neutralisieren. Ich diktierte nun meinerseits Bedingungen: zunächst den Bruch mit den anderen Franken, dann die Auslieferung aller Gefangenen, die in Tyros festgehalten wurden. Nur zu diesem Preis sollten Sidon und Beirut ausgeliefert werden.

Richard bekam von dieser Gesandtschaft Wind und beeilte sich, durch eine Erneuerung des Friedensangebots wieder Kontakte zu meinem Bruder zu knüpfen. Mit seinen Galeeren, die schwer mit Kriegern und Maschinen beladen waren, eilte er überstürzt nach Jaffa. Am 26. Ramadan (17. Oktober 1191) ließ er El Adil einen Brief übergeben, der in Wirklichkeit für mich bestimmt war.

»Mein Freund, mein Bruder, grüße den Sultan von mir, und richte ihm aus, daß Muslime und Christen völlig am Ende sind! Ihre Städte sind zerstört, und die Ressourcen beider Lager sind erschöpft. Das reicht! Der Zwist dreht sich nun um Jerusalem, um das Holz des wahren Kreuzes und um Palästina. Jerusalem ist die Wiege unserer Religion, und auch wenn nur noch einer von uns übrigbliebe, wir können nicht darauf verzichten!

Was Palästina betrifft, das muß über den Jordan hinaus zurückerstattet werden. Und das Kreuz, das ist für Euch doch nur ein wertloses Stück Holz! In unseren Augen dagegen ist es von großem Wert, und der Sultan wird die Gnade besitzen, es uns zurückzugeben. So wird sich alles klären, und sanfte Ruhe wird auf unsere lange Mühsal folgen.«

Über soviel Unverschämtheit verärgert, schrieb ich auf der Stelle:

»Jerusalem ist uns ebenso heilig wie Euch. In unseren Augen ist die Stadt sogar wertvoller, denn das ist der Ort, von dem aus unser Prophet seinen Aufstieg in den Himmel unternommen hat und wo wir uns zum Letzten Gericht versammeln müssen. Bilde Dir nur nicht ein, daß wir bereit sind, darauf zu verzichten! Das würde in den Augen der Muslime bedeuten, sich schuldig zu machen. Und was das Land angeht, das

gehört ursprünglich uns, und Ihr seid diejenigen, die gekommen sind, es anzugreifen! Wenn es Euch gelingen konnte, es an Euch zu reißen, so geschah das nur durch einen Überraschungsangriff und aufgrund der Schwäche der Muslime, die es damals innehatten. Solange der Krieg anhält, wird Allah Euch nicht erlauben, dort einen Stein auf den anderen zu setzen. Was das Kreuz angeht, so wäre es wohl besser, wenn es nicht existierte! Und wenn wir es bewahren, so geschieht das nur, um daraus einen Vorteil für den Islam zu ziehen.«

Bevor ich meine Antwort dem Vertreter seiner Königlichen Majestät übergab, versammelte ich die Emire und meine Berater, um sie den Brief lesen zu lassen. Einmütig hießen sie ihn gut. Drei Tage später meldete sich Richard erneut. Er schlug vor, die Dinge auf andere Weise zu regeln, nämlich mit einer Heirat zwischen El Adil und seiner eigenen Schwester Lady Joan, der Witwe des Königs von Sizilien, die in seinem Gefolge weile. Das Paar solle seinen Wohnsitz in Jerusalem nehmen. Als Mitgift werde Lady Joan von Richard die Küstenstädte erhalten, die sich in seinem Besitz befänden, also Akko, Jaffa und Askalon mit ihren zugehörigen Territorien. Ich selbst solle meinem Bruder alle Festungen übereignen, die ich in Palästina besäße, und ihn zum König über diesen Landstrich ernennen. Das Kreuz solle den Franken zurückgegeben werden, die Städte werde man den Templern und Hospitalitern überlassen, die Burgen dem Ehepaar, und die Gefangenen beider Seiten würden freigelassen. Dann könne der König seelenruhig zurück in sein Land segeln.

El Adil geriet bei diesen Vorschlägen in Aufregung. Er hatte immer schon eine Schwäche für die Christen gehabt. Er schätzte ihre Intelligenz und ihre Begabung, und sie waren in seine Kanzleien eingefallen und dort für meinen Geschmack etwas zu zahlreich vertreten. Die Aussicht, die Schwester des Königs von England zu heiraten und selbst König von Jerusalem und Palästina zu werden, verdrehte ihm so den Kopf, daß er keinen Schlaf mehr fand. Vor allem bewegte ihn die Frage, wie er mich dazu bringen könne, das zu akzeptieren. Er erwählte Beha ed-Din, meinen Lieblingsberater, zu demjenigen, der mich überzeugen sollte. Zur allgemeinen Verblüffung stimmte ich zu, ohne auch nur einen Moment lang zu zögern. Dreimal stellte man mir die Frage, und dreimal antwortete ich:

»Nam!«*

Ich hatte nicht die Absicht, dieses Geschwätz von Dichtern und Bänkelsängern ernst zu nehmen. Der König von England machte sich über uns lustig, und ich wollte mich bezüglich dieser undenkbaren Heirat keinen Illusionen hingeben, wie es all die Dummköpfe in meiner Umgebung taten. Um davon zu träumen, hätte ich schon mein Bruder sein müssen. Und ich gestand ihm seine Träume zu. Ich duckte mich wie ein alter Löwe an meine »Sakhra«, beobachtete alles und verfolgte das Spiel. Richard war ein listiger Mann. Er lockte uns mit feinen Versprechungen, die er nie halten würde, und damit verfolgte er allein die Absicht, uns von »Al Marques« zu trennen. Die Franzosen und die Engländer machten sich gegenseitig den Ruhm streitig, einen Friedensvertrag zu unterzeichnen, den weder die einen noch die andern einhalten würden. Also ließ ich sie gewähren. Die Zeit würde für uns arbeiten.

Mit Wohlgefallen nahm ich die Nachricht zur Kenntnis, daß Lady Joan sich weigerte, einen Muslim zu heiraten, und es vorzog, den Tod zu suchen. Richard war in seiner eigenen Falle gefangen. Er zeigte sich gleichwohl beharrlich. In schöner Unbefangenheit schlug er vor, daß mein Bruder sich taufen lassen könne. Ebenso überzeugt wie Lady Joan, wies El Adil diesen Vorschlag zurück, und die Verhandlungen zogen sich in die Länge. Die beiden künftigen Schwager statteten sich Besuche ab und offerierten sich gegenseitig Bankette und Geschenke. Inzwischen ging »Al Marques« wieder zum Angriff über. Sein Botschafter war der Fürst von Sidon, jener gewitzte »Arnat«, der so gut von unseren »hadiths« sprach. Ich hatte ihm verziehen und ihn freigelassen, als seine Festung sich ergeben hatte, während wir Akko verteidigten.

Am 19. Shawwal (9. November 1191) empfing ich ihn mit allen Ehren. Wir hatten schon mehrere Unterredungen zum Thema Frie-

* Ja.

densbedingungen geführt. Dieses Mal nahmen die Dinge den denkbar schlechtesten Verlauf. »Al Marques« hatte Morddrohungen von seinen Landsleuten erhalten, die seine Eheschließung unmoralisch fanden, und er wollte mit seiner Gattin in Sidon Zuflucht suchen. Eine große Zahl adliger Ritter aus Syrien hatte sich auf seine Seite geschlagen. Der Bruch, den ich verlangte, sei quasi schon vollzogen, sagte »Arnat«. Ich verdeutlichte, daß ich offene Feindseligkeiten gegen die Franken wolle, die von jenseits des Meeres kamen.

Umgeben von einer prächtigen Delegation, brachte der junge Humfried mir noch am selben Abend eine Nachricht von Richard:

»Ich mag Deine Offenheit und begehre Deine Freundschaft. Du hast gesagt, daß Du Deinem Bruder alle Länder der Küste geben würdest, und ich wünsche, daß Du bei der Aufteilung dieser Territorien zwischen ihm und mir den Richter spielst. Aber es muß unbedingt gewährleistet sein, daß wir einen Teil der Stadt Jerusalem bekommen. Ich möchte also, daß Du die Teilung so vornimmst, daß Dein Bruder keinem Tadel der Muslime ausgesetzt sein wird und ich mir keine Vorwürfe der Franken einhandele.«

Der Ton war höflicher, und ich nahm die Worte mit Wohlwollen auf. Ich schnitt allerdings das Problem der Gefangenen an, das gesondert behandelt werden sollte. Aber man entgegnete mir, daß der Frieden sich auf das Ganze erstrecken werde, sofern er zustande käme, und daß es keine Sonderfälle gäbe. Darauf verabschiedete ich die Gesandten. Beha ed-Din war bei mir geblieben, und ich vertraute ihm folgendes an:

»Wenn wir mit diesen Leuten Frieden schließen, wird uns nichts vor ihrer Untreue schützen. Sollte ich sterben, könnte man nur schwerlich eine Armee wie diese zusammenbringen, und in der Zwischenzeit würde der Feind sich wappnen. Es wird das beste sein, den Heiligen Krieg weiterzuführen, bis wir sie von der Küste vertrieben haben oder der Tod uns ereilt.«

Um den Dschihad fortzusetzen, brauchte ich die Unterstützung der Emire. Sie entschieden sich einstimmig für den Frieden. Also erläuterte ich ihnen die Vorschläge, die von den verschiedenen Parteien vorgebracht worden waren. Der Plan von »Al Marques« bot für uns meiner Meinung nach den größten Vorteil. Der gab sich damit zufrieden, seinem Lehen Tyros Sidon und Beirut hinzuzufügen, und er verpflichtete sich dazu, uns im Kampf gegen die anderen Franken beizustehen. Natürlich verlangte er ebenso wie der König von England das Kreuz sowie Priester in den Klöstern und Kirchen Jerusalems. Richard dagegen zwang uns zwei Alternativen auf, die seine Unersättlichkeit bewiesen. Entweder nähme er die Küstenstädte, die er uns benennen würde, und wir würden die gebirgigen Landstriche behalten; oder Palästina sollte in gleiche Teile aufgeteilt werden. Nach Diskussionen erklärte die Ratsversammlung, daß es vorzuziehen sei, einen Friedensvertrag mit dem König abzuschließen, in Anbetracht dessen, daß er nach der Vertragsunterzeichnung abreisen werde, während die Franken aus Syrien im Land bleiben und uns weiterhin betrügen würden, wie sie es bereits in der Vergangenheit getan hätten. So wurden immer mehr Konferenzen abgehalten, und die Gesandtschaften machten immer schneller die Runde.

Während El Adil, der sich in der Nähe von Lydda eingerichtet hatte, die Delegationen der Engländer empfing, verlegte ich mein Lager auf eine Anhöhe nicht weit von Latrun und sprach mit dem Fürsten von Sidon, der die Franken aus Syrien vertrat. Trotz der Entscheidung der Emire hatte ich mit dieser Partei nicht gebrochen, sondern spielte ein doppeltes Spiel, um die Spaltung zu verlängern. Endlich fand ich Gefallen an alldem. Seit Hattin war meine Position nicht mehr so stark gewesen wie jetzt. Im feindlichen Lager trachtete man um die Wette danach, mich durch Liebenswürdigkeit und Katzbuckelei zu verführen, und ich schürte den Wetteifer, indem ich die einen an meinen Tisch, die anderen zur Falkenjagd lud. Ich lauschte ihren Reden, lächelte und nickte zustimmend mit dem Kopf, fand aber immer einen Vorwand, alles wieder in Frage zu stellen. Sie hatten es eilig. Eines Tages würde ihre Geduld reißen, und sie würden meinen Bedingungen nachgeben.

Inzwischen war der Feind bis nach Ramleh vorgedrungen, bereit, gegen Jerusalem zu marschieren. Immer noch trafen die Armeen in sporadischen Scharmützeln aufeinander. Im Verlauf eines Zusammenstoßes hätten wir sogar beinahe das »Löwenherz« ergriffen, wenn nicht einer seiner Ritter, der unsere Sprache beherrschte, laut geschrien hätte:

»Ana el Malek!«*

Richard konnte fliehen und kam wieder auf die Frage der Eheschließung zu sprechen. Er erklärte uns, daß seine Umgebung ihn dazu dränge, die Erlaubnis des Papstes einzuholen, da seine Schwester Witwe sei. Er werde einen Gesandten nach Rom schicken, und in drei Monaten werde man die Antwort kennen. Sollte das Kirchenoberhaupt die Zustimmung versagen, werde er Lady Joan durch eine Nichte ersetzen, die Tochter seines Bruders, die noch Jungfrau sei und deshalb keine Erlaubnis benötige. Ich ließ ihm folgende Antwort überbringen:

»Wenn die Heirat erfolgen soll, so möge sie so stattfinden, wie es kürzlich geplant wurde, denn wir werden nicht auf unser Angebot zurückkommen. Sollte sie nicht möglich sein, so haben wir es nicht nötig, uns eine andere Frau suchen zu lassen.«

Die Verhandlungen gingen eine Zeitlang in sintflutartigen Regenfällen unter. Ein eisiger, böiger Wind blies, und Schnee bedeckte die Berge. Ich schlug meine Winterquartiere in Jerusalem auf. Die verbündeten Truppen kehrten in ihre Heimatländer zurück, während meine Kurdenbataillone die Hügel und Täler rund um unsere Heilige Stadt besetzten und die Routen feindlicher Händler blokkierten. Die Franken waren nicht weit, und ich befürchtete einen Angriff. Die Verteidigung wurde zwischen meinen Söhnen, meinem Bruder und einigen unbeugsamen Emiren aufgeteilt, die mir bis in den Tod ergeben waren.

Der Feind näherte sich Latrun, und meine Unruhe wuchs. Wie durch ein Wunder traf Abul Haija mit starken ägyptischen Kontingenten ein, die den Kurdenschwadronen auf den Hügeln der Umgebung Verstärkung brachten. Richard hatte Beit-Nuba erreicht. Er blieb dort

* Ich bin der König!

fünf Tage, um die zahlreichen Täler zu erkunden, die sich tief in das mit meinen Männern gespickte Gebirge einschnitten. Er zögerte … und entfernte sich dann. Die Lage war brenzlig gewesen, aber »Allah belohnt die, die ihrem Bündnis treu geblieben sind«*.

Zwei Wochen später besetzte der König von England die Trümmer von Askalon.

Ich brach nicht in Siegesgeschrei aus. Richard hatte sich zurückgezogen, aber er würde wiederkommen. Er hatte das Terrain erkundet und bereitete einen Sturmangriff vor. Er baute Askalon wieder auf, um sich eine unbezwingbare Ausgangsbasis zu verschaffen. Ich nutzte das, um Jerusalem zu befestigen und uneinnehmbar zu machen. Statt seine Verfolgung aufzunehmen, wie ich es seit Akko getan hatte, änderte ich meine Taktik und schloß mich in meiner Heiligen Stadt ein. So fiel ihm das Wagnis zu, mich daraus zu vertreiben.

Jedermann machte sich ans Werk. Zweitausend christliche Gefangene dienten uns als Sklaven, und Mosul sandte uns fünfzig Maurer. Gräben wurden ausgchoben, doppelte Mauern errichtet. Zwischen dem Damaskus- und dem Jaffator wurde die Zahl der Wehrtürme erhöht. Dieser Nordteil war der verwundbarste. Er hatte bereits zwei Invasionen erlitten, jene der Frevler und unsere eigene, aber die des »Löwenherzens« würde er nicht erleben. Sobald der Morgen da war, saß ich im Sattel und beteiligte mich an den Arbeiten. Ich transportierte auf meinem Sattelbogen Steinblöcke und drückte sie an mein Herz, um ihnen meinen Glauben und meine Hoffnung einzuimpfen. Hinter mir handelten die Mameluken ebenso, und so bildeten sich wie zur Zeit der Pharaonen lange Reihen rings um die Festungsanlagen. Ich ließ Lebensmittel, Munition und furchterregende Kriegsmaschinen in die Stadt schaffen. Letztere wurden auf meinen Befehl hin Tag und Nacht von Waffenschmieden aus Syrien und Ägypten hergestellt.

* Koran, Sure XXIII, Vers 24.

Meine Truppen hatten sich rings um die Stadt über das Jordantal bis zur ägyptischen Grenze verteilt und überfielen die gegnerischen Stellungen in der Nähe von Askalon und Jaffa. Zu Beginn des Monats Saphar 588 (Februar 1192) wurde Damietta auf meinen Befehl hin evakuiert. Alle Bäume der Stadt wurden gefällt und um den Hafen herum ins Meer gerammt, um dessen Einfahrt abzuriegeln. Nicht weit von dort baute Richard die Türme, die ich niedergebrannt hatte, gewissenhaft und systematisch wieder auf. Sein Unterfangen war nicht leicht. Wütend darüber, daß sie die Maurerkelle schwingen mußten, anstatt ihr »Grab« zurückzuerobern, desertierten seine Ritter Richtung Akko, wo Bürgerkriegsstimmung herrschte. Die Franken waren mehr als je zuvor gespalten, und allenthalben stritten sich die Parteien. Die Pisaner, die Guido unterstützten, schlugen sich mit den Genuesern, die sich mit dem Herrn von Tyros verbündet hatten. Dieser eröffnete seinen Versprechungen getreu die Feindseligkeiten. Guido rief Richard herbei. Der schloß Frieden mit »Al Marques« und stellte die Ordnung wieder her. Dann wandte er sich an El Adil, um die Friedensverhandlungen wiederaufzunehmen. Seine Finanzen schwanden, und er hatte erfahren, daß in seinem Königreich sein Bruder Johann die Macht an sich gerissen hatte. Die Probleme mit Palästina belasteten ihn. Er hegte nur einen Gedanken: ihnen ein Ende zu bereiten und in seine Heimat zurückzukehren.

Wir schrieben den Monat Rabia (März 1192). Der Winter war zu Ende, und die Kampfsaison begann. Die Truppen aus der Gezira und aus Mesopotamien waren unterwegs, und ich schickte El Adil los, alle Kontingente zu versammeln, über die wir im El-Ghor, in der Umgebung von Kaoukab, verfügten. In seinem Ärmel nahm er eine Antwort an den König von England mit, die wir im Einvernehmen mit unseren Ratgebern verfaßt hatten:

»Wir haben mehrere Verhandlungen geführt, ohne daß das zu einem Ergebnis geführt hat. Wenn diejenige, die Ihr jetzt fordert, den vorangegangenen gleicht, so ist es unnötig, daß wir uns treffen, es sei denn, es gäbe Hinweise auf eine rasche Lösung.«

Ich hatte ihm die umfassende Vollmacht erteilt, Frieden zu schließen, sofern er die Möglichkeit dazu sähe. Und im gegenteiligen Fall sollte er die Verhandlungen verzögern, damit unsere Verstärkung aus dem Osten die Zeit fände, zu uns zu stoßen. Im Verlauf einer Ratsversammlung der Emire hatten wir uns über die Bedingungen des Abkommens geeinigt und eine Liste der möglichen Konzessionen erstellt, zu denen wir im Hinblick auf eine endgültige Lösung im äußersten Fall bereit wären. So sollte die Teilung Palästinas zu gleichen Teilen erfolgen. Sofern der König darauf bestünde, überließe man ihm Beirut unter der Bedingung, daß die Stadt zerstört und nie wiederaufgebaut werde. Das Kreuz sollte ihnen zurückgegeben werden. Sie sollten eigene Priester an der Grabeskirche haben, und Wallfahrten sollten erlaubt werden, allerdings ohne Waffen.

Einige Tage später erreichte uns ein Sendschreiben aus Beisan. El Adil teilte uns mit, daß Richard mit der Teilung des Landes einverstanden sei.

Jede der Parteien solle das behalten, was in ihrem Besitz sei, und sollte eine von ihnen mehr als die ihr zustehende Hälfte innehaben, so solle sie etwas Gleichwertiges abtreten. Jerusalem wurde geteilt, und wir übernahmen die Zone, in der sich die »Sakhra« befand.

Diese erschien uns vorteilhaft als Basis, und die Verhandlungen wurden fortgesetzt, um mehr zu erreichen und weitere Punkte zu präzisieren.

Zur gleichen Zeit pflegte ich meine Beziehungen mit den Vertretern von »Al Marques«. Dem Fürsten von Sidon hatte sich Balian hinzugesellt, den ich schätzte. Mit dieser Partei kam die Sache voran. Wir hatten einen Vertragstext mit meinen Konditionen ausgearbeitet. Danach sollte der Herr von Tyros mit seinen Landsleuten brechen und ihnen den Krieg erklären. Sollte er ihnen Städte entreißen, so sollten sie in seinen Besitz übergehen, das gleiche galt für uns. Alle muslimischen Gefangenen, die in seiner Gewalt waren, sollten freigelassen werden. Und sollte der König von England infolge einer möglichen Einigung zwischen ihnen ihm die Regentschaft über das Land gewähren, dann sollte der Frieden auf dem Vertrag basieren, den Richard mit uns geschlossen hatte. Nur Askalon sollte davon ausgenommen werden, das niemandem gehören sollte. Ich hatte sogar präzisiert, daß die Franken all ihre Besitztümer behalten könnten, sofern sie auf Askalon und Jaffa verzichteten.

Da versammelte »Löwenherz« alle Ritter zu einem großen Rat, um den König von Jerusalem zu bestimmen. Einmütig sprach man sich für den Herrn von Tyros aus, und Guido erhielt Zypern als Entschädigung. Balian und der Fürst von Sidon drängten mich, den Vertrag mit ihnen rasch zu unterzeichnen, aber es blieb mir keine Zeit dazu. Am 13. Rabia II (27. April 1192) wurde »Al Marques« kurz vor seiner feierlichen Krönung nicht weit von seinem Palast von zwei »Bathinis« des alten Sinan ermordet. Letzterer hatte es dem Herrn von Tyros verübelt, daß er sich unrechtmäßigerweise eines seiner Handelsschiffe bemächtigt und die Ladung nie zurückgegeben hatte. Richard hatte keine Mühe, einen Nachfolger zu finden. Er ernannte seinen Neffen, den Grafen Heinrich, der Tyros unverzüglich in Besitz nahm, die junge Königin, die schwangere Witwe, heiratete und so König von Palästina wurde.

Das alles war in meinen Augen zweitrangig. Eine weit schwerwiegendere Angelegenheit brachte Unruhe in meine Staaten und ließ mich die Fassung verlieren. Man wird sich daran erinnern, daß mein Neffe Taki ed-Din mich am Ende der Belagerung von Akko verlassen hatte, um seinen Ländereien jenseits des Euphrats einen Besuch abzustatten. Und anstatt uns gegen die Franken beizustehen, hatte sich dieser Streitsüchtige in Grenzzwistigkeiten mit seinem Nachbarn Bektimur verwickeln lassen, der über Khilat in Ostarmenien herrschte. Das hatte mir von seiten des Kalifen heftige Vorwürfe und seine Gleichgültigkeit unserem Dschihad gegenüber eingebracht. Ich hatte das meinem Neffen verübelt und ihn damals einen »Teufel« genannt. Aber als ich zu Beginn des Winters von seinem Tod erfuhr, wurde ich von tiefem Kummer befallen und weinte wie ein Kind. Ich hatte einen alten Waffengefährten und meinen besten Krieger verloren. Und nun hatte sich doch sein Sohn, ein junger Mann von zweiundzwanzig Jahren, mit Bektimur gegen mich verbündet, da er überzeugt war, ich werde ihn enteignen. Ein Mitglied meiner eigenen Familie erhob sich gegen meine Person und drohte meine gesamte Mesopotamienpolitik zu ruinieren! Ich schäumte vor Wut und hätte ihm den Hals umgedreht, wenn er den Fehler begangen hätte, vor mir zu erscheinen. Ich befahl meinem Sohn El Afdal, in die Ländereien dieses aufsässigen Großneffen einzufallen, der eine Lektion verdient hatte. Dieser rief El Adil als Vermittler an. Ich wollte nichts hören. Einer meiner nahen Verwandten hatte meine Ehre und meine Worte verspottet. Sollte der Klan der Ayubiten bereits im Zerfall begriffen sein? Ich tigerte in meiner Höhle umher, stampfte mit den Füßen auf und schnaubte. Und als man mir von den Umtrieben des großen Philosophen Suhrawardi berichtete, der sich erlaubte, seine ungezügelten Gedanken in den Gärten von Aleppo zu äußern, ließ ich ihn hinrichten. In dem Augenblick, in dem meine Macht von meinem eigenen Neffen in Frage gestellt wurde, wollte ich nicht zulassen, daß ein Schriftkundiger, auch wenn er zu meinen Freunden zählte, daherkam und die Grundlagen unserer Religion kritisierte.

Der Sturm in der Familie legte sich wieder. Die Beziehungen zu den Vasallen wurden erneuert, und ihre Armeen schlossen sich mir an. Wir hatten Richard fast vergessen, der unseren Zwist aufmerksam verfolgte, obwohl er mit der Regelung seiner Probleme beschäftigt war. Als er bemerkte, daß ich in meinen Staaten Schwierigkeiten hatte, ging er in die Offensive, indem er Darun, im Süden von Gaza, angriff. Er hatte es in vier Tagen erobert. Die eine Hälfte der Garnison wurde niedergemetzelt, die andere zur Gefangenschaft verurteilt. Einmal mehr hielt sich »Löwenherz« nicht an die bestehenden Gesetze, die all denen das Leben schenkten, die sich ergaben. Dieser Verlust war ein schlimmer Schlag für uns. Nun konnten unsere Karawanen nur noch mit starken Eskorten ziehen, wie zu Zeiten des verfluchten Herrn von Kerak.

Die Bedrohung zielte immer deutlicher auf Ägypten, vor allem aber auf Jerusalem. Bereits zu Beginn des Monats Jamada (Mai 1192) schlossen Graf Heinrich und die Franken aus Syrien sich den Streitkräften des Königs von England an. Letzterer rückte darauf zum Tel as-Safiya vor, neunzehn Meilen im Nordosten von Askalon. Meine Spione bestätigten mir, daß er Lebensmittel und Material erwartete, um sich gegen unsere Heilige Stadt in Marsch zu setzen.

Ich fuhr fort, meine Armee zu verstärken. Die Truppen aus Sindschar und Mosul waren eingetroffen, ebenso Turkmenen und Kurden. Al Mashtub hatte sich durch die Zahlung eines Lösegeldes von fünfzigtausend Dinaren freigekauft, und Karakusch befand sich in Verhandlungen über seine Freilassung. All meine Söhne, die das Alter hatten, in den Krieg zu ziehen, waren mit meinen Vettern und Neffen herbeigeeilt. Ich gewann meine ständigen Gefährten zurück und schöpfte neuen Mut. Wir durften Al Qouds nicht verlieren und verbarrikadierten uns nach allen Seiten. Ich hatte alle Brunnen der Gegend trocken legen oder vergiften lassen. Ich verteilte Kampfposten auf den Festungsmauern und überprüfte unentwegt unsere Ausrüstung. Die Lebensmittellager der Stadt quollen über. Wir waren für eine lange Belagerung gerüstet. Meine Nächte verbrachte ich mit Meditation, und sobald der Morgen graute, begab ich mich zur Al-Aqsa-Moschee, um die Hilfe des Allmächtigen zu erflehen.

Da erfuhren wir plötzlich, daß Richard trotz der Patrouillen, die zur Sicherung der Wüstenrouten eingesetzt waren, eine Karawane aufgegriffen hatte, die aus Ägypten zurückkehrte. Er hatte einen Teil der Reisenden niedergemetzelt, fünfhundert Gefangene gemacht und zusammen mit dreitausend Kamelen und ebenso vielen Pferden eine riesige Menge Waren und Silber erbeutet. Ich fühlte einen Stich in meinem Herzen. In der Stadt brach Panik aus. Die Einwohner wollten die Flucht ergreifen, und mehrere Emire sprachen davon, sich zu ergeben. Würden sie mich verlassen, so daß ich allein bei unserem »Felsen« zurückbleiben müßte? Ich rief alle Truppenchefs in der Al-Aqsa-Moschee zusammen. Wie Mohammed es von seinen Gefährten verlangte, ließ ich sie schwören, daß sie unseren Koran verteidigen würden. Dann hielt ich in meinem »Diwan« Rat und sprach zu ihnen:

»Heute seid ihr die einzige Stütze des Islam. Das Schicksal der

Muslime, ihre Güter, ihr Leben, ihre Freiheit, ihre Kinder, all das liegt in euren Händen. Ihr werdet ebenso über das Heil dieses Imperiums entscheiden, das wir gegründet haben, wie über unsere Religion. Solltet ihr ein Anzeichen von Schwäche zeigen oder abtrünnig werden, ihr, die ihr vom Staatsschatz unterhalten werdet, so würde die Heimat des Islam zusammengeklappt werden wie das Buch des Engels Sidjill, in dem alle Taten der Menschheit geschrieben stehen, und die Feinde unseres Glaubens würden dieses Land wieder an sich nehmen, das uns ein einziger Sieg beschert hat. Dann hätten wir vergeblich so viele Opfer gebracht, so viele Reichtümer aufgezehrt und so viele Triumphe erlebt. Der Islam setzt seine gesamte Hoffnung auf euch. Wah-Salam!*«

Lange blieben sie reglos und stumm, so, als säße ein Vogel auf ihrem Kopf. Schließlich ergriff Al Mashtub, der »Narbige«, das Wort:

»O Sultan, wir sind deine Mameluken und deine Sklaven. Deine Fürsorge hat unseren Unterhalt bestritten und uns Reichtum beschert. Du hast uns aus dem Staub geholt und zu Ehren emporgehoben. Uns gehört nichts außer unserem Kopf, und auch der liegt in deinen Händen. Bei Allah, wir werden dir bis in den Tod dienen!«

Alle stimmten dem von Herzen zu, und ich fühlte mich getröstet. Ich ließ einen großen Festschmaus auftragen, in dessen Verlauf die zu ergreifenden Maßnahmen diskutiert wurden. Man faßte den Beschluß, alle Truppen in der Stadt zu lassen, während ich dem Feind entgegenmarschieren sollte. Aber am Ende des Mahls enthüllte der dicke Abul Haija mir, daß die Mameluken mit unserem Plan nicht einverstanden seien. Sie zögen die umgekehrte Taktik vor: Ich solle in der Stadt bleiben, die Heere dagegen sollten zu einer großen Schlacht ausrücken, die uns die Küste einbrächte, sofern sie siegreich verliefe. Im Falle einer Niederlage aber wäre es allen möglich zu entkommen. Sie fürchteten ein Massaker wie das von Akko. Überdies vertrügen sich die Kurden nicht mit den Türken, und ich sei als einziger in der Lage, ihre Streitigkeiten zu schlichten.

* Friede sei mit euch!

Alles um mich herum wankte, und allmählich begann ich zu bezweifeln, daß ich Jerusalem würde halten können, den einzigen Grund für diesen dreißigjährigen Krieg. Ich verbrachte den Rest der Nacht im Gebet. Die Morgenröte überraschte mich, als ich allein in unserer heiligen Moschee kniete, gebeugt vor dem Allmächtigen, den ich unter Tränen und Seufzern anflehte, diesen Feind zu entfernen, der jederzeit eines unserer Tore stürmen konnte. Allah war mein einziger Rückhalt. Es war Freitag, und am Abend erreichte uns eine Mitteilung von Dschurdik, der die Vorposten befehligte: Der Feind habe Stellung bezogen und sei dann in sein Lager zurückgekehrt. Am folgenden Tag bestätigte sich die Nachricht vom Rückzug. Ich stieg in den Sattel und setzte mich an die Spitze meiner Truppen, um dies mit eigenen Augen zu überprüfen. Und da sah ich ihre Rücken in einem Staubwirbel. Richard kehrte mit seinen Franken nach Jaffa zurück. In der ganzen Stadt wurden Rufe laut, und in sämtlichen Moscheen wurden Tausende von Kerzen entzündet. Mein Herz klopfte, als wolle es zerspringen. Al Qouds war gerettet, und ich konnte in Frieden sterben. Dieser Vertrag mußte allerdings noch unterzeichnet werden.

Zwei Tage darauf bat ein Gesandter des Grafen Heinrich um eine Unterredung mit mir und überbrachte die Botschaft seines Herrn:

»Der Graf teilt folgendes mit: ›Der König von England hat mir alle Küstenstädte überlassen. Gib mir also meine anderen Städte zurück, damit ich Frieden mit dir schließen kann und zu einem deiner Kinder werde!‹«

Angesichts solcher Arroganz stieg eine Welle des Zornes in mir hoch. Meine Hand umkrampfte meinen Säbel, und beinahe hätte ich dem Christen mit einem Streich den Kopf abgetrennt. Zitternd setzte er hinzu:

»Warte, ich habe dir nur noch eines zu sagen: Der Graf fragt dich, welchen Teil des Landes, das gegenwärtig vollständig in deinem Besitz ist, du ihm abtreten wirst.«

Ich wurde barsch und ließ ihn einige Stunden warten, bevor ich ihm meine Antwort kundtat:

»Die Verhandlungen zwischen uns werden sich auf Tyros und Akko beschränken. Und sie müssen die Bedingungen zur Grundlage haben, die Al Marques akzeptiert hat.«

Drei Tage später traf ein Brief von Richard ein, der an El Adil gerichtet war:

»Ihr und ich, wir haben uns verausgabt, und das Beste, was wir tun können, ist, dem Blutvergießen ein Ende zu setzen. Glaubt aber nicht, daß es die Schwäche unserer Mittel ist, die mich dazu veranlaßt, Euch diesen Vorschlag zu machen. Das geschieht zum Vorteil eines jeden von uns. Vermittle doch zwischen dem Sultan und mir! Und laßt Euch nicht von dem Rückzug täuschen, den ich soeben ausgeführt habe. Wenn der Widder sich rückwärts bewegt, so geschieht das nur, um besser zustoßen zu können.«

Auf dieses Schreiben folgte eine weitere Mitteilung offiziellerен Charakters:

»Ich wünsche mir, Eure Zuneigung und Eure Freundschaft zu verdienen. Ich verspüre keinerlei Lust, diese Erde zu beherrschen, und ich nehme an, daß Ihr dieses Bedürfnis ebenfalls nicht habt. Ihr dürft ebensowenig allen Muslimen den Untergang bereiten, wie ich all unsere Franken nicht dem Untergang weihen darf.«

Dann empfahl er seinen Neffen Heinrich, den er zu unserer Verfügung bereithalte, und ermunterte uns, uns versöhnlich zu zeigen, indem wir ihm jene Kirche abträten, die er so sehr begehre. Ich hielt Rat, und die Emire sprachen sich für den Frieden aus. Sie hatten es satt, sich zu schlagen, denn sie waren von Schulden überhäuft, und unsere Länder waren zerstört. Die Antwort fiel liebenswürdig aus. Ich gewährte ihm die Auferstehungskirche und eine Teilung der Ländereien. Er sollte die Küstenstädte behalten, die sich in seinem Besitz befanden. Wir würden unsere Festungen in den Bergen behalten. Der Rest des Territoriums sollte zu gleichen Teilen unter uns aufgeteilt werden. Askalon und die dahinterliegenden Ortschaften sollten zerstört werden und niemandem gehören.

Die Besuche der Botschafter häuften sich. Richard versteifte sich auf Askalon und ich mich auch. Er wandte alle Mittel an, um mich zum Nachgeben zu bewegen: Liebenswürdigkeit – er schenkte mir prächtige Falken, Bedrohung – er gab vor, mit seiner Armee nach Askalon hinunterzuziehen, und sogar Erpressung – er setzte das Gerücht in Umlauf, daß der Papst und zweihunderttausend Krieger aus Konstantinopel anrückten. Schließlich zog er sich in die Stadt Akko zurück, um einen »Handstreich« gegen Beirut anzuführen.

Ich sammelte meine Männer und galoppierte Richtung Jaffa. Am 15. Radschab (27. Juli 1192) befanden wir uns vor den Mauern der Stadt. Meine Truppen waren vollzählig, und ich stellte sie in Schlachtordnung auf. Mein Bruder übernahm den linken, mein Sohn Al Zahir den rechten Flügel, und ich war wie immer mit meinen anderen Söhnen im Zentrum. Am Morgen des 16. wurde mit großem Lärm zum Angriff geblasen. Die Wurfgeschütze schleuderten unablässig, und die Schanzgräber machten sich eifrig ans Werk. Wir glaubten, die Stadt im Sturm nehmen zu können. Aber der Widerstand war so heftig, daß der Mut der Soldaten gegen Abend zu sinken begann. Ich ließ weitere Wurfmaschinen aufstellen, um ununterbrochen auf die Mauern einzuschlagen. Ich trieb meine Männer an, drängte sie zum Kampf. Ihre Gleichgültigkeit und ihr Mangel an Ausdauer machten mich wütend. Seit Akko waren sie mit einem Mißerfolgskomplex behaftet, und begleitet von Trommelwirbeln und Trompetenklängen stürzte ich von einem Flügel zum anderen, um sie zu ermutigen und anzufeuern. Am zweiten Tag, einem Freitag, öffneten sich die Mauern, und die Flut meiner Truppen ergoß sich in die Stadt. Noch leistete die Garnison in der Zitadelle Widerstand, indem sie uns erst eine Wand aus Feuer, dann aus Lanzen entgegenstellte. Doch schließlich kapitulierte sie inmitten der Feuersbrunst, und ich setzte die gleichen Bedingungen wie fünf Jahre zuvor in Jerusalem. Inzwischen plünderten Kavalleristen und Infanteristen, Kurden und Türken die Stadt, rissen die Schätze der von Richard überfallenen Karawane an sich und suchten dabei allenthalben nach Franken, um unsere Märtyrer von Akko zu rächen.

Da ließ uns eine Taube wissen, daß Richard, über unseren Überfall unterrichtet, mit Verstärkung nach Jaffa zurückkehrte. Wir mußten uns beeilen, über das Los der Garnison zu entscheiden. Ich hatte diese unter den Schutz meiner Mameluken stellen müssen, um ein Massaker durch undisziplinierte Truppen zu verhindern, die im Beute- und Blutrausch die Stadt füllten und meinen Befehlen gegenüber taub waren. Ich wollte die Christen schnellstens evakuieren und mich vor der Ankunft Richards zum Herrscher der Zitadelle machen. Getreu den Vereinbarungen mußte ich ihnen ihr Leben lassen. So blieb mir nur eine Lösung: die Stadt von Soldaten zu leeren, die Garnison mit ihrer Habe abziehen zu lassen und schließlich der Truppe zu erlauben, mit ihrer Plünderung fortzufahren. Ich mußte meiner Soldateska Schläge austeilen lassen, um sie zum Gehorsam zu zwingen. Die Operation konnte bereits bei Tagesanbruch beginnen. Wir verloren viel Zeit. Ich diskutierte gerade noch die letzten Modalitäten mit den Vertretern der Christen, die sich zu meinem Zelt aufgemacht hatten, als einer meiner Männer mir ins Ohr flüsterte, daß die gegnerische Flotte auf uns zu segele. Fünfzig Schiffe näherten sich, von einem günstigen Wind angetrieben. Die rote Galeere Richards nahm Kurs auf die Küste und legte sich vor den Wind. Unsere Standarten wehten auf den Festungsmauern. Ein Truppenkorps hielt den Strand und den Hafen. Richard glaubte, verloren zu haben. Da warf sich die Garnison auf ihre Beschützer und metzelte sie mit lautem Geschrei nieder. Ein Christ stürzte hoch oben von der Zitadelle herunter und schlug Alarm. Sogleich kehrten die Schiffe zurück. Richard sprang mit gezogenem Säbel ins Wasser, und meine Truppen ergriffen die Flucht. Ich ließ das Gepäck fortschaffen und blieb mit einem Korps der leichten Kavallerie nicht weit von der Stadt in meinem Zelt zurück.

Richard war schneller als ich gewesen, und ich beugte mich. Gleichwohl hatte ich meine Stärke demonstriert und dadurch Beirut gerettet. Ich brachte die Verhandlung wieder in Gang und gab ihr einen anderen Verlauf. Noch am selben Abend jenes Samstages, dem 19. Radschab, eröffnete der König von England die Unterredungen. Ich sandte ihm meinen Kämmerer Abu Bakr. Eine große Versammlung war in dem Zelt des Herrschers zusammengekommen, der das Abenteuer in farbigen Worten kommentierte und endlose Lobreden auf meine Person hielt. Er sagte, ich habe ihn mit der Einnahme der Stadt in zwei Tagen in Erstaunen versetzt. All seine Komplimente schürten mein Mißtrauen. Schließlich ging er zu den ernsten Angelegenheiten über und wandte sich an meinen Repräsentanten:

»Grüße den Sultan von mir, und richte ihm aus, daß ich ihn im Namen Gottes anflehe, mir den Frieden zu gewähren, um den ich ihn bitte! Das alles muß endlich ein Ende haben. Mein Land auf der anderen Seite des Meeres ist in einer sehr schlechten Verfassung. Es bedeutet weder für mich noch für euch einen Vorteil, wenn alles so weitergeht wie bisher.«

Ich griff zur Feder und antwortete ihm unverzüglich:

»Du hast zuerst unter bestimmten Bedingungen um Frieden gebeten, und daraufhin haben sich die Verhandlungen um Jaffa und Askalon gedreht. Da Jaffa jetzt zerstört ist, begnüge Dich doch mit all dem, was sich von Tyros bis nach Cäsarea erstreckt!«

Der Dolmetscher des Königs kehrte mit einer neuen Mitteilung seines Herrn zurück:

»Bei den Franken ist es die Regel, daß derjenige, der eine Stadt erhält, zum Parteigänger und Diener des Gebers wird. Wenn Du mir also Jaffa und Askalon schenkst, dann werden die Truppen, die ich dort ansiedele, immer zu Deinen Diensten stehen, und wenn Du mich brauchst, werde ich mich beeilen, zu Dir zu kommen, um mich unter Deinen Befehl zu stellen.«

Ich erwiderte in einem Billett:

»Da Du solche Neigung zur Versöhnlichkeit beweist, schlage ich Dir vor, diese beiden Städte aufzuteilen: Jaffa wird mit seinen zugehörigen Territorien Dir zugesprochen, während Askalon mit seinen zugehörigen Gebieten mir zufallen wird.«

Ich hoffte, diesem jungen und übermütigen Löwen das Maul gestopft zu haben, der sich in seiner Arroganz für den Stärksten hielt. Ich begab mich zu meinen Truppen, die einige Parasangen entfernt lagerten, und setzte mich nach Ramleh in Bewegung. Unterwegs zerstörte ich zwei oder drei Städte. Mit Methode verfolgte ich weiterhin meine Politik der verbrannten Erde. Erneut suchte mich Richards Gesandter auf und bestürmte mich mit den Bitten seines rothaarigen Herrn. Jaffa genügte ihm nicht. Er verlangte Askalon und setzte hinzu, daß er bei Abschluß eines Friedensvertrages innerhalb der nächsten sechs Tage keinen Anlaß mehr hätte, den Winter in Syrien zu verbringen, und in seine Heimat zurückkehren werde. Ich hegte keineswegs die Absicht, mich dem König von England mit seinen Launen eines verwöhnten Kindes zu beugen. So teilte ich seinem Beauftragten mit:

»Es ist uns absolut unmöglich, auf Askalon zu verzichten, und der König wird gezwungen sein, den Winter hier zu verbringen, und sei es nur, um seine Städte zu bewachen, die unweigerlich unter unsere Herrschaft gerieten, wenn er sich entfernen würde; und auch, wenn er bliebe, Inschallah! Er ist ja noch in der Blüte seiner Jugend und in einem Alter, in dem man sich den Freuden hingibt. Wenn es ihm deshalb leicht erscheint, den Winter hier zu verbringen, weit entfernt von seiner Familie und seiner Heimat, wieviel leichter wird es mir dann erst fallen, hier nicht nur den Winter, sondern auch den Sommer zu verbringen! Denn ich bin mitten in meinem Land, habe meine Familie und meine Kinder um mich, und ich verschaffe mir alles, was ich will. Außerdem bin ich inzwischen ein Greis, der keinen Gefallen an den Freuden dieser Welt mehr findet. Ich bin ihrer überdrüssig und habe ihnen entsagt. Die Truppen, die ich im Winter bei mir habe, werden im Sommer abgelöst. Schließlich glaube ich fest, die frommste aller Taten zu begehen, indem ich so handele wie jetzt. Ich werde genau dieses Verhalten so lange beibehalten, bis Gott demjenigen einen endgültigen Sieg gewährt, den er dazu bestimmt hat.«

Am Tag nach diesem stürmischen Treffen teilte mir ein Spitzel mit, daß ein feindliches Heer von Akko herab nach Jaffa ziehe. Von einigen Reitern eskortiert, brach ich zu einem Erkundungsritt auf und sah, daß die Franken des Grafen Heinrich Cäsarea erreicht hatten. Sie lagerten sicher hinter ihren Schanzen. Richard dagegen befand sich nur mit verringerten Streitkräften in Jaffa. Die Versuchung war zu groß. Ohne einen Augenblick zu zögern, sammelte ich meine Truppen und galoppierte zu ihm, um ihm bei seinem Erwachen einen Überraschungsangriff zu liefern. Am Morgen des 23. Radschab (4. August 1192) erwarteten wir, hinter die Hügel geduckt, in größter Stille den Sonnenaufgang. Das Lager befand sich unterhalb von uns, wohl kaum zehn Zelte und siebzehn Pferde. Ein Wachposten mußte uns erspürt und Alarm geschlagen haben, denn wir sahen plötzlich, daß sie halb nackt umhersprangen, zu ihren Waffen griffen und sich sammelten. Es waren nur vierundfünfzig Ritter und zweitausend Fußsoldaten. Sie formierten sich zu einem geschlossenen Block hinter einer Barriere aus Lanzen, die so in den Boden gerammt waren, daß wir uns nicht nähern konnten, ohne aufgespießt zu werden. Ich ließ eine Woge meiner sieben Divisionen von Kurden und Türken nach der anderen angreifen, ohne Erfolg. Ihr Wall aus Piken war undurchdringlich. Richard hatte seine Bogenschützen hinter einer großen Hecke aus Schilden plaziert und ließ sie reihenweise in schnellem und regelmäßigem Takt auf uns zielen. Hoch zu Roß bellte er seine Befehle und paradierte hochmütig direkt vor meinen Linien auf und ab, wobei er uns mit all seiner Arroganz herausforderte. Meine Männer erstarrten vor Verblüffung. Sie wichen zurück, betrachteten dieses unerhörte Ballett und suchten das Weite. Wütend trieb ich sie dazu an, erneut anzugreifen, indem ich ihnen Belohnungen versprach. Einer meiner Offiziere antwortete mir dreist:

»Wirf doch deine Mamelucken in den Kampf, jene, die in Jaffa auf unsere Leute eingeprügelt haben.«

Es verschlug mir die Sprache, so wütend war ich. Ich riß heftig die Zügel herum und kehrte ins Lager zurück, entschlossen, diese undisziplinierten Aufsässigen zu kreuzigen, die mir nun schon zweimal eine Niederlage eingehandelt hatten. Aber schließlich beruhigte ich mich und wartete in meinem Zelt, wo Pagen Früchte, die aus Damaskus eingetroffen waren, zu prachtvollen Pyramiden aufgeschichtet hatten. Seit vier Jahren hatte ich diese Stadt nicht mehr gesehen, vier Jahre, in denen ich unentwegt nur Krieg geführt hatte. Ich hatte fast all unsere Gebiete zurückerobert und fühlte mich erschöpft. Plötzlich verstand ich den Überdruß der Kurden, die meiner »Salahiyah« angehörten. Sie trennten sich nie von ihren Waffen und hatten im Sommer wie im Winter völlig treu und ergeben an meiner Seite gekämpft. Ja, es war Zeit, Frieden zu schließen. Auch bei den Franken machte sich Ermüdung breit, und Richard würde schon noch nachgeben, wenn ich weiterhin geschickt Druck auf ihn ausübte. Ich ließ meine Offiziere rufen. Sie erschraken, da sie überzeugt waren, daß ich sie in den Tod schicken würde, doch ich bot ihnen mit liebenswürdigen Worten einen Imbiß an. Dann sandte ich sie fort, sich auszuruhen, forderte neue Kontingente an und rückte an die Grenzen des Territoriums von Jaffa vor, entschlossen, die Demonstration meiner Stärke fortzusetzen.

Nur dreihundert Männer antworteten auf unsere Provokationen. Der König von England war krank. Fieber verzehrte seine Eingeweide, jenes schlimme syrische Fieber, das ebenso grausam wie eine Lanze ist. Es ging sogar das Gerücht, der König liege im Sterben. Aber er kam wieder zu sich. Am Freitag, dem 17. Shaaban (28. August 1192), verlangte er nach meinem Kämmerer und beauftragte ihn, meinen Bruder zu einer Intervention zu veranlassen, um die Ausarbeitung eines Vertrages zu beschleunigen. Ein weiteres Mal bettelte er um Askalon. El Adil war in der Nähe von Lydda ebenfalls erkrankt. Und die Botschafter begannen nun erneut zwischem seinem Zelt, dem von Richard und meinem in der Nähe von Ramleh die Runde zu machen. Ich sandte dem König unsere schönsten Früchte und Schnee, um seine Genesung voranzutreiben. Am folgenden Tag verzichtete er auf Askalon und jegliche Entschädigung. Ich berief meine Staatsberater ein, um den Vertrag aufzusetzen. Von Akko bis Jaffa sollten alle Küstenstädte dem englischen König gehören. Askalon mußte zerstört werden. Muslime und Christen erhielten freie Durchreise durch die Territorien der anderen Partei, und Jerusalem wurde für die Pilger geöffnet. Als mein Kämmerer ihm diesen Text überbrachte, erklärte Richard:

»Ich habe nicht die Kraft, ihn zur Kenntnis zu nehmen, aber ich erkläre, daß ich Frieden schließe, und ich bekräftige das, indem ich euch die Hand reiche.«

Das geschah am Mittwoch, dem 22. Shaaban 588 (2. September 1192). Von jenem Tag an wurde der Frieden für die Dauer von drei Jahren und drei Monaten beschlossen. Er wurde auf die Städte Tyros, Tripolis und Antiochia ausgedehnt. Graf Heinrich, Balian, Humfried, der Fürst von Sidon sowie die Ritter der Templer und der Hospitaliter waren anwesend und leisteten darauf einen Schwur.

Die Botschafter der beiden Parteien begaben sich darauf in mein Zelt, wo eine gewisse Anzahl von Emiren, darunter mein Bruder, meine Söhne, Al Mashtub und Dschurdik ebenfalls einen Schwur ablegten. Ich bereitete ihnen einen schönen Empfang, und in der Hoffnung, daß sie mich dieses eine Mal nicht betrügen würden, reichte ich diesen adeligen Rittern die Hand. Allmählich wurde mein Körper von großer Müdigkeit übermannt, und ich fürchtete, mein Leben auszuhauchen und mein Volk in Gefahr zurückzulassen. Kuriere und Tauben schwärmten in alle Himmelsrichtungen aus, um die gute Nachricht im Orient zu verkünden:

»Im Namen des gütigen und barmherzigen Gottes, der Krieg ist beendet, und unsere Völker können in gutem Einvernehmen miteinander leben.«

Askalon wurde dem Vertrag entsprechend zerstört, und die Gefangenen beider Seiten wurden freigelassen. Ich schickte all meine Truppen für eine lange Ruhepause zu ihren Familien, was sie sich durchaus verdient hatten, und nahm mir vor, endlich die Pflicht eines jeden Gläubigen – die Pilgerreise nach Mekka – zu erfüllen. Beha ed-Din ermunterte mich dazu und begann mit den Vorbereitungen. Glücklich und erleichtert kehrte ich nach Jerusalem zurück, empfangen von einer Menge, die im Freudentaumel unermüdlich Rosen auf mich herabregnen ließ. Fast reflexhaft trieb die Gewohnheit mich dazu, die Befestigungsanlagen zu überprüfen und aufstocken zu lassen. Unzählige Friedensverträge waren in der Vergangenheit unterzeichnet und niemals eingehalten worden! Wie lange würde dieser halten?

Die Abendbrise fegte meine Ängste hinweg. Die Kuppeln unserer Moscheen glänzten in der Sonne, deren goldene Strahlen die Stadt vor einem Hintergrund aus Purpur- und Rosatönen einhüllten. Die Stimme des Muezzin ertönte zum Himmel; munter antworteten ihr andere jenseits der Hügel. Ich hörte den Chor der Engel in unserem Al Qouds, der Heiligen Stadt, und ich verbeugte mich vor soviel Schönheit.

Ich hatte dreißig Jahre lang Kämpfe führen müssen, um diese Belohnung zu bekommen. Und ich war bereit, dreißig weitere Jahre zu opfern, um sie zu behalten. Ich vergaß meine schmerzenden Glieder, die Widrigkeiten von Wind, Sand und Regen sowie jenes Gewicht, das auf meinen Schultern lastete und mich nach und nach in die Erde drückte. Mein Vertrag war erfüllt. Ich hatte meinem Volk seine geheiligten Moscheen zurückgegeben und Palästina befreit, wie Allah es an jenem Morgen im Jamada 564 (26. März 1164) an den Ufern des Nils von mir verlangt hatte. Zu Hunderttausenden hatten die Franken das Meer überquert, um mir den Weg zu verstellen, Könige, Kaiser, Herzöge, Grafen, Bischöfe und all die christlichen Ritter von höchstem Adel. Aber ich hatte sie zurückgeschlagen. Gegenwärtig besaßen sie nur noch einige vereinzelte Städte an der Küste. Und Jerusalem war durch den Willen Allahs in meinen Händen. Beim Anblick dieses prächtigen Juwels, das, in seine himmlischen Schleier gehüllt, über den Wolken schwebte, wurde mein Herz von unsagbarer Freude überwältigt, und meine Augen wurden feucht.

Ich verwandte ganz besondere Sorgfalt auf die Verschönerung der Stadt durch Gärten, Schulen, Medressen und Klöster für unsere

Sufis. Ich stiftete ihr ein Krankenhaus mit den besten Ärzten und allen uns bekannten Arzneibüchern. Ich verbrachte den Ramadan dort; da ich mich weigerte, meine Erschöpfung einzugestehen, verlängerte ich ihn um all die Fastentage, die ich auf den Schlachtfeldern nicht eingehalten hatte. Während unsere Muslime die Märkte von Akko und Jaffa stürmten, stürzten die Franken in Scharen herbei, um ihre Pilgerfahrt durchzuführen. Ich empfing einige ihrer Fürsten und Bischöfe. Wir führten in liebenswürdigem Ton Unterhaltungen, ich lud sie an meine Tafel und machte ihnen Geschenke. Dadurch wurde der König von England argwöhnisch, und er wollte mich zwingen, nur noch jene Personen zuzulassen, die mit einem von seiner Hand unterzeichneten Passierschein ausgestattet waren. Ich widersetzte mich. All diese Leute waren von weit her gekommen, um ihre heiligen Stätten zu besuchen, und unsere Gesetze der Gastfreundschaft verboten uns, sie daran zu hindern. Einen Monat später war Richard genesen und schiffte sich endlich ein, um in seine Heimat zurückzukehren.

Ungeduldig trieb ich die Vorbereitungen meiner Pilgerfahrt voran.

Beha ed-Din bestellte die Ehrenroben und die Lebensmittel für die Reise. Briefe wurden nach Ägypten und in den Jemen entsandt. Es wurden Listen mit den Namen aller erstellt, die mich begleiten wollten. Eine riesige Karawane würde sich zur »Kaaba« in Marsch setzen. Ein Brief des Kadis Al Fadil, der in Kairo geblieben war, redete es mir aus, sie zu leiten:

»Die Franken haben Syrien noch nicht evakuiert, und sie haben den Verlust von Jerusalem noch nicht verschmerzt. Es ist nicht sicher, daß sie den Vertrag befolgen. Da unsere Armee auseinandergerissen ist, haben wir Grund zu befürchten, daß sie einen Angriffsversuch unternehmen und Jerusalem an sich reißen werden. In diesem Fall wäre die Pilgerreise nach Mekka ein unverzeihliches Vergehen.«

Er sprach auch von Befürchtungen, die diese Reise beim Kalifen auslösen könnte. Kürzlich seien schlimme Streitigkeiten zwischen den Provinzen Irak und Khorasan ausgebrochen. Das Oberhaupt der Gläubigen bilde sich möglicherweise ein, daß meine Pilgerreise nur eine List von mir sei, um in den Konflikt einzugreifen und gegen Bagdad zu marschieren. »Diese üble Nachrede wird sich verbreiten«, schrieb er mit Recht. Dann zeichnete er mir ein alarmierendes Bild des Verfalls, dem die Verwaltungen in meinen Staaten ausgesetzt seien. Dort würden die Emire ihren Ruhm von den Schlachtfeldern ausspielen und sich als Tyrannen aufführen.

»Die Ungerechtigkeiten, die den ›fellahs‹ zusetzen, sind so groß, daß man sich fragt, wieso der Regen noch ihre Felder wässert. Die Lehnsherren unterdrücken ihre Pächter derart, daß es jede Beschreibung übertrifft, die Dein Sklave davon geben könnte. Die Zügellosigkeit hält an; der Säbel läßt Ströme von Blut fließen, und nichts macht diesen Exzessen ein Ende. Die Grenzstädte der islamischen Welt müssen befestigt und mit Proviant versorgt werden. Es ist unerläßlich, die Steuereinkünfte festzustellen und die Ausgaben daran zu bemessen. Die Angelegenheiten steuern auf abschüssiger Bahn dem Verhängnis entgegen, und eine leere Staatskasse wäre die schrecklichste aller Katastrophen.«*

Das alles traf mich tief, aber ich hielt an meinem Plan fest, die Städte des Propheten aufzusuchen, um dort Besinnung zu finden. Die Pilgerreise ist eine der fünf Säulen des Islam, und mein Leben hatte nur aus einer strengen Beachtung der vier anderen bestanden. Das sind der Glaube an einen alleinigen Gott, das Gebet, das Fasten und die Zahlung des Zehnten. Es fehlte mir also nur noch dieser Schritt, damit meine Seele ihren Frieden gefunden hätte, wenn sie vom Allerhöchsten abberufen werden sollte. Da nahmen die Unruhen im Khorasan eine besorgniserregende Wendung. El Adil, der sich in Kerak aufhielt, informierte mich darüber, daß gewisse meiner mesopotamischen Vasallen sich in diesen Streit einmischten und Bagdad darüber sehr erzürnt sei. Al Fadil bestand darauf, einen Brief zum Kalifen zu senden:

* Die Bauern.

»Kündige ihm Deine Pilgerfahrt und die Route an, die Du einschlagen mußt, damit man Dir keine Absichten unterstellt, die Dir fernliegen! Das Ziel Deiner Reise muß klar wie das Licht des Tages sein. Dennoch wird Deine Abreise das Land in einem Durcheinander zurücklassen, das seinen Ruin bedeutet. Besteht nicht vielleicht die vorrangige Notwendigkeit, die Festungen an den Grenzen zu verteidigen? Mach Dir keine Illusionen über die Verläßlichkeit des Friedens! Diese Leute lauern nur auf eine günstige Gelegenheit, und Verrat ist bei ihnen die Regel.«

Meine Umgebung pflichtete ihm voll und ganz bei, und ich mußte meinen Kummer unterdrücken. Die Pilger brachen ohne mich auf. Der Sultan stand im Dienst seines Volkes, er mußte seinen Seelenfrieden opfern und den Allerhöchsten bitten, ihm sein Erbarmen zu gewähren. Mein Sohn Al Zahir beschloß darauf, auf sein Lehen Aleppo zurückzukehren, und entbot mir den Abschiedsgruß. Mit Stolz betrachtete ich diesen schönen jungen Mann, der voller Liebenswürdigkeit war und einen sanften Blick hatte. Er hatte seine Soldaten auf bemerkenswerte Weise geführt und wußte sich Gehör zu verschaffen. Die Saat des Herrschers reifte in diesem Teil meines Geblüts gut heran. Es machte mich traurig, ihn abreisen zu sehen. Ich nahm seine Hand, streichelte sie zärtlich und gab ihm einige Ratschläge:

»Ich empfehle dich der Allmacht Gottes an, der Quelle aller Wohltaten. Beuge dich seinem Willen, denn das ist der Weg zum Frieden! Hüte dich davor, unnötig Blut zu vergießen, denn vergossenes Blut ruht niemals! Versuche, das Herz deiner Untertanen zu gewinnen, verfechte klug die Interessen der muslimischen Gemeinschaft, denn du hast von Allah und von mir nicht nur den Auftrag, das Glück der wahren Gläubigen zu gewährleisten. Um gut zu regieren, mußt du auch verstehen, die Herzen deiner Emire und deiner Minister zu gewinnen. Ich konnte nur deshalb meine gegenwärtige Größe erlangen, weil ich durch meine Güte die Herzen meiner Männer gewonnen habe. Hege niemals schlechte Gefühle für andere!«

Ich küßte ihn, strich mit der Hand über seinen Kopf wie zu seinen Kinderzeiten und ging davon, um meine feuchten Augen zu verbergen. Ich befürchtete, ihn nie wiederzusehen.

Am 5. Shawwal (14. Oktober 1192) verließ ich in einem großen Zug beim Klang von Trommeln, Zimbeln und Sackpfeifen die Stadt, nachdem ich die Regierungsgeschäfte von Jerusalem meinem treuen Dschurdik anvertraut hatte. Ich war umgeben von meinen Pagen, die meine Standarten trugen, sowie von meinen Garden und Mameluken, die ihre Säbel gezogen hatten. Ich machte eine Rundreise durch die Gebiete, die von den Frevlern befreit worden waren. Ich besuchte nacheinander unsere Festungen, überprüfte ihre Wehranlagen und Vorräte und stattete jede von ihnen mit der notwendigen Kavallerie und Infanterie aus. In Kaoukab hatte ich zu meiner Freude ein Wiedersehen mit Karakusch, dem Diener der ersten Stunde, der endlich freigekommen war. Ich dankte ihm, daß er mit soviel Tapferkeit in Akko durchgehalten hatte. Beirut hielt eine Überraschung für mich bereit. Bohemund erwartete mich dort mit vierzehn Baronen, um mir seine Ehre zu erweisen und meinen Schutz zu erflehen. Er bat mich, ihm einige Ländereien rund um seine Stadt zurückzugeben, und ich gewährte sie ihm.

Am Mittwoch, dem 26. Shawwal (4. November 1192), zog ich in das geschmückte Damaskus ein. Eine verzückte Bevölkerung schrie ihre Freude, mich wiederzusehen, hinaus. Unter den Triumphbogen, die mir zu Ehren errichtet worden waren, wurde getanzt und gesungen. Der Sultan war zurück, der »Malik en Nasir«*, der »Retter«, der »Vater« … Ein vertrauter Geruch von Gewürzen und warmem Brot stieg mir in die Nase. Die hautfarbenen Steinfassaden waren mit den schönsten Seidenteppichen geschmückt, und an den feingearbeiteten Mouscharabiehs blühten Rosensträuße. Ich war nicht mehr der junge Krieger, dem der erste Feldzug das Rückgrat gebrochen hatte. Gleichwohl hatte ich wie er hängende Schultern, und ich fand es wohltuend, nach Hause zurückzukehren.

* Der König und Verteidiger.

Wochenlang rissen die Freudenfeste und Feiern nicht ab. Täglich hielt ich eine Sitzung ab, und mein »Diwan« füllte sich mit den unterschiedlichsten Leuten, die aus allen Himmelsrichtungen des Orients gekommen waren, mich zu begrüßen. Ich hörte sie geduldig an, sprach Recht, stellte in den Staatsangelegenheiten wieder Ordnung her und plante, nach Ägypten zurückzukehren. Dort wurde ich ebenfalls erwartet. Ich wurde gebraucht, um die Wirtschaft wieder anzukurbeln und unsere Streitkräfte neu zu strukturieren. Es herrschte ein ständiges Durcheinander von Kommen und Gehen, man ereiferte und verbeugte sich, berührte meine Hand und küßte meinen Teppich. In meinem Kopf steigerte sich der Lärm noch, und eine große Mattigkeit befiel mich.

Ich taugte nicht mehr für diese Routinetätigkeiten an den Schalthebeln der Macht, und die Leute langweilten mich allesamt mit ihren endlosen Palavern und Diskussionen über Fragen des Rechts oder der Religion, die ich seit langem gelöst hatte. Welch eine Vergeudung von Energie für unwichtige Dinge! Aus halbgeschlossenen Augen sah ich, wie sie sich entfernten und in dem sich weitenden Zimmer allmählich schrumpften. Noch waren sie durch einige Fäden mit meinen Fingern verbunden, solch dünnen Fäden, daß diese schon bald zerreißen würden. Und auf diesen Moment wartete ich. Nichts mehr war von Bedeutung. Ich wußte endlich, daß alles auf der Welt keine Bedeutung hat, außer der Liebe Gottes, die unendlich ist. Und ich antwortete auf all ihre törichten Fragen:

»Es gibt nur ein Gesetz, das Gesetz Gottes, nur eine Religion, die Religion des einzigen Gottes.«

Mein einziges Vergnügen war es, mit meinen Söhnen zwischen den Hügeln zu verschwinden. Wir machten uns auf, den Rehen nachzustellen, die es in jener Saison im Überfluß gab. Es bereitete mir Vergnügen, eines oder zwei zu schießen, um zu beweisen, daß meine Hand nicht zitterte und meine Augen flink waren. Aber vor allem liebte ich diesen erdigen Geruch, der mir in die Poren drang, das Krachen der Zweige unter den Hufen unserer Pferde, das mehr aufschreckte als unsere Trompeten und Trommeln, das Rauschen der Blätter, anmutiger als die Schönen vom Nil, das Getöse des

Sturzbaches, der sein Lied von den Kieseln sang, und die Dämmerung, die vom Himmel herabsank und die Ebene in einen zarten Nebelschleier hüllte. Wenn ich glücklich und erschöpft zurückkehrte, bestürmten meine kleinen Kinder mich mit ihrem Geplapper und ihren Zärtlichkeiten, so daß es mir warm ums Herz wurde.

»Lauscht dem Wind«, sagte ich zu ihnen, »er trägt Nachrichten aus den anderen Welten herbei! Lauscht dem Regen, der die Erde leben läßt, und atmet den Duft der Rosen ein! Das ist der Duft des Islam!«

Am 17. Saphar (22. Februar 1193) kündigte man die Rückkehr der Pilger an, die ich hätte begleiten sollen. Ich rief meine Eskorte und ließ mein Pferd satteln, um ihnen entgegenzureiten. Sie hatten meine Reue mit auf den Weg genommen, und in ihren gesegneten Blicken hoffte ich nun ein wenig von der göttlichen Vergebung zu finden, die ich mir versagt hatte. Als ich in die Zitadelle zurückkam, mußte ich mich ins Bett legen. Ich hatte vergessen, meinen Überrock aus gestepptem Filz anzuziehen, der mein ständiger Begleiter war, und so hatte ich mich auf den Wegen, die von Regenfällen überschwemmt waren, verkühlt. Die geschicktesten Ärzte wetteiferten mit ihrer Kunst, um die Krankheit zu bekämpfen, jedoch vergeblich.

Das Fieber verzehrt mich, und die Arzneien sind wirkungslos. Die Stunde der letzten Reise ist gekommen. Mein Geist ist schon mehrere Male geflüchtet. Aber der Körper ist ein Käfig, aus dem man nur schwer entkommen kann. Meine ungeduldige Seele ist noch nicht leicht genug, um die Widerstände des Fleisches zu überwinden und sich in die Wolken zum Angesicht des Allerhöchsten aufzuschwingen. Sein Licht leuchtet in der Ferne und kommt näher. Ich betrachte es vertrauensvoll. Meine Umgebung ist beunruhigt: meine Söhne, mein Bruder, meine Ratgeber, meine Kriegsgefährten. Sie bewegen sich geduckt und flüstern. Meine Mutter fährt sie barsch an und setzt sich zu mir. Sie nimmt meine Hand und lächelt mir zu. Ich rieche ihren Duft nach Zitronen und Rosen, wie in Mosul, wie in Baalbek und wie dieses ganze Leben lang, das von unseren Begegnungen gezeichnet war. Ganz leise murmele ich:

»Wird Er mir all das Blutvergießen verzeihen?«

Wie früher flüstert sie mir zärtlich etwas ins Ohr:

»›Nicht Ihr habt sie getötet‹, sagt der Koran, ›sie sind durch das Schwert des Allmächtigen gefallen.‹* Ich werde dein Schwert in dein Leichentuch wickeln, und Er wird dich erkennen. Du bist Sein Schwert.«

»Die Menschen sollen sich nicht mehr schlagen. Sag es ihnen, Umi! Es gibt nur einen Gott. Allah, der Gott der Christen und der Gott der Juden, das ist ein und derselbe Gott. Der einzige und allumfassende, der nicht gezeugt worden ist und nicht gezeugt hat. Es gab Abraham, Moses, Jesus, dann Mohammed, und es gibt nur eine Religion, jene dieses einzigen Gottes. So lautet die Wahrheit. Ich glaube daran mit meiner ganzen Seele, die Gott deinem Leib eingehaucht hat.«

»Wah salam, mein Sohn!«

Die »cheikhs« der Sufis und die »fuqaha« lesen den Koran.

»›Er ist jener Gott, außer dem es keinen Gott gibt. Er kennt alles, was unsichtbar und was sichtbar ist.‹«**

Mein ganzes Dasein strebt nach dieser Begegnung, auf die ich wie eine Erlösung hoffe. Erst muß ich noch die Erinnerungen vergessen und die Ängste, die mich beim Gedanken an die Menschen plagen, die ich zurücklasse. Ich sehe, wie mein Imperium auseinanderbricht und mein Volk von anderen Eindringlingen unterdrückt wird, mein Volk, das sich in seinen Teilen abkapseln wird, anstatt sich zum Ruhm des einzigen Gottes zu vereinen. Werden sie sich daran erinnern, daß ich sie zu einer einzigen prächtigen Armee zusammengeführt habe, um die Feinde des Islam zu besiegen und unsere heiligen Moscheen zu befreien? Ein anderer wird kommen, um sie im Frieden zu vereinen. Jetzt wartet Gott auf mich. Die Priesterstimmen dringen als Singsang an mein Ohr.

»›Ihr kehrt von allem entblößt zu mir zurück, so wie wir euch erschaffen haben‹«***.

* Koran, Sure V, Verse 17, 18.
** Koran, Sure LIX, Vers 22.
*** Koran, Sure V, Vers 94.

Ich lege meine Seele frei. Ich vergesse die Welt. Ein Gedicht, das mich in meiner Kindheit berührt hat, kommt mir wieder in den Sinn. Der Sufi Ghazali hatte es vor seinem Tod geschrieben:

»Ich bin ein Vogel, dieser Körper war mein Käfig.
Aber ich bin davongeflogen und habe ihn als ein Zeichen zurückgelassen.«

Yussuf wird davonfliegen, und Salah ed-Din wird als ein Zeichen zurückbleiben.

Saladin starb am 4. März 1193 im Alter von fünfundfünfzig Jahren. Er wurde noch am selben Tag in der Zitadelle von Damaskus beigesetzt. Später ließ sein Sohn El Afdal ihm ein Mausoleum errichten, das noch immer in der Nähe der Omajadenmoschee existiert. Saladin hinterließ siebzehn Söhne und eine Tochter. Sein ganzes Vermögen bestand aus siebzehn Dinaren und einem Goldstück aus Tyros. Er hatte ungeheure Reichtümer besessen und hatte sie verteilt. Mehrere Tage lang herrschte allgemeine Trauer. Der Herrscher war gegangen, und in den verlassenen Straßen hallten die Wehklagen eines ganzen Volkes wider, das jammerte:

*»Der wohltätige Monarch ist tot, und die Erinnerung an seine guten Werke wird in unseren Herzen nie verblassen. Die Tugenden sind mit ihm ins Grab gesunken. Großmut, Gerechtigkeit, Redlichkeit und Gemeinwohl sind mit ihm verschwunden; und Haß, Raubgier und Unrecht, die während seiner Regentschaft unterbunden waren, haben nach ihm erneut dem Menschengeschlecht Trübsal gebracht. Der Himmel hat sein Licht verloren, die Welt ihre schönste Zier, die Religion ihren Verteidiger, das Imperium seine Stütze.«**

* Elegie des Dichters Omar Al Katib.

NACHWORT

Als ich in meiner Kindheit mit der Geschichte der Kreuzzüge vertraut wurde, erschien mir der Name Saladin als ein Synonym für Tyrannei und Fanatismus. Lehrer und Nachschlagewerke stellten diesen Mann als einen grausamen Kriegsherrn hin, der in unfruchtbaren Wüstengegenden an der Spitze seiner Horden die Kreuzfahrer – die Verfechter der Wahrheit – niedermetzelte. Der Zufall wollte es, daß ich später, mit Fotoapparaten ausgerüstet, vom Schicksal in diese versengten Ebenen verschlagen wurde, wo nach achthundert Jahren noch immer Schlachten ausgetragen werden. Und auch der Name Saladin war noch zu vernehmen, doch nun klang er wie der eines Helden. Man hat dieser legendären Gestalt, die alle löblichen Eigenschaften zieren, ein ehrendes Andenken bewahrt. Im gesamten Vorderen Orient hat Saladin Spuren hinterlassen, denen man noch heute folgen kann: eine Zitadelle in Kairo, eine Burg in Akaba mit seinem Wappen, die Pickelhaube der haschemitischen Polizisten, eine Festung auf der Spitze eines jordanischen Berges und sein Mausoleum mitten in Damaskus, das man aufsucht, um sich zu sammeln, bevor man in die Souks eintaucht.

Seit dem Sechstagekrieg im Jahre 1967 hat das Tagesgeschehen mich mehr als einmal kreuz und quer durch diesen »komplizierten Orient« geführt. Dort begegnete mir Saladin unaufhörlich wieder. Er war das Vorbild, die Erklärung, der Anfang und das Ende, die Inkarnation von tausend einzelnen Denkvorstellungen, die gegenwärtig mehr als je zuvor nach einem Katalysator verlangen.

Wer war dieser Sultan des Mittelalters? Was hat er vollbracht, daß er solch zahlreiche Lobreden verdient und die Araber in ihren Herzen eine wehmütige Erinnerung an ihn bewahrt haben?

Obwohl große Männer in der Regel zu zahlreichen Büchern anregen, hat Saladin, zumindest im Okzident, die Autoren seltsamerweise nicht inspiriert. Und die Handvoll französischer und angelsächsischer Historiker, die im Laufe der letzten Jahrzehnte seinen Lebensweg schilderten, haben den christlichen Standpunkt nie verlassen und nie den Versuch unternommen, zum besseren Verständnis von Saladin dessen Blickwinkel einzunehmen. Das Menschliche an dieser Figur wurde außer acht gelassen, mit keinem Wort wurde erwähnt, wie sein Denken und Fühlen, seine Motive, sein Orientierungsrahmen und seine Wertvorstellungen ausgesehen haben könnten.

Allmählich zeichnete sich in meinem Kopf eine neue, faszinierende Reportage ab, für die ich durch meine vorhergehenden Berichte (über Territorialkonflikte sowie Unterredungen mit verschiedenen Staatschefs und verantwortlichen Politikern) vorbereitet war und die mir ein besseres Verständnis dieser unbekannten Welt in unserer Nachbarschaft ermöglichte. Meine Recherchen nahmen mehr als drei Jahre in Anspruch. Dabei ließ ich mich von arabischen Autoren leiten, die Saladins Zeitgenossen waren, von seinen Biographen sowie einigen modernen Historikern, die als Professoren an den Universitäten Amman und Bagdad lehren. Angefangen bei der Festung von Tekrit, wo er geboren wurde, bin ich dem kleinen Yussuf auf seinen Wegen gefolgt, die in den Irak, nach Syrien, Ägypten, Jordanien, in den Libanon und nach Palästina führen, Länder, die erlebten, wie sein Ansehen ständig wuchs. Das Beben des Bodens unter den Hufen seiner schnellen Pferde war noch immer zu spüren, und der Wüstenwind trug mir seinen Kriegsruf zu: »Islam! Allahu akbar!«

Nach und nach ergriff die Figur des Saladin immer mehr von mir Besitz; und als ich sein Schicksal schildern wollte, erschien es mir eine Selbstverständlichkeit, die Form einer Ich-Erzählung zu wählen. Ich konnte mich dem nicht entziehen, dennoch habe ich nicht fabuliert. Wäre die Phantasie mit mir durchgegangen, wäre Saladins Biographen, die ihn sein Leben lang auf Schritt und Tritt begleiteten, die Aufgabe zugefallen, mich zu widerlegen. Ich habe mich auf Materialien gestützt, die sogar unwesentliche Details genauestens dokumentieren, und bewußt alles außer acht gelassen, was der Legende zuzuschreiben ist. Mein einziges Anliegen war es, diese Figur wieder zum Leben zu erwecken, und zwar so wahrheitsgetreu, daß sie mich in keinem Punkte korrigieren würde, wenn sie tatsächlich heute wieder zu uns zurückkehren würde.

Karte des Nahen Orients
zur Zeit der Kreuzzüge
(Ausschnitt)
SYRIEN
Tripoli
Byblos
LIBANON
Baalbek
Beirut
Mittelmeer
Sidon
Shakif Arnun (Beaufort)
Berg Hermon
Tyros
Hattin
Akko (Akre)
Safed
See Genezareth
Nazareth
El-Ghor
Galiläa
Cäsarea
Arsuf
Jaffa
Jordan
Ramlett
Jerusalem
Askalon
Gaza
Palästina
Totes Meer
Moab
JORDANIEN
Krak von Montreal